DAVID HAIR

DIE VERLORENEN LEGIONEN

D1735801

DAVID HAIR

DIE VERLORENEN LEGIONEN

DIE BRÜCKE DER GEZEITEN 7

Übersetzt von Michael Pfingstl

blanvalet

Die Originalausgabe erschien 2014 unter dem Titel
»Unholy War« (Pages 392-784 + Appendix) bei Jo Fletcher Books, London,
an imprint of Quercus.

MIX
Papier aus verantwor-
tungsvollen Quellen
FSC
www.fsc.org   FSC® C083411

Verlagsgruppe Random House FSC® N001967

1. Auflage
Copyright © der Originalausgabe 2015 by David Hair
Copyright © der deutschsprachigen Ausgabe 2018 by Blanvalet Verlag,
in der Verlagsgruppe Random House GmbH,
Neumarkter Straße 28, 81673 München
Redaktion: Sigrun Zühlke
JB Herstellung: sam
Satz: Uhl + Massopust, Aalen
Druck und Einband: CPI books GmbH, Leck
Printed in Germany
ISBN: 978-3-7341-6077-6

www.blanvalet.de

Dieses Buch ist meiner Schwester Robyn gewidmet, liebevolle Krankenschwester, hervorragende Köchin und Kuchendekorateurin, und außerdem der Grund, warum es sich lohnt, Crabtree & Evelyn-Aktien zu kaufen.

Robyn wurde meinen Eltern am 6. September übergeben, etwas über ein Jahr, nachdem sie von mir Besitz ergriffen hatten. Der Lieferant war kein Storch, sondern ein Arzt in Te Puke – dass wir adoptiert wurden, war nie ein Geheimnis und nie Grund für Drama oder Trauma. Unter den Fittichen unserer Adoptiveltern wuchsen wir genauso auf, wie auch »normale« Geschwister aufwachsen: Wir haben gespielt und gestritten, konkurriert und zusammengearbeitet, uns umarmt und beschimpft, uns geschlagen und wieder versöhnt. Als Adoptivkind kann man irgendjemanden zur Schwester bekommen – ich bin froh, dass du, Robyn, meine geworden bist.

NORIUMSEE

SCHLESSEN

RONDELMAR

ARGUNDY

NOROS

SILACIA

ESTELLAYNE

RIMONI

GOLF VON SILIU

GALYA

GOLF VON LANTRIS

YUROS

ÖZEAN

URTE
c. 927

0   1000 M

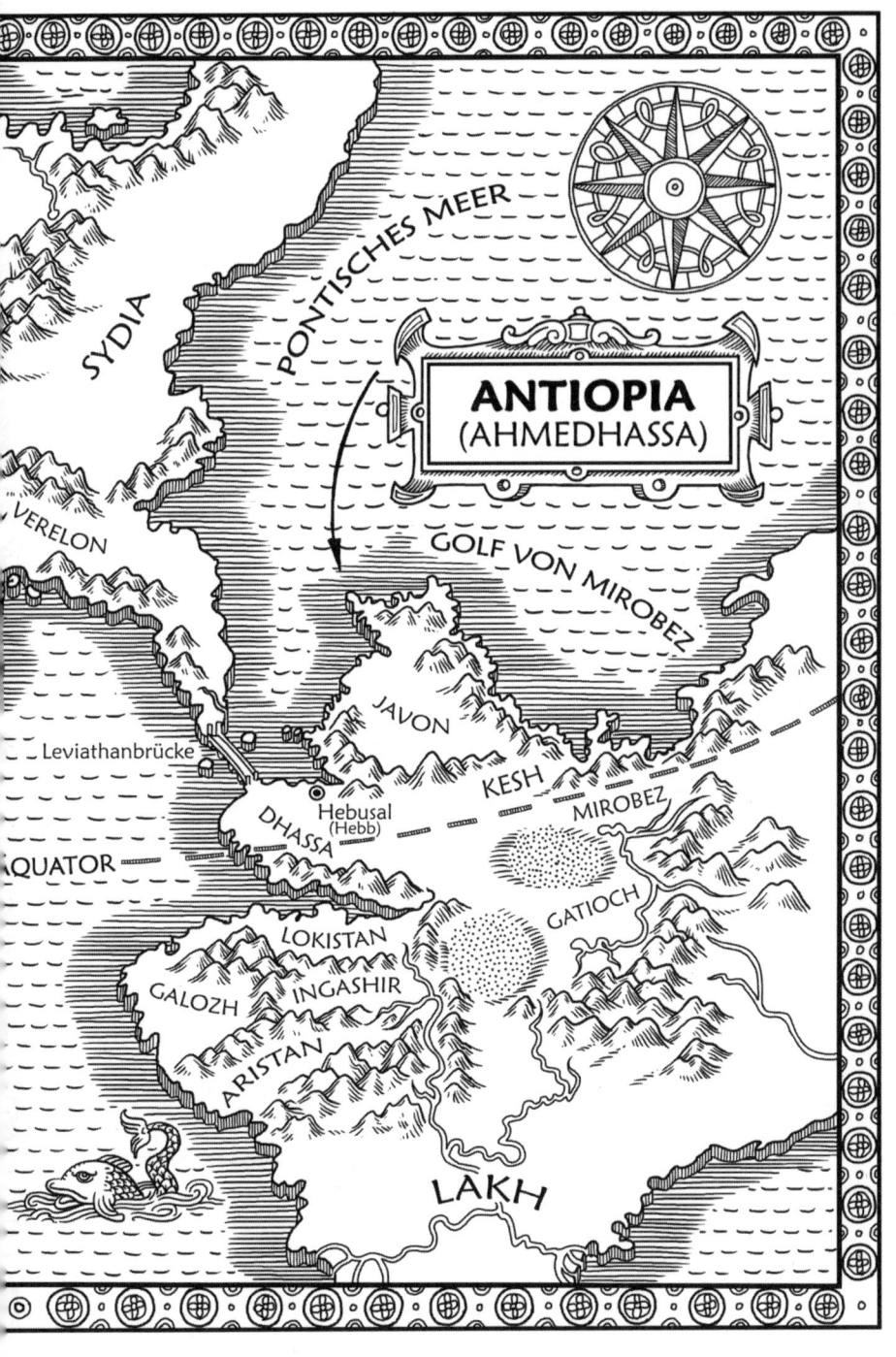

INHALT

WAS BISHER GESCHAH

DIE GESCHICHTE URTES

Auf Urte gibt es zwei bekannte Kontinente, Yuros und Antiopia. In Yuros ist das Klima kalt und feucht, seine Bewohner haben helle Haut; Antiopia liegt näher am Äquator, ist größtenteils trocken und dicht von verschiedenen dunkelhäutigen Stämmen bevölkert. Zwischen den beiden Landmassen tost eine unbezähmbare See, ständig aufgepeitscht von extrem starken Gezeiten, welche die Meere unpassierbar machen, sodass die Völker der beiden Kontinente lange Zeit nichts voneinander wussten.

Vor fünfhundert Jahren änderte sich dies grundlegend.

Auslöser des Ereignisses war eine von Corineus angeführte Sekte. Er gab seinen Jüngern einen Trank, der ihnen magische Kräfte verlieh, die sie Gnosis nannten. Noch in derselben Nacht starb die Hälfte seiner Anhänger und ebenso Corineus selbst, der offenbar von seiner Schwester Corinea ermordet wurde. Corinea floh, dreihundert der Überlebenden begannen unter Sertains Führung, den Kontinent mithilfe ihrer neu gewonnenen Kräfte zu erobern. Die Gnosis verlieh ihnen derart große Macht, dass sie das Reich Rimoni mühelos vernichteten und sich selbst als Herrscher des neu gegründeten Reiches Rondelmar einsetzten.

Dieses Ereignis, bekannt unter dem Namen »Die Aszendenz des Corineus«, veränderte alles. Die Magi, wie sie sich selbst nannten, stellten fest, dass auch ihre Kinder über magische Fähigkeiten verfügten. Die Gabe wurde zwar schwächer, wenn der andere Elternteil nicht ebenfalls ein Magus war, doch die Magi breiteten sich unaufhaltsam aus. Im Namen des rondelmarischen Kaisers brachten sie immer Landstriche und Völker Yuros' unter ihre Herrschaft.

Von den anderen zweihundert, die die Aszendenz überlebt hatten, versammelte Antonin Meiros einhundert Männer und Frauen um sich, die wie er Gewalt verabscheuten, und zog mit ihnen in die Wildnis. Sie siedelten sich im südöstlichen Zipfel des Kontinents an, wo sie einen friedliebenden Magusorden gründeten, den Ordo Costruo.

Die restlichen hundert Überlebenden schienen keinerlei magische Kräfte entwickelt zu haben, doch stellte sich schließlich heraus, dass sie, um die Gnosis in sich wirksam werden zu lassen, die Seele eines anderen Magus verschlingen mussten; also taten sie es. Der Rest der Magiegemeinschaft war darüber so entsetzt, dass sie die Seelentrinker gnadenlos jagten und töteten. Die wenigen, die noch übrig sind, leben im Verborgenen und werden von allen verachtet.

Schließlich entdeckte der Ordo Costruo mithilfe der Gnosis den Kontinent Antiopia, oder Ahmedhassa, wie er bei seinen Einwohnern heißt. Antiopia liegt südöstlich von Yuros. Die vielen Gemeinsamkeiten in Tier- und Pflanzenwelt, die die Ordensmitglieder entdeckten, brachten sie zu der Vermutung, dass die beiden Kontinente in vorgeschichtlicher Zeit einmal miteinander verbunden gewesen sein mussten. Meiros' Anhänger kamen in Frieden und wurden bald dauerhaft in der großen Stadt Hebusal im Nordwesten Antiopias sesshaft. Im achten Jahrhundert begann der Orden mit der Arbeit an einer gigantischen Brücke, die die beiden Kontinente wieder miteinander verbinden sollte, und diese Brücke löste die zweite Welle epochaler Veränderungen aus.

Der Bau der Leviathanbrücke, wie das dreihundert Meilen lange Bauwerk genannt wird, war nur mithilfe der Gnosis möglich, die vieles bewirken kann, aber nicht alles. Sie erhebt sich nur während der alle zwölf Jahre stattfindenden Mondflut aus dem Meer und bleibt dann für zwei Jahre passierbar. Das erste Mal geschah dies im Jahr 808. Zunächst wurde die Brücke nur zögerlich genutzt, doch nach und nach entwickelte sich ein blühender Handel, und nicht wenige wurden dadurch reich. Es entstand eine neue Kaste, die Kaste der Händlermagi, die aufgrund ihres Reichtums auf beiden Seiten der Brücke immer mehr Einfluss gewann. Auch der Ordo Costruo gelangte zu beträchtlichem Wohlstand. Nach etwas mehr als einem Jahrhundert und zehn Mondfluten war der Handel über die Brücke der wichtigste politische und wirtschaftliche Faktor auf beiden Kontinenten.

Im Jahr 902 entsandte der rondelmarische Kaiser, der seine Macht durch die Händlermagi bedroht sah, getrieben von Gier, Neid, Bigotterie und Rassenwahn, sein Heer über die Brücke: gut ausgebildete Legionen, die von Schlachtmagi angeführt wurden. Im Namen des Kaisers rissen sie die Kontrolle über die Brücke an sich, plünderten und besetzten Hebusal. Viele gaben Antonin Meiros die Schuld für diese Ereignisse, denn er und sein Orden hätten den Überfall verhindern können – doch dazu hätten sie die Leviathanbrücke zerstören müssen.

916 kam es zu einem zweiten, noch verheerenderen Kriegszug. Die Menschen Antiopias hatten keine Magi in ihren Reihen und waren den Legionen aus Yuros schutzlos ausgeliefert. Dennoch standen die Dinge für den rondelmarischen Kaiser nicht zum Besten, denn seine tyrannische Herrschaft hatte in mehreren Vasallenstaaten zu einer Revolte geführt, am bekann-

testen davon die von 909 im in Zentral-Yuros gelegenen Königreich Noros. Als im Jahr 928 die nächste Mondflut naht, hat der
Kaiser bereits neue Pläne geschmiedet, um seine Macht auch
in Zukunft zu sichern.

Die Ereignisse von Janun bis Septnon 929
(geschildert in Die Brücke der Gezeiten:
Der unheilige Krieg)

In dem abgelegenen Kloster Mandira Khojana arbeiten Alaron und Ramita mit dem Zain-Meister Puravai daran, die Skytale des Corineus zu enträtseln. Wie sie herausgefunden haben, ist sie ein verschlüsseltes Rezeptbuch, das es ermöglicht, die Ambrosia so exakt auf den Empfänger abzustimmen, dass er die Einnahme überlebt. Die Arbeit gestaltet sich allerdings schwierig. Sie können zwar viele der Zutaten bestimmen, die für jeden Mönch und jeden Novizen die richtigen sind, doch einige bleiben ein Mysterium.

Ihr zweites Projekt dreht sich um eine Theorie, die Meister Puravai einst mit Antonin Meiros entwickelte: Lange vor seiner Hochzeit mit Ramita hatte Meiros das Kloster oft besucht und war zu dem Schluss gekommen, dass junge Magi lernen sollten, alle sechzehn Affinitäten der Gnosis zu gebrauchen statt nur eine Handvoll, wie es an den yurischen Arkana der Fall ist. Um diesen Pfad zu beschreiten, müssen Alaron und Ramita alles vergessen, was sie bisher gelernt haben. Dazu bleibt ihnen nicht viel Zeit: Sie werden gejagt und fürchten, ihre Feinde nach Mandira Khojana zu locken. Außerdem hatte Meiros Ramita angewiesen, nach Teshwallabad zu gehen und dort Hanouk, den Wesir von Lakh, aufzusuchen, der ihr und ihren Söhnen Zuflucht gewähren würde.

In Begleitung des Zain-Novizen Yash fliegen sie mit einem Skiff nach Teshwallabad, wo Hanouk und dessen Sohn Dareem sie aufnehmen. Hanouk ist der oberste Berater des jungen Moguls von Lakh, Tariq – und außerdem der geheim gehaltene Enkel von Antonin Meiros und selbst ein Magus. Würden seine Fähigkeiten entdeckt, käme das einem Todesurteil gleich, doch gelingt es ihm seit Jahrzehnten, sein gefährliches Doppelleben am Mogulnhof aufrechtzuerhalten. Hanouk bittet Ramita, Tariq zu heiraten und damit die Gnosis in das lakhische Herrscherhaus zu bringen.

Alarons Erzfeind Malevorn Andevarion, der mittlerweile Gefangener von Huriyas Seelentrinkerrudel ist, findet heraus, dass das Rudel Jagd auf Alaron und Ramita macht. Huriya glaubt, dass Ramita versuchen wird, zu ihrer Familie zurückzukehren, und führt das Rudel nach Lakh. Als sie merkt, wie wertvoll Malevorns gnostische Fähigkeiten sowie sein Wissen über die Skytale sind, macht sie ihn zu einem Seelentrinker. Malevorn gehört nun zu Kores Verstoßenen – ihm bleibt gar nichts anderes übrig, als Huriya zu dienen.

Cym rettet den schwer verletzten ehemaligen Rudelführer Zaqri vor dem sicheren Tod, obwohl sie einen Eid geschworen hat, ihn für den Mord an ihrer Mutter Justina zu töten. Sie beginnt, sich zu ihm hingezogen zu fühlen, und dieses moralische Dilemma quält sie. Die beiden beschließen, die Suche nach Alaron und Ramita ohne das Rudel fortzusetzen, auch wenn das Unterfangen hoffnungslos erscheint. Sie machen sich auf den Weg nach Lakh, geben schließlich ihren Gefühlen nach und schlafen miteinander, und Cym wird schwanger.

Die Verlorene Legion hat sich in der an der Grenze zwischen Kesh und dem Emirat Khotri gelegenen Stadt Ardijah verschanzt. Jenseits der Stadtmauern lauert ein riesiges, von Sultan Salim persönlich angeführtes Heer auf sie. Doch Ardijah liegt auf einer Insel mitten in einem Fluss, der einzige Zugangsweg ist eine Brücke, die leicht zu verteidigen ist. Salim bittet um eine Unterredung und einen Gefangenenaustausch; Seth Korion, General der Überlebenden des Zweiten Heeresflügels, stimmt zu, doch sein eigenwilliger Berater Ramon Sensini stellt dem Sultan eine Falle und nimmt ihn gefangen. Der behauptet nun allerdings, er sei lediglich ein Doppelgänger namens Latif. Das mag stimmen oder auch nicht, aber die Angriffe der Keshi hören auf, was Ramon Zeit verschafft, einen Fluchtplan auszuarbeiten.

In Javon bereitet Königin Cera Nesti ihre Flucht aus der Hauptstadt Brochena vor. Mit Unterstützung der emotional gebrochenen Gestaltwandlerin Münz versucht sie, gleichzeitig ihrer Zwangsehe mit dem Usurpator Francis Dorobon zu entfliehen, doch Münz geht dabei zu weit: Kurz bevor Cera den Palast verlässt, tötet sie König Francis. Die Leiche wird entdeckt, Gurvon Gyle und sein Gehilfe Rutt Sordell fangen die Flüchtigen wieder ein. Gyle übernimmt das Kommando über die rondelmarischen Besatzungstruppen und macht den religiösen Führern Javons weis, Cera habe Francis ermordet – schlimmer noch: Er behauptet außerdem, sie habe ein Verhältnis mit ihrer Dienerin. Die Religionsführer verdammen Cera und verurteilen sie zum Tod durch Steinigung. Ein aufgepeitschter Mob führt das Urteil bereitwillig aus.

Gyle gelingt es außerdem, sich vom Kaiserlichen Rat in Pallas als vorübergehender Gouverneur Javons einsetzen zu lassen. Der Rat gibt ihm Zeit bis Ende Septnon, um Javon unter seine Kontrolle zu bringen und Elena zu finden. Er schickt eine Karawane in die entlegene Stadt Lybis und lässt das Gerücht streuen, ein Kurier mit wichtigen Informationen befände sich in einer der Kutschen. Mit diesem Trick hofft er, Elena aus ihrem Versteck zu locken.

Elena und ihr Partner (und mittlerweile Liebhaber) Kazim Makani verfolgen die Karawane tatsächlich, doch Elena wittert die Falle. In Lybis sieht sie die vielen Trauerumzüge zu Ceras Ehren. Im Gegensatz zu Elena, die Ceras Verrat schwer getroffen hatte, hatte das gewöhnliche Volk Cera aufrichtig geliebt. Elena bereitet ihrerseits eine Falle vor, tötet eine von

Gyles Attentäterinnen, doch Rutt Sordell kann entkommen und dreht den Spieß um: Mithilfe eines Kirchen-Ritters und Geisterbeschwörers treibt er Elena und Kazim bis in die Berge, wo Elena augenscheinlich den Tod findet. Sordell ist zufrieden, doch Gyle besteht darauf, den Leichnam zu finden, und kommt persönlich nach Lybis.

In Teshwallabad wird Ramita von Hanouk dem jungen Mogul Tariq vorgestellt, doch keiner der beiden ist sonderlich beeindruckt von seinem Gegenüber: Der unreife Tariq findet Ramitas Äußeres zu schlicht und ihre Haut zu dunkel; Ramita wiederum empfindet den jugendlichen Tariq als kindisch und ungehobelt. Doch die Verlockung, Magusblut in das Mogulngeschlecht zu bringen, ist groß, weshalb Tariq der Verlobung zustimmt. Alaron, der sich immer stärker zu Ramita hingezogen fühlt, ist bestürzt und konzentriert sich voll und ganz auf die Entschlüsselung der Skytale. Hanouk bemerkt die entstehende Liebe zwischen Alaron und Ramita und warnt sie, einander zu vergessen. Keiner der Beteiligten ahnt etwas davon, dass Huriya mit ihrem Rudel bereits auf dem Weg nach Teshwallabad ist.

Zaqri und Cym entdecken auf ihrer Suche nach Alaron und Ramita ein Sklavenlager der rondelmarischen Inquisition. Einer der Gefangenen ist ein Seelentrinker, und Zaqri ist fest entschlossen, ihn zu befreien. Die beiden schleichen sich in das Lager und stellen entsetzt fest, dass es sich in Wahrheit um ein Todeslager handelt und die Seelentrinker den Inquisitoren helfen, die Seelen der getöteten Flüchtlinge zu binden. Zaqri wird entdeckt und einem Arbeitstrupp zugeteilt, der das Lager verlässt, während Cym allein zurückbleibt. Sie verliert den Kontakt zu ihm, mehrere Tage vergehen, und sie beginnt, das Schlimmste zu fürchten.

In Ardijah verhandelt Ramon mit den Khotri. Unter Ausnutzung seiner Liebesbeziehung zu Amiza, der Kalifin von Ardijah, gelingt es ihm, der Verlorenen Legion die Flucht zu ermöglichen. Sie lassen den Gefangenen Salim (oder dessen Doppelgänger Latif) frei und setzen ihren Marsch nach Westen fort.

In einer weiteren Unterredung kommen Seth Korion und Latif – oder Sultan Salim – überein, dass Seths Truppen den Tigrates bis Ende Septnon überschritten und Kesh verlassen haben müssen. Die Zeit ist denkbar knapp, da entdecken sie auf ihrem Marsch das Todeslager, wo Cym immer noch auf Zaqris Rückkehr wartet. Ihnen wird klar, dass der Zweck des Lagers ist, den Gnosiszüchtungen der rondelmarischen Schlachtmagi Menschenseelen einzupflanzen. Ramon und Seth vertreiben die Inquisitoren, befreien die Gefangenen und entdecken Cym. Als Zaqri schließlich zurückkehrt, stellt Ramon entsetzt fest, dass er ein Seelentrinker ist und Cyms Schwangerschaft somit illegal. Er beschließt, die beiden gehen zu lassen, und wünscht ihnen alles Gute für ihre Suche nach Alaron.

Cym findet endlich eine Möglichkeit, den Tod ihrer Mutter zu rächen, und treibt Zaqris Kind ab. Um ein Haar verliert sie dabei selbst das Leben, und eine tiefe Kluft entsteht zwischen den beiden. Zaqri lässt sie allein bei den anderen Flüchtlingsfrauen zurück, während Ramon und die Verlorene Legion feststellen müssen, dass die Brücke, auf der sie den Tigrates überschreiten wollten, zerstört wurde.

In den Bergen östlich von Lybis werden Elena und Kazim von Wesen gerettet, die halb Mensch, halb Schlange sind – den Lamien, die Elenas Neffe Alaron vor über einem Jahr nach Javon führte. Aufgrund von Elenas Verwandtschaft zu Alaron, ihrem Helden, stimmen die Lamien zu, ihr gegen Gurvon Gyle zu helfen. Als Gyle mit mehreren Hundert berittenen Söldnern eintrifft, um Elenas Tod zu verifizieren, wird er überwältigt und gefangen genommen. Er kann seinen Kopf nur retten, indem er Elena anbietet, ihr Cera und Timori Nesti zu überlassen. Gyle enthüllt, dass es Münz war, die gesteinigt wurde. Sie hatte Ceras Gestalt angenommen, Cera selbst hat Gyle als Faustpfand behalten, falls die Dinge schlecht für ihn laufen sollten. Elena stimmt dem Gefangenenaustausch zu, der Ende Septnon in der Nähe von Lybis stattfinden soll.

In Teshwallabad rückt der Tag von Ramitas Hochzeit mit dem Mogul immer näher, da greift Huriya mit ihrem Seelentrinkerrudel den Wesirspalast an und tötet Dareem, den Sohn von Wesir Hanouk. Alaron kämpft tapfer und kann erfolgreich die Techniken einsetzen, die er in Mandira Khojana erlernt hat. Als Hanouk ebenfalls den Tod findet, flieht er mit Ramita durch den Geheimtunnel in den Mogulnpalast. Huriya und Malevorn nehmen die Verfolgung auf und stellen die beiden in einem durch mächtige Zauber geschützten Raum, in dem nur Aszendenten Zugang zu ihrer Gnosis haben, und selbst das nur eingeschränkt. Während Huriya und Ramita miteinander kämpfen, bringt Malevorn Ramitas Zwillingssöhne in seine Gewalt. Alaron kauft Dasra frei, indem er Malevorn die Skytale überlässt. Malevorn und Huriya verschwinden mit dem Artefakt und Nasatya als ihrer Geisel.

Halb verrückt vor Trauer und Wut suchen Alaron und Ramita Zuflucht in einem Zain-Kloster, wo ihnen eine Frau unerwartet ihre Aufwartung macht: Sie behauptet, die leibhaftige Corinea zu sein – die von den Kore als »Königin des Bösen« verunglimpfte Mörderin des Corineus.

Es ist Septnon 929, nur noch neun Monate vor dem Ende der Mondflut. Um der Vernichtung durch Salims Heer zu entgehen, muss die Verlorene Legion irgendwie den Tigrates überschreiten; in Javon müssen Elena und Kazim Gurvon Gyle und seine Söldner endgültig besiegen; Alaron und Ramita müssen Dasra und die Skytale zurückholen, bevor Huriya und Malevorn das Artefakt für ihre finsteren Zwecke einsetzen können.

PROLOG

KAISER CONSTANTS PLAGEN
(TEIL 4)

SOLARUS-KRISTALLE

Die Leviathanbrücke ist das erste Beispiel eines unbelebten gnostischen Artefakts, das sich vollständig selbst erhält: Sie bezieht Energie von der Sonne und wandelt sie in gnostische um, sodass sie den enormen Kräften des Ozeans widersteht. Die Sonnenenergie wird von großen Trauben spezieller Kristalle in den Kuppeln der fünf Türme gesammelt. Diese Kristalle weisen – mehr noch als die Brücke selbst – die Richtung für künftige Entwicklungen in den gnostischen Künsten.

ARKANUM DES ORDO COSTRUO, PONTUS 877

PALLAS, RONDELMAR
SOMMER 927
EIN JAHR BIS ZUR MONDFLUT

Ein Falke saß verängstigt auf dem Kronleuchter und kreischte in Richtung der Leiche, die in der Mitte des Zimmers lag, während die Ratsmitglieder nur mit offenen Mündern sprachlos darauf starrten. Gurvon Gyle presste sich gegen die Lehne seines Stuhls und versuchte zu verdrängen, was er soeben gesehen hatte. Die Vernichtung eines ganzen Heeresflügels der eigenen Armee zu planen war das eine. Zu sehen, wie der Kaiser illegalen Gebrauch der Gnosis sanktionierte – in diesem Fall die Verpflanzung einer menschlichen Seele in einen Tierkörper –, war etwas ganz anderes. Selbst hier in Pallas, wo die Reinblutmagi unumschränkt herrschten und Normalsterbliche kaum mehr waren als Nutztiere, war so etwas mit Sicherheit noch nie vorgekommen.

Ich habe soeben gesehen, wie ein Dokken in der Kaiserlichen Ratskammer eine Seele gestohlen hat! Diesen Moment darf ich nie vergessen … auch wenn Kore allein weiß, wem ich es je erzählen sollte.

Sein Blick wanderte von dem Falken zu dem Mann, der verantwortlich für dieses Grauen war. Der Seelentrinker war ihnen als Delta vorgestellt worden, benannt nach der lantrischen Rune, die man ihm auf die Stirn gebrannt hatte. Dieser Delta schien allerdings nur das Werkzeug zu sein. Der eigentliche Täter war sein Meister, Ervyn Naxius. Der alte Magus sonnte sich kichernd im Beifall der Anwesenden wie ein Betrunkener, der in einer Gassenschenke einen Witz zum Besten gegeben hatte. Selbst Gyle applaudierte und überschüttete den Greis mit Lobpreisungen.

Gyles Mitverschwörer Belonius Vult, der gleich neben ihm saß, strahlte triumphierend. Und recht hatte er: Immerhin war dies sein Beitrag zur Unterwerfung Antiopias.

Was hast du sonst noch für Trümpfe im Ärmel, Bel?

Vult nahm Mater-Imperia Lucias anerkennendes Nicken gnädig zur Kenntnis. Die matronenhafte ehemalige Kaiserin war mittlerweile zur lebenden Heiligen aufgestiegen und die eigentliche Herrscherin Rondelmars. Ihr Wort galt weit mehr als das ihres Sohnes, des Kaisers, der im Moment in die Ferne starrte und die Schwerthand ballte, als wollte er jeden Moment in den Sattel springen, um gegen Antiopia zu reiten. Der offizielle Titel des Mittzwanzigers mochte »Kaiser« lauten, aber in einem vertraulichen Gespräch hätte keiner der Anwesenden bestritten, dass Constants Verhalten eher dem eines verzogenen Höflings entsprach.

Die anderen Ratsmitglieder, von denen einige zu den mächtigsten Männern im ganzen Reich gehörten, gaben ebenfalls ihr Bestes, Naxius' Vorstellung in den Himmel zu loben. Gyle spürte dennoch ihre Vorsicht. Calan Dubrayle, der Kaiserliche Schatzmeister, der sich für Vults Vorschlag stark gemacht hatte, hatte noch am meisten Grund zur Freude über den soeben bezeugten Erfolg. Die Freude des großen Kaltus Korion über die neuen Gnosis-Züchtungen für seine Legionen hingegen schien erheblich getrübt, weil soeben ein anderer in der Wertschätzung der Kaiserinmutter gestiegen war. Tomas Betillon, Gouverneur von Hebusal, war ebenfalls nicht erfreut; sein Lächeln war säuerlich, sein Lob für Naxius fiel verhalten aus.

Der Einzige im Raum, der nicht applaudierte, war Erzprälat Dominius Wurther. Der fette Kirchenmann erhob sich gar aus seinem Stuhl, um Naxius und dessen Sklaven in aller Deutlichkeit zu verdammen.

»Mein Kaiser, das ist *Blasphemie*! Die Abscheulichkeit, die Naxius soeben verübt hat, verstößt gegen das Gesetz Kores! Ich *muss* protestieren!«

Kaiser Constant wandte den Blick ab, doch in seinem Gesicht war keinerlei Reue zu lesen.

Schließlich richtete sich der Erzprälat an Lucia und hob beschwörend die Hände. »Mater-Imperia, die Seelentrinker sind unser ältester Feind. Unser Gesetz verlangt den sofortigen Tod dieses ›Delta‹. Seine bloße Existenz ist ein Affront gegen Kore.«

Lucia blieb gelassen. »Dominius, Ihr liegt uns doch ständig damit in den Ohren, dass Kore für alles, was er tut und in diese Welt lässt, seine Gründe hat. Ist es nicht so? Daraus kann nur folgen, dass auch die Dokken Teil seines Plans sind.«

Wurthers Hängebacken bebten. »Mater-Imperia, das mag eine mögliche Interpretation sein, aber unsere Theologen…«

»Bitte lasst nicht zu, dass er uns wieder mit Theologie langweilt«, stöhnte Betillon.

»Genau«, stimmte Korion mit ein. »Seit wann kümmert Euch die Moral, alter Schwätzer? Eure Kirche verdient ein Kopfgeld an jedem verkauften Sklaven, wie alle hier wissen. Ihr fürchtet doch nur, dass diese neuen Geschöpfe Euch um Euren Anteil bringen könnten.«

»Nicht jeder denkt so gierig wie Ihr, General Korion! Wir dürfen dieses verabscheuenswürdige Vorhaben nicht gutheißen – es verstößt in jeder Hinsicht gegen das heilige Gesetz!« Wurther deutete gen Himmel, als rufe er Kore höchstselbst zum Zeugen. »Ich kann Euch jeden einzelnen Psalm rezitieren, der solchen Gebrauch der Gnosis untersagt! Die Kirche *muss* ihre Unterstützung verweigern.«

Gurvon war gelinde beeindruckt. Er hatte Wurther immer für durch und durch eigennützig gehalten, aber dieser Ausbruch deutete tatsächlich auf so etwas wie Moral hin. Dass solche Charakterzüge sich in den höchsten Kreisen des Klerus über Jahrzehnte hinweg gehalten hatten, überraschte ihn.

»Ich habe Eure Einwände gehört und verstehe Eure Bedenken, Dominius«, erwiderte Lucia gemessen. »Ich bin sogar dankbar, dass Ihr sie zum Ausdruck gebracht habt, doch lasst mich Euch den ehernen Grundsatz dieser Zusammenkunft ins Gedächtnis rufen: Wenn der Kaiser etwas gutheißt, wird es zu unser aller Willen. Jeder von uns hat die Wünsche meines Sohnes bedingungslos zu unterstützen, wenn er diesen Raum verlässt.«

»Aber Mater-Imperia, es muss eine Grenze geben. Das Gesetz Kores steht über uns allen!«

»Aber *wir* sind seine Gesegneten, der lebende Ausdruck seines Willens«, warf Vult ein. »Worauf wir uns einigen, muss sicherlich mehr Gewicht haben als ein Buch, das vor langer Zeit geschrieben wurde. Damals ahnte man noch nichts von den Möglichkeiten und Gefahren, denen wir heute gegenüberstehen.«

Gurvon verdrehte innerlich die Augen. *Damit lässt sich nun wirklich alles rechtfertigen, Bel.*

Dubrayle seufzte. »Nicht schon wieder die Moral-versus-Pragmatismus-Diskussion. Die hatten wir doch schon zur Genüge.«

»Ich denke nicht, dass wir uns noch einmal mit diesen alten Zwistigkeiten beschäftigen sollten«, erklärte Gurvon. *Wie mein Vater immer sagte: Wenn du schon mit dem Wind segelst, dann mit dem Großsegel.*

Wurther warf ihm einen vernichtenden Blick zu und setzte sich. »Ihr alle wisst, dass ich nicht vorhabe, diesen Rat zu spalten«, murrte er. »Selbstverständlich werde ich den gleichen Standpunkt vertreten wie Ihr, wenn es der Wille meines Kaisers ist.«

»Ich unterstütze den Vorschlag voll und ganz«, erklärte Constant nach einem kurzen Blick zu seiner Mutter.

Damit wäre das also geregelt.

Der Dokken Delta verneigte sich vor dem Kaiser und rief den Falken zu sich, dann verließ er den Raum.

Naxius setzte sich, während zwei Wachen herbeieilten und mit unbeteiligter Miene den toten Dieb wegschafften.

Naxius bleibt…? Gurvon war nicht erfreut. Das hier war sein und Vults Plan. Am Ende stahl die alte Schlange ihnen noch den Ruhm.

»Macht es Euch bequem, Magister Naxius«, sagte Lucia nur. »Ihr seid über unsere Pläne mit Javon und dem Herzog von Argundy informiert?«

»Gouverneur Vult hat mich in alles eingeweiht, Euer Heiligkeit«, erwiderte Naxius unterwürfig. »Ich kann das Vorhaben nur empfehlen.«

Kaltus Korion hob die Hand. »Einen Moment bitte. Was hat er hier zu suchen? Für mich bleibt ein Verräter immer noch ein Verräter, selbst wenn der Verrat dem Wohl des Kaiserreichs dient. Wie können wir ihm vertrauen?«

Constant öffnete den Mund, schien aber keine Worte zu finden, also sprang Vult in die Bresche. »Magister Naxius' Wissen über die Leviathanbrücke ist unverzichtbar. Gurvon hat ihn ausfindig gemacht, ich habe ihn in diese Runde gebracht.«

»Und das genügt mir«, erklärte Lucia entschlossen. Damit war Korions Moment vorüber.

Ich mag diesen Naxius nicht, aber wir können nicht ohne ihn auskommen. Für ihr Vorhaben brauchten sie jemanden, der genau wusste, wie die Brücke funktionierte, und gleichzeitig den Ordo Costruo hasste. Doch alle, auf die beide Kriterien zutrafen, standen fest auf der Seite Antiopias. Bis auf Ervyn Naxius.

Als sich vor dreiundzwanzig Jahren, im Jahr 904, die Leviathanbrücke aus dem Ozean erhoben hatte, war Constants Vater Magnus mit seinen Truppen nach Osten marschiert, um Antiopia zu plündern. Antonin Meiros, der Gründer des Ordo

29

Costruo, hätte die Brücke damals zerstören können, doch er hatte zu lange gezögert. Bis heute hasste ihn ganz Antiopia dafür, und nur wenige wussten, dass Naxius damals für Meiros' Zögern verantwortlich gewesen war.

Naxius war Gnosis-Forscher und früher ein Idealist gewesen, doch Jahrhunderte der Forschung im Grenzbereich der Gnosis hatten jegliches Mitgefühl in ihm erstickt. Die Fesseln der Moral kümmerten ihn schon lange nicht mehr. Insgeheim hatte er sich längst von Meiros und dem Ordo Costruo losgesagt. Als dann der Erste Kriegszug kam, bot sich ihm die Gelegenheit, in die Dienste eines Gönners mit schier grenzenlosen Ressourcen zu treten. Er schlug sich auf Magnus' Seite, versorgte Meiros mit falschen Informationen über den Truppenaufmarsch vor Pontus' Toren und verriet den Orden an die kaiserlichen Magi, sodass sie die Brücke unter ihre Kontrolle bringen konnten. Als Meiros dahinterkam, war es längst zu spät. Der Kriegszug hatte begonnen, und Meiros' Ruf war zerstört.

Zur Belohnung bekam Naxius einen kaiserlichen Freibrief zu forschen, woran auch immer er wollte. Gurvon hatte die Früchte dieser Arbeit während der Noros-Revolte kennenlernen dürfen: ganz besonders bösartige Zauber, die in unscheinbaren Gegenständen und Talismanen versteckt waren. Nach der Revolte machte er sich auf die Suche nach dem Ursprung der Todesfallen und fand schließlich Naxius' verstecktes Labor. Und nun stand der abtrünnige Magus hier.

Gurvon wandte seine Aufmerksamkeit wieder Vult zu. »Kommen wir zum letzten Teil unseres Vorhabens. Vorausgesetzt, alles läuft nach Plan, werden wir Javon und die dortigen Ressourcen bald unter Kontrolle haben. Was bedeutet, dass wir General Korions Armeen noch lange nach dem Ende der Mondflut versorgen können. Herzog Echor von Argundy wird so geschwächt sein, dass ihm nur noch der Rückzug bleibt. Die neuen Gnosiszüchtungen werden uns die Überlegenheit auf dem Schlachtfeld sichern. Das Einzige, worum wir uns dann noch kümmern müssen, ist die Brücke selbst.«

Alle im Raum horchten auf. Den kaiserlichen Magi war die Leviathanbrücke verhasst, doch die Gesamtheit der Gnostiker war geteilter Meinung. Die Brücke hatte die Händlergilde unfassbar reich gemacht. Sie hatten Ländereien erworben und sich damit – sehr zur Verärgerung der Krone – nicht nur einen höheren Status erkauft, sondern auch Ehen mit Magifrauen. Dass das Kaiserhaus die Brücke nun unter seiner Kontrolle hatte, änderte daran nichts. Die Wirtschaft war immer noch von den Mondfluten abhängig: zwei Jahre Ernte und dann zehn Jahre Warten. Es war sogar schlimmer denn je.

»Wir alle wissen, dass der Zweite Kriegszug ein finanzielles Desaster war«, fuhr Vult fort. »Wurde nicht sogar hier in diesem Raum darüber debattiert, die Brücke nach dem Kriegszug zerstört werden sollte?«

»Die Brücke ist ein notwendiges Übel«, brummte Betillon. Hebusal war die größte Stadt in Westantiopia; sein Gouverneursposten hatte auch ihn über die Maßen reich gemacht. »Sie zu zerstören wäre unser Tod.«

Deiner zumindest, dachte Gurvon.

Vult sprach gelassen weiter, als spürte er nicht, auf welch dünnem Eis er sich bewegte. »Die Gründe, die gegen eine Zerstörung der Brücke sprechen, sind unvermindert gültig. Obwohl die Kriegszüge mit jeder Mondflut kostspieliger werden und jedes Mal weniger einbringen, lähmen sie doch den Handel, und das schwächt die Gilde und stärkt die Krone. Durch die Kriegszüge dominieren und schwächen wir Antiopia. Gefährlichen Männern wie Rashid Mubar mehr Macht zukommen zu lassen, als sie ohnehin schon haben, kann nicht in unserem Interesse sein.«

»Exakt«, warf Korion ein. »Wir müssen ihnen auch weiterhin das Messer an die Kehle halten.«

»Ganz recht«, sprach Vult weiter. »Dank Magister Naxius und seiner hervorragenden Kenntnisse über die Brücke haben wir nun eine neue Lösung für das Problem.«

»Und die wäre?«, fragte Betillon ungeduldig.

»Ihr alle wisst, dass Urtes Oberfläche aus einzelnen großen Landmassen besteht, die Kontinentalplatten genannt werden?«, fragte Vult in die Runde.

Die Anwesenden nickten einmütig.

»Dann wisst Ihr also auch, dass die Leviathanbrücke auf einem Meeresrücken erbaut wurde, der von Pontus nach Dhassa führt. Was jedoch für viele neu sein dürfte, ist, dass es sich bei diesem Meeresrücken um die Überreste einer Landbrücke handelt, die Yuros einst mit Antiopia verband. Nun, der Ordo Costruo hat ausführliche Forschungen über die versunkene Landbrücke angestellt und ist zu dem Schluss gekommen, dass sie vor gerade einmal zweitausend Jahren von einem Meteor getroffen wurde. Der Einschlag löste schwere Erdbeben und Fluten aus. Die Mythen Dhassas und Sydias erzählen bis heute davon. Außerdem zerstörte er die Landbrücke und trennte die beiden Kontinente voneinander.«

»Das Werk Kores«, kommentierte Wurther fromm.

»Möglich«, räumte Vult ein, »aber auch ein Ärgernis. Rondelmar verfügt über die Macht, ganz Antiopia zu unterwerfen, doch die Brücke ist nur alle zehn Jahre für zwei Jahre passierbar. Wir haben nicht genug Windschiffe, um eine Besatzungsarmee, die groß genug wäre, die Nooris zu unterwerfen, dauerhaft in Antiopia zu stationieren und zu versorgen. Sie sind derart in der Überzahl, dass wir Hebusal halten können, mehr nicht. Wäre es da nicht sehr viel besser, wenn wir die Landbrücke wieder aus dem Meer heben könnten und dauerhaften Zugang zu Dhassa und den dahinter liegenden Ländern hätten? Mein Kaiser wäre damit in der Lage, ganz Antiopia zu besetzen und zum Herrscher der gesamten bekannten Welt zu werden.«

»Ihr wollt einen Meeresrücken heben?«, höhnte Korion. »Seid Ihr endgültig größenwahnsinnig geworden? Ein Erdmagus kann einen Felsen heben, aber nicht einen Gebirgszug den Tiefen des Ozeans entreißen! Selbst wenn Ihr alle Magi Urtes zusammenzieht, habt Ihr nicht die ...«

»Aber ja doch, wir haben die Macht«, fiel Naxius ihm ins Wort. Seine Stimme troff nur so vor Selbstgefälligkeit. »Sie liegt in der Brücke selbst.«

»In der Brücke? Die ist doch nur ein Haufen Steine.«

»Genau genommen, General, ist die Leviathanbrücke das größte gnostische Reservoir, das je erschaffen wurde«, widersprach Naxius. »Die Kuppeln der fünf Türme sind mit Trauben aus Kristallen besetzt, wie Delta gerade einen verwendete. Sie wandeln Lichtenergie, die wir Solarus nennen, in gnostische Energie um. Diese Energie wird benötigt, um die Brücke instand zu halten, solange sie unter dem Meeresspiegel liegt. Wenn wir sie anzapfen, könnten wir damit eine ganze Stadt auslöschen.«

Korion wirkte schon weniger abgeneigt. »Ist das wahr?«

»Alle unsere Erkenntnisse unterstützen die Theorie«, antwortete Vult.

»Und warum bauen wir dann nicht Waffen aus Solarus-Kristallen?«, fuhr der General auf.

Gurvon musterte Dubrayle und Betillon. Mit Sicherheit überlegten sie gerade, wie sie die Kristalle zu Geld machen konnten. Wurther fragte sich wahrscheinlich, ob sie zum Kochen zu gebrauchen waren.

»Das Problem liegt in der Handhabung«, erwiderte Vult. »Ein einzelner Kristall speichert zu wenig Energie. Man bräuchte so viele, dass sie nicht mehr transportierbar wären. Außerdem sind sie selten, ihr Gebrauch ist kompliziert, kräftezehrend und gefährlich. Ohne ausreichenden Schutz ist er sogar tödlich.«

»Magister Vult hat ganz recht«, stimmte Naxius mit ein. »Dennoch lässt sich ihre Energie freisetzen. Der Turm in der Mitte der Brücke ist der Knotenpunkt, von dem aus die Energie auf die anderen Türme verteilt wird. Dieser Vorgang wird von Thronen in den fünf Türmen gesteuert, und zwar von ranghohen Reinblutmagi des Ordo Costruo. Sie wandeln das Solarus in Erdgnosis um, mit der sie die Brücke speisen. Ohne diese ständige Energiezufuhr würde die Brücke von den Fluten zerstört. Die Aufgabe erfordert erhebliche Macht und Erfahrung – ich war einst selbst damit betraut«, brüstete er sich.

Die Ratsmitglieder musterten den greisen Magus unbehaglich, bis Lucia fragte: »Und wie lautet Euer Vorschlag?«

Als wüsstet Ihr die Antwort nicht schon längst …

Naxius zeigte politisches Geschick und überließ die Bühne seinem Fürsprecher. »Das soll Magister Vult erklären, schließlich war er es, der diesen Plan ersonnen hat. Ich habe lediglich mein Wissen über die Brücke und die darunterliegende Landmasse beigetragen.«

Schlau genug, um den Ruhm zu teilen, dachte Gurvon. *Und natürlich das Risiko.*

Vult sprach voller Eifer weiter. »Die Magi auf den Thronen sind in der Lage, der Brücke ihre Kraft zu entreißen und sie in eine beliebige Form der Gnosis umzuwandeln. Allerdings ist die Reichweite begrenzt. Sie ließe sich beispielsweise nicht verwenden, um Feuer auf das dreihundert Meilen entfernte Hebusal regnen zu lassen. Unser Vorhaben allerdings ist machbar: Genau unter der Mitte liegt ein Felsen von der Größe eines Hügels zwischen den Kontinentalplatten eingekeilt – ebenjener Himmelskörper, der die Landbrücke einst unter den Ozean drückte. Wenn wir ihn zerstören, würde sie sich wieder heben.«

Calan Dubrayle beugte sich nach vorn. »Sagt das noch mal, Magister.«

»Wenn wir den Himmelskörper zerstören, würde die Land-brücke sich wieder heben. Für immer.«

»Eine bleibende Verbindung zwischen Yuros und Antiopia? Eine Straße von Pontus nach Dhassa, die das gesamte Jahr passierbar ist?«

»Und die es uns ermöglicht, unseren Herrschaftsbereich über ganz Urte auszudehnen«, fügte Lucia leise hinzu. »Das Reich meines Sohnes – *unser* Vaterland.«

Gurvon hob die Hand. »Wenn wir diesen Plan in die Tat umsetzen, wird es ein Erdbeben geben wie keines zuvor. Jedes Gebäude in Pontus und Dhassa wird einstürzen. Die Auswirkungen werden wahrscheinlich noch bis ins Brekaellental in Yuros und bis in die Gebirge zwischen Dhassa und Kesh zu spüren sein. Dhassa und Pontus werden von Flutwellen über-spült. Nicht eine Menschenseele dort wird überleben. Millionen werden sterben, viele davon Yurer.«

Selbst Kaltus Korion sah etwas erschrocken aus, nachdem Gurvon geendet hatte. *Gut*, dachte er. *Ihr alle müsst die volle Tragweite dessen begreifen, was wir hier planen. Das sind Entscheidungen, wie sie sonst nur Götter fällen.*

Und vergesst nicht, mich hinterher zu bezahlen.

»Tun wir's, jetzt!«, schnaubte Betillon, dem sein Gewissen noch nie Probleme bereitet hatte.

Naxius schüttelte den Kopf. »Das ist unmöglich. Solange die Brücke unter dem Meer versunken ist, verlieren die Solarus-Kristalle beständig an Energie. Zu Beginn der Mondflut sind sie praktisch leer. Erst wenn die Brücke sich aus den Wellen erhebt, füllen sich ihre Speicher wieder auf. Um den Meteor zu zerstören, müssen sie randvoll sein, und das wird erst am *Ende* der nächsten Mondflut der Fall sein, im Juness 930, also in drei Jahren.«

»Was ist mit meinem Heer?«, warf General Korion ein. »Wo befinden sich meine Truppen, wenn der Hammer fällt?«

»Mein Rat lautet, sie gegen Ende der Mondflut nicht nach Yuros zurückzuholen. Sie sollten weit im Osten in Zhassi oder Kesh bleiben, sagen wir: auf jeden Fall östlich der Ebensar-Höhen. Damit befänden sie sich auf einer anderen Kontinentalplatte und somit – abgesehen von ein paar kleineren Erdstößen – in Sicherheit. Wenn Eure Versorgungsroute nach Javon noch offen ist, wärt Ihr am idealen Ort, um die Katastrophe auszusitzen und danach den Kriegszug fortzusetzen.«

»Klingt gut«, erwiderte Korion. Dann runzelte er die Stirn. »Was ist mit Echor?«

»Dank der anderen Vorbereitungen, die wir bereits getroffen haben, werden die Keshi bis dahin sein Heer so gut wie ausradiert haben«, antwortete Gurvon. »Wahrscheinlich wird er die Überreste gerade über die Brücke führen, wenn es passiert, oder er ist bereits in Pontus und leckt seine Wunden.«

»Wo die Flutwelle ihn wie eine Ratte ersäufen wird!«, rief Betillon und klopfte sich vor Lachen auf den Schenkel.

»Danach«, meldete Vult sich wieder zu Wort, »kann Rondelmar nichts mehr davon abhalten, ganz Antiopia für immer zu erobern, ja, die gesamte Welt. Der einzig limitierende Faktor wird die Zahl der zur Verfügung stehenden Soldaten sein.«

»Wenn sie die Zerstörungen sehen und merken, welch reiche Beute auf sie wartet, werden unsere Vasallenstaaten sich bedingungslos unterwerfen«, fasste Lucia mit einem zufriedenen Lächeln zusammen. »Der Ordo Costruo wäre mit einem einzigen Streich ausgeschaltet, und die Händlergilde könnte keinen Profit mehr aus der Brücke schlagen. Jeglicher Profit würde durch die Hände unserer Gouverneure fließen, die Heiden wären unterjocht und müssten endlich vor Kores Thron niederknien. Ein neues, nie endendes goldenes Zeitalter für Rondelmar.«

Was wir hier schmieden, ist nicht nur ein Plan, überlegte Gurvon. *Wir erschaffen eine neue Welt.*

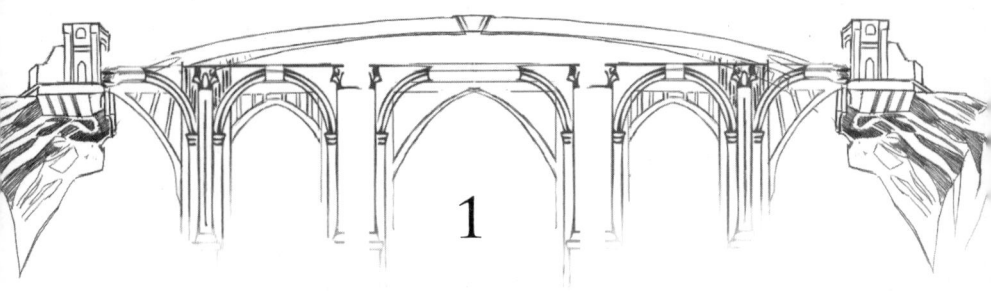

DIE MÖRDERIN DES MESSIAS

DER MORD AN CORINEUS

Wehe, tausendmal wehe! Wie konnten wir die Schlange nur übersehen, die giftige Viper in Gestalt eines Weibes, die sich in unsere Mitte geschlichen hatte, um dort auf den richtigen Moment für ihr Verbrechen zu warten? Stellt euch das Paradies vor, zu dem Urte hätte werden können, hätte Corineus nur überlebt!

DAS BUCH KORE

Nach fünfhundert Jahren wissen wir immer noch nicht mehr darüber, warum Lillea Selene Sorades, bekannt als Corinea, inmitten der Aszendenz der Gesegneten Dreihundert Johan Corin ermordete. Sie verschwand, bevor die meisten überhaupt wussten, was passiert war, und wurde nie wieder gesehen. Was geschah in jener wirren Nacht, das sie zu dieser Tat veranlasste? Vielleicht werden wir es nie erfahren.

ANTONIN MEIROS, ORDO COSTRUO,
880 (500. JAHRESTAG DER ASZENDENZ)

Alaron Merser saß auf der feuchten Tempeltreppe und starrte auf den Fluss Imuna hinaus, der an seinen Zehen leckte. Ein paar Schritte von ihm entfernt spielte der Zain-Novize Yash mit dem sieben Monate alten Dasra Meiros. Beide waren klatschnass und sahen quietschvergnügt aus.

»Ich kümmere mich um ihn, wenn du mal eine Pause brauchst!«, rief er Yash zu. Der junge Zain hatte ein gutes Wort für sie eingelegt, als Alaron mit Ramita und Dasra im Kloster um Zuflucht ersucht hatte.

Yash warf ihm einen beleidigten Blick zu. »Al'Rhon, seit ich hier bin, habe ich mich noch nie so gut amüsiert wie jetzt.« Er hatte noch nie zu den Asketen gehört.

Alaron war froh, dass ein anderer sich um den Kleinen kümmerte. Er konnte Dasra nicht einmal ansehen, ohne an dessen Zwillingsbruder Nasatya zu denken, den Huriya Makani und Malevorn Andevarion vor zwei Tagen entführt hatten. Alle Versuche, sie durch Hellsehen aufzuspüren, waren fehlgeschlagen, und Alaron zerfleischte sich in Selbstvorwürfen.

Ich hatte Nasatya auf den Armen und habe ihn verloren. Ich hatte die Skytale in meinen Händen und habe sie verloren. Ich habe mit Malevorn gekämpft und verloren. Zum hundertsten Mal.

Er senkte den Kopf und vergrub das Gesicht in den Händen. Die Last seines Versagens war kaum zu ertragen.

Nach dem Gemetzel, das Ramitas ehemalige Blutsschwester und ihre Seelentrinker im Mogulnpalast angerichtet hatten, hatte er sich mit Ramita in Yashs Kloster geflüchtet, während Mogul Tariq in der Stadt Jagd auf sie machen ließ. Sie mussten bald wieder von hier verschwinden.

Warum Malevorn an Huriyas Seite kämpfte, war ihm unbegreiflich: Er gehörte zur Kaiserlichen Inquisition, deren oberste Aufgabe es war, die Seelentrinker zu vernichten. Es ergab einfach keinen Sinn. Nichtsdestotrotz war es ihnen gelungen, Alaron und Ramita in die Enge zu treiben. Mit Ramitas Kindern als Geiseln hatten sie schließlich einen Austausch erzwungen: einer der Zwillinge gegen die Skytale.

Ich habe sie im Stich gelassen … Ramita muss mich hassen!

Was sein Versagen noch schlimmer machte, war die Tatsache, dass er sich hoffnungslos in Ramita verliebt hatte. Die Erkenntnis hatte ihn im denkbar ungünstigsten Moment getroffen, mitten in der Schlacht gegen die Dokken. Aber das änderte nichts: Die Liebe zu ihr war genauso Teil seines Wesens wie die Elemente Wasser und Luft. Während all der Monate, die sie miteinander verbrachten, sich gemeinsam in der Gnosis übten, unvorstellbare Wunder und Gefahren erlebten, war sie beständig gewachsen, um endlich ans Licht zu treten, als sie gemeinsam dem Tod gegenüberstanden. Ramita war der Pulsschlag seines Herzens.

Genauso klar war ihm, dass sie seine Gefühle nicht erwiderte. Sie hatte ihn sogar im Rahmen einer lakhischen Zeremonie, genannt Rakhi, zu ihrem Bruder gemacht. Wahrscheinlich um zu verhindern, dass er auf dumme Gedanken kam. Ramita mochte ein einfaches Mädchen vom Aruna Nagar Markt sein, doch sie war auch die Witwe von Antonin Meiros – Mitglied der Gesegneten Dreihundert und einer der mächtigsten Magi seiner Zeit.

Wer bin ich schon, dass ich mir einbilde, von ihr träumen zu dürfen?

Yash war sein Freund, seit sie sich im Mandira Khojana begegnet und dann gemeinsam nach Teshwallabad gereist waren. Er war es, der die Klostervorsteher dazu bewegt hatte, sie aufzunehmen. Doch mit jeder Stunde, die sie blieben, brachten sie ihre Gastgeber in größere Gefahr. Sie hatten schon so viel Tod und Zerstörung über andere gebracht und durften es nicht noch einmal tun.

Seit ihrer Ankunft hatte er Ramita kaum gesehen. Sie hatte die letzten beiden Tage fast ausschließlich mit Gebeten an ihre Omali-Gottheiten verbracht. Für die Zain waren alle Götter gleich, doch da sie ursprünglich aus Lakh stammten, unterhielten sie in ihren Tempeln auch stets einen Omali-Schrein.

Als Ramitas leicht zitternde Stimme aus dem Tempel zu ihm herüberdrang, sprang er sofort auf.

»Al'Rhon? Kannst du kurz kommen?«

Etwas in ihrem Tonfall schrie geradezu: Gefahr! Alaron packte seinen Kon-Stab und spannte einen Gnosisschild auf. »Lass das nicht aus den Augen«, sagte er zu Yash. »Vielleicht ist ja gar nichts, aber …«

Aber vielleicht sind Huriya und Malevorn gekommen, um zu Ende zu bringen, was sie begonnen haben.

»Vishnarayan-ji, Beschützer der Menschen, erhöre mich! Hilf mir! Darikha-ji, Königin des Himmels, hilf mir! Höre mich, Kaleesa-ji, Dämonentöterin, komm und steh mir bei! Makheera-ji, Göttin des Schicksals, überdenke deinen Plan und rette meinen Sohn!«

Seit dem schrecklichen Kampf im Mogulnpalast vor zwei Tagen hatte Ramita die meiste Zeit damit verbracht, die Götter auf Knien anzuflehen, das geschehene Unrecht rückgängig zu machen, hatte mit Gedankenkraft und Gnosis um Gnade und Gerechtigkeit gefleht. Immerhin war sie eine Magi, die Götter *mussten* sie hören. Bestimmt würden sie Ramita zu ihrem verschollenen Sohn führen.

Doch die Götter schwiegen beharrlich.

Schließlich gab sie gedemütigt auf. Sie erhob sich, ihre Knie schmerzten, da fielen ihr die Worte ihres Vaters wieder ein.

»Die Götter helfen nur denen, die sich selbst helfen«, hatte er immer gesagt. Sie wandte sich gerade zum Ausgang, als sie wie versteinert innehielt – die Statue der Schicksalsgöttin Makheera-ji bewegte sich und trat von ihrem Podest herunter.

Ramitas Herz setzte einen Schlag lang aus.

Die lebensgroße Statue war blau bemalt, ihr dickes, gelocktes Haar sah aus wie ein Schlangennest. In ihren sechs Händen hielt sie die Symbole des Wissens und der Macht, aber es war der Blick ihrer goldenen Augen, der Ramita lähmte.

»Makheera-ji?«, keuchte sie.

Die Göttin lachte nur und verwandelte sich erneut…

Alaron blieb vor der schmalen Tür stehen und spähte in den Tempel. Das Innere wurde vom sanften Schein der Öllampen erleuchtet, flackernde Schatten tanzten über die blau bemalten Steingesichter der Omali-Gottheiten. Manche schauten grimmig, andere weise. Einen schrecklichen Moment lang glaubte er, sie wären lebendig geworden und hätten Ramita umzingelt, die in ihrem weißen Witwengewand reglos in der Mitte stand. Sicher lag es nur an der schummrigen Beleuchtung.

»Was ist?«, fragte er, während seine Augen sich an das Dämmerlicht gewöhnten.

»Wir haben eine Besucherin«, antwortete Ramita in eigenartigem Tonfall. Normalerweise war sie sich ihrer Worte immer sicher; wenn sie etwas nicht verstand, überließ sie es einfach ihren Göttern. Doch im Augenblick wirkte sie vollkommen ratlos.

Alaron musterte die in eine dunkle Robe gehüllte Gestalt, die hinter Ramita am Rand des Lichtscheins stand. Sie war schlank und hielt sich leicht gebeugt. Ihr Haar glänzte silbrig, die helle Haut war von der Sonne gebräunt, und ihr Gesicht war von einem Gespinst aus feinen Fältchen überzogen.

Nichts an der Haltung der Frau schien bedrohlich, dennoch hob Alaron seinen Kon und ging in Verteidigungsstellung. Kein Weißer kam allein hierher, schon gleich gar keine Frau. Außerdem hatte sie eine gnostische Aura. Die Frau war eine Magi.

»Wer seid Ihr?«, fragte er barsch.

»Eine von euren rondelmarischen Gottheiten«, antwortete Ramita mit einer Mischung aus Ehrfurcht und Unglauben in der Stimme. »Zuerst war sie eine Statue von Makheera-ji, aber dann hat sie sich verwandelt.«

Alaron blinzelte. »In Rondelmar gibt es nur einen Gott: Kore. Er ist ein Mann.«

Die Frau verzog geringschätzig den Mund. »Ich habe nie behauptet, eine Göttin zu sein.«

»Sie möchte mit uns reden«, sprach Ramita weiter. »Sie sagt, sie heißt Corinea.«

Corinea! Großer Kore! Alaron taumelte einen Schritt zurück, sein Herz begann zu rasen. »Versteck dich hinter mir«, wies er Ramita mit dünner, zittriger Stimme an. »Diese Frau ist …« *Ja, was eigentlich – eine Helhure? Die Mörderin unseres Messias?*

Alaron glaubte nicht an Götter. Sein Vater hatte ihn zum Skeptiker erzogen. Corineus sei ein gewöhnlicher Sterblicher gewesen, hatte er ihm eingeschärft. Genauso wie seine Schwester Corinea. *Sie kann es unmöglich sein. Andererseits leben Aszendenten verflucht lange. Wenn sie es tatsächlich ist, ist sie keine Göttin, sondern eine Magi. Und zwar eine sehr alte und mächtige.*

Alaron begann zu zittern wie ein neugeborenes Fohlen. Kalter Schweiß lief ihm von der Stirn in die Augen. Schließlich stellte er sich zwischen die Frau und Ramita. »Was wollt Ihr?«

»Nur reden. Ich will euch nichts Böses.«

»Warum solltet Ihr mit uns reden wollen?«

»Zwei Tage habe ich den Gebeten dieser jungen Frau zugehört. Vieles, von dem sie gesprochen hat, liegt auch mir am Herzen. Sie hat sogar für dich gebetet, Alaron Merser. Es war das erste Mal in meinem langen Leben, dass eine Lakhin einen Rondelmarer in ihre Gebete miteingeschlossen hat.«

Alarons Blick sprang zu Ramita. Sie nickte, und ihre Wangen wurden so rot, dass er einen Moment lang überlegte, wofür sie wohl gebetet hatte. *Konzentrier dich, Idiot!*

»Könnt Ihr beweisen, dass Ihr wirklich seid, wer Ihr zu sein behauptet?«, fragte er weiter. *Corineus' Mörderin. Außerdem seine Schwester und Geliebte …*

»Das wird nicht ohne Weiteres möglich sein. Es sei denn, natürlich, du würdest in Bewusstseinsverbindung mit mir treten.«

Alaron erschauerte. Ohne entsprechende Schutzvorkehrungen waren solche Verbindungen hochgefährlich. Der stärkere der beiden Magi hatte den anderen vollkommen in der Hand.

»Ich tue es«, sagte Ramita plötzlich.

Alaron erschrak. »Nein!«

»Meiros hat gesagt, ich wäre stärker als selbst eure Aszendenten«, rief sie ihm ins Gedächtnis.

»Niemand ist stärker als ein Aszendent«, warf Corinea hochmütig ein.

»Wenn sie wirklich Corinea ist, gebraucht sie die Gnosis seit fast sechshundert Jahren!«, protestierte Alaron. »*Ich* werde es tun. Ich bin verzichtbar.«

»Bist du nicht!«, rief Ramita entsetzt. »Du bist mein Bruder, ich verbiete es dir!«

Sie hat wirklich eine eigenartige Auffassung von einem Bruder-Schwester-Verhältnis, überlegte Alaron. Gleichzeitig spürte er, wie sehr ihm Ramitas Sorge schmeichelte.

Corinea musterte Ramita aufmerksam. »Du bist Antonin Meiros' Witwe«, überlegte sie laut. »Die Jahrhunderte haben gezeigt, wie viel Gutes in ihm steckte, und dennoch hat er sich geweigert, mich zu treffen. Selbst sein Ordo Costruo, der sich dem Frieden verschrieben hat, hat Jagd auf mich gemacht.«

Ich bin sicher, er hatte einen guten Grund dafür. Alaron schaute Ramita aus dem Augenwinkel an und ließ seinen Kon langsam sinken. Er war ein Viertelblut. Wenn das hier wirklich Corinea war, würde ihm der Stab in einem Kampf nicht viel nützen. *Wir müssen die Wahrheit wissen …*

Er machte einen Schritt auf die Fremde zu und streckte den Arm aus. »Einverstanden.«

Noch bevor Ramita dazwischengehen konnte, packte die Frau seine Hand. Bilder brachen über Alaron herein wie eine Flutwelle: junge Menschen, die im Fackelschein in der Dämmerung sangen. Ein Mann mit goldenem Haar und einem unbekümmerten Lächeln auf den Lippen. Dann der gleiche Mann auf einem Podest, vor ihm verzückte Zuhörer, die immer wieder rufen: »Corin! Corin! Corin!« Sie strecken die Hände nach ihm aus, buhlen um seine Aufmerksamkeit. Ein Tumult, Soldaten mit blankem Entsetzen in den Augen, dann wieder Blumenkränze, Visionen von Liebe und Tod, schließlich ein blutverschmiertes Messer …

Über all diesen Bildern schwebte eine starke und unverkennbare Präsenz, wie es typisch war für eine gnostische Bewusstseinsverbindung. Es gab keinen Zweifel: Sie war es. Als Alaron bewusst wurde, dass er die Hand der meistgehassten Frau der Geschichte Urtes hielt, taumelte er erschrocken zurück.

Ramita packte ihn von hinten an den Schultern. »Bhaiya? Al'Rhon?!«, rief sie mit bohrendem Blick.

»Mir fehlt nichts«, keuchte er. Dann riss er sich zusammen und hob den Kopf. »Sie ist es! Großer Kore …« *Die leibhaftige Corinea steht vor uns!*

Eigentlich hatte er erwartet, dass sie jeden Moment in Flammen aufging, ihr Hörner aus der Stirn wuchsen oder sie ihm das Herz aus der Brust riss, aber nichts dergleichen geschah.

»Du hast deine Götter um Rat gefragt, Ramita Ankesharan«, begann Corinea geduldig. »Du hast sie gebeten, dir deinen Sohn zurückzugeben. Sie sollen dir helfen, die Skytale des Corineus wiederzubeschaffen. Sie sollen deinen anderen Sohn beschützen, außerdem den jungen Mann an deiner Seite... Nun, betrachte mich einfach als die Antwort auf deine Gebete.«

Ramita runzelte ungehalten die Stirn ob dieser Lästerung ihrer Götter.

»Was wollt Ihr von uns?«, fragte Alaron nervös.

»Ich will die Skytale.«

Natürlich. Sie will eine neue Aszendenz gründen und sich an den Magi rächen.

Corinea schüttelte den Kopf, als hätte sie seine Gedanken gehört; Alaron war noch nie besonders gut darin gewesen, seinen Geist abzuschirmen.

»Ich habe keine neue Aszendenz im Sinn, Alaron Merser. Die erste hat schon genug Leid gebracht. Zwei Gruppen von Magi, die um die Vorherrschaft ringen, würden die Welt endgültig zerstören. Nein, ich will die Skytale, damit ich meine Seite der Geschichte berichten kann.«

»*Eure* Seite?«

Corineas Stimme wurde bitter. »Ja, diese Seite gibt es, und es ist nicht die, die im Buch Kore steht, das verspreche ich dir.« Ihr Blick sprang zwischen ihm und Ramita hin und her. »Werdet ihr mich anhören?«

Alaron schaute unsicher zu Ramita hinüber. Schließlich nickten sie zögernd.

Eine Stunde später saßen sie in den Räumen, die die Mönche ihnen zugewiesen hatten, um einen kleinen Tisch herum vor einer Schüssel Dal. Die Luft war geschwängert von Räucherwerk und dem würzigen Duft des Dal, zu dem sie Reis und Fladenbrot aßen, um alles mit Quellwasser hinunterzuspülen. Corinea aß, wie es in Lakh üblich war, und knetete das Dal mit dem Reis zu kleinen Kügelchen, die sie sich während des Gesprächs in den Mund warf. Alaron zuliebe sprach sie Rondelmarisch, das Ramita besser beherrschte als er das Lakhische. Yash hatte Corinea misstrauisch beäugt – eine Weiße hatte er noch nie zuvor gesehen –, sich aber nach einigem Hadern mit Dasra in den Speisesaal zurückgezogen, um dort zu Abend zu essen. Der Name Corinea sagte ihm nichts, und so vertraute er am Ende Alarons Zusicherung, dass ihnen keine Gefahr drohte.

»Wer war dein Vorfahre unter den gesegneten Dreihundert?«, fragte Corinea. Alle rondelmarischen Magi-Familien hatten einen Vorfahren unter Corineus' Jüngern.

»Berial.«

»Eine Bricierin mit braunem Haar, ich erinnere mich an sie.« Corinea musterte ihn kurz. »Du hast ihre Nase.«

»Mein Vater sagte, sie sei vor dreihundert Jahren gestorben, aber eine Frau aus der Anborn-Familie wurde von einem ihrer Enkel schwanger. Meine Verwandten sprechen nicht gerne darüber. Warum, ist mir schleierhaft. Alle Halbblut-Linien müssen einmal so begonnen haben.«

Corinea hatte noch nie von den Anborns gehört. »Ich bin sofort nach Johans Tod aus Rondelmar geflohen und kam im gleichen Jahr, als der Ordo Costruo Ahmedhassa entdeckte, hierher. Seither verstecke ich mich auf diesem Kontinent. Über das heutige Yuros weiß ich nur sehr wenig.«

»Wo wart Ihr überall?«, fragte Ramita neugierig.

»An vielen Orten, von Mirobez im Norden bis Südlakh.«

»Meine Familie stammt aus Baranasi.«

»Ich dachte mir schon, dass du von dort kommst«, erwiderte Corinea mit einem verhaltenen Lächeln. »Ich höre es an deinem Akzent, außerdem wickelst du deinen Sari so wie die Frauen dort. Ich kenne Baranasi gut, es ist mein Lieblingsort in Lakh.«

Alaron sah, wie Ramita angesichts des Kompliments erstrahlte. Es gefiel ihm nicht. Die große Frage hing immer noch unausgesprochen in der Luft, er konnte nicht mehr länger damit warten.

»Meine Dame«, begann er ohne jede Vorrede, »es gibt etwas, das ich wissen muss: Warum habt Ihr Corineus ermordet?«

Das Lächeln auf den Gesichtern der beiden Frauen verlosch wie eine Kerze.

»Das kann ich dir sagen«, erwiderte Corinea nachdenklich. »Sertains Version kennst du bereits, aber du hast noch nie die Wahrheit gehört. Lass mich bis ganz zu Ende erzählen. Fälle dein Urteil erst danach.«

Alaron nickte vorsichtig und wünschte sich, die Zain würden irgendeinen Schnaps brauen – er wusste, er könnte schon bald etwas Starkes brauchen.

»Geboren wurde ich als Lillea Selene Sorades«, begann Corinea. »Ich stamme aus einer kleinen Stadt in Estellayne, dem Geburtsort meines Vaters, aber meine Mutter war Argundierin.«

»Dann seid Ihr gar nicht Johan Corins Schwester?!«, unterbrach Alaron. Im Buch Kore stand etwas anderes.

»Aber nein! Wenn er mein Bruder gewesen wäre, hätte ich wohl kaum seine Geliebte werden können. So etwas gibt es nur in Sydia. Meine Mutter kam aus Argundy, und mein Vater war Estellayner. Sie heirateten, als gerade Frieden herrschte. Als neuerlicher Krieg ausbrach, gingen sie nach Westbricia. Dort hörte ich Johan zum ersten Mal predigen. Ich war sechzehn und mit einem bricischen Bauern verlobt, der fünfzehn

47

Jahre älter war als ich und genauso arm wie der Acker, den er bestellte. Johan und seine damals vierzig Jünger kamen einen Monat vor meiner Hochzeit in unser Dorf.«

Sie hatte die Augen halb geschlossen und sprach leise weiter. »Es war Sommer, die Tage waren heiß und feucht, überall schwirrten Bienen und Käfer umher. Der Duft von Blumen, reifem Obst und Beeren hing in der Luft, alles strotzte nur so vor Kraft und Leidenschaft. Johans Gefolge bestand größtenteils aus jungen Männern, die von zu Hause weggelaufen waren, weil sie weder Soldaten noch Bauern werden wollten. Die meisten stammten aus wohlhabenden Familien mit zu vielen Erben. Sie waren gebildet, lasen Gedichte, diskutierten über Moral und gingen mit jeder Frau ins Bett, die ihnen ein Lächeln schenkte. Es waren auch Frauen in Johans Gefolge, so wild und frei, wie ich es mir damals selbst in meinen kühnsten Träumen nicht hätte vorstellen können. Also schlich ich mich heimlich aus dem Haus, um Johan predigen zu hören. Oft stand er am Dorfbrunnen und predigte, dass Freiheit unser Geburtsrecht sei! Seine Freunde tummelten sich in den Schenken, tranken Bier, tanzten mit den Mädchen und flirteten, was das Zeug hielt. Mein Verlobter gehörte zu den Männern, die schließlich Johan und sein Gefolge mit Knüppeln aus dem Dorf trieben. Da lief ich von zu Hause fort und schloss mich ihnen an.«

Alaron runzelte die Stirn. Das Buch Kore sprach von jungen Gläubigen, die beseelt von religiösem Eifer den Namen des einzig wahren Gottes priesen – nicht von einem Haufen Lustmolche, die betrunken von Dorf zu Dorf zogen.

Corineas Miene hellte sich plötzlich auf. »Ich war jung und sehr hübsch. Meine Haut war samtig braun, ganz anders als die der milchweißen Mädchen in Johans Gefolge. Er warf sofort ein Auge auf mich, tanzte nur noch mit mir, und es dauerte nicht lange, da brachte er mir auch den Tanz der Liebe bei.«

48

Sie seufzte wehmütig. »Es war eine Zeit voller Magie. Alles, was er sagte und tat, entzückte mich. Freiheit wurde zu meinem neuen Lieblingswort. Einfach zu tun, was mir gefiel, ohne mich darum zu kümmern, was die Priester und Adligen dazu sagten. Heiraten, wen ich wollte, statt jemanden, den meine Eltern ausgesucht hatten. Aber am wichtigsten war, endlich tun zu dürfen, was sonst nur Männern gestattet war ... die Freiheit war wie ein Rausch, wir wollten sie der ganzen Welt bringen und ein Reich der Liebe gründen.«

Sie lachte leise. »Die närrischen Träume der Jugend eben.«

»War mein Mann auch dabei?«, fragte Ramita.

»Antonin? Er stieß erst in Lantris zu uns. Er war sehr intelligent und immer ernst. Seinen stechenden Blick werde ich nie vergessen. Ein wahrer Schatz.« Sie warf Ramita ein vielsagendes Lächeln zu. »Ich erinnere mich noch gut, wie wir uns unter den Sternen liebten, wenn Johan eine andere mit ins Bett genommen hatte.«

Alaron war schockiert über die anscheinend regelmäßigen sexuellen Ausschweifungen der Leute, die später zum moralischen Vorbild für das gesamte Kaiserreich ausgerufen werden sollten. Ramitas Unbehagen hatte vermutlich viel persönlichere Gründe, auch wenn all das Hunderte Jahre geschehen war, bevor sie Meiros kennengelernt und geheiratet hatte.

»Ich war fast mit allen von Johans engsten Vertrauten im Bett«, fuhr Corinea unbekümmert fort. »Genau das war es, was Freiheit damals für mich bedeutete: tun, was immer ich wollte, mit wem ich wollte. Die Hälfte der Frauen wurde schwanger, ohne zu wissen, wer der Vater war. Ich war ein bisschen vernünftiger und traf entsprechende Vorsichtsmaßnahmen, obwohl Johan unbedingt ein Kind von mir wollte. Damals nannte ich mich Selene – mein argundischer Mittelname –, weil Estellayne sich gegen die rimonische Fremdherrschaft erhoben hatte. Als wir Südrondelmar erreichten, zählten wir über tausend. Mittlerweile waren auch einige Adlige wie Baramitius und Sertain dabei. Ich mochte sie von Anfang an nicht und wurde das Gefühl nicht los, dass sie sich uns aus den falschen Gründen angeschlossen hatten. Zum einen waren sie mir zu ehrgeizig, zum anderen braute Baramitius ständig neue, unberechenbare Kräutermixturen. Aber Johan mochte die beiden. Mit Frauen ging er gerne ins Bett, doch über die wirklich wichtigen Dinge sprach er nur mit Männern.«

Corinea verstummte kurz. Ein Ausdruck des Bedauerns trat auf ihr Gesicht. »Wir hätten mehr miteinander reden sollen, er und ich.«

»Was ist dann passiert?«, fragte Alaron, der nun trotz seiner anfänglichen Bedenken fasziniert zuhörte.

»Wir zogen weiter Richtung Norden, und Johan wurde immer dreister. Er fing an, sich mit Corineus ansprechen zu lassen. Obwohl wir einander überhaupt nicht ähnlich sahen, nannte er mich Corinea und behauptete, ich wäre seine Schwester und Geliebte, nur um die Leute zu schockieren! Wir wurden immer extremer. Die ersten Mitglieder verließen die Gruppe bereits wieder, es gab ständig heftige Streitigkeiten. Meiros und seine Freunde versuchten, Johan zu bremsen, damit wir am Ende nicht noch Ärger mit dem Gesetz bekamen, aber das stachelte ihn nur noch mehr an. Und Baramitius war besessen von seiner Alchemie. Er prahlte, er sei kurz davor, den Trank des ewigen Lebens zu brauen, von dem in den alten Mythen der Kore die Rede war.«

Ramita horchte auf. »Sind Corineus und Kore nicht ein und derselbe?«

Corinea lachte herzlich. »Um Himmels willen, nein! Kore ist ein uralter rondelmarischer Gott. Vergiss nicht, das alles geschah zur Zeit des Rimonischen Reiches. Rondelmar war damals nur eine Provinz. Alle mussten neben ihrer Muttersprache auch Rimonisch sprechen, und die einzigen Götter, die man öffentlich anbeten durfte, waren Sol und Lune, die Sonnen- und Mondgottheiten des Sollan-Glaubens. Kores Kirche existierte nur im Untergrund. Aber dann kam Baramitius und erklärte Johan, er hätte endlich *den* Trank gefunden. Zu diesem Zeitpunkt waren wir alle längst abhängig von seinen Mixturen. Das Gerede vom ewigen Leben hielten wir für eine Ausgeburt seiner eigenen Wahnvorstellungen. Baramitius verabreichte uns über Tage hinweg winzig kleine Dosen und schrieb alles auf, als wollte er unser Innerstes bis ins Letzte ergründen. Schließlich hatte er das endgültige Rezept, genau zugeschnitten auf jeden Einzelnen von uns. Er warnte uns noch vor der Wirkung. Die Mixtur sei sehr stark, sagte er, wir würden stundenlang in einen traumähnlichen Zustand verfallen.«

Alaron versuchte nach Kräften, Corineas Erzählung mit dem Buch Kore in Einklang zu bringen, in dem von einem geheiligten Ereignis die Rede war. Skeptiker oder nicht, etwas infrage zu stellen, das er sein Leben lang für zumindest in Teilen für wahr gehalten hatte, fiel ihm verflucht schwer.

»Wir hatten Gerüchte gehört, eine Rimonische Legion sei auf dem Weg zu unserem Lager, um uns zu verhaften«, fuhr Corinea fort. »Baramitius war nicht der Einzige, der spürte, dass dies das Ende unserer glückseligen Freiheit – und für ihn das Ende seiner alchemistischen Experimente – bedeuten könnte. Entsprechend hoch war das Risiko, das er einzugehen bereit war. Die Wirkung des Tranks, den ihr heute Ambrosia nennt, übertraf selbst seine kühnsten Träume. Wir verfielen in eine Art Wachtraum, genau wie er gesagt hatte. Ich erinnere mich noch, wie meine Wahrnehmung intensiver wurde, aber dann fingen die Schmerzen an, so stark, dass ich sicher war, der Trank würde mich umbringen. Seltsamerweise verspürte ich dabei keinerlei Angst. Ich registrierte nur, wie sich mein Geist öffnete, weiter und immer noch weiter, als wandelte ich durch einen Palast voll schillernder Schätze und Menschen. Ich sah

Lichter, spürte die feinsten Stoffe unter meinen Fingern, hörte Lachen und Weinen – und gleichzeitig stand ich mit allem um mich herum in Verbindung, als gäbe es kein Innen und kein Außen mehr. Es war unglaublich erfüllend, als wären wir auf direktem Weg ins Paradies, oder das Paradies auf dem Weg zu uns. Das stärkste Gefühl aber war meine Verbindung zu Johan. Mit nichts als unseren dünnen weißen Kitteln am Leib und Blumen im Haar lagen wir bewegungsunfähig da, Hand in Hand, und teilten jede Empfindung, jeden noch so kleinen Gedanken. Die Intimität zwischen uns wurde von Moment zu Moment stärker, bis es sich anfühlte, als wären wir eins. Das war die tiefste Verbindung, die ich je empfunden habe. Dann fingen die Visionen an.«

Corinea nahm einen Schluck Wasser. Ihre Stimme hatte immer erregter geklungen, beinahe fiebrig. Als sie weitersprach, war sie wieder ruhiger.

»Heute weiß ich, dass die Ambrosia meinen Körper an den Rand des Todes brachte, während sie die darin gefangene Seele freisetzte. Wer es überlebte, erhielt jene Kräfte, die ihr inzwischen die Gnosis nennt. Bei den meisten handelte es sich um einfache Dinge wie Wasser oder Feuer zu manipulieren, die Intelligenteren unter uns entwickelten entsprechend komplexere Fähigkeiten. Johan war ein Visionär und ich in gewisser Weise auch. Mit unserem gemeinsamen Bewusstsein sahen wir Dinge, die kommen würden, eine Welt, errichtet auf der Gnosis. Und dann hat Johan versucht, mich umzubringen.«

Corineas letzter Satz war wie ein Eimer eiskaltes Wasser. Alaron griff instinktiv nach Ramitas Hand, und Ramita erwiderte den Druck seiner Finger.

»In der Vision, die wir teilten, war ich eine Seherin, aber in der Zukunft, die ich sah, gab es keinen Johan«, fuhr Corinea fort. »Denn wie so viele andere in unserer Gruppe war es ihm nicht vergönnt, vollen Zugang zur Gnosis bekommen. Sein

Körper wehrte sich gegen die Ambrosia, und so wurde er nur zum Seelentrinker …«

Alarons Kehle wurde staubtrocken. Ketzerei war gar kein Ausdruck für Corineas Geschichte. Sie war eine unfassbare Verkehrung von allem, was die Kirche lehrte. Im Buch Kore, zumindest in der von Baramitius überarbeiteten Version, war Corineus der Retter, der sich für seine Anhänger geopfert hatte, um ihnen die Gnosis zu bringen.

Corineus ein Seelentrinker? Ausgeschlossen!

»Wir waren eins«, sagte Corinea leise und rau, als kämen ihr die Worte nur schwer über die Lippen. »Er sah das Gleiche wie ich: eine Zukunft, in der ich Kaiserin war, gesegnet mit Fähigkeiten, die Johan nur erlangen konnte, indem er tötete. Er sah sich selbst als Verstoßenen, genauso verteufelt wie die anderen, denen derselbe Makel anhaftete. Anfangs spürte ich nur seine Panik, erst danach kam mein eigenes Entsetzen, denn ich liebte ihn aufrichtig, mehr als das Leben selbst. Ich konnte nicht ertragen, was ich gesehen hatte. Schließlich wandte sich Johans Geist anderen möglichen Zukünften zu, in denen er mich tötete, um seine eigenen Kräfte freizusetzen. Alle, die mit dem gleichen Fluch geschlagen waren, wies er an, das Gleiche zu tun, damit nur sie überlebten. Sie wurden zu einer Gemeinschaft von Seelentrinkern, angeführt von Johan Corin. Mit diesem Plan im Kopf zog er sein Jagdmesser …«

»U-Und Ihr?«, stammelte Alaron.

»Ich habe mich gewehrt. Ich habe Johan geliebt, aber meine Mutter war Estellaynerin – ich wusste, wie man mit einem Messer umgeht. Ich umklammerte sein Handgelenk und drehte das Messer herum, während er mit der anderen Hand meine Kehle packte. Als er versuchte, mich mit seinem Gewicht niederzudrücken, bohrte sich die Klinge zwischen seine Rippen und genau ins Herz. Als ich ihn von mir herunterstieß, war er bereits tot. Doch die anderen wachten nun ebenfalls auf. Manche hatten gesehen, was passiert war, oder glaubten das zumindest. Baramitius war als Erster wieder bei vollem Bewusstsein und brüllte, ich hätte Johan ermordet. Da ergriff ich die Flucht.«

Corinea sah jetzt todtraurig aus. »Kann sein, dass ich noch weitere getötet habe, als sie versuchten, mich aufzuhalten. Ich weiß es nicht. Meine Erinnerung an den Rest der Nacht ist bis heute verschwommen. Seit jenem Tag bin ich immer auf der Flucht gewesen.«

Alaron versuchte, das Gehörte zu verarbeiten: Corineus, der Messias der Kore, war also ein Seelentrinker gewesen. Nur seine Geliebte hatte verhindert, dass er sich zum Kaiser über ein ganzes Reich aus Seelentrinkern machte …

»Warum habt Ihr den anderen nicht einfach die Wahrheit gesagt?«, fragte er.

»Die Wahrheit?«, erwiderte Corinea scharf. »Wie hätte ich meine Geschichte beweisen sollen? Warum hätten sie mich überhaupt anhören sollen? Corineus war unser Anführer, alle liebten ihn, nicht nur ich. Was ich getan hatte, war unverzeihlich. Außerdem konnte ich kaum klar denken. Ich wollte nur noch … Ich *musste* weg von diesem Ort. Ich hatte gerade meine große Liebe getötet, mein Idol! Und mit meiner Flucht lieferte ich den anderen den Beweis meiner Schuld.«

Alaron musterte Corinea nachdenklich. *Großer Kore, stimmt überhaupt irgendetwas von dem, was uns gelehrt wurde?* »Was passierte danach?«, fragte er weiter.

»Ich bin entkommen. Alle waren noch benommen, es war das reinste Chaos. Als die Legion im Morgengrauen das Lager stürmte und von den Magi vernichtet wurde, war ich längst fort. Danach waren Corineus' Jünger mit anderen Dingen beschäftigt. Yuros erobern zum Beispiel. Baramitius schrieb das Buch Kore in eine Rechtfertigung für die Niederwerfung Rimonis um; Johan machte er zum Sohn Gottes und mich zu einem Werkzeug Hels, von der ganzen Welt gehasst.«

»Falls stimmt, was Ihr sagt...«, begann Alaron und verstummte.

Es stimmte. Jedes einzelne Wort fühlte sich an wie göttliche Wahrheit. Corineas Version mochte das Gegenteil dessen sein, was die Kirche lehrte, aber das änderte nichts. Ihre Worte waren zutiefst aufrichtig, die Tragweite ihrer Geschichte verschlug Alaron die Sprache.

»Jedes meiner Worte ist wahr«, fuhr Corinea fort, als hätte sie seine Gedanken gelesen. »In Verelon gelang es mir sogar, einen Kore-Priester davon zu überzeugen. Er wurde als Ketzer verbrannt, und ich kam gerade noch mit dem Leben davon. Danach versuchte ich, mit Antonin Meiros in Kontakt zu treten, aber er hatte Johan genauso geliebt wie wir alle und weigerte sich, mich zu treffen. Damals machte er gerade Jagd auf eine Seherin der Dokken, die sich Sabele nannte. Er hielt sie für mein Werkzeug, und ich musste erneut fliehen. Dann ging ich nach Lakh.«

Ramita schaute Alaron ratlos an. »Wieso glaubt Ihr, dass wir Euch helfen können?«, fragte sie schließlich.

»Ich weiß nicht, ob ihr es könnt, aber ihr seid meine letzte Chance. Ich sterbe. Mein Körper verfällt mittlerweile so stark, dass ich es nicht mehr aufhalten kann. Die Zeit fordert ihr Recht, aber ich weigere mich zu sterben, bevor ich nicht ein letztes Mal versucht habe, die Wahrheit ans Licht zu bringen. Als ich von Antonins Tod hörte, machte ich mich auf den Weg nach Norden, in der Hoffnung, dass vielleicht sein Nachfolger bereit sein könnte, mich anzuhören. Dann hörte ich deine Gebete, Ramita. In deinen Gedanken sah ich alles, was ihr gemeinsam durchgemacht habt... dass du Antonins Witwe und auf der Suche nach deinem verschleppten Kind bist. Ich habe gesehen, wie ihr miteinander umgeht. Ihr seid gute Menschen. Deshalb hoffe ich, dass ihr mir helfen werdet. Ihr hattet die Skytale in eurem Besitz. Sie ist so kostbar, dass ich sie als Faustpfand verwenden könnte.«

Ramita beugte sich nach vorn. »Und was bekommen wir, wenn wir Euch helfen?«

Kore im Himmel, wir haben es mit der leibhaftigen Corinea zu tun, und Ramita will mit ihr feilschen!

Die greise Magi lachte heiser. »Du bist durch und durch ein Mädchen aus Aruna Nagar, Ramita Ankesharan. Alles hat seinen Preis, und für den richtigen Preis bekommt man alles!« Sie lächelte wehmütig. »So ist die Welt nun mal. Nun, wie wäre es, wenn ich euch sage, dass ich das *vollständige* Rezept der Ambrosia kenne? Ich weiß von deinen Aufzeichnungen, Alaron Merser. Und ich weiß, dass dir immer noch ein Teil fehlt.«

Alaron schob alle Gedanken an die Ambrosia beiseite und fragte: »Wie sollten ausgerechnet wir Eure Geschichte verbreiten? Wir sind genauso auf der Flucht wie Ihr. Alle Parteien in diesem Krieg sind hinter uns her, sie jagen uns auf beiden Kontinenten.«

»Das weiß ich«, erwiderte Corinea knapp. »Ich verfolge eure Gedanken schon, seit ich vor zweieinhalb Tagen auf euch aufmerksam wurde. Du bist ein verstoßener Magus mit gefährlichen Idealen, Alaron Merser. Du, Ramita Ankesharan, bist die Witwe des armen Antonin und Mitglied des Ordo Costruo, aber mehr noch: Wenn es euch gelingt, die Skytale wiederzubeschaffen, werdet ihr einen neuen Orden gründen. Dann wird euch die ganze Welt zuhören. Ich bitte nur darum, dass ihr euch dann für mich einsetzt.«

Sie schauten einander kurz an, dann sagte Ramita mit ausgesuchter Höflichkeit: »Dame Corinea, Al'Rhon und ich müssen allein miteinander sprechen.«

»Selbstverständlich. Ich werde draußen warten.«

»Nein, nein, wir gehen schon«, widersprach Ramita hastig.

Im ersten Moment war Alaron überrascht, dann fiel ihm wieder ein, dass Yash immer noch mit Dasra am Fluss war.

Ramita rannte beinahe aus dem Tempel, riss Dasra an sich und umarmte ihn verzweifelt.

»Was ist passiert?«, fragte Yash erschrocken. »Soll ich Hilfe holen?«

»Auf keinen Fall!«, widersprach Alaron. »Aber könntest du uns … vielleicht einen Moment allein lassen?«

Yash schaute ihn verdutzt an und zog sich dann mit einer Verbeugung zurück.

In Ramitas Gesicht stand entschlossener Beschützerinstinkt. »Diese Frau hat euren Gott getötet, falls ihre Geschichte stimmt«, begann sie.

Corineas Behauptung, sie habe mit Antonin geschlafen, erwähnte Ramita nicht, und Alaron sagte sich, dass es wohl das Beste war, wenn sie diesen Teil der Geschichte einfach vergaßen.

»Will sie uns wirklich helfen? Oder will sie die Skytale nur für sich selbst?«, fragte Ramita.

Woher soll ich das wissen? Das doppelte Spiel anderer zu durchschauen, war noch nie Alarons Stärke gewesen. »Ich *glaube*, sie ist ehrlich«, antwortete er nach einer kurzen Pause. »Alles, was sie gesagt hat, klingt aufrichtig und wahr, aber ob es stimmt, kann ich dir nicht sagen. Wenn sie wirklich Corinea ist, hat sie sich fünf Jahrhunderte lang mit erstaunlichem Erfolg vor den mächtigsten Magi Urtes versteckt. Alle halten sie für tot. Wenn sie die Skytale will, braucht sie dazu weder unsere Hilfe noch unsere Erlaubnis, denke ich.«

»Trotzdem sollen wir ihr helfen, ihre Version der Geschichte zu verbreiten. Warum?«

»Naja, vielleicht ist es so einfach, wie sie sagt: Sie braucht jemanden, der ihr die Türen öffnet. Allerdings hat Hanouk gesagt, der Ordo Costruo wäre zu Beginn des Kriegszugs zerschlagen worden. Sieht nicht so aus, als ob sie das weiß.«

»Was passiert, wenn wir Nein sagen?«

»Das hängt von ihr ab«, erwiderte Alaron. »Wenn wir ihr aber helfen … Sie behauptet, dass sie das vollständige Rezept der Ambrosia kennt.«

»Was hast du im Sinn, Bhaiya?«

»Hmm, weißt du noch, wie wir versucht haben, herauszufinden, wie die Skytale funktioniert, und verschiedene Zutaten an den Mönchen ausprobiert haben? Die Aufzeichnungen dazu habe ich, aber der Hauptbestandteil des Tranks fehlt noch. Wenn sie uns das verrät, könnten wir nach Khojana-Mandira zurückkehren und die Mönche fragen, ob sie Aszendenten werden und uns dabei helfen wollen, Malevorn und Huriya aufzuspüren.«

Ramitas Augen wurden tellergroß. »Aber sie sind *Zain*, Männer des Friedens!«

Alaron senkte die Stimme. »Schhh! Das weiß ich. Zumindest Yash würde es tun. Wir wissen beide, dass er eigentlich Magus werden wollte, nicht Mönch.«

»Huriya und Malevorn haben die Skytale, sie könnten *Hunderte* Magi erschaffen.«

»Wohl wahr, aber dazu müssten sie das Geheimnis der Skytale aus der Hand geben. Außerdem haben sie wahrscheinlich das gleiche Problem wie wir: Sie wissen nicht, wie sie funktioniert, und niemand kann ihnen helfen, sie zu entschlüsseln. Ich schätze, uns bleibt noch genug Zeit, die beiden zu finden, bevor sie die Skytale einsetzen. Aber dazu brauchen wir Hilfe.«

Ramita streichelte Das' Köpfchen, dann sagte sie entschlossen: »Dann tun wir es.«

Götter im Himmel, wir schließen einen Pakt mit der Helhure …

Ramita nahm unvermittelt seine Hand. »Alaron, ich hatte noch gar keine Gelegenheit … Danke zu sagen. Du hast die Skytale gegen meinen Sohn eingetauscht, und das werde ich dir nie vergessen, Bhaiya. Mein ganzes Leben nicht. Du bist ein wahrer Bruder.«

Er senkte den Blick. »Bin ich nicht. Ich habe dich grenzenlos enttäuscht.«

»Nein, Bhaiya«, widersprach sie. »Ganz im Gegenteil.«

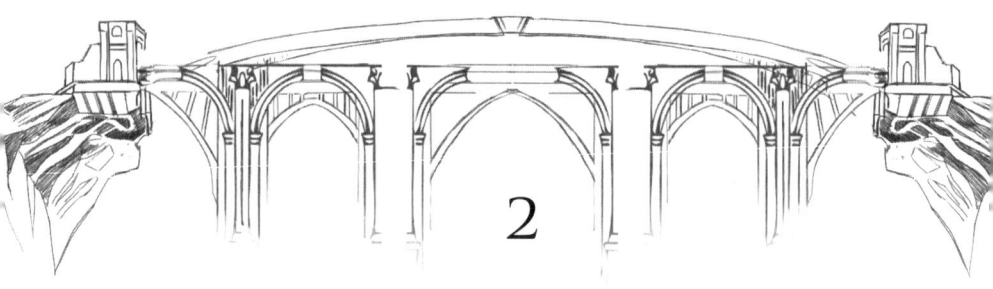

2

DAS BESTGEHÜTETE GEHEIMNIS DES KAISERREICHS

DIE AMBROSIA

Das bestgehütete Geheimnis des Kaiserreichs ist das Rezept der Ambrosia, jenes Tranks, der den Gesegneten Dreihundert die Gnosis gab. Es ist in der Skytale des Corineus verschlüsselt, die Baramitius einst ersann. Es heißt, wer die Ambrosia trinkt und überlebt, wird in die Aszendenz erhoben. Doch es gibt noch eine dritte Möglichkeit: Manche werden zu Seelentrinkern, was nur eine andere Form des Todes ist.

ORDO COSTRUO, PONTUS 772

Malevorn Andevarion stand auf einer Anhöhe irgendwo nördlich von Teshwallabad und blickte auf die staubige Einöde hinab. Kleine Herden durchwanderten sie auf der Suche nach Schatten oder Wasser, wobei er keines von beidem von hier oben sehen konnte. Nach der Schlacht um die Skytale des Corineus war er mit Huriyas Dokken aus Teshwallabad hierher geflohen. *Ich habe gewonnen*, jubilierte er stumm und befühlte mit der linken Hand den abgewetzten Lederbeutel mit der Skytale darin. Die Rechte beließ er auf dem Griff seines Säbels, während sein Blick über den Rest der Gruppe schweifte.

Über ein Dutzend Gestaltwandler waren in den Mogulnpalast eingedrungen, aber lebendig wieder herausgekommen waren nur er und Huriya. Die sechs oder sieben draußen aufgestellten Wachen, angeführt von einer Lokistanerin namens Hessaz, hatten ebenfalls überlebt. Sie und Huriya waren nun die einzigen Frauen in der Gruppe. Hessaz' Haar war zu kurzen Stoppeln geschoren, ihre Haut war ledrig und dunkel, darunter zeichneten sich die Knochen ab. Die kargen Gebirgslandschaften Lokistans brachten harte, einzelgängerische Menschen hervor. Hessaz war in Teshwallabad zur Witwe geworden, und Malevorn bedauerte jetzt schon den armen Tropf, der so dumm war, ihr als nächster Avancen zu machen. Dieser körperlich wie seelisch gebrochene Haufen war alles, was von dem ursprünglich hundert Köpfe starken Rudel noch übrig war.

Huriya Makani war eine kleingewachsene Keshi mit der Macht eines Aszendenten, die sie erlangt hatte, als sie Sabeles Seele verschlang. Sie saß in der Mitte, die anderen im Kreis um sie herum. Auf den ersten Blick war sie – abgesehen von

61

der dunklen Haut – gar nicht mal unattraktiv, aber er hatte auf die harte Tour herausfinden müssen, dass das Äußere täuschte: Huriya war die Einzige im Rudel, die Malevorn fürchtete. Sie hielt ein Kleinkind auf dem Arm, einen der beiden Zwillinge von Antonin Meiros und seiner lakhischen Bauernmagd. Der andere Zwilling war bei Merser. Huriya hatte ihn gegen die Skytale eingetauscht.

Dieser Schwächling! Ich an seiner Stelle hätte bis zum Tod um die Skytale gekämpft.

Die Dämmerung brach herein, trotzdem blieb es heiß und stickig, was seine Verkleidung als Keshi-Söldner noch unangenehmer machte, falls das überhaupt möglich war. Sein Gesicht war von der Sonne gebräunt, der Bart und das ungeschnittene Haar taten ein Übriges, um die Verkleidung echt aussehen zu lassen, doch unter der Lederkluft war Malevorns Haut strahlend weiß. Alle anderen Dokken im Rudel waren dunkel, sie stammten aus Verelon, Sydia und Ahmedhassa. *Minderes Blut, wie der Kampf im Mogulnpalast bewiesen hat. Ihre Gnosis mag stark sein, aber sie wissen nichts damit anzufangen. Nicht einmal mit Alaron Merser konnten sie es aufnehmen. Aber ich habe jetzt die Skytale. Und was hast du, Merser?*

Dass er den Trottel hatte am Leben lassen müssen, war eine Schande, aber ihnen war die Zeit davongelaufen. Die Soldaten des Moguls waren bereits in den Palast geströmt, als er mit Huriya die Flucht ergriffen hatte. Bestimmt hatten sie Merser gefasst. *Ich wette, er brüllt sich gerade auf einer Streckbank die Seele aus dem Leib*, überlegte Malevorn grinsend.

Gelassen musterte er den Kreis aus verdreckten, dunkelhäutigen Gesichtern. Hessaz fingerte an ihrem Bogen herum. Man brauchte kein Hellseher zu sein, um zu erkennen, wie gerne sie ihn auf Malevorn abfeuern würde. Sie hasste ihn genauso wie der Rest des Rudels. Dabei traf ihn keinerlei Schuld an ihrem Dilemma. Huriya hatte das Rudel aus seiner jämmerlichen Existenz in der Wildnis gerissen und auf diese chaotische Jagd nach der Skytale geführt, nicht er. Zugegeben, der größte Teil des Rudels war von einer Faust der Inquisition getötet worden, und daran hatte Malevorn einen nicht geringen Anteil gehabt. Sie hatten ihn dafür bestraft, indem sie ihn zu einem der Ihren gemacht hatten. Trotzdem sahen sie in ihm nach wie vor einen Feind.

Wie viele von diesen Narren werde ich noch umbringen müssen, bis endlich alles vorbei ist?

»Malevorn?«

Er blickte auf und sah, wie Huriya das Baby an Hessaz übergab. Dann kam sie auf ihn zu und streckte fordernd die Hand nach dem Lederbeutel aus, als befürchte sie, er könnte sich weigern, ihn herauszugeben.

»Natürlich, Herz meines Herzens«, sagte er ironisch.

Huriyas Miene verfinsterte sich wegen der Anspielung auf den Zauber, der ihre Leben untrennbar miteinander verband. Falls Malevorn starb, starb auch sie – und umgekehrt. Huriya zog den Lederköcher aus dem Beutel, nahm den Deckel ab und zog das legendäre Artefakt heraus: einen metallbeschlagenen und mit Kuppen besetzten Elfenbeinstab, auf dem Runen eingraviert waren. An einem Ende baumelten vier Lederriemen mit mehreren Knoten darin. Offensichtlich waren sie dazu gedacht, nach einem bestimmten Muster um den Stab gewickelt zu werden.

Huriya drehte die Skytale hin und her. Sie kniff die Augen zusammen und bewegte stumm die Lippen, während Malevorn interessiert zusah. Er fragte sich, wie viel Sabele, auf deren Erinnerungen Huriya zurückgreifen konnte, über die Skytale wusste. So, wie Huriya die Stirn runzelte, konnte es nicht viel sein. Schließlich gab sie ihm den Stab widerwillig zurück.

Malevorn betrachtete die Runen. Ein paar davon kannte er, aber bei Weitem nicht genug. Die Lehrer am Arkanum hatten ihnen nicht viel über die Skytale beigebracht. Nur in einem waren sie sich einig gewesen: dass man über sehr spezielles Wissen verfügen musste, um sie zu entschlüsseln. Er drehte bedächtig am Kopfende und beobachtete, wie die Runen sich veränderten. Erst jetzt wurde ihm bewusst, wie wenig er wusste.

»Worauf wartet Ihr?«, fragte einer der Männer. »Wann heilt Ihr uns endlich?«

Da war es wieder, das Versprechen, das sie in den Untergang geführt hatte. Sabele hatte dem Rudel weisgemacht, die Skytale des Corineus könnte die Dokken »heilen« und sie zu gewöhnlichen Magi machen, die keine Seelen mehr verschlingen mussten, um ihre Kräfte zu regenerieren. Dieser Traum hatte Hunderte von ihnen dazu veranlasst, den halben Kontinent zu durchqueren und den Kampf mit den Inquisitoren aufzunehmen.

»Wie funktioniert sie, Inquisitor?«, riss Huriya ihn aus seinen Gedanken.

»Ich weiß es nicht«, gestand Malevorn.

»Was? Du hast behauptet, du …«

»Ich habe gesagt, dass man über spezielles Wissen verfügen muss. Dieses Wissen habe ich nicht.«

Ein bulliger Sydier namens Tkwir, der in der Schlacht den Kopf eines Ebers trug, sprang auf. »Du dreckiges Lügenmaul! Ich reiße dir …!«

Tkwir blieb schlagartig stehen und schaute blinzelnd auf die Spitze von Malevorns Säbel herunter, die auf seinen Solarplexus gerichtet war. Die anderen Dokken standen drohend auf, aber die Klinge hielt sie auf Abstand. Nur Hessaz blieb ganz ruhig mit dem Baby auf dem Arm sitzen.

Malevorn ließ blaue Flammen aus seiner linken Hand züngeln. »Ich weiß nicht, wie man die Skytale benutzt. Wahrscheinlich kennen weniger als zwei Dutzend Magi ihr Geheimnis. Aber ich kenne einen von ihnen.«

»Wen?«, fragte Huriya scharf.

»Adamus Crozier, der Bischof, der den Angriff auf Euer Lager anführte.« *Und dabei mich, Raine, Dominic und Dranid geopfert hat. Und dafür wird er mir büßen.* »Er macht immer noch Jagd auf uns. Vielleicht ist es an der Zeit, dass er uns findet. An einem Ort unserer Wahl.«

Er sah, wie Huriya überlegte, während Tkwir und die anderen sich zurückzogen.

»Wie viele Männer hat dieser Adamus?«, fragte sie.

»Eine Faust aus zehn Inquisitoren.« *Mehr als genug, um mit deinem zerlumpten Haufen fertigzuwerden.*

»Können wir ihn von seiner Faust trennen?«

»Möglich. Wenn nicht, haben wir nicht den Hauch einer Chance.«

»Wir werden nicht auf ewig so schwach bleiben wie im Moment«, entgegnete Huriya. »Es gibt noch andere Rudel. Kannst du ihn aufspüren?«

»Ja, vorausgesetzt, ich habe einen Gnosisstab, um Kontakt mit ihm aufzunehmen.«

»Du weißt sehr gut, dass wir so etwas nicht herstellen können.«

»*Ich* kann es«, entgegnete Malevorn spitz. »Ich brauche frisches Holz, eine Elle lang und so breit wie eine Hand, je gerader desto besser. Gibt es in diesem koreverfluchten Land irgendwo Bäume?«

»Am Fuß der Nimtaya-Berge nordöstlich von hier wachsen Wälder«, antwortete Hessaz. »Mit großen, immergrünen Bäumen.« In ihre sonst so raue Stimme hatte sich ein wehmütiger Unterton geschlichen, den Malevorn noch nie zuvor gehört hatte. »In den Hochebenen meiner Heimat gibt es auch welche.«

»Nach Lokistan gehen wir bestimmt nicht«, schnaubte einer der Männer.

»In Gatioch, in den Wäldern südlich von Ullakesh in der Nähe vom Tal der Toten, lebt ein Rudel der Bruderschaft«, warf der Vereloner Toljin ein. »Meine Schwester lebt dort. Ich kann uns hinbringen.«

»Ich kenne das Rudel«, erwiderte Huriya. »Oder Sabele kannte es. Wie lange würdest du brauchen, um diesen Gnosisstab zu machen, wenn wir dort sind, *Inquisitor*?«

»Zwei Wochen etwa. Es ist eine anspruchsvolle Aufgabe. Aber für einen Nichthellseher ist ein solcher Stab die einzige Möglichkeit, über große Distanzen mit einem anderen Magus in Kontakt zu treten.«

»Und du kannst dieses Ding wirklich nicht selbst entschlüsseln?«

»Mit entsprechend viel Zeit vielleicht, aber dafür bräuchte ich die Bibliothek eines Arkanums. Habt Ihr eine dabei?«

Huriya warf ihm einen hässlichen Blick zu. Für jemanden mit einem so hübschen Gesicht konnte sie erstaunlich dreckig schauen. »Dann müssen wir nach Gatioch. Morgen. Heute Nacht rasten wir.« Sie ließ ihren Blick über die Männer schweifen und schien zu dem gleichen Schluss zu kommen wie Malevorn: Nur der Abschaum hatte überlebt.

»Was machen wir mit dem Kind?«, fragte Hessaz und hielt Nasatya hoch.

Wieder hörte Malevorn diesen Unterton in ihrer Stimme. Er fragte sich, woher das kam, da fiel ihm wieder ein, dass Hessaz nicht nur ihren Mann verloren hatte, sondern auch ein Kind.

»Wir behalten es«, antwortete Huriya. »Ramita wird es nicht wagen, uns anzugreifen, solange wir es haben. Außerdem wird die Gnosis in ihm eines Tages sehr stark werden. Er ist sehr wertvoll für unser Blut.« Sie tätschelte das Babyköpfchen unbehaglich. »Kümmer du dich um ihn. Ich möchte nichts mit dem wimmernden Balg zu tun haben.« Damit schlenderte sie davon.

Nicht besonders mütterlich, diese Huriya, überlegte Malevorn. Doch Hessaz schien es durchaus zu genießen, den Kleinen an die Brust zu pressen. Sie eilte der Rudelführerin hinterher.

Malevorn blieb mit den sechs Männern zurück. Er verstärkte
den Griff um seinen Säbel. »Und?«, höhnte er. »Versucht's,
wenn ihr euch traut.«

»Fick dich selbst, Inquisitor«, murmelte Tkwir und stapfte
davon.

*Warum nicht? Wahrscheinlich bin ich der Einzige, mit dem
ich hier ein bisschen Spaß haben könnte.*

Sie wanderten am Fuß der großen Berge, aus denen der Imuna
entsprang, nach Nordosten. Unterwegs überfielen sie ein paar
Dörfer, um sich mit Nahrung zu versorgen. Wie ein Sturm fielen sie über die Lehmhütten her, denn ihre Gnosis bedeutete,
dass sie weder Widerstand noch Verfolgung zu fürchten hatten.
Nach zwei Wochen erreichten sie das Hochland südlich von
Ullakesh, der größten Stadt in Gatioch. Hier und da grünte es
aus geschützten Felseinschnitten in der sonst karg-trockenen
Landschaft – wie Achselhaare, witzelte Toljin. Nach zwei weiteren Tagen fand Malevorn einen geeigneten Baum, der dick
und gerade genug war, um den Gnosisstab daraus zu fertigen.

Manche gnostischen Techniken – Zauber, wie die Unein-
geweihten sie nannten – erforderten spezielle Werkzeuge. So
auch die Hellsicht, wenn man sie verwenden wollte, um mit
einem anderen Magus in Kontakt zu treten. Die Lehrer am
Arkanum hatten es Astralharmonien genannt, und selbstverständlich hatte Malevorn sich auch in dieser Disziplin ganz besonders hervorgetan. Mehr noch als die meisten seiner Rein-
blut-Freunde und um Welten besser als Alaron Merser.

Der Gedanke an Merser rief Erinnerungen an den Kampf
im Palast des Wesirs in Teshwallabad wach. Merser hatte um

ein Haar drei Dokken mit Illusionen getötet, und das beunruhigte Malevorn. Er wusste mit absoluter Sicherheit, dass Merser keinerlei Affinität zu Illusionismus hatte. Wie er die Gnosis gebraucht hatte, hätte für ihn eigentlich unmöglich sein müssen. *War es wirklich sein Werk? Oder hat jemand von Merser Besitz ergriffen?*

Aber auch das war ausgeschlossen, blieb also nur noch die beunruhigende Schlussfolgerung, dass Merser sich verändert hatte. *Er hatte die Skytale mehrere Monate lang … Er wird sie doch nicht etwa benutzt haben?*

Nein, hatte er nicht. Merser war nicht mit einem Mal stärker gewesen als früher, sondern irgendwie … fähiger. Er gebrauchte seine Gnosis auf eine Weise, wie Malevorn es noch nie gesehen hatte.

Aber was spielte das schon für eine Rolle? Mittlerweile war er höchstwahrscheinlich tot, und der lakhische Bauerntrampel an seiner Seite, diese Ramita, Huriyas Kindheitsfreundin, hoffentlich auch … Wie Huriya hatte sie unter der Kuppel, die jeden Magus von seinen Kräften abschnitt, Zugang zu ihrer Gnosis gehabt. Huriya war so stark wie eine Aszendentin, und das bedeutete, dass Ramita ebenso stark war. Eine so heftige Manifestation der Gnosis aufgrund einer Schwangerschaft hatte es in der gesamten bisherigen Geschichte nicht gegeben. Noch so ein Rätsel.

Vielleicht sind Merser und dieses Weibsstück doch entkommen. Vielleicht machen sie Jagd auf uns.

Malevorn machte sich allerdings keine allzu großen Sorgen deshalb und konzentrierte sich wieder auf den Gnosisstab. Während er daran arbeitete, vergnügte der Rest des Rudels sich anderweitig, größtenteils mit Jagen und Schlafen. Huriya und Hessaz mieden die Männer, was diese entsprechend launisch und aggressiv machte – und ihren Gestank noch weiter verschlimmerte, falls das überhaupt möglich war. Malevorn und die beiden Frauen waren die Einzigen, die sich die Mühe machten, sich in den eiskalten Schmelzwasserbächen an den Hängen zu waschen. Keine der beiden machte ihm Avancen, aber Malevorn hatte ohnehin keine Lust auf sie. Nicht auf eine Dunkelhäuterin. Nicht einmal auf Huriya, die unbestritten ihre Reize hatte. Der Bindungszauber, mit dem er sie beide belegt hatte, sollte sich angeblich auch auf die Gefühle auswirken, aber falls das stimmte, merkte er bisher nichts davon. Zu allem Überfluss war es leider so gut wie unmöglich, den Zauber jemals wieder aufzuheben.

Schließlich vergrub er sich in seine Arbeit, zerteilte den Stamm in schmale Streifen, befreite die Streifen von der Rinde und verband sie mit Sylvanismus zu einem vollkommen geraden Stab. Als Nichthellseher war seine Reichweite selbst mit diesem Hilfsmittel begrenzt, aber da er Adamus persönlich kannte, standen die Chancen gar nicht einmal so schlecht, dass der Crozier Malevorns Ruf hören würde.

Erst im Okten, in der Nacht des Neumonds, als Toljin und Huriya bei dem anderen Gestaltwandlerrudel waren, um zu verhandeln, erkletterte Malevorn mit dem fertigen Stab eine Anhöhe und schickte seine Gedanken aus.

»*Adamus Crozier!*«, rief er in den Äther.

Du hast Dom und Dranid verraten, du Schwein.

»*Adamus Crozier!*«

Und du hast Raine auf dem Gewissen. Dafür werde ich dir die Eingeweide herausreißen.

»*Adamus Crozier! Meister, ich brauche Eure Hilfe!*«

»Ihr müsst den Inquisitor töten«, sagte Hessaz zum hundertsten Mal, aber Huriya hörte nicht hin.

Das kann ich nicht. Nicht mit diesem verfluchten Zauber, der uns aneinander bindet. Mein Herz ist sein Herz. Wenn es stehen bleibt, hört auch meines auf zu schlagen.

Doch das konnte sie Hessaz nicht verraten. »Er nützt uns«, sagte sie nur und vermied den bohrenden Blick der Lokistanerin.

Die beiden Frauen hatten während der vergangenen Wochen viel Zeit miteinander verbracht, doch es war kein einfaches Zusammensein. Hessaz war ein verbitterter Besen, zurückgewiesen von dem Mann, den sie wollte, und enttäuscht von denen, die sie stattdessen bekommen hatte. Nach und nach entdeckte Huriya allerdings auch nützliche Seiten an ihr. Hessaz war in der unbarmherzigen Wildnis Lokistans aufgewachsen. Sie war Entbehrungen gewohnt und ihrem Klan treu ergeben, weil sie ohne ihn nicht überleben konnte. Diese Eigenschaften waren die Wurzel ihrer Loyalität gegenüber dem Rudel. Sie war eine treue Kämpferin in dem langen Krieg gegen die Magi, bereit, ihr Leben zu opfern. Und sie kümmerte sich um Ramitas Baby, als wäre es ihr eigenes.

Hessaz lebt nur für ihr armseliges Rudel, und das begreife ich nicht.

Die beiden Frauen hätten gegensätzlicher nicht sein können. Hessaz war muskulös und drahtig, an ihrem Körper war nicht ein Gramm Fett. Ihre Haut war dunkel und hart, ihr Gesicht sah aus wie ein mit Leder bespannter Totenschädel mit einer schwarzen Bürste als Frisur. Huriya hingegen hatte üppige Kurven, ihr Gesicht war weich und die Lippen voll, jede ihrer Bewegungen strahlte pure Sinnlichkeit aus. Sie mochten einander nicht und gaben sich auch keine Mühe, so zu tun als ob. Aber sie waren aufeinander angewiesen, und auch das wussten sie beide.

»Spricht die Seherin immer noch in Euch?«, fragte Hessaz.

Huriya erschauerte. Ja, Sabele war immer noch in ihr und versuchte, Huriyas Körper und Seele an sich zu reißen. Es war ein ständiger Kampf, den keine von beiden für sich gewinnen konnte. Sabeles Wissensschatz hatte sie mehr als einmal geret-

tet, aber ihre Gegenwart machte Huriya mehr Angst als irgendetwas sonst auf der Welt.

»Ja, sie ist immer noch da.«

Hessaz umklammerte ihre Hand. »Macht Euren Frieden
mit ihr, Huriya. Lasst Euch von ihr leiten. Wir brauchen sie,
Ihr genauso wie ich.«

Ich soll mich von ihr auslöschen lassen? Huriya zog ihre
Hand weg. »Nein, Hessaz, ich lasse nicht zu, dass sie meinen
Körper genauso bewohnt wie all die anderen zuvor. Ich habe
ein Recht auf mein eigenes Leben!«

»Ihr wisst, dass der Inquisitor uns verraten wird, sobald er
dieses Ding, die Sk'thali, entschlüsselt hat?«

Ja, das weiß ich.

»Kämpft nicht länger gegen Sabele, ich flehe Euch an! Sie
hat all ihre Leben in den Dienst der Bruderschaft gestellt, und
jetzt, da wir sie am meisten brauchen, ist sie in Euch gefangen.«

Huriya stand ruckartig auf. »Nein! Und bitte mich nie wieder darum!«, fauchte sie und stapfte wütend davon.

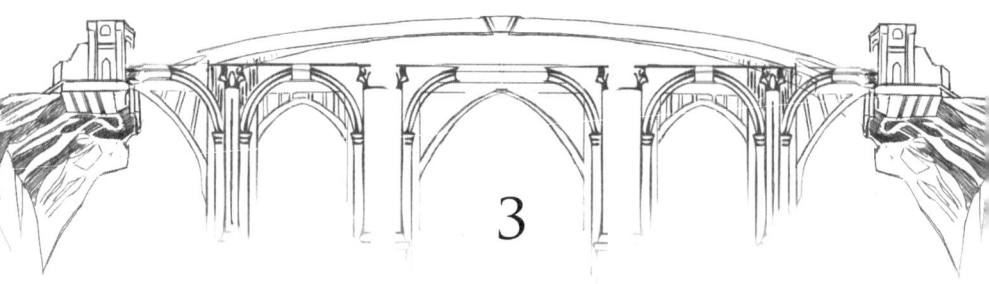

3

DIE RÜCKKEHR DER KÖNIGIN

DIE RIMONIER IN JAVON

Nach der Öffnung der Leviathanbrücke übersiedelten viele Rimonier, die durch den Aufstieg der rondelmarischen Magi und den Fall des Rimonischen Reichs zu Verstoßenen im eigenen Land geworden waren, nach Antiopia und ließen sich in Javon nieder. Miteinander rivalisierende Häuser waren mit einem Mal zur Zusammenarbeit gezwungen: Kestria, Nesti, Gorgio, Aranio und andere, deren Fehden weit in die Geschichte Rimonis zurückreichten, begruben ihren Zwist. Dennoch schwelt er bis heute.

RENE CARDIEN, ORDO COSTRUO, HEBUSAL 873

Cera Nesti, Königinregentin von Javon, stand in einen unscheinbaren Bekira gehüllt auf den Stufen im Innenhof der Kiskale-Festung und beobachtete, wie der Platz zu ihren Füßen sich mit Menschen füllte. Insgeheim wünschte sie, alles wäre bereits vorbei und sie könnte ihren kleinen Bruder endlich nach Hause bringen. Bis es so weit war, würde sie sich allerdings noch eine ganze Zeit in Geduld üben müssen.

Neben ihr stand Elena Anborn und flüsterte ihrem Keshi-Geliebten Kazim Makani etwas zu. Cera kannte Kazim nicht, und ihr Verhältnis zu Elena war ... gelinde gesagt: getrübt. Die beiden waren wie Schwestern gewesen, bis Gurvon Gyle einen Weg gefunden hatte, das Band zwischen ihnen zu zerreißen. Cera hätte alles getan, um das zerstörte Vertrauen wiederaufzubauen. Sie vermisste Elena so sehr.

Mekmud, der Emir von Lybis, hatte sich hierher zurückgezogen, nachdem ein Manipel von Endus Rykjards Söldnern seine Stadt gestürmt hatte. Die Kiskale, genannt die Weiße Festung, lag hoch in den Bergen oberhalb der Schneegrenze, sodass selbst gut ausgerüstete und erfahrene Truppen einen Angriff scheuten. Über allen Zugängen ragten Bastionen auf, ausgerüstet mit Speilöchern für brennendes Öl und Felsen; Katapulte und Speerschleudern standen ebenfalls bereit. Es war die perfekte Pattsituation: Mekmud konnte nicht raus, und Rykjards Männer, die ihr Lager in den Ebenen weit unterhalb aufgeschlagen hatten, konnten nicht rein.

Cera legte Timori eine Hand auf die Schulter. *Er hat schon so viel durchmachen müssen, dabei ist er erst neun ...*

Timori konnte sich gar nicht daran sattsehen, wie die Untergebenen des Emirs auf den großen Platz strömten. Mekmud hatte seinem Volk Neuigkeiten von allergrößter Wichtigkeit versprochen, und die Luft vibrierte nur so vor gespannter Erwartung.

Wenn es schlecht für uns läuft, wird es einen Aufstand geben.

Eine Fanfare erschallte, dann trat der Herold des Emirs vor. »Der Emir von Lybis, Mekmud bin al'Azhir, wünscht, die Ankunft mächtiger Verbündeter zu verkünden, die gekommen sind, um den gemeinsamen Kampf gegen die Feinde Ja'afars aufzunehmen!«

Sofort ging ein Ruck durch die Menge, alle drängten nach vorn: Die Reichen in den vorderen Reihen, die Ärmeren in der Mitte, selbst die Frauen ganz hinten, alle wollten einen besseren Blick.

»Emir Mekmud heißt die neue Verbündete und Freundin von Lybis willkommen: die Dame Elena Anborn!«, rief der Herold.

Der Name ließ die versammelten Jhafi aufhorchen, Adlige genauso wie Soldaten und Bürgerliche. Von Letzteren waren leise Jubelrufe zu hören. Hochgestellte Frauen spähten neugierig hinter ihren Schleiern hervor, während die Männer unverhohlen starrten, respektvoll und gleichzeitig vorsichtig.

Jeder auf dem Platz wusste, wer Elena war: Alhana, der Weiße Schatten, ehemalige Leibwächterin der Königinregentin Cera Nesti und später das Gespenst, das auf den Überlandstraßen Nordjavons Rondelmarer meuchelte.

Cera sah Freude in der Menge, aber auch Furcht. Nicht wenige machten das Zeichen gegen den bösen Blick. *Sie ist eine Magi. Manche werden das Misstrauen gegenüber ihr nie ablegen, ganz gleich, wie viel Elena für dieses Land tut.*

»Der Emir heißt außerdem willkommen Fürst Kazim Makani von Baranasi.«

Cera beobachtete, wie der Keshi seine Kapuze zurückschlug. Er war jung, aber sehr groß und muskulös. Trotz seiner ärmlichen Kleidung sah er aus wie ein Kriegerfürst. In Wirklichkeit war er gar kein Adliger, aber wenn die Oberschicht der Jhafi ihn akzeptieren sollte, brauchte er einen Titel.

Als Elena sich an Kazims rechte Seite stellte – die traditionelle Seite der Ehefrau –, erhob sich Gemurmel in der Menge.

Dann war es so weit: Der Moment, nach dem Cera sich so lange gesehnt hatte, um den sie so lange gebetet hatte, für den sie so viel gelitten hatte und um ein Haar gestorben wäre, war endlich gekommen.

Wie werden sie es aufnehmen?

»Emir Mekmud wird die grenzenlose Ehre zuteil, Timori Nesti, den Kronprinzen Javons, willkommen zu heißen!«, rief der Herold und platzte beinahe vor Stolz, dann brüllte er: »Lybis empfängt seinen zukünftigen König!«

Ungläubige Schreie hallten über den Platz, nach und nach verdrängt von Jubelrufen im Namen des jugendlichen Königs, die schließlich so laut wurden, dass die Krähen krächzend von den Türmen der Festung aufflogen, als wollten auch sie ihren neuen Souverän begrüßen.

Cera war den Tränen nahe, als der junge Timori gemessenen Schrittes die Stufen hinaufging, wie man es ihm gezeigt hatte. Als er die Kapuze zurückschlug und seinem Volk winkte, begannen die Soldaten mit ihren Speeren auf das Pflaster zu trommeln, bis der Rhythmus von den Felsen ringsum widerhallte.

Willkommen in deiner offiziellen Rolle, kleiner Bruder. Ich hoffe, sie gefällt dir.

Natürlich war Timori schon öfter vor eine Menschenmenge getreten, aber noch nie unter auch nur ansatzweise vergleichbaren Umständen. Über ein Jahr lang war er eine Geisel der Rondelmarer gewesen, und jetzt war er endlich frei. Wenn die Nesti ihren alten Status wiederherstellen und die Rondelmarer aus dem Land vertreiben wollten, waren sie darauf angewiesen, dass ausnahmslos alle in Javon – Rimonier genauso wie Jhafi – sich Timoris Führung unterstellten.

Schließlich hob der Emir die Hand. Erst als die Menge verstummte, gab er seinem Herold das Zeichen weiterzusprechen.

»Emir Mekmud heißt außerdem willkommen: Prinzessin Cera Nesti, Königinregentin von Ja'afar!«

Als Cera ihren Schleier sinken ließ, wurde es mucksmäuschenstill. Sie spürte die zahllosen Augen wie Pfeilspitzen auf sich gerichtet, und ihre Knie wurden weich. Aber auch Cera war ihr Leben lang auf Momente wie diesen vorbereitet worden. Sie *gehörte* diesen Menschen, und obwohl die meisten sie nie gesehen hatten, kannten sie alle. Sie hatten Cera in Lobeshymnen besungen, hatten über sie getratscht und jede noch so kleine ihrer Handlungen bewertet – von ihrem anfänglichen Widerstand gegen die Rondelmarer bis hin zu ihrer Kapitulation und schließlich zur Heirat mit dem verhassten Feind. Die wildesten Gerüchte über sie waren im Umlauf: Als es hieß, Cera sei als Safia gesteinigt worden, hatten einige es geglaubt, andere nicht.

Sie fragte sich kurz, wie die Zuhörer wohl reagieren würden, wenn sie die Wahrheit wüssten, verdrängte den Gedanken aber sofort wieder. Im Moment zählte nur eines: Sie, Cera Nesti, war offiziell tot. *Tagelang haben sie um mich getrauert, haben geglaubt, ich wäre in Schande verurteilt, gesteinigt und verbrannt worden.*

Das Schweigen der Menge dauerte an. Es war die tiefste Stille, die Cera je erlebt hatte. Sie hielt den Atem an und umklammerte Timoris Hand. *Es ist so viel einfacher, eine Märtyrerin zu verehren als einen lebenden Menschen ...*

Hätten sie alles dem zufälligen Lauf der Dinge überlassen, hätte es schlecht für Cera ausgehen können. Mekmuds Volk hätte Cera für eine Hochstaplerin halten können, die der Emir aus dem Ärmel zauberte, um seine Untertanen unter dem Banner der Nesti in den Krieg zu führen. Die ernste junge Frau in dem einfachen Kittel, die nun vor ihnen stand, war mit Sicherheit zu unvollkommen, um ihre Princessa zu werden. Jeder wusste, dass Prinzessinnen etwas Besonderes waren, Geschöpfe der Schönheit, nicht der Bücher und Gelehrsamkeit.

Doch es war nicht Elenas Art, irgendetwas dem Zufall zu überlassen. Cera war den ganzen Vormittag zurechtgemacht worden. Man hatte ihr Haar gewaschen und gekämmt und sie wie eine Bittstellerin gekleidet. Die dunklen Ringe unter ihren Augen hatte Elena genauso sorgfältig verborgen wie all ihre anderen kleinen Makel. Sie wollte, dass Cera aussah, als wäre sie direkt vom Himmel herabgestiegen.

Ceras Gewand leuchtete weiß im Sonnenlicht. Der Effekt war so subtil, dass er vollkommen natürlich wirkte, als scheine die Sonne auf Cera eben etwas heller als auf gewöhnliche Sterbliche, doch sie wusste, das war Elenas Werk. Von einem der Dächer flog ein weißer Vogel auf und begann zu singen, da stieß eine Frau ganz vorne in der Menge einen durchdringenden, von himmlischem Schmerz erfüllten Schrei aus und sank mit Ahms Lobpreis auf den Lippen auf die Knie. Andere folgten, bis der ganze Platz Cera huldigte.

Sie wäre beinahe selbst auf die Knie gesunken, so groß war ihre Erleichterung. Doch sie hielt sich auf den Beinen und blickte starr in die Ferne, wie Elena es ihr befohlen hatte – dies war nur der erste Schritt von so vielen, die noch folgen mussten.

Kazim Makani nippte an einem Pfirsich-Scherbett und wünschte, der Abend wäre endlich vorbei. Eine weitere Jhafi-Frau mit dickem Kajal um die Augen trat an ihn heran und erkundigte sich, ob es wirklich stimmte, dass er – ein Keshi-Fürst – mit einer rondelmarischen Magi verheiratet war. Kazim war nicht verheiratet, allerdings nicht wegen mangelnder Liebe, denn die ging tiefer, als irgendjemand in diesem Raum es sich auch nur vorstellen konnte. Kazim war ein Seelentrinker, aber er brauchte nicht mehr zu töten, um seine Kräfte zu erneuern. Das Liebesband zwischen ihnen hatte sich zu einer gnostischen Verbindung gefestigt, über die sich seine Gnosis ganz von selbst wieder auffüllte, als wären er und Elena ein Wesen.

Was er tatsächlich zu der Adligen sagte, war allerdings viel einfacher. Er bestätigte lediglich, dass die Dame Alhana seine Frau war und er Ahm zutiefst dankbar sei, dass sie genauso wie er über die Gnosis verfüge. Das genügte.

Die Jhafi wich entsetzt zurück und machte das Zeichen gegen den bösen Blick.

Um ein Haar hätte Kazim laut gelacht. *Entweder lachen oder verrückt werden...* Dabei stand ihm der anstrengendste Teil des Abends noch bevor: das Abendessen. Elena hatte ihm eingeschärft, wie er sich bei Tisch zu benehmen hatte, und auch wenn die Regeln recht einfach klangen, musste er vieles im Kopf behalten. Er sollte mit der rechten Hand essen – langsam! – und stets noch etwas auf dem Teller lassen. Nur in kleinen Schlucken trinken und nur dann essen, wenn gerade niemand zu ihm sprach.

»Lass dir Zeit, Zeit und noch mehr Zeit. Du kannst danach immer noch auf deinem Zimmer weiteressen«, hatte sie gesagt. »Stell es dir einfach als eine Gesprächsrunde mit kleinen Häppchen dazu vor.«

So weit, so gut. Die Pausen machten Kazim weit mehr zu schaffen. Was sollte er die ganze Zeit über mit der linken Hand tun, und wie sollte er sich all die verfluchten Titel der Anwesenden merken? Er wünschte so sehr, Elena wäre bei ihm, aber die führte gerade am anderen Ende des Raums ein wichtiges Gespräch mit einem Jhafi-Fürsten. Zwischen all den schwarzen Köpfen und dunklen Gesichtern stach ihr hellblondes Haar deutlich hervor. Elenas Gesicht war von der Sonne gebräunt und dennoch eindeutig yurisch; die Krähenfüße um ihre Augen verrieten, dass sie um einiges älter war als er, aber das war Kazim egal. Sie war eine Magi und würde lange leben. Mit ihm.

»Fürst Makani?«

Kazim drehte sich um und sah die eine Person, der er bisher erfolgreich aus dem Weg gegangen war: Cera Nesti, eine ernste junge Frau mit dicken, um den Kopf geflochtenen schwarzen Zöpfen. Elena hatte sie und den kleinen Timori gegen ihre eigene Geisel, den rondelmarischen Meisterspion Gurvon Gyle, ausgetauscht. Kazim hatte immer noch Zweifel, ob das klug gewesen war. Timori mochte eines Tages ein guter König werden, aber dieser Cera traute er nicht. Sie hatte Elena schon einmal verraten. War sie den Austausch wirklich wert? Gyle war jemand, der das Blatt in diesem Krieg jederzeit gegen sie wenden konnte; außerdem war er Elenas ehemaliger Liebhaber. Kazim war nicht eifersüchtig auf ihn, trotzdem würde er besser schlafen, wenn Gyle tot wäre.

Schließlich wandte er sich Cera zu, die geduldig gewartet hatte. »Meine Königin«, sagte er mit einer höflichen Verbeugung, obwohl sie gar nicht seine Königin war.

»Ich freue mich schon lange darauf, Euch kennenzulernen«, begann Cera. »Seit dem Tag, als ich hörte, dass Elena und ein mysteriöser Keshi den Dorobonen zusetzen, wollte ich wissen, wer Ihr seid.«

Früher war Kazim weder schüchtern noch bescheiden gewesen, aber damals hatte er auch noch nicht zu den Hadischa gehört. Er hatte weder Antonin Meiros ermordet, den berühmtesten Magus Urtes, noch hatte er geahnt, dass er ein Seelentrinker war. Mittlerweile sprach er über jeden anderen lieber als über sich selbst. »Meine Eltern gehörten dem Ordo Costruo an«, log er. »Viel mehr gibt es nicht zu sagen.«

Es war die Antwort, die er sich mit Elenas Zustimmung für solche Fälle zurechtgelegt hatte, doch Cera runzelte die Stirn.

»Seid Ihr in Dhassa aufgewachsen? Euer Akzent klingt ungewöhnlich.«

»Ähm, nein … in Lakh.«

»Tatsächlich? In Teshwallabad?«

»Nein, Baranasi.«

»Ah. Und Eure Eltern waren Keshi?«

»Ja.« *Zumindest das stimmt.* »Mein Vater wurde im Ersten Kriegszug schwer verwundet. Ein lakhischer Händler hat sich seiner angenommen. Er nahm ihn und meine Mutter mit nach Süden, um ihn bei sich zu Hause zu pflegen.«

»Das war sehr gütig von ihm«, erwiderte Cera und musterte Kazim unverhohlen, aber nicht so, wie er es von anderen Frauen gewohnt war. Normalerweise begegnete das andere Geschlecht ihm mit interessierter Neugierde, doch Ceras Blick blieb kühl und distanziert. Sie war als Safia verurteilt worden. Die meisten Jhafi hielten das für eine von den Rondelmarern in die Welt gesetzte Verleumdung, um Cera zum Tod verurteilen zu können. Elena allerdings glaubte, dass es stimmte.

Einer Safia gegenüberzustehen, war ein eigenartiges Gefühl. Früher, in Kazims Heimatdorf, hatte es manchmal Gerüchte über dieses oder jenes Mädchen gegeben, das seine Freundinnen allzu sehr mochte, aber er hatte nicht eine davon persönlich gekannt. Dies war das erste Mal, dass er einer leibhaftigen … *solchen* Frau gegenüberstand. Kazim wusste nicht, wie er reagieren sollte.

»Wie kam es, dass Ihr in den Norden zurückgekehrt seid?«, fragte Cera.

»Ich bin dem Ruf der Fehde gefolgt«, antwortete Kazim nach einer kurzen Pause. Auch das stimmte mehr oder weniger. »Aber ich sollte jetzt nach Elena sehen.«

»Wartet! Würdet Ihr Elena bitte von mir sagen, dass ich …

sie nie wieder im Stich lassen werde? Ich schwöre es.« Cera schaute ihn mit dunklen, schmerzerfüllten Augen an.

»Warum sagt Ihr es ihr nicht selbst?«

»Weil ich es nicht kann«, gestand sie. »Nicht so, dass sie mir glauben würde. Es war so unendlich dumm von mir, auf Gyle zu hören, aber ich hatte Angst und glaubte, es sei die einzige Möglichkeit, um … Timori zu schützen.«

Elena hatte Kazim noch nicht in alles eingeweiht, was damals vorgefallen war. Wahrscheinlich brauchte sie noch Zeit, aber er hatte das Gefühl, dass sie Cera verzeihen wollte. »Ich werde Alhana Eure Worte ausrichten«, versprach er. *Und sie soll mir sagen, was wirklich passiert ist, damit ich die Zeichen rechtzeitig erkenne, bevor es noch einmal passiert.*

Cera drehte sich um und hielt inne. »Hat Elena einen Plan, wie sie uns hier rausschaffen will?«

Trotz aller Bedenken warf Kazim ihr ein Lächeln zu. »Oh ja, den hat sie.«

Elena Anborn verschloss den Reisesack und legte ihr Schwert an, dann sah sie sich in dem Zimmer um, in dem sie und Kazim die letzte Woche verbracht hatten. Sie war dankbar, den Bekira und die höfischen Manieren endlich abzulegen, um wieder die zu sein, die sie war: eine Magi und Kriegerin.

Kazim dehnte seine Muskeln und Gelenke. Er konnte es genauso wenig erwarten wie Elena, endlich zur Tat zu schreiten. Eine Woche lang hatten sie gemeinsam mit Cera, Mekmud und den Beratern, denen der Emir ausreichend vertraute, Pläne geschmiedet. Obwohl er sich offensichtlich wünschte, Elena und Kazim würden bleiben, hatte Mekmud schließlich eingesehen, dass Lybis nicht der geeignete Ort war, um diesen Krieg zu beginnen. Die Hochburg der Nesti lag nun einmal am anderen Ende des Königreichs in Forensa.

Cera hatte sich trotz ihrer Jugend als gerissene Verhandlungsführerin erwiesen und sich von Mekmud lediglich eine vage Hilfszusicherung abringen lassen. Trotzdem würde der Emir den Kampf aufnehmen, sobald sie fort waren, und hoffen, dass die Rondelmarer sich zurückzogen, wenn der eigentliche Krieg ausbrach.

»Wo ist Gyle jetzt?«, fragte Kazim.

Elena seufzte. »Ich weiß es nicht. Vielleicht in Lybis oder der näheren Umgebung, vielleicht ist er aber auch nach Brochena aufgebrochen. Ich an seiner Stelle würde allerdings versuchen, uns hier festzunageln, und deshalb müssen wir verschwinden.«

»Ich kann's kaum erwarten«, erwiderte Kazim.

Elenas Gnosissicht offenbarte zweifelsfrei, was Kazim war: Seine dunkle Seelentrinker-Aura und die langen Tentakel, die sich in ihre eigene Aura verbissen hatten, waren überdeutlich. Doch mittlerweile waren sie so eng miteinander verschmolzen, dass es ihr beinahe körperliche Schmerzen bereitete, von ihm getrennt zu sein. Schon wenige Hundert Schritte waren hart. Sie waren ein Paar – Magi und Dokken, miteinander verbunden auf eine Weise, wie es sie noch nie gegeben hatte. Weder die Geschichtsschreibung noch die Legenden gaben Aufschluss darüber, was sie erwartete oder gar, was zu tun sei. Es war wie ein Blindflug.

»Dann los«, sagte sie entschlossen.

Sie verließen den Raum, und Elena warf einen letzten Blick auf die prächtig verzierten steinernen Fensterbögen, durch die hindurch sie, eingehüllt in ein Durcheinander aus Kissen und Decken, gemeinsam den Sonnenuntergang beobachtet hatten. Es waren wunderschöne sieben Tage – und Nächte – gewesen.

Sie gingen die Wendeltreppe hinunter und traten auf die Befestigungsanlagen hinaus. Die morgendliche Luft im Tal unterhalb war noch kühl. Elenas Blick wanderte hinauf zu den zwei rondelmarischen Skiffs, die hoch am Himmel kreisten. Ob

Gurvon Gyle oder Rutt Sordell an Bord waren? Weder noch, hoffte sie.

Als Elena eine gnostische Berührung in ihrem Geist spürte, gab sie der unten wartenden Gruppe das Zeichen, zu ihr zu kommen. Cera und Timori waren dabei. Sie trugen einfache Reisekleidung und rieben sich die verschlafenen Augen.

Der Ruf eines Wachpostens lenkte Elenas Aufmerksamkeit auf ein großes Windschiff, das hinter einem Felsen in Sicht kam. Auf den Segeln prangte das Wappen der Inquisition Kores: das scharlachrote Heilige Herz, aufgespießt von dem Dolch, der Corineus getötet hatte. Im Torturm begannen die Alarmglocken wie wild zu läuten, Soldaten stürmten aus ihren Baracken. Die kreisenden Skiffs änderten sofort den Kurs und hielten auf das Windschiff zu.

Elena presste die Lippen zusammen und klammerte sich an die Zinne vor ihr. Jetzt würde sich entscheiden, ob ihr Plan aufging oder nicht.

Die Soldaten des Emirs neben ihr beobachteten ängstlich, wie die Skiffs beidrehten. Das vielleicht dreißig Ellen lange Windschiff war an Bug und Heck mit drehbaren Speerschleudern bewaffnet, lediglich ein halbes Dutzend Männer befand sich an Deck. Der Kapitän rief gerade einem der beiden Skiff-Piloten etwas zu, aber sie waren zu weit weg, als dass Elena die Worte verstanden hätte.

Plötzlich kamen mehrere Gestalten aus ihrer Deckung auf dem Schiff, die Speerschleudern schwangen herum. Die Lappen, mit denen die eingelegten Geschosse umwickelt waren, entzündeten sich wie von Geisterhand, dann jagten sie wie Kometen über den Himmel.

Das eine Geschoss bohrte sich in den Mast des näheren der beiden Skiffs. Das kleine Schiff wurde herumgerissen und überschlug sich in der Luft. Der Pilot wurde von Bord geschleudert und stürzte mit rudernden Armen dem Erdboden entgegen, während das Skiff über ihm in Flammen aufging. Dabei hatte er noch Glück gehabt, denn der andere Pilot war von dem Speer an den Mast genagelt worden und brannte genauso lichterloh wie das Segel über ihm. Ohne seine Gnosis schwebte das Schiff antriebslos in der Luft.

Die Soldaten auf den Mauern trauten ihren Augen nicht: Dass Feind gegen Feind kämpfte, noch dazu hoch über ihren Köpfen, überstieg ihre Vorstellungskraft bei Weitem.

Mit zusammengekniffenen Augen beobachtete Elena, wie der von Bord geschleuderte Pilot seinen Sturz mit Luftgnosis auffing und dann, die Arme ausgebreitet wie ein Vogel, davonschwebte. Allzu weit würde er auf diese Weise nicht kommen, doch Elena hatte gehofft, sie beide sofort töten zu können.

Ihr Blick wanderte zurück zu dem Kriegsschiff. *Jetzt!*, rief sie in Gedanken.

Mekmuds Offiziere hatten ihr Bestes gegeben, um die Soldaten davon zu überzeugen, dass ihnen von dem Windschiff keine Gefahr drohte. Trotzdem schrien die Männer sich beinahe die Kehle aus dem Hals vor Angst, während vom Turm die Begrüßungsfanfare erschallte.

»Ruhig! Bleibt ruhig!«, brüllte der Emir über den Tumult hinweg. Als seine Männer endlich verstummten, befahl er: »Lasst die Finger von den Waffen, ganz gleich, was ihr jetzt seht!«

»Was passiert hier?«, fragte Timori laut.

»Das Kriegsschiff gehörte einst der Inquisition, aber unsere Verbündeten haben es gekapert«, antwortete Mekmud. Seine Soldaten jubelten prompt, verstummten aber sogleich wieder, als er hinzufügte: »Auch das haben wir der Dame Alhana zu verdanken, allerdings sind diese Verbündeten keine Menschen.«

Die Köpfe der Soldaten fuhren herum. Alle starrten Elena an.

Was sie jetzt gleich sehen würden, musste ihnen wie eine Begegnung mit Afreet vorkommen. Elena konnte nur hoffen, dass Mekmuds Männer die Nerven behielten. »Die Matrosen des Schiffs sind Menschen!«, rief sie auf Jhafisch. »Aber die Krieger sind Nagas!«

Ihre Worte beschworen eine Welle des abergläubischen Entsetzens herauf. Mekmuds Soldaten waren Amteh, aber die meisten kannten die Geschöpfe, die halb Mensch, halb Schlange waren und den Legenden der Omali zufolge den Göttern bei der Erschaffung der Welt geholfen hatten.

Auch wenn keiner von ihnen die Legende je geglaubt hat, und das zu Recht, überlegte Elena grimmig. *Umso größer wird nun ihre Überraschung sein.*

Das Schiff näherte sich den Festungsmauern und drehte bei, von hinten durch das Licht der aufgehenden Sonne in dramatisches Rot und Gold getaucht. Elena hörte erstaunte Aufschreie, als ein Geschöpf mit unglaublicher Geschwindigkeit den Mast hinaufkletterte und die Segel einholte. Kein Wunder, hatte das Wesen doch einen Schlangenschwanz statt Beine. Nun sahen die Jhafi auch die von grünen Schuppen bedeckte Haut und den Hahnenkamm auf dem Kopf der Kreatur. Da kamen schon die nächsten an Deck, genauso unheimlich und außerdem schwer bewaffnet.

Elena hatte sie Nagas genannt, um die Soldaten des Emirs vorzubereiten, aber die Geschöpfe selbst bezeichneten sich als Lamien, benannt nach einer lantrischen Legende. Der Begriff traf allerdings genauso wenig zu, denn sie waren nicht von Göttern erschaffen worden, sondern von rondelmarischen Magi gezüchtet. Auf der Suche nach möglichst kampfstarken Soldaten hatten sie, allen Verboten zum Trotz, Menschen mit Reptilien gekreuzt.

Ich kann immer noch nicht glauben, dass ausgerechnet mein missratener Neffe mir dieses Kriegsschiff der Inquisition mit einem Haufen entflohener Gnosiszüchtungen geschickt hat, dachte Elena. *Ich sende dir meinen aufrichtigen Dank dafür, Alaron!*

»Dame Elena?«, rief der größte der Nagas, während die Halteseile heruntergeworfen und an einem Pfosten auf der Mauer festgemacht wurden.

»Kekropius, Ihr kommt genau zur rechten Zeit!«

Mekmuds Männer beobachteten die Szene ebenso fasziniert wie verängstigt. Die wenigsten von ihnen hatten je ein Windschiff aus der Nähe gesehen, geschweige denn einen fleischgewordenen Mythos, der sich nun an einem der Seile zu ihnen hinunterschlängelte. Mit Entsetzen in den Augen wichen sie mehrere Schritte vor Kekropius zurück.

Sein Oberkörper war mindestens genauso muskulös wie Kazims, die Schultern beinahe noch breiter, und sein langer Schlangenunterkörper ließ ihn aufragen wie einen Riesen. Kekropius' Gesicht unterschied sich bis auf die schlitzförmigen, bernsteinfarbenen Augen kaum von dem eines Menschen, dennoch wirkte er mit dem Schlangenschwanz und den von grünen Schuppen bedeckten Muskelbergen wie ein Wesen aus einer anderen Welt.

Elena verneigte sich tief. Kekropius mochte die Bedeutung der Geste nicht bis ins Letzte verstehen, aber die Soldaten ringsum erkannten den aufrichtigen Respekt und die freundschaftliche Verbundenheit darin, und genau darum ging es. *Hoffentlich genügt das, um sie davon abzuhalten, vor lauter Angst einen schrecklichen Fehler zu begehen …*

»Willkommen, willkommen, dreifach willkommen!«, rief Elena auf Rondelmarisch und umklammerte Kekropius' Hände. »Es ist mir eine große Freude, Euch wiederzusehen, verehrter Freund!«

»Mir ebenfalls, Elena«, erwiderte der Lamia und schloss Kazim, begleitet vom ungläubigen Gemurmel der Soldaten, herzlich in die Arme. »Alarons Feinde sind auch unsere Feinde.«

Ich bin jetzt schon gespannt, was Alaron sagt, wenn ich ihm eines Tages von dieser Begegnung erzähle. Elena drehte sich zu dem Emir um. »Kekropius, das ist Emir Mekmud bin al'Azhir, der uns in seiner Festung Zuflucht gewährt hat.«

Kekropius richtete sich kurz auf und verneigte sich dann – nicht tief genug nach den Gepflogenheiten der Jhafi, aber Elena hatte Mekmud bereits vorgewarnt, dass diese Wesen kaum Manieren hatten, also sah er darüber hinweg. Dass ein so angsteinflößendes Geschöpf sich überhaupt vor ihm verneigte, würde sein Ansehen beträchtlich steigern.

»Mein Klan dankt Euch für Euer Geschenk«, begann Kekropius feierlich, und Elena übersetzte. Das Flusstal, in dem die Lamien sich niedergelassen hatten, war unbewohnt, aber es gehörte immer noch dem Emir. »Als Gegenleistung werden diese sechs Euch zur Seite stehen, solange dieser Krieg dauert.« Auf ein Zeichen von Kekropius hin kletterten weitere Lamien von dem Schiff herunter in die Festung. »Sollte einer von ihnen im Kampf fallen, bekommt Ihr umgehend Ersatz.«

Elena zuckte zusammen, denn sie hatte die Bedingungen mit ausgehandelt. Sechs Männchen waren verflucht viel für ein Volk, das insgesamt kaum sechzig Köpfe zählte, Weibchen und Junge mit eingeschlossen.

Mittlerweile hatte jeder innerhalb der Festungsmauern einen Platz gefunden, von dem aus er die Szene beobachten konnte. Als den Menschen klar wurde, dass die sechs Lamien in der Festung bleiben würden, war ihr Erstaunen so groß, dass sie das Gepäck, das unterdessen an Bord des Windschiffs gehievt wurde, gar nicht bemerkten.

Elena beugte zum Abschied das Knie vor Mekmud.

Der Emir zog sie wieder auf die Beine und küsste sie auf beide Wangen.

»Sie lernen schnell und werden Eure Sprache bald beherrschen«, versicherte Elena. »Sie mögen der Gnosis mächtig sein, aber sie verfügen weder über die Ausbildung eines rondelmarischen Schlachtmagus noch über dessen Kampferfahrung. Deshalb bitte ich Euch, sie nur einzusetzen, wenn Ihr sie wirklich braucht.«

»Ich kann sie nicht aus allen Gefahren heraushalten, Alhana«, erwiderte der Emir, »aber ich denke, Gyle wird von allein verschwinden, sobald er merkt, dass Ihr fort seid. Dann werde ich meine Stadt zurückerobern und den Rondelmarern zusetzen, wo ich kann.«

Sie umfasste noch einmal Mekmuds Hände. »Nehmt meinen aufrichtigen Dank entgegen. Sobald wir Forensa erreicht haben, trete ich in Kontakt mit Euch.«

»Sal'Ahm, Alhana. Ich werde die Gottessprecher anweisen, Euch in ihre Gebete einzuschließen.«

Elena lachte. »Bei allem Respekt, Herr, aber ich bezweifle, dass ein Amteh-Priester je für eine heidnische Magi beten wird.«

»Sie werden tun, was ich ihnen sage«, knurrte Mekmud.

Elena verneigte sich ein letztes Mal. *Ja, das werden sie.*

Timori kletterte mit einer Unbeschwertheit, wie nur ein Kind sie in so einer Situation an den Tag legen konnte, die Strickleiter hinauf. Cera folgte etwas vorsichtiger, dann Elena mit Kazim. Als alle an Bord waren, riefen die Lamien Wind herbei und setzten die Segel. Der Emir und seine Soldaten winkten, dann drehte das Schiff den majestätischen Bug nach Osten und setzte Kurs auf Forensa.

Lybis in Javon, Antiopia
Rami (Septnon) 929
Fünfzehnter Monat der Mondflut

Gurvon Gyle lümmelte am Kopfende des langen Ratstisches in dem prachtvollen, aber furchtbar unbequemen Thron des Emirs herum. Er leerte seinen Weinkelch und zermalmte ihn dann mit all der Kraft, die die Gnosis seinen Fingern verlieh. Der Kelch war ein seltenes und wertvolles Stück, vergoldet, mit wunderschönen Jagdszenen graviert und mit Juwelen besetzt, aber im Moment kümmerten Gurvon solche Details einen Dreck. »Du sagst, sie sind aus der Kiskale entkommen?!«, polterte er.

Der am ganzen Körper mit Ruß bedeckte und mit Abschürfungen übersäte junge Magus zuckte zusammen. Nachdem sein Skiff vom Himmel geschossen worden war, war er die zehn Meilen von der Kiskale-Festung bis Lybis nur mithilfe seiner Luftgnosis geflogen und konnte sich kaum noch auf den Beinen halten. »Es war ein Schiff der Inquisition ... wir hielten es für befreundet ...«

»Wir sind Söldner, du Trottel! Wir *haben* keine Freunde bei der koreverfluchten Inquisition!«, fuhr Gyle ihm über den Mund. »Wie kommt ihr beiden auf die Idee, beizudrehen und ihnen Kusshändchen zuzuwerfen?«

Der Pilot schaute Hilfe suchend zu seinem Hauptmann Endus Rykjard hinüber, aber der ließ stumm den Kopf hängen. Dazu hatte er auch allen Grund. Ihre entsetzliche Dummheit hatte sie nicht nur einen Windmeister gekostet, sondern auch zwei dringend benötigte Skiffs.

»Ich bedaure den Vorfall zutiefst, Herr, und werde in Zukunft ... Ich meine ...«

»Raus!«, brüllte Gurvon. »Bevor ich dich aus dem Fenster werfe!«

Der Pilot verließ eilig das Ratszimmer, und Rutt Sordell kicherte. Er mochte es, wenn einem aufstrebenden jungen Magus die Flügel gestutzt wurden.

Gurvon hatte die Nase allmählich gestrichen voll von Rutts Missmut. Der Argundier beschwerte sich ständig, dass seine Sinne nicht mehr richtig funktionierten. Aber das war nun mal der Preis dafür, dass er nur noch ein halber Mensch war. Rutt Sordell war Geisterbeschwörer und verfügte über keinen eigenen Körper mehr. Stattdessen hatte er sich in Gestalt eines Skarabäus in Guy Lassaignes Kopf eingenistet, dessen Körper er nun kontrollierte. Den Göttern sei Dank, war Rutt ein treuer Gefolgsmann und klammerte sich verzweifelt an sein neues »Leben«, damit er Gurvon weiterhin dienen konnte. Und – auch dafür ein Dank an die Götter – Lassaigne war ein Reinblut, wie auch Rutt es einst gewesen war.

Weit weniger erfreulich war, dass Lassaignes Äußeres dem ursprünglichen Körper seines neuen Herrn allmählich immer ähnlicher wurde: Der einst elegante und athletische Höfling war mittlerweile plump und aufgedunsen. Und er trank viel zu viel.

»Es war nicht Marklyns Schuld, Gurv!«, nahm Rykjard den überlebenden Windmeister schließlich doch noch in Schutz, als der außer Hörweite war.

»Wessen dann, Endus? Deine?«, fuhr Gurvon ihn an. »Bist du vor lauter Vergnügen mit deinen Jhafi-Huren nicht dazu gekommen, die beiden anständig zu instruieren?«

Rykjards sonst so offener Blick wurde hart. »Sag mir nicht, wie ich mit meinen Männern umzugehen habe! Marklyn und Jesset waren gute Leute, aber ein Schiff der Inquisition, Gurv? Wer hätte das ahnen können? *Du* etwa?«

»Natürlich nicht!«, blaffte Gurvon. Er knallte den zerdrückten Kelch in eine Ecke und wurde sofort wieder durstig. »Verflucht! Ich wollte Elena in dieser Festung haben – in der *Falle*!«

Rutt hob vorsichtig die Hand. »Wir haben – oder hatten – nur zehn Skiffs. Mit einem Kriegsschiff hätten wir es so oder so nicht aufnehmen können. Und diese Schlangenmenschen … Nun ja, Gurvon, du hast selbst gesehen, was sie anrichten können.«

Gyle erschauerte. Die Geschöpfe, die Elena – Kore allein wusste, wie – aus dem Reich der Mythologie in die Realität geholt hatte, hatten ein ganzes Manipel von Rykjards Männern nicht nur in einen Hinterhalt gelockt, sondern sie auch noch alle getötet. *Fünfhundert Mann!*

Gurvon verlor selten die Fassung, aber er spürte, wie dünnhäutig er wurde, während ihm die Lage allmählich über den Kopf wuchs. »Es tut mir leid, Endus. Ich habe mich im Ton vergriffen. Allein lebend davonzukommen, war schon eine große Leistung von Marklyn. Sag ihm das bitte von mir.«

»Elena ist unberechenbar«, erwiderte Rykjard. »Das weißt du besser als jeder andere.«

Was wohl bedeuten soll, dass ich sie zwanzig Jahre lang in meinem Bett hatte und sie mich trotzdem verraten hat … »Weiß ich«, räumte er ein. »Trotzdem fresse ich einen Besen, wenn sie jetzt nicht auf dem Weg nach Forensa ist.«

»Und wir können sie nicht aufhalten«, warf Rutt ein. »Aber vielleicht kann es jemand anderes. Betillon hat mehrere Kriegsschiffe in Brochena.«

Gurvon verzog das Gesicht. Nachdem Elena ihn als Geisel genommen hatte, hatte die Mater-Imperia das Vertrauen in ihn verloren und Betillon, den Gouverneur von Hebusal, nach Javon geschickt, um die Lage wieder unter Kontrolle zu bringen. Natürlich war Javon für die Versorgung der kaiserlichen Truppen unverzichtbar, weshalb Gurvon Lucias Einschreiten durchaus nachvollziehen konnte, aber er mochte Betillon nicht. Vor zwanzig Jahren, während der Noros-Revolte, waren sie einander noch als Feinde gegenübergestanden. Ihn jetzt um Hilfe zu bitten hatte einen bitteren Beigeschmack. Dennoch hatte Rutt nicht ganz unrecht. »Versuchen wir's. Wenn er sie abfangen und zur Strecke bringen kann, umso besser. Einen Dreifrontenkrieg können wir uns nicht leisten.«

»Bestimmt nicht, aber was dann?«, fragte Endus. »Der Rest meiner Legion ist noch auf dem Weg von Baroz hierher und wird in ein paar Tagen eintreffen. Stürmen wir diese Pisspott-Festung nun oder nicht?«

»Es heißt: Kiskale«, berichtigte Rutt humorlos wie immer. »Wir sollten diesem Emir auf jeden Fall eine Lektion erteilen«, fügte er hinzu. Rutt war noch in Lybis gewesen, als der Emir sich erhoben hatte, und so etwas nahm er persönlich.

»Reine Energieverschwendung. Von mir aus kann er seine verfluchte Festung behalten.« Gurvon stand auf und ging zu dem Tisch, auf dem eine Karte ausgebreitet lag, an den Rändern festgehalten von sündhaft teuren Karaffen und Kelchen. Er nahm sich einen davon und goss Wein nach, dann deutete er auf die Karte. »Betillon steht mit einer Legion Kirkegar in Brochena. Wahrscheinlich hat er auch den Oberbefehl über die Truppen der Dorobonen übernommen. Etwa fünfzehntausend Mann also. Wir haben fünfundzwanzigtausend: Adis Legion in der Krak, deine Leute in Baroz, Staria und ihre zehntausend in den Forts auf der Hochebene, außerdem Frikters Legion in der Nähe von Riban. Zusätzlich könnten wir die Legionen der Gorgio von Hytel herholen, vorausgesetzt natürlich, sie schlagen sich nicht auf Betillons Seite.«

Rutt blinzelte wie eine Eule. »Habe ich tatsächlich vergessen, dir davon zu erzählen? Erst letzte Nacht habe ich Hytel in meiner Kugel gesehen. Alfredos Bastarde führen Krieg gegeneinander. Jeder will an die Macht, das Haus Gorgio fällt auseinander.«

Gurvon richtete sich ruckartig auf. »Was? Aber Alfredo Gorgio...«

»Ist tot«, fiel Rutt ihm ins Wort. »Noch am gleichen Tag, als Portia Tolidi Francis Dorobons Sohn zur Welt brachte, ist

Alfredo zu den Klippen geritten und hat sich hinuntergestürzt. Seine Leiche wurde nie gefunden.«

»Rukka mio, dabei war ich nur einen Monat außer Gefecht!« Gurvon stürzte den Wein hinunter und schenkte sofort nach. »Ist Constant noch Kaiser? Ist seine Mutter immer noch das gleiche Miststück? Steht Luna noch am Himmel?«

Endus leckte sich über die Lippen. »Es heißt, der gesamte Hof sei in Angst und Schrecken wegen Portia Tolidi. Seit der Geburt des Kindes verfügt sie über die Gnosis, aber es gibt dort niemanden, der sie in ihrem Gebrauch unterrichten kann. Den Geschichten nach zu urteilen, dreht sie völlig durch. Schick mich hin, Gurv, dann halte ich sie bei der Stange.« Er gackerte wie ein Halbwüchsiger. »Und das meine ich nicht nur im übertragenen Sinn.«

»Nein, Endus. Hytel ist unwichtig. Sie haben keine Magi.« Gurvon betrachtete die Karte nachdenklich. »Soll Betillon sich um sie kümmern. Jeder Mann, den er nach Hytel schickt, ist ein Mann weniger gegen uns, wenn wir zuschlagen. Ich mache mir eher Sorgen wegen der Jhafi. Es sind über fünf Millionen. Hauptsächlich Bauern zwar, aber die von den Rimoniern beherrschten Städte wie Riban, Forensa und Loctis bereiten mir Kopfzerbrechen, vor allem wenn sie sich zusammenschließen sollten. Wir *müssen* Cera und Timori Nesti ausschalten.«

Rykjard warf ihm einen fragenden Blick zu. »Du hast sie laufen lassen, Gurv.«

»Ich kann von Glück reden, dass ich die Möglichkeit hatte, sie als Verhandlungsmasse einzusetzen, sonst wäre ich jetzt tot«, entgegnete Gurvon, auch wenn er wusste, dass Endus vollkommen recht hatte. Er tippte auf die Karte. »Es tut mir leid, Endus, aber du musst deine Leute zurück nach Baroz schicken. Wir brauchen die absolute Kontrolle über die Handelsrouten. Kannst du noch heute aufbrechen?«

»Natürlich.« Rykjard stand auf und lehrte seinen Wein.

»Halte mich auf dem Laufenden, Gurv.« Er salutierte halbherzig, dann schlenderte er davon.

Ein guter Mann. Leider hurt und säuft er zu viel.

Gurvon wandte sich an Rutt. »Ich möchte, dass du jeden, den wir entbehren können, aus Yuros abziehst und nach Javon holst.« Der Gedanke, dass mittlerweile alle Magi, die er ursprünglich mitgebracht hatte, durch Elenas Hand gestorben waren, war beunruhigend. Alle außer Rutt, der sich nur hatte retten können, weil er Geisterbeschwörer war.

»Aber unsere Leute in Yuros haben wichtige Aufgaben zu erfüllen«, widersprach Rutt besorgt. »Viele von ihnen arbeiten schon seit Jahren daran.«

»Rutt, es geht hier um ein ganzes *Königreich*. Die Betrügereien, die ich in Rondelmar am Laufen habe, sind nichts im Vergleich dazu. Wir brauchen unsere Leute *hier*, und zwar dringend.«

»Aber die meisten von ihnen können nicht einmal kämpfen. Sie sind Diebe, Spitzel und Giftmörder. Außerdem brauchst du jemanden, der in Pallas für dich spioniert.«

Er hat recht. Meine Reaktion ist übertrieben. Trotzdem wurde Gurvon das Gefühl nicht los, dass die Dinge sich noch eine Weile weiter verschlimmern würden. Er musste wohl oder übel einen Kompromiss eingehen.

»Gut, aber hol zumindest die, die außerhalb von Pallas stationiert sind. Ich will Sylas, Brossian, Veritia und ihre neuen Rekruten. Drexel auch. Er war eine Zeit lang Elenas Zögling. Vielleicht kommt er noch am ehesten an sie heran. Damit hätten wir – wie viele? – elf Magi. Sag ihnen, ich verdopple ihre Bezahlung. Deine auch, Rutt«, fügte er hinzu. »Verdopple dein Geld rückwirkend ab Beginn der Mondflut.«

»Ich mache das hier nicht wegen des Geldes, Gurvon, das weißt du. Aber ich nehme es natürlich trotzdem.« Rutt lächelte verhalten. »Ich werde sofort Kontakt zu ihnen aufnehmen.«

»Wenn du schon dabei bist, bring mir einen Gnosisstab mit. Ich glaube, ich sollte Betillon ein wenig auf den Zahn fühlen.«

BROCHENA IN JAVON, ANTIOPIA
RAMI (SEPTNON) 929
FÜNFZEHNTER MONAT DER MONDFLUT

Tomas Betillon hatte einen so wunderbaren Vormittag verbracht, dass es danach nur noch bergab gehen konnte. In diesem koreverlassenen Land war etwas Schönes nie von Dauer. Die Mauern um ihn herum strahlten genauso viel pulsierende Hitze ab wie der Himmel darüber. Der ausgetrocknete Salzsee am Horizont, der anscheinend nur während der paar Monate direkt nach der Regenzeit Wasser führte, leuchtete blendend weiß.

Tomas hatte der Hinrichtung irgendeines Verbrecherfürsten beigewohnt, bei dem Gyle immer mehr als nur ein Auge zugedrückt hatte, weil er in einem seiner üblichen und höchst suspekten Katz-und-Mausspiele mit ihm zusammenarbeitete. Betillon hatte keine Geduld für so etwas. Er hatte den Mann einfach verhaften und hinrichten lassen. Mustaq al'Madhi war ein fetter Glatzkopf gewesen, der aussah wie ein Krämer, aber anscheinend die Hälfte aller Banden in Brochena kontrolliert hatte. Betillon hatte ihn mitsamt seiner männlichen Verwandtschaft auf dem Hauptplatz hängen lassen. Die Leichen würden später an der Stadtmauer zur Schau gestellt, um ein Exempel zu statuieren.

Damit auch seine Soldaten auf ihre Kosten kamen, hatte er ihnen die Ehefrauen der Delinquenten gegeben. Alle bis auf eine dünne, kleinwüchsige Dienerin, die so jung aussah, dass sie sein Blut in Wallung brachte. Im Moment lag sie an ein Bett gefesselt in einem der Schlafgemächer im Palast und wartete auf sein Vergnügen – *seines*, nicht ihres.

Der Großmeister der Kirkegar, der ihn nach Javon begleitet hatte, ein narbengesichtiger Magus-Ritter namens Lann Wilfort lehnte an einer Säule und stocherte zwischen seinen Zähnen herum, nachdem er Betillon erklärt hatte, wie wichtig es sei, den Gorgio Feuer unterm Hintern zu machen.

»Ich werde diese Tolidi herbringen, damit Ihr ihr den Kopf zurechtrückt«, erklärte Wilfort. »Die Minen in Hytel sind unverzichtbar.«

»Diese Tolidi interessiert mich nicht«, erwiderte Betillon mit einem abschätzigen Winken. Er mochte Jungfrauen, je jünger desto besser. Die berüchtigte Schönheit von Portia Tolidi ließ ihn kalt, umso mehr, da sie kürzlich ein Kind zur Welt gebracht hatte. Allein die Vorstellung war abstoßend. *Bestimmt ist sie jetzt fett, ausgeleiert und hässlich. Ganz zu schweigen davon, wie Francis Dorobon sie die ganze Zeit über bearbeitet hat, wenn die Geschichten stimmen. Was soll ich mit ihr?* »Vergesst Hytel. Wir können niemanden entbehren. Nicht, solange wir Gyle nicht unter Kontrolle haben.«

»Aber die Minen …« Wilfort fasste sich an die Narbe, die von einem Auge bis zu dem Stummel reichte, der noch vom seinem rechten Ohr übrig war. »Hytel ist der einzige Fleck in dieser Einöde, an dem es Eisen gibt.«

»Das ist im Moment irrelevant. Was unsere Soldaten brauchen, ist Proviant. Wenn wir die Krak im Süden nicht erobern, werden Kaltus' Legionen hungern.«

Wilfort stieß einen leisen Pfiff aus. »Die Krak di Condotiori, verteidigt von einer Söldnerlegion … So gut wie uneinnehmbar, würde ich sagen.«

»Von Norden aus schon. Die Hauptverteidigungsanlagen der Krak sind aber nach Süden ausgerichtet.« Betillon kratzte sich im Schritt und dachte an das dünne Jhafi-Mädchen, das gefesselt in seinem Bett lag. Ob sie mittlerweile ausreichend verängstigt war? Sie war allmählich durch, trotzdem sollte er sie vielleicht noch ein bisschen schmoren lassen.

Vielleicht auch nicht. Der Gestank der Leichen wurde allmählich unangenehm. Er wollte gerade aufstehen, da spürte er eine vertraute gnostische Berührung in seinem Bewusstsein. Betillon verstärkte die Verbindung und zog sich in den Schatten einer Mauer zurück, weit genug entfernt von neugierigen Augen und Ohren. *Gyle? Was wollt Ihr, verflucht?*

Ich habe Informationen für Euch.

Gyle klang angespannt, und dazu hatte er auch allen Grund. *Natürlich. Lügen und Täuschungen wie immer. Aber fahrt fort.*

Keine Lügen: Ein Windschiff der Inquisition ist auf dem Weg von Lybis nach Forensa. Innerhalb der nächsten zwei Tage wird es den Luftraum nördlich von Brochena passieren. Ihr müsst es abfangen.

Tatsächlich? Inquisition? Was haben die Bastarde hier zu suchen?

Keine Inquisitoren. Das Schiff wurde gestohlen.

Gestohlen? Von Euch, Gyle?

Nein. Von Elena Anborn.

Betillon horchte auf. Angeblich hatte Elena Anborn Gyle als Geisel genommen. Vielleicht arbeiteten die beiden jetzt wieder zusammen. Immerhin waren sie lange ein Paar gewesen. Vielleicht waren sie es wieder. Oder immer noch. *Im Ernst? Anborn hat es gestohlen? Wo? Es operieren keine Inquisitoren in Javon.*

Akzeptiert einfach, dass sie eines hat, verstanden?, erwiderte Gyle ungewöhnlich gereizt. *Ihr müsst es abfangen!*

Warum sollte ich?

Weil Cera und Timori Nesti sich an Bord befinden.

Gyles Geschichte wurde immer wilder. *Cera Nesti ist tot.*

Ist sie nicht. Ich habe ihre Hinrichtung nur vorgetäuscht und ihr Leben dann gegen meines eingetauscht. Sie lebt und ist weitaus gefährlicher als Timori oder Elena. Sie könnte ganz Javon gegen uns aufbringen.

Cera Nestis Tod nur vorgetäuscht? Um ein Haar hätte Betillon laut aufgelacht. Aber selbst wenn die Geschichte stimmte und keines von Gyles üblichen Täuschungsmanövern war, kümmerte es ihn nicht. *Ich habe keine Angst vor Nooris, Gyle. Selbst wenn ich Euch glauben würde: den Himmel nach einem einzelnen Windschiff abzusuchen, ist viel zu aufwendig. Von mir aus kann sie Javon ruhig gegen uns aufbringen. Ich habe ohnehin vor, an Forensa ein Exempel zu statuieren.*

Ihr unterschätzt die Gefahr …

Nein, Ihr überschätzt sie! Und jetzt hört mir gut zu, Gyle: Euch gehen allmählich die Freunde aus. Lucia mag Euer Plan gefallen haben, aber ihre Geduld mit Euch ist am Ende. Lasst die Finger von Euren Spielzeugen und verschwindet, solange Ihr noch könnt. Wir Erwachsenen übernehmen jetzt.

Ihr habt mir gar nichts zu sagen, Tomas, blaffte Gyle. *Ihr habt drei Legionen, ich habe fünf, und die meisten Eurer Soldaten sind Wehrpflichtige der Dorobonen. Ihr seid es, der das Weite suchen sollte. Und wenn Ihr Elena nicht aufhaltet, werdet Ihr es bereuen, das verspreche ich Euch.*

Verpisst euch, Gyle! Betillon sandte einen Energiestoß durch den Äther, der Gyles Gnosisstab in einer Stichflamme aufgehen ließ. *Ich hoffe, du hast dir ordentlich die Finger verbrannt, Arschloch.*

Er ging das Gespräch in Gedanken noch einmal kurz durch und zuckte schließlich die Achseln. Nach Gyles Pfeife zu tanzen kam nicht infrage. Außerdem bezweifelte er, dass das Windschiff überhaupt existierte. *Wahrscheinlich wieder nur einer seiner faulen Tricks.* Aber was die Truppenstärke betraf, hatte Gyle recht, und das bereitete Betillon Kopfzerbrechen. Er brauchte mehr Männer. *Vielleicht sollte ich mich doch um dieses Tolidi-Miststück in Hytel kümmern …*

Er gab Wilfort ein Zeichen. »Bringt das hier für mich zu Ende«, brummte er und deutete auf die Schlange von Männern, die noch hingerichtet werden mussten. Sein Blick wanderte weiter zu den Zuschauern: ausgehungerte, ungewaschene Jhafi, die mit verdreckten Gesichtern ängstlich zu den Gestellen hinaufschauten, von denen die toten Gefangenen baumelten. *Seht sie euch gut an und lernt daraus! Abschaum.*

Betillon winkte seine persönlichen Assistenten heran. Mikals war ein beleibter Hollenier, der seine Vorliebe für junge Mädchen teilte. »Kümmern wir uns um das Vergnügungsprogramm für den Nachmittag. Hast du sie inzwischen sauber machen lassen?«

»Den Noori-Gestank haben wir ihr abgewaschen, Herr. Pendris schmiert sie gerade mit Öl ein.« Mikals rieb sich die Hände. »Ein temperamentvolles Ding, die Kleine. Das könnte unterhaltsam werden.«

Gemeinsam gingen sie zum Palast, vorbei an den Kirkegar-Wachen an den Türen und schließlich zum inneren Bereich. Ein dürrer Jhafi im Dienergewand des Hauses Betillon eilte in entgegengesetzter Richtung an ihnen vorbei.

Tomas schaute ihm verdutzt hinterher. Ein Eingeborener in den Farben seines Hauses war ein ungewöhnlicher Anblick, aber Mikals sprach schon wieder weiter und berichtete von einem Ofen, den er entdeckt hatte und der ideal war, um die Leiche zu entsorgen, wenn sie mit dem Mädchen fertig waren.

»Ich hoffe doch, Pendris hat es bei der Ölung belassen?«, raunte Betillon und legte Mikals eine Hand auf die Schulter. »Ich will sie unberührt. Sie *ist* doch noch Jungfrau, oder?«

»Nein, Herr«, antwortete Mikals. »Ganz im Gegenteil, würde ich sagen. Jeder weiß, wie gerne Noori-Frauen die Beine breit machen. Trotzdem dürfte sie jung und wohlgeformt genug sein, um Euch zu gefallen, Herr.«

Seine Vorfreude bekam einen kleinen Dämpfer. »Eine Jungfrau war wohl etwas zu viel erwartet«, räumte Betillon ein. Das Mädchen war ihm schon während Mustaq al'Madhis Verhaftung aufgefallen. Sie hatte sich heftig gewehrt, was das, was nun kommen würde, umso interessanter machte. Gemeinsam gingen sie die Treppe zu den königlichen Gemächern hinauf. Vor der Tür zu dem Zimmer, das er für seine persönlichen Vergnügungen reserviert hatte, blieb Betillon kurz stehen und grinste Mikals an, dann traten sie ein.

Ein Sturzbach aus Blut breitete sich über den Boden aus. Er entsprang aus Pendris' Kehle, die von einem Ohr bis zum anderen aufgeschlitzt war. Der Jüngling lag mitten in der Pfütze auf dem Rücken, nackt und weiß und tot. Daneben lagen die Fesseln des Mädchens, die sich allmählich rot verfärbten. Das Mädchen selbst war fort.

Betillon ballte die Fäuste und schaffte es gerade noch, das ganze Zimmer nicht sofort in Brand zu stecken.

Mikals wurde blass und sank mit dem Rücken gegen die Wand. Der unglückliche Pendris war sein einziger Sohn gewesen. Schließlich hob er zitternd die Hand und deutete auf ein Wort, das mit Blut über das Bett geschmiert war:

Alhani.

»Was ist das? Ihr Name?«, brummte Betillon.

Mikals schüttelte den Kopf. »Nein. Sie heißt Tarita.«

»Und was soll Alhani bedeuten?«

»Gar nichts…« Mikals überlegte. Sein Gesicht war mittlerweile fast genauso weiß wie das seines toten Sohnes. »Außer vielleicht… Ich habe gehört, dass die Jhafi Elena Anborn ›Alhana‹ nennen. Vielleicht ist Alhani der Plural oder eine Art Sammelbegriff?«

Betillons Blick wurde leer. *Verflucht! Elena Anborn war hier?!*

Da fiel ihm der dürre Jhafi-Diener wieder ein, der ihnen entgegengekommen war. Niemand hatte ihn aufgehalten, denn die Wachen interessierten sich nur für Leute, die in den Palast hineinwollten, nicht für die, die ihn verließen. Er schlug mit der Faust gegen die Wand.

Alhani …

»Bring die restlichen Frauen aus al'Madhis Unterschlupf her. Alle!«, befahl er. »Und den Foltermeister. Ich will alles wissen, was es über diese Tarita zu erfahren gibt.«

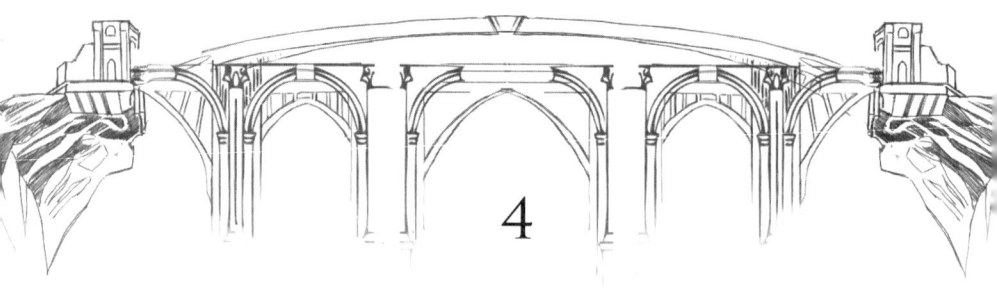

4

ZERSTÖRTE BRÜCKEN

DIE LEVIATHANBRÜCKE

Symbolen wohnt große Kraft inne. Sie inspirieren uns alle, was ein weiterer Grund ist, warum wir diese Brücke bauen müssen. Nicht nur wegen der Vorteile für den Handel, das wechselseitige Verständnis und die verbesserten Lebensumstände von Millionen – das alles liegt auf der Hand. Diese Brücke ist weit mehr: ein Symbol, eine Verbindung zwischen Ost und West und der für jedermann sichtbare Beweis, dass die beiden Kontinente, die einst miteinander verbunden waren, es auch erneut sein können, und zwar zum Wohl aller. Sie soll ein Symbol der Hoffnung sein. Brücken verbinden, sie ermöglichen uns, Hindernisse zu überwinden und an Orte zu gelangen, die ohne sie unerreichbar wären. Lasst uns diese Brücke zur wichtigsten in der gesamten Geschichte Urtes machen.

ANTONIN MEIROS, NOTIZEN IV, PONTUS 702

Die Flucht aus Shaliyah war mindestens genauso schwierig gewesen wie die Eroberung Ardijahs, aber in einer so verzweifelten Lage wie jetzt waren sie noch nie gewesen. Um sich daraus zu befreien, mussten sie womöglich gegen ihre eigenen Leute kämpfen, und Ramon Sensini hatte seine Zweifel, ob die Verlorene Legion dazu bereit war.

Die Soldaten aus Noros, Argundy und all den anderen Provinzen des Rondelmarischen Reiches waren aus den verschiedensten Gründen nach Antiopia gekommen. Einige von ihnen glaubten tatsächlich, dass sie im Auftrag Kores gegen die Heiden kämpften, andere taten es aus Loyalität gegenüber dem Kaiser oder ihrem Lehnsherrn, aber die meisten hatten weit weniger hehre Gründe. Wer kein Magus oder Händler war, dem hatte das Leben in Yuros kaum mehr zu bieten als die Arbeit mit dem Pflug oder der Hacke, um im Schweiße seines Angesichts täglich ums Überleben zu kämpfen. Ein Krug Bier am Ende des Tagwerks war die größte Freude, die dieses Leben zu bieten hatte. Die Kriegszüge boten den Männern die Gelegenheit, aus dem endlosen Armutskreislauf auszubrechen. Die Frage nach richtig oder falsch kümmerte sie nicht, sie wollten lediglich am Leben bleiben und mit Taschen voller Geld zu ihren Höfen oder Heimatdörfern zurückkehren.

Ramons Beweggründe waren etwas komplexer: Er war der Sohn einer silacischen Dienstmagd, die von einem rondelmarischen Magus vergewaltigt worden war. Seine Mutter war gerade einmal dreizehn gewesen, als sie ihn zur Welt brachte. Pater-Retiari, der Dorffamilioso, hatte sie damals aufgenommen, aber nur, um seine eigenen Reihen mit einem heranwachsenden Magus zu verstärken. Als Ramon älter und immer schwerer zu kontrollieren wurde, bedrohte Retiari seine Mutter, um ihn bei der Stange zu halten. Rache – sowohl an seinem leiblichen als auch an seinem Adoptivvater – war einer von Ramons Beweggründen. Der andere war, seine Mutter zu befreien. Diese beiden Wünsche standen hinter allem, was er tat.

Er hatte sich dem Kriegszug mit einem ganz konkreten Plan im Kopf angeschlossen – zwölftausend Legionäre sicher wieder nach Hause zu bringen, hatte nicht dazugehört, und doch war es nun so. Nicht zu vergessen die dreißig Wagenladungen Gold, die er unterwegs eingeheimst hatte, selbstverständlich gut versteckt.

Wie, bei Hel, soll ich uns alle über diesen verfluchten Fluss bringen?

»Irgendwelche Vorschläge?«, flüsterte Seth Korion, während sie hinaus auf den Tigrates schauten. Der Strom war eine der Lebensadern Antiopias und über eine Meile breit. Am anderen Ufer ragte, schimmernd wie eine Fata Morgana, ein dunkles Bollwerk aus Stein in die Dämmerung: die befestigte Stadt Vida. Sie bewachte den Zugang zur einzigen Brücke weit und breit. Nur dass es keine Brücke mehr gab. Lediglich die verkohlten Pfeiler ragten noch aus den Wellen. Die Regenzeit war schon vor einem Monat zu Ende gegangen, trotzdem führte der Tigrates immer noch so viel Wasser, dass an eine Überquerung ohne Boote oder Windschiffe nicht zu denken war.

Ramon hatte das Geburtsbett seines ersten Kindes verlassen und war mehrere Stunden durch die Wüste geritten. Die Sonne war noch nicht aufgegangen, aber das Leuchten im Osten kündigte bereits einen weiteren sengend heißen Tag an.

»Ich bin gerade erst angekommen, Korion«, brummte er. *Denk gefälligst selbst nach*, sagte er nicht dazu. Seth war weder Taktiker noch Stratege. Ramon hatte ihm das Kommando über ihren zerlumpten Haufen regelrecht aufgezwungen und daher kein Recht, sich über das Werkzeug zu beschweren, das er selbst ausgesucht hatte.

Wenigstens wohnte dem Namen Korion nach wie vor Kraft inne. Ramon war überrascht, wie gelassen die Soldaten auf diesen neuerlichen Rückschlag reagiert hatten. Shaliyah und Ardijah hatten sie nur mit knapper Not überlebt, und doch hielten sie nach wie vor zusammen im stillen Vertrauen darauf, dass die Verantwortlichen schon einen Ausweg finden würden, und dies war einzig und allein dem Zauberwort »Korion« zu verdanken. Seit Shaliyah war es Seth gelungen, durch seine eigenen Taten zumindest ein Stück weit mit dem sagenhaften Ruhm seines Vaters gleichzuziehen. Die Soldaten glaubten mittlerweile auch an ihn.

Aber das hier könnte ihren Mut brechen. »Gibt es inzwischen irgendwelche Nachrichten von der anderen Seite?«, fragte Ramon.

»Nicht ein Wort. Es ist, als weigerten sie sich, auch nur unsere Anwesenheit zur Kenntnis zu nehmen.« Seth hatte blondes Haar und war gar nicht einmal hässlich. Sein Gesicht war zu weich für einen General, aber auch das änderte sich allmählich. Ramon kannte ihn seit Jahren, sie hatten gemeinsam das Arkanum Zauberturm in Norostein besucht. Damals hatten sie einander gehasst, doch aus dem weinerlichen, unsicheren Jugendlichen schälte sich mittlerweile ein anderer, besserer Mann heraus.

Wie der Krieg die Menschen verändert ... Hel, ich bin selbst das beste Beispiel. Ein Vater, ausgerechnet ich!

»Glückwunsch, übrigens, Sensini«, sagte Seth, als hätte er seine Gedanken gehört. »Ich habe gehört, es ist ein Mädchen?«

»Julietta«, antwortete Ramon. »Ein rimonischer Name, der auch in Rondelmar gebräuchlich ist.«

»Ein guter Kompromiss also. Wie geht es Severine?«

»Sie beschwert sich über alles und jeden und will zurück zu ihrer Mutter.«

Severine Tiseme war die Letzte, die Ramon sich als seine Geliebte hätte vorstellen können, geschweige denn als Mutter seines Kindes. Sie stammte aus einer Adelsfamilie in Pallas und war genauso selbstsüchtig, eitel, zickig und arrogant, wie ihre Herkunft vermuten ließ. Selbst ihre Auflehnung gegen das Kaiserreich, die sie überhaupt erst in diese Lage gebracht hatte, hatte sie so geäußert, wie es sich für jemanden ihres Standes geziemte: in Schmähgedichten auf das Haus Sacrecour. Weiter war ihr Widerstand gegen die Herrscher Rondelmars nie gegangen, aber ihre Ablehnung von Ungerechtigkeit und Sklaverei war aufrichtig und leidenschaftlich.

Diese Art von Idealismus war Ramon fremd. Er war Pragmatiker, der stets tat, was die Lage verlangte. Nichtsdestotrotz bewunderte er Sevi für diesen Charakterzug und hatte das Gefühl, zu einem besseren Menschen zu werden, wenn er mit ihr zusammen war. Nun, zumindest zeitweise. Sie war keine Heilige, und er bestimmt auch nicht. Gemeinsame Tochter hin oder her, ob ihre Beziehung das Ende der Mondflut überstehen würde, stand in den Sternen.

»Klingt, als würde sie sich schnell erholen«, merkte Seth lächelnd an, dann schaute er hinaus auf den Fluss. Sein Blick verfinsterte sich wieder. »Ich spiele mit dem Gedanken, Prenton mit einem Skiff loszuschicken, damit er herausfindet, was hier los ist.«

Ramon überlegte. Er war sicher, dass das Massaker von Shaliyah kein Zufall gewesen war, sondern genau geplant. Herzog Echor von Argundy, der Kommandant des vollständig aufgeriebenen südlichen Heeresflügels, war für Kaiser Constant eine sogar noch größere Bedrohung gewesen als der Sultan von Kesh. Zu vieles sprach dafür, dass die Keshi sich in Shaliyah schon seit Monaten auf Echors Angriff vorbereitet und genau gewusst hatten, was zu tun war. Eine Absprache also. In Shaliyah hatte nicht nur Sultan Salim einen triumphalen Sieg errungen, sondern auch Kaiser Constant. Das Ausmaß des Verrats war so enorm, dass es Ramon den Atem verschlug. *Unwahrscheinlich, dass sie uns – die einzigen Überlebenden von Echors Heer – in Vida mit offenen Armen empfangen werden.*

Sein Verdacht wegen Shaliyah war nicht das Einzige, was Ramon beunruhigte. Auf ihrem Weg durch Ostkesh waren sie der Inquisition und den Kirkegar begegnet, dem bewaffneten Arm der Kirche Kores. Die Kirkegar hatten unzählige Sklaven gemacht, und das mit Methoden, die nach den Gesetzen der Kore streng verboten waren. Zu Tausenden hatten sie die Ahmedhasser zusammengetrieben, um sie zu töten oder zu versklaven, und ihnen sogar noch weit Schlimmeres angetan: Einigen hatten sie die Seelen geraubt, um sie Tieren und Gnosiszüchtungen für Kaltus Korions Heer einzusetzen. Ramon hatte mit eigenen Augen gesehen, wie ein gefangen genommener Seelentrinker das Verbrechen mithilfe eines eigenartigen Kristalls ausführte. Dabei waren Seelentrinker von der Kirche verdammt und laut Gesetz augenblicklich zu töten. Es war eine Ketzerei von unvorstellbarem Ausmaß, die jedem der Beteiligten den Kopf kosten musste – nur dass alles ganz offensichtlich von höchster Seite genehmigt, wenn nicht gar angeordnet war.

Aus all diesen Gründen überlegte Ramon, ob es klug war, ihren einzigen verbliebenen Windmeister zu Verhandlungen nach Vida zu entsenden – oder glatter Selbstmord. Möglich, dass die Zerstörung der Brücke gar nichts mit ihnen zu tun hatte, aber viel wahrscheinlicher schien Ramon, dass die Inquisition befohlen hatte, Seths Truppen den einzigen Fluchtweg zu versperren.

»Ich glaube nicht, dass Prenton zurückkehren würde«, sagte Ramon düster. »Wo stehen die Legionen deines Vaters?«

»Woher soll ich das wissen?«, antwortete Seth verbittert. »Ich habe das letzte Mal vor beinahe zwei Jahren mit ihm gesprochen. Soweit ich weiß, sollte der nördliche Heeresflügel gegen Hallikut marschieren und sich dann über Istabad wieder zurückziehen. In neun Monaten endet die Mondflut, also müsste der Rückzug bereits begonnen haben. Ein Heer von dieser Größe kann pro Tag maximal zehn Meilen zurücklegen, aber nicht in dieser Hitze, also wird mein Vater früher aufgebrochen sein. Sie müssen den Südpunkt noch vor Ende des Maicin erreichen, wenn sie die Brücke rechtzeitig überschreiten wollen, also denke ich, dass sie im Moment in der Nähe von Istabad sind. Trotzdem glaube ich kaum, dass er uns helfen wird, falls du das meinst.«

»Wenn er erfährt, dass du in eine Falle gelockt wurdest, wird er ...«

»Wird er *was*?«, fragte Seth verdrossen. »Interessiert es ihn überhaupt? Ich weiß es nicht. Immerhin war er es, der mich Echors Heeresflügel zugeteilt hat.«

In dem vollen Bewusstsein, dich ins Verderben zu schicken. Ramon verzog das Gesicht. »Hast du Späher ausgesandt, um nach anderen Stellen zu suchen, wo wir den Fluss überqueren können?«

»Natürlich, nach Norden und Süden. Der Tigrates wird südlich von hier nur noch breiter, aber auch im Norden ist er unpassierbar. Das Einzige, was Coll entdeckt hat, ist eine niedrige Hügelkette zwei Tagesmärsche nördlich von hier.«

»Könnten wir uns dort verteidigen?«

»Wahrscheinlich, aber was nützt uns das schon, wenn es keine Furten gibt?«

»Die Männer sind am Ende ihrer Kräfte, Seth. Wir haben ihnen alles abverlangt, um es rechtzeitig bis hierher zu schaffen. Unser Vorsprung auf Salim beträgt gerade einmal einen Tag.«

»Vielleicht können wir mit ihm verhandeln?«, warf Seth ein.

Ramon runzelte die Stirn. Was die Bedrohung durch die Keshi betraf, schien Seths Urteilsvermögen eigenartig getrübt, seit er mit einem von Salims Doppelgängern Freundschaft geschlossen hatte, der eine Zeit lang ihre Geisel gewesen war.

»Nein, diese Karte haben wir bereits gespielt. Salim hat unmissverständlich klar gemacht, dass er uns bis Ende des Septnon Zeit gibt, den Tigrates zu überschreiten. Danach bleibt ihm gar nichts anderes übrig, als uns anzugreifen. Das heißt in zwei Tagen.«

»Mag sein, aber als wir uns auf diese Bedingungen einigten, war die Brücke noch nicht…«

»Rukka mio, Seth, sie sind *Keshi*! Unsere Feinde!«

»Aber Salim…«

»Das war nicht Salim, sondern Latif, der sich seinen Lebensunterhalt damit verdient, so zu tun, als wäre er der Sultan!«

»Das hat er behauptet, trotzdem glaube ich, dass es Salim war«, widersprach Seth stur.

»Tja, leider wissen wir es nicht, weil *du* uns nicht gestattet hast, es zu überprüfen.«

»Es wäre falsch gewesen, Sensini! Es hätte ihn zerstören können.«

»Er ist unser Feind, verflucht!« Ramons Augen verengten sich. »Hast du irgendeine Vorstellung davon, wie das ausgesehen hat, all die Stunden, die du mit ihm verbracht hast? Die Männer glaubten schon, du hättest dich mit dem Feind verbündet.«

Seth winkte ab. »Wir haben zweitausend schwangere Frauen aus Khotri und Dhassa in unserem Tross, wohingegen ich mich lediglich mit Latif *unterhalten* habe. Er war mir eine bessere Gesellschaft als alle aus meinem eigenen Heer!« Seth schaute kurz weg und wechselte das Thema. »Wenn wir bis Ende Septnon nicht auf der anderen Seite sind, müssen wir kämpfen.«

»Zumindest da stimme ich dir zu. Es ist wahrscheinlich zu spät, eine Alternative zu der Brücke zu finden, also sollten wir unsere Verteidigung vorbereiten. Egal welchen Ort wir dafür wählen: Um die nötigen Befestigungen zu errichten, brauchen wir zwei Tage.«

»Wir sind Magi. Wir werden doch wohl in der Lage sein, einen Fluss zu überqueren?«

»Ja, *wir* schon, aber unsere Soldaten nicht! Denk nach, Seth: Der Tigrates ist eine Meile breit und so tief wie ein dreistöckiges Haus. Er fließt genauso schnell wie ein Gebirgsstrom, und am anderen Ufer lauert die Inquisition auf uns!«

Seth überlegte stumm hin und her, dann kam er endlich zu einer Entscheidung. »Marschieren wir nach Norden zu der Stelle, die Coll entdeckt hat, und graben uns dort ein.«

»Exakt. Das ist im Moment die einzige Möglichkeit, also Kopf hoch, Geringerer Sohn.«

Ramon bereute die Schmähung, kaum dass er sie ausgesprochen hatte. »Große Männer haben stets geringere Söhne«, hatte ein Philosoph einst geschrieben, und Ramon hatte das Zitat dankbar aufgegriffen, als er noch am Arkanum war. Es war ihre Rache für alles, was er und sein bester Freund Alaron Merser von Seth und dessen Kumpanen hatten ertragen müssen. Bei jeder sich bietenden Gelegenheit hatten sie Seth damit aufgezogen, doch der Seth, der nun vor ihm stand, war nicht mehr der gleiche wie damals.

»Im Ernst, die Soldaten respektieren dich«, fügte Ramon hinzu. »Und ich auch.«

Seth akzeptierte die Entschuldigung. »Leg dich schlafen. Ich werde inzwischen zusehen, ob ich den Kommandanten von Vida irgendwie erreichen kann. Und … danke, dass du gekommen bist, Sensini. Ich weiß, du wärst lieber bei Severine und deiner Tochter geblieben.«

Beide gähnten herzhaft. Die Sonne ging bald auf, und die Männer würden wissen wollen, wie ihre Offiziere gedachten, sie heil aus dieser neuerlichen Klemme zu bringen. Doch Ramon hatte die letzten vierundvierzig Stunden damit verbracht abzuwarten, ob Sevi die Geburt überlebte und sein Kind schreiend zur Welt kam oder stumm und kalt. Im Moment hatte er keine Kraft mehr, sich um irgendetwas zu kümmern. Er schleppte sich zu Lu, seinem Pferd, und ritt zurück ins Lager. Dort angekommen, überließ er es einem Legionär, Lus Flanken trockenzureiben, zog sich in eine ruhige Ecke des Pferchs zurück, wickelte sich in seine Satteldecke und schloss die Augen.

Als er sie wieder öffnete, war es Mittag. Die Luft war beinahe zu heiß zum Atmen. Jemand rüttelte ihn an der Schulter. »Herr, wir brechen auf!«

Nachdem Seth Korion vom Fluss zurückgekehrt war, machte er sich auf die Suche nach den anderen Magi seiner Legion. Es war so heiß, dass die meisten Soldaten nicht einmal ihre Zelte aufgeschlagen hatten und einfach unter freiem Himmel schliefen. Hier und da lag eine dunkelhäutige Frau zwischen ihnen. Die meisten der Frauen hatten ein schmales Gesicht und eine knochige Statur, viele waren entsetzlich jung. Sie waren von ihren Familien ausgerissen und setzten alles aufs Spiel für die »Liebe« eines vollkommen Fremden, eines feindlichen Soldaten noch dazu. Seth fragte sich, wie es sich anfühlen musste, so verzweifelt zu sein. Liebten sie die Männer neben ihnen, oder waren sie lediglich ihre letzte Hoffnung, in einem abgekarteten Spiel vielleicht doch noch zu gewinnen?

Obwohl Seth ein Reinblut war, war sein Leben bisher von Angst bestimmt gewesen. Nicht vor dem Tod oder einer Niederlage auf dem Schlachtfeld, sondern vor dem Versagen. Davor, die Erwartungen seines Vaters zu enttäuschen. Angst, dass er Kaltus' Ruhm nicht würde fortführen können. Der Name Korion genoss hohes Ansehen im Kaiserreich, die Familie hatte einen Ruf zu verlieren. Der Preis, den er für sein Versagen bezahlen würde, war subtil und dennoch schrecklich. Seth hatte sich nie stark genug gefühlt, diese Last zu tragen.

Er folgte den Stiefelspuren im Sand, die zwischen den Zelten hindurchführten, kam an schläfrigen Wachposten vorbei und Männern, die auf dem Weg zum Pinkeln waren. Manche salutierten, andere waren zu müde, um überhaupt Notiz von ihm zu nehmen. Die Luft stank nach Schweiß und ungewaschenen Leibern, ein süßlich-saurer Pesthauch, den man lieber gar nicht erst einatmete. Er erreichte Prentons Zelt, schlug die Klappe zurück und duckte sich in den Eingang.

»Baltus! Wach auf! Du musst … oh.« Seth verstummte und lief feuerrot an.

Der weiße Fleck im Halbdunkel vor ihm stellte sich als ein Hintern heraus, um den sich zwei ebenso weiße Beine schlangen. Die rhythmischen Bewegungen hörten auf, zwei Gesichter wandten sich ihm zu. Das eine gehörte dem brevischen Windmeister Baltus Prenton, das andere Jelaska Lyndrethuse, einer Geisterbeschwörerin aus Argundy, die wahrscheinlich doppelt so alt war wie Prenton.

»Verzeihung! Ich warte draußen.«

»Wir brauchen nicht mehr lang«, stammelte Baltus.

»Wir brauchen so lange, wie es uns passt«, widersprach Jelaska entschieden. »Hau ab, General.«

Seth taumelte aus dem Zelt, stolperte über eine Abspannleine und plumpste in den Sand.

Eine Wache drehte den Kopf in Richtung des Lärms und schaute sogleich höflich wieder weg.

Seth stand auf, klopfte den Sand von seiner Uniform und ging sich die Beine vertreten. Zehn Minuten später stießen Prenton und Jelaska am Flussufer zu ihm, die Wangen noch gerötet von ihrem Stelldichein und vielleicht auch ein bisschen vor Scham. Beide trugen lange dhassanische Kittel über enganliegenden Beinlingen.

»Guten Morgen, Herr.« Prenton salutierte verlegen. Er

wollte als Schlachtmagus Karriere machen und achtete entsprechend auf militärische Umgangsformen.

Ganz anders Jelaska, die all das Offiziersgehabe für alberne Männerrituale hielt, mit denen sie nur versuchten, ihre verletzlichen Egos zu stützen. »Was gibt's denn so Wichtiges, dass du einfach so in unser Zelt platzt?«, fragte sie barsch.

Die meisten fanden es sehr mutig von Prenton, als er seine »Treffen« mit Jelaska aufnahm, wie Seth es euphemistisch nannte. Jelaskas Liebhaber verstarben meist nach kurzer Zeit, und das so häufig, dass sie von sich selbst sagte, es laste ein Fluch auf ihr, auch wenn es selbstverständlich keine Flüche gab. Nicht einmal mithilfe der Gnosis ließ sich so etwas bewerkstelligen, doch der Glaube an sie war so alt wie der Glaube an die Götter, und Jelaska hatte entsprechend wenig Freier, obwohl ihre raue Schönheit nicht unattraktiv war. Das leicht gelockte graue Haar, die rauchige Stimme und ihre unbändige Lebenslust – eine eher untypische Eigenschaft für eine versierte Geisterbeschwörerin wie sie – hatten etwas Anziehendes. Baltus Prenton verfügte über ein ausreichend unbekümmertes Selbstbewusstsein und genoss das Leben in vollen Zügen. Wenn irgendjemand diesen angeblichen Fluch widerlegen konnte, dann er.

»Wir müssen mit dem Kommandanten der Garnison von Vida in Verhandlungen treten«, erklärte Seth. »Da sie auf meine gnostischen Anfragen nicht reagieren, muss dies wohl persönlich geschehen.«

»Sicher«, erwiderte Prenton fröhlich. »Wer soll mit ihnen reden?«

»Ich«, antwortete Seth.

»*Du?* Warum das denn?«, fragte Jelaska unerschrocken. Auch sie war ein Reinblut und betrachtete sich als so etwas wie die Matriarchin der Legion.

»Weil der Garnisonskommandant nicht wagen wird, mich zu verhaften.«

Prenton runzelte die Stirn. »Es sei denn, der verfluchte Siburnius befiehlt es ihm …«

Der Windmeister verstummte, und Seth versuchte, sein Schaudern zu verbergen. Ullyn Siburnius war der Kommandant der Dreiundzwanzigsten Faust der Heiligen Inquisition. Er und sein Werkzeug, der Seelentrinker Delta, hatten den gefangenen Keshi und Dhassanern unglaubliche, entsetzliche Dinge angetan. Und sie waren auf direktem Weg nach Vida gewesen.

»Dieses Risiko müssen wir wohl eingehen«, räumte Seth ein. »Es ist höchste Zeit, dass wir herausfinden, was hier vor sich geht. Seit Shaliyah sind wir von allen Nachrichten abgeschnitten, das ist jetzt neun Monate her.«

»Ich wüsste auch gerne, welche Rolle Euer Vater in alldem spielt«, stimmte Jelaska zu.

»Ihr sagt es.«

»Ich komme mit.«

»Auf keinen Fall. Ihr seid unsere stärkste Schlachtmagierin und bleibt mit Ramon hier. Während meiner Abwesenheit hat er das Kommando.«

Jelaska stieß ein undamenhaftes Schnauben aus. »Hat Severine schon geworfen?«

Seth grinste. »Es ist ein Mädchen: Julietta.«

»Gut. Hoffentlich hilft ihm das, sich darauf zu konzentrieren, uns heil nach Hause zu bringen.« Mit einer besitzergreifenden Geste legte sie Prenton eine Hand auf die Schulter. »Und bring mir meinen Mann heil zurück, General. Oder du bekommst es mit mir zu tun.«

Der Wind spielte in Seths Haar, während das Skiff zwischen dem Fluss und den Mauern von Vida seine Kreise zog. Es war eine Stunde nach Sonnenaufgang, die beste Zeit des Tages. Die Mauern erstrahlten in goldenem Licht, während Seth im Bug des Skiffs saß und sich auf einen der vier Wachtürme konzentrierte. Eine kleine Gruppe Männer stand dort versammelt, die meisten in das Rot der Legion oder das Schwarz und Weiß der Kirche gekleidet, aber seine Worte waren allein an den großen Mann in der Mitte gerichtet, der das Violett eines hochrangigen kaiserlichen Offiziers trug.

Ich wiederhole, mein Name ist Seth Korion, kommandierender General des südlichen Heeresflügels. Ich wünsche, mit dem Garnisonskommandanten zu verhandeln.

Sie kreisten weiter. Prenton sorgte mit seiner Luftgnosis dafür, dass der Wind nicht nachließ. Schließlich öffnete sein Gegenüber eine Verbindung. *Schlachtmagus Korion*, erwiderte eine volltönende Stimme unter demonstrativer Missachtung von Seths Rang. *Ich bin Erzlegat Hestan Milius von der Kaiserlichen Schatzkammer und erteile Euch hiermit die Erlaubnis, innerhalb der Festung am Fuß dieses Turms zu landen.*

Seth zuckte zusammen. *Von der kaiserlichen Schatzkammer? Was hatte die hier zu suchen?* Vor einem Erzlegaten wäre selbst sein Vater auf der Hut. In so schwindelnde Höhen wurden nur Reinblute befördert, die dem Kaiser absolut blind ergeben waren.

Doch mit seiner Anrede setzte Milius Seth herab, und damit auch seine Männer. *Seid gegrüßt, Erzlegat Milius. Ich wiederhole: Ich bin General des südlichen Heeresflügels und verlange, als solcher anerkannt zu werden. Andernfalls können wir nicht verhandeln*, antwortete er und war selbst erstaunt über seine Kühnheit.

Es folgte verärgertes Schweigen, dann erwiderte Milius mit gepresster Stimme: *Ich erkenne Euren Rang an, General, und sage Euch hiermit freies Geleit zu.*

Die Antwort schien ebenso an Milius' Gefolge gerichtet wie an Seth. *Ich wette, Siburnius ist bei ihm und fordert meine Verhaftung.*

Prenton nahm mit der traumwandlerischen Sicherheit jahrelanger Erfahrung den Wind aus den Segeln, ließ das Skiff über die Befestigungsmauern hinweggleiten und setzte sanft in dem gepflasterten Innenhof auf. Seth kletterte schnell aus dem Rumpf und ging auf die drei Männer zu, die ihm vom Turm aus entgegenkamen. Dann wurden alle einander vorgestellt. Ullyn Siburnius war in der Tat anwesend, dazu der Garnisonskommandant, ein adliger Halbblut-Magus namens Ban Herbreux, der allerdings kein einziges Wort von sich gab. Offensichtlich hatte Erzlegat Milius das alleinige Sagen in diesem Gespräch.

Milius war groß gewachsen und trug das graumelierte Haar schulterlang. Mit dem wallenden Bart war er eine beeindruckende Erscheinung; nur vielleicht ein bisschen zu sehr darauf bedacht, wie die Verkörperung unerschütterlicher Weisheit auszusehen.

»Es ist mir eine Ehre, Eure Bekanntschaft zu machen, General Seth Korion«, tönte er und streckte ihm die Hand hin – eine Geste unter Ebenbürtigen, obwohl Seth nicht einmal ein Generalspatent hatte, sondern lediglich »durch Ernennung auf dem Feld« befördert worden war. Das mochte legal sein, war aber seit dem Ersten Argundischen Krieg nicht mehr vorgekommen.

»Erzlegat«, erwiderte Seth gemessen und schärfte sich ein, dass das Schicksal von zwölftausend Soldaten und dreitausend Frauen nun allein in seinen Händen lag. »Was führt Euch so weit weg von Pallas?«

»Die Belange des Kaiserreichs sind mannigfaltig«, antwortete Milius. »Wie ich höre, ist es Euch gelungen, Eure Männer von Shaliyah hierherzuführen. Eine ruhmreiche Tat, die Eures Namens würdig ist.«

Zuerst die Schmeicheleien also... »Es war eine Gemeinschaftsleistung, Erzlegat. Alle haben nach Kräften zusammengearbeitet, aber wir haben es noch nicht überstanden.« Seth deutete auf den Fluss jenseits der Festungsmauern. »Wir hatten vor, den Tigrates hier zu überqueren, doch fanden wir die Brücke zerstört.«

»Der Befehl, sich auf diese Uferseite zurückzuziehen und die Brücke zu verbrennen, wurde bereits vor geraumer Zeit erlassen. Eine denkbar unglückliche Wendung für Euch, ja, doch ich bin sicher, dass wir Eure Magi und Offiziere zu uns holen können, bevor der Feind eintrifft.«

Und die Soldaten und Frauen können in Hel verrotten, was? »Mir sind insgesamt fünfzehntausend Leben anvertraut, Erzlegat. Ich werde sie schützen, alle, nicht nur die höheren Ränge.«

Milius schien Seths Antwort für eine noble, aber leere Floskel zu halten. »Wie unsere fliegenden Späher berichten, steht das Heer der Keshi weniger als dreißig Meilen von hier. Wenn das Wetter hält, wird die berittene Vorhut bereits morgen Abend eintreffen. Ich bezweifle, dass die Zeit reicht, um alle in Sicherheit zu bringen.«

Großer Kore, so nah schon?! »Dann ist es umso dringender, die Brücke unverzüglich zu reparieren. Ausreichend Holz für die Erdmagi müsste vorhanden sein. Sie müssen lediglich die verbliebenen Pfeiler verbinden, dann überschreiten wir den Fluss und schlagen südlich der Garnison unser Lager auf.«

Milius blickte zum Himmel hinauf, als suche er in den Bewegungen der Wolken nach einem Omen. »Vielleicht wäre es in der Tat möglich«, räumte er ein, »jedoch haben wir nicht genügend Vorräte, um Eure Soldaten zu verpflegen, geschweige denn die Frauen.« Er schaute Seth kurz in die Augen. »Eure Noori-Huren müssen zurückbleiben, General.«

»Ehefrauen«, widersprach Seth. »Sie sind mit meinen Soldaten verheiratet.« *Die meisten zumindest.* Gerdhart, der Le-

117

gionspriester, hatte die Trauungen nach den Riten der Kore durchgeführt, somit waren sie rechtskräftig. »Wir lassen niemanden zurück.«

Milius rümpfte kurz die Nase, ging aber nicht weiter darauf ein. Schließlich blickte er Seth fest in die Augen, als wollte er die Wichtigkeit seiner nächsten Worte unterstreichen. »Ihr habt einen Schlachtmagus in Euren Reihen, einen gewissen Ramon Sensini. Gegen ihn liegt ein Haftbefehl vor. Liefert ihn aus, dann werden wir Eure Männer auf diese Seite des Flusses evakuieren.« Er hielt ihm ein Stück Pergament hin.

Seth nahm es und las. Er war nicht sonderlich überrascht. Schließlich war es Ramon, der die unangenehmen Nachforschungen über Siburnius angestellt hatte. Wenn stimmte, was er herausgefunden hatte, blieb Siburnius gar nichts anderes übrig, als ihn zum Schweigen zu bringen. *Und jetzt hat er einen Erzlegaten als Unterstützung. Aber warum ausgerechnet einen von der kaiserlichen Schatzkammer?*

Es handelte sich tatsächlich um einen Haftbefehl, alle erforderlichen Siegel prangten darauf. Was Seth überraschte, war, dass die Anschuldigungen auf Betrug, Vortäuschen einer falschen Identität und Fälschung kaiserlicher Schuldscheine lauteten. *Ich hätte Sensini alles Mögliche zugetraut, aber das?* Es war schlichtweg absurd. Vor allem im Vergleich zu den Verbrechen, die Siburnius und seine Faust auf dem Gewissen hatten. Wut brandete in Seth auf – die gleiche Wut wie vor zwei Wochen, als er Siburnius' Faust aus dem Flüchtlingslager vertrieben hatte. *Scheiß auf diese Kerle. Sensini mag eine Nervensäge sein, aber er ist einer von uns.*

Er warf dem Inquisitor einen kalten Blick zu. »Sensini ist seit Beginn der Mondflut bei meiner Legion«, erwiderte er gelassen. »Seid Ihr sicher, dass er derjenige ist, den Ihr sucht?«

Milius' Miene verfinsterte sich. »Die Beweislage ist eindeutig. Schlachtmagus Sensini hat als angeblicher Logisticalus

der Pallacios XIII offizielle Dokumente der Kaiserkrone missbraucht und illegale Schuldscheine in Umlauf gebracht.«

Seth blieb ungerührt. »Selbst wenn? Seine taktischen Fähigkeiten haben die Legion mehrere Male gerettet, außerdem hat
er Machenschaften der Inquisition aufgedeckt, die gegen das
Gesetz Kores verstoßen. Ich weigere mich, ihn wegen ein paar
lächerlicher Schuldscheine fallen zu lassen.«

Milius zog eine Augenbraue hoch und senkte theatralisch
die Stimme. Die Luft um ihn und Seth herum knisterte kurz,
als er einen Schild aufspannte, der jedes Wort nach außen ab-
schirmte, selbst vor Siburnius. »Seth, ich darf Euch doch so
nennen, hoffe ich? Mir scheint, Ihr erkennt den Ernst der Lage
nicht. Ramon Sensini und seine kriminellen Mitverschwörer
haben eine Gruppe von Investoren durch böswillige Täuschung
dazu gebracht, Unmengen von Geld in den Kriegszug zu investieren – und zwar für das Monopol auf den Opiumhandel in
Süddhassa. *Opium*, Seth. Das Gift, das Familien zerreißt und
unzählige Menschen in den Tod treibt. Die Höhe der Investitionen hat in Yuros zu einer noch nie da gewesenen Inflation geführt. Die Preise sind derart gestiegen, dass die meisten sich nicht einmal mehr die Grundnahrungsmittel leisten
können. Die Menschen in Yuros hungern, Seth! In Bricia kostet ein Laib Brot siebzehn Foli! *Siebzehn!*« Er sprach mit einer
Erschütterung in der Stimme, als ginge es um die Große Läu-
terung und den unmittelbar bevorstehenden Tag der Wieder-
kehr, nicht um den Preis für einen Laib Brot.

Seth hatte nicht einmal die Hälfte von Milius' Gerede verstanden. »Es gibt kein Opium in der Legion. Hat es nie gegeben.« Das Gerücht, dass Ramon sie in Shaliyah nur mithilfe
der Dämpfe von brennendem Opium hatte retten können, verbannte er aus seinen Gedanken. »Und was diese Schuldscheine
betrifft: Gibt es irgendwelche Beweise?«

Hestan Milius schaute Seth an wie ein Vater, der seinem begriffsstutzigen Kind einen komplizierten Sachverhalt erklären muss. »Dass Ihr Euren Untergebenen verteidigt, mag ehrenwert sein, General, aber Sensinis Schuld steht außer Frage. Es ist Eure Pflicht, ihn der Gerechtigkeit zuzuführen, damit wir uns endlich auf die eigentliche Aufgabe konzentrieren können: die Sicherheit Eures Heers.«

Seth durchforstete seine Erinnerungen an den Unterricht in Gesetzeskunde auf dem Arkanum. Er hatte das Fach immer gemocht, und schließlich fand er, was er brauchte.

»Für einen gültigen Haftbefehl müssen dem zuständigen Rechtsbeamten Beweise vorgelegt werden.« Er warf einen Blick auf das Stück Pergament in seiner Hand. »Dieser Beamte seid Ihr, wie es scheint. Ich möchte die Beweise sehen. Andernfalls muss ich davon ausgehen, dass Faustkommandant Siburnius Euch bewusst getäuscht hat, um sich selbst zu schützen.«

»Nichts und niemandem steht zu, die Integrität eines Mitglieds der Inquisition infrage zu stellen, nicht einmal einem General«, antwortete Milius mit Grabesstimme. »Eure Jugend mag Euer Verhalten ein Stück weit entschuldigen, Seth, aber Ihr werdet lernen müssen, auf die Worte Eurer Vorgesetzten zu vertrauen.«

Alle vorgetäuschte Höflichkeit war verschwunden. Seth spürte, wie Prenton allmählich nervös wurde. Er mochte nicht hören können, was gesprochen wurde, aber die zornige Miene des Erzlegaten war unmissverständlich.

»Ich möchte die Beweise sehen«, wiederholte Seth entschlossen. »Um meines Seelenfriedens willen.« Seth überlegte, was passieren würde, wenn er sich den Rückweg freikämpfen müsste. *Ich käme nicht mal zwei Schritte weit…*

Milius seufzte und zog ein weiteres Stück Pergament hervor. »Hier, *General*!«

Es war ein kaiserlicher Schuldschein von der Sorte, wie Seth sie vor allem während der ersten Monate bei den Soldaten gesehen hatte, meistens als Ersatz für Bargeld, um Spielschulden zu begleichen. Normalerweise benutzten die Logisticali sie als Bezahlung für Warenlieferungen von einer Legion an die andere. Er musterte die krakelige Unterschrift. »Das ist nicht Sensinis Name.«

Aber seine Handschrift, zumindest das muss ich zugeben. Auch das Siegel war nicht das der Kaiserlichen Schatzkammer, sondern das Wappen eines Adelshauses in Pallas. Jedes Kind in Rondelmar wusste, zu welcher Familie es gehörte.

»Erkennt Ihr das Wappen?«, fragte Milius.

Seth nickte stumm. »Ist es ... echt?«

»Selbstverständlich nicht! Er muss es irgendwie in die Finger bekommen haben – höchstwahrscheinlich gestohlen. Bei seiner Verhaftung werden wir das Siegel sicherstellen.« Milius streckte die Hand und forderte die Dokumente zurück. »Seid Ihr jetzt zufrieden, General? Können wir mit der Evakuierung Eurer Männer beginnen?«

Seth biss sich auf die Lippe. Sein Blick wanderte unfokussiert in die Ferne. *Mein Vater brüstet sich, nie auch nur einen einzigen Mann zurückgelassen zu haben. Andererseits hat er noch nie eine Schlacht verloren, weshalb er wahrscheinlich gar nicht erst in die Verlegenheit kam, und Ramon, diese kleine Mistfliege, hat uns sowohl in Shaliyah als auch in Ardijah den Kopf gerettet. Ich kann ihn nicht aufgrund irgendwelcher Behauptungen ausliefern. Außerdem habe ich das Todeslager mit eigenen Augen gesehen ...*

Aber Seth hatte fünfzehntausend Menschen zu beschützen. *Verflucht ...*

Cymbellea di Regia lag zusammengerollt auf der Seite wie ein Embryo, als der Boden unter ihr zu zittern begann. Die Erschütterungen rüttelten sie wach, auch wenn sie eigentlich gar nicht geschlafen hatte. Sie konnte kaum glauben, dass sie überhaupt noch am Leben war. Tagelang war sie hilflos in der Obhut dieser Frauen gewesen, der Blutverlust hatte ihren Körper so sehr geschwächt, dass sie zu keiner Bewegung fähig gewesen war. Ihr Herz war zu zerrissen und ihr Kopf zu benebelt, als dass sie sich aus ihrem Dämmerzustand hätte reißen können.

Sie blickte auf und sah in ein faltiges Gesicht über sich, die Haut so dunkel, dass sie beinahe schwarz war. Es gehörte einer der Frauen, die sie während der vergangenen Tage von dem Lärm und Gezeter des Lagers abgeschirmt hatten. Bunima war ihr Name, eine Witwe aus Süddhassa. Sie hatte Cym festgehalten, sie in die Arme genommen und ihr beruhigende Worte zugeflüstert, während die anderen Frauen in ihrem Bauch herumstocherten und das ungeborene Kind herausschabten. Seither wachten sie über Cym, und das obwohl sie nicht nur eine Yurerin war, sondern auch noch eine Magi. Cym hatte keinen Moment lang daran gezweifelt, dass die Frauen sie aus der Umzäunung schleifen würden, mitten hinein zwischen die Männer, die Steine warfen und lauthals ihren Tod verlangten. Die Würfe hörten eine ganze Zeit lang nicht auf, es hatte Knochenbrüche gegeben und sogar Tote, aber die Männer wagten nicht, in die Umzäunung vorzudringen. Weshalb, wusste Cym nicht. Genauso wenig wusste sie, warum diese Frauen sie beschützten. Bunima, die ein paar Brocken Rondelmarisch sprach, war so etwas wie ihre Leibwächterin und Krankenschwester geworden, obwohl die beiden sich kaum miteinander unterhalten konnten.

Nur ein einziger Mann hatte die Umzäunung betreten: Zaqri, der Vater ihres Kindes. Ihres toten Kindes. Seine Schmerzensschreie, als er begriff, was sie getan hatte, hörte Cym jetzt noch; er hatte gebrüllt wie ein Sünder in den Feuern Hels. Seither hatte sie ihn nur einmal gesehen, als er ihr sagte, er würde auf ihre Genesung warten, um dann mit ihr die Suche nach der Skytale des Corineus fortzusetzen. Cym fragte sich, ob er immer noch zu diesem Versprechen stand. In Rimoni war eine Abtreibung nichts Besonderes, man verurteilte die Frau nicht dafür, aber hier war es eine Todsünde, auch wenn es selbstverständlich dennoch Abtreibungen gab. Cym wusste, dass ihre Tat Zaqri zutiefst verletzt hatte – genau das war schließlich ihre Absicht gewesen –, aber sie hatte noch einen weiteren, mindestens genauso wichtigen Beweggrund gehabt: Der Vater war ein Dokken. Auch wenn man es nicht genau wissen konnte, wäre das Kind wahrscheinlich mit dem gleichen Schicksal gestraft gewesen.

Pater Sol! Mater Lune! Sagt mir, dass ich das Richtige getan habe!

Doch sie erhielt keine Antwort, wie immer. »Das Schweigen ist die Stimme der Götter«, hatte ein Priester einmal zu ihr gesagt.

Bunima plapperte wild drauflos, doch Cym verstand nur die Worte »Soldaten«, »Sultan« und »hier«. Und dass sie in Gefahr war, wenn sie nicht schnell genug verschwand.

Seltsamerweise bestand ihr einziger Wunsch jetzt darin, Zaqri wiederzusehen. Der ehemalige Dokken-Rudelführer hatte sie gerettet, beschützt und geliebt. Vor ihrem geistigen Auge erstrahlte er immer noch wie ein Gott unter Sterblichen, aber er war ein Seelentrinker. Ein mit einem Fluch beladener Dämon, der ihre Mutter getötet hatte. Obwohl es im Kampf geschehen war, verlangte das Rimonische Gesetz Vergeltung, also hatte Cym sein Kind getötet, damit sie *ihn* nicht töten

123

musste. Die Entscheidung hatte sich richtig angefühlt, doch jetzt konnte Cym nicht die kleinste Bewegung machen, ohne die tiefe Wunde in ihrem Bauch und ihrer Seele zu spüren.

Pater Sol, Mater Lune, warum muss ich ihn so sehr lieben?

Ihr Vater hätte gesagt: »Was passiert ist, ist passiert. Das Leben muss weitergehen«, und daran klammerte Cym sich. Vorsichtig setzte sie sich auf und versuchte aufzustehen. Sie trug immer noch ihren blutbefleckten Kittel und hatte nur eine dünne Decke übergeworfen. Als sie ins Taumeln geriet, fing ein Dutzend Hände sie auf. Cym hielt sich dankbar an ihnen fest, bis sie ihr Gleichgewicht fand und aus eigener Kraft stehen konnte.

Bunima hatte recht gehabt: Berittene Soldaten strömten den langen Abhang östlich des Lagers hinunter, Abteilung um Abteilung. Sie trugen die spitzen Helme der Keshi, Lanzen, Bogen und runde Schilde auf dem Rücken. Nur der Reiter ganz vorne trug keine Kopfbedeckung, das Öl in seinem dichten schwarzen Haar glänzte in der Nachmittagssonne wie das eines Fürsten. Mit herrschaftlicher Eleganz grüßte er eine Gruppe zerlumpter Männer aus dem Lager, die den Reitern entgegengegangen war.

Cym beobachtete die Szene mit vager Beunruhigung. *Sie werden mich in eine ihrer Zuchtanstalten verschleppen, mich vergewaltigen und zwingen, Magus-Kinder zur Welt zu bringen, bis ich irgendwann sterbe...*

Aber nicht einmal dieser Gedanke konnte sie aus ihrer Lethargie reißen. Sie war zu krank und schwach, um sich Sorgen zu machen.

Dann sah sie *ihn*: Wie ein Turm ragte er über den Ahmedhassern auf, sein blondes Haar und der lange Bart schimmerten golden, während er sich zwischen den Männern hindurch in den Frauenpferch schob. Er wechselte ein paar Worte mit einer der Frauen um Bunima herum, dann stand er vor ihr wie der Held aus einer Sage, der gekommen war, um sie zu retten.

Trotz allem, was zwischen ihnen vorgefallen war, trotz all des bösen Blutes und all der Täuschungen, kehrten Cyms Gedanken immer wieder zu den schönen Momenten mit Zaqri zurück. So auch diesmal. *Ich wünschte, ich könnte das Blutvergießen zwischen uns einfach ungeschehen machen …*

Aber das war natürlich unmöglich.

Obwohl die Zeit drängte, gab Zaqri ihr einen Moment, um sich von den Frauen zu verabschieden, die sie gepflegt hatten. Bunima und die anderen standen dicht gedrängt um sie herum, ein Meer aus von harter Arbeit schwieligen Händen streckte sich ihr entgegen, darüber schimmerten gegerbte Gesichter mit dennoch sanften Augen. Cym fühlte sich beinahe, als wäre sie wieder in der Karawane ihres Vaters, eingesponnen in einen Kokon aus Liebe.

»Danke, Buni …«, begann sie.

»Cym muss gehen. Beeilen jetzt. Soldaten kommen.« Bunima küsste sie eilig auf beide Wangen. Ihre Lippen waren rau, ihr Geruch war der von in der Sonne gebleichten Knochen. »Sal'Ahm, Cym.«

»Warum helft ihr mir?«, stammelte sie.

»Wir Frauen«, antwortete Bunima und berührte Cyms Bauch. »Wir wissen, wir verstehen. Nicht Männer entscheiden, nicht Götter entscheiden, sondern wir.« Sie deutete nach oben. »Leben ein Kreis. Alle Seelen zurückkehren, immer wieder. Leben findet einen Weg.«

Das klang eher nach den Worten einer Omali als einer Amteh, aber Süddhassa war ein eigenartiger Schmelztiegel der Kulturen. Was auch immer der Grund für Bunimas Haltung sein mochte, Cym war ihr unendlich dankbar. Sie wurde weitergereicht, von einer Frau zur nächsten, empfing Umarmungen und Segenswünsche in den verschiedensten Sprachen, bis sie schließlich auf zittrigen Beinen vor Zaqri stand. Als Cyms Knie nachgaben, fing er sie auf.

»Kannst du reiten?«, flüsterte er. »Ich habe nicht weit weg von hier einen Lagerplatz für uns vorbereitet. Schaffst du es bis dorthin?«

Cym atmete seinen Geruch ein, und das gab ihr Kraft. »Ich glaube schon. Ist es wirklich nicht weit?« Ihr Blick wanderte zu dem stolzen Keshi-Anführer, der mit seiner Reiterei das Lager fast erreicht hatte.

»Nein. Ich habe einen Ort südlich der Marschroute des Heeres gefunden und dachte, wir hätten noch etwas mehr Zeit, aber das spielt jetzt keine Rolle. Das hier ist nur die Vorhut.« Er verstummte und musterte Cym besorgt. »Bist du wirklich kräftig genug?«

Cym fühlte sich ausgezehrt bis ins Mark, doch hier konnten sie nicht bleiben. »Ich komme zurecht.«

Zaqri schien nicht überzeugt, aber er sprach einfach weiter. »Ich werde mit den Dokken in Salims Heer Kontakt aufnehmen und sie bitten, mir eine Audienz beim Sultan zu verschaffen. Wenn wir deinen Freund Alaron und die Skytale finden wollen, brauchen wir Hilfe.«

»Deinen Brüdern sind Alaron und Ramita egal«, flüsterte Cym. »Sie werden die Skytale für sich selbst wollen.«

»Mag sein, aber die Skytale ist unsere einzige Hoffnung auf Erlösung. Für uns ist sie wichtiger als dieser gesamte Krieg. Ich werde sie dazu bringen, uns zu helfen, Cymbellea. Sie werden sogar darum betteln, uns helfen zu dürfen.«

Eine dunkle Vorahnung überfiel sie, so mächtig, dass es ihr fast die Luft zum Atmen raubte, aber Cym schob sie beiseite.

Die Reiter kamen immer näher, sie mussten los.

»Verschwinden wir von hier.«

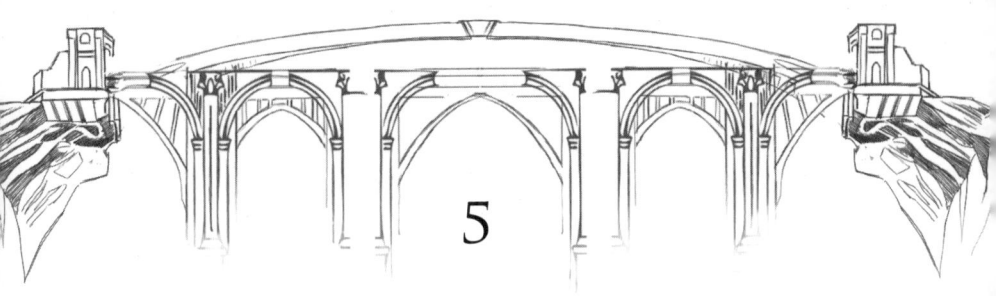

5

DER SCHLÜSSEL ZUR MACHT

ZAIN-MÖNCHE

Wir Zain lernen nicht den Kampf, wir lernen uns zu verteidigen: Unser Ziel ist nicht, Gewalt auszuüben, sondern sie zu verhindern. Wir schwören, nicht zu töten, wenn verletzen genügt, nicht zu verletzen, wenn bewusstlos schlagen genügt, und nicht bewusstlos zu schlagen, wenn abschrecken genügt. Unser Weg ist schwer, aber wann war der Weg der Gerechtigkeit je einfach?
MEISTER GURAYAD, MANDIRA KHOJANA, LOKISTAN 766

Wir treib'n den Bettler in Orange also in die Enge, er hat ja nur 'nen Stock, denken wir. Leichte Beute, denken wir, aber wir täusch'n uns, denn der kleine Mistkerl schwingt seinen Stock wie ein schlessischer Stierkopf sein' Hammer. Myro und Sim lieg'n am Boden, bevor ich überhaupt blinzeln kann. Dann schaut er mich an. Ich bin gerannt, was das Zeug hält!
LONN BRINDIU, PALACISCHER FUSSSOLDAT
WÄHREND DES ZWEITEN KRIEGSZUGS, 918

Ramita Ankesharan zog ihren Dupatta enger um den Kopf, um ihr Gesicht noch tiefer in den Falten zu verbergen, wie jede anständige Lakhin es in der Öffentlichkeit tat. Niemand nahm Notiz von ihr, und das war gut so, denn sie befand sich in ihrer Heimatstadt.

Baranasi. Aruna Nagar. Die Worte waren wie ein Gedicht. Sie war *zu Hause.*

Der Aruna-Nagar-Markt war wie ein Überfall auf die Sinne. Farben, wohin man schaute, von den leuchtenden Sonnendächern der Verkaufsstände über die bunten Saris der Frauen, die in scharfem Kontrast standen zu den schmutzigen weißen Kitteln der Männer. Dazu der scharfe Geruch der Gewürze, der sich mit dem Gestank der Massen an Mensch und Vieh zu einem betörenden Gebräu vermischte. Kreischende Esel, brüllende Kühe, dazwischen das Geschrei der Händler und Käufer, die lauthals um jeden auch noch so kleinen Betrag feilschten. Jedes Wort, das gesprochen wurde, jeder Blick, den die Menschen wechselten, zeugte von einer Welt aus Reichtum und verzweifelter Armut zugleich, einem Leben des ständigen Kampfes.

Schon allein hier zu sein, ließ Ramita erschauern. Hier war sie geboren, hier war sie aufgewachsen und hatte ihre erste Liebe gefunden. Von dem Tag an, als sie alt genug war, ihrem Vater die soeben verkaufte Ware zu reichen, hatte sie hier gearbeitet – jeden Tag. Sie hatte mit den anderen Mädchen gelacht und getratscht, den Jungen hinterher geschaut, mit anderen Standbesitzern gestritten und von besseren Zeiten geträumt. Tränen traten ihr in die Augen. *Dies ist mein Zuhause.*

Aber es fühlte sich nicht mehr so an wie früher. Ramita wusste, dass der Grund nicht das lautstarke Durcheinander um sie herum war, sondern dass es an ihr lag. Sie war an dem Haus vorbeigekommen, in dem sie geboren und aufgewachsen war, einem von vielen baufällig wirkenden Ziegelhaufen, eingequetscht zwischen den Nachbargebäuden, als könnten sie allein nicht stehen. Es hatte so *klein* ausgesehen. Schon ein Flügel von Antonin Meiros' Palast in Hebusal war größer. Wie hatten sie damals nur alle hier hineingepasst: sie, ihre Eltern, die vielen Geschwister und dann auch noch die Makanis? Außerdem gehörte das Haus nicht einmal mehr ihrer Familie. Bei dem Gedanken breitete sich eine eigenartige Leere in ihrem Inneren aus.

Alaron und Corinea waren außerhalb der Stadt bei ihrem Skiff geblieben, dennoch war Ramita nicht allein. Yash folgte ihr in diskretem Abstand – es geziemte sich nicht, dass ein Zain in aller Öffentlichkeit mit einer Frau gesehen wurde. Ramita hatte behauptet, dass sie nur hier in Aruna Nagar alle Zutaten finden würde, die sie für den Skytale-Trank brauchten, aber das stimmte nicht ganz. Wahrscheinlich gab es auch auf den Märkten in Teshwallabad, Kankritipur oder einer der anderen größeren Städte alles Notwendige zu kaufen, doch Ramita hatte einfach herkommen *müssen*. Vielleicht wollte sie sich vergewissern, dass ihre Eltern wirklich fortgegangen waren. Vielleicht wollte sie auch nur dem kleinen Dasra auf ihrem Arm den Ort zeigen, der einmal ihre Heimat gewesen war – auch wenn Das natürlich noch viel zu klein war, um sich je daran zu erinnern.

Sie war auf der Suche nach einem Großhändler, und da fiel ihr natürlich Vikash Nooradin ein, der frühere Geschäftspartner ihres Vaters. Aber sein Stand war nicht mehr da, wo er früher immer gewesen war. Als sie einen der anderen Händler nach Vikash fragte, schaute der sie nur verängstigt an und antwortete barsch: »Er ist nicht mehr hier, Mädchen.«

Sie zupfte den Mann am Ärmel. »Wie meint Ihr das, nicht mehr hier?«

Obwohl der Stand von Ramitas Vater in direkter Nachbarschaft gewesen war, erkannte der Händler sie offensichtlich nicht und bellte: »Chod, Mädchen! Ich hab zu tun!«

»Sprecht mit mir, Ram Sankar!«, bellte sie zurück.

Der Mann blinzelte und versuchte, hinter den Gazestoff ihres Dupatta zu schauen. »Wer bist...? Ramita? *Ramita Ankesharan?*«

Sein Gesicht wurde aschfahl, dann blickte er sich hektisch um, aber der Markt war chaotisch wie immer und seine Stimme nur eine unter Tausenden. Niemand hatte ihn gehört. Schließlich legte er ihr eine Hand auf die Schulter. »Bist das wirklich du, kleine Ramita?«

Sie dachte daran, wie oft ihr Vater Ispal und Ram Sankar auf den vielen Hochzeitsfeiern in Aruna Nagar miteinander gelacht hatten; daran, wie sie einmal eine Schlange zwischen den gerade gelieferten Teppichen fanden, und an die Panik, die daraufhin ausbrach...

Ramita schluckte schwer. »Ja, ich bin es.«

Ram beugte sich zu ihr, um sie zu umarmen, da hielt er plötzlich inne. Ramita war damals in Begleitung seltsamer Fremder aus Baranasi verschwunden, kurz darauf auch der Rest ihrer Familie. Schließlich vergaß er seine Vorsicht und schloss sie einfach in die Arme. »Mädchen, es ist so schön, dich zu sehen! Hier können wir nicht reden, komm zu mir nach Hause. Sunita wird außer sich sein vor Freude!«

»Danke, Ram Sankar-ji. Aber ich muss erst noch ein paar Einkäufe machen«, erwiderte Ramita. »Es ist sehr viel, ich werde einen Träger brauchen.« Sie bereitete sich auf das Schlimmste vor, dann fragte sie: »Wo ist Vikash Nooradin?«

Ram schüttelte traurig den Kopf. »Später, Mita. Nicht hier.«

Große Parvasi, was ist nur geschehen?

»Könnt Ihr das Einkaufen für mich übernehmen?«, fragte sie vorsichtig und gab ihm auf sein eifriges Nicken hin eine

Liste sowie einen Beutel voll Münzen. Sie verabredeten sich in einer Stunde bei ihm zu Hause, was Ramita genug Zeit verschaffte, die Bade-Ghats aufzusuchen, um sich in den heilenden Wassern des Imuna zu waschen.

Jetzt, da die Morgengebete vorüber waren, wimmelte es auf der breiten Ufertreppe von Waschweibern. Sie tränkten die Kleider im schlammigen Fluss, schlugen sie auf dem Stein trocken und hängten sie dann an den Hunderten Leinen auf, die oben an der Böschung aufgespannt waren. Niemand machte sich Sorgen, dass etwas gestohlen werden könnte, denn bei den billigen Stoffen lohnte sich das nicht. Die kostbaren Kleider der Reichen wurden innerhalb der Paläste gewaschen und getrocknet. Früher hatte Ramita sich oft gefragt, wie es dort wohl sein mochte, nun wusste sie es: Paläste waren Todesfallen. Ihre Bewohner lebten gefährlich und getrennt von allen, die sie liebten. Antonin Meiros war in seinem Palast gestorben. Niemand war sicher in einem Palast.

Überall liefen die den Omali heiligen Buckelrinder frei umher, viele davon im Fluss, wo sie in dasselbe Wasser kackten und pissten, das die Menschen zum Trinken und Kochen verwendeten. Die Pandits sagten, der Imuna sei der reinste Fluss Urtes, doch damit meinten sie eine andere Art von Reinheit – spirituelle, nicht Sauberkeit im eigentlichen Sinn. Inzwischen kannte Ramita den Unterschied.

Viele junge Frauen in ihrem Alter tummelten sich hier, alleine oder in Grüppchen, sie holten Wasser, machten die Wäsche oder beteten und bombardierten die Götter mit Bitten um Geld, sozialen Aufstieg oder einen guten Ehemann, um Liebe, Kinder oder Segen für ihre Familien.

Gut, dass es so viele Götter gibt.

Sie setzte Dasra auf die Stufen und ließ ihn mit den Wellen spielen – Ramita wusste, Yash würde ein Auge auf ihn haben –, dann watete sie in den Fluss. Bei jedem Schritt spürte sie den tiefen Schlick unter ihren Zehen. Als sie bis zur Hüfte im Wasser stand, blieb sie stehen. Sie schob ihre dunkle Vorahnung beiseite und betete zu Sivraman und Parvasi. Die beiden Gottheiten standen für die ungezähmten Seiten der menschlichen Natur, für die grundlegenden Bedürfnisse, Leidenschaften und Gefühle. Ramitas Leben war so stark von Chaos und Zwist bestimmt, dass eigentlich nur Parvasi ihr helfen konnte, doch da war noch etwas anderes: Sie und Alaron hatten gelernt, ihre Gnosis auf vollkommen neue Weise zu gebrauchen, und dafür standen Sivraman und Parvasi gemeinsam, denn sie waren der Zugang zu all ihren neuen Kräften. Nach den Lehren der Omali gab es zahllose Götter, doch all diese Götter waren Facetten des einen Gottes Aum; die vielen anderen Gottheiten ermöglichten den Menschen lediglich, einen eigenen Zugang zu Aum zu finden. Ramitas Zugang war Parvasi.

Und Alarons Zugang ist Sivraman. Er weiß es noch nicht, aber es ist so.

Dass der allzu ernste junge Rondelmarer allmählich für Aum empfänglich wurde, war schön, aber auch beängstigend, denn Sivraman und Parvasi waren Mann und Frau. Ramita wusste, wie viel Alaron für sie empfand und dass er sie begehrte. All die Prüfungen und Gefahren, die sie gemeinsam bestanden hatten, hatten das Band zwischen ihnen immer stärker werden lassen. Sie kannte den Rhythmus seines Herzschlags aus den kalten Nächten in der Wildnis, in denen sie mit dem Kopf auf seiner Brust versucht hatte zu schlafen. Und jetzt, da die geplante Hochzeit mit dem Mogul nie stattfinden würde, war sie frei, ihrem Herzen zu folgen.

Mutter Parvasi, betete sie, *ist es richtig, ihm meine Liebe zu geben? Es fühlt sich zu früh an. Ich bin noch nicht lange Witwe, einer meiner Söhne ist verschollen, die Welt versinkt im Krieg, und wir jagen einem gefährlichen Schatz hinterher. Welcher Platz ist da für die Liebe?*

Die Angst, dass es sie beide schwächen könnte, wenn sie Alarons Verlangen nachgab – und ihrem, wie sie sich zögernd eingestand –, und das in einer Zeit, in der sie beide stark sein mussten, lähmte ihre Gefühle. Sie mussten Nasatya retten und die Skytale zurückholen, und doch ...

Ich vermisse all das Schöne, das die Liebe mit sich bringt.

Irgendwann verlor Ramita den Faden. Sie bat die Götter um Vergebung, stieg tropfnass die Stufen hinauf, setzte sich in die sengende Sonne und beobachtete Menschen, Kühe, Ziegen, Elefanten, wie sie tranken, sich wuschen und beteten. Dann stillte sie Dasra mit der wenigen Milch, die sie noch hatte. Sie vermisste ihren anderen Sohn.

Da läutete die Stundenglocke: Es war Zeit herauszufinden, was mit Vikash Nooradin geschehen war.

Etwas später wünschte Ramita, sie hätte es nie erfahren.

Sie hatten das Skiff in einer karstigen Einöde zwei Stunden zu Fuß von Baranasi entfernt versteckt. Im Moment vertrieb Alaron sich die Wartezeit damit, sich in den verschiedenen Aspekten der Gnosis zu üben. Der neue Umgang, den er damit gefunden hatte, ermöglichte ihm theoretisch den Zugang zu jeder Studie, weit mehr also, als er bisher beherrschte, doch das war nur die Theorie. Die Praxis sah anders aus. Es war ein nie endender Kampf.

Dass er in dieser Wildnis ganz allein mit der weiblichen Verkörperung alles Bösen war, machte es ihm noch schwieriger, sich zu konzentrieren. Nicht dass Corinea in der Zwischenzeit irgendetwas auch nur ansatzweise Böses getan hätte. Äußerlich war sie eine ganz gewöhnliche, alte weiße Frau mit langem silbrigem Haar und stets gelassenem Blick. Sie sah aus wie eine Großmutter und war beinahe beängstigend normal.

Wenn alles gut ging, würden Ramita und Yash bei Einbruch der Dämmerung zurückkehren. Außer der Viehherde und dem ausgemergelten alten Hirten mit dem verfilzten, hüftlangen Bart, der die meiste Zeit schlief, hatten sie bisher kein anderes Lebewesen zu Gesicht bekommen. Bis zum Sonnenuntergang waren es vielleicht noch zwei Stunden.

Alaron schob die düsteren Gedanken beiseite und konzentrierte sich auf die neue Übung: Hellsicht mittels verschiedener Elemente wie Wasser, Stein, Feuer und sogar der Luft um ihn herum. Seine eigentliche Affinität war Erde, und die musste er unterdrücken, wenn er die anderen verstärken wollte, was ihn alle Kraft kostete, die er nur aufbringen konnte. Hellseherei war ein anspruchsvolles Handwerk, bisher hatte er sich wenig damit beschäftigt und sich auf die kampftauglichen Aspekte seines neuen Zugangs zur Gnosis konzentriert. Er begann damit, das Bild eines Baumes in der Entfernung näher heranzuholen. Als Erstes auf einem Stein, dann in einer kleinen Pfütze, schließlich in einer Flamme und sogar in der Luft. Als es ihm mit der Pfütze gelungen war – mit Wasser, dem Element, das er am wenigsten beherrschte –, ballte er triumphierend die Faust.

»Wie machst du das alles?«, fragte Corinea und riss Alaron aus seiner Schwelgerei. Wie in Trance hatte sie den ganzen Tag lang ihren Erinnerungen nachgehangen und nicht ein Wort gesagt, sodass er sie beinahe vergessen hatte.

»Wie mache ich *was*?«

Sie legte die Stirn in Falten. »Während der letzten Stunden habe ich gesehen, wie du alle Elemente und beinahe jede der sechzehn gnostischen Studien benutzt hast. Die meisten Magi beherrschen vielleicht zwei oder drei und können maximal mit drei weiteren so leidlich umgehen. Wie hast du das gemacht?«

In der Einsamkeit hier draußen hatte Alaron nicht daran gedacht, dass die meisten Magi für unmöglich hielten, was er hier tat – Corinea offensichtlich eingeschlossen. Einer lebenden Legende wie ihr etwas vorauszuhaben, war ein eigenartiges Gefühl.

Alaron überlegte eine Weile. »Es ist eine neue Technik«, antwortete er schließlich. »Ich musste eine Menge Arbeit investieren, um so weit zu kommen.«

»Interessant.« Corinea musterte ihn aufmerksam – nicht nur sein Äußeres, auch seine Aura. »Ich musste mir alles selbst beibringen. Wasser, Luft und Hexerei waren meine Affinitäten, wie ich schließlich herausfand. Ich habe viel Zeit damit verbracht, anderen Magi heimlich auf die Finger zu schauen, und dann nachzumachen versucht, was ich bei ihnen gesehen hatte ...«

»War das nicht gefährlich?«

»Und ob! Jeder wusste, was ich getan hatte, oder besser gesagt: *angeblich* getan hatte. Auf meinen Kopf war eine beträchtliche Summe ausgesetzt. Mit der Zeit wurde ich Expertin darin, mich zu verkleiden und zu verstecken. Ich hatte keine Lehrer, aber ich fand andere Wege. Als man begann, alles aufzuschreiben, und ich Bücher stehlen konnte, wurde es etwas einfacher.«

»Das muss ein einsames Leben gewesen sein, immer so im Verborgenen«, murmelte Alaron und hoffte, Corinea würde es ihm nicht übelnehmen.

»Ganz und gar nicht, ich war selten allein. Nachdem ich meine Trauer um Johan überwunden hatte, kehrten meine Bedürfnisse mit aller Macht zurück. Das eigentlich Schwierige war, die Gnosis zu erlernen und meine Fähigkeiten vor meinen jeweiligen Weggefährten zu verbergen.« Sie seufzte versonnen. »Ich war acht Mal verheiratet und hatte viele Liebhaber.« Dann schaute sie ihn unvermittelt an. »Manche waren so jung wie du.«

Alaron errötete. »Ich, ähm ...« *Flirtet sie etwa mit mir?*

Corinea lachte trocken. »Keine Angst, Junge, du bist nicht mein Typ. Außerdem bin ich nicht blind: Du hast nur Augen für eine, und die bin ich nicht.«

»Oh.« Die Farbe auf seinen Wangen wurde noch kräftiger.

»Unsinn, sie ist nur ... Gut, Ihr habt ja recht. Aber es passiert so viel gleichzeitig, alles geht viel zu schnell, und das möchte ich nicht ausnutzen. Nicht solange sie noch um Meiros trauert ... und Nasatya. Ihre Bedürfnisse sind wichtiger als meine.«

»Hört, hört! Du bist jetzt wie alt? Ich bin in meinem langen Leben wenigen Männern begegnet, die charakterlich reif genug waren, um so weit über den eigenen Tellerrand hinauszuschauen wie du. Gut gesprochen, Meister Merser.«

»Danke.« Alaron senkte den Kopf und wechselte das Thema. »Die Liste mit den Zutaten für die Ambrosia, die ihr Ramita mitgegeben habt ... Die meisten davon kannte ich nicht.«

Corinea lächelte versonnen. »Es handelt sich hauptsächlich um Gifte. In der entsprechenden Dosis bringen sie das Herz zum Stillstand. Aber es ist auch Senaphium dabei. Baramitius nannte es die Rüttelwurzel, weil es, in der richtigen Menge verabreicht, das menschliche Herz wieder zum Schlagen bringen kann.«

»Dann tötet die Ambrosia zuerst und holt einen dann wieder zurück ins Leben, um die Gnosis freizusetzen?«

»Der Knackpunkt an der Grundrezeptur ist, dass sie *beinahe* tötet und dich dann wieder vom Abgrund zurückholt. Die restlichen Zutaten werden genau auf den Einzelnen abgestimmt. Sie helfen dem Körper, mit den Giften zurechtzukommen, und öffnen Bereiche des Gehirns, die der Gnosis förderlich sind. Ohne sie ist die Ambrosia lediglich ein Gift. Mit ihnen wirkt sie beinahe jedes Mal.«

»Aber wieso sind dann so viele aus Corineus' Gefolge gestorben oder zu Seelentrinkern geworden?«

»Weil all die Verfeinerungen erst später hinzukamen. Der Trank in jener Nacht war pures Gift, vermischt mit Senaphium und ein paar anderen Kräutern. Was Baramitius getan hat, war unverantwortlich und grenzte schon an Wahnsinn. Aber so war er nun mal.«

»Und woher wusstet Ihr, dass Ihr die Gnosis erhalten würdet?«, bohrte Alaron weiter nach.

»Wir wussten es nicht. Nicht einmal Baramitius. Er glaubte, das Gebräu würde uns den Zugang zum Paradies ermöglichen, wortwörtlich. Wir dachten tatsächlich, wir würden uns in Engel mit Flügeln auf dem Rücken verwandeln, stell dir das nur vor! Das mit der Gnosis war reiner Zufall, streng genommen sogar ein Versehen. Hinterher hat Baramitius natürlich behauptet, Kore hätte ihm alles in Visionen offenbart.« Sie seufzte schwer. »Es war verrückt. In jener Nacht habe ich alle verloren, die mir nahestanden; um zu überleben, musste ich meine große Liebe töten. Wenn ich noch einmal zurück könnte, würde ich stattdessen Baramitius erdolchen und dann all seine verfluchten Tränke und Aufzeichnungen verbrennen.«

Alaron konnte sich ein Leben ohne Gnosis nicht vorstellen. Es war nicht immer leicht, ein Viertelblut zu sein, dennoch war er zutiefst dankbar für seine Gabe.

»Und trotzdem wollt Ihr wirklich eine weitere Aszendenz zulassen?«, fragte er unvermittelt. Mit einem Mal wurde ihm mulmig bei der Aussicht, eine von Corinea zubereitete Giftmixtur zu trinken.

Corinea blickte ihm fest in die Augen. »Du weißt, was ich will: eine Bühne, um meine Seite der Geschehnisse zu verbreiten. Wenn wir sterben, bleibt nur noch unser Ruf, und ich möchte den meinen reinwaschen. Deshalb: Ja, ich werde euch helfen. Die Gnosis wurde bereits in die Welt gelassen, Meister Merser, daran lässt sich nichts mehr ändern. Wir müssen mit ihr leben, im Guten wie im Schlechten, und ich verspreche dir, dass ich die Ambrosia nach bestem Wissen und Gewissen für euch zubereiten werde.« Ihr Mund verzog sich zu einem bitteren Lächeln. »Ich hoffe nur, die Zain sind tatsächlich die Engel, für die du sie hältst, sonst werden sie zu den gleichen Ungeheuern wie die Magi von Pallas.«

»Sie sind nicht wie sie.«

»Ihre neue Macht wird sie verändern, Alaron Merser. Ich garantiere dir, in ein paar Jahren werden deine Mönche genauso sein wie jeder andere, der sich für einen Halbgott hält.«

Das war eine weitere Sorge, die Alaron im Moment absolut nicht gebrauchen konnte. »Uns bleibt keine andere Wahl«, entgegnete er entschlossen. »Sie sind die Einzigen, über die ich genügend weiß, um das Rezept anzupassen. Es sei denn, es wäre Euch lieber, wir suchen uns irgendein Dorf und vergiften den Brunnen?«

»Nein, Meister Merser. So, wie es auf dem Tabulabrett steht, ist das im Moment der einzig mögliche Zug. Ich kann mir schlimmere Empfänger für die Gnosis vorstellen als die Zain.«

»Auf jeden Fall sind sie besser als die, denen Malevorn und Huriya die Ambrosia verabreichen werden.«

»Wahrscheinlich.« Sie runzelte die Stirn. »Erzähl mir mehr über diese Huriya Makani … Etwas an ihr kommt mir bekannt vor. In Teshwallabad konnte ich ihre Gnosis spüren, sie war der einer greisen Seelentrinkerin namens Sabele erstaunlich ähnlich. Ich habe Sabeles Gnosis mehrmals gefühlt, wenn ich in die Zukunft blickte.«

Alaron hatte den Namen noch nie gehört. Er sah in die Ferne und entdeckte verschwommene Umrisse, die sich in ihre Richtung bewegten. Sofort schickte er seine Hellsicht aus – Ramitas Gesicht erschien vor ihm. *Habt ihr alles bekommen?*

Sie wackelte erschöpft mit dem Kopf, wie es in Lakh üblich war. *Ja, alles. Ram Sankar-ji, ein Freund meines Vaters, hat mir geholfen. Er begleitet mich.*

Kurze Zeit später standen sie einander leibhaftig gegenüber. Ram Sankar war alt und grau und knochig, sein Sohn, der ebenso dürr war, führte die zwei Maultiere, auf die sie Ramitas Einkäufe geladen hatten. Es waren nicht nur die Zutaten dabei, sondern auch neue Kleidung für alle.

Alaron fiel auf, wie Sankar ihm einen skeptischen Blick zuwarf, als Ramita ihn mit: »Das ist mein Rakhi-Bhaiya« vorstellte. Den Rest des schnellen Wortwechsels verstand er nicht, denn die beiden sprachen Lakhisch miteinander, aber er wusste auch so, dass Sankar nicht viel von ihrer Verbindung hielt.

»Hat euch jemand gesehen?«, flüsterte er Yash zu.

Als der junge Zain stumm den Kopf schüttelte, entspannte sich Alaron ein wenig. Er wusste, Yash war wachsam genug, dass er es bemerkt hätte, wenn jemand ihnen gefolgt wäre.

Corinea überprüfte die Kräuter genau – jeder noch so kleine Fehler konnte zum Tod führen, wie sie mit warnendem Blick sagte. Nachdem sie sich mit allem zufrieden erklärt hatte, sprach Sankar noch einmal leise mit Ramita, dann machte er sich mit seinem Sohn und den Maultieren auf den Rückweg.

Alaron wartete, bis die beiden fort waren, dann fragte er Ramita, was sie in Baranasi vorgefunden hatte. Weinend wiederholte sie Sankars Bericht darüber, wie Vikash Nooradin und seine gesamte Familie von Huriya und ihrem Rudel grausam gefoltert und dann getötet worden war.

»Wegen *mir*«, stammelte sie, während ihr die Tränen wie Blut übers Gesicht liefen.

»Nein, nicht wegen dir«, entgegnete Alaron sanft. »Sie sind gestorben, weil Malevorn und Huriya kaltblütige Schlächter sind. Das weißt du. Du kannst dir nicht die Schuld dafür geben, Ramita.« Er selbst hatte das Gleiche durchgemacht, als Malevorns Faust die Karawane der Rimonier vernichtete, bei der er Zuflucht gefunden hatte. »Ich bedaure zutiefst, was passiert ist«, fügte er hinzu, »aber *sie* haben es getan, nicht du.«

Seine Worte schienen etwas in Ramita anzurühren. »Sivraman wird sie rächen«, flüsterte sie, dann nahm sie Dasra von Yashs Arm. »Ich möchte ihn halten, während ihr alles zusammenpackt.« Ihre Stimme zitterte immer noch. »Ich glaube, wir sollten los. Wir fliegen besser bei Nacht, bevor uns noch jemand sieht.«

Die *Sucher* war nicht sonderlich groß. Passagiere, Proviant und Gepäck passten gerade so hinein. Zum Glück waren sie zu dritt, um das schwer beladene Skiff in der Luft zu halten.

Als sie Richtung Nordwesten davonschwebten, warf Ramita einen letzten Blick auf ihre Heimat. Wieder flossen Tränen über ihre Wangen.

»Eines Tages wirst du zurückkehren«, flüsterte Alaron ihr zu. Aber er wusste nicht, ob Ramita ihn überhaupt hörte.

MANDIRA KHOJANA IN LOKISTAN, ANTIOPIA
SHAWWAL (OKTEN) 929
SECHZEHNTER MONAT DER MONDFLUT

Yash und Corinea erleichterten die Reise zum Mandira-Khojana-Kloster erheblich. Corinea behauptete, die Sithardhawüste schon mehrere Male durchquert zu haben, und fand sich tatsächlich erstaunlich gut in der kargen Landschaft zurecht. Yash hatte den Weg zum Kloster einst zu Fuß zurückgelegt und kannte alle wichtigen Orientierungspunkte – Wissen, das von unschätzbarem Wert war, als sie nach einer Woche das labyrinthartige Hochgebirge Lokistans erreichten. Alaron dachte an seinen ersten Aufenthalt im Kloster zurück, vor allem an die Bruchlandung, bei der die *Sucher* um ein Haar zerstört worden wäre, und hoffte diesmal auf mehr Glück.

Die Luft hier oben war dünn und eisig, immer wieder umkreisten Geier mit einer Flügelspannweite von zwei ausgewachsenen Männern ihr Skiff, die darauf lauerten, dass eine der Bergziegen an den steilen Hängen oder eines der Rinder in den tiefen Tälern darunter verendete. Schließlich wurde es so kalt, dass sie tiefer fliegen und zwischen den spitz wie Messer vor ihnen aufragenden Gipfeln hindurchmanövrieren mussten, was mit dem hoffnungslos überladenen, engen Skiff eine kräftezehrende Aufgabe war.

Sie hatten sich seit Tagen nicht gewaschen, ihre Haut juckte, sie froren und wurden von Tag zu Tag gereizter. Die beiden jungen Männer teilten sich das Heck, die zwei Frauen pferchten sich im schmalen Bug zusammen. Alaron und Yash kamen gut miteinander aus, auch wenn sie sich immer wieder im Scherz über die Fürze des anderen beschwerten.

Ihre Begleiterinnen hatten weniger Glück miteinander.

Alaron beobachtete die beiden Frauen interessiert, jede davon aus unterschiedlichen Gründen. Ramita betete er geradezu an, er liebte einfach alles an diesem kleingewachsenen, entschlossenen, unabhängigen und anpassungsfähigen weiblichen Wesen.

Die arroganten rondelmarischen Magi mögen sie für ein ungebildetes Marktweib halten, aber ihre unfassbare Lebenskraft und die tief verwurzelte Intuition sind schlichtweg umwerfend. Und was ihre Gnosis betrifft: nicht nur, dass sie zwei Kinder mit der Kraft von Aszendenten zur Welt gebracht hat, auch sie selbst wird immer besser in ihrem Gebrauch, dachte er stolz.

Für ihn war Ramita wie eine reife Pflaume: außen dunkel und süß, aber mit einem Kern im Innern, der so hart war, dass kein Hammer ihn zertrümmern konnte.

Ganz anders Corinea. Über die vielen Tage hinweg, die sie auf so engem Raum miteinander verbrachten, lüftete sich der Geheimnisschleier um ihre Persönlichkeit ein wenig. Die Kore hatten sie immer als eine Art Elementargeist aus purer Sinnlichkeit dargestellt, der nichts anderes kannte als singen, mit Blumen im Haar halbnackt zu tanzen und alle Männer in seiner Nähe zu verführen. Treulos, launisch und hinterhältig. Im Buch Kore war sie so etwas wie Corineus' blinder Fleck.

Jetzt, da er sie leibhaftig vor sich hatte und ihr wirklicher Charakter allmählich zum Vorschein kam, dachte Alaron, dass die Kirche Corineas Geschichte zwar ihren Zwecken angepasst hatte, aber dennoch ein wahrer Kern darin steckte: Sie mochte nicht die Teufelin sein, als die die Kirche sie darstellte, aber eine Heilige war sie genauso wenig.

Ständig beschwerte sie sich über die Kälte und das zu kleine Skiff. An Ramitas Essen mäkelte sie genauso herum wie an Yashs mangelnder Bildung und Alarons Flugkünsten. Sie beklagte sich über den Geruch von Dasras Windeln und Ramitas Milch. Selbst der gleichmütige Yash wurde von Mal zu Mal gereizter, wenn sie zur nächsten Tirade ansetzte. Als sie Zentrallokistan erreichten, hatte Alaron die Nase gründlich voll von Corinea, lebende Legende hin oder her. Wie Ramita das alles ertrug, die in der Enge des Bugs das meiste abbekam, konnte er sich beim besten Willen nicht vorstellen.

»Ein Haufen schwanzloser Feiglinge, die sich vor dem wahren Leben verstecken«, nannte sie die Zain höhnisch. Es war die vierte Nacht im Gebirge. Der zurückliegende Tag war anstrengend gewesen, der Wind hatte ständig gedreht und sie immer wieder bedrohlich nahe an die scharfkantigen Felsen geweht.

»Dann habt Ihr offensichtlich nicht die blasseste Ahnung«, gab Alaron zurück. Er war einfach zu erschöpft, um seine sonstige Höflichkeit aufrechtzuerhalten. Wenigstens war Yash gerade beim Feuerholz sammeln – am Ende hätte er sich noch verpflichtet gefühlt, den Ruf seines Ordens zu verteidigen. Ramita bereitete das Abendessen zu, während Alaron die Segel für die Nacht verstaute und Corinea wie immer herumsaß und keinen Finger rührte. »Am Arkanum habe ich jahrelanges Schwerttraining erhalten, aber gegen einen Zain mit einem Stock habe ich nicht den Hauch einer Chance«, fügte er hinzu.

»Du?« Corinea hob erstaunt die Augenbrauen. »Du bist

langsam, dünn und weich. Natürlich hast du in einem echten Kampf keine Chance.«

»Ich habe gegen Inquisitoren und Seelentrinker gekämpft und lebe immer noch. Ihr wart nicht mal an einem Arkanum. Kommt endlich runter von Eurem hohen Ross, *Euer Hoheit*.«

»Sieh an, welch Temperament!«

Ganz recht. Wir Anborns sind berühmt dafür. »Vielleicht könntet Ihr Euch zur Abwechslung mal nützlich machen und Ramita das Kochen abnehmen?«, schlug er mit so viel Sarkasmus in der Stimme vor, wie er aufbringen konnte.

»Jedem das Seine, Kleiner. Ich übernehme das Denken und überlasse die Arbeit denen, die dafür geboren wurden.«

Alaron nahm einen Eimer und hielt ihn ihr hin. »Wie wär's mit Wasserholen? Tut endlich mal was und hockt nicht ständig nur herum wie eine fette alte Henne.«

»Ich denke gar nicht dran, Junge«, erwiderte sie lachend, aber mit einem gefährlichen Blitzen in den Augen.

Alaron ließ sich davon nicht einschüchtern. *Sie ist nicht der Dämon aus dem Buch Kore, sondern eine schlecht gelaunte Dirne, die ihre besten Jahre hinter sich hat. Allerdings mit der Kraft einer Aszendentin.*

Er stellte ihr den Eimer zusammen mit einem Stapel Gemüse auf den Schoß. »Hört auf zu meckern und leistet endlich Euren Beitrag.«

»Oder was?«

»Oder unsere Abmachung ist geplatzt.« Alaron stemmte die Hände in die Hüften. »Hört zu, *Lillea Sorades*. Ihr habt uns gegeben, was wir brauchen, vielen Dank auch dafür. Ich weiß jetzt, wie die Ambrosia zubereitet wird. Vielleicht wird sie nicht so gut wie mit Eurer Unterstützung, aber ich komme zurecht. Wozu brauchen wir Euch überhaupt noch?«

Corinea blinzelte, dann senkte sie die Stimme zu einem reptilienartigen Zischen. »Du vergisst, wen du vor dir hast, Bursche.« Hinter dieser Stimme flammte ihre Gnosis auf, ein Reservoir, so tief und weit wie der Ozean.

Eine Aszendentin eben. Wenn ich jetzt den Schwanz einziehe, verliert sie endgültig die Achtung vor mir... »Ganz und gar nicht. Ich weiß sehr gut, wer Ihr seid: ein eitler und arroganter Besen. Die Kore werden Euch lieben, weil Ihr ihren Vorurteilen perfekt entsprecht. Wenn Ihr der Welt zeigen möchtet, dass Ihr eben *nicht* die Hexe seid, als die Baramitius Euch dargestellt hat, warum hört Ihr dann nicht endlich auf, Euch wie eine zu benehmen?«

Corineas Augen wurden tellergroß, dann bleckte sie die Zähne.

Einen Moment lang glaubte Alaron tatsächlich, gleich von einem übermächtigen Zauber zermalmt zu werden. Am Rande seines Bewusstseins spürte er, dass Ramita sich bereits erhoben hatte, aber das hier war *sein* Kampf.

Corineas Domänen sind Luft und Zauberei. Das Gegenteil ist Erdgnosis, und sie sitzt gerade auf einem Felsen... Er bereitete einen Gegenzauber vor und überlegte gerade, ob es vielleicht sein letzter sein würde, als Corinea leise die Luft ausblies.

»Ich habe seit Jahrzehnten nicht mehr gekocht«, murrte sie.

»Dann wird es ja höchste Zeit.« Alaron drehte ihr ganz bewusst den Rücken zu und ging weg, während er versuchte, seinen Herzschlag von rasend wenigstens auf schnell zu verlangsamen.

Zu seiner Überraschung tat Corinea, was er ihr aufgetragen hatte, und zwar alles – noch dazu wesentlich besser, als ihre eigenen Aussagen hatten erwarten lassen. In den folgenden Stunden beklagte sich Corinea kein einziges Mal. Als es Zeit zum Schlafen wurde und Alaron sich in seine Decke rollte, war er von einer tiefen Zufriedenheit erfüllt. Alle lagen eng um das kleine Feuer gedrängt, ihr Atem hinterließ weiße Wölkchen in der kalten Nachtluft. Lunas Antlitz stieg über die zackigen Felskämme und verlieh der dunklen Landschaft einen silbrigen Schimmer. Irgendwann spürte er einen kleinen weiblichen Körper, der sich an ihn kuschelte. Es war Ramita. Sie legte den Kopf auf seine Brust und bettete Dasra zwischen sie. »Was du getan hast, war richtig«, flüsterte sie.

Alaron strahlte innerlich. Er atmete ihren Duft ein, nach Erde, nach Öl und Gewürzen, und genoss das Gefühl, ihr dichtes schwarzes Haar so nahe zu spüren, dann murmelte er irgendetwas und sank zurück in den Schlaf. Es war die erste Nacht, in der sie beide nicht froren.

Während Entfernungen, für die sie zu Fuß Wochen gebraucht hätten, binnen weniger Stunden unter ihnen dahinschmolzen, dachte Alaron darüber nach, was für ein Wunder das Fliegen doch war. Vielleicht sogar das größte von allen Wundern, die ihm die Gnosis ermöglichte.

Wir reisen wie die Götter!, sagte er sich, da fiel ihm ein, dass die Götter es auf ihren geflügelten Reittieren, in ihren fliegenden Streitwagen und dergleichen bestimmt um einiges bequemer hatten als sie hier in dem engen Skiff. *Diese Glückspilze.*

»Wir sind da!«, rief Yash am Nachmittag des sechsten Tages. Er deutete auf einen mit grünem Gras und leuchtend roten Mohnblumen durchsetzten Geröllhang. Darüber ragten steile Felsen auf, in die Menschenhände ganz ohne jede Gnosis Mauern, Innenhöfe, Torbögen und Fenster gehauen hatten: Mandira Khojana, groß, weitläufig und so gut versteckt, dass nur herfand, wer wusste, wonach er suchen musste.

Alaron grinste den jungen Zain an. »Du bist wieder zu Hause.«

»Das hier war nie mein Zuhause«, erwiderte Yash leise. Von allen Novizen, mit denen Alaron sich im Kloster angefreundet hatte, war Yash am wenigsten für ein Leben als Mönch geeignet.

»Aber wir bleiben ja nicht lange«, fügte Yash fröhlich hinzu, dann verfinsterte sich seine Miene wieder. »Allerdings bezweifle ich, dass allzu viele bereit sein werden, die Ambrosia zu nehmen«, sagte er, und das nicht zum ersten Mal.

Natürlich nicht, überlegte Alaron. *Selbst wenn, bleibt immer noch die Frage, wie viele es überleben. Einige schicken wir wahrscheinlich auf direktem Weg ins Grab.*

Aber wir haben keine andere Wahl.

Alaron und Ramita hatten gehofft, ihre Rückkehr in das Kloster würde ein Anlass zur Freude. Sie hatten es erst vor ein paar Monaten verlassen und waren glücklich dort gewesen, hatten geglaubt, die Skytale – und Ramita – in die Obhut von Wesir Hanouk zu geben, sei der richtige Schritt. Stattdessen hatten sie dem Wesir, seinem Sohn sowie zahllosen anderen den Tod gebracht und die Skytale verloren. Dennoch freuten sie sich, Meister Puravai wiederzusehen, der nun im Innenhof vor ihnen stand. Sie verneigten sich tief vor dem alten Zain-Meister.

»Willkommen zurück, Bruder Langbein«, begrüßte er Alaron ernst. Seine Glatze war frisch rasiert, der Bart zu Zöpfen geflochten. Das einzige Anzeichen seines hohen Rangs war die dunkelgraue Robe. Er musterte Alaron, dann ließ er den Blick über den Rest der Gruppe schweifen. Yash hatte sich immer noch nicht wieder aufgerichtet.

»Kommt«, sagte er schließlich. »Wie ich sehe, gibt es viel zu berichten. Wir wollen uns an einem ruhigen Ort unterhalten.«

Die Mönche und Novizen in Safrangelb und Karmesinrot standen neugierig um sie herum, doch Puravai ignorierte sie genauso wie die Dörfler aus den umliegenden Tälern, von denen erstaunlich viele einen Vorwand gefunden hatten, sich im Mandira Khojana einzufinden, nachdem sie das kleine Windschiff hatten landen sehen. Das Kloster war so etwas wie das

Herz der in einem Umkreis von über dreißig Meilen in der unwirtlichen Landschaft verstreut liegenden Siedlungen. Es bot den Menschen eine Anlaufstelle für spirituelle und praktische Hilfe unter den harten Lebensbedingungen hier oben. Obwohl die Zain Agnostiker waren und weder einer Religion anhingen noch die Gnosis praktizierten, hatte der Ordo Costruo Jahrhunderte lang enge Verbindungen zum Mandira Khojana und anderen Zain-Klöstern gepflegt.

Als sie an einer Gruppe tatenlos herumstehender Novizen vorbeikamen, bedeutete Puravai ihnen, das Skiff zu entladen, dann begleitete er die vier Gäste zu ihren Zimmern.

Alaron stellte ihm Corinea als Lily vor; sie waren sich einig darüber, mit der Enthüllung von Corineas wahrer Identität so lange wie möglich zu warten. Ihre Geschichte würde auch so schon für genügend Aufregung sorgen.

»Lily ist Mitglied des Ordo Costruo, sie unterstützt uns bei unserer Aufgabe«, hatte Alaron erklärt, und falls Meister Puravai ihm nicht glaubte, sagte er zumindest nichts.

Vor dem Essen und dem darauffolgenden Gespräch brachte man sie zu den Bädern, wo sie sich mit dem warmen, parfümierten Wasser endlich den Schmutz der anstrengenden Reise vom Leib waschen konnten. Dass die Zain so großen Wert auf Reinlichkeit legten, schätzte Alaron sehr. Er folgte Yash zwischen Dutzenden von Novizen hindurch, die sich zufällig genau jetzt ebenfalls waschen mussten, zu den Gemeinschaftsbädern und machte sich bereit. Yash ignorierte die Novizen einfach und hielt den Kopf unters Wasser, während Alaron sich eines regelrechten Trommelfeuers aus Fragen in gebrochenem Rondelmarisch erwehren musste. Die meisten der jungen Männer gehörten zu der Gruppe, der er die Ambrosia anbieten wollte. Wie sie wohl reagieren würden? Vorausgesetzt, Meister Puravai gab überhaupt seine Zustimmung.

Und was, wenn nicht? Mit dieser Sorge mehr im Kopf legte

er den wunderbar frischen karmesinroten Novizenkittel an, der für ihn bereitgelegt worden war, und machte sich hungrig auf den Weg zum Speisesaal.

Ramita und Corinea waren bereits dort. Sie hatten sich ebenfalls gewaschen und trugen die frische Kleidung, die Ramita in Baranasi für sie gekauft hatte.

Das Essen bestand aus einem schlichten, aber sättigenden Gemüsecurry mit Fladenbrot. Die meiste Zeit aßen sie schweigend und warteten darauf, dass Meister Puravai sie zu sich rief. Der Plan, den sie ihm darlegen würden, war klar: Huriya und Malevorn hatten die Skytale und würden sie auf jeden Fall einsetzen. Die einzig mögliche Gegenmaßnahme war, ihre eigene Aszendenz zu erschaffen.

»Ich übernehme das Reden«, erklärte Alaron, als sie fertig waren, den Blick auf Corinea gerichtet. Er musste auf jeden Fall verhindern, dass ihre Geringschätzung für die Zain den Meister gegen sie aufbrachte.

»Ich werde sprechen, wann und so viel es mir passt«, entgegnete Corinea knapp.

»Fall uns nicht in den Rücken«, warnte Ramita.

»Und du sag mir nicht, was ich zu tun habe.«

Ramitas Blick wanderte zu Alaron. »Du hast recht«, begann sie. »Wir sollten es ohne sie machen.«

Corinea schnaubte verächtlich. »Nur zu. Wenn ihr glaubt, ihr könntet die Ambrosia brauen, ohne die eine Hälfte der Mönche zu töten und die andere in den Wahnsinn zu treiben – mir ist es egal. Ich kümmere mich inzwischen um dein Baby.«

Ramita wirbelte herum, den Arm ausgestreckt, die Finger gespreizt. Ein fahles Licht blitzte auf, dann wurde Corinea von den Beinen gerissen und zu Boden gedrückt. Mit seiner Gnosissicht sah Alaron die Kraftlinien, die sich wie eine unsichtbare Verlängerung von Ramitas Arm um Corineas Kehle gelegt hatten. Die ältliche Magi zappelte hilflos in ihrem Griff.

»Habt Ihr soeben mein Kind bedroht?«, knurrte Ramita über Corinea gebeugt.

Alaron erschrak über ihre plötzliche Wildheit, und Corinea krächzte: »Das hast du falsch ver ...«

»Habe ich das?«, schnitt Ramita ihr das Wort ab. »Ich habe genug von Euch, arrogante Kutiyaa! Ihr beschwert Euch ständig über alles und jeden. Wir alle bedauern Eure traurige Geschichte, aber wenn Ihr nicht einmal in der Lage seid, den Mund zu halten und uns zu helfen, sind wir ohne Euch besser dran!«

Corinea versuchte verzweifelt aufzustehen. Ihre Augen wurden immer größer, die Adern an ihrem Hals traten pochend hervor, während sie ihre Gnosis sammelte.

Alaron hielt den Atem an, und Yash, der der einzige Nichtmagus im Raum war, wich mehrere Schritte zurück, da sackte Corinea plötzlich in sich zusammen. »In Ordnung«, krächzte sie. »Ich habe verstanden.«

»Und zwar was?«

»Dass du stärker bist als ich.«

»Falsch! Versucht es noch einmal«, fauchte Ramita.

»Dass ich mich danebenbenommen habe«, stammelte Corinea. »Es tut mir leid.«

Ramita ließ von Corinea ab und richtete sich langsam auf, blieb aber weiter kampfbereit.

Heiliger Kore, sie hat gerade die Königin Hels in die Knie gezwungen ...

Im Moment sah die auf dem Boden liegende Frau kein bisschen aus wie der Dämon aus dem Buch Kore, sondern nur noch wie Lillea Sorades, eine ältliche estellaynische Witwe mit einem Würgemal am Hals und offensichtlich Schmerzen am ganzen Körper. Die einstige Kraft ihrer Jugend war nur noch eine blasse Erinnerung.

»Steht auf«, sagte Ramita, ohne ihr den Rücken zuzudrehen.

Corinea versuchte stöhnend, auf die Beine zu kommen, und musste sich schließlich von Alaron helfen lassen. Dann schaute sie ihn unter halb geschlossenen Lidern hervor gedemütigt an.

»Vielen Dank, *Euer Lordschaft*«, sagte sie giftig. »Ich bin Euch unendlich dankbar.«

Alaron hatte es satt. »Was soll das? Was haben wir Euch getan? Jeder andere hätte schreiend die Flucht vor Euch ergriffen, als Ihr Euch zu erkennen gegeben habt. Ich verstehe Euch nicht. Ihr seid zu *uns* gekommen, nicht umgekehrt.«

»Stell dir vor, Händlerssohn«, keuchte sie, »stell dir vor, wer ich hätte sein können, wenn Johan mich nicht gezwungen hätte, ihn zu töten! Eine *Herrscherin*! Die tragische Heldin der Dreihundert, die erste und einzige Kaiserin Rondelmars. Es stand mir zu! Und jetzt, nachdem ich mich mein Leben lang verstecken musste, laufe ich einem Narren, einem Bauerntrampel und einem Eunuchen hinterher in der Hoffnung, ein Haufen kastrierter Einsiedler möge uns im Kampf gegen ausgebildete Schlachtmagi beistehen. Du erwartest doch nicht ernsthaft von mir, dass ich auch noch darüber frohlocke, Teil eurer lächerlichen Unternehmung zu sein?!«

Sie nahmen ihre Worte mit eisigem Schweigen zur Kenntnis. Alaron hatte etwas Derartiges kommen sehen, aber das volle Ausmaß von Corineas Verbitterung wurde ihm erst jetzt klar. *Wenn damals alles so gelaufen wäre, wie sie es sich gerade wünscht, wäre sie genauso geworden wie Sertain und der Rest des ganzen Haufens.*

»Warum verschwindet Ihr dann nicht und schließt Euch Malevorn an?«, schlug er gelassen vor. »Er ist genau der Richtige: erfahren und rücksichtslos, außerdem mit einem Ego gesegnet, so groß wie ein Berg. Ihr würdet euch prächtig verstehen.«

»Ich habe mich euch angeschlossen, weil mir keine andere Wahl bleibt. Nicht eine einzige«, blaffte sie. »Aber deshalb glaube ich noch lange nicht, dass Eure Unternehmung Erfolg haben wird. Vor ein paar Tagen hast du mich gefragt, ob ich lieber einen x-beliebigen Dorfbrunnen vergiften würde. Die Antwort lautet: Ja. Allerdings keinen Dorfbrunnen, sondern den eines Heerlagers. Von mir aus sterben neun von zehn Soldaten daran. Hauptsache, die Überlebenden verstehen ihr Handwerk, nämlich zu töten.«

Gut. Anscheinend ist sie doch die Königin des Bösen ... oder nur eine verzweifelte alte Frau in ebenso verzweifelten Zeiten.

»Dazu wird es nicht kommen«, erwiderte er ruhig. »Sprecht nie wieder davon.«

»Du bist ein weltfremder Narr.«

»Nein. In diesem Kloster habe ich mehr über das Kämpfen und die Gnosis gelernt als in sechs Jahren auf dem Arkanum. Warum seid Ihr nicht wenigstens so loyal, Euch an unsere Abmachung zu halten?«

»Hast du schon vergessen, welchen Namen Baramitius mir gegeben hat? Corinea, die Treulose!«, schnaubte sie, allerdings klang sie nun eher nachdenklich als wütend.

»Aber wer sagt, dass Ihr Euch auch so verhalten müsst?«, entgegnete Alaron und schaute zu Ramita hinüber. Sie umfasste seine Hand und drückte sie sanft, und das gab ihm mehr Kraft als irgendetwas anderes.

»In Ordnung«, erwiderte Corinea schließlich. »Gehen wir zum Meister.«

Meister Puravai über alles zu unterrichten, dauerte geraume Zeit. Hanouks tatsächliche Abstammung, Ramitas Verlobung mit dem jungen Mogul Tariq und schließlich die Schrecken jener Nacht, in der Huriya und Malevorn den Palast überfielen ... Alaron ließ nichts aus, er schilderte das Blutbad in Hanouks Residenz, ihre Flucht durch den Tunnel zum Mogulnpalast und schließlich den Verlust der Skytale und Nasatyas

Entführung. Als er allmählich heiser wurde, übernahm Ramita und erzählte Genaueres über den Mogul Tariq und die Funktion der Kuppel.

Puravais erste Reaktion war Trauer um Hanouk, denn sie waren in ihrer Jugend enge Freunde gewesen. Obwohl sie sich seit Jahren nicht gesehen hatten, traf ihn der Verlust schwer.

Danach schilderten sie ihren Plan und baten den Meister um seine Erlaubnis. Alaron erklärte ihm alles, was er über die Skytale herausgefunden hatte, dann fragte er: »Erinnert Ihr Euch noch, wie ich während meines ersten Aufenthalts hier knapp vierzig Mönche und Novizen befragt habe? Meine Fragen dienten dazu, die genaue Zusammensetzung der Ambrosia für jeden Einzelnen zu bestimmen. Damals war es nur eine Art Übung für mich, ich wollte die Skytale besser verstehen, aber mittlerweile konnten wir ihr Geheimnis entschlüsseln! Meister, es ist der Traum eines jeden Magus – wahrscheinlich sogar jedes Menschen in Yuros – in die Aszendenz erhoben zu werden. Die Gnosis eines Aszendenten ist sogar noch stärker als die eines Reinbluts.« Alaron verstummte kurz und überlegte. Es sollte nicht so klingen, als ginge es ihm ausschließlich um Macht. »Ich würde dieses Angebot niemandem machen, von dem ich glaube, er könnte es missbrauchen«, sprach er schließlich weiter. »Aber Ihr und Eure Mönche seid die edelsten Menschen, denen ich in ganz Yuros und Antiopia begegnet bin.«

Als Puravai weiterhin schwieg, schaute er fragend zu Ramita hinüber. Sie lächelte aufmunternd. »Ich weiß, unsere Gründe sind nicht ganz selbstlos«, fügte Alaron beschwörend hinzu, »aber wir *müssen* Nasatya und die Skytale zurückholen, und ohne Hilfe können wir das nicht. Selbst wenn wir es könnten, wünschte ich, Ihr würdet unser Angebot annehmen.«

Bleierne Stille senkte sich herab, und Alaron merkte, wie er den Atem anhielt. Yash konnte kaum stillsitzen und war kurz davor, vor seinem Meister auf die Knie zu fallen und ihn zu bitten, wenigstens ihn die Ambrosia probieren zu lassen. Corineas Miene war absolut undurchdringlich, doch allein ihre Gegenwart machte Alaron immer nervöser. *Hoffentlich hält sie den Mund.*

»Wir Zain sind Männer des Friedens«, sagte Puravai schließlich in einem Tonfall, als spreche er zu jemand Unsichtbarem. »Es ist uns erlaubt, uns selbst und andere zu verteidigen. Wir ziehen uns aus der Welt zurück, um sie aus dieser entfernten Warte besser zu verstehen, trotzdem bleiben wir ein Teil von ihr. Die Prinzipien des Moksha sind eindeutig: Erst wenn wir unseren Frieden mit der Welt gemacht haben, können wir sie hinter uns lassen.«

Er nahm einen Schluck Wasser und verstummte wieder, als warte er auf eine göttliche Antwort. »Macht... *unumschränkte Macht...* ist Gift für die menschliche Seele«, flüsterte er nach einer Weile. »Niemand, der in der Lage ist, nach eigenem Gutdünken über Leben und Tod zu entscheiden, bleibt davon in seinem Kern unversehrt.« Dann schloss er die Augen. Seine Lippen bewegten sich weiter, als führe er die Debatte im Stillen fort.

Alaron wurde allmählich unruhig, da zerschnitt eine kalte weibliche Stimme das Schweigen.

»Ich glaube, Ihr übertreibt ein wenig, Meister Zain«, sagte Corinea trocken. »Selbst ein Aszendent verfügt nicht über unumschränkte Macht. Es gibt bereits Dutzende von ihnen, außerdem Hunderte Reinblute und Zehntausende Unterabstufungen sowie unzählige Seelentrinker, so heißt es zumindest. Nicht zu vergessen die Abermillionen gewöhnlicher Menschen. Selbst ein Aszendent ist nur wie ein Fisch im Ozean. Ich weiß es, denn ich bin einer. Was glaubt Ihr, würde passieren, wenn ich in eine Stadt einmarschierte und mich zur unumschränkten Herrscherin erklärte? Man würde mich entweder töten, oder ich würde über einen Friedhof herrschen. Um über andere zu herrschen, braucht es mehr als nur persönliche Macht. Die Welt ist groß, und am Ende wird jeder Tyrann gestürzt.«

Puravai hob den Kopf. Alaron und Ramita hielten den Atem an. »Und doch haben die sogenannten Gesegneten Dreihundert ein ganzes Kaiserreich erobert«, erwiderte er mit eindringlichem Blick.

»Seht sie Euch doch an«, entgegnete Corinea gelassen. »Sie sind hoffnungslos zerstritten und reißen sich gegenseitig in Stücke, ihr Blut wird immer weiter verdünnt und verteilt sich über aller Herren Länder. Ihre Geheimnisse geraten zusehends in die Hände ihrer Feinde. Kaiserreiche entstehen und zerfallen. Manchmal geht es schnell, manchmal dauert es, aber sie alle enden im Staub.«

»Ihr meint, ich soll die mir anvertrauten Seelen in ihr Verderben laufen lassen, weil es am Ende ohnehin keinen Unterschied macht? Ich bin anderer Meinung: Es macht sehr wohl einen Unterschied, und zwar einen sehr großen. Das Leben ist ein ständiger Kampf um das Einswerden. Wenn ich zuließe, was Ihr soeben geschildert habt, gäbe ich die jungen Männer, die ihr Leben vertrauensvoll in meine Hände gelegt haben, dem Verderben preis.«

»Nun plustert Euch mal nicht so auf! Es geht hier um die Gnosis, nicht um den Schlüssel zum Kaiserpalast von Pallas! Die Gnosis ist nur *eine* Form der Macht und bestimmt nicht die stärkste. Erbmonarchien und religiöse Führer überflügeln sie bei Weitem. Nein, Meister, die eigentliche Prüfung für Eure Schützlinge ist eine ganz andere. Im Lotussitz eine Mauer anzustarren, bis das Alter einem das Augenlicht raubt, ohne dabei den Verstand zu verlieren, ist das eine. Aber werden Eure Mönche sich auch dann noch an ihre Eide halten, wenn sie dem leibhaftig Bösen Auge in Auge gegenüberstehen? Ich kenne die Schriften Eures Gurus. Sie sprechen davon, die Seele auf die Probe zu stellen, aber was Ihr tut, ist nichts anderes als Euch zu verstecken. Ihr *besteht* die Probe nicht, Ihr *umgeht* sie. Wenn Ihr Eure Schützlinge tatsächlich für bereit haltet, solltet Ihr diese Gelegenheit mit Freuden wahrnehmen, statt nur zu hadern und zu klagen.«

Das sagt die Richtige, dachte Alaron. Andererseits hätte er mehr oder weniger das Gleiche gesagt wie Corinea, wenn er den Mut dazu gehabt hätte. Mit einem mulmigen Gefühl im Bauch wartete er auf Puravais Reaktion.

Der alte Zain-Meister kicherte leise. »Nun, Meisterin Lily, Ihr sprecht wie eine Philosophin aus den Anfangstagen des Rationalismus. Wir akzeptieren diese Haltung, aber selbst Ihr müsst zugeben, dass jedem Menschen etwas Ewiges innewohnt, die Gnosis basiert sogar darauf: Ich spreche von der Seele. Nicht einmal die Magi wissen, was passiert, wenn Körper und Seele sich voneinander trennen. Selbst Antonin Meiros räumte ein, dass die Lehren der Zain genauso rational und klar sind wie die der Religion.«

»Seid Ihr sicher, dass das ein Kompliment war?«, kommentierte Corinea.

Alarons Herz setzte einen Schlag lang aus angesichts dieser Respektlosigkeit, aber Puravai lachte nur. Er beugte sich vor und leckte sich über die Lippen, und Corinea tat das Gleiche. Alaron bekam zusehends den Eindruck, dass die Debatte in die falsche Richtung lief …

»Ähm, ich denke, das Problem, mit dem wir es zu tun haben, ist etwas konkreter gelagert«, begann er.

Puravai beachtete ihn nicht. »Hinter jedem Handeln steht eine Philosophie«, sagte er zu Corinea. »Ob Ihr eine Ameise zertretet oder tausend Männer tötet, die dahinterstehende Entscheidung ist moralisch betrachtet die gleiche.«

Corinea winkte ab. »Ihr vergesst die Größenordnung, Meister. Wenn Ihr recht hättet, müsste jeder, der eine Fliege erschlägt, mit dem Tod bestraft werden.«

»Die Lehren der Zain sind in dieser Hinsicht vollkommen klar …«, entgegnete Puravai und hob zu einer jener endlosen Erörterungen über Ethik und Moral an, während derer Alaron am Arkanum meistens eingeschlafen war.

Was soll ich tun?, fragte er Ramita stumm.

Lass sie reden. Es scheint ihnen zu gefallen.

Aber …

Hast du noch irgendetwas zu dem Gespräch beizutragen?

Nein. Ich hab den Anschluss längst verloren.

Na dann. Ramita erhob sich. »Ich bin müde«, erklärte sie, als alle Gesichter sich in ihre Richtung drehten. Sie verneigte sich respektvoll vor Meister Puravai. »Ich wünsche Euch ein gutes Gespräch, und bitte vergesst nicht, dass das Leben meines Sohnes vom Ausgang Eurer Debatte abhängt, nicht nur das Schicksal der Welt.« Sie streckte Alaron die Hand hin. »Würdest du mir bitte den Rückweg zeigen, Bhaiya? Ich kann mich nicht mehr an alle Abzweigungen erinnern.«

Einfach zu gehen fühlte sich an, als würden sie das Heft aus der Hand geben, aber sie konnten den beiden ohnehin nicht mehr folgen. Alaron warf Yash einen fragenden Blick zu, der zuckte die Achseln und gab zu verstehen, dass er ebenfalls mitkommen würde, nur Corinea hob mit einem Anflug von Missbilligung das Kinn. Alaron überlegte noch einmal kurz, dann verneigte er sich ebenfalls. »Ich vertraue auf Eure Weisheit, Meister Puravai.«

Sie kehrten schweigend zu ihren Quartieren zurück. Alaron war froh, dass Ramita ihn erlöst hatte. Wenn er länger geblieben wäre, hätte er sich bestenfalls blamiert. *Schweigen und für einen Narren gehalten zu werden ist immer noch besser, als zu reden und sich als einer zu erweisen*, wie sein Vater immer gesagt hatte.

Yash wünschte ihnen eine gute Nacht, dann blieb Alaron mit Ramita zurück. Allein.

»Es kommt, wie es kommt«, sagte sie leise.

»Ich traue ihr nicht«, entgegnete Alaron.

»Ich auch nicht, aber in dieser Sache will sie das Gleiche wie wir.« Sie nahm seine Hand zwischen ihre kleinen, kräftigen Finger. »Ich habe Dasra abgestillt«, fügte sie ein wenig traurig hinzu.

»Und, hast du dich schon bei der Göttin des Abstillens bedankt?«, fragte Alaron frech. »Es gibt doch sicher eine, oder?«

»Mindestens drei.« Ramita zupfte an dem Rakhi-Bändchen an ihrem Handgelenk. »Danke, dass du mir beistehst, Bhaiya. Ich weiß nicht, ob ich das alles allein schaffen würde.«

»Ich an deiner Stelle könnte es bestimmt nicht«, erwiderte er und spürte, wie sein Puls sich beschleunigte. *Großer Kore, ich will sie so unbedingt küssen…*

Ramita machte Anstalten, etwas Harmloses wie »Gute Nacht« zu sagen, aber Alaron wollte es gar nicht hören. Zwei Schritte, mehr brauchte es nicht. Bevor er es sich anders überlegen konnte, beugte er sich zu ihr herab und küsste sie auf ihren kleinen Mund.

Einen Moment lang war Ramita wie versteinert, und er fürchtete schon, einen schrecklichen Fehler begangen zu haben, da packte sie ihn, stellte sich auf die Zehenspitzen und presste ihre Lippen auf die seinen. Alaron spürte ihren kleinen, aber vollen Körper durch die dünnen Leinenkittel hindurch, als wären sie beide nackt. Ohne den Mund von ihren salzigen Lippen zu nehmen, hob er sie auf einen Tisch. Seine Haut prickelte, als stünde er lichterloh in Flammen, sein Puls raste wie ein galoppierendes Pferd.

Alaron wusste nicht, wie lange der Kuss dauerte. Er schwebte von einem Moment in den nächsten hinüber, streichelte ihren Hals und das hochgebundene Haar, spürte die Krümmung ihrer Wirbelsäule unter dem Kamiz, schmeckte ihre Zunge, atmete ihren Atem. Alaron legte all sein Verlangen, all seine Sehnsucht, allen Trost, all seine Zuneigung und sein Vertrauen in diesen Kuss und konnte es kaum fassen, Ramita plötzlich so nahe zu sein. Ihre Haut zu spüren, ihren einzigartigen Duft zu atmen und sie endlich ohne jede Zurückhaltung in den Armen zu halten, als würde er sie nie wieder loslassen.

»Bhaiya…«, flüsterte sie schließlich, »Bruder und Schwester tun so etwas nicht.«

Die Traumblase zerplatzte. *Sie hat mir dieses Rakhi-Ding nur umgebunden, um genau das zu verhindern …*

Hatte Ramita mit diesem Kuss überhaupt ihn gemeint oder ihren verstorbenen Gatten Antonin Meiros? Vielleicht ihre Jugendliebe Kazim? Wer war er schon, ein Händlerssohn und ein Ferang, im Vergleich zu solch süßen Erinnerungen? Alaron versuchte, seine Enttäuschung hinunterzuschlucken. »Es tut mir leid. Ich …«

Ramita legte ihm einen Finger auf die Lippen, dann griff sie nach seinem rechten Handgelenk und zerriss das Rakhi-Band.

»Jetzt«, flüsterte sie. »Ich glaube, wir haben uns gerade geküsst, oder?«

Die Tür ging auf, dann die Läden vor den Fenstern, während Ramita blinzelnd überlegte, wo sie war. Sie lag in frisches Bettzeug gewickelt, nackt und allein. Das Sonnenlicht drängte die Schatten zurück, da verkündete eine spitze, weibliche Stimme: »Ich muss sagen, ich bin einigermaßen überrascht, dich allein vorzufinden.«

Ramita wickelte das Laken enger um ihren Körper und sah sich nach dem Nachthemd um, das sie irgendwann wegen der Hitze ausgezogen hatte. Ihr Blut war zu sehr in Wallung gewesen, tausend Dinge waren ihr durch den Kopf gegangen, während sie sich stundenlang schlaflos hin und her wälzte. »Wie spät ist es?«

»Vormittag«, antwortete Corinea und fügte naserümpfend

hinzu: »Die Jugend ist zu empfindlich. Das kleinste bisschen Schlafmangel, und schon kommen sie nicht mehr zurecht.«

Ramita zwang ihre Gedanken ins Hier und Jetzt. »Euer Gespräch ist schon zu Ende?«

»Es war eine herrliche Diskussion«, erwiderte Corinea versonnen. »Ich hatte schon viel zu lange nicht mehr so viel Vergnügen. Ich liebe gute Streitgespräche. Eine Schande nur, dass nicht mehr daraus wurde, aber er hat natürlich eines dieser dummen Keuschheitsgelübde abgelegt.«

Ramita zog ihr Nachthemd an und versuchte, nicht an nackte Mönche und Hexen zu denken, auch wenn ihr Herz im Moment derart von Glück erfüllt war, dass ihr jede Art von Liebe wie etwas Gutes und Wünschenswertes vorkam.

Sie hatte keine Ahnung, wie es ihr gelungen war, sich von Alaron loszureißen. Seit sie in Kazim verliebt gewesen war und ihn auf dem Dach ihres Hauses in Baranasi im Licht der Sterne leidenschaftlich geküsst hatte – in ständiger Furcht, von ihren Eltern erwischt zu werden –, war sie nicht mehr so in Versuchung gewesen. Irgendwie hatte sie es damals geschafft, Jungfrau zu bleiben. Ramita hatte zu viel Angst vor den möglichen Folgen gehabt, aber letzte Nacht, in Al'Rhons Armen – *meiner kuscheligen Ziege* –, war es die reinste Folter gewesen, denn mittlerweile wusste Ramita, was sie versäumte. Um ein Haar wäre sie weich geworden, als sie daran dachte, wie schön die körperliche Liebe sein konnte, wie schön sie mit ihrem Mann Meiros gewesen war, trotz des Altersunterschiedes.

Doch sie war stark geblieben und hatte sich in Erinnerung gerufen, dass eine anständige Lakhin nur mit dem Mann das Bett teilte, mit dem sie auch verheiratet war. Das, und nur das, hatte Ramita davon abgehalten, endlich zu tun, wonach sie sich schon so lange sehnte.

Alaron hatte sie nicht gedrängt, und das gefiel Ramita. Ihr Bhaiya – *nein, er ist nicht mehr mein Bruder!* – hatte sich verhalten wie ein rondelmarischer Ehrenmann, wenn es so etwas überhaupt gab. Er hatte die Finger und andere Körperteile brav von ihr gelassen, und das war gut und richtig so. Der Kuss war fürs Erste genug. Es blieb nichts Anstößiges zurück, für das sie sich im Lichte des nächsten Tages schämen mussten. Nur eine strahlende Wärme in Ramitas Herzen und die Sehnsucht, ihn möglichst bald wiederzusehen.

Dann fiel ihr wieder ein, wie es überhaupt zu dem Moment gekommen war: Andere hatten in der Zwischenzeit über ihr Schicksal entschieden. Und über das Schicksal ihres verschleppten Sohnes.

»Und?«, fragte sie Corinea mit zitternder Stimme.

Die Lippen der alten Frau verzogen sich ganz langsam zu einem Lächeln. »Jeder der infrage kommenden Kandidaten wird seine Entscheidung selbst treffen.« Sie verneigte sich wie eine Tänzerin vor dem Applaus des Publikums. »Du darfst dich gerne bei mir bedanken.«

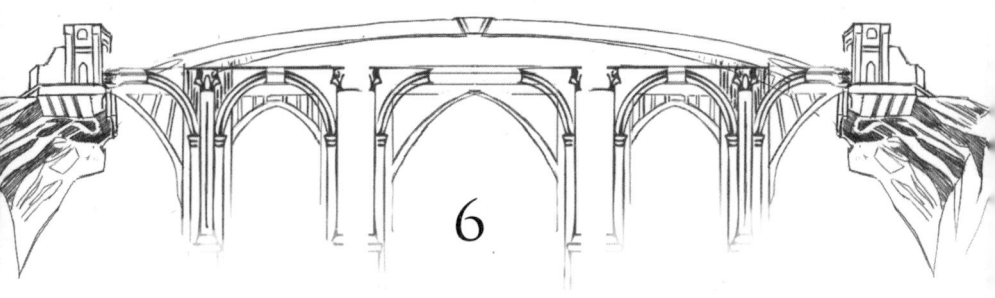

DAS TAL DER GRÄBER

GEISTERJAGD

Die Gnosis bringt eine faszinierende Möglichkeit mit sich: Wenn die unsterbliche Seele eine Zeit lang im Äther verweilt, bevor sie in die nächste Welt übergeht, bedeutet das, dass jeder Mensch, der irgendwann gelebt hat, dort auch weiterhin am Leben ist! Viele widmeten ihre gesamte Existenz der Suche nach der Seele des Corineus in der Hoffnung, mit ihm in Kontakt zu treten, und in einigen Orden ist das bis heute so.

BRUDER ZEBASTIEN, GELEHRTER DER KORE, 787

Die untergehende Sonne tauchte die Landschaft in blasses Rot und düstere Scharlachtöne. Die letzten Strahlen zerteilten Fels und Sand in scharfkantige Formen aus Sand und Schatten, darüber schwebte das von Kratern übersäte Antlitz des Mondes.

Malevorn kletterte auf das Dach einer Tempelruine im Tal der Gräber und ließ den Blick über die Überreste eines längst untergegangenen Reiches schweifen. Selbst er, der in Pallas geboren war, erschauerte vor Ehrfurcht. Er hätte nicht geglaubt, je etwas zu sehen, das der berühmten Kaiserlichen Bastei in Pallas auch nur ansatzweise nahe kam. Aber dieser Ort, wenn auch verlassen und verfallen, verschlug ihm den Atem. Huriya hatte ihm unter Zuhilfenahme von Sabeles Erinnerungen in Gatiochs Geschichte unterwiesen, einem Königreich aus der Zeit vor den Amteh, so groß und mächtig wie Kesh. Im Tal der Gräber waren die Könige und Königinnen, Prinzen, Prinzessinnen und hohen Beamten zur ewigen Ruhe gebettet. Tief unter den riesigen Grabmälern lagen Grüfte, reich verziert mit den Abbildern von Göttern, die halb Mensch, halb Tier waren. Steinerne Riesen mit dem Kopf einer Kobra, an vielen Stellen bereits abgebröckelt, aber immer noch deutlich erkennbar, hielten am Eingang des Tals bis ans Ende aller Zeiten Wache.

»Die meisten Grüfte wurden längst geplündert«, hatte Huriya berichtet, »aber in manchen sollen noch immer kostbare Grabbeigaben liegen.« Das in dieser Einöde beheimatete Seelentrinker-Rudel war klein, dennoch verstärkte es ihre Reihen um fünfzig dringend benötigte Kämpfer. Die meisten waren hier geboren und an Gesicht und Körper mit verschlungenen Darstellungen der alten Götter tätowiert. Die Amteh glaubten, sie hätten die alten Religionen ausgelöscht, aber deren Götter waren lediglich untergetaucht und wurden weiterhin von vielen nomadischen Wüstenstämmen verehrt.

Eine Bewegung am Horizont wischte die Erinnerung an Huriyas Worte aus seinen Gedanken: Reiter, die in einer Meile Entfernung in das Tal hineinritten.

Adamus hat den Köder geschluckt …

Malevorn nahm einen tiefen Atemzug und rief seine Wächter herbei, damit nichts, aber auch gar nichts darauf hindeutete, dass er nicht allein war. In den Tunneln und Grabkammern ringsum wimmelte es nur so von Dokken. Er konnte nur hoffen, dass die Reiter sie nicht bemerkten.

Das Dach, auf dem er stand, ragte knappe zehn Ellen über die große Freifläche in der Mitte des Taleinschnitts auf. Direkt neben ihm befand sich ein verfallener Altar, daneben zwei Statuen mit Alligatorenköpfen. Malevorn lockerte den Säbel in der Scheide, dann schickte er seine Sinne aus. *Ich an seiner Stelle würde einen Teil meiner Leute in die Luft schicken und hinter einer Illusion verbergen …*

Nachdem es Malevorn endlich gelungen war, Kontakt mit ihm aufzunehmen, war der Crozier anfangs zutiefst misstrauisch gewesen. Ihn herzulocken hatte Malevorns ganzes Verhandlungsgeschick erfordert. Der Bischof glaubte ihm nicht, dass er den Seelentrinkern entkommen war und erst jetzt um Hilfe bitten konnte, da er einen Gnosisstab gemacht hatte. Erst als Malevorn sagte, er hätte Neuigkeiten von der Skytale, hatte Adamus angebissen.

Es waren fünf Reiter, alle aus Khurnas, intelligente Gnosiszüchtungen mit einem Horn auf der Stirn, die einer lantrischen Legende nachempfunden waren. Seine Bewusstseinsverbindung mit Huriya zeigte Malevorn vier weitere Inquisitoren, die zu Fuß zwischen den Ruinen heranschlichen, zwei auf jeder Flanke. Damit fehlten immer noch zwei, vorausgesetzt, Adamus wurde von einer vollständigen Faust aus zehn Inquisitoren begleitet. Malevorns Gefangennahme durch die Seelentrinker lag mittlerweile mehrere Monate zurück, vielleicht hatte die Faust weitere Verluste erlitten, aber die Lage war viel zu prekär, um von einem solchen Glücksfall auszugehen. *Die einheimischen Dokken kämpfen zwar auf unserer Seite, aber selbst mit ihrer Unterstützung kann das hier in einer Katastrophe enden.* Er richtete sich zu seiner vollen Größe auf. *Also muss ich dafür sorgen, dass es nicht dazu kommt.*

Akolyth Malevorn, erschallte die Stimme des Croziers in seinem Kopf. Er kniff die Augen zusammen und spähte ins Gegenlicht, da sah er den Bischof in der Mitte der Fünfergruppe. Er ritt als Einziger ohne Helm, seine dicken Locken wehten im Wind um das olivfarbene Gesicht. Die anderen vier trugen volle Rüstung mit den charakteristischen schwarz-weißen Wappenröcken darüber. Sie waren aufs Äußerste konzentriert und schickten ihre gnostischen Sinne in jede Richtung. Selbst ein Bauer konnte erkennen, welch hervorragende Möglichkeiten für einen Hinterhalt das zerklüftete Tal bot, in dem der dicke Fels die Hellsicht zusätzlich erschwerte. Adamus' Begleiter waren alle mindestens Halbblute und hervorragend in Kampf und Gnosis ausgebildet.

Hoffentlich glauben sie, ich bin allein…

Mein Crozier, willkommen, antwortete Malevorn, während seine Augen weiter nach den zwei fehlenden Inquisitoren suchten, die sich bestimmt irgendwo im Verborgenen näherten. *Sagt Euren Begleitern, sie sollen zurückbleiben. Sie machen mich nervös.*

Adamus blieb in der Mitte der Freifläche stehen. Malevorn bemerkte ein kurzes Aufflimmern zwischen den Schatten zu seiner Rechten. Sein Mund wurde trocken, und er überlegte, wie viel Zeit ihm blieb, bis der Hammer unweigerlich fiel. Ohne Adamus aus den Augen zu lassen, trat er an den vorderen Rand des Daches und wartete.

Der Crozier trieb sein Khurna vorwärts, Faustkommandant Fronck Quintius folgte ihm. Als die beiden auf vierzig Schritte heran waren, hob Malevorn die Hand. Wenn sie noch näher kamen, würden sie seine Dokken-Aura erkennen.

»Danke, danke für Euer Kommen, Crozier!«, rief er nach unten und machte den kaiserlichen Gruß. »Ihr habt einen langen Weg zurückgelegt.«

»Und zu einem ganz erstaunlichen Ort«, erwiderte Adamus. »Ein Wunder geradezu.«

Quintius hatte genug von den Floskeln. »Warum bist du nicht zu uns gekommen?«, rief er nach oben.

»Auch für mich war es eine lange Reise«, log Malevorn. »Ich war weit weg im Osten, dieser Ort liegt genau in der Mitte.«

Adamus und Quintius tauschten einen Blick aus, dann kam der Crozier direkt zur Sache. »Du hast Neuigkeiten von der Skytale?«

Malevorn tätschelte den Lederköcher an seinem Schwertgürtel. »Ich habe mehr als nur Neuigkeiten.«

Überraschung und Gier blitzten auf den Gesichtern der beiden auf. Adamus beugte sich nach vorn. »Du *hast* sie?«

Malevorn blähte unwillkürlich die Brust. »Nicht hier. Dies ist lediglich der Behälter, in dem ich sie gefunden habe.« Er warf den Köcher in die Luft und lenkte ihn mit Gnosis direkt in die ausgestreckte Hand des Croziers.

Adamus inspizierte den Köcher, während Quintius misstrauisch zusah.

»Und?«, fragte der Faustkommandant schließlich.

»Er ist es«, antwortete Adamus. »In Pallas habe ich ihn schon einmal in Händen gehalten. Woher habt Ihr ihn, Bruder Malevorn?«

Ach, und schon bin ich wieder ein Bruder …

»Die *Dokken* hatten ihn«, erwiderte Malevorn, »aber sie konnten die Skytale nicht entschlüsseln. Ich bin ihnen den ganzen Weg von Südkesh bis in die Berge von Mirobez gefolgt, wo es mir gelungen ist, sie ihnen zu stehlen. Seither bin ich auf der Flucht…«

»Sind sie Euch gefolgt, Bruder Malevorn?«

»Ich habe sie schon vor Wochen abgehängt.«

Quintius trieb sein Khurna näher heran. »Was wollt Ihr, Andevarion? Es ist Eure heilige Pflicht, das Artefakt dem Crozier und mir zu übergeben. Allein dafür werdet Ihr überreich belohnt.«

Ganz bestimmt, mit einem Messer im Rücken.

»Verzeiht meine Vorsicht, Kommandant, aber als ich und meine Kameraden beim Überfall auf das Lager der Dokken von Euch abgeschnitten wurden, habt Ihr uns im Stich gelassen. Ihr werdet verstehen, wenn ich nicht weiß, ob ich Euch vertrauen kann.«

Quintius' grobes Gesicht wurde noch härter. »Ihr seid Soldat, Andevarion. Wir mussten uns um andere Dinge kümmern und haben darauf vertraut, dass Ihr und Eure Kameraden allein mit Dokken zurechtkommt. Das Versagen lag auf Eurer Seite, nicht unserer.«

»Ich sehe das anders, Kommandant.« Malevorns Blick wanderte von den beiden zu den drei restlichen Khurnareitern ein Stück weiter hinten. Sein alter Rivale Artus Leblanc war unter ihnen. »Noch jetzt höre ich Bruder Artus' Spott, als meine Kameraden in Stücke gerissen und ihre Seelen verschlungen wurden.«

Quintius warf einen irritierten Blick über seine Schulter. »Bruder Artus' Verhalten mag ungebührlich gewesen sein, dennoch ist es nicht seine Schuld, dass Eure Kameraden sich überwältigen ließen.«

Adamus Crozier hob die Hand und brachte Quintius zum Schweigen, ganz offensichtlich besorgt, dass ihnen die Skytale ein weiteres Mal durch die Lappen gehen könnte. »Bruder

Malevorn, ich garantiere persönlich für Eure Sicherheit und werde dafür sorgen, dass Ihr in den vollen Genuss der Euch zustehenden Belohnung für die Wiederbeschaffung des Artefakts kommt. Ihr werdet öffentlich zum Helden des Kaiserreichs erklärt und fortan auch als solcher behandelt.«

Malevorn gab keinen Schilling auf die Worte des Bischofs, verneigte sich jedoch trotzdem tief und setzte ein erleichtertes Gesicht auf. »Wenn dem so ist, dann tretet bitte vor, mein Crozier. Ich habe etwas für Euch.«

Die Miene des Bischofs hellte sich sofort auf. »Das übernehme ich allein, Quintius. Ihr bleibt, wo Ihr seid.« Er stieg ab und übergab dem Kommandanten der Faust die Zügel, dann ging er voll Selbstvertrauen die Treppe zu dem Dach hinauf, auf dem Malevorn stand. Die Arme hielt er vorgestreckt, die leeren Handflächen nach oben gedreht, doch Malevorn ließ sich nicht täuschen. Die Luft um den Bischof herum knisterte nur so vor gnostischer Energie.

Sobald er die oberste Stufe erreicht, wird er erkennen, zu was ich geworden bin. Malevorn hatte das Tal der Gräber aus drei Gründen für dieses Treffen ausgesucht: Erstens war niemand außer ihnen hier, der ihre Vorbereitungen stören oder verraten konnte. Zweitens boten die vielen unterirdischen Tunnel und Grabkammern das perfekte Versteck. Die Augen eines Hellsehers konnten den Stein nicht durchdringen, trotzdem war die Oberfläche von dort binnen weniger Momente zu erreichen. Und drittens konnten sie die Inquisitoren in dem zerklüfteten Tal leicht voneinander trennen, um sie einzeln niederzumachen.

Andererseits nahmen sie es mit elf Mitgliedern der Kriegerelite des Kaiserreichs auf, noch dazu auf beengtem Raum, wo das Überraschungsmoment ihnen nur kurze Zeit einen Vorteil gewährte. Sie mussten möglichst schnell möglichst viele von ihnen ausschalten.

Malevorn trat ein Stück zurück in den Schatten einer der beiden Alligatorstatuen, wo Quintius ihn nicht mehr sehen konnte, und ging auf die Treppe zu. Die Sonne war inzwischen untergegangen. Er hörte, wie die Khurnareiter beunruhigt miteinander flüsterten. *Und das aus gutem Grund. Dieses Tal ist ein gigantischer Friedhof – jeder weiß, um wie viel leichter sich die Geister der Toten bei Dunkelheit herbeirufen lassen …*

Während Huriya Xymoch bezirzte, den Anführer des gatiochischen Rudels, hatte Malevorn sich daran gemacht, die Geister der Toten an die Leichen zu binden, die sie aus den nächstliegenden Dörfern gestohlen hatten. Drei Wochen hatte er dafür gebraucht, aber dafür verfügten sie nun über achtzehn untote Draugar, die in den unterirdischen Kammern auf Malevorns Befehl warteten. Jetzt, da das letzte Sonnenlicht im Westen verschwunden war und Adamus Crozier die Plattform erreicht hatte, ließ Malevorn sie los.

Adamus' weiches Gesicht erstarrte in plötzlichem Entsetzen, als er Malevorns Aura sah. Sie war viel näher, als er erwartet hatte, und von den grässlichen dunklen Tentakeln der Dokken verunstaltet. Die Schilde des Bischofs flammten auf, und Malevorn spürte, wie er herauszufinden versuchte, ob er dem wirklichen Malevorn Andevarion gegenüberstand oder einer Illusion.

Doch dazu blieb ihm nicht genug Zeit. Die über dem Tal kreisenden Geier stießen kreischend herab, Tierschreie ertönten aus den Felskammern ringsum, und vom Boden spritzte Sand auf, als die Draugar sich aus ihren Gräbern wühlten.

Malevorn ließ den Säbel in seine Hand springen und entzündete die Klinge mit Gnosisfeuer, dann griff er an.

Huriya Makani trat hinter den aus den unterirdischen Tunneln stürmenden Gestaltwandlern ins Zwielicht. Wieder im Freien zu sein war eine unendliche Erleichterung. Um Geistspähern zu entgehen, hatten sie die letzten drei Tage unter dem Sand und Gestein verbracht, in dem die Könige Gatiochs begraben lagen.

Die hier heimischen Seelentrinker auf ihre Seite zu ziehen war nicht leicht gewesen. Ihr Anführer Xymoch gehörte zu den ursprünglichen Aszendenten. Über fünf Jahrhunderte lang war seine Seele von Körper zu Körper gewandert. Seine Augen sahen aus, als könnte er sie kaum noch offen halten, seine Tätowierungen und die krude Religiosität ließen ihn wie ein Relikt aus einer längst überkommenen Zeit wirken, doch der äußere Eindruck täuschte – er war Huriya ebenbürtig und führte sein Rudel mit eiserner Hand, dessen Mitglieder in ständiger Angst vor den Giftschlangen lebten, die Xymoch wie Schmuck an Armen und Oberkörper trug.

Huriyas Überredungskünste allein hatten nicht gereicht. Wieder einmal hatte sie auf Sabeles Wissens- und Erfahrungsschatz zurückgreifen müssen, und das *hasste* sie. Jedes Mal wenn sie Sabeles Bewusstsein anzapfte, wob die alte Spinne ihr Netz um Huriyas Seele enger. Doch schließlich hatte Xymoch sich auf ihre Seite ziehen lassen, statt sie alle zu töten, wie er anfangs vorgehabt hatte, und jetzt stürzten sich seine Seelentrinker gierig in den Kampf. Aus Dutzenden von Löchern und Tunneln warfen sie sich fauchend den Inquisitoren entgegen.

Etwas über sechzig Dokken und achtzehn Draugar gegen elf Inquisitoren ... Ich hoffe, das genügt.

Die Rondelmarer hatten sich in vier Gruppen aufgeteilt: fünf Reiter auf dem zentralen Platz, je zwei in den Schatten auf beiden Flanken und weitere zwei, hinter einer Illusion verborgen, auf ihren Reittieren hoch in der Luft.

Von allen Seiten hörte Huriya das Geschrei und Geheul, mit dem die Gestaltwandler auf den Platz stürmten, während sie ihre Schilde aufflammen ließ. Der Sydier Tkwir und Toljin aus

Verelon flankierten sie. Hessaz suchte irgendwo oberhalb zwischen den Felsen nach einer Stelle, von der aus sie ihre tödlichen Pfeile verschießen konnte. Der Rest des Rudels hatte sich in die Luft erhoben, um die Venatoren und deren Reiter zu erledigen.

Unter all dem Gebrüll hörte Huriya noch ein weiteres Geräusch, ein leises Zischen, das beständig lauter wurde – die Schlangen erwachten. Zwischen den Felsen zuckten gnostische Entladungen auf, ein Feuerball weit oben ließ den vordersten ihrer fliegenden Dokken in Flammen aufgehen, während Xymochs Kämpfer auf den zuvor festgelegten Bahnen immer weiter vorpreschten.

Huriya schlich hinter Toljin her und sandte ihre Gnosis aus. Ihre Aufgabe war es, den Inquisitoren aus sicherer Entfernung mit Bewusstseinsattacken zuzusetzen, wie sie es auch bei Malevorns Gefangennahme getan hatte, denn zu ihrer Schande hatte sie feststellen müssen, dass sie im direkten Zweikampf praktisch nicht zu gebrauchen war.

Schließlich ging sie im Maul einer etwas erhöhten und halb verfallenen Krokodilstatue in Stellung. Von hier aus hatte sie einen guten Blick über das Geschehen. Toljin stand mit gezogenem Säbel neben ihr und schnaubte wie ein Bulle, während Xymochs Rudel versuchte, die Inquisitoren zu erreichen, bevor sie sich formieren konnten.

Die Venatorenreiter übergossen die angreifenden Dokken weiter mit Feuer und kamen beständig näher. Als das nächste Mitglied von Huriyas Rudel mitten im Flug zu Asche verbrannt wurde, schaute sie in die Richtung, aus der der Blitz gekommen war, und erblickte den Schützen. Es war einer der Khurnareiter. Sie konzentrierte sich und griff nach dem Bewusstsein des Tiers.

Huriya hatte vorgehabt, den Geist des Khurna auszublasen wie eine Kerze, was bei Tieren denkbar leicht war – mit

170

ihren einfach strukturierten Gehirnen konnten sie sich nicht gegen gnostische Angriffe schützen. Doch was Huriya hinter den schwachen Schilden des Geschöpfs vorfand, war so bizarr, dass sie laut nach Luft schnappte: Sie sah eine Frau mit dem Kopf einer Stute, die unter der sengenden Sonne einen trockenen Acker bestellte, dann Reiter, die auf fliegenden Pferden und in pulsierendes Licht gehüllt heranjagten. Der Bilderstrom fühlte sich an wie eine Erinnerung und wurde immer wieder unterbrochen von einer Stimme wie der eines Gottes, die dem Khurna gebot, was es zu tun und zu lassen hatte … dann endlich begriff sie. *Das ist nicht der Geist eines Tieres, sondern eines Menschen!*

Huriya zog sich augenblicklich zurück und versuchte es erneut, diesmal mit einem anderen Angriff. Sie unterbrach für einen Moment die Verbindung zwischen Tier und Reiter und erteilte dem Khurna ihre eigenen Kommandos. Die Schilde des Inquisitors beeinträchtigten ihren Zauber, aber er zeigte dennoch Wirkung: Das Khurna bäumte sich auf und warf seinen Reiter ab, dann machte es einen Satz nach vorn und durchbohrte mit dem Horn auf seiner Stirn den Inquisitor direkt vor ihm. Der Angegriffene ging brüllend zu Boden, dann schlug ein anderer Inquisitor mit seinem Schwert auf das Khurna ein. Doch Huriya stürzte sich bereits auf das nächste Opfer.

Diesmal verpuffte ihr Angriff wirkungslos – die Inquisitoren hatten ihre Taktik durchschaut und ihre gnostischen Schilde einfach auf die Khurnas erweitert. Huriya zuckte erschrocken zurück, als sie den abgeworfenen Reiter sah: Er hatte seinen Panzerhandschuh erhoben und deutete direkt auf sie. Weißes Licht gleißte zwischen seinen Fingern, dann zuckte ein Blitz auf.

Genau in diesem Augenblick schnellte Sabele vor wie eine Viper, um Huriya die Kontrolle über ihren Körper zu entreißen. Wie gelähmt stand sie da, während der Gnosisblitz des Inquisitors auf sie zuraste.

Malevorns Säbel krachte Funken sprühend gegen Adamus' Schilde, gleichzeitig attackierte er mit einem kinetischen Impuls die Flanke seines Gegners. Wäre Adamus nicht vorbereitet gewesen, hätte die Klinge seinen Oberschenkel durchbohrt und der Impuls ihn gegen die Felsen geschleudert, aber es kam anders.

Mit einem Ausdruck milder Enttäuschung auf dem Gesicht schlug Adamus den Säbel mit seinem Bischofsstab zur Seite und geriet nicht einmal ins Wanken dabei. Als er am Griff des Stabs drehte, schnellte am einen Ende eine lange, schmale Klinge hervor, am anderen eine zweizinkige Gabel. Adamus ging in Kampfstellung, seine vollen Lippen verzogen sich zu einem starren Lächeln, darunter blitzten strahlend weiße Zähne auf.

»Sie haben dich also umgedreht«, bemerkte er traurig. »Aber selbst das lässt sich rückgängig machen, Bruder.«

Malevorn zögerte, was Adamus zweifellos beabsichtigt hatte. *Ist so etwas tatsächlich möglich?*

Wenn ja, würde das alles ändern …

Oder auch nicht. Adamus hat mich schon einmal verraten. Malevorn verbannte jeden Gedanken daran aus seinem Geist und schlug zu.

Andevarion hat uns in eine Falle gelockt, ich wusste es! Artus Leblanc zog sein Schwert aus der Flanke von Naylands Khurna, das soeben Bruder Magrenius aufgespießt hatte, und schaute hinüber zu seinem Crozier, der inzwischen in einen Kampf mit dem Verräter verstrickt war, da erzitterten seine Schilde unter einem Angriff von unfassbarer Stärke: Jemand versuchte, die Kontrolle über sein Reittier zu übernehmen. Er drehte den Kopf, suchte nach dem Ursprung der Attacke und erblickte eine kleine Keshi-Frau. Sie stand etwas oberhalb im Maul einer Krokodilstatue. Er wollte seinem Khurna gerade die Sporen

172

geben, da fand er sich plötzlich von einer brüllenden Meute tätowierter Dokken mit Schlangenköpfen umzingelt.

Der abgeworfene Nayland schoss einen Blitz auf die Keshi-Frau ab, während Artus seine Schilde verstärkte, um den Bewusstseinsangriff auf sein Reittier abzuwehren. Er machte Platz für Kommandant Quintius, damit sie einen Kreis um den am Boden liegenden Magrenius bilden konnten. Quintius feuerte Magusbolzen um Magusbolzen auf die heranbrandenden Dokken, während Magrenius seinen toten Körper mit Geisterbeschwörung wiedererweckte und sich aufrichtete. Das abgebrochene Khurnahorn steckte nach wie vor in seinem Rücken.

Naylands Blitz schlug wirkungslos in die Statue – die Keshi war nicht mehr da – und der gesamte Platz verwandelte sich in ein Abbild Hels: Während das flüssige Feuer aus Quintius' Händen die Felswände ringsum in ein orangefarbenes Leuchten tauchte, hoben sich die Grabplatten wie von selbst aus dem Boden und wurden zur Seite geschleudert. Darunter kletterten halb verweste Leichen hervor, in deren leeren Augenhöhlen violettes Licht schimmerte. *Draugar, Kore steh uns bei!* Schlangen wanden sich um ihre nackten Knochen, weitere krochen zwischen den Felsen hervor und bildeten züngelnd einen Kreis um die Inquisitoren.

Artus stieß ein markerschütterndes Brüllen aus und schoss einen Gnosisbolzen auf eine der Leichen ab, der sich mühelos durch das bisschen Fleisch und in die darunter gefangene Seele brannte. Der Draugar kreischte kurz auf, dann rieselte er mitsamt der um sein Skelett geschlungenen Schlangen zu Asche verbrannt zu Boden.

Quintius tat es Artus gleich und verdampfte eine mit einem Speer bewaffnete Eidechsenfrau und die drei Männer hinter ihr gleich mit. Im selben Moment empfing Artus ein Zeichen von den vier Kameraden, die ihre Flanken gesichert hatten: Sie würden jeden Moment zu ihnen stoßen.

Wir schließen unsere Reihen und vernichten sie. Wir sind unbesiegbar!, jubelte er innerlich, verbrannte die nächste der wandelnden Leichen und zog einen Ring aus Gnosisfeuer um sich und seine Kameraden, um die Schlangen auf Abstand zu halten.

Bruder Magrenius mochte halb tot sein, aber er kämpfte immer noch und verstärkte gemeinsam mit Nayland die Flammenwand. Artus' Khurna war nun wieder fest mit seinem Willen verbunden und wartete kampfbereit auf weitere Befehle. Wenn er die kleine Keshi entdeckte, würde sie ihr blaues Wunder erleben.

Artus nutzte die kurze Pause, um sich umzusehen. Die beiden Venatoren mussten sich immer noch heftiger Angriffe erwehren und kamen einfach nicht durch. Die Dokken auf dem Boden schienen die wandelnden Leichen nun als eine Art Flammenbrecher zu benutzen und schickten sie vor sich her in den blauen Feuerring. Seine Siegesgewissheit verflog und wich wilder Entschlossenheit, irgendwie zu überleben.

Ein Blitz schoss aus der Hand des Inquisitors und genau auf Huriya zu, und genau wie in Teshwallabad war sie wie gelähmt vor Angst – Angst vor dem Schmerz, vor der Wunde, vor Verstümmelung und Tod.

Noch während sie mit Sabele um die Kontrolle über ihren Körper rang, stürzte Toljin sich auf sie und riss Huriya zu Boden. Der Blitz, der sie unweigerlich verdampft hätte, schlug mit voller Wucht in die Statue. Steinsplitter flogen in alle Richtungen, durchschlugen Toljins Schilde und bohrten sich in sein Fleisch, doch Huriya war gerettet.

Aber der Einschlag hatte noch eine weitere Wirkung: Er riss Huriyas Gedanken aus ihrem Abwärtsstrudel. Als sie auf den Steinboden prallte, zerriss das Netz, das Sabele um sie gewoben hatte. Mit einem Mal wieder hellwach, drängte sie die heimtückische Hexe in ihrem Innern zurück und rappelte sich mühsam auf.

Tkwir kam ebenfalls gerade wieder auf die Beine. Auch er hatte sich vor dem Blitz retten können, hatte Huriya aber nicht mit seinem Körper geschützt wie Toljin. *Um ihn werde ich mich später noch kümmern ...*

Die anderen Dokken rückten inzwischen weiter gegen die eingekreisten Inquisitoren vor, als Huriya das Geräusch heranpreschender Hufe hörte: Ein Khurnareiter fegte, von der Kraft seiner Gnosis getragen, über die Dächer der Grabmäler heran. Wie mit der Sense mähte er durch die Reihen von Xymochs Bogenschützen und hielt direkt auf Huriya zu. Das Khurna spießte einen weiteren von Xymochs Kämpfern auf, dann landete es direkt vor ihnen. Der Reiter, ein grauhaariger Inquisitor mit einer langen Narbe im Gesicht, ließ sein Schwert auf Tkwir niederfahren.

Mit vor Entsetzen geweiteten Augen sah Huriya, wie sich die Klinge in Tkwirs Brust bohrte. Der Sydier stieß ein Grunzen aus und fiel mit rudernden Armen rückwärts über die Kante, dann drehte sich der Inquisitor mit einem siegesgewissen Lächeln auf den Lippen zu Huriya um.

Wut verdrängte die Angst. Huriyas ureigenste Stärken waren Hellsicht und Divination, aber sie hatte auch Zugang zu Mesmerismus und Illusion. Als der Inquisitor erneut ausholte, nahm sie allen Hass, den Sabele während der seit Jahrhunderten andauernden Pogrome gegen »Gottes Zurückgewiesene« gesammelt hatte, und schleuderte ihn ihrem Angreifer entgegen.

Sie konnte seine Schilde nicht sofort durchdringen, aber Huriya war eine Aszendentin. Sie schleuderte dem Inquisitor undurchdringliche Dunkelheit entgegen, und als er einen Moment lang nichts sah, gab auch die schützende Gnosisbarriere um ihn herum nach.

Huriya sah seinen Geist erschrecken über den kalten Hass, der ihm entgegenschlug, dann betäubte sie seine Sinne mit Dunkelheit, bis er nur noch seine eigene grenzenlose Furcht spürte.

Ein Dokken aus Xymochs Rudel eilte hinzu, rammte dem Khurna den Speer in die Seite, drehte ihn einmal herum und zog ihn mit einem Ruck wieder heraus. Blutige Eingeweide hingen an den Widerhaken, dann sank das Tier kreischend in sich zusammen und begrub das rechte Bein seines Reiters unter sich. Noch bevor der Inquisitor stürzte, hatte Toljin ihm schon seinen Säbel in den Bauch gestoßen, und da ließ Huriya von ihm ab. Der Inquisitor blickte mit wässrigen Augen auf, seine Sicht klärte sich, nur um seinen eigenen Tod zu erblicken.

Einer weniger, dachte sie grimmig und sah sich nach dem nächsten Opfer um. Jetzt wusste sie, wie sie es anstellen musste.

Huriya trat an den Rand des Krokodilmauls und beobachtete die Schlacht unterhalb. Vier Inquisitoren hatten sich hinter einem Ring aus Feuer verschanzt, zu ihrer Rechten kämpfte Malevorn mit Adamus Crozier. Die Venatoren kamen im Sturzflug herab, um ebenfalls einzugreifen.

Vielleicht waren achtzig gegen elf doch nicht genug.

Nein. Es muss genügen.

Sie suchte sich ihr nächstes Ziel: den Faustkommandanten.

Malevorn duckte sich unter Adamus' Konter weg und wirbelte herum, als ein weiterer Magusbolzen knisternd gegen seine Schilde schlug und ihn gefährlich nahe an den Rand des Dachs trieb. Mit einer Geste schleuderte er dem Bischof Schutt und Staub ins Gesicht, dann preschte er wieder vor.

Als sie den Hinterhalt planten, war das Hauptziel gewesen, Adamus von den anderen Inquisitoren zu isolieren und lebend gefangen zu nehmen. Malevorn war so sicher gewesen, dem Bischof sowohl mit dem Schwert als auch in der Gnosis überlegen zu sein. Mittlerweile fragte er sich, ob er sich nicht in beidem getäuscht hatte. Eigentlich war Adamus ein Luft- und Feuermagus, aber er benutzte auch andere Disziplinen mit erschreckendem Geschick und verwob sie zu einer gefährlichen Mischung aus geistigen und physischen Attacken, die er genau zu platzieren wusste. Auch mit dem Bischofsstab als Angriffs- und gleichzeitig Verteidigungswaffe hatte Malevorn nicht gerechnet – und noch viel weniger hatte er erwartet, wie gut der Crozier damit umgehen konnte.

Zum x-ten Mal umkreisten die beiden sich schnaufend. »Wir können dich heilen, Bruder«, keuchte Adamus. »Wir haben Nasettes Schicksal eingehend studiert und wissen alles darüber. Wir können dich wieder zu dem machen, der du einst warst. Ich schwöre es!«

Der Platz vor der Tempelruine war ein tödliches Inferno aus züngelnden Flammen und schlagenden Klauen, die Gnosisentladungen kamen immer näher. Malevorn wusste nicht, wie es stand, aber er hörte verdächtig wenig Triumphschreie. Bei den Inquisitoren war das normal, doch die Dokken waren Wilde, und ihr Schweigen beunruhigte ihn.

Verlieren wir?

»Ich habe deiner Familie geschrieben, nachdem du gefallen warst«, fügte Adamus mit eigenartigem Unterton hinzu. »Kannst du dir ihre Verzweiflung vorstellen, als sie von deinem Tod erfuhren? Und jetzt stell dir erst ihre Schande vor, wenn sie sehen könnten, was in Wahrheit aus dir geworden ist...«

Noch bevor er zu Ende gesprochen hatte, ließ Adamus seinen Stab wirbeln wie einen Dreschflegel und schlug nach Malevorns Beinen. Der konnte gerade noch ausweichen, aber es war ohnehin nur ein Ablenkungsmanöver, wie er zu spät feststellte.

Ein Schatten fiel auf Malevorns Gesicht, und er blickte nach oben: Ein aufgerissenes Maul, groß genug, um ein ausgewachsenes Schwein zu verschlingen, raste auf ihn zu. Adamus machte unterdessen einen Satz in die Luft und schwebte auf einer Blase aus Luftgnosis aus dem Gefahrenbereich.

Malevorn brüllte vor Wut auf, doch der Venator war schon über ihm und schnappte zu. Ein Dutzend messerscharfe Zähne bohrten sich in seinen Körper, dann wurde er von den Beinen gerissen.

Artus Leblanc sah genau, wann sich das Schlachtenglück wendete. Sie hatten die Dokken zurückgeschlagen und die wandelnden Toten, die versucht hatten, die Wand des Gnosisfeuers zu durchbrechen. Dann hatten sie sich auf die gefährlichsten Gegner konzentriert. Als der auffällig tätowierte Riese mit der Doppelaxt und die kreischende Frau mit dem Schlangenhaar verbrannt auf dem Boden lagen, löschte Magrenius den violetten Zauber, der die Draugar am Leben erhielt. Alles lief perfekt. Bis zu diesem einen Moment.

Artus überlegte gerade, wie sie den Crozier am schnellsten erreichen konnten, als er das Keshi-Mädchen sah. Sie stand an der gleichen Stelle wie zuvor und deutete auf Kommandant Quintius. Einer der beiden Venatorenreiter musste sich Dutzender fliegender Dokken erwehren, der andere jagte mit weit aufgerissenem Maul auf Andevarion zu.

Hol ihn dir!, dachte Artus triumphierend, da durchschlug ein Pfeil die schwachen Schilde des Venators und bohrte sich direkt ins Auge des Tiers.

Seine Kiefer schnappten über Malevorn zu, aber es war nur noch eine Todeszuckung, denn der Pfeil drang bis ins Gehirn und explodierte dort. Der Venator war sofort tot und überschlug sich in der Luft. Seine linke Schwinge traf Adamus mit voller Wucht und schleuderte ihn gegen eine der Statuen, wo er reglos liegen blieb, während der Venator auf ein Dach stürzte und durch das baufällige Mauerwerk brach.

Alle starrten in Richtung des Lärms, nur Artus schaute hinüber zu seinem Crozier, der mit grotesk verrenkten Gliedern dalag, dann sah er, wie die Keshi seinen Kommandanten Quintius fokussierte. Er traute seinen Augen kaum: Eine Glocke aus schwarzem Unlicht stülpte sich über Quintius und verschlang ihn.

Quintius brüllte, zuerst vor Unglauben, dann vor Entsetzen. Schließlich gelang es ihm, die Schwärze mit einem gleißenden Gegenzauber zu zerreißen, doch es war zu spät. Die Dokken hatten sie bereits eingekreist. Einer mit dem Kopf einer Kobra und Schlangen statt Armen stürzte sich auf Nayland. Die drei Paar Giftzähne durchbohrten Naylands Rüstung, als wäre sie aus Stoff.

Artus schlug einen Angreifer in der Mitte entzwei und zertrat eine Schlange, die nach seinem Schienbein schnappte, dann bohrte er sein Schwert in das linke Auge des Kobrakopfs, als ihn etwas von hinten überfiel und sich in seinen Nacken verbiss.

Er zog die Klinge wieder heraus und schlug blindlings hinter sich, aber sein Khurna war inzwischen so oft gebissen worden, dass ihm die Beine wegknickten. Im Fallen sah er Quintius, der mit offen stehendem Mund in den Himmel starrte und sich mit den eigenen Händen die Augen aus den Höhlen drückte. Magrenius, in dessen Rücken immer noch das Khurnahorn steckte, lag mit zermalmtem Schädel daneben.

Als eine Speerspitze sich von hinten durch sein linkes Knie bohrte, verlor Artus das Gleichgewicht und stürzte rücklings zu Boden. Der Kopf eines riesigen Pythons ragte vor ihm auf, das Maul weit aufgerissen. Artus Le Blanc öffnete den Mund zu einem letzten Schrei.

Huriya wandte sich von all dem Blut und Tod unter ihr ab, nach Luft ringend wie ein hechelnder Hund. Sie stand immer noch im Maul der Krokodilstatue, neben ihr lagen der Inquisitor, sein Reittier und mehrere Dokken, alle tot. Auf dem Platz unten wimmelte es nur so von Schlangen, selbst Xymochs Seelentrinker wichen vor ihnen zurück. Die Tiere waren immer noch in gnostischer Raserei, und es würden noch Stunden vergehen, bis sie sich wieder beruhigen und unter die Erde zurückziehen würden.

Huriyas Haut war schweißnass, das Kleid klebte ihr blutverschmiert am Körper, während sie zitternd daran dachte, wie knapp sie dem Tod entronnen war.

Aber ich habe überlebt, und jetzt bin ich stärker.

Sie wandte sich Toljin zu, der sie hungrig und mit unverhohlener Lüsternheit anstarrte. Er pulsierte regelrecht vor Leben, wie es nur möglich ist, wenn man dem Tod gerade noch einmal entkommen war.

Huriya ging es nicht anders. Er begehrte sie ganz eindeutig, hier und jetzt. Einen Moment lang war sie sogar versucht, ihm nachzugeben, ihn mit ihr tun zu lassen, was immer er wollte.

Nein. Wenn ich über sie herrschen will, muss ich zuerst mich selbst beherrschen.

Dann merkte sie, dass es nicht ihre eigene innere Stimme war, die zu ihr gesprochen hatte, sondern Sabeles. Huriya unterdrückte die in ihr aufsteigende Panik – Sabeles Fähigkeiten hatten ihr das Leben gerettet, und allmählich bezweifelte sie, ob sie allein dazu in der Lage gewesen wäre oder es in Zukunft sein würde.

Aber vielleicht musste sie das gar nicht. *Ich habe mit aller Macht versucht, allein über meinen Körper zu herrschen, aber das ist hier kein Krieg ... sondern eine Verschmelzung.*

Ja, Mädchen, krächzte die Stimme, näher diesmal. *Endlich begreifst du es.*

Als Malevorn wieder zu sich kam, war er von allen möglichen Flüssigkeiten durchtränkt. Eine davon war sein eigenes Blut, was der Rest war, wollte er lieber gar nicht wissen. Sein ganzer Körper fühlte sich an wie ein aufgeplatztes Geschwür. Alles brannte oder schmerzte. Dann hörte er, wie jemand über ihm zwischen den Steinen umherkletterte. Er blinzelte wie wild und versuchte in Todesangst, seine zerschundenen Glieder zu bewegen. Wer immer das war, konnte ihn hier mühelos erledigen. Irgendwie schaffte er es, sich aufzusetzen. Sein Säbel war verschwunden, aber er hatte immer noch das Messer am Gürtel. Mit zitternder Hand zog er es aus dem Futteral und entzündete ein Gnosislicht.

Einen Moment lang verschlug es ihm den Atem. Er lag in einer Grabkammer, über ihm gähnte ein riesiges Loch, hinter dem der Nachthimmel zu sehen war. Grabbeigaben konnte er keine entdecken, sie waren wohl schon geplündert, dafür sah er Wandmalereien, die die alten Götter Gatiochs darstellten. Nur an der Stelle, wo der tote Venator lag, waren sie verdeckt; ein Pfeil ragte aus seinem rechten Auge. Einen durch – wenn auch schwache – Schilde geschützten Venator im Flug an der einzig verwundbaren Stelle zu treffen, kam einem Wunder gleich.

Unglaublich. Das war entweder Glück oder unfassbares Können… Im Moment spielte es aber keine Rolle, welche der beiden Möglichkeiten zutraf.

Der Reiter war immer noch in den Sattel gebunden, aber sein Körper war derartig in sich verdreht, dass er unmöglich noch am Leben sein konnte. Das Gesicht zeigte Richtung Schulterblätter, alle Gliedmaßen waren entweder gebrochen oder ausgekugelt.

Das Geräusch, das Malevorn gehört hatte, war nun so nah, dass er den Ursprung erkennen konnte: Hessaz kam über den Schutt auf ihn zu.

Großer Kore, wir haben gewonnen…

Der Pfeil auf Hessaz' gespannter Bogensehne war genau auf Malevorn gerichtet. Selbst als sie ihn erkannte, ließ sie den Bogen nicht sinken.

Malevorn sah den Hass in ihren Augen, aber jetzt, da er wieder voll bei Bewusstsein war, konnte er sich schützen. Einem unerwarteten Angriff nahmen Schilde lediglich etwas von seiner Wucht, aber eine Attacke, auf die man vorbereitet war, hatte kaum eine Chance. Hessaz mochte nicht viel über die Gnosis wissen, aber *das* bestimmt. *Wenigstens weiß ich jetzt, woran ich bei dir bin. Obwohl es wahrscheinlich auch schon vorher klar war.*

»Hat der Crozier überlebt?«, fragte Malevorn und stand schwankend auf, als hätte er keinen Zweifel daran, dass sie ohnehin nicht schießen würde.

Hessaz lächelte tatsächlich. »Hat er.«

Kore sei Dank. Malevorn lächelte zufrieden. *Eigentlich hat Kore hiermit ausgedient …*

7

NEUE ALLIANZEN

DÄMONEN

Die Seelen der Toten sind nicht die einzigen Wesen im Äther. Viele Geister sind dort beheimatet, die meisten von ihnen unscheinbar und keinerlei Bedrohung, aber als Werkzeug durchaus nützlich. Ein Beschwörer kann sie einfache Aufgaben verrichten lassen. Jedoch hausen auch große, räuberische Wesenheiten dort, die sich von den Seelen der Lebenden und der Toten ernähren. Manche glauben, es gebe weder ein Paradies noch Hel, dass nach dem Tod nichts anderes auf uns wartet als ebenjene Dämonen, die unsere Seelen rauben, während wir von der Welt der Lebenden in die lange Nacht des Todes übergehen.

ORDO COSTRUO, HEBUSAL

Gurvon Gyle, in die gleichen öden Brauntöne gehüllt wie die
Landschaft um ihn herum, zog die Kapuze über den Kopf, um
sich vor der Sonne zu schützen, und trieb sein Pferd an. Rutt
Sordell folgte dicht hinter ihm. Sie ritten auf dem Damm, der
südwestlich von Brochena zwischen den Reisfeldern hindurch-
führte. Kanäle versorgten die Felder mit den düngenden Ab-
wässern der Stadt. Die in üppigem Grün erstrahlenden Reis-
terrassen bildeten einen so scharfen Kontrast zu den kargen
Felsen ringsum, dass es beinahe unnatürlich aussah. Überreif
und krank. Allerdings gediehen nicht alle Felder so gut. Viele
wurden nicht mehr bestellt, seit die Bauern vor dem Kriegszug
geflohen waren.

»Da sind sie, Boss«, sagte Rutt angespannt.

Gurvon blinzelte in die grelle Sonne. Zwei Reiter trabten
in ihre Richtung. Als sie nahe genug waren, sah er ihre dicken
Umhänge in kaiserlichem Purpur, die für ein wesentlich küh-
leres Klima gemacht waren. Die beiden schwitzten wie die
Schweine. »Wenn wir sie lange genug reden lassen, sterben sie
vielleicht von ganz allein an Hitzschlag«, merkte er an.

Rutt nahm Gurvons Scherz wörtlich wie immer. »Ich bezweifle es. Wenn die Hitze unerträglich wird, werden sie mithilfe ihrer Gnosis ...«

Gurvon seufzte. »Ich weiß. Vergiss es einfach.« Er musterte
die beiden Neuankömmlinge und suchte nach Hinweisen auf
eine Falle. Ihre Schwertscheiden hatten sie demonstrativ leer
gelassen, aber das hatte nichts zu bedeuten. Die wallenden
Mäntel boten genug Platz, um eine Waffe zu verstecken, und
mit nichts anderem rechnete Gurvon. Er hatte ja selbst eine
dabei. Außerdem waren sie Magi und somit an sich schon Waf-

fen in Menschengestalt. Es war alles eine Frage der Taktik: Das Gegenüber durfte nicht einen Augenblick lang auf die Idee kommen, dass es mit Gewalt und Verrat davonkommen könnte.

Heute will ich tatsächlich nur reden…

»Magister Gyle«, raunte Gouverneur Tomas Betillon. Er ließ sein Pferd in ein paar Schritten Entfernung anhalten und musterte Rutt, dann stellte er seinen Begleiter vor, einen Ritter der Kirkegar mit grauem Bart, dem üblichen humorlosen Gesicht und stählernen Blick. »Dies ist Blan Remikson, Seher der vierten Kirkegarlegion.«

Der Name kam Gurvon vage bekannt vor. Remikson war ein Halbblut, genau wie Betillon versprochen hatte, damit die Gnosisbilanz zwischen beiden Verhandlungsparteien ausgeglichen blieb. Alle Vier beäugten einander eine Weile schweigend, dann sagte Gurvon: »Nun, Tomas, wie ich höre, weigert Kaltus Korion sich, Euch Verstärkung zu schicken.«

Betillon verzog das Gesicht. »Seine Ressourcen sind knapp. Nicht zuletzt, weil Ihr ihm drei Legionen gestohlen habt.«

»Und Ihr zwei weitere von ihm ausgeliehen, wie wir beide wissen.«

Betillon fuhr sich mit den Fingern durch die graue Lockenmähne. »Ganz recht. Hört zu, Gyle. Die Mater-Imperia befürchtet, Korion könnte der Nachschub ausgehen. Den Grund dafür kennt Ihr genauso gut wie ich. Hytel und Brochena sind fest in meiner Hand, ich kann ausreichend Nachschub liefern, aber Ihr habt die Krak und kontrolliert die Versorgungsrouten. Ich könnte mich auf Lufttransporte verlegen, aber Windschiffe haben nur einen Bruchteil der Ladekapazität von Pferdewagen und« – er räusperte sich mit einem trockenen Lächeln – »sie sind rar.«

»Auch das ist nichts Neues.«

»Gyle…«, begann Betillon und verstummte wieder, den Blick auf Rutt gerichtet. »Ist er eingeweiht?«

»Ist er.«

»Nun, vielleicht kann *er* Euch zur Vernunft bringen! Ihr wisst, was passieren wird: Wenn die Brücke zerstört ist, bricht hier das nackte Chaos aus. Lucia glaubt, alles würde reibungslos vonstattengehen, aber sie täuscht sich. Erdbeben sind unberechenbar, und wir stehen kurz vor dem größten, das Urte je gesehen hat. Es wird *hässlich* werden, Gyle, aber wenn wir zusammenarbeiten und Lucia aus allem heraushalten, bis der Hammer fällt, können wir Javon nach dem Beben unter uns aufteilen wie einen Schweinebraten.«

»Lucia sind die Hände gebunden«, entgegnete Gurvon. »Sie hat nicht genug Soldaten, um etwas zu unternehmen, es sei denn, sie zöge sämtliche Legionen von den Garnisonen in den Vasallenstaaten ab, und das wird sie nicht tun.«

»Ihr täuscht euch gewaltig«, blaffte Betillon. »Die Krone hat geheime Ressourcen, von denen selbst Ihr nur träumen könnt, Gyle. Wie würde es Euch gefallen, Volsai-Attentäter am Hals zu haben oder ein paar Hüter? Ihr wisst, wie das Reich seine treu ergebenen Diener belohnt: mit der Ambrosia. Die alten Kettenhunde warten nur darauf, die Interessen ihres geliebten Reichs zu verteidigen.«

»Lucia wird auch keine Hüter entsenden. Sie hat genauso viel Angst vor ihnen wie Ihr und ich.« Gurvon hatte seine ganz persönliche Theorie zu den Hütern, nämlich dass nach der Ambrosia gleich die nächste Prüfung auf sie wartete: Wenn sie erst in die Aszendenz erhoben waren, was hielt sie dann noch zurück, nicht selbst nach dem Thron zu greifen?

Betillon winkte ab. »Lucia hat genügend treu ergebene Hüter, die sie Euch jederzeit auf den Hals hetzen kann.«

Vielleicht hatte der Gouverneur sogar recht. Nur die Treuesten der Treuen kamen in den Genuss der Ambrosia – allerdings erst im hohen Greisenalter. *Nicht einmal Constant ist so dumm, sich seinen eigenen Thronräuber heranzuziehen.* Alles, was die Geehrten davon hatten, war ein um vielleicht zwei oder drei Jahrzehnte verlängertes Leben in einem zusehends verfallenden Körper. Es war eine Anerkennung des persönlichen Lebenswerks, der Höhepunkt einer glorreichen Karriere im Dienste des Kaisers und keinesfalls die Erschaffung einer zweiten Macht im Staat.

»Seit Jahrzehnten wurde niemand mehr in die Aszendenz erhoben«, rief Gurvon dem Gouverneur ins Gedächtnis. »Die Skytale wurde schon sehr lange nicht mehr in der Öffentlichkeit gezeigt.«

»Trotzdem weiß jeder, dass sie da ist«, entgegnete Betillon. »Die höchste Belohnung des Hauses Sacrecour für ultimative Loyalität.«

Da hat er wohl recht. Es mag eine Handvoll Leute geben, die mir gefährlich werden könnten. Doch Gurvon verwarf den Gedanken schnell wieder. »Alte Legenden heraufzubeschwören, ändert nichts an der Lage, Tomas. Ich habe fünf Legionen, und Ihr habt drei. Ihr habt den Nachschub, ich kontrolliere die Versorgungsrouten. Was aus Kaltus Korion wird, kümmert mich nicht. Wenn ich kooperieren soll, müsst Ihr mir bessere Gründe dafür liefern.«

»Wie wäre es mit Eurem Überleben?«, knurrte Betillon. »Die Lage sieht folgendermaßen aus, Gyle: Solange wir den Eindruck erwecken, nach ihrer Pfeife zu tanzen, lässt Lucia uns in Ruhe. Für sie zählt nur, dass Kaltus es nach Kesh schafft, bevor die Brücke zerstört wird, um dann den Sultan gefügig zu machen, sobald Verstärkung eintrifft. Echor von Argundy ist tot, Constants Herrschaft war noch nie so gesichert wie jetzt. Wer Kaltus' Legionen in der Zwischenzeit durchfüttert, ist Lucia vollkommen egal. Warum tun wir beide es nicht gemeinsam und teilen uns hinterher die Belohnung?«

Gurvon bezweifelte, dass die Sache so einfach war, trotzdem klang Betillons Vorschlag nicht unvernünftig. Schon jetzt gerieten seine Söldnerlegionen zunehmend unter Druck. Die von ihnen kontrollierten Landstriche waren ausgeblutet, die einheimischen Jhafi wanderten nach Forensa im Osten ab – zu den Nesti, die Lebensmittel im Überfluss zu haben schienen. Ostjavon war die Kornkammer des Landes, Gurvon musste sie möglichst bald erobern, aber das würde umso schwieriger, wenn er sich Betillon zum Feind machte. »In Ordnung, Tomas. Wie wäre es, wenn ich die Hälfte Eurer Lieferungen behalte und den Rest ungehindert Richtung Süden passieren lasse?«

»Die *Hälfte*? Ausgeschlossen. Ihr habt fünf Legionen zu versorgen, Korion fünfundzwanzig.«

»Er hat noch andere Quellen.«

»Ihr könnt ein Zehntel behalten, mehr nicht«, erwiderte Betillon barsch.

»Ein Viertel. Ich muss meine Leute gut versorgen und außerdem die Bevölkerung bei Laune halten.«

»Genau wie ich. Ein Fünftel.«

Gurvon runzelte die Stirn und schaute zu Rutt hinüber, schließlich nickte er. »Gut, ich behalte ein Fünftel, der Rest geht an Euch. Eure Männer haben die Erlaubnis, die Karawanen bis nach Kesh zu begleiten. Ich garantiere ihnen freies Geleit.«

Betillon lachte. »Ganz bestimmt nicht. Ich werde meine Truppen nicht noch weiter verteilen, als es ohnehin schon der Fall ist. Ihr übernehmt den Geleitschutz nach Kesh.«

»Wir beide. Jeder von uns stellt die Hälfte des Soldatenkontingents. Keine Magi.«

»Abgemacht«, erklärte Betillon. »Die erste Karawane wird innerhalb der nächsten Woche eintreffen.«

Der Gouverneur kniff einen Moment die Augen zusammen, dann trieb er sein Pferd näher heran, zog eine metallene Feldflasche aus seinem Mantel und nahm einen Schluck. »Javonische Kuhpisse«, schnaubte er und warf Gurvon die Flasche zu. »Schmeckt wie Lampenöl, erfüllt aber den Zweck.«

Gurvon inspizierte den Inhalt kurz mit seiner Gnosissicht, bevor er trank. Der Schnaps schmeckte in der Tat so grässlich, wie er es sich vorgestellt hatte, aber es würde ihn nicht umbringen. »Habt Ihr meinen Rat befolgt?«, fragte er mit immer noch angewidert verzogenem Mund.

»Ihr meint das Windschiff?« Betillon schnaubte. »Was glaubt Ihr denn?«

Gurvon stöhnte innerlich. »Ihr habt sie also durchgelassen. Das werdet Ihr noch bereuen, Tomas. Die Nesti haben ihren Thronerben zurück, an Eurer Stelle würde ich gegen Forensa ziehen, sobald das Wetter es zulässt.«

Betillon tupfte sich die Stirn. »Und wann soll das sein? In diesem Hel-Loch ist es immer gleich heiß!«

»Falsch. Im Novelev wird es für drei Monate merklich kühler. Bis dahin sind es noch fünf Wochen.« Er verkorkte die Flasche wieder und warf sie zu Betillon zurück. »Wie ich höre, habt Ihr Mustaq al'Madhi hingerichtet.«

»Ich habe ihn mit seiner ganzen männlichen Verwandtschaft hängen und die Frauen zu Tode vögeln lassen. Ihr wart zu weich, Gyle. Ein Herrscher muss gefürchtet werden, und bei Kore, die Nooris fürchten mich.«

»Und sie hassen Euch. Glaubt Ihr wirklich, Mustaq wäre der einzige Bandenführer in Brochena gewesen? Es gibt Dutzende, aber bisher hatten sie keinen Grund, sich darum zu scheren, ob die Dorobonen oder irgendein anderer herrschte. Als ich in Brochena war, verhielten sie sich ruhig, weil sie wussten, dass mich ihre kriminellen Aktivitäten nicht interessieren, solange sie mir nur nicht in die Quere kommen. Nun habt Ihr sie vereint, und zwar gegen Euch.«

»Was kümmern mich die Dunkelhäuter? Was meint Ihr, wie viele Überfälle es seit al'Madhis Hinrichtung auf Angehörige oder Eigentum der Krone gegeben hat? *Keinen einzigen mehr.* Sie haben die Hosen voll bis oben hin. Ich weiß die Furcht der

Menschen bestens für meine Zwecke einzusetzen, Gyle. Gerade Ihr solltet das wissen.«

Oh, das tue ich. Ich habe die Noros-Revolte nicht vergessen, genauso wenig wie Knebb ...

Gurvons eigene Quellen besagten, dass sich Brochenas Unterweltfürsten seit al'Madhis Tod nur deshalb still verhielten, weil sie sich neu organisierten. Sie legten ihre Fehden bei und schmiedeten Pläne für die Zukunft. Diese Informationen stammten von Harshal al-Assam, den Gurvon erst vor ein paar Tagen getroffen hatte. Aber Harshal hatte ihm noch mehr verraten, über eine gewisse Dienerin und ihre waghalsige Flucht. Sollte Gurvon es wirklich riskieren? *Ach, warum eigentlich nicht ...*

»Tarita Alhani«, sagte er leise und blickte Betillon dabei fest in die Augen.

»Ihr seid gut informiert«, erwiderte der Gouverneur versteinert.

Gurvon lächelte milde. »Ich nehme an, sie ist nach wie vor verschwunden?«

»Was wisst Ihr über sie?«

»Ursprünglich war sie Elenas Dienerin, danach trat sie in Cera Nestis Dienste. Sie ist eine Waise. Während Ceras Hausarrest diente sie ihr als Verbindung zur Unterwelt – aber sie war keine Bedrohung. Es war besser für mich, über Ceras Kontakte Bescheid zu wissen, als die Informationskette zu durchbrechen und dann nicht mitzubekommen, durch wen der Kontakt ersetzt wurde.«

»Ihr zeigt ein übermäßiges Interesse an Noori-Frauen«, kommentierte Betillon säuerlich. »War diese Tarita Eure Mätresse?«

»Ich teile Eure Vorlieben nicht, Tomas. Wie ich höre, floh sie aus Eurem Bettgemach. Sie ist ein findiges kleines Ding, vielleicht nehme ich sie eines Tages in meine Dienste.«

Betillon prustete vor Lachen. »Vergesst es, Gyle. Ich werde mich nicht von Euch zu irgendeiner Reaktion hinreißen lassen. Das kleine Miststück hat einfach Glück gehabt, aber mir entwischt niemand auf Dauer. Wärt Ihr nicht so weich gewesen, wären die Nesti-Kinder längst tot und Elena Anborn auch. Gelegenheiten dazu hattet Ihr in Hülle und Fülle, aber Ihr habt sie ungenutzt verstreichen lassen, weil Ihr all diese komplizierten Gaunereien am Laufen hattet, und das im Angesicht einer Lage, die direktes und rücksichtsloses Handeln erfordert hätte.«

»Ihr wisst, dass das nicht stimmt, Tomas. Hätte ich so gehandelt, wie Ihr es nun tut, stünden wir jetzt bis zum Hals in Blut.«

»In Noori-Blut, Gyle, wie wir es in ein paar Wochen ohnehin tun werden.« Betillon richtete sich auf. »Wenn euch Forensa so große Sorgen bereitet, dann helft mir, es zu erobern. Ich entsende eine Legion, Ihr entsendet eine. Die Beute teilen wir unter uns auf.«

Gurvon überlegte. Der Vorschlag mochte eine Falle sein, aber mit Betillon würde er fertigwerden, und Forensa machte ihm tatsächlich mehr Sorgen, als er zugeben wollte. *Wenn ich jemals wieder ruhig schlafen will, muss ich Elenas Kopf auf einen Pfahl gespießt sehen.*

»Falls ich zustimme, informiert Ihr Lucia dann, dass ich voll kooperiere?«, fragte er.

»Das ließe sich machen. Werdet Ihr mir helfen, wenn ich Forensa Ende Novelev angreife?«

Staria muss in den Hochebenen bleiben. Also schicke ich Has Frikter ... »Sicher.«

Betillons Lippen zuckten unmerklich. »Gut. Ich werde Lucia informieren. Aber ich warne Euch: Ihr haltet Euch besser an unsere Abmachung, denn die Kaiserin-Mutter ist kurz davor, Euch die Volsai auf den Hals zu hetzen.«

Wohl wahr. Das wäre das Letzte, was ich jetzt gebrauchen könnte ...

Beide hoben die Hand zum Abschied, dann wendeten sie ihre Pferde und trabten davon. Sobald die Höflichkeit es zuließ, gab Gurvon seinem Pferd die Sporen und donnerte im Galopp über den Damm – nur für den Fall, dass das ganze doch eine Falle war, die jeden Moment zuschnappte. Nach einer Weile kam er sich vor wie ein Narr und ritt etwas langsamer.

Rutt tat erleichtert das Gleiche. Er war nie ein sonderlich guter Reiter gewesen, sein Hintern schmerzte jetzt schon. Eine Weile ritten sie schweigend nebeneinander her, während Gurvon in Gedanken das Gespräch noch einmal durchging.

Die Abmachung war richtig... Betillon begreift es zwar nicht, aber jetzt, da die Nesti-Kinder und Elena in Forensa sind, ist Javon wesentlich gefährlicher für uns geworden.

FORENSA IN JAVON, ANTIOPIA
SHAWWAL (OKTEN) 929
SECHZEHNTER MONAT DER MONDFLUT

Elena Anborn ritt durch die Menge und versuchte, jede mögliche Gefahr zu erkennen, aber es war hoffnungslos: Die Bürger Forensas hatten ihren Zug vollkommen eingeschlossen. Die Gesichter ringsum strahlten so sehr vor Freude, ja Entzücken, dass es Elena Angst machte. Männer wie Frauen, die meisten von ihnen Jhafi, aber auch einige Rimonier, weinten offen vor Glück, sie sangen und streckten ihnen die Hände entgegen.

Ihr König war aus der Gefangenschaft zurückgekehrt und ihre Regentin von den Toten wiederauferstanden. Amteh wie Sollan verstanden das als ein Zeichen der Götter. Selbst Elena, eine Magi und Rondelmarerin, wurde in die Bewunderung der Massen miteingeschlossen. Sie griffen nach ihren Händen, berührten ihre Beine, küssten Elenas Stiefel und den Saum ihrer Kleidung.

Seit sie die Stadttore passiert hatten, kamen sie nicht einmal mehr im Schritttempo voran. Elena hatte ihrem Pferd die Zügel gegeben und keinerlei Kontrolle mehr darüber, wohin die Reise ging oder wie schnell. Ihre ledernen Reiterhosen und die Jacke leuchteten in den Farben der bunten Pulver, die das ausgelassen feiernde Volk in die Luft warf. Die ganze Stadt erstrahlte in Rot, Rosa und Orange, den Farben der Freude. Trommeln und Gesänge hallten ohrenbetäubend laut von den Mauern der umstehenden Gebäude zurück. Elena schwitzte, die Luft war heiß und so dick, dass ihr beinahe schwindlig wurde.

Kazim, der direkt hinter ihr ritt, ging es nicht besser. Hilflos flüsterte er ihr in Gedanken zu, wie sehr er sich wünschte, der Menge endlich zu entrinnen. Aber die Bürger Forensas hatten es sich redlich verdient, endlich einmal *feiern* zu dürfen. Außerdem war dieser Umzug Teil der Kraft, die das Königreich wieder vereinen würde.

Etwa zwanzig Schritte vor ihr bewegte sich Cera Nesti, umzingelt von weinenden Frauen, durch die Menge. Ihr weißes Bittstellerinnengewand leuchtete in allen Farben des Regenbogens, ihr Haar war von den Pulvern verklebt, ihr schweißnasses Gesicht sah aus wie das eines weinenden Hofnarrs. Ab und an ging ein Ruck durch die Menge wie eine Welle im Ozean. Die Menschen wurden gegeneinander gepresst, hier und da stürzte jemand; es hatte bereits Knochenbrüche gegeben, und Elena betete, dass niemand zu Tode kam.

Timori war sichtlich überwältigt, aber er hielt sich wacker im Sattel und lächelte seinen Untertanen freundlich zu. Dennoch fürchtete Elena, dass er irgendwann ohnmächtig werden würde, wenn es noch lange so weiterging. Sie suchte nach einem bekannten Gesicht in ihrer Eskorte, da fiel ihr Blick auf den jungen Ritter, der Ceras Pferd führte. *Seir Delfin*, rief sie stumm und ließ es so klingen, als hörte er ihre wirkliche Stimme durch den Lärm hindurch, *bringt uns hier raus – Timori ist noch ein kleiner Junge!*

Der Ritter nickte und beschleunigte gehorsam seinen Schritt, trotzdem dauerte es noch eine halbe Stunde, bis sie den Palast erreichten – den Familienpalast der Nesti, in dem Cera nach der Ermordung ihrer Eltern das erste Mal zu ihrem Volk gesprochen hatte. Etwas über zwei Jahre war das jetzt her, wie Elena erschrocken feststellte. Zwei Jahre voller Aufruhr.

Sie schwang sich aus dem Sattel und drängte sich durch die Menge zu Ceras Pferd. Erst jetzt fielen ihr die Blicke auf, mit denen viele aus dem Gefolge der Nesti sie musterten: unsicher, aber von dem tiefen Wunsch erfüllt, ihr wieder genauso vertrauen zu können wie damals. Das tat weh, denn der Verrat hatte nicht auf Elenas Seite gelegen, und als Pita Rosco sie in die Arme schloss, traten ihr Tränen der Erleichterung in die Augen.

»Dona Elena!«, rief der dicke Schatzmeister strahlend und küsste sie auf beide Wangen wie eine lang verschollene Tochter. »Willkommen, willkommen zu Hause!«

Elena ließ sich von ihm drücken und spürte einen Kloß im Hals. *Ja, hier ist mein Zuhause.*

Pita berührte ihre feuchten Wangen. »Si, si, Weinen ist gut!« Er zwinkerte ihr zu. »Lasst alle Eure Tränen sehen. Lasst sie sehen, wie viel Euch dieser Moment bedeutet.«

Der Nächste war Luigi Ginovisi, der königliche Einnahmenverwalter und so etwas wie Pita Roscos mürrischer Schatten. Seine Begrüßung fiel schon weniger herzlich aus, ebenso die des Comte Piero Inveglio – von Kazim hielten sich beide fern und beäugten ihn lediglich mit einer Mischung aus Misstrauen und Faszination. Bei Elenas letztem Aufenthalt in Forensa war der mittlerweile verstorbene Lorenzo di Kestria noch ihr Liebhaber gewesen. Auch dieses Verhältnis hatte der Hof nicht gerne gesehen, aber gegen etwas Magusblut in der Familie hätten die di Kestrias nichts einzuwenden gehabt. Obwohl Lorenzo inzwischen lange tot war, grollten sie Elenas neuem Keshi-Geliebten und fragten sich, auf welcher Seite sie eigentlich stand.

Außer den drei Hofbeamten kannte Elena niemanden. Die restlichen Adligen gehörten erst seit Kurzem zum Regentschaftsrat der Nesti. Sie ersetzten die ums Leben gekommenen Luca Conti und Ilan Tamadhi. Paolo Castellini war nach wie vor ein Gefangener der Gorgio, genauso wie knapp die Hälfte der verbliebenen Nesti-Streitkräfte.

So viele Leben, die noch zu rächen sind …

»Wo ist Harshal al-Assam?«, fragte Elena an Piero Inveglio gewandt.

»Wer vermag das schon zu sagen?«, erwiderte der Comte. »Er kommt und geht, versorgt uns mit Informationen, wann immer es ihm beliebt. Manche vertrauen ihm, andere …« Er verstummte und breitete ratlos die Hände aus.

»Ich verstehe, wenn Ihr den Eindruck habt, Harshal treibe ein doppeltes Spiel, aber er ist Javonier«, erklärte Elena überzeugt. »Ich kenne ihn schon sehr lange, seine Informationen waren stets verlässlich. Wir können ihm vertrauen.«

Der Comte nahm Elenas Einschätzung ohne große Begeisterung zur Kenntnis, dann stellte er ihr ein paar der neuen Ratsmitglieder vor, unter ihnen ein Sollan-Drui sowie ein Schriftgelehrter der Amteh.

»Allerdings haben die Priester beträchtlich an Einfluss verloren«, gestand er ihr. »Die Bürger wissen, dass die Priesterschaft der Sollan und Amteh Ceras Todesurteil nicht nur gebilligt, sondern sogar mit verhängt hat. Außerdem ist bekannt geworden, dass sie alles versucht haben, um Ceras Anhörungen im Bettlerhof zu beenden.« Er verstummte kurz. »Die

Forenser wünschen sich hier etwas Ähnliches. Haltet Ihr das für klug?«

Tat sie nicht, zumindest nicht im Moment. »Wir stehen kurz vor einem Krieg, Piero«, antwortete Elena. »Darum müssen wir uns als Erstes kümmern.«

Prompt wurde der Blick des Comte etwas wärmer. »Es ist gut, Euch wieder hier zu haben, Dona Elena.«

»Ihr meint, solange ich Euch nur brav zustimme?«

Inveglio lachte. »Das auch, aber nicht nur, denn ich bin sicher, dieser Zustand wird nicht von allzu langer Dauer sein.«

Liebe. Genau das spürte Cera, als sie dem Gebet lauschte, dem Jhafi-Mantra, das alle Anwesenden zu Familienmitgliedern erklärte und ihnen somit das Recht erteilte, frei zu sprechen. Als es zu Ende war, durften sie und Elena, die einzigen Frauen im Raum, ihre Bekiras zurückschlagen und gleichberechtigt mit den Männern debattieren.

Das ist es, was ich immer so geliebt habe: nicht nur an diesen Sitzungen teilzunehmen, sondern über die Zukunft des Landes mitzuentscheiden.

Jahrelang hatte Cera sich gefragt, ob etwas mit ihr nicht stimmte. Von Frauen wurde erwartet, dass sie sich nur für Männer, Babys und Schmuck interessierten, außerdem noch dafür, ihren Familien ein perfektes Zuhause zu bieten. Ceras Mutter war so gewesen, ebenso ihre Schwester Solinde.

Aber ich will keine Männer, sondern Frauen. Und ich herrsche gerne.

Manchmal fragte sie sich, ob es da vielleicht einen Zusammenhang gab, aber sie bezweifelte es. Sollte in ihrem Körper aus irgendeinem Grund die Seele eines Mannes wohnen, müsste Cera genauso gerne jagen, wie Männer es taten, doch das Gegenteil war der Fall: Sie wollte gejagt und umworben *werden*. Außerdem hatte es in der Geschichte Urtes genügend

Herrscherinnen gegeben, starke Herrscherinnen zudem, die auch noch Ehefrauen und Mütter gewesen waren.

Nichts von alledem trifft auf mich zu. Ich bin einzigartig.

»Willkommen, verehrte Brüder und Schwestern«, begrüßte sie die Ratsmitglieder. Als Oberhaupt der Nesti, der Familie des Kronprinzen, war sie gleichzeitig Oberhaupt des Rates. Alle Männer im Raum erkannten dies an, und das erfüllte Cera mit Stolz. »Zweimal willkommen und dreimal willkommen zur Zusammenkunft des nun wieder vollständigen Regentschafts-rates von Javon. Es ist mir eine übergroße Freude und Ehre, Euch alle hier willkommen zu heißen.«

Die Männer erwiderten den Gruß, und Cera bedankte sich, dann setzten sich alle. Innerlich platzte sie beinahe vor Freude darüber, dass auch Elena dabei war – wiedereingesetzt als ihre rechte Hand, genau wie Cera es sich erträumt hatte. *Bitte, Ella, vertraue mir noch einmal wie damals. Ich schwöre, ich lasse dich nie wieder im Stich!*

Ein Dutzend Männer saß um den Tisch herum. Viele davon sah Cera zum ersten Mal. Sie kannte nur Comte Inveglio, Pita Rosco und Luigi Ginovisi, außerdem Harshal al-Assam, der ge-rade erst von Erkundungen in Brochena zurückgekehrt war. Direkt neben ihm saß der trotz seines jungen Alters einschüch-ternd wirkende Keshi Kazim Makani. Elena hatte auf seine An-wesenheit bestanden, und er machte nicht den Eindruck, als würde er sich von Javons alteingesessenem Adel einschüchtern lassen.

Cera tippte auf einen Stapel Papiere vor sich. »Es gibt viel zu besprechen, verehrte Freunde, doch zuerst möchte ich ein paar Dinge klarstellen.«

Mit einem Schlag wurde es mucksmäuschenstill im Raum, alle Augen waren auf sie gerichtet.

»Wie Ihr wisst, wurde ich wegen Mordes an König Francis Dorobon und wegen amoralischer Handlungen zum Tode verurteilt. Ich möchte hier und jetzt für alle Zeit festhalten, dass ich mich keines dieser beiden Verbrechen schuldig gemacht habe. Francis wurde von jemand anderem getötet, der es so aussehen ließ, als wäre ich die Täterin.« Als Gemurmel laut wurde, hob Cera gebieterisch die Hand. »Des Weiteren gab es nie unmoralische Handlungen zwischen mir und irgendeiner anderen Frau.«

Liebe und Genuss, ja, aber das ist nichts Unmoralisches, sondern natürlich, rein und wunderschön. Wenn es nicht blanker Selbstmord wäre, würde ich genau das hier und jetzt laut sagen.

»Ich bin eine Frau wie jede andere und sehne mich nach Heirat und Kindern«, sprach Cera mit Nachdruck weiter. »Außerdem kamen mir Gerüchte zu Ohren, ich hätte einen mir nicht zustehenden Machthunger entwickelt und plante, meinem geliebten Bruder den Thron zu entreißen. Manche behaupten gar, ich sei die nächste Mater-Imperia Lucia! Diese Gerüchte weise ich entschieden zurück. Sobald dieser Krieg vorüber ist, werde ich Sultan Salim heiraten und in seinen Harem einziehen, genau wie ich es geschworen habe.«

Die Erwähnung ihrer Verlobung mit Salim von Kesh, die noch vor der Invasion der Dorobonen und gegen den Willen von Ceras Beratern vollzogen worden war, entlockte einigen Anwesenden ein unzufriedenes Schnauben, aber Cera ging nicht darauf ein.

»Zum nächsten Punkt: Manche hielten und halten meine Heirat mit Francis Dorobon für einen Akt des Verrats. Ich habe nur in diese Hochzeit eingewilligt, um meinen Bruder zu schützen und mich am Hof der Dorobonen für Javons Belange einzusetzen. Nehmt die Anhörungen im Bettlerhof als Beweis für meine Worte.«

Einige verzogen das Gesicht, andere nickten verhalten. Die Heirat hatte Ceras Unterstützer auf eine harte Probe gestellt, und ihre Gründe waren nicht ganz so rein gewesen, wie Cera es dargestellt hatte: Angst hatte ebenfalls eine erhebliche Rolle gespielt, aber damit war es nun vorbei.

»Und schließlich habe ich noch ein Geständnis abzulegen. Die Zeit vor der Invasion der Dorobonen war für mich eine Zeit des Zweifelns, in der ich mich ausgerechnet von dem Menschen abwandte, dem ich blind hätte vertrauen sollen. Ich habe den Rat von Elena Anborn ignoriert und Javon dadurch angreifbar gemacht.«

In Wahrheit habe ich etwas viel, viel Schlimmeres getan, und ich bete zu den Göttern, dass nie jemand von dem vollen Ausmaß meines Verrats erfahren wird...

Sie wandte sich an Elena. »Dafür bitte ich Euch aufrichtig um Verzeihung.« Cera kniete sich auf den kalten Marmorboden. Sie wusste, dass sie mit dieser Unterwerfungsgeste Elena regelrecht zwang, die Entschuldigung anzunehmen, doch Cera sah keine andere Möglichkeit, solange Elena sich weigerte, unter vier Augen mit ihr zu sprechen.

Absolute Stille senkte sich über die Ratskammer. Niemand sagte ein Wort oder wagte auch nur, sich zu bewegen.

Es gibt noch eine ganze Menge mehr, für das du mich um Verzeihung bitten musst, flüsterte Elena in Ceras Geist. Laut sagte sie, mit einer perfekten Mischung aus Erleichterung und Bedauern in der Stimme: »Was vorbei ist, ist vorbei, Princessa. Es gibt nichts zu verzeihen.« *Du manipulatives Miststück.* Dann zog sie Cera auf die Beine.

Die Ratsmitglieder blinzelten verunsichert und fragten sich, woher die plötzliche Anspannung zwischen den beiden Frauen kam. Doch Cera überspielte den Moment gekonnt, indem sie Elena auf beide Wangen küsste. Elenas Lippen fühlten sich kalt an, als sie den Kuss erwiderte, und Cera setzte ein gekünsteltes Lächeln auf. »Lasst uns zusammenarbeiten, wie wir es schon einmal getan haben, werte Ella«, verkündete sie feierlich.

»Für Javon«, erwiderte Elena ernst.

Einer der Männer klatschte, dann applaudierte der ganze Saal erleichtert.

Cera wich Elenas Blick aus und fixierte stattdessen Kazim. Der Keshi beobachtete die Szene mit einem starren Lächeln, als spürte er genau, was gerade passierte. Es schien ihm nicht zu gefallen.

»Als Anerkennung für Elenas Dienste hat der König mir erlaubt, ihr ein kleines Anwesen mit einem Stück Land zu schenken«, fuhr Cera fort. »Es ist ein verlassenes Kloster an den Hängen des Berges Tigrat, in das Elena sich eine Zeit lang zurückgezogen hatte.«

Die Ratsmitglieder runzelten die Stirn, aber niemand machte Einwände – wahrscheinlich weil das Land ohnehin wertlos war. Dann gingen sie zur Tagesordnung über.

An oberster Stelle stand die Besprechung der militärischen Lage. Seir Ionus Mardium, das neue Oberhaupt der rimonischen Ritterschaft, ergriff als Erster das Wort. »Der Hinterhalt, den die Dorobonen uns beim Wadi Fishil gelegt haben, hat uns mehrere Tausend Mann gekostet«, begann er. »Eintausend kamen in der Schlacht ums Leben, viertausend darben seither als Sklaven in den Minen der Gorgio. Das ist die Hälfte unserer regulären Truppenstärke, allerdings konnten wir einen Teil der Verluste durch Neuanwerbungen und Reservisten wieder auffüllen. Außerdem wurde Forensa um sechzehntausend Mann aus Loctis verstärkt. Die meisten von ihnen sind Jhafi, aber es befinden sich auch einige Rimonier darunter. In Riban stehen achtzehntausend Mann unter Waffen, ebenfalls größtenteils Jhafi.«

»Wir können noch mehr schicken, solange wir Loctis nicht schutzlos zurücklassen«, fügte Justiano di Kestria hinzu, der seinen älteren Bruder, den Grafen von Loctis, vertrat.

»Das Gleiche gilt für Riban«, warf Stefan di Aranio ein. »Das

Haus Aranio ist Euch treu ergeben, edle Dame, aber wir müssen damit rechnen, dass der Feind als Erstes Riban angreift.«

»Gyle könnte genauso gut gegen Forensa marschieren«, merkte Elena kühl an. »Schon jetzt stehen zwei seiner Legionen in den östlichen Hochebenen.«

Piero Inveglio entrollte eine Karte auf dem Tisch. »Wo sonst noch?«, fragte er, den Blick auf Harshal al-Assam gerichtet.

Der Jhafi-Fürst erhob sich mit raschelnden Seidengewändern und fuhr sich über den kahl rasierten Schädel. »Ich komme eben erst mit den neuesten Informationen aus Brochena zurück.« Er stellte einen Wimpel neben die Forts in den Hochebenen. »Die estellaynischen Legionen, kommandiert von Staria Canestos, befinden sich hier.«

»Ihr meint die Perversen«, warf der Schriftgelehrte Nehlan ein.

»Starias Leute sind fähige Soldaten, ganz gleich, welche Neigungen sie sonst noch haben mögen«, warnte Elena.

»Ich habe gehört, sie kämpfen wie zahnlose Schwanzlutscher«, witzelte Picro Inveglio, aber niemand lachte. Cera nahm die allgemeine Zurückhaltung als Zeichen dafür, dass manche im Raum sie nach wie vor für eine Safia hielten.

»Ich fand es lustig«, verteidigte Piero sich schüchtern, während Harshal weitere Wimpel auf der Karte verteilte.

»In der Krak di Condotiori steht Adi Paavus mit seinen rondelmarischen Söldnern. In der Nähe von Riban stehen die Argundier unter Has Frikter, in Baroz die Hollenier unter Endus Rykjards Kommando. Sie alle sind Gurvon Gyle treu ergeben.«

Er nahm mehrere Wimpel mit einer anderen Farbe zur Hand und stellte zwei davon neben Brochena. »Die Dorobonen haben mindestens zwei eigene Legionen und heben unter den neuen Siedlern massenhaft Truppen aus, zusätzlich werden sie durch eine Legion Kirkegar unter Tomas Betillon verstärkt. Das macht insgesamt acht Legionen, jede bestehend aus fünfzehn Magi und fünftausend Soldaten.«

»Über Adi Paavus brauchen wir uns nicht den Kopf zu zerbrechen«, meldete Elena sich wieder zu Wort. »Er wird sich nur im äußersten Notfall aus der Krak wagen. Die weitaus wichtigere Frage ist, ob Gyle und Betillon sich verbünden.«

»Wäre das denkbar?«, fragte Pita Rosco.

»Das wüsste ich selbst zu gerne. Die beiden kennen sich schon lange. Während der Noros-Revolte hat Gurvon auf der Seite der Rebellen gekämpft, Betillon kommandierte eine der zur Niederwerfung des Aufstands entsandten rondelmarischen Legionen. Er schickte seine Soldaten in die Stadt Knebb, die bereits kapituliert hatte, um dort ein Exempel zu statuieren: Alle Männer, Frauen und Kinder in der Stadt wurden getötet. Die Frauen allerdings erst, nachdem sie vergewaltigt worden waren. Damals schworen wir uns, das Schwein zur Strecke zu bringen, aber dieses Massaker und andere, die Betillon in der Folge beging, entschieden den Krieg gegen uns. Noch heute nennt man ihn den Schlächter von Knebb.«

»Gyle und Betillon sind beide für ihren Pragmatismus bekannt«, merkte Pita an.

»Gurvon und ich waren die Ersten, die Knebb nach dem Massaker betreten haben. Unser Hass auf Betillon war grenzenlos.« Elena starrte auf ihre geballten Fäuste herab. »Aber Gurvon ist nicht mehr der, der er damals war, und würde jetzt sogar mit Shaitan persönlich einen Pakt eingehen, wenn es zu seinem Vorteil wäre.«

»Also können wir nicht ausschließen, dass Gyle und Betillon sich gegen uns verbünden«, fasste Cera grimmig zusammen. Sie stellte einen Wimpel neben Hytel. »Dann wären da noch die Gorgio…« *Portia, wie mag es dir ergangen sein?*

»Lasst mich Euch eine kleine Geschichte aus Hytel berichten«, sagte Harshal al-Assam freudig. »Wie Ihr Euch erinnern werdet, war die schöne Portia Tolidi ebenfalls mit Francis Dorobon verheiratet. Wie von einer Gorgio nicht anders zu erwarten, vollzog sie die Ehe mit ihm bei jeder sich bietenden Gelegenheit mit Begeisterung.«

Die Männer kicherten, nur Cera musste sich zusammenreißen, um sich die Verärgerung über die Schmähung ihrer ehemaligen Geliebten nicht anmerken zu lassen.

»Schließlich bekam Portia, was sie wollte: ein Kind in ihrem Bauch«, fuhr Harshal fort. »Um es zu gebären, kehrte sie nach Hytel zurück, wo sie zu ihrer Überraschung allerdings noch weit mehr bekam als nur das Baby. Dona Elena kann bestätigen, dass Frauen, die von einem Magus mit hohem Blutrang schwanger werden, gelegentlich selbst die Gnosis erhalten.«

Alle Anwesenden zuckten zusammen und schauten Cera erschrocken an, genauer gesagt: ihren Bauch.

Cera biss sich auf die Lippe und schüttelte den Kopf. »Ich war *nicht* begeistert von meiner Ehe mit Francis.«

»Und das ehrt Euch«, warf Pita Rosco ein.

Harshal sprach unterdessen weiter. »Portia treibt den Hof von Hytel in den Wahnsinn mit ihren Forderungen, alle haben Angst vor ihr. Sie hat die eigenartigsten Launen, größtenteils ihre Ernährung betreffend. Außerdem kam es zu einem schweren Zerwürfnis mit ihrem Onkel Alfredo, und jetzt ist er tot. Er hat sich selbst getötet.«

Alle im Raum schnappten hörbar nach Luft.

»Alfredo Gorgio ist tot?!«, keuchte Comte Inveglio. »Seid Ihr sicher?«

»Absolut. Alle meine Quellen bestätigen es. Nachdem Portia die Gnosis erhielt, ging es steil bergab mit ihm. Manche behaupten, sie hätte ihn verflucht.«

Cera war hin und her gerissen zwischen Freude und Sorge. *Oh Portia, was ist aus dir geworden?*

»Es gibt keine Flüche. Sie sind reiner Aberglaube«, widersprach Elena entschieden. »Dass Portia die Gnosis erhalten hat, ist allerdings möglich. Ohne Anleitung oder Kontrolle ist sie jedoch eine Gefahr für ihre gesamte Umgebung. Es überrascht mich, dass Gyle sie überhaupt nach Hytel gehen ließ.«

»Soweit ich weiß, wurde das zu einem Zeitpunkt, als Francis noch König war, in einem Vertrag zwischen den Dorobonen und den Gorgio so festgelegt«, erwiderte Harshal. »Mittlerweile gehen sich Alfredos Bastarde in ihrem Wettstreit um Portias Hand gegenseitig an die Kehle.«

Die Männer wirkten hocherfreut, aber Cera spürte nur noch Angst um Portia. Angst, dass jemand sie töten könnte. »Die Gorgio spielen also wahrscheinlich vorerst keine Rolle mehr«, kommentierte sie so neutral wie möglich.

»Das bedeutet also«, meldete Seir Ionus sich laut zu Wort, um wieder zum eigentlichen Thema zurückzukommen, »Gyle hat vier Legionen, dazu die in der Krak, und Betillon hat drei. Macht fünfunddreißigtausend Mann, von denen allerdings ein Teil die Garnisonen bemannen und die Versorgungsrouten schützen muss. Wir haben einundzwanzigtausend Soldaten hier in Forensa und achtzehntausend in Riban.«

»Wo sie auch bleiben müssen«, erklärte Stefan di Aranio mit Nachdruck.

Auf den Einwurf folgte unbehagliches Schweigen. Die Frage, inwieweit die Aranio bereit waren, ihren Beitrag zu leisten, teilte den Rat wie eine unsichtbare Mauer in zwei Lager. Glücklicherweise ging Seir Ionus nicht darauf ein, zumindest nicht direkt.

»Stimmt es«, fragte er Elena, »dass ein Heer, das selbst über keine Magi verfügt, fünfmal so viele Soldaten zählen muss wie eine rondelmarische Legion, um eine Chance zu haben?«

»So sagt man, aber auch Magi sind verwundbar. Ein gut gezielter Pfeil oder Schwertstoß genügt, wenn er sie unvorbereitet trifft. Ist er allerdings durch seine Schilde geschützt, wird es schwierig. An einen fähigen, von einer Leibwache beschützten Magus ist so gut wie nicht heranzukommen, und er kann in der Schlacht Fürchterliches anrichten. Um das auszugleichen, ist in der Tat eine Übermacht von fünf zu eins nötig, aber das ist noch nicht alles: Entscheidend ist die Bereitschaft, das eigene Leben zu opfern, um den Kameraden den Sieg zu ermöglichen. Diese Art von Tapferkeit ist selten.«

»Dann brauchen wir also um ein Vielfaches mehr an Soldaten«, fasste Harshal Elenas Worte zusammen. »Wahrscheinlich jeden Mann, der eine Waffe tragen kann.«

»Was vollkommen unmöglich ist«, schnaubte Luigi Ginovisi verdrossen. »Wir haben weder genug Waffen noch ausreichend Nahrungsmittel, um sie alle zu versorgen. Selbst wenn wir so viele mobilisieren könnten, der Feind bräuchte uns nur auszuhungern.«

»Ihr sagt es«, stimmte Elena zu. »Aber es gibt noch andere Möglichkeiten. Wir haben Verbündete, von denen Ihr noch nichts wisst.«

Elena berichtete in einer Kurzversion von den sagenhaften Lamien und deren Flucht aus Yuros. Als alle nur ungläubig den Kopf schüttelten, bestätigte Cera ihre Worte.

»Ihr Windschiff liegt ein Stück nördlich von hier an der Küste«, sagte Elena schließlich. »Wenn Ihr Euch mit eigenen Augen überzeugen wollt, kann ich Euch gerne hinbringen«, fügte sie hinzu.

»Wie viele dieser Geschöpfe könnten auf unserer Seite kämpfen?«, erkundigte sich Comte Inveglio.

»Die meisten halten sich weiter westlich auf, aber fünfzehn von ihnen unterstützen im Moment den Emir von Lybis in seinem Kampf, alle der Gnosis mächtig.«

»Und sie würden tatsächlich für uns kämpfen?«, hakte Harshal nach.

»*Mit* uns, nicht für uns«, widersprach Elena sachlich. »Unter bestimmten Voraussetzungen.«

»Und die wären?«, fragte Luigi Ginovisi misstrauisch.

»Sie wollen Land. Eine Schenkung auf Ewigkeit.«

Die Stimmung im Saal änderte sich schlagartig. Landbesitz war der Schlüssel zum Wohlstand, selbst ein unfruchtbares Stück Wüste hatte seinen Preis.

Pita Rosco brach das bleierne Schweigen als Erster. »Wo?«

»Sie haben sich in einem Tal an der Küste nordwestlich von Lybis niedergelassen. Es ist sehr abgelegen und unbewohnt. Emir Mekmud hat seine Zustimmung bereits gegeben, aber sie brauchen auch die Erlaubnis des Königreichs Javon.«

»Wie lange schon?«, fragte Harshal leicht verärgert. Normalerweise war *er* es, der anderen derartige Neuigkeiten mitteilte, nicht umgekehrt.

»Erst seit Anfang des Jahres. Sie behaupten, eine spirituelle Verbindung zu dem Tal zu haben, und nennen es ihre Verheißene Heimat.«

Es folgte eine hitzige Debatte, doch Elena vertrat die Interessen der Lamien mit beachtlichem Geschick, außerdem hatte sie Cera auf ihrer Seite, sodass die Bedingungen schnell ausgehandelt waren.

Danach waren langweilige, aber unvermeidliche Dinge wie Staatseinnahmen und -ausgaben an der Reihe. Die königliche Schatzkammer stand nicht gut da, wie sich herausstellte. Erstens war Forensa hochverschuldet, zweitens hatte die Stadt Zehntausende Vertriebene aus Brochena und dem gesamten Westen des Landes zu versorgen, die vor den Dorobonen geflohen waren. Um die Stadtmauern erstreckten sich endlose Zeltlager, in denen die Menschen unter fürchterlichen Bedingungen hausten und vollkommen von der Wohltätigkeit Forensas, Loctis' und Ribans abhängig waren.

»Vor den Toren Ribans leben weitere fünfzigtausend Flüchtlinge aus Brochena«, beklagte sich Stefan di Aranio.

»Das stimmt«, bestätigte Marid Tamadhi, der neuer Emir

von Riban war, nachdem sein Vater Ilan im Wadi Fishil gefallen war. »Die Dorobonen haben ihre eigenen Leute in Brochena angesiedelt und die Jhafi vertrieben. Die meisten sind zu uns gekommen.«

»Gibt es genug zu essen für alle?«, fragte Cera.

»Es reicht gerade so, aber nur, weil die Händler uns Kredit geben«, antwortete Justiano di Kestria.

»Euer Bruder Massimo sollte uns die Lebensmittel umsonst geben!«, fuhr Pita Rosco auf. »Stattdessen lässt er zu, dass die Händler vom Leid des Volkes profitieren!«

»Auch wir müssen essen«, konterte Justiano barsch. »Äcker zu bestellen, kostet Geld. Unsere Familie steuert ebenso schnell auf den Bankrott zu wie Eure, werter Pita.«

»Ruhe!«, bellte Cera. »Wir alle müssen in diesen harten Zeiten den Gürtel enger schnallen. Und, ja, es gibt Händler, die von dieser Notlage profitieren. Sie sind es, die Euren Zorn verdienen.«

»Dann, meine Dame, erteilt ihnen eine Lektion!«, rief Luigi Ginovisi und schlug mit der Faust auf den Tisch. »Beschlagnahmt ihre Lagerhäuser und verteilt das Essen an die, die es brauchen.«

»Ich kann das Eigentum eines Händlers nicht einfach beschlagnahmen«, widersprach Cera. »Oder doch?«

Elena räusperte sich. »Während der Noros-Revolte haben wir Folgendes getan: Allen Gütern des täglichen Bedarfs wurde ein fester Preis zugewiesen. Alles war genau festgelegt, die Verteilung von Getreide, Grundstücken, Minenrechte, die Nutzung der Wälder, selbst die Geschäfte der Banken und Geldverleiher wurden kontrolliert. Es waren drastische Maßnahmen in einer Zeit der Krise, die nach dem Ende der Revolte entsprechende Probleme nach sich zogen. Aber sie erfüllten ihren Zweck und verhinderten, dass gewisse Leute aus der Misere anderer Gewinn schlugen.«

Stefan di Aranio und Piero Inveglio tauschten einen entsetzten Blick aus. »Aber der freie Handel ist durch das Gesetz geschützt ...«

»Das war er auch in Noros, bis der König diese Gesetze vorübergehend außer Kraft setzte«, schnitt Elena ihm das Wort ab.

Die meisten Ratsmitglieder gehörten zur wohlhabenden Oberschicht. Viele von ihnen waren während der letzten Minuten merklich blass geworden.

Sehr schön, Ella. Das war sehr lehrreich. »Javon kämpft ums nackte Überleben, werte Herren«, sagte Cera ernst. »Die Armen verlieren das wenige, das sie noch haben. Wollen wir zulassen, dass ein Händler aus Loctis oder ein Bankier aus Brochena sich an ihrem Elend bereichert?«

Sie ließ die Frage einfach im Raum stehen, aber niemand reagierte. »Bis Ende der Woche will ich einen vollständigen Bericht, wie die Maßnahmen, die in Noros während der Revolte ergriffen wurden, auf unsere Lage angewendet werden können«, sagte sie schließlich. »Elena, bitte sprecht mit Pita und Luigi, außerdem mit den Grafen von Loctis und Riban, denn auch sie werden davon betroffen sein.«

»Und mit mir«, warf Comte Inveglio hastig ein. »Jemand muss die Interessen der Oberschicht von Forensa vertreten.«

»Dieser jemand bin ich«, entgegnete Cera kalt und fixierte Inveglio so lange, bis der missmutig den Blick senkte. *Seid Ihr ein Teil des Problems, mit dem wir uns gerade herumschlagen, Comte? Interessant.* Cera hob den Kopf und fragte sich, wie viele der Anwesenden während der nächsten Stunden in aller Eile ihre Vermögens- und Besitzverhältnisse verschleiern würden, um der Zwangsverteilung zu entgehen.

»Eure Beiträge in diesem Rat waren schon immer sehr stimulierend, Dona Elena«, merkte Pita Rosco trocken an.

Danach widmeten sie sich den weniger drängenden Angelegenheiten und arbeiteten sich Stunde um Stunde bis zu den letzten Details durch.

Als die Sitzung sich dem Ende näherte, hob Elena die Hand. »Da wäre noch etwas, Princessa. Wie wir alle wissen, brauchen wir mehr Magi. Es gibt da eine Möglichkeit, der ich gerne nachgehen würde, allerdings besteht ein gewisses Risiko.«

»Und dieses Risiko ist?«

»Dass ich dabei ums Leben komme«, antwortete Elena ohne Umschweife. »Der mögliche Nutzen wäre allerdings gewaltig.«

»Und wie kann der Rat Euch dabei unterstützen?«, fragte Cera weiter.

»Kazim und ich müssten für eine Weile verschwinden, ohne dass jemand Fragen stellt.«

Niemand sagte ein Wort. Das allgemeine Misstrauen gegenüber Rondelmarern, Keshi und Magi war auf einmal wieder überdeutlich zu spüren.

»Für wie lange?«

»Einen Monat«, erwiderte Elena. »Vielleicht auch mehr.«

Die mürrischen Gesichter um den Ratstisch wurden noch länger, aber Cera ließ sich nicht beirren.

»Unsere Erlaubnis ist hiermit erteilt«, verkündete sie mit fester Stimme. »Allerdings unter einer Bedingung: Vor Eurem Aufbruch müsst Ihr mich vollständig über die Notstandsmaßnahmen während der Noros-Revolte aufklären.«

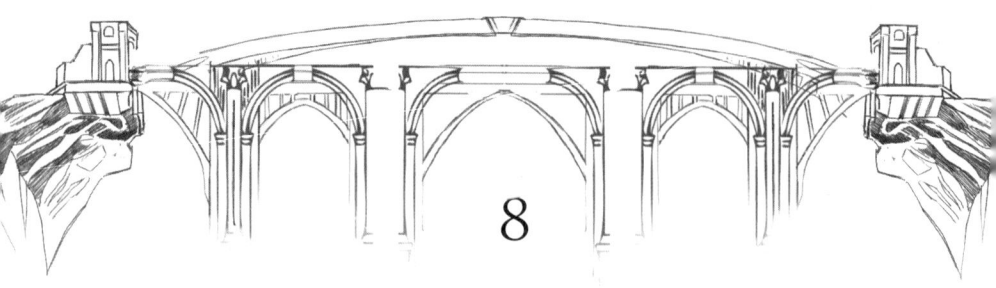

IDENTITÄT

DAS SCHWACHE GESCHLECHT

Es ist bemerkenswert, dass die meisten Heilermagi Mädchen sind und die meisten Schlachtmagi Jungen. Wir sollten diese Neigungen unterstützen und unseren Schülern helfen, ihre natürlichen Anlagen zu kultivieren. Frauen sollte das Kampftraining verboten werden; wir sollten sie dazu anhalten, sich auf die Gebiete zu konzentrieren, die ihrem Geschlecht entsprechen.

SENATOR FARIUS TREY IN EINER REDE GEGEN
DIE ARKANUMREFORM, PALLAS 917

In der Nähe von Vida, Südkesh, Antiopia
Shawwal (Okten) 929
Sechzehnter Monat der Mondflut

Seth Korion trieb sein Pferd an und dachte einen Moment lang wehmütig an sein Khurna zurück. Nach ihrem Auszug aus Ardijah hatte er es freigelassen, und eigentlich schämte er sich, dass er so lange damit gewartet hatte. Seine kleine Streitmacht – die Verlorene Legion, wie sie sich selbst nannten – grub sich zwanzig Meilen nördlich von Vida in einer Hügelkette am Ufer des Tigrates ein. Eigentlich waren es nicht einmal Hügel, sondern Sanddünen, gerade einmal zwanzig Ellen hoch. Die nördlichen Ausläufer berührten das Ufer, aber im Süden klaffte eine breite Lücke zwischen dem Tigrates und den Dünen. Eine ideale Stelle, um durchzubrechen und ihre Stellung zu stürmen. Und das machte ihm Sorgen.

»Keine Angst, ich halte den Abschnitt mit meinen Stierköpfen«, beharrte Fridryk Killener. »Wir weichen nicht einen Schritt zurück.« Er betrachtete die Soldaten seines Manipels – jeder davon in Rondelmar geboren – als eine Art Schlesser ehrenhalber, und eigenartigerweise taten sie es selbst auch.

»Nein. Dort muss die am schwersten gepanzerte Einheit stehen«, widersprach Seth entschlossen. Er hatte genügend Bücher über Schlachttaktik gelesen, um wenigstens das zu wissen. »Jelaskas Argundier werden das übernehmen. Eure Männer halten den Kamm an ihrer linken Flanke. Grabt Euch ein! Ich will eine Palisadenwand, die über die gesamte Länge von Jelaskas Stellung bis hinauf zu den Briciern zu Eurer Linken führt. Diese zweihundert Ellen müssen um jeden Preis gehalten werden!«

»Yar, General!« Killener grinste. »Verlasst Euch drauf. Ich habe Minaus zehn Kühe versprochen.«

Barbar. Doch Kill war ein guter Mann, allein seine Gegen-

211

wart verlieh den Männern Kraft, und sein Manipel kämpfte gut. »Dann macht Euch an die Arbeit.«

Seth ritt die gesamte Verteidigungslinie ab und wies allen ihre Stellung zu. Die Überlebenden seiner eigenen Legion, der Pallacios XIII, platzierte er in der Mitte. Die estellaynischen Bogenschützen verteilte er gleichmäßig über die Länge der Befestigungen und gab ihnen strikten Befehl, mit jedem Schuss zu treffen. Sie hatten kaum noch Pfeile und konnten es sich schlichtweg nicht leisten vorbeizuschießen. Pfeilsalven konnten zwar verheerenden Schaden anrichten, aber so verschwenderisch durften sie jetzt nicht sein.

»Vergesst nicht, Ihr seid verantwortlich für Euer Manipel. Seht zu, dass Eure Soldaten überleben, dann überlebt Ihr auch«, schärfte er den versammelten Magi ein.

Es waren nicht mehr viele: er selbst, Sensini, Killener, außerdem Baltus Prenton und Severine Tiseme – die sich immer noch von der Geburt erholte –, die Andressaner Hugh Gerant und Evan Hale, dann noch die Heilerin Lanna Jurei. Insgesamt acht Magi; von den anderen Legionen hatten ganze elf überlebt: Lysart aus Noros, die Bricier Sordan und Mylde, das Reinblut Jelaska Lyndrethuse, der Priester Gerdhart sowie eine weitere Heilerin namens Carmina Phyl, alle drei aus Argundy. Die restlichen waren sogar die einzigen Überlebenden ihrer jeweiligen Einheiten: Runsald und Nacallas aus Brevin, Hulbert aus Hollenia, Lascyn und Barendyne aus Bres; alle von niedrigem Blutrang. Neunzehn Magi insgesamt, drei davon nicht einmal Kämpfer. Das war zwar mehr, als einer Legion normalerweise zur Verfügung standen, aber die Gesamtstärke von Seths zusammengewürfeltem Haufen betrug zweieinhalb Legionen – über zwölftausend Leben, die er beschützen musste.

Ich frage mich, wie stark die Gnosis in Salims Heer ist. In Shaliyah und Ardijah hatten Magi und Dokken an der Seite der

Keshi gekämpft. Sie mochten nicht so gut ausgebildet sein wie Seths Schlachtmagi, waren aber dennoch gefährlich, außerdem zählten Salims Truppen fast einhunderttausend Mann.

Fast zehn zu eins ... Bist du je einer solchen Übermacht gegenübergestanden, Vater?

Er wies seine Magi an, ihr Manipel – in manchen Fällen zwei – bei der Befestigung der Stellungen mit ihrer Gnosis zu unterstützen. Insgesamt hatten sie einen Hügelkamm von einer Meile Länge zu verteidigen, ein Teil davon Sand, an anderen Stellen scharfzackige Felsen.

»Lasst die Männer ohne Pause graben«, befahl er. »Uns bleiben noch etwa zwei Tage, bis Salim eintrifft.«

Schließlich stand er am Nordende der Hügelkette, ein Stück oberhalb des Flusses, neben ihm Ramon Sensini, dem der Abschnitt zugeteilt war. Seine Männer waren hauptsächlich Ingenieure und Schreiber, dazu ausgebildet, die Legion mit Proviant und anderem Nachschub zu versorgen.

»Nun«, sagte der Silacier unvermittelt, »dann werde ich mal nach den Wagen sehen.«

»Nein, warte. Ich habe etwas mit dir zu besprechen.«

»Gibt es ein Problem?«, fragte Ramon unschuldig.

Seth atmete einmal tief durch. »Hast du je von Jolquar gehört? Er hat das Gedicht ›Erzähl mir eine Geschichte voller Wunder‹ geschrieben. Es ist die Ouvertüre zu *Il Eroici dia Ryma*, die von den Anfangstagen des Rimonischen Reiches berichtet. Nie davon gehört? Nun, das dachte ich mir.«

Seth verstummte kurz und konzentrierte sich auf die Wut in seinem Bauch. »Ich möchte, dass du mir deine Geschichte voller Wunder erzählst. Erzähl mir von Sensini, dem Dieb, hinter dem sämtliche Henker der koreverfluchten Kaiserlichen Schatzkammer her sind!«

Zu sehen, wie Ramon erschrocken zusammenzuckte, besänftigte ihn etwas, aber nicht viel.

»Na ja«, erwiderte Ramon ausweichend, »*so* viel gibt es da gar nicht zu erzählen.«

»Und ob! Vor drei Tagen hat Erzlegat Milius mir alles über deine Machenschaften berichtet: Du stellst Schuldscheine mit einem gefälschten Siegel aus! Du täuschst eine falsche Identität vor, um das Vertrauen zwielichtiger Investoren zu gewinnen, handelst mit Opium und hast eine Inflation ins Rollen gebracht, die ganz Rondelmar destabilisiert. Nicht dass es dich kümmern würde, wie es scheint.«

Sensini besaß die Frechheit, auch noch zu grinsen. »Sollte es das denn?«

»Wenn der gesamte Kriegszug in sich zusammenbricht und Abertausende von Soldaten aus beiden Heeresflügeln hungernd auf diesem Kontinent festsitzen, weil die Krone sich ihre Versorgung nicht mehr leisten kann? Oh ja, Sensini, das sollte dich sehr wohl kümmern!«

Der Silacier spielte weiterhin, wenn auch nicht den Unschuldigen, so zumindest nicht den Schuldigen. »Als ob es jemals so weit komm …«

»Du glaubst, es wird schon nicht so weit kommen? Du hast einigen der mächtigsten Unterweltfürsten Hebusals ihre gesamte Opiumernte abgekauft und für sie eingelagert, mehrere Tonnen von dem Zeug!« Sensini blinzelte überrascht, doch Seth fuhr unbeirrt fort. »Ich weiß es! Der Erzlegat hat mir in Vida alles erzählt. Deine Kontakte in Hebusal hast du dazu gebracht, Investoren anzuwerben. In Pallas nennt man so etwas Schneeballsystem, und es ist *streng verboten*! Milius sagte, so gut wie alles Gold aus beiden Heeresflügeln ist in deine Hände geflossen. Du und Storn habt die Adelshäuser in Rondelmar und Bricia bis auf die Unterhose ausgezogen, ihr habt eure Investoren mit gefälschten Schuldscheinen getäuscht und ihnen Profite versprochen, die es nie geben wird! Muss ich noch mehr sagen?«

Ramon hob beschwichtigend die Hand. »Könntest du etwas leiser sprechen?«, sagte er gereizt. »Wenn du weiter so schreist, hört uns noch die ganze Legion.«

Seth ließ den Blick verärgert über die Dünen schweifen. Die Männer ringsum gruben, was das Zeug hielt. Einige waren tatsächlich in Hörweite. »Gut«, erwiderte er etwas leiser. »Ich habe ohnehin genug geredet. Jetzt bist du an der Reihe! In Ardijah hast du gesagt, du hättest genügend Gold. Hast du es auf diese Weise bekommen? Wie viel?«

Ramon runzelte die Stirn. »Ja, ich habe Gold. Etwa zweihunderttausend Gulden, also gar nicht so viel. Dein Vater gibt die gleiche Summe innerhalb eines einzigen Jahres aus.«

»Mein Vater ist der reichste Mann in ganz Bricia, und mittlerweile ist der Goldpreis ins Unermessliche gestiegen! Der Erzlegat sagte, mindestens um das Zehnfache!«

Ramon stieß einen leisen Pfiff aus. »Fantastico! Und trotzdem nur ein Klacks für die Kaiserliche Schatzkammer.«

»Die Schatzkammer ist hoch verschuldet!«

»Dann sollen sie eben mehr Münzen prägen. Hör auf, zu reden wie der Erzlegat! Für Rondelmars Staatsbilanz macht das einen Unterschied von ein paar Prozent, mehr nicht!«

»Pah, dafür werden Köpfe rollen, Sensini!«

»Sollen sie nur.«

Seth musste sich mit aller Macht zusammenreißen. »Wie konnte das alles passieren?«, fragte er, nun etwas ruhiger. »War es so, wie Milius sagt?«

Ramon zuckte die Achseln. »Das kommt drauf an, was er dir erzählt hat. Allora, Geringerer Sohn, ich verrate es dir, wenn du mir zuhörst, ohne gleich wieder herumzuschreien. Ja, ich habe Investoren angeworben, um über ausreichend Bargeld verfügen zu können. Das hat es bis jetzt in jedem Kriegszug gegeben. Und, ja, ich habe möglicherweise rechtswidrig ein kaiserliches Siegel verwendet, um auch weiterhin an Geld zu kommen.«

»*Möglicherweise?*«, schnaubte Seth. »Seit ich dich kenne, behauptest du, du wärst der nicht anerkannte Bastard irgendeines…«

Seth verstummte. Die alte Frage, die sich damals alle am Arkanum gestellt hatten, drängte sich plötzlich in den Vordergrund seines Bewusstseins: Wie konnte sich ein silacisches Viertelblut wie er die teure Ausbildung leisten? »Wer bist du, Sensini? Wer ist dein Vater?«, knurrte er, auch wenn er das Gefühl hatte, es bereits zu wissen.

Ramon blickte ihm fest in die Augen. »Meine Mutter war zwölf und noch Jungfrau, sie arbeitete in einer Schenke, um die Familie durchzubringen. Ein rondelmarischer Magus und aufstrebender kaiserlicher Beamter hat sie vergewaltigt. Pater-Retiari wusste, dass der Magus sich keinen öffentlichen Skandal leisten konnte, also hat er ihn mit der Schwangerschaft meiner Mutter erpresst. Er hat nicht nur Geld verlangt, sondern auch eine Urkunde, in der der Betreffende die Vaterschaft anerkannte, außerdem eine Garantie für meine persönliche Sicherheit. Mein Vater verlangte als Gegenleistung, dass er anonym bleiben konnte, und schließlich kam man zu folgender Einigung: Er unterschrieb eine Geheimurkunde, in der er mich anerkannte, die mir aber untersagte, seinen Namen zu führen. Als ich dann mit dreizehn die Gnosis erhielt, verschaffte die Urkunde mir Zugang zum Arkanum. Pater-Retiari hat mit dem erpressten Geld meine Ausbildung bezahlt, weil er einen Magus in seiner Organisation gut gebrauchen konnte.«

»Dann bist du das Werkzeug eines niederträchtigen Familioso und hilfst ihm mit deiner Gnosis auch noch beim Stehlen?«

»Ich bin nicht sein Werkzeug«, widersprach Ramon erbittert. »Pater-Retiari hat nicht nur mich unter seine Fittiche genommen, sondern auch meine Mutter als Konkubine, weil sich auch in ihr während der Schwangerschaft die Gnosis manifestierte. Sie erhielt keinerlei Unterricht, aber das hätte auch keine Rolle gespielt, denn er hat sie mit einer Kettenrune belegen lassen. Mein Vater hat sie wenigstens nur *einmal* vergewaltigt, aber Retiari... Er steht auch auf meiner Liste.«

Seine Liste. Etwas an der Art, wie Sensini die Worte ausgesprochen hatte, ließ Seth an die berüchtigten silacischen Vendetten denken. *Bei Hel, er meint es tatsächlich ernst! Schlau genug ist er, und wenn meine Vermutung stimmt, ist er kein Viertel-, sondern ein Halbblut...* Seth dachte zurück an die Prügel, die Sensini und sein Freund Merser von Malevorn Andevarion und Francis Dorobon bezogen hatten. *Er hat seine wahre Kraft die ganze Zeit über vor uns verborgen.* Seth konnte sich kaum vorstellen, wie viel Selbstbeherrschung das gekostet haben musste. Zum ersten Mal in seinem Leben hatte er tatsächlich Angst vor dem Silacier.

»Wer ist nun dein Vater?«, fragte er schließlich.

»Sein Name ist Calan Dubrayle.«

Der Schatzmeister höchstpersönlich. Großer Kore im Himmel... Dass er richtig geraten hatte, hellte Seths Stimmung kein bisschen auf. Den Rest der Geschichte konnte er sich selbst denken. »Als du mit deinen kriminellen Investoren in Hebusal verhandelt hast, dachten sie, ihre Investitionen wären in todsicheren Händen. Nach rondelmarischem Gesetz haftet der Vater für die Schulden des Sohnes, und du hast sie mit Dubrayles Namen geködert... Du bist wirklich unglaublich, Sensini!«

Ramon verneigte sich ironisch. »Ich tue mein Bestes.«

»Das war kein verfluchtes Kompliment, Sensini.« Seth kratzte sich am Schädel. »Aber warum? Aus Geldgier? Hast du geglaubt, dein Plan könnte funktionieren, und dann ist er dir über den Kopf gewachsen? Wenn du Milius erzählst, dass du nicht wusstest, was du damit anrichtest, wird er vielleicht...«

»Ach, halt die Klappe, Geringerer Sohn. Dass du mich

schützen willst, ist nett von dir, aber ich wusste genau, was ich tat, und ich weiß es auch jetzt. Ich selbst habe den Plan vor drei Jahren mit der Hilfe von Retiaris Geldberater ausgearbeitet, als ich in der unterrichtsfreien Zeit in meinem Heimatdorf war. Das Ziel war, die Opiumhändler in den Ruin zu treiben und sie damit unter unsere Kontrolle zu bringen. Meine Ziele sind etwas ehrgeiziger: der Untergang meines Vaters und der Kaiserlichen Schatzkammer. Wenn auch noch die Krone in Mitleidenschaft gezogen wird, umso besser.«

Heiliger Kore, was soll ich nur tun? Seth schaute hinunter zu den Wagen. »Das ganze Gold ist da unten, oder?«

Ramon zog einen Mundwinkel nach oben. »Alles, was seit Ardijah noch davon übrig ist. Unsere Flucht war teuer. Ungefähr zweihunderttausend Gulden, wie ich bereits sagte.« *Das sind, so wie der Markt sich gerade entwickelt, mittlerweile Millionen …*

»Milius hat uns freies Geleit zugesagt, wenn ich dich ausliefere«, erwiderte Seth. »Kannst du dir vorstellen, wie kurz davor ich bin, das Angebot anzunehmen?«

»Er wird sich nicht daran halten, Seth. Jeden, der von den illegalen Gnosiszüchtungen und dem Verrat an Echor weiß, wird Siburnius unverzüglich hinrichten lassen, und unsere Soldaten würden wegen Fahnenflucht dezimiert.«

Da hat er wahrscheinlich sogar recht, verflucht. »Wenn du jetzt vorhast, einfach abzuhauen, hetze ich dir Jelaska auf den Hals!«

Ramon runzelte ungehalten die Stirn. »Ich doch nicht, Geringerer Sohn! Irgendwie ist dieser Kriegszug für mich zu einer ganz persönlichen Angelegenheit geworden. Ich werde Sevi und unsere Tochter sicher nach Hause bringen und Siburnius zermalmen, genau wie alle anderen, die sich mir in den Weg stellen. Ich werde meinen Vater zu Fall bringen und meinen Familioso, ich werde meine Mutter befreien und jeden

Mann in meinem Manipel reich machen. Du wirst mich erst los, wenn ich das alles erreicht habe.« Er blinzelte unschuldig. »Gesunder Ehrgeiz hat noch niemandem geschadet, stimmt's?«

Zur Grundausrüstung jedes Legionärs gehörte eine Schaufel. Zwar verbrachten die Männer viel Zeit beim Kampf mit Schwert oder Speer, lernten ihre schweren Schilde lieben und hassen, aber es war die Schaufel, die ihr Leben bestimmte. Jeden Abend gruben sie: Latrinen, Löcher für die Palisaden und Gräben.

Jedes Lager musste verteidigungsbereit gemacht werden, und so gruben sie wieder einmal. Da die meisten Soldaten von Ramons Manipel Konstrukteure oder Schreiber waren, musste er zusammen mit seiner Leibwache den nördlichen Ausläufer der Verteidigungslinie selbst befestigen. Es war das Ende ihres dritten Tages hier, Ramon überwachte mit Pilus Lukaz die Arbeit der Männer.

»Meine Leute möchten wissen, mit welchen Tricks ihr uns lebend hier rausbringen werdet, Magister«, fragte Lukaz und drehte den Zeigefinger in der Luft wie einen Zauberstab. Der Pilus machte nicht oft Witze, aber Ramon mochte seine trockene Art. »Irgendwie glauben sie nicht, dass Euch harte Arbeit liegt.«

»Ich mag harte Arbeit so gern wie jeder andere«, erwiderte Ramon lachend. »Nämlich gar nicht. Aber ich kann stundenlang dabei zusehen. Außerdem gönne ich ihnen die Bewegung.«

Der Hügel, auf dem sie standen, erstreckte sich bis zum Flussufer. Im Moment floss der Tigrates etwa sieben Ellen unterhalb, bei Ebbe senkte sich der Pegel um weitere zwei, so stark war der Einfluss des Mondes selbst hier, weit weg vom Ozean.

»Wie viel Zeit haben wir, bis die Keshi hier sind?«, erkundigte sich Lukaz.

»Eine gute Frage. Wie es scheint, trödeln sie noch in ihrem Lager zehn Meilen westlich von hier herum.«

»Salims Ultimatum ist Ende Septnon abgelaufen. Das war vor fast einer Woche«, merkte Lukaz an. »Ich hatte erwartet, dass sie über uns herfallen wie ein hungriges Rudel Wölfe.«

»Vielleicht haben sie im Moment andere Probleme.«

»Hoffen wir's.« Lukaz hob den Kopf und brüllte die Düne hinunter. »Manius, dieser Graben muss noch drei Fuß tiefer werden! Obwohl, bei deinen Riesentretern reichen vielleicht auch zwei.«

Manius verzog das Gesicht und rollte die schmerzenden Schultern. »Wir haben schon bis auf den Fels gegraben, Lukaz.« Er, Ferdi und Dolman waren die größten in Lukaz' Kohorte, in der Schlacht bildeten sie die vorderste Reihe, und obwohl sich auch die anderen nicht vor der Arbeit drückten, kamen sie mit Abstand am schnellsten voran.

»Dann nehmt eine Hacke. Grabt, Männer!« Lukaz wusste, wie er seine Leute zur Arbeit antreiben musste: Er piesackte sie so lange damit, wie faul sie doch seien, bis sie ihm das Gegenteil bewiesen. Danach lobte er sie, als hätten sie Unglaubliches geleistet. Es war eine eingespielte Routine, und sie funktionierte jedes Mal. »Die Nooris können schon morgen hier sein!«

»Ich glaub' eher, die trinken erstmal den Schnaps leer, den sie in Shaliyah eingesackt haben«, erwiderte der dürre Bowe. Trefeld, ein Ochse von einem Mann und in etwa ebenso intelligent, schüttelte sich vor Lachen, während die anderen lallend betrunkene Keshi imitierten.

»Vielleicht hat unser General ja 'ne geheime Abmachung mit dem Sultan?«, warf der flachsblonde Schwertkünstler Harmon ein. »Haben sich gut miteinander unterhalten, die beiden, hab ich gehört.«

»Ja, über Gedichte«, schnaubte Vidran. »Ich glaube, der General wollte ihm den Kopf verdrehen. Weiß doch jeder, was

Noori-Männer so miteinander treiben, wenn grad keiner hinschaut...« Die Männer kicherten angespannt und schauten verstohlen zu Ramon hinauf.

Ramon tat einfach so, als hätte er nichts gehört. Was hätte er schon sagen sollen? Er wandte sich wieder an Lukaz. »Sorgt dafür, dass sie anschließend ein Bad im Fluss nehmen, Pilus. Die kleine Erfrischung haben sie sich redlich verdient.«

Die letzten Worte brachten Ramon einen leisen Jubelschrei von den Soldaten ein. Er nahm es mit einem freundschaftlichen Nicken zur Kenntnis. Ramon mochte diese Männer, und wenn es zur Schlacht kam, musste er Seite an Seite mit ihnen kämpfen – ihr geistiges und körperliches Wohlergehen war auch in seinem Interesse.

Ramon wandte sich Richtung Süden und ging am Ufer des Flusses entlang, das aussah, als hielten die Einheimischen hier ihre rituellen Waschungen ab: Die Erdmagi hatten einen kleinen Wall aufgeschüttet, der die reißende Strömung aufhielt, und die Legionäre, die gerade dienstfrei hatten, planschten fröhlich in den Wellen. Der Anblick Tausender Männer, die nackt im badewannenwarmen Wasser herumtollten wie Kinder, erinnerte Ramon an die Sommer in Norostein, nur dass die Seen dort eiskalt waren. Die Szene hatte etwas seltsam Unschuldiges, als wären diese Männer keine ausgebildeten Mörder und Plünderer, sondern Pilger, die sich von ihren Sünden reinwuschen, wie die Lakh es angeblich taten. Und es erinnerte Ramon daran, wie verdreckt und verschwitzt er selbst nach einem ganzen Nachmittag inmitten der Grabungsarbeiten war. *Später, wenn es etwas ruhiger ist, hüpfe ich vielleicht selbst kurz hinein.*

»Magister Sensini!«, rief eine Frau.

Ramon spähte über die Schulter und sah Lanna Jurei auf einem kleinen Felsen sitzen. »Kein Bad für dich, Lanna?«, fragte er und gesellte sich dazu.

»Gütiger Kore, nein! In dieser Brühe gibt es Welse, so groß wie Pferde. Kaum zu glauben, dass noch keiner der Männer von einem verschluckt wurde.« Die Heilerin sah aus, als sei sie schon als Matrone auf die Welt gekommen, aber um ihre Lippen spielte ein jugendliches Lächeln, als sie mit einem Anflug von Sehnsucht in der Stimme hinzufügte: »Sieh dir nur all die starken Männer an! Sie spielen wie die Kinder, sogar die, deren Bärte längst ergraut sind. Werdet ihr denn nie erwachsen?«

»Keine Ahnung. Frag mich in fünfzig Jahren noch mal.« Ramon schmunzelte und ließ den Blick über die vielen nackten Körper schweifen. Dass die Frauen aus dem Tross ausgerechnet jetzt hierherkamen, war kein Wunder. Ein paar Khotrierinnen hatten sich sogar ins seichte Wasser gewagt. Sie standen dicht aneinandergedrängt und bedeckten sich schamhaft mit den Händen, während sie versuchten, einen Blick auf die Männer zu erhaschen, die sie umkreisten wie hungrige Krokodile.

»Nun, wenn das kein hübscher Anblick ist«, kommentierte Lanna verdrossen. »Diese Mädchen können sich das leisten, sie sind jung und in der Blüte ihrer Jahre. Neben denen brauche ich mich nicht blicken zu lassen, fürchte ich.«

»Ach was, Lanna. Ich bin sicher, die Männer würden höflich wegschauen, wenn du dich dazugesellst.«

Jurei gackerte wie ein kleines Mädchen. Normalerweise umgab sie sich mit einer geradezu mystischen Aura und hatte es trotz des beträchtlichen Männerüberschusses bis jetzt geschafft, allein zu bleiben. Ihre Aufgabe in der Legion war, gemeinsam mit der Bricierin Carmina, tagaus, tagein all die Wunden, Infektionen und anderen Blessuren der Soldaten zu versorgen. Ramon schätzte sie auf vielleicht dreißig oder etwas darüber. Eigentlich sah sie jünger aus, aber ihre Augen wirkten erschöpft, ihr Blick gequält von all dem Blut und Leid, das sie gesehen hatte.

»Ich werde mich damit begnügen, mich in meinem Zelt

ein wenig nasszuspritzen«, erwiderte sie. »Oder vielleicht mit einem kleinen Bad um Mitternacht, wenn niemand mehr hier ist.« Ihr Blick wanderte zurück zu den jungen Khotrierinnen, deren Körper bronzefarben im Sonnenuntergang schimmerten. »Mit ihrer dunklen Haut bekommen sie wohl nie einen Sonnenbrand. Ganz im Gegensatz zu uns.«

»Im Gegensatz zu dir, meinst du«, widersprach Ramon grinsend, der genauso dunkel war wie alle Menschen in Silacia.

»Trotzdem mache ich mir Sorgen. Die armen Dinger erwartet eine ungewisse Zukunft.«

»Ich bin sicher, ihre Ehemänner werden sich gut um sie kümmern.«

Lanna verdrehte die Augen. »Ich bitte dich! Die meisten dieser Ehen werden kaum ein Jahr halten. Was sich in den Wirren des Krieges wie feurige Leidenschaft und ewige Liebe anfühlt, hat nichts mit der Realität in der kalten Heimat zu tun, wo der Mann den trockenen Boden bestellt, während die sonnengebräunte Frau versucht, nicht zu erfrieren. Die yurischen Bordelle verdienen gut an verstoßenen Noori-Frauen. Es ist nach jedem Kriegszug das Gleiche, und jedes Mal ist es unendlich traurig.«

Ramons gute Laune trübte sich. Lanna mochte liebenswürdig sein, doch sie verbreitete eine gewisse Melancholie. »Yuros scheint im Moment weit weg, aber in neun Monaten sind wir alle wieder dort. Vorausgesetzt, wir schaffen es über diesen verfluchten Fluss.«

»Du sagst es«, erwiderte Lanna. »Wie geht es Severine und der kleinen Julietta?«

Ramon zuckte unangenehm berührt die Achseln. Sevi war schlechterer Stimmung denn je, sie hatte sogar gedroht, allein mit Julietta überzusetzen. Ramon fand die Idee nicht einmal schlecht. Einerseits um der Sicherheit der beiden willen, aber auch – obwohl er es nur äußerst ungern zugab –, weil er Sevis Wutausbrüche allmählich satthatte. Doch auf der anderen Seite des Tigrates wartete Siburnius, und der Inquisitor kannte alle ihre Namen und Gesichter.

»Die Legion ist kein Ort für eine Mutter mit Kind«, antwortete er schließlich. »Seth wollte um Erlaubnis bitten, sie beide nach Hause schicken zu dürfen, aber die Verhandlungen mit dem Garnisonskommandanten wurden abgebrochen, noch bevor es dazu kam.« Das stimmte sogar, aber tief im Herzen fragte sich Ramon, ob er vielleicht nicht das nötige emotionale Durchhaltevermögen für eine feste Beziehung hatte.

»Severine ist einfach nicht für dieses Leben geschaffen«, merkte Lanna an.

Verdammt richtig. Er musterte die Heilerin nachdenklich. »Wie lange dienst du schon in der Legion, Lanna?«

»An die zwanzig Jahre«, antwortete sie mit einem schelmischen Blitzen in den Augen. »Ja, Sensini, ich bin doppelt so alt wie du.«

»Und immer noch ein Geschöpf voll Licht und Musik, unberührt von der Finsternis der Zeit«. Es war ein Zitat aus einem berühmten Gedicht.

»Hört, hört! Hat Seth dir die Freuden der Lyrik nähergebracht?«

»Ach, lass mich in Ruhe! Das Einzige, was er mir näherbringen konnte, ist Bricischer Chadré.«

»Ihr kennt Euch schon seit dem Arkanum, richtig?«, fragte Lanna mit einem Hauch von Wehmut in der Stimme. Anfänglich hatte sie eine deutliche Abneigung gegen ihren General gehegt, was sich mittlerweile geändert zu haben schien.

Das hinderte Ramon allerdings nicht daran, frei von der Leber weg zu sprechen. »Richtig. Er war ein widerwärtiger, oberflächlicher kleiner Speichellecker, der sich für etwas Besseres hielt.« *Dabei ist mein rechtmäßiger Platz in den gleichen hohen Kreisen wie seiner …*

224

»Er ist um einiges reifer geworden«, erwiderte Lanna. »Und du offensichtlich auch. Er sagt, er hätte erwartet, dass du dich als Erster aus dem Staub machst, wenn es hart auf hart kommt.«

Sagt der, der während seiner Schwertkampfprüfung geheult hat wie ein Kleinkind. »Si, mag sein.« Ramon starrte auf den Fluss hinaus. »Ich habe emotional viel in diese Unternehmung investiert.« *Und in anderer Hinsicht auch.* »Wir alle haben geglaubt, der Kriegszug würde ein Kinderspiel werden. Ein bisschen marschieren, ein bisschen plündern und in der Zwischenzeit nicht an Langeweile sterben.«

»Bis Shaliyah.«

»Si.« Er überlegte eine Weile schweigend. »Aber das hier wird schlimmer. Sobald die Keshi eintreffen, bricht hier Hel los.«

»Ich weiß. In Shaliyah mussten wir nur irgendwie durchhalten, und in Ardijah hast du großes Geschick bewiesen, Ramon. Du hast dort viele Leben gerettet. Aber hier könnte es hässlich werden. Wenn es den Keshi gelingt, unsere Verteidigungslinien zu durchbrechen, gibt es ein Gemetzel.«

Ramon nickte. »Wenn das passiert, Lanna, dann bleib bitte nicht bei deinen Verwundeten. Nutz deine Gnosis und setze mit Carmina über. Ihr seid Heilerinnen, Siburnius wird sich nicht an euch vergreifen.«

»Er ist ein Inquisitor und wird ohne Zögern jeden aus dem Verkehr ziehen, der zu viel weiß.« Lanna schaute ihm fest in die Augen. »Diese Männer sind wie meine Kinder, Ramon. Ich werde keinen Einzigen von ihnen zurücklassen.«

Sie meint es tatsächlich ernst. Ramon ging es genauso, wie ihm bewusst wurde. Irgendwie waren ihm die Männer auf dem langen Weg seit Shaliyah ans Herz gewachsen. Zum Teil aus purem Stolz und Ehrgeiz – eher wollte er verflucht sein, als sich Siburnius und seinem Pack geschlagen zu geben –, aber es hatte auch damit zu tun, was sie alle gemeinsam durchgemacht hatten. Diese Männer waren auch *seine* Kinder.

»Und, gehen wir jetzt schwimmen?«, fragte er mit einem anzüglichen Blick. »Wenn du dich ausziehst, tue ich es auch.«

»Du glaubst doch nicht, dass ich mich ausziehe, nur um einen Blick auf dein mickriges Gemächt zu werfen? Sieh dir die Kerle da im Wasser an, das sind echte Männer!« Sie lachte. »Geh ruhig ohne mich, Ramon. Wasch dich, und dann kümmer dich um Sevi.«

Er zog verschämt den Kopf ein. »Wahrscheinlich hast du recht.«

IN DER NÄHE VON VIDA, SÜDKESH, ANTIOPIA
SHAWWAL (OKTEN) 929
SECHZEHNTER MONAT DER MONDFLUT

Während Cym und Zaqri noch überlegten, wie sie Kontakt zu Salims Dokken aufnehmen sollten, entdeckten sie etwa vier Meilen von dem Heerlager entfernt auf einem Felshügel die Höhle eines Einsiedlers. Ihr ehemaliger Bewohner war mittlerweile gestorben. Die Schakale hatten nur noch ein abgenagtes Skelett übrig gelassen, und es schien schon lange niemand mehr hier gewesen zu sein.

Zaqri verjagte die Schakale, er sammelte Holz und Tierdung fürs Feuer und stellte Wächter auf. Die mitgenommenen Vorräte verstaute er in einer Felsnische, zapfte mit seiner Erdgnosis eine unterirdische Wasserader an und schaffte es irgendwie, sogar einen Eimer zu zimmern. Den Rest musste Cym erledigen.

»Ich gehe besser alleine in das Lager«, erklärte er. »Wir wissen zu wenig über diese Armee und müssen sehr vorsichtig damit sein, an wen wir uns wenden und wie.«

»Und wie erfahre ich, wie die Dinge stehen?«

»Ich werde dir Vögel schicken.« Er legte ihr beruhigend eine Hand auf den Arm. »Wir tun das Richtige, Cym. Die Bruderschaft mag auf der Seite der Fehde kämpfen, aber yurische Magi sind hier zutiefst verhasst. Alle. Ich kann dich nicht noch einmal mit zu meinem Volk nehmen und dich verteidigen, wie ich es getan habe, als ich noch Rudelführer war.«

»Ich weiß.« Cym schaute weg, weil sein Anblick sie zu sehr schmerzte. So vieles zwischen ihnen war ungelöst.

Sie waren Salims Heer nach Westen gefolgt, in die entgegengesetzte Richtung, in die sie eigentlich wollten, auch wenn sie nicht einmal wussten, wohin Alaron mit der Skytale verschwunden war. Aber es war die einzige Möglichkeit, um andere Dokken für die Suche nach dem Artefakt zu gewinnen.

Und was ihr Verhältnis zueinander betraf... Cyms Körper litt immer noch unter den Folgen der Abtreibung, die außerdem das erst langsam entstehende Vertrauen zwischen ihnen zutiefst erschüttert hatte, aber mittlerweile konnte sie sich eine Zukunft ohne Zaqri nicht einmal mehr vorstellen.

Scheiß auf meinen Racheeid. Mag sein, dass ich ihm den Tod meiner Mutter nie ganz verzeihen werde, aber es muss noch einen anderen Weg geben. Ich will ein Leben an seiner Seite. Er ist eine verlorene Seele und hat meine Mutter nicht kaltblütig ermordet, sondern im Kampf getötet. Hat er nicht schon genug gelitten? Müssten die Götter inzwischen nicht besänftigt sein?

»Müssen wir das wirklich tun?« Sie schluckte. »Sobald wir uns wieder auf die Jagd nach der Skytale machen, gibt es kein Zurück mehr, nicht einen Moment des Friedens. Es könnte alles zerstören, was wir noch haben.«

Zaqri schaute sie überrascht an. Ein seltener Ausdruck der Ratlosigkeit trat auf sein Gesicht – er, der in ihr Leben gekommen war wie ein Gott. »Cymbellea, die Skytale ist die letzte

Hoffnung meines Volkes. Ich *kann* die Suche nach unserer Erlösung nicht einfach aufgeben.«

Cym biss sich auf die Lippe und hob den Blick. »Nicht einmal für mich?«

Zaqri blinzelte verdutzt. Vom ersten Tag an hatte Cym sich
gegen ihn zur Wehr gesetzt. Der Tod ihrer Mutter, zwar im
Kampf, aber durch seine Hand, hatte zwischen ihnen gestanden wie eine unüberwindbare Mauer. Ganz gleich, wie sehr er
sie begehrte und sie ihn. Cym hatte lange dagegen angekämpft
und dann doch nachgegeben.

»Bleib bei mir«, sagte sie. Cym hatte nicht mehr die Kraft,
sich gegen ihr Herz zu wehren. Sie deutete auf die Kochstelle
in der Höhle und die Pritsche daneben. »Vergiss die Skytale.
Bleib, dann gehöre ich dir.«

Sie sah eine neue Zukunft vor ihrem inneren Auge, eine
unmögliche Liebe zwischen einem Seelentrinker und einer
Magi – möglich nur deshalb, weil Zaqri die Verkörperung von
allem war, was sie sich wünschte. Trotz seines Fluchs.

»Cymbellea, ich verstehe dich nicht. Seit wir uns begegnet
sind, wolltest du nichts anderes, als deine Freunde und die
Skytale zu finden, und jetzt möchtest du das alles einfach vergessen?«

Sie verstand es ja selbst nicht ganz, aber sie sah *noch* eine
Zukunft, so deutlich wie eine gnostische Weissagung. Eine Zukunft voller Verrat und Tod, die sie erwartete, wenn sie ihre
Jagd fortsetzten. »Du musst bleiben«, flehte sie. *»Du musst.«*
Sie beugte sich näher heran, sog Zaqris Geruch ein und flüsterte ihm ins Ohr. »Ich spüre es. Wir können sie nicht mehr erreichen. Wenn wir es trotzdem versuchen, sterben wir.«

Zaqri zögerte. Cym schien absolut sicher, dass es die Wahrheit war. »Es heißt, Weissagungen, die spontan über einen
kommen, sind wahr«, stammelte er und kniff die Augen zusammen. »Cymbellea, wenn ich jetzt aufgebe, wäre das ein Verrat

an meinem Volk, und ich glaube fest daran, dass wir die Skytale finden können. Vielleicht hängt ihr Leben davon ab, dass *wir* sie finden und niemand anders.«

Cym versuchte sich einzureden, dass er recht hatte, aber es funktionierte nicht. Schließlich tat sie etwas, was ganz neu für sie war: Sie setzte ihren Körper ein, um zu bekommen, was sie mit Worten nicht erreichen konnte. Sie umfasste Zaqris Kopf und presste die Lippen auf seinen Mund.

Bisher hatte sie ihn nicht einmal geküsst, wenn sie miteinander schliefen, aber nun hielt sie nichts mehr zurück. Die immer stärker werdende Gewissheit, dass sie beide sterben würden, wenn sie ihn gehen ließ, machte Cyms Verzweiflung nur noch tiefer. Sie öffnete ihre Schenkel für ihn und tat alles in ihrer Macht Stehende, um ihn am Gehen zu hindern.

Irgendwann schlief sie erschöpft ein, doch als sie wieder aufwachte, war Zaqri fort.

Als Erstes sah er die Skiffs mit den charakteristischen dreieckigen Segeln, die im Licht des Sonnenuntergangs heranschwebten. Dann kamen die Reiter in ihren wehenden Roben, hell und blass vor der braunen Landschaft. Zaqri war in Löwengestalt und huschte, lautlos und unsichtbar wie ein Dünengeist, eine felsige Anhöhe hinauf, von der aus er die Ankunft von Salims Heer beobachten konnte. Auf die Reiterei folgten die Fußsoldaten, die in der Senke unterhalb ihre Zelte aufschlugen. Im Gegensatz zu den rondelmarischen Legionären errichteten sie weder Befestigungen, noch stellten sie die Zelte nach irgendeiner erkennbaren Ordnung auf. Sie waren keine ausgebildeten Soldaten, sondern Wehrpflichtige.

Doch allein ihre Zahl war überwältigend. Wie eine dunkle Flut brandeten sie in das Tal, und als die Sonne vom Himmel verschwunden war, erstreckten sich ihre Lagerfeuer wie ein Fluss aus Lichtern bis zum Horizont und darüber hinaus. Die

Soldaten mochten schlecht ausgerüstet und ebenso schlecht ernährt sein, aber sie waren so zahlreich wie die Sterne. Zaqri erkannte Dutzende verschiedene Trachten aus ganz Ahmedhassa. Etwas Derartiges hatte er noch nie gesehen.

Kurz nach Einbruch der Dunkelheit sandte er seine Sinne aus und forschte nach den Geistwächtern der Keshi-Magi und Seelentrinker. Schließlich entdeckte er einige, sie umspannten die zahllosen am Boden verankerten Skiffs und Offizierszelte. Zaqri verwandelte sich zurück in Menschengestalt und legte die Kleidung an, die er in einem Beutel auf dem Rücken mitgebracht hatte, dann ging er hinab in das riesige Lager. Als Erstes kam er an den Zelten der Magi vorbei: Auf den einen prangte das Brückenwappen der Abtrünnigen des Ordo Costruo, direkt daneben der Schakalkopf der Hadischa. Ein unpassender und beklemmender Anblick.

Zaqri machte einen großen Bogen um die Zelte, bis er endlich fand, wonach er suchte: in abgetragene Kittel gehüllte Männer, deren wappenlose Zelte ein für das bloße Auge unsichtbares Band aus blassem Licht umspannte. Sie rammten kleine Holzspieße in den Boden und ließen sie mit Sylvanismus zu einem Palisadenzaun zusammenwachsen, aus dem giftige Dornen ragten. Die Affinitäten dieser Seelentrinker schienen breiter gefächert als in seinem ehemaligen Rudel, außerdem trugen sie keine Felle, sondern die Kleidung der Stadtmenschen. Der Großteil stammte aus Kesh, die Frauen trugen Bekiras, viele breiteten Teppiche auf dem Boden aus, richteten sie auf Hebusal aus und beteten zu Ahm.

Zaqri beobachtete sie eine Weile, bis er ein bekanntes Gesicht entdeckte. Es gehörte einem Rudelführer, mit dem er mehrere Male verhandelt hatte, um Gebietsstreitigkeiten zu schlichten und lose Bande zu knüpfen. Es gab nur ein paar Tausend Seelentrinker in Kesh, beinahe alle hatten lediglich Zugang zu den Elementen und der Hermetik, den einfachsten Aspekten der Gnosis. Da Zaqris ehemalige Brüder und Schwestern gleichzeitig Gestaltwandler gewesen waren, hatte es sie in die Wildnis gezogen, doch Erdmagi wie diese hier fühlten sich in den Dörfern wohler, wo sie sich als Maurer und dergleichen verdingten.

Er dachte zurück an die letzte Nacht und die langen Stunden immer verzweifelterer körperlicher Liebe, mit der Cym versucht hatte, ihn zum Bleiben zu bewegen. Ihr Vorhaben, die Skytale und ihre Freunde zu retten, hatte sie aufgegeben; Cym hatte ihren Ehrgeiz verloren und wollte nur noch Frieden finden … mit ihm.

Einen Moment lang war Zaqri versucht, umzudrehen und zu ihr zurückzukehren. Niemand hatte ihn je so tief berührt wie Cym. Die ungezügelte Leidenschaft, mit der sie sich ihm hingegeben hatte, war ein Geschenk der Götter gewesen, aber irgendwie hatte Cym in ihrem Versuch, ihm alles zu geben, aufgehört, sie selbst zu sein. Die Frau, in die er sich verliebt hatte, gab nicht freigiebig, sondern widerwillig. Sie verlangte einen Preis, er hatte sie sich verdienen müssen. Diese neue Cym war ein anderes, geringeres Wesen.

Er hatte sie schlafen lassen, um stattdessen zu versuchen, sein Volk zu retten.

Ich darf die Skytale nicht einfach entschwinden lassen. Wir müssen diese Chance auf Erlösung ergreifen.

Zaqri konnte das nicht einfach ignorieren, nicht für etwas so Selbstsüchtiges wie die Liebe. Mit diesem Entschluss trat er in den Feuerschein und rief den Namen des Rudelführers. »Prandello!«

Prandello hatte als Maurer in einem Dorf in der Nähe von Medishar gelebt, aber seine Vorfahren stammten aus Silacia. Sein dünnes Haar wurde bereits grau, und seine Haut war so stark von der Sonne gebräunt, und seine Augen lagen so tief in den Höhlen, dass sie schwarz aussahen. Er hatte sein gesamtes Leben in Medishar verbracht, er schlang sein Kopftuch so, wie es dort üblich war, und so begrüßte er Zaqri auch: mit einem Kuss auf beide Wangen und schließlich auf die Lippen.

»Sal'Ahm, werter Freund. Was führt dich zu mir?«, fragte er und bat Zaqri in sein Zelt. Prandellos Sippe hatte ihn selbstverständlich gesehen, und manche erkannten ihn wahrscheinlich wieder – daran konnte er nichts ändern, aber Prandello war in der Vergangenheit stets aufrichtig zu ihm gewesen.

Es war noch eine Frau in dem Zelt, sie bereitete gerade das Bett. Sie war weder jung noch eine Seelentrinkerin, wie Zaqri überrascht feststellte, und hatte offensichtlich Angst vor Prandello; sie eilte davon und ließ die beiden Männer allein.

»Wie ich hörte, hält dein Rudel sich aus der Fehde heraus«, begann Prandello ohne Vorwurf in der Stimme. Viele Dokken misstrauten dem Bündnis, das Rashid von Hallikut ihnen angeboten hatte, und hielten es für eine Falle.

Zaqri schloss einen Moment die Augen und bereitete sich auf seine erste Lüge vor. Er war nicht sicher, wie viel er preisgeben durfte, doch schien es, als wüsste Prandello nichts von dem Schicksal, das Zaqris ehemaliges Rudel ereilt hatte. »Ich habe die Meinen in Wornus Händen gelassen, um mich auf eine Suche zu begeben, die von größter Wichtigkeit für unser Volk ist«, sagte er schließlich.

»Eine Suche?«, fragte Prandello belustigt. »Du sprichst wie in einer Ballade, mein Freund.« Mit einer Geste verschloss er die Zeltklappe hinter sich und bot Zaqri ein Sitzkissen an, dann stellte er zwei Becher auf das kleine Tischchen und goss ihnen beiden einen Schluck bittersüßen silacischen Zitronenlikör ein.

Während sie schweigend tranken, legte Zaqri sich seine Geschichte zurecht. Draußen prasselte ein Lagerfeuer, jemand stimmte eine alte rimonische Volksweise an, die sein Herz tief berührte. Ja, hier war er unter seinesgleichen.

»Ich brauche deine Hilfe, Prandello«, gestand er. »Und die eines jeden, von dem du sicher bist, dass er seine Loyalität zur Bruderschaft über alles andere stellt. Auch über die Fehde.«

Prandello betrachtete die auf seine Hände tätowierten Gebetszeilen aus dem Kalistham. »Das trifft auf die meisten von uns zu, Bruder. Erzähl mir mehr. Ein Rudelführer lässt die Seinen nicht leichtfertig zurück. Deine Suche, wie du es nennst, muss wichtig sein.«

»Werter Bruder«, begann Zaqri zögernd, »ich habe von etwas erfahren, das über unser aller Schicksal entscheiden kann…« Er erzählte Prandello eine leicht abgewandelte Version der Wahrheit, nämlich dass sein Rudel die Seherin Sabele zu einer Insel begleitet habe, auf der yurische Magi ein sagenumwobenes Artefakt versteckt hatten, das die Dokken von ihrem ererbten Leiden heilen konnte.

»Wir wollten das Artefakt an uns bringen, doch zwei Magi konnten damit fliehen«, sprach er weiter, und Prandello hörte aufmerksam zu. »Wir verfolgten sie unter Sabeles Führung, doch sie sind uns entwischt. Ich musste mein Rudel in Dhassa verlassen. Die Seherin ist tot, aber die Jagd geht weiter.«

Prandello war fasziniert. »Uns heilen? Ist so etwas wirklich möglich?«

»Ich kann es selbst kaum fassen, aber wenn ich dir sage, worum es sich bei dem Artefakt handelt, wirst du mir glauben.« Er beugte sich ein Stück näher heran und flüsterte: »Es ist die Skytale des Corineus.«

Prandello zuckte zusammen. »*Sol et Lune!* Aber die Skytale wird in einem Gewölbe tief unter der Erde in Pallas verwahrt. Eher brechen die Säulen Urtes, als dass jemand sie von dort hervorholt.«

»Und doch ist es geschehen. Sie wurde gestohlen und befindet sich in Ahmedhassa.«

»Sabele ist wirklich tot?« Prandello rieb sich die Stirn. »Sie war älter als unser Volk. Die Legende besagt, dass sie es war, die die Gnosis in uns wachrief.«

»Eine junge Keshi namens Huriya hat ihre Seele verschlungen und sich dann selbst auf die Suche nach der Skytale gemacht«, antwortete Zaqri und beobachtete Prandello genau. Womöglich war Huriya schon vor ihm hier gewesen.

»Huriya? Diesen Namen habe ich noch nie gehört. Wer weiß sonst noch davon?«

»Die Inquisition, oder Teile von ihr. Sie tauchten auf, als wir versuchten, die Skytale an uns zu bringen. Im darauffolgenden Kampf konnten die beiden Magi fliehen. Vermutlich sind auch Teile des rondelmarischen Kaiserhauses informiert, aber aus Angst vor einer Revolte wagt der Kaiser nicht, den Verlust öffentlich zuzugeben.«

»Dann wissen weder Rashid noch die Hadischa davon?«, erkundigte sich Prandello.

»Ich glaube nicht. Oder ich hoffe es. Immerhin sind sie Magi.«

»Sie haben uns eine Zukunft in Frieden versprochen.«

»Und jetzt kennen sie eure Namen und wissen, wo ihr lebt. Glaubst du, ihr seid nach dem Krieg in Medishar sicher?«

»Ich verstehe deine Bedenken, doch während des Zweiten Kriegszugs kamen die rondelmarischen Inquisitoren bis in mein Dorf. Das ging uns zu weit, wir mussten etwas tun. Die Fehde ist unsere einzige Möglichkeit, aber wir sehen auch ihre Gefahren.«

»Das sollte kein Vorwurf sein«, beschwichtigte Zaqri. »Ich bin froh, dich hier gefunden zu haben.«

Prandello hob seinen Becher. »Wie kann ich dir also helfen, Amiki?«

Zaqri atmete einmal tief durch. »Die Fährte, der ich folge, ist erkaltet. Ich brauche Spurenleser, die der Bruderschaft treu ergeben und außerdem gewillt sind, die Fehde zu verlassen und sich meiner Führung zu unterstellen. Die Zukunft unseres

Volkes steht auf dem Spiel, Bruder. Stelle dir eine Welt vor, in der wir von unserem Fluch geheilt sind und uns zu einer zweiten gleichberechtigten Macht neben den Magi erheben, vereint durch unsere gemeinsame leidvolle Vergangenheit und in der Lage, endlich Gerechtigkeit einzufordern.«

»So möge es geschehen«, erwiderte Prandello. »Ich stehe an deiner Seite.« Er deutete auf die Zeltklappe. »Salim ist nicht weit. Er ist wie ein Löwe unter Schakalen und ein Vorbild für uns alle. Führer wie er sind selten, aber die Allianz, die er anführt, ist brüchig. Nicht nur seine eigenen Kriegsherren sind hier, auch die abtrünnigen des Ordo Costruo und die Hadischa. Wir Dokken sind bestenfalls geduldet, und selbst das nicht mehr lange. Dein Kommen ist ein Zeichen, dass es an der Zeit ist zu gehen.«

Es lief immer gleich ab: Ein Vogel, meistens ein Spatz, kam kurz vor der Morgendämmerung, als Cym gerade an ihrem dünnen Tee aus getrockneten Blättern nippte. Sie bereitete ihn immer so früh zu, weil sie nicht riskieren konnte, dass im Tageslicht jemand den Rauch des Kochfeuers entdeckte. Der Vogel landete direkt neben ihr und harrte zitternd vor Angst aus, bis sie ihn in die Hand nahm. Dann hörte sie im Geist die Nachricht, die Zaqri in der Aura des Tieres verankert hatte.

Die Neuigkeiten klangen gut. Ein Rudelführer der Dokken namens Prandello hatte ihn aufgenommen. Salims Heer hatte Probleme mit dem Nachschub und musste mit dem Weitermarsch zum Fluss warten. Prandello hatte seine Hilfe zugesagt, doch stand er unter ständiger Beobachtung der Magi des Sultans und musste größte Vorsicht walten lassen. Cym sollte bleiben, wo sie war, und auf weitere Anweisungen warten.

Er vermisste und liebte sie.

Zaqri solche Dinge sagen zu hören, obwohl er gar nicht bei ihr war, fühlte sich eigenartig an.

Ich liebe dich auch, flüsterte Cym, aber da sie nicht wusste, wie sie dem Vogel die Worte einpflanzen sollte, konnte sie Zaqri die Nachricht nicht zukommen lassen. Ihr Versteck mitten in dieser felsigen Einöde zu verlassen war zu gefährlich. Jedes Mal wenn sie sich ein Stück weit weg wagte, sah sie Reiter in der Ferne. Sie suchten die Umgebung des Lagers nach allem ab, was das Heer brauchen konnte. Wenn sie Cym entdeckten, eine junge Frau und ganz allein ... Besser, sie hielt sich versteckt.

Zwischen den Felsen wimmelte es nur so von Schlangen, aber Cym wusste genug über Animismus, um zumindest die in ihrer Nähe zu verscheuchen. Die Höhle, in der sie den größten Teil der Tage und Nächte verschlief, war nicht besonders groß, und als sie sich erholt hatte und wieder bei Kräften war, wurde ihr langweilig.

Ich kann noch nicht zu dir kommen, hatte Zaqris letzte Nachricht gelautet. *Die Hadischa lassen Prandellos Leute nicht einen Moment aus den Augen. Es gibt viele Splittergruppen in Salims Heer, wir müssen sehr vorsichtig sein. Gib auf dich Acht, bleibe in Sicherheit. Ich komme bald.*

Als am folgenden Morgen kein Vogel kam, wurde Cym halb wahnsinnig vor Sorge. Sie pirschte ruhelos um die Höhle, überzeugt, Zaqris Silhouette jeden Moment am Horizont zu entdecken. Die ganze Nacht schwitzte und betete und fluchte sie und fand doch keinen Schlaf, egal, wie sehr sie es versuchte. Als der nächste Tag graute und Cym aus der Höhle trat, war sie über und über mit Sand und Staub bedeckt, er klebte in ihrem Haar und auf ihrem Gesicht, ihr ganzer Körper juckte. Sie hatte sich seit acht Tagen nicht mehr gewaschen und die Vorräte, die Zaqri dagelassen hatte, gingen zur Neige.

Da schwebte ein Zaunkönig auf die Felsen herab und hüpfte in ihre Hand. Cym hätte ihn um ein Haar zerdrückt, so begierig war sie darauf, endlich wieder Zaqris Stimme zu hören.

Es geht immer noch nicht. Zu viele Besprechungen, und das

Heer zieht weiter. Deine rondelmarischen Freunde können den Fluss nicht überqueren und sitzen in der Falle. Es wird bald eine Schlacht geben. Bleib in deinem Versteck, sonst können die Vögel dich nicht finden. Gib gut auf dich Acht. Bis bald, meine geliebte Cymbellea.

Ein stummer Schrei baute sich in ihrer Kehle auf. Kummer und Verzweiflung schnürten ihr mit eisernem Griff beinahe die Luft ab. Erst einige Zeit später hatte sie sich so weit beruhigt, dass sie sich die Tränen aus den geschwollenen Augen wischen und nachdenken konnte.

Was nützen mir deine Liebesbeteuerungen, wenn du nicht bei mir bist? Deine Liebe sind dein Gesicht, deine Hände, dein Körper, dein Geruch und deine Wärme!

Jetzt, da Cym all den selbstzerstörerischen Hass und die sinnlose Vendetta endlich hinter sich gelassen hatte, brauchte sie Zaqri umso mehr. Alaron und die Skytale zu finden, die Rimonier aus ihrer Unterdrückung zu befreien, all das verblasste im Vergleich zu ihrer Sehnsucht nach *ihm*.

Wenn das Heer tatsächlich weiterzog, schwebte Ramon in höchster Gefahr. Außerdem waren Cyms Vorräte nun endgültig verbraucht.

Als es Nacht wurde, schlüpfte sie aus der Höhle und schlich zu Salims Lager.

Mein Platz ist an Zaqris Seite.

Eine Spinne krabbelte durch Alyssa Dulayns Zelt, ein großes, haarloses Biest mit einer violetten Zeichnung auf dem geblähten Körper und tödlich giftig, aber das kümmerte Alyssa nicht. Mit Spinnen und Netzen kannte sie sich aus. Man musste nur überall Fäden ziehen, so fein, dass die Opfer sie nicht sahen. Es brauchte Geduld, das Netz musste ständig repariert und gepflegt werden, während man selbst im Verborgenen lauerte, bis einer der Fäden zitterte.

Als Rashid Mubar Richtung Norden nach Shaliyah aufbrach, hatte er sie am Hof des Sultans zurückgelassen. Manche waren töricht genug gewesen zu glauben, Rashid wäre seiner weißen Konkubine überdrüssig, aber Alyssa wusste es besser. Sie war seine Informationsquelle und saß im Zentrum des wichtigsten Netzes von allen.

Ich bin die mächtigste Frau in ganz Ahmedhassa, die Lucia Sacrecour des Ostens.

Wäre sie in Pallas geboren, würde sie ihre Netze im Herzen des Kaiserreichs spinnen, aber das Schicksal hatte sie im Schoße des Ordo Costruo zur Welt kommen lassen, wo Intellekt und Gelehrsamkeit gepriesen wurden und Schönheit als oberflächlich galt. Am Ende hatte Alyssa dem Orden gezeigt, wie tief sie mit ihrer sogenannten Oberflächlichkeit eingedrungen war. Am Ende hatten die selbstgerechten Gelehrten vor ihr gezittert wie Bauerntölpel.

Magi wie Rene Cardien, die sich selbst »liberal« nannten, hatten sich lauthals über ihre mangelnde Sittsamkeit beschwert – dabei hatten sie Alyssa nur darum beneidet, dass sie sich die Freiheit nahm, die sie selbst lediglich predigten, aber aus Angst nicht auslebten. Antonin Meiros hatte sie als Schlampe beschimpft und dabei seine Tochter immer tiefer in Alyssas Netz getrieben.

Als Rashid sie einmal fragte, warum sie den Ordo Costruo verraten hatte, antwortete sie schlicht: »Weil ich es konnte.« Das Spiel selbst war das Ziel. Die Gründe, aus denen man es spielte, spielten keine Rolle. Sollten andere sich über Ideologie und Moral den Kopf zerbrechen. *Alles, was ich will, ist der Genuss zu gewinnen. Und die Annehmlichkeiten natürlich, die der Sieg mit sich bringt.*

Alyssa lächelte stolz und konzentrierte sich wieder auf die anstehende Aufgabe: Sie machte sich gerade bereit für eine weitere Nacht des Verrats und der Intrige, puderte ihr Gesicht und flocht schimmernde Perlen in ihre blonden Zöpfe. Ein mit Silberfäden durchwirktes Kleid umschmiegte ihren üppigen Körper. Leider musste sie außerhalb ihres Zeltes einen Bekira darüber tragen – so verlangte es der Sultan. Sein Hof war ein Hort der Intrigen, aber nicht der Eitelkeit. Alyssa wurde akzeptiert, weil sie Rashids Frau war und zum Ordo Costruo gehört hatte, aber ein Skandal würde ihr im Augenblick nur schaden. Schon jetzt hatten die frömmlerischen Gottessprecher und eifersüchtigen Hadischa es auf sie abgesehen.

Ihre Dienerin läutete das Glöckchen vor dem Zelteingang.

Das Spiel beginnt ... »Was gibt es, Lesharri?«

Lesharri eilte herein und sank sofort auf die Knie. Sie war Alyssas Halbschwester und etwas jünger als sie selbst, ein spätes Bastardkind ihres Vaters. Alyssa hatte sie im Lauf der Jahre vollkommen unter ihre Kontrolle gebracht. Sie hatte Lesharris Wesen so weit zurückgedrängt, bis sie nur noch eine Verlängerung ihres Willens war und Lesharris größte Freude darin bestand, alles zu tun, was ihre ältere Schwester verlangte.

Wenn ich nur noch mehr von deiner Sorte hätte. Diese Art der Konditionierung war selbstverständlich streng verboten. Hätte der Orden davon Wind bekommen, wären sie beide hingerichtet worden. *Wie kurzsichtig Meiros' Magi doch waren.*

»Edle Dame, die Frau des Dokken-Führers wartet draußen.«

»Prandellos Hure?« Dieser Faden in ihrem Netz zitterte nur selten. Alyssa bewunderte die schillernde Göttin im Spiegel ein letztes Mal, dann sagte sie: »Bring sie rein.«

Lesharri nickte eifrig und führte die Besucherin herein. Sie nahm der Frau den Umhang ab und zog sich dann in eine Ecke zurück, bereit, jeden Moment einzugreifen – denn trotz allem war auch sie eine Magi.

Die Frau nahm auf dem Gästestuhl Platz und schaute sie ehrfürchtig an.

Ja, erzittere vor meiner Schönheit. Alyssa durchwühlte ihr Gedächtnis nach dem Namen ihres Gastes … *Maddeoni, eine Verelonerin, Prandello hat sie während des Zweiten Kriegszugs entführt. Seit über zwölf Jahren ist sie jetzt Prandellos Zuchtstute, und das sieht man ihr deutlich an. Sie liebt ihre beiden Söhne über alles und hofft, irgendwann mit ihnen fliehen zu können. Mittlerweile behandelt Prandello sie gut, aber Maddeoni hasst ihn immer noch.*

Ein bisschen Mitgefühl, mehr hatte es nicht gebraucht. Als Prandello während der Belagerung von Ardijah auf Erkundung war, hatte Alyssa die vereinsamte Frau einfach aufgesucht. »Ja, was dir angetan wurde, ist schlimm. Aber wenn sich eines Tages die Gelegenheit bietet, kann ich dir vielleicht helfen.« Mehr hatte sie nicht sagen müssen, und vielleicht war es jetzt so weit. Alyssa verabscheute die Dokken und würde jede Gelegenheit wahrnehmen, sie zu vernichten, selbst wenn es Salims Heer schwächte. Schließlich waren sie der weit ältere Feind.

»Maddeoni, was für ein wundervoller Abend. Wie geht es dir?«

Die Frau schlug die Kapuze ihres Bekira zurück, ihre großen Augen füllten sich mit Tränen. Ihr Gesicht war von Falten durchzogen, ihre Schläfen ergrauten zusehends, und die dunklen Säcke unter ihren Augen wurden von Monat zu Monat dicker. Man musste kein Wahrsager sein, um zu sehen, wie freudlos ihr Leben war. Voll Bitterkeit antwortete sie schließlich: »Meine Dame, die Sippe macht sich bereit zum Aufbruch.«

Die meisten von Alyssas Besuchern berichteten ihr solch wertlose Dinge, die sie selbst für wichtig hielten. Sie waren schlecht informiert oder interpretierten das wenige, das sie gehört hatten, falsch. Alyssa hatte gelernt, geduldig zu sein und jedes bisschen Information genau zu untersuchen. »Das ganze Lager bricht auf, Maddeoni«, erwiderte sie leichthin.

»Ich meine etwas anderes: Sie verlassen die Fehde.«

Das klang schon eher interessant. »Tatsächlich? Erzähl mir mehr.«

»Sie wollen das allgemeine Chaos des Aufbruchs nutzen, um einfach zu verschwinden.« Maddeoni lachte trocken. »Die Narren glaubten, ich würde schon schlafen, als sie alles besprachen. Prandello behandelt mich, als gäbe es mich überhaupt nicht«, fügte sie leise hinzu. »Sie wollen die Frauen und Kinder in einem sicheren Versteck unterbringen und dann weiterziehen. Die halbe Nacht sitzen sie zusammen, trinken und planen, Prandello, seine engsten Berater und dieser Fremde.«

Alyssa umfasste Maddeonis Hände. »Aber Maddi, sie haben *geschworen*, der Fehde zu dienen. Es ist falsch, wenn sie sich einfach so davonstehlen, und das wird einige Leute sehr, sehr zornig machen. Du tust gut daran, es mir zu sagen.«

Die Augen der Verelonerin verengten sich. »Wird man sie … züchtigen?«

»Wahrscheinlich«, antwortete Alyssa mit gespielter Sorge. »Es sei denn, wir könnten sie davor bewahren, etwas Dummes zu tun.«

»Nein, ich *möchte*, dass sie etwas Dummes tun. Ich möchte, dass sie bestraft werden«, fauchte Maddeoni. Ihre Lippen bebten. »Solange meinen Kindern nur nichts passiert.«

Alyssa drückte ihre Finger und ließ Maddeoni Zuversicht spüren. »*Natürlich* wird ihnen nichts passieren, meine Liebe. Kinder sind das Wertvollste, was wir haben – selbst Dokken-Kinder, schließlich haben auch sie die Gnosis.«

Sie zog Maddeoni sanft an sich und küsste sie auf die Wange. »Ich werde euch beschützen, Maddi, alle drei. Aber dazu musst du mir mehr über diesen Fremden erzählen.«

»Sag mir die Wahrheit, Bruder, warum hilft uns dein Rudel nicht?«, fragte Prandello. »Nach den Verlusten, die wir in Ardijah erlitten haben, sind wir nur noch fünfzehn. Der Rest meines Rudels ist mit Rashid Mubar nach Norden gegangen. Um ein so großes Gebiet abzusuchen, brauchen wir so viele Männer wie möglich.«

»Ich glaube nicht, dass wir lange suchen müssen«, erwiderte Zaqri und wich der Frage nach dem Verbleib seines Rudels aus. »Ich bin sicher, wir werden die Spur bald wiederfinden.«

»Und wenn sie jemand vor uns entdeckt? Solche Dinge können den Krieg entscheiden. Weißt du überhaupt, wen wir suchen?«

»Ja. Einen rondelmarischen Magus und eine Frau aus Lakh, beide noch sehr jung. Sie werden sich nicht lange vor uns verstecken können, da bin ich sicher.« Er seufzte. »Wenn sich nur die gesamte Bruderschaft anschließen würde! Wir haben so viel zu gewinnen. Wenn wir zusammenstehen würden, hätten wir sie im Nu gefunden.«

»Normalerweise gibt es nichts als Zwist, wann immer wir zusammenkommen, aber dich akzeptieren sie, Zaqri. Wenn wir die Skytale finden, werden die anderen unserem Ruf folgen.« Prandello trank seinen Likör leer und verlangte nach einer neuen Flasche.

Seine Frau eilte herbei, und Zaqri zuckte überrascht zusammen. Er hatte sie ganz vergessen. Sie stellte die Flasche auf das Tischchen und verschwand sofort wieder. Prandello goss nach, dann tranken sie schweigend.

Zaqri hatte noch eine weitere Enthüllung zu machen, und dies schien ihm der geeignete Moment. »Prandello, da ist noch etwas: Ganz in der Nähe wartet eine Frau auf mich.«

»Natürlich«, erwiderte das Sippenoberhaupt lachend.

»Diese Frau ... Sie ist eine Magi.«

Prandellos Augen wurden tellergroß. Einen Moment lang wusste er nicht, was er sagen sollte, dann hatte er sich wieder gefasst. »Was hast du vor, Zaqri von Metia? Willst du eine zweite Nasette erschaffen? Wenn ja, bist du auf dem falschen Weg.«

»Das weiß ich. Aber was geschieht, wenn eine Magi unseren Samen in sich trägt? Wird das Kind mit dem Fluch geboren oder mit der Gabe? Wir wissen es nicht.« Er zuckte betont gelassen die Achseln. »Ich bin neugierig. Sie hatte eine Fehlgeburt, aber ich besteige sie weiter. Ihre fruchtbare Zeit naht.«

Prandello runzelte die Stirn. Eine Magi inmitten seiner Sippe? »Solange die Männer sehen können, dass du über sie herrschst, und nicht umgekehrt, dürfte es keine Probleme geben«, sagte er schließlich.

Kurz darauf gingen sie auseinander. Als Zaqri gerade in sein Zelt kriechen wollte, spürte er überrascht, dass Cym ihn suchte. Die geistige Berührung fühlte sich an, als käme sie von nicht weit weg. Trotz des immensen Risikos machte sein Herz vor Freude einen Sprung. Er stahl sich aus dem Lager und fand Cym ganz in der Nähe, dann führte er sie durch das Meer aus Zelten zu seinem Bett. Sie liebten sich wortlos und sprachen erst, als sie schwitzend und keuchend nebeneinanderlagen.

»Ich wollte dich morgen zu mir rufen«, flüsterte er. »Das Heer bricht am Vormittag auf, aber wir werden uns unterwegs nach Osten absetzen. Ich habe Prandello von dir erzählt, er wird dich vor seinem Rudel beschützen.«

Cym legte den Kopf auf seine Brust und schaute ihn besorgt an. »Können wir ihm vertrauen?«

»Ich glaube, ja.«

»Fast wäre ich nicht hergekommen«, sprach Cym weiter. »Meine dunklen Vorahnungen werden immer schlimmer. Die Skytale kümmert mich nicht mehr. Wenn wir die Suche nicht aufgeben, Geliebter, werden wir beide sterben. Bitte, lass uns gemeinsam von hier verschwinden.« Ihr Gesicht sah so müde aus, und ihre Augen waren blutunterlaufen, als hätte sie in Zaqris Abwesenheit kaum geschlafen.

Er streichelte ihr Haar. »Cym, niemand wird dir etwas tun, das verspreche ich dir, aber ich muss die Suche fortsetzen. Für mein Volk.«

»Bitte! Ich werde dich heiraten und deine Kinder zur Welt bringen, aber lass uns jetzt verschwinden, sofort!«

»Ich kann nicht.«

Einen Moment lang glaubte er, Cym würde aufstehen und gehen. Der innere Widerstreit war ihr deutlich anzusehen. Um Zeit zu gewinnen, rollte er sich noch einmal auf sie, als könnte er Cym auf dem Boden seines Zelts festnageln, damit sie ihn nicht verließ. Es schien zu funktionieren, aber vielleicht war sie auch nur erschöpft, denn als sie fertig waren, seufzte sie zufrieden und schlief augenblicklich ein.

Zaqri machte sich von ihr los und ging seine Blase entleeren. Er stolperte müde zwischen den Zelten hindurch und pinkelte in die stinkende Latrine, und als er sich wieder auf den Rückweg machen wollte, hielt er wie erstarrt inne.

Keine zehn Schritte von ihm entfernt stand eine Frau im Mondschein. Sie trug einen weiten Bekira, der so nachlässig geschlossen war, dass ihr eng anliegendes, silbrig schimmerndes Kleid darunter zu sehen war, welches sich eng an ihre üppigen Kurven schmiegte. Perlen schimmerten im blonden Haar, aus dem Blick ihrer sinnlichen Augen sprach nackte Gier. Um ihren Hals hing ein Amethyst, und mit der Hand hielt sie einen langen Stab umklammert, in dessen Ende ein Kristall eingelassen war, wie manche Magi ihn benutzten, um ihre Gnosis zu verstärken. Ohne jede Hast richtete sie den Stab auf ihn und fragte: »Zaqri von Metia?«

Hinter ihr sah er dunkle Schatten um die Zelte seiner Brüder huschen. Laternen verloschen, von den aufgestellten Wachen war keine Spur mehr zu sehen. Zaqri öffnete den Mund zu einem Warnschrei, da erstrahlte der Kristall auf dem Stab.

Ein grässlicher Schmerz packte ihn, als wühle sich ein Dämon mit giftigen Klauen in seine Eingeweide. Zaqri taumelte und wehrte sich nach Leibeskräften, doch der Schaden war bereits angerichtet. Eine entsetzliche Schwäche breitete sich in seinem Körper aus, seine Knie gaben nach, dann brach er zusammen und stürzte mit dem Gesicht nach unten zu Boden.

Schreie ertönten, sie schienen von weit weg zu kommen, dann hörte er nur noch das Knirschen des Sandes, als die Frau sich direkt neben ihn stellte. Ein ohrenbetäubendes Flüstern hallte durch seinen Schädel, als sie etwas sagte. Zaqri hätte es verstehen müssen, doch der Schmerz, der in ihm wütete, war einfach zu groß. Schwarz gekleidete und mit Schwertern bewaffnete Männer tauchten hinter ihr auf, dann verlor er das Bewusstsein.

»Dame Alyssa«, sagte Lesharri mit einem einfältigen Lächeln, »der Dokken erwacht.«

Alyssa sah zu, wie die Hadischa Zaqri von Metia fesselten. Sie hatte ihn bereits mit einer Kettenrune belegt, als er noch bewusstlos im Dreck neben der Latrine lag. Der Gestank war ekelhaft gewesen, aber alles hatte perfekt funktioniert.

»Bringt ihn in mein Zelt«, wies sie ihre Hadischa an und schickte Lesharri mit, um dafür zu sorgen, dass Zaqri unverletzt blieb, während sie selbst sich um Prandello kümmerte. Der Überfall war genauso verlaufen, wie sie erhofft hatte. Die Dokken hatten einige mächtige Kämpfer in ihren Reihen, die in der Nacht jedoch meist betrunken waren oder schliefen oder beides. Die meisten waren gestorben, ohne überhaupt aufzuwachen. Die wenigen, die Widerstand geleistet hatten, hatten sich ergeben, als die Hadischa ihre Gefährten oder Kinder bedrohten, und waren dann getötet worden. Ungeheuer blieben nun mal Ungeheuer.

Danach waren die Frauen und Kinder getötet worden. Alyssa konnte nicht riskieren, dass eine der Frauen schwanger war oder eines der Kinder heranwuchs, um später Rache zu nehmen. Maddeoni lag in einer Blutlache, die Arme über ihre beiden toten Söhne gebreitet, die sie versucht hatte zu schützen. Alyssa schaute nur flüchtig hin, als sie an den drei Leichen vorbei ins Zelt ging.

Genau diese kaltblütige Entschlossenheit ist es, die Anführer von anderen unterscheidet, dachte sie stolz.

Prandello lag auf einem Teppich und hielt sich den rechten Arm, in dem eine bis auf den Knochen reichende Schwertwunde klaffte. Ein Hadischa-Hauptmann namens Pashil hatte ihn mit einer Kettenrune belegt. Alyssa vertraute ihm nicht, aber das musste der Hauptmann nicht wissen, also grüßte sie ihn ehrerbietig, da kam auch schon Salim hinzu. Vielleicht war es auch einer seiner Doppelgänger, aber sie alle beherrschten es perfekt, ihren Geist abzuschirmen, weshalb Alyssa immer noch nicht wusste, mit wem sie es zu tun hatte.

»Sal'Ahm, o Sultan«, keuchte sie und warf sich mit Pashil zu Boden.

»Ist es getan?«

»Ja, o Sultan«, antwortete Pashil. Mit dem graumelierten Haar und den sanften Gesichtszügen sah er aus wie ein Gelehrter mittleren Alters. »Das Lager wurde komplett gesäubert. Nur dieser hier ist noch am Leben.«

Also weiß er nicht, dass ich diesen Zaqri habe. Und von Cymbellea di Regia weiß er auch nichts. »Prandello muss verhört werden, Erhabener«, warf Alyssa ein. »Er führte etwas im Schilde.«

»Und was genau, Dame Alyssa?«, fragte der Sultan.

»Das müssen wir noch herausfinden«, antwortete sie und platzte innerlich vor Aufregung, wenn sie daran dachte, was Maddeoni ihr verraten hatte. »Allerdings braucht es dazu großes Geschick.«

»Meine Folterknechte sind Meister ihres Handwerks«, erwiderte Salim. Er gab sich gern als Mensch von Kultur und Ehre, dennoch schreckte er nicht vor Folter zurück, wenn sie ihm nützlich war.

»Mit Verlaub, ich glaube, mithilfe der Gnosis lässt sich das Problem auf zivilisiertere Weise lösen«, konterte Alyssa.

Die angeborene Zaghaftigkeit des Sultans gab schließlich den Ausschlag. »Dann befragt ihn, meine Dame«, erwiderte er nach kurzem Überlegen.

Pashil runzelte die Stirn. »Ich werde die Befragung persönlich überwachen, o Sultan, und Euch über alles unterrichten.«

Du hältst dich wohl für besonders schlau, Pashil? Dann spare ich mir die wichtigen Fragen eben für Zaqri von Metia auf …

Wenn dieser Zaqri etwas über das Artefakt wusste, von dem Maddeoni gesprochen hatte, durfte nur sie und niemand anderes davon erfahren. *Und wenn die Geschichte stimmt, werden Rashid und ich die Anführer einer neuen Aszendenz. Erzittere, Urte …*

»Wach auf, Mädchen!«

Cym befand sich in einer Art Dämmerzustand. Ihr war vage bewusst, dass Zaqri nicht bei ihr war, doch er konnte nicht weit sein, denn sie spürte ihn. Sie hatte den Überfall nicht kommen sehen, zumindest nicht, bis es zu spät war und die Männer bereits mit ihren Schwertern ins Zelt stürmten. Sie hatten sie festgehalten, dann war ein Schmerz wie eine Klinge mitten in ihren Geist gefahren. Der panische Aufschrei war ihr noch im Hals erstorben. Das Letzte, woran Cym sich erinnerte, waren das kantige Gesicht einer Frau, nur eine Handbreit über ihrem, und der stechende Blick, mit dem sie Cym anstarrte. Dann hatte sich die Kettenrune wie eine Dornenranke um ihr Inneres geschlungen, und Cym hatte das Bewusstsein verloren.

Nun kam sie zitternd wieder zu sich. Cym war halb wahnsinnig vor Angst um Zaqri – und sich selbst. Als sie die Stimme direkt neben sich hörte, wurde sie am ganzen Körper stocksteif und wagte nicht einmal, die Augen zu öffnen.

»Komm schon«, gurrte die Frau. »Ich tue dir nicht weh, Cymbellea.«

Als sie ihren Namen hörte, riss Cym verwirrt die Augen auf. Eine üppige Blonde mit engelsgleichem Gesicht saß neben ihrem Bett. Sie trug einen Bekira, darunter ein silberfarbenes Kleid.

»Erinnerst du dich nicht mehr an mich, Cymbellea Meiros?«

Cym blinzelte verwirrt. »Nein…« *Woher kennt sie meinen Namen?*

»Pfui! Ich habe dich direkt nach deiner Geburt auf den Armen gehalten. Du warst so klein und wütend und hast dir fast die Seele aus dem Leib geschrien damals.« Die Frau seufzte versonnen. »Ich war außer mir, weil Justina dich nicht wollte. Ich hätte dich ja selbst behalten, aber Justina war meine beste Freundin. Ich musste ihre Entscheidung unterstützen, und als Mercellus wieder auftauchte, habe ich dich in seine Obhut gegeben.«

Was? »Wer seid Ihr?«

»Deine Mutter hat mich nie erwähnt?«, fragte die Blonde verletzt. »Ich bin Alyssa Dulayn vom Ordo Costruo. Justina und ich standen uns sehr nahe.«

Cyms Mund wurde trocken. »Meine Mutter ist…«

»Tot, ich weiß.« Alyssas Blick wurde hart. »Und ich weiß, wer sie getötet hat. Ich war in seinem Geist.«

Die Worte rissen eine alte Wunde in Cym wieder auf: den Hass auf Zaqri, den sie so lange in sich getragen hatte, den fürchterlichen Konflikt, der ihre Liebe vergiftete. Sie hatte ihn endlich hinter sich gelassen, aber wie sollte sie das dieser Frau erklären?

»Ist Zaqri Euer Gefangener?«, fragte sie ängstlich.

»Aber ja.«

»Lasst ihn gehen, bitte.«

»Ich fürchte, das kann ich nicht«, entgegnete Alyssa. »Er ist ein Dokken und der Mörder der besten Freundin, die ich je hatte. Außerdem weiß er etwas, das ich in Erfahrung bringen muss. Ich bin sicher, du weißt, wovon ich spreche.«

Ihre Hoffnung schwand. Alyssa wusste also von der Skytale. Es hieß, jeder brach unter Folter irgendwann ein, es war nur eine Frage der Zeit. »Habt Ihr ihn …«, begann Cym, dann versagte ihr die Stimme.

Alyssa musterte sie neugierig. »Warum liegt er dir so am Herzen, Cymbellea?«

Diese Frau ist eine verlogene, kalte Hexe. Mater Lune, rette uns … »Ich sage Euch alles, was Ihr wissen wollt, wenn Ihr ihn nur gehen lasst.«

»Du erstaunst mich, Liebes. Ein Dokken und eine Magi? Du hast mit ihm Unzucht getrieben, nicht wahr? Willst du eine zweite Nasette werden?« Sie beugte sich ganz nahe heran. »Ich muss dich bei mir behalten und dein Geheimnis ergründen. Um deiner Mutter willen.«

»Die Skytale …«

»Ja, die Skytale. Ich werde sie dem Ordo Costruo aushändigen, wie deine Mutter es bestimmt gewollt hätte.« Sie tätschelte Cym gedankenverloren. »Hilf mir dabei.«

Cym schaute sie stumm an und überlegte, wie sie dieses rondelmarische Miststück hinters Licht führen konnte.

Alyssa lachte glockenhell. »Ach du meine Güte, du bist so leicht zu durchschauen wie ein Glas Wasser. Ich war mein halbes Leben ein Bauer in einem Tabula-Spiel und habe mich bis zur Königin hochgearbeitet, Mädchen. Ich kenne alle Tricks und lasse mich von deinesgleichen nicht täuschen. Gefangen im Rausch der ersten Liebe kannst du nur an eines denken: ihn!« Die Frau stand auf. »Ihr werdet beide mit mir kommen.

Die Kettenrune bleibt, und ihr werdet kooperieren, oder der andere bezahlt den Preis dafür.« Mit einer Geste verstärkte sie den Zug der Lederfesseln, die Cym ans Bett fesselten.

»Ruh dich erst einmal aus, Mädchen«, fügte sie mit dem Lächeln eines Engels und dem Blick einer Schlange hinzu.

Seth war weit mehr Zeit geblieben, seine Verteidigung am Ufer des Tigrates vorzubereiten, als er zu träumen gewagt hätte. Baltus Prenton hatte von schweren Auseinandersetzungen im Lager der Keshi berichtet, die schließlich dazu führten, dass es beinahe zwei weitere Wochen dauerte, bis das Heer gegen die Befestigungen der Verlorenen Legion vorrückte.

Trotzdem saßen sie nach wie vor in der Falle. Am einen Ufer des reißenden Tigrates patrouillierte die Keshi-Reiterei, am anderen die der Kirkegar. Die Späher, die Seth nach Norden und Süden ausgeschickt hatte, um nach einer anderen passierbaren Stelle zu suchen, waren erfolglos zurückgekehrt. Der Verlorenen Legion war nichts anderes übrig geblieben, als sich Tag und Nacht tiefer einzugraben und sich auf das Unvermeidliche vorzubereiten. Der Okten war zu Ende gegangen und der Sichelmond schließlich ganz vom Himmel verschwunden, dann war Salims Heer losmarschiert.

Am ersten Tag des Novelev blickte Seth mit seinen Schlachtmagi auf die Ebene hinab, und was sie sahen, war ein Meer von Feinden, so weit das Auge reichte. Die Legionäre blieben ruhig, wie er stolz feststellte. Stumm beobachteten sie, wie der Morgendunst ein schier unendliches Heer ausspuckte. Seine Männer hatten Shaliyah überlebt und waren aus Ardijah entkommen. Natürlich hatten sie Angst, aber auch Zuversicht, dass jemand sie hier herausholen würde.

Und dieser jemand bin ich, dachte Seth mit einem Schaudern. *Hoffentlich enttäusche ich ihre Erwartungen nicht.*

Wenn er die Augen zusammenkniff, konnte er die farbenfrohen Gewänder der Keshi-Fürsten sehen, die sich um Salims Thron versammelt hatten. Vielleicht war Latif unter ihnen und fragte sich, wie der Kampf ausgehen würde. Seth stellte sich die gleiche Frage.

Nur eines ist sicher: Wir werden nicht kapitulieren.

9

WIDER DEN KODEX

DÄMONENHEERE

Schon einen einzelnen Dämon zu beschwören ist hochge-
fährlich, und doch gab es zahllose Versuche von ehrgeizigen
Hexern, ganze Armeen herbeizurufen. All diese Versuche schlu-
gen fehl, und das aus einer Vielzahl von Gründen. Zum einen
ist die Macht des Dämons sehr begrenzt und der Wirt schnell
verbraucht, wenn es sich dabei nicht um einen Magus handelt –
jedoch wird kein Magus einem Dämon je die Kontrolle über sei-
nen Körper und Geist überlassen. Zum anderen übersteigt es
selbst die Fähigkeiten eines Aszendenten, so viele Wesenheiten
gleichzeitig zu kontrollieren. Außerdem wurde der hierzu nö-
tige Zauber im Abkommen über die Gnosis verboten, und das
zu Recht.

BRUDER JACOBUS, ARKANUM HEILIGES HERZ 802

TAL DER GRÄBER IN GATIOCH, ANTIOPIA
ZULQEDA (NOVELEV) 929
SIEBZEHNTER MONAT DER MONDFLUT

»Adamus, Eure Standhaftigkeit ist wirklich erstaunlich.« Malevorn konnte nicht fassen, dass das Wrack von einem Menschen vor ihm immer noch atmete, geschweige denn Widerstand leistete. »Aber es ist sinnlos, mein Crozier.«

Er hatte den Bischof stets als weibischen Frocio verachtet und geglaubt, ihn binnen einer Stunde brechen zu können, doch Adamus überraschte ihn. Hätte Raine Caladryn die Befragung durchgeführt, hätte sie den Kerl wahrscheinlich im Handumdrehen geknackt, aber weder Malevorn noch Hessaz, die ihm assistierte, waren Folterspezialisten, und allmählich begann Malevorn, sich Sorgen zu machen, der Gefangene könnte ungebrochen sterben.

»Seht Euch an«, flüsterte er in den Stummel, der einmal Adamus' linkes Ohr gewesen war. »Finger und Zehen gebrochen, das Gesicht zerschmettert, skalpiert, die Knie zertrümmert, kastriert, verbrannt und geblendet. Was habt Ihr noch zu verlieren? Es gibt kein Leben mehr für Euch, selbst wenn ein Wunder passiert und Kore persönlich Euch in seinen Schoß nimmt. Hört auf, Euch zu wehren, Adamus. Gebt auf.«

Der Bischof würdigte Malevorns Ansprache mit keinerlei Reaktion. Drei Wochen ging das jetzt schon so. Er hatte es irgendwie geschafft, sich in sich selbst zurückzuziehen und war seitdem nicht mehr herausgekommen. Die körperlichen Qualen erreichten ihn zwar, denn er schrie nach wie vor wie ein Kind, aber sein Geist war und blieb eine undurchdringliche, in sich geschützte Einheit. Malevorn drang einfach nicht durch. Adamus' Wissen blieb ihm verschlossen.

Wenn er versagte, erwartete ihn das gleiche Schicksal wie den Bischof. Die Inquisition würde so lange Jagd auf ihn machen, bis sie ihn irgendwann hatten. Malevorn starrte den an zwei x-förmig überkreuzte Holzbalken gefesselten Crozier an, nackt und zerschunden, und zermarterte sich den Kopf, wie er vielleicht doch noch durchdringen konnte. *Vielleicht …*

»Schneide ihm die Augenlider ab«, sagte er zu Hessaz.

Die Lokistanerin erschauerte. »Macht es selbst, Held«, blaffte sie und drehte sich mit angewidertem Blick weg. »Ich habe genug von Euch, Inquisitor. Genug von dem hier.«

»Dann hau ab! Aber glaube nicht, dass du von der Belohnung etwas abbekommst, Seelentrinkerin. Für *dich* wird es keine Erlösung geben!«

Hessaz blieb stehen. »Ich bin zufrieden mit dem, was ich bin«, knurrte sie und verließ die stinkende Kammer.

Malevorn blieb allein zurück und ließ sich in einen Stuhl fallen, das Gesicht in den Händen vergraben. *Verflucht, verflucht, verflucht …*

Dabei war der Raum unterhalb der Mausoleen genau für diesen Zweck gedacht, wie die Ketten an den Wänden und das große Holzkreuz bewiesen, an dem Adamus gefesselt hing. Während Xymochs Gestaltwandler ihren Sieg mit Orgien, Fress- und Saufgelagen feierten und Huriya über ihren Hellsehschalen brütete, versuchten Malevorn und Hessaz, in Adamus' Kopf zu dringen. Bisher lautete die einzige Erkenntnis, dass Malevorn trotz seiner sonstigen Verfehlungen kein guter Folterer war.

Schließlich gab er es auf. Auch heute würde er nichts in Erfahrung bringen. Malevorn flößte dem Bischof etwas Wasser und Essen ein, dann ging er zu seinem Gemach und nahm sich eine Flasche von dem Zeug, das Xymochs Leute brauten. Er konnte den Anblick dieser Tiere in Menschengestalt nicht mehr ertragen und hatte sich einen Raum weit weg von allen anderen ausgesucht. Seit über zwei Wochen trank er sich dort jeden Abend besinnungslos, bevor er sich hinlegte, damit er nicht von dem träumte, was er Adamus in den Stunden davor angetan hatte. Malevorn hatte aufgehört, sich zu rasieren, er wusch sich nicht mehr und wusste nicht einmal, ob draußen Tag oder Nacht war. Er war ein Gefangener dieser ewig dunklen Katakomben.

Er nahm gerade den letzten Schluck von dem entsetzlich starken, geschmacklosen Schnaps, da merkte er, dass Huriya im Türrahmen lehnte. Im Gegensatz zu ihrer sonstigen Gewohnheit trug sie einen Bekira, der ihre üppigen Formen vollständig verbarg.

»Was wollt Ihr?«, nuschelte er.

Sie schlenderte herein, rümpfte kurz die Nase wegen des Gestanks und setzte sich. »Hessaz hat mir erzählt, du hättest versagt. Sie will dir nicht mehr helfen.«

»Feiges Miststück! Sie hat eben nicht das Zeug dazu.«

»Sie ist nicht feige. Sie will nur nichts mehr mit der Folter zu tun haben.«

»Scheißen wir auf sie. Dann bekommt sie eben auch nichts ab, sobald wir haben, was wir wollen.« Was jedoch zusehends unwahrscheinlicher wurde. Malevorn holte aus und ließ die leere Flasche wie all die anderen in einem Scherbenhaufen in der Ecke zerschellen.

Huriya erhob sich. »Komm zu mir, wenn du wieder nüchtern bist. Dann zeige ich dir, wie man den Crozier bricht.«

»Ihr?«, fragte Malevorn kleinlaut. »Er wird nicht brechen, Huriya. Ich kann es nicht. Wenn ich ihm weitere Verletzungen zufüge, stirbt er, und alles ist verloren.«

»Ich kenne eine Methode, Herz meines Herzens, verlass dich drauf«, erwiderte sie. »Morgen.«

Huriya blieb vor der Folterkammer stehen. »Warte hier und sorge dafür, dass niemand hereinkommt«, wies sie Malevorn an, dann verschwand sie nach drinnen und verschloss die Tür.

Natürlich spionierte Malevorn durchs Schlüsselloch, doch

was er sah, war ganz und gar nicht das, was er erwartet hatte: Huriya nahm den Bischof von dem Holzgestell und legte ihn auf eine Pritsche. Dann wusch sie ihn und begann, die Verletzungen rückgängig zu machen, die Malevorn und Hessaz ihm beigebracht hatten. Mit den Stellen, die am schlimmsten schmerzten, fing sie an und richtete seine gebrochenen Hände und Füße wieder ein.

Malevorn begriff nicht, was Huriya damit erreichen wollte: Hatte sie vor, ihn zu verraten und sich stattdessen mit dem Bischof zu verbünden? Es schien ihm kaum vorstellbar, aber wenn sie Adamus zu ihrem neuen Sklaven machte, brauchte sie Malevorn nicht mehr …

Mehrere Male war er kurz davor, die Tür aufzubrechen, doch er beherrschte sich: Die Kammer war eine Sackgasse, und wenn Huriya sie lebendig verlassen wollte, musste sie an ihm vorbei. Um sich die Zeit zu vertreiben, zog Malevorn das Langschwert, das er dem toten Artus le Blanc abgenommen hatte, aus der Scheide und schärfte es mit seinem Wetzstein.

Als der Tag sich dem Ende zuneigte, hatte Huriya die Selbstregeneration von Adamus' Körper in Gang gesetzt und die amputierten Finger, Zehen, ja selbst die Genitalien nachwachsen lassen. Außerdem hauchte sie ihm wieder neues Leben ein. Der Bischof war immer noch am Ende seiner Kräfte, aber Malevorn spürte, wie er allmählich wieder zu Bewusstsein kam. Als der Crozier schließlich die Augen aufschlug, fand er sich nackt und gewaschen in einem frisch bezogenen Bett wieder, vollkommen wiederhergestellt, oder zumindest beinahe. Er starrte seine Hände an, dann seinen Körper, als träume er, und begann haltlos zu weinen. Malevorn hatte noch nie in seinem Leben so herzzerreißende Schluchzer gehört.

Als die Tränen irgendwann versiegten, begriff Adamus ganz langsam, dass dieser Albtraum vielleicht doch anders enden könnte als in seiner vollkommenen Auslöschung. Als sein Blick zu Huriya wanderte, erblickte er ein Geschöpf des Himmels, das gekommen war, um ihn zu retten.

Malevorn schickte seine Sinne aus und lauschte. Huriya sandte dem Bischof einen beständigen Strom tröstender Worte: *Werter Adamus, bald seid Ihr frei. Bald gehört die Welt Euch und mir. Bald seid Ihr wieder Ihr selbst und werdet frei umherwandeln und reiten wie früher, als hättet ihr das Leid der letzten Wochen nie erlebt. Sogar die Narben in Eurer Erinnerung werden verblassen. Neu und unbefleckt werdet Ihr in Kores Licht erstrahlen.* Und während sie seine Seele salbte, brach alles aus Adamus hervor: Trauer, Wut und Erniedrigung quollen aus ihm heraus, um von Huriya in eine Art friedvolles Wohlgefallen aufgelöst zu werden.

Will sie alle verraten? Sie und der Crozier... die beiden bräuchten niemanden mehr, der ihnen hilft.

Er lockerte das Schwert im Futteral und rief seine Wächter herbei, da sprang Huriyas Blick zum Schlüsselloch. *Sie mag eine Aszendentin sein, aber sie ist keine Kämpferin. Im direkten Kampf gerät sie schnell in Panik...*

»Malevorn!« Huriya machte eine Geste, und die Tür schwang auf.

Malevorn erhob sich blitzschnell und zog sein Schwert.

Huriya beäugte die Waffe belustigt, doch Adamus bekam es nicht einmal mit. Sein tränenüberströmtes Gesicht war nur auf sie gerichtet.

»Sieh nur, Malevorn: Alles ist wieder genau, wie es war.« Sie blitzte Adamus grausam an. »Wie es scheint, musst du noch einmal ganz von vorne anfangen.«

Jetzt endlich verstand er. *Heiliger Kore, sie ist noch grausamer als eine lantrische Nymphe!* Sein Blick wanderte zum Gesicht des Bischofs, dann setzte er ein genüssliches Lächeln auf, als könnte er es kaum erwarten, sein grausames Werk von vorn zu beginnen.

Und noch während Malevorn hinsah, brach der Bischof zusammen. Er schrie nicht und bettelte nicht, doch etwas in ihm zerbrach. Der Strohhalm, den Huriya ihm hingehalten hatte und an den er sich verzweifelt klammerte, hatte sich in nichts aufgelöst. Von einem Moment auf den anderen alterte er um zwanzig Jahre, seine Haut wurde grau und der Blick seiner Augen leer.

Huriya sah es ebenfalls. Sie beugte sich zu ihm herab und flüsterte etwas, dann wandte sie sich Malevorn zu, ohne den Bischof auch nur zu fesseln. »Wie heißt es doch so schön? Es ist die Hoffnung, die einen umbringt.«

Ich fasse es nicht! Auf ihrem Gesicht stand der gleiche Ausdruck wie auf Malevorns: ein gewisses Entsetzen über das, was sie soeben getan hatte, vermischt mit der Gewissheit, dass es notwendig gewesen war.

Malevorn war überrascht, Mitgefühl und Verletzlichkeit in einem Gesicht zu sehen, das bisher nur grenzenlose Kälte ausgestrahlt hatte. Offensichtlich war sie vielschichtiger, als er gedacht hatte. Bisher hatte er geglaubt, Seelentrinker würden ihren Opfern lediglich die Gnosis aussaugen, nicht die Identität. Doch was er nun in Huriya spürte, deutete auf etwas anderes hin. Welche Achtzehnjährige würde je tun, was sie getan hatte? Sie schien sich direkt vor seinen Augen in jemand anderen zu verwandeln.

Wie viele Seelen leben überhaupt in diesem Körper, und welche hat die Kontrolle? Wer ist auf die Idee gekommen, Adamus auf diese Weise zu brechen. Huriya selbst oder eine andere? Wer ist diese Frau?

Sie schauten sich lange schweigend an, dann fiel ihm wieder ein, weshalb er überhaupt hier war. »Huriya, wir müssen diesen Trank brauen und Xymochs Rudel unter unsere Kontrolle bringen. Wir brauchen einander, Herz meines Herzens.«

»Ganz recht, Malevorn Andevarion.«

258

Noch eine Weile, zumindest… Ganz langsam streckte Malevorn die Hand aus, und Huriya ließ zu, dass er sie am Arm berührte. »Der Bindungszauber zwischen uns hat noch eine andere Wirkung«, begann er. »Im Lauf der Zeit nähern sich die Seelen einander an. Vielleicht spürst du es bereits so wie ich.«

Huriya musterte ihn nachdenklich. »Nach dem Brauch der Dokken können nur Gefährte und Gefährtin über ein Rudel herrschen. Wenn wir Xymochs Klan kontrollieren wollen, müssen wir ihn herausfordern.« Sie streckte die Brust heraus. »Bist du bereit, dich mit einer Dunkelhäuterin zu besudeln, Inquisitor?«

»Für die Macht, die die Skytale uns verleihen wird, würde ich alles tun.«

»Genau wie ich«, erwiderte sie mit einem lasziven Blick. »Warum stattest du mir heute Nacht nicht einen Besuch ab?«

Malevorn stellte erstaunt fest, dass Dunkelhäuterinnen gar nicht so anders waren, zumindest nicht, wenn er auf ihnen lag. Sie waren genauso feucht, ihr Körper genauso warm, der Höhepunkt war die gleiche lustvolle Qual. Das alles war weit von Liebe oder auch nur Zuneigung entfernt, aber die Lust war echt.

Alles andere dauerte. Sie entlockten dem gebrochenen Wesen, das einmal Adamus Crozier gewesen war, die Zutaten und das Rezept für die Ambrosia, dann forderten sie Xymoch und dessen verwilderte Gefährtin heraus. Natürlich gewannen sie das Duell: Huriya lähmte Xymochs Geist, Malevorn weidete ihn aus, dann statuierten sie ein Exempel an seiner Gefährtin. Danach schwor ihnen das Rudel sofort bedingungslose Treue.

Nun, da sie genau wussten, was sie brauchten, schickten sie die Männer auf die Märkte in den umliegenden Dörfern, um die benötigten Pulver und Kräuter zu besorgen. Adamus half ihnen sogar bei der Zubereitung.

Der Okten war vorüber, und der Novelev begann. Tags blieb es unerträglich heiß, aber die Nächte wurden kühler. Sie blieben in den unterirdischen Kammern, verschliefen die Tage und arbeiteten nachts. Und während die Skytale nach und nach ihre Geheimnisse preisgab, stellte Malevorn mit zunehmender Erregung die komplexen Formeln zusammen.

Als dann der Neumond am Himmel erstrahlte, war alles bereit für die nächste Aszendenz.

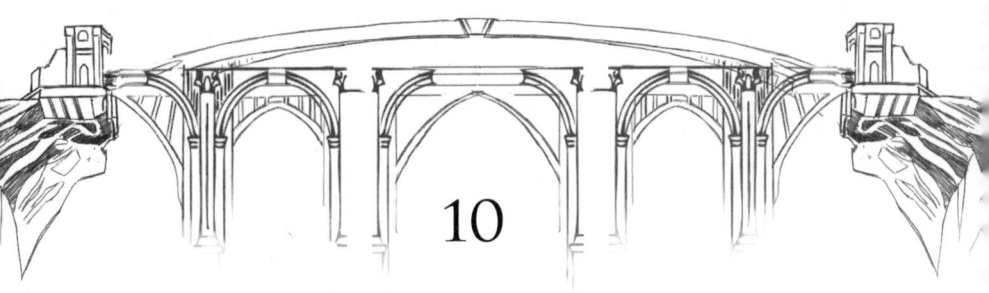

10

EINE PRÜFUNG

PALLAS

Pallas war ursprünglich ein Dorf in der rimonischen Provinz Turium, gelegen an der Stelle, an der der Sieber in den mächtigen Bruin mündet. Der damalige Name lautete Pilum – also Speer – und das Einzige von Bedeutung in dieser Gegend war die Garnison am Nordufer, die samt der dort stationierten Legion im Jahr 380 von den Aszendenten vernichtet wurde. Später machten die Magi Pilum zu ihrer neuen Hauptstadt und benannten es – nach der lantrischen Gottheit der Gelehrsamkeit – in Pallas um. Heute erstreckt sich die Stadt über einhundert Quadratmeilen, die Bevölkerung beträgt zwei Millionen und ist die reichste in Yuros, wenn nicht ganz Urte. Doch das war nur der Anfang der Veränderungen, die die Aszendenz in Gang setzte.

ORDO COSTRUO, PONTUS

Alaron und Ramita saßen nebeneinander an einem Tisch, ihnen gegenüber ein Novize in seinem karmesinroten Gewand und mit frisch rasierter Glatze. Die Notizen, die Alaron sich fünf Monate zuvor gemacht hatte, lagen ausgebreitet vor ihm. Gateem, so der Name des Kandidaten, war offensichtlich am Rand der Überforderung. Sie hatten mehrere Anläufe und zahlreiche unterstützende Erklärungen von Meister Puravai gebraucht, aber schließlich hatte der junge Mann begriffen, was Alaron und Ramita ihm anboten: die Möglichkeit, ein Magus zu werden.

Gateem hob das von tiefen Sorgenfalten zerfurchte Gesicht. »Aber Meister«, fragte er, »werde ich danach auf dem Pfad des Lichts wiedergeboren?«

Es war eine oft gestellte Frage: Die Zain glaubten an das Leben als endlosem Kreislauf aus Tod und Wiedergeburt; das höchste Ziel im Leben war dieser Tradition zufolge, aus diesem Kreislauf auszubrechen und in eine Art Paradies einzugehen, das sogenannte Moksha. Götter waren für sie keine Wesen, zu denen man betete, wie die Omali es taten, sondern Sinnbilder für bestimmte Ideale, und diesen Idealen strebten sie auf ihrem Pfad zu Weisheit und spiritueller Reinheit entgegen.

Meister Puravai antwortete gemessen und respektvoll. »Gateem, kein Zain stand je vor einer Wahl wie du jetzt, trotzdem gab es durchaus Ordensmitglieder, die durch ihre Stellung gesellschaftliche Macht erlangten. Unsere Schriften besagen, dass Macht die Versuchungen verstärkt, denen wir ausgesetzt sind, und eine gesellschaftliche Aufgabe die Dinge für uns komplizierter macht, doch all das ändert nichts am Prinzip des Moksha.«

Gateem rang verzweifelt die Hände. »Wie soll ich Eure Antwort verstehen, Meister?«

»Die Dinge, um die es hier geht, sind in der Tat kompliziert«, erwiderte Puravai geduldig. »Lass mich dir eine Geschichte aus dem Leben unseres Ordensgründers ins Gedächtnis rufen: Vor langer Zeit, als Zain noch ein einfacher Wandermönch war, machten viele sich über ihn lustig. In einem Dorf brach ein Mann namens Mulat ihm die Nase und verjagte ihn. Einige Jahre später kehrte Zain als Meister mit vielen Jüngern zurück. Er wurde willkommen geheißen und gebeten, in einem Streit zwischen zwei Bewohnern zu vermitteln. Einer der beiden war Mulat, der Mann, der ihn geschlagen hatte. Weißt du noch, was Meister Zain damals tat?«

Gateem nickte. »Er hörte beide Seiten an und gab Mulat recht. Er ließ sich in seinem Urteil nicht davon beeinflussen, wie Mulat ihn einst behandelt hatte.«

»Und was lernen wir daraus?«

»Dass Macht nichts an dem ändert, was richtig oder falsch ist«, sagte Gateem prompt. Offensichtlich hatte er die Antwort auswendig gelernt.

»Exakt. Aus der ihm verliehenen Position der Macht heraus entschied der Meister über die Zukunft derer, über die er richtete. Und doch ließ er sein Urteil von der Gerechtigkeit leiten, nicht von seinen persönlichen Gefühlen.«

»Wenn ich also einwillige, werde ich in Zukunft vor weit schwierigere Entscheidungen gestellt sein als bisher. Meint Ihr das?«

»Ja. Schwieriger, komplizierter und vieldeutiger. Der Pfad des Lichts bleibt davon unberührt, aber inmitten der Verwirrung und Komplexität der Welt könnte er schwerer zu finden sein. Macht bedeutet große Verantwortung, mit der nur wenige umzugehen wissen.«

»Dann bringe ich also meine Seele in Gefahr?«

»Gateem, es steht geschrieben, dass wir unseren Ängsten entgegentreten müssen, um das Moksha zu erreichen. Wer das Licht verstehen will, muss die Dunkelheit kennen. Eine Prüfung, der man sich nicht stellt, kann man auch nicht bestehen.«

Alaron unterdrückte ein Gähnen und warf Ramita einen kurzen Blick zu. Den ganzen Tag schon führten sie diese Gespräche, gaben jedem, für den Alaron ein Ambrosia-Rezept hatte, die Gelegenheit, Fragen zu stellen und seine Zweifel auszusprechen. Meister Puravai hatte die Kandidaten weder in die eine noch in die andere Richtung beeinflusst, sondern ihnen lediglich geholfen, in ihre Herzen zu schauen. Ob einer annehmen würde, alle oder vielleicht auch keiner – Alaron wusste es nicht.

Wie soll jemand, der sich der Gewaltlosigkeit und Selbsterkenntnis verschrieben hat und in einem Kloster aufgewachsen ist, je zu so etwas bereit sein? Ich wusste von frühester Kindheit an, dass ich eines Tages die Gnosis erhalten würde, und war trotzdem vollkommen überfordert.

Gateem hatte keine weiteren Fragen mehr und konnte es kaum erwarten zu gehen. Zweifellos wollte er hören, wie die anderen Kandidaten darüber dachten, die sich in einem der Innenhöfe versammelt hatten. Theoretisch hatte jeder die freie Wahl, aber wie die anderen sich entschieden – vor allem die Meinungsführer –, spielte mit Sicherheit eine Rolle. Gateem war sehr beliebt und gehörte zu ebenjener Gruppe. Ebenso Yash, weil er so gut mit dem Stock umgehen konnte und auch die Welt außerhalb der Klostermauern kannte, außerdem der gebildete Aprek, der weltgewandte Felakan und der aggressive Kedak. Von ihrer Entscheidung hing viel ab.

Nachdem Gateem den Raum verlassen hatte, stieß Ramita einen lauten Seufzer aus.

»Ja, es war ein langer Tag«, bestätigte Puravai und stand

auf. Er dehnte seine Muskeln und ließ die Gelenke knacken. »Gateem war der letzte der achtunddreißig Kandidaten. Vier Mönche und vierunddreißig Novizen, das ist mehr als die Hälfte unseres Nachwuchses.« Er blickte Alaron ernst an. »Dir ist bewusst, dass dieses Kloster einen Großteil seiner zukünftigen Brüder verliert, sollten sie alle zustimmen?«

»Ja, aber nur dann. Was, wenn keiner zustimmt?«

»Das ist ebenfalls möglich«, räumte Puravai ein. »Ich weiß deine Zurückhaltung zu schätzen, Bruder Langbein. Ein geringerer Mann hätte gebettelt – oder gedroht.«

»In meinen Gedanken tue ich beides«, gestand er. »Manche von ihnen hätte ich am liebsten angeschrien, aber das wäre der falsche Weg.«

»Allein diese Erkenntnis ist ein Zeichen deiner Reife«, erwiderte Puravai.

»Mag sein. Aber was, wenn keiner uns gegen Malevorn und Huriya beisteht?« Schon seit Wochen plagten ihn Albträume von Malevorn Andevarion als neuem Aszendenten.

»Nur, wer wirklich dazu bereit ist, kann euch in dieser Sache helfen. Deine Selbstbeherrschung zeigt, dass du ein vertrauenswürdiger Anführer bist.« Puravai tätschelte Alarons Arm. »Ihr habt getan, was ihr konntet. Alles andere liegt bei den Kandidaten.«

Ramita schaute den Zain-Meister fragend an. »Wie würdet Ihr Euch an ihrer Stelle entscheiden?«

Puravai lächelte milde. »Sie haben ihre Wahl noch nicht getroffen, Kind. Solange das nicht passiert ist, werde ich mich nicht dazu äußern, nicht einmal vor euch beiden.« Er verneigte sich etwas steif, dann ließ er sie allein.

Alaron gähnte herzhaft. »Und? Was meinst du?«

»Ich weiß es nicht. Jeder junge Mann in Aruna Nagar würde schon Ja sagen, bevor wir überhaupt zu Ende gesprochen hätten, aber diese Zain...« Sie verzog säuerlich das Gesicht. »Wo ich herkomme, gelten sie als Schwächlinge, die sich nur vor dem Leben verstecken.«

»Bei uns hieß es, nur Weichlinge, Fanatiker und Politiker würden Priester der Kore werden. Mit solchen will man bestimmt nicht Seite an Seite in einem Krieg kämpfen. Aber diese Zain sind anders, denn im Gegensatz zu unseren Mönchen lernen sie, mit Waffen umzugehen. Kampftraining gibt einem das Gefühl, nicht wehrlos zu sein, sondern handlungsfähig. Die Zain mögen passiv erscheinen, aber wenn sie angegriffen werden, sind sie sehr gefährlich. Sie wissen, wie man kämpft.«

Aber nicht, wie man tötet.

Ramita wirkte nicht überzeugt. »Es ist bestimmt schon fast Zeit fürs Abendessen. Ich bin am Verhungern und habe Dasra den ganzen Tag nicht gesehen.« Sie nahm Alarons Hand, dann gingen sie gemeinsam. Sie ließen sich Zeit, genossen das Zusammensein und trödelten herum. Auf der Treppe blieben sie vor einem vergitterten Durchbruch im Mauerwerk stehen und betrachteten das warme Licht des Sonnenuntergangs auf den schneebedeckten Gipfeln ringsum. Die Kälte der Nacht kroch allmählich herein, und Alaron zitterte. Als Ramita es merkte, zog sie ihn an sich, um ihn mit ihrem Körper zu wärmen.

Seit sie sich ihre Gefühle füreinander eingestanden hatten, wurden die Momente, die sie allein miteinander verbrachten, immer intimer – und unbeholfener. Ramitas Nähe machte ihn beinahe verrückt. Er wollte sie mit jeder Faser seines Körpers, doch Ramita hielt sich zurück. Sie war dazu erzogen worden, stets das Richtige zu tun, was bedeutete, nur mit einem Mann das Bett zu teilen, mit dem sie auch verheiratet war. Der Grund für Alarons erstaunliche Selbstbeherrschung aber war das bevorstehende Aszendenzritual. Er würde schon bald sein Leben riskieren, und das warf die Frage auf, ob es richtig war, ihre Herzen auf eine Reise zu schicken, die allzu schnell und noch dazu böse enden konnte. Fast die Hälfte derer, die die erste Ambrosia genommen hatten, war daran gestorben. Wie konnte Alaron von Hingabe sprechen, wenn er vielleicht schon in wenigen Tagen tot war? Ihm blieb wohl oder übel nichts anderes übrig, als Ramita nur keusch im Arm zu halten und die Tage bis zum Ritual zu zählen.

»Sind die Tränke fertig?«, fragte sie.

»So gut wie. Die endgültige Rezeptur können wir erst festlegen, wenn wir wissen, wer sie trinken wird, aber Corinea destilliert bereits die Zutaten.« Er schaute sie aus dem Augenwinkel an. »Sie sagt, wir müssen die Ambrosia zuerst an jemandem testen.«

»Warum?«, fragte Ramita erschrocken.

»Weil sie noch nie welche gebraut hat. Sie weiß zwar in etwa, was Baramitius damals getan hat, aber eine gewisse Unsicherheit bleibt.«

»Aber den Trank einfach an jemandem ausprobieren ...«

»Ich weiß. Die Novizen kommen dafür nicht infrage, also werde ich es tun.«

Ramitas Augen weiteten sich vor Entsetzen. »Nein, das darfst du nicht! Du bist zu wichtig!«

Alarons Herz sprang vor Glück, weil Ramita so besorgt um ihn war, aber er hatte alles bereits bis ins Letzte durchdacht. »Ich bin der Einzige, der am Arkanum war und weiß, wie es ist, die Gnosis zu erhalten. Puravais Schüler, selbst die Mönche, sind vollkommen unvorbereitet. Ich *muss* es tun.« Alaron hoffte, dass seine Worte selbstsicherer klangen, als er sich fühlte. »Corinea braucht die Ambrosia nicht und du auch nicht. Ihr seid bereits Aszendenten oder sogar noch stärker. Damit bleibe nur noch ich.«

»Aber ...« Ramita suchte mit offenem Mund nach Worten, um seine Argumente zu widerlegen und irgendeinen Ausweg zu finden.

Weil sie mich nicht verlieren will. Alaron fühlte sich unendlich geschmeichelt, aber es gab nun mal keinen anderen Weg.
Sie mussten sichergehen, dass das Rezept stimmte, und die
Novizen mit einem Bericht aus erster Hand darauf vorbereiten,
was sie erwartete. Für diese Aufgabe war Alaron von allen am
besten geeignet. Angst hatte er trotzdem. Während der ersten
Aszendenz waren vierhundert von eintausend an der Ambrosia
gestorben, einhundert hatten den Verstand verloren, und weitere hundert waren zu Seelentrinkern geworden.

*Über die Hälfte entweder tot oder zerstört. Das Risiko ist
verflucht hoch.* Diese Furcht konnte er nicht verdrängen, trotzdem musste er es tun, wenn er mit Ramita zusammen sein, Nasatya zurückholen und Malevorn aufhalten wollte.

Er beobachtete, wie Ramitas Gesichtsausdruck sich von bar-
scher Verweigerung zu schmerzvoller Einsicht wandelte. »Corinea und ich werden dir beistehen, falls irgendetwas passiert«,
versprach sie. »Wann willst du es tun?«

»Nächste Woche. Sobald wir wissen, wer sich außer mir
noch bereit erklärt hat.« Ramita wollte protestieren, doch er
legte ihr einen Finger auf die Lippen. »Dieser Tag ist wie eine
Hürde zwischen mir und dem Rest meines Lebens. Ich will ihn
endlich hinter mich bringen.«

*Und die Hürde nehmen, damit wir Zeit füreinander haben
und du mich in deine Zukunftspläne miteinschließen kannst.
Und ich dich in meine.* Sie drehen sich sowieso alle um dich ...

Ramita musste Dasra festhalten. Er war erst neun Monate alt
und konnte schon krabbeln. Sie hatten eine Kinderfrau für
ihn gefunden, ein Mädchen aus einem nahe gelegenen Dorf.
Er ist so ein glückliches Baby, dachte sie und streichelte sein
dickes schwarzes Haar. Wenn er manchmal weinte, dann bestimmt, weil er seinen Zwillingsbruder vermisste. *Von all deinen Grausamkeiten war das die schlimmste, Huriya.* Mit trau-

rigem Blick starrte sie ins Leere und fragte sich, wo Nasatya wohl sein mochte.

Alaron saß unruhig neben ihr auf einer steinernen Bank vor Meister Puravais Räumen und schaute durchs Fenster hinunter in den Innenhof. Er war wie ein offenes Buch für sie, jede Stimmung und jeder Gedanke waren ihm wie mit dicken Pinselstrichen auf die Stirn geschrieben. Im Moment konnte er es kaum erwarten zu erfahren, wie die Mönche und Novizen sich entschieden hatten.

Unten im Hof beendeten Puravai und Corinea ihr kurzes Gespräch, dann verschwand die alte Magi außer Sichtweite, um die Kandidaten nicht mit ihrer Anwesenheit zu irritieren. Alaron hatte ihnen immer noch nicht verraten, wer sie in Wahrheit war, aber Corinea wirkte auch so schon einschüchternd genug, dass Puravai sie von seinen Schützlingen fernhielt.

Wir verlangen unglaublich viel von ihnen. Sie sollen alle Sicherheit zurücklassen, um sich einem Krieg gegen Leute anzuschließen, die sie nicht einmal kennen. Dabei haben sie sich eigentlich der Gewaltlosigkeit verschrieben. Sie sollen eine Form der Magie erlernen, die ihnen wie die Verkörperung des Bösen erscheinen muss, und die Unsterblichkeit ihrer Seele aufs Spiel setzen. Ramita war nur bei einem sicher, dass er zusagen würde: Yash, der ohnehin nicht hierher passte.

Da betrat der erste Kandidat den kleinen Garten und verneigte sich vor Meister Puravai. Sein Name war Felakan, er war einer der vier Mönche, die damals Alarons Fragen beantwortet hatten, und ein weltgewandter Mann, der aufrichtig an die Prinzipien der Zain glaubte.

»Nun, Bruder Felakan, wie lautet Eure Entscheidung?«, fragte Puravai.

»Meister, ich danke Euch für das Angebot, jedoch muss ich höflich ablehnen. Meine Seele aufs Spiel zu setzen, jetzt, da ich der Unendlichkeit so nahe bin, wäre falsch.«

Ramitas Hoffnung schwand weiter. *Wie arrogant*, dachte sie verärgert. *Hält sich für erleuchtet und will sich nicht die Hände in der wirklichen Welt schmutzig machen!*

Die anderen drei Mönche waren zu der gleichen Entscheidung gekommen. Vielleicht täuschte sie sich, aber Ramita hatte den Eindruck, dass Meister Puravai nicht glücklich über die Antworten war. Vielleicht erkannte auch er übermäßigen Stolz statt Prinzipientreue darin. Auf jeden Fall war es ein beunruhigender Einstieg, der Ramita und Alaron Sorgen bereitete.

Aprek, ein gebildeter junger Bursche aus einer wohlhabenden Familie, kam als erster Novize auf den Hof, um Puravai seine Entscheidung mitzuteilen.

Ramita setzte keine allzu großen Hoffnungen in ihn. Für sie war er ein typischer junger Mann, der sich vor der Verantwortung für Kinder und Familie drückte und sich stattdessen lieber in die Einsamkeit zurückzog, um mit Gleichgesinnten über Selbstvervollkommnung zu debattieren.

»Meister«, begann Aprek kleinlaut, »ich bitte Euch mit allem Respekt, mich von meinen Eiden zu entbinden, damit ich mich im Feuer bewähren kann.«

Ramita brauchte einen Moment, um zu begreifen, was er gesagt hatte, dann schaute sie zu Alaron hinüber, der ungeduldig auf ihre Übersetzung wartete. *Ich glaube, er hat zugestimmt!*, sagte sie stumm und drückte Dasra mit zitternden Händen an sich.

Puravai nickte. »Bist du sicher, Aprek?«

»Ja, Meister. Ich habe lange darüber nachgedacht und über Eure Worte meditiert. Wer das Licht verstehen will, muss auch die Dunkelheit kennen.«

Ja! Ramitas Herz begann zu pochen. *Den Ersten haben wir!*

Aber dabei blieb es nicht: Jeder der Novizen äußerte sich in der ein oder anderen Form wie Aprek. Yash und Kedak sprachen davon, dem Bösen Einhalt gebieten zu wollen, andere brachten eine etwas philosophischere Erklärung vor, doch in Wahrheit schienen die meisten sich vor allem der Entscheidung ihrer Mitnovizen anzuschließen. Trotzdem hatten am Ende alle vierunddreißig das Angebot akzeptiert; nur die Mönche hatten abgelehnt.

Ramita umarmte Dasra noch fester und schloss die Augen, dann betete sie still zu Vishnarayan, dem Beschützer.

Die Bedenken kamen erst später, als ihr wieder einfiel, was die Ambrosia vor über fünfhundert Jahren in Yuros angerichtet hatte. *Der Trank wird einige von ihnen töten und andere zu Seelentrinkern machen. Wie viele dieser jungen Männer haben wir dazu gebracht, ihr eigenes Todesurteil zu unterschreiben?*

»Das ist sie?« Alaron beäugte die unscheinbare, grünlich graue Flüssigkeit in der kleinen Phiole. Seine Kehle war so zugeschnürt, dass er bezweifelte, überhaupt etwas herunterbringen zu können. Er trug einen weißen Kittel und saß auf einer Pritsche im Krankenflügel, wo sie ihr Labor eingerichtet hatten.

Corinea nickte. »Das ist sie, exakt nach deinen Aufzeichnungen zusammengestellt.« Sie tippte nachdenklich auf das Fläschchen. »Ich hoffe, dir ist bei deinen Notizen kein Fehler unterlaufen.«

Alaron zuckte zusammen. »Ich habe mein Bestes getan, nur das Rätsel der Bluttypen konnte ich nicht lösen. Ich habe zwar alle Möglichkeiten berücksichtigt, die mir einfielen, aber ich bin immer noch nicht sicher, ob...«

»Mach dir darum keine Sorgen«, fiel Corinea ihm ins Wort. »Dafür war der letzte Test gedacht, den ich gemacht habe. Ich habe allen Kandidaten etwas Blut abgenommen und die Proben dann mit meinen Pulvern vermischt.«

Auch Alaron hatte Corinea in den Daumen gestochen und das Blut in eine Schale tropfen lassen, woraufhin die Flüssigkeit darin sich grün verfärbte. Trotzdem waren sie Corinea vollkommen ausgeliefert. Wenn sie wollte, konnte sie gewaltigen Schaden anrichten, und sie würden es erst merken, wenn es zu spät war. Alaron wurde nicht ganz schlau aus ihr. Er konnte nur hoffen, dass Corinea das ihr entgegengebrachte Vertrauen mit Aufrichtigkeit belohnte.

»Und was ist drin?«, fragte er.

»Bei dir sind es insgesamt sechsundzwanzig Zutaten mit vier Funktionen: Bei der Ersten handelt es sich um Brackwurz oder Khedichar, wie sie in Ahmedhassa heißt. Es ist ein langsam wirkendes Gift, das sich auf das Herz auswirkt. Die anderen stärken das Nervensystem, damit es nicht zusammenbricht, und dann ist da natürlich noch das Senaphium, die Rüttelwurzel. Sie ist am schwierigsten zu dosieren. Die Wirkung muss innerhalb von fünf Minuten nach dem Herzstillstand einsetzen. Die richtige Menge hängt von Gewicht, Geschlecht, Bluttyp und anderen körperlichen Merkmalen ab. Erwischt man zu viel, wirkt es zu früh und ist bereits verbraucht, wenn du es brauchst. Wirkt es zu spät, kommt das Herz nicht mehr in Gang.«

Zum millionsten Mal fragte Alaron sich, ob das hier wirklich eine so gute Idee war. In Gedanken hatte es sich immer gut und richtig angefühlt, aber im Moment erschien es ihm einfach nur dumm. Allerdings war es längst zu spät, um noch einen Rückzieher zu machen – außerdem *musste* er es tun, wenn er sich Ramitas würdig fühlen wollte.

»Und schließlich enthält sie noch Halluzinogene«, fuhr Corinea fort. »Das Gehirn braucht sie, um mit all den Eindrücken zurechtzukommen, die auf dich einstürmen werden. Ohne diese Drogen würdest du in einer Dunkelheit versinken, aus der es kein Zurück mehr gibt, selbst wenn dein Herz weiterschlägt. Sie zeigen deinem Bewusstsein den Weg zurück in die Realität. Ich erinnere mich, dass ich damals durch die Wolken gestürzt bin und mich in einen Vogel verwandelte. Das war härter, als es klingt, denn ich hatte schon immer entsetzliche Höhenangst. Die anderen mussten ähnliche Urängste besiegen, um zu überleben.«

Alaron versuchte, an etwas zu denken, vor dem er möglichst wenig Angst hatte. »In Ordnung«, sagte er schließlich.

»Die Halluzinogene sind von allen Zutaten am stärksten auf die Persönlichkeit zugeschnitten. Von deinem Charakter hängt ab, welche Teile deiner Wahrnehmung am meisten stimuliert werden müssen, damit du den Weg zurückfindest.« Sie sprach immer aufgeregter, als könnte sie es kaum erwarten, dass Alaron die Ambrosia trank. Wenn es gelang, war dies das Stück, mit dem sie wieder auf die Bühne der Welt zurückkehren würde. Alaron versuchte, ihr die Ungeduld nicht zu verübeln.

Puravai legte ihm eine Hand auf die Schulter. »Bleibe ruhig, Bruder Langbein. Konzentriere dich, wie du es getan hast, als du die Gnosis neu erlernt hast. Du hast es damals geschafft und wirst es auch jetzt schaffen.«

Alaron warf Corinea einen ängstlichen Blick zu. »Wie stehen meine Chancen? Fünfzig zu fünfzig?«

»Aber nein, viel besser. Als Baramitius die erste Ambrosia braute, gab es nur vier Variationen, abhängig von Geschlecht und Augenfarbe. Das war schrecklich ungenau und der Grund, warum so viele den Tod fanden. Danach hat er die Rezeptur immer weiter verfeinert, und es heißt, in den letzten Jahrzehnten sei kaum jemand mehr an dem Trank gestorben.«

Alaron wollte gerade einen erleichterten Seufzer ausstoßen, da fügte sie hinzu: »Andererseits, wer weiß, wie viele Fehlschläge das Kaiserhaus vertuscht hat?«

Vielen Dank auch.

»Aber du bist ein ausgebildeter Magus und hast einen einzigartig breiten Zugang zu deiner Gnosis«, fasste Corinea zusammen. »Daher denke ich, du wirst es schaffen.«

Das half ihm ein wenig. Alaron nahm einen tiefen Atemzug. Es war an der Zeit. Wenn er jetzt nicht bereit war, dann nie.

»Könnten Al'Rhon und ich einen Moment allein haben?«, fragte Ramita leise.

Corinea warf Puravai einen ungeduldigen Blick zu, doch der alte Zain-Meister stand wortlos auf und scheuchte sie nach draußen.

Ramita setzte sich neben Alaron auf die Pritsche. »Al'Rhon, ich werde nicht versuchen, dich aufzuhalten, denn du musst es ohnehin tun. Selbst, wenn es nicht um Nasatya oder diesen Inquisitor ginge, würdest du es tun, und zwar um dich zu beweisen.«

»Aber…«, begann er, doch Ramita sprach einfach weiter.

»Du weißt, dass es stimmt. Du musst mir nichts beweisen, Al'Rhon. Du bist schon jetzt der beste Mann, den ich je kannte.«

»Aber ich bin nicht wie er… Antonin Meiros, meine ich.«

»Natürlich nicht! Und ich vergleiche dich auch nicht mit ihm. Antonin wohnt in einem anderen Teil meines Herzens.«

Er wurde rot. »Und wie dein Kazim bin ich auch nicht.«

»Und den Göttern sei Dank dafür!« Sie umklammerte seine Hände. »Du bist sein genaues Gegenteil: Wo er flatterhaft war, bist du standhaft. Du siehst mich als ebenbürtig an, wo er mich wie eine Untergebene behandelte. Eine hochgeschätzte Untergebene zwar, aber in seiner Fantasie war er immer mein Meister. Kazim hat mich auf ein Podest gestellt, aber dieses Podest stand in der Küche. Du, Al'Rhon, willst mich so, wie ich bin«.

»Du hast immer geschwärmt, wie schön und romantisch er war.«

»Oh, das war er. Diese Dinge entfachen die Liebe, aber sie nähren sie nicht. Das letzte Mal, als ich ihn sah, hatte er das Blut meines Gatten an den Händen. Glaub mir, den Vergleich mit Kazim gewinnst du um Meilen.«

»Aber ...«

»Wenn du denkst, du wärst nicht schön genug, dann schau in den Spiegel. Wenn du denkst, du wärst der Dame Meiros nicht würdig, dann vergiss sie. Sie existiert nicht. Ich bin Ramita Ankesharan, ein Mädchen vom Aruna-Nagar-Markt in Baranasi, und ich liebe dich.«

Alarons Herz setzte einen Schlag lang aus. »Ich liebe dich auch.«

Sie küsste ihn langsam, bis seine Lippen weich wurden und die Spannung aus seinem Körper wich. Als Alaron die Augen wieder öffnete, lächelte er, gewappnet, sein Leben zu riskieren.

TAL DER GRÄBER IN GATIOCH, ANTIOPIA
ZULQEDA (NOVELEV) 929
SIEBZEHNTER MONAT DER MONDFLUT

Malevorn starrte den etwa daumenlangen Käfer an, der sich zwischen seinen Fingern wand. Sein gelb gesprenkelter Rückenpanzer glänzte grünlich blau – ein Totenskarabäus, Kheper in der Sprache der Gatti, wie Huriya ihm gesagt hatte.

Er wusste, was er zu tun hatte: Sich mit dem Bewusstsein des Insekts verbinden und es dann in der Nähe des Gehirnstamms in seinen Gaumen einsetzen. Im Lauf der Zeit bildete sich eine Symbiose. Sollte Malevorns Körper sterben, würde er in dem Käfer weiterleben, bis er einen neuen Wirtskörper gefunden hatte.

Ekelhaft.

Andererseits erwarteten ihn beträchtliche Gefahren. Vonseiten des Rudels, vor allem von Hessaz. Selbst von Huriya, trotz der wachsenden körperlichen Anziehung zwischen ihnen. Im Bett fielen sie übereinander her, als gelte es, ein Publikum zu beeindrucken, gleichzeitig suchten sie nach emotionalen Schwachpunkten beim anderen. Manchmal hatte Malevorn das Gefühl, als wäre sie kurz davor, ihm tatsächlich zu verfallen, trotzdem hatte er Angst, dass sie ihn verraten könnte.

Aber bis ans Ende der Zeiten in einem Mistkäfer gefangen sein ... Nein, das ist meiner nicht würdig.

Malevorn ließ den Skarabäus fallen und zertrat ihn.

Am nächsten Morgen war es so weit. Malevorn goss die erste Ambrosia in einen goldenen Kelch, den sie in einer der nicht geplünderten Grabkammern gefunden hatten, und zeigte Huriya die trübe Flüssigkeit.

Huriya schnupperte misstrauisch daran. »Das ist sie?«

»Ja.« Malevorn musterte die Keshi. Sie trug ein reich besticktes Kleid, das einmal Xymochs mittlerweile toter Gefährtin gehört hatte, als wollte sie ein Fest geben.

Wenn es funktioniert, werden wir genau das tun ...

Den dritten Beobachter in dieser Nacht der Nächte hatten sie in einer Ecke an eine Säule gefesselt. Adamus Crozier war zu schwach, um sich selbst aufrecht zu halten. Sein Körper mochte wiederhergestellt sein, doch sein Geist war endgültig gebrochen. Malevorn wollte ihn wegen seines Wissens dabei haben, und damit er sah, was passierte, wenn der Versuch fehlschlug.

»Sollen wir anfangen?«, fragte er, als warte er auf Huriyas Erlaubnis.

»Warum nicht?«

Sie stellten sich vor Toljin, der an Eisenringe gefesselt auf dem Boden lag. Um ihn herum knisterte ein Bannkreis. Malevorn hatte ihn angelegt, Huriya würde ihn mit ihrer Gnosis speisen. Der Zweck des Experiments war, die Rezeptur an Toljin zu testen ... und ihn danach zu töten.

Malevorn hob den Kelch und beugte sich über den Seelentrinker, der mit aller Kraft an seinen Fesseln riss. Er war der letzte Überlebende von Zaqris ehemaligem Rudel, und diese Nacht würde seine letzte sein. *Niemand wird sich mehr an ihn erinnern, aber an mich!*

Malevorn sah die Zukunft bereits vor sich: Sobald er vom Fluch der Seelentrinker geheilt war, würde er nach Pallas zurückkehren, seiner Familie und engeren Verwandtschaft die Ambrosia verabreichen, alte Allianzen wiederbeleben, Versprechungen machen … und dann die Sacrecours vernichten, genauso wie alle anderen, die seinen Vater zu Fall gebracht hatten. *Und dann bin ich Kaiser Malevorn, Begründer der Dynastie der Andevarions …*

Er betrat den Kreis und achtete darauf, einen Fuß außerhalb zu lassen. Er traute es Huriya durchaus zu, ihn mit einzusperren. Dann packte er Toljin mit einer Hand am Kinn.

»Halt still!«, knurrte er und ließ all seine Grausamkeit aufblitzen. Malevorn war schon immer gut darin gewesen, Schwächeren Angst einzuflößen. Toljin bildete keine Ausnahme. Er wimmerte und schluckte gehorsam, auch wenn ihm überdeutlich anzusehen war, wie gerne er den Mundvoll Flüssigkeit wieder ausgespuckt hätte.

»Es dauert zwei Stunden, bis die volle Wirkung einsetzt«, erklärte Malevorn ihm noch einmal. »Danach liegt es an dir. Du musst bei Bewusstsein bleiben, koste es, was es wolle. Kämpfe um dein Leben, Toljin. Das ist deine Prüfung. Bestehst du sie, wirst du mit uns über die Welt herrschen. Versagst du jedoch …«

Toljin nickte stumm.

Malevorn trat aus dem Kreis, und Huriya hob die Hände. Ein Licht erstrahlte und verdichtete sich zu einer Kuppel, die sich über den im Beschwörungskreis gefangenen Toljin stülpte und dann durchsichtig wurde. Der Seelentrinker ächzte vor Angst und schaute Malevorn und Huriya mit flehenden Augen hinterher, während sie sich an die gegenüberliegenden Wände der Kammer zurückzogen. Auf einem Tisch stand eine Flasche Wein bereit, aber beide wollten voll konzentriert sein, wenn es passierte, und warteten einfach ab. Selbst Adamus' trüber Blick war fokussiert. Auch er wollte keinesfalls verpassen, wie ein Mensch in die Aszendenz erhoben wurde.

Die erste Stunde verging unendlich langsam, nur Toljins zunehmendes körperliches Unwohlsein belegte, dass überhaupt etwas passierte. Sein ganzer Körper verfärbte sich rot, während das Blut in seinen Adern immer stärker pulsierte. Sein Gesicht schimmerte beinahe purpurn, und sein Atem wurde immer abgehackter. Als die zweite Stunde anbrach, begann er vor sich hinzumurmeln. Als Erstes flehte er Huriya an, ihn zu befreien, schrie, wie sehr er sie liebte – und nur er –, dass alle anderen ihr nur Böses wollten. Huriya hörte es mit teilnahmsloser Verachtung an.

Dann wandte er sich Malevorn zu, spuckte Gift und Galle, bis der Trank seine volle Wirkung entfaltete und Toljin unter wilden Zuckungen verstummte. Das Gift hatte seine Nervenbahnen erreicht, die Atmung wurde langsamer, das panische Zappeln schwächer. Sie hatten ihn seine Gnosis absichtlich nicht regenerieren lassen, damit er das Gift nicht neutralisieren konnte, und nun sahen sie, wie er seine letzten Kräfte binnen weniger Augenblicke in einem letzten Aufbäumen verbrauchte. Doch die Ambrosia wirkte weiter.

Dann geschah es: Plötzlich schlug Toljin wild um sich, hustete so heftig, als würde sein Brustkorb von innen heraus platzen, und rührte sich nicht mehr.

Malevorn merkte, wie er den Atem anhielt. Die Luft im Raum veränderte sich. Als er seine gnostischen Sinne aussandte, hörte er leises Geflüster – die Stimmen der Ätherwesen, die ihnen nach dem Leben trachteten – und beschwor seine Wächter. Plötzlich verging die Zeit unendlich langsam.

Toljin musste entweder innerhalb weniger Momente wieder zu Bewusstsein kommen oder nie wieder, aber er rührte sich immer noch nicht.

Da hustete er leise.

Huriya quiekte vor Entzücken, Adamus fluchte, und Malevorn ballte triumphierend die Faust, dann öffnete er seine Gnosissicht.

Toljins Kopf rollte zur Seite, und ein Zucken ging durch seinen Körper, als wäre er von einem Blitz getroffen worden. Einmal, zweimal. Schließlich riss er die Augen auf und stieß einen Schrei aus, so durchdringend, dass der Staub von der Decke rieselte.

Malevorn umklammerte sein Amulett. Er spürte deutlich, dass etwas kurz bevorstand. Etwas Großes, eine Art Ankunft, als senkten sich die Schwingen eines Riesen auf sie herab. All seine gnostischen Sinne schlugen Alarm. Er wusste, was ihn erwartete, und verstärkte seine Wächter um die spezifischen Schutzzauber gegen Geister, die er am Arkanum erlernt hatte.

Toljin atmete immer schneller und brabbelte unzusammenhängendes Zeug, dann wurden seine Augen einen Moment lang wieder klar. Er schaute Malevorn mit flehendem Blick an, dann ging ein letztes Zucken durch seinen Körper, und er blieb reglos liegen.

Toljin?, fragte Malevorn stumm.

Es kam keine Antwort, dennoch spürte er eine starke Präsenz in dem Körper, mächtig und im Moment noch orientierungslos. Malevorn zog seine Gedanken sofort von Toljin zurück.

»Was war das?«, fragte Huriya scharf. »Ich habe etwas gespürt.«

Ein Magus konnte spüren, wenn ein anderer die Gnosis gebrauchte, es fühlte sich an wie ein Windhauch auf der Haut oder entfernter Donner. Der Effekt war umso stärker, wenn der Zauber zu einer Studie gehörte, die der Magus auch selbst beherrschte.

Huriya hat eine Affinität zu Hexerei und Geisterbeschwö-rung, genau wie ich, überlegte Malevorn, allerdings zu spät.

Toljin, der eben noch regungslos und an Ketten gefesselt auf dem Steinboden gelegen hatte, stand plötzlich aufrecht auf beiden Beinen, und die Ketten hingen geborsten von seinen Handgelenken herab wie Dreschflegel. Seine Augen blitzten in einem hellen Blau, in seinem offen stehenden Mund gähnte eine schwarze Leere, die sich über die gesamte Kammer aus-zubreiten schien.

Dann trat er aus dem Bannkreis. Die schützende Gnosis-glocke zerbarst, noch bevor Malevorn reagieren konnte. Die Ketten an Toljins Handgelenken schlugen aus und wickelten sich um den Hals des nächststehenden Opfers: Adamus Cro-zier.

Toljin riss den Bischof an sich, dessen Genick brach von dem Ruck, dann riss er ihm beinahe den Kopf ab, als er ihm die Seele aussaugte. Hellrote Gnosisenergie schoss durch Toljins Adern, als er die Leiche wegstieß und auf Malevorn zuging, das Gesicht von einem unirdischen Grinsen verzerrt.

»Huriya, raus!«, brüllte Malevorn, von panischer Angst er-griffen, dass sie ebenfalls getötet werden würde und damit auch ihn ins Verderben reißen könnte. Er bündelte seine eige-nen Beschwörungskräfte und schleuderte sie Toljin als mitter-nachtsblauen Blitz entgegen. Der Dokken taumelte zurück und kreischte vor Schmerz, ein Geräusch, so laut als schrien hun-dert Geister im Chor, dann wurde Malevorn von einem Tele-kinesebolzen getroffen und schlug rückwärts gegen die Wand.

Malevorns Kampfreflexe setzten ein. Er katapultierte sich sofort wieder hoch und ließ das Langschwert in seine Hand springen. Sogleich schlugen die Ketten nach ihm, aber er duckte sich darunter weg und begann seinen Gegner zu umkreisen. Aus dem Augenwinkel sah er, wie Huriya zur Tür rannte, doch Toljin versiegelte sie mit einer Geste, ohne auch nur hinzuschauen.

»Du gehst nirgendwohin«, krächzte er. »Ich werde diese Made von Inquisitor ausweiden und dir danach endlich geben, was du verdienst.«

Huriya wurde totenbleich im Gesicht und sank zitternd gegen die Wand.

Malevorn wollte sich zwischen sie und Toljin werfen, da holten ihn die Ketten um ein Haar von den Beinen. Mit einem Sprung brachte er sich außer Reichweite und bereitete sich auf den nächsten Versuch vor.

»Ich werde meinen Schwanz in eine Dornenrute verwandeln«, knurrte Toljin und bombardierte Huriyas Bewusstsein mit entsetzlichen Bildern. »Damit reiße ich dich in Stücke.«

Zu Malevorns Erstaunen sank Huriya nicht wimmernd in sich zusammen, sondern wehrte sich mit allem, was sie hatte, während er selbst zum nächsten Angriff ansetzte. Toljins Ketten rasten auf Malevorn zu und wickelten sich um seinen Schwertarm, da zog er mit der anderen Hand seinen Dolch und schlug zu.

Die linke Hand des Dokken fiel klatschend zu Boden. Toljin heulte auf, Blut sprudelte aus dem Stumpf, doch schon einen Wimpernschlag später war eine neue, mit langen Klauen bewehrte Hand aus der Wunde gewachsen und streckte sich nach Malevorn.

Huriya versuchte unterdessen, das Siegel an der Tür zu brechen, doch Toljin verstärkte es augenblicklich. Sie taumelte erschrocken zurück – Toljin war nun genauso stark wie sie, wenn nicht sogar stärker.

Weil wir ihn zu einem Aszendenten gemacht haben.
Und er nicht mehr Toljin ist.

Die Ambrosia schmeckte bitter. Wie Eiswasser floss sie durch Alarons Adern und verlangsamte alles, nur nicht sein Herz, das heftig zu pochen begann. Seine Wahrnehmung trübte sich, die besorgten Gesichter um die Pritsche herum verblassten immer mehr. Corinea wirkte unruhig und beklommen, Meister Puravai lediglich ernst und aufmerksam, doch Alaron hatte nur Augen für Ramita. Er saugte ihren Anblick in sich auf, als wäre es das Letzte, was er je sehen würde. Als auch ihr Gesicht in der pochenden Leere versank, beteuerte er ihr ein letztes Mal, wie sehr er sie liebte, ohne zu wissen, ob seine Lippen sich überhaupt bewegten.

Dann war Alaron allein und stürzte in einer langsamen Spirale in die Dunkelheit. Es mochten Stunden vergehen oder vielleicht nur Sekunden; Corineas warnende Worte hallten durch seinen Kopf: *Das Gift verlangsamt die Tätigkeit deiner Organe, aber dein Herz wird versuchen weiterzuschlagen. Es könnte wehtun.*

Das tat es, und mit jedem Moment mehr. Jeder Herzschlag war wie ein Hammer, der von innen gegen seinen Brustkorb geschlagen wurde, während sich sein Blut träge und immer langsamer durch die Adern wälzte. Es fühlte sich an, als wäre sein Herz ein Baby, das versuchte, geboren zu werden. Dann erreichte der Schmerz den Höhepunkt und ließ endlich nach, gleichzeitig schwand Alarons Bewusstsein, bis nur noch ein kleines flackerndes Flämmchen davon übrig war. Von irgendwoher kamen leise Stimmen.

Alaron? Alaron? Bist du das? Was macht er da?

Waren das Cym und Ramon? Im ersten Moment war Alaron verwirrt, denn seine Pritsche war durch einen Bannkreis vor der Welt der Geister geschützt. Eigentlich durften sie ihn hier nicht erreichen, und doch waren sie da; seine beiden wichtigsten Freunde...

Wer denn sonst?, schnitt Cyms höhnische Stimme durch den Nebel, der Alaron umgab, dann sah er plötzlich ihr Gesicht. Sie sah genauso aus wie bei ihrer letzten Begegnung. *Wir sind bei dir, durch dick und dünn.*

Ramon lächelte süffisant. *He, Amiki, was liegst du da so rum?*

Ich habe gerade etwas getrunken, und zwar...

Er hat getrunken, schnaubte Cym. *Du hast noch nie viel vertragen, Alaron.* Sie streckten ihm die Hände entgegen und zogen ihn auf die Beine. Ramon trug seine Schlachtmagus-Uniform, genau wie an dem Tag, als sie vor so langer Zeit gemeinsam von Norostein aufgebrochen waren.

Alaron spürte Tränen in den Augenwinkeln. *Ich liebe euch, beide!*, stammelte er. *Ich habe es euch nie gesagt, aber ich tue es jetzt. Ich liebe euch!*

Und wie *betrunken er ist*, kommentierte Ramon kichernd.

Alaron sprudelte weiter, trotz der Benommenheit, die ihm das Denken erschwerte und das Sprechen beinahe unmöglich machte. *Ich habe ein Mädchen kennengelernt! Sie ist so tapfer und unerschütterlich wie Stein, aber klein wie eine Maus und...*

Eine Steinmaus?, gackerte Cym. *Dir ist echt nicht zu helfen, Al!*

Wie geht es euch? Wir haben uns schon so lange nicht mehr gesehen. Ich dachte schon, du wärst tot, Cym...

Die beiden warfen sich einen Blick zu, dann schauten sie Alaron mit traurigen Augen an. *Ich* bin *tot*, bestätigte Cym. *Es ist bei einem Kampf auf der Glasinsel passiert.*

Ich auch, warf Ramon im Plauderton ein. *Die Inquisition glaubte, ich wüsste, wo du bist, und hat mich zu Tode gefoltert. Eine ganze Woche lang habe ich geschrien.*

Alaron hatte es gewusst. *Ich habe meine besten Freunde mit hineingezogen und sie dann im Stich gelassen …*

Ihre Lippen hörten auf, sich zu bewegen, ihre Körper sackten in sich zusammen und vertrockneten binnen Momenten zu Skeletten, dann verschwanden sie im Nebel, der schließlich auch Alaron verschlang.

Er war wieder in seinem Zimmer in Norostein. Sein Vater Vannaton war ebenfalls da, er sah genauso aus wie an dem Tag, als er nach Pontus aufgebrochen war. Er ließ Alaron nur äußerst ungern allein zurück, aber er hatte keine andere Wahl. Vann war fest entschlossen, die Mondflut zu nutzen, um den Lebensunterhalt für seine Familie zu sichern.

Pap!

Sei gegrüßt, Sohn Vann nahm seine Hand. *Schon gut, weine nicht. Jeder muss irgendwann sterben.*

Aber sie waren meine besten Freunde … Alaron spürte einen Kloß im Hals, schließlich blickte er auf. *Pap, bist du … Bist du auch …?*

Vann nickte ernst. *Die Inquisition hat nach dir gesucht und mich gefunden. Sie haben mich nach der Skytale des Corineus gefragt, ausgerechnet! Du hättest mich warnen sollen, damit ich Vorsichtsmaßnahmen ergreifen kann.*

Tränen strömten über Alarons Wangen. *Es tut mir so unendlich leid! Ich weiß, ich hätte dich einweihen sollen, aber ich habe ja selbst nicht daran geglaubt … Wir haben nicht für möglich gehalten, dass wir tatsächlich die Wahrheit herausgefunden hatten.*

Vanns Gesicht wurde hart. *Du warst schon immer ein Trottel, Alaron. Ich bin enttäuscht von dir. Lässt deine Mutter einsam und allein sterben. Du hast uns im Stich gelassen, alle.*

Ein plötzlicher Schmerz fuhr durch Alaron und durchbohrte sein Herz, er schwebte in der Luft und wand sich vor Qual, während sein Vater teilnahmslos zuschaute.

Jeder muss irgendwann sterben, Sohn. Jetzt bist du an der Reihe.

Tal der Gräber in Gatioch, Antiopia
Zulqeda (Novelev) 929
Siebzehnter Monat der Mondflut

Malevorn versuchte dazwischenzugehen, als Toljin sich auf Huriya stürzte. Er war sicher, sie würde ihm sofort unterliegen, doch irgendwie hielt sie stand und schleuderte den Dämon – denn Toljin war eindeutig von irgendeinem Geisterwesen besessen – mit Kinese von sich. Ihre Schilde flackerten dunkelrot, aber sie hielten, und das verschaffte ihnen Zeit. Dann versuchte sie einen Gedankenangriff, doch Malevorn wusste, dass Mesmerismus in so einem Fall zwecklos war. Die stärksten Dämonen, denen selbst erfahrene Hexer aus dem Weg gingen, verfügten über eine Art gemeinsames Bewusstsein, Hunderte von Seelen, die im Äther gebündelt waren. Sie waren viel zu komplex, um sie mit Gedanken zu bekämpfen, aber durch Geisterbeschwörung immer noch verwundbar. Und das war genau die Studie, in der Malevorn sich am Arkanum am meisten hervorgetan hatte.

Er schlug Toljin mit einer Spektralpeitsche, die die Seele verletzte, nicht den Körper, über den Rücken. Der Dämon schrie auf, krümmte sich vor Schmerz und richtete seine Aufmerksamkeit auf Malevorn, während Huriya sich an der Wand entlangtastete wie eine Ratte auf der Suche nach einem rettenden Loch.

Der Dämon hatte mittlerweile gelernt, mit dem Gestaltwandlerkörper umzugehen. Schuppen bedeckten Toljins Haut, sein Kiefer wurde länger, Hörner wuchsen aus der Stirn. Mit einem widerlichen Knacken bogen sich die Kniegelenke in die entgegengesetzte Richtung, Feuer züngelte aus den klauenbewehrten Händen des Wesens, dann kam es mit langen Schritten auf Malevorn zu ... und lief mitten durch den Bannkreis.

Malevorn stieß einen wüsten Schrei aus und lud den Kreis mit neuer Energie auf. Er beschwor die stärksten Geistwächter, die er kannte, diesmal um einen Dämon zu bannen, keinen Menschen. Huriya fiel mit ein und verstärkte den Zauber – Sabele war eine erfahrene Hexerin gewesen, und ihre Hilfe gab den Ausschlag: Die Kuppel erstrahlte von Neuem, der Dämon war gefangen.

Als Toljin sich gegen die unsichtbare Barriere warf, prallte er zurück wie von einer Steinmauer. Wieder und wieder versuchte er es, bis er begriff, dass es zwecklos war. Schließlich gab er auf und blickte finster zwischen Malevorn und Huriya hin und her.

Malevorn spürte, wie der Dämon den Bannkreis nach Schwachstellen absuchte, und atmete einmal tief durch. Huriya sank stöhnend zu Boden, die Augen weit aufgerissen und voller Angst.

»Was ist schiefgegangen?«, fragte sie. »War es die Ambrosia? Haben wir die falsche Dosis erwischt?«

»Möglich, aber ich glaube es nicht.«

»Aber du weißt es auch nicht!«, rief sie aufgebracht.

Malevorn wusste, was sie so aufwühlte: Wenn es nicht an der Ambrosia lag, musste der Fehler woanders liegen. *Und das bedeutet, dass es eben doch keine Heilung für den Fluch der Seelentrinker gibt.*

Huriya war am Boden zerstört. »Es war unsere letzte Hoffnung...«, stammelte sie mit gebrochener Stimme. »Wie kann es sein, dass es nicht funktioniert?«

Malevorn ignorierte sie. Er hatte die Frage bereits hinter sich gelassen. »Beschäftige dich nie mit dem, was hätte sein können«, hatte einer seiner Lehrer einmal gesagt. »Sondern mit dem, was ist.«

Vielleicht werde ich meinen Fluch nie wieder los. Vielleicht kann ich die Ehre meiner Familie nie wiederherstellen. Am liebsten hätte er geschrien, aber er zwang sich, weiter nachzudenken. *Was für ein Wesen habe ich da erschaffen?*

Während der Verwandlung hatte ein Dämon von Toljin Besitz ergriffen, und mit Dämonen kannte Malevorn sich aus. Am Arkanum war er der Meisterschüler in dieser Disziplin gewesen. Ihren wahren Namen in Erfahrung zu bringen, war unglaublich schwer, aber wenn es gelang, konnte man sie sich zum Sklaven machen ...

Ein ganz neuer Horizont öffnete sich vor seinem inneren Auge. Sie hatten einen Verbündeten erschaffen wollen, stattdessen hatten sie sich einen Sklaven gemacht: einen Dokken-Dämon mit der Macht eines Aszendenten. *Und Sklaven sind so unendlich viel nützlicher als Verbündete.*

Wenn es ihm gelang, den Prozess zu wiederholen, konnte er noch mehr davon erschaffen. Viel mehr.

Huriya kauerte auf dem Boden, genauso zerstört wie ihre Träume. Die Dokken würden den Magi niemals ebenbürtig werden und auf ewig bleiben, was sie waren. Alle Hoffnung der zahllosen Seelen in ihrem Körper war von einem Moment auf den anderen zu Asche verbrannt. Huriya war so sehr in sich selbst versunken, dass sie die Gnosisfaust nicht einmal kommen sah, mit der Malevorn sie bewusstlos schlug.

Ich weiß genau, was nun zu tun ist, und dazu brauche ich sie nicht. Alles ist ... vollkommen ... perfekt.

Alaron!, brüllten die Stimmen im Chor. Der Ruf traf ihn wie ein Schlag ins Gesicht und holte ihn zurück aus dem dunklen Tal des Vergessens.

Es war die Stimme seines Vaters, die Stimmen von Cym und Ramon. Da verstand Alaron endlich, dass er nicht mit ihren Geistern gesprochen hatte, sondern mit seiner eigenen Erinnerung an sie. Die düsteren Gedanken entließen ihn aus ihrem Griff. *Ob sie noch leben oder tot sind, sie lieben mich.*

Seine Mutter Tesla flüsterte ihm warnende Worte zu, Ramita ebenfalls, da blickte Alaron auf. Ein dunkler Schatten raste auf ihn zu, ein Venator, mit Malevorn Andevarion im Sattel. Aus der Spitze seiner Lanze züngelte Gnosisfeuer.

Alaron warf sich zur Seite und kam sofort wieder hoch. Vor ihm gähnte ein gigantischer Abgrund. Er taumelte einen Moment, dann hatte er sein Gleichgewicht wiedergefunden. Er stand auf einer hohen Klippe, weit unten tobte der Ozean, neben ihm ergoss sich ein Wasserfall schäumend in die Tiefe. Alaron musste zweimal hinschauen, denn unter den turmhohen Wellen sah er den Mond. Sein vernarbtes Antlitz glänzte silbrig kupfern, so nahe, als könnte er es berühren, und doch unendlich weit weg, während er sich direkt vor Alarons Augen aus dem Meer erhob.

Ein markerschütterndes Kreischen aus der Kehle des Venators ließ ihn herumwirbeln. Malevorn hatte in einem weiten Bogen gewendet und hielt genau auf Alaron zu. Er bombardierte ihn mit Gnosisblitzen, die an Alarons Schilden zerbarsten, doch die Wucht des Einschlags ließ ihn rückwärts taumeln, bis er mit rudernden Armen direkt an dem brüllenden Abgrund stand.

Alaron erwiderte das Feuer, doch der Venator kam immer näher und riss den Kiefer auf. Da bröckelte der Fels unter ihm weg. Alaron stürzte schreiend ins Leere, direkt auf den Mond zu, der sich nun in einer gigantischen Kaskade aus Wasser und Licht aus den Wellen erhob.

Jemand berührte Alarons Hand. Er spürte die kleinen, kräftigen Finger, die sich um die seinen schlossen, fester als Fels.

Der Mond zerplatzte wie eine Seifenblase unter ihm, Alaron stürzte mitten hindurch, dann schwebte er durch die Dunkelheit. Es war Nacht, er saß am Steuer der *Sucher*, über ihm leuchteten die Sterne und die aufgehende Sonne. Ramita stand vorne im Bug, die Arme ausgebreitet wie ein Vogel, und drehte sich zu ihm um. Sie jauchzte vor Vergnügen, dann war sie plötzlich fort, ersetzt von einer hochaufgeschossenen Gestalt in einer beigefarbenen Robe. Sie hatte die Kapuze so tief heruntergezogen, dass Alaron das Gesicht darunter nicht erkennen konnte.

»Wer bist du?«

Der Mann schlug die Kapuze zurück, darunter kam ein vom Alter gezeichnetes Antlitz mit stahlgrauem Kinnbart zum Vorschein, der Schädel war kahlrasiert. »Bist du ihrer würdig?«, fragte der Mann mit einer Stimme, so durchdringend, dass Alaron erzitterte.

Er ist es … Zumindest sah der Mann genauso aus, wie er sich Antonin Meiros nach Ramitas Beschreibungen immer vorgestellt hatte.

Alaron straffte die Schultern. »Ich werd's versuchen!«

Überraschenderweise – oder vielleicht auch nicht, falls dies alles nur in seiner Fantasie passierte – grinste der Erzmagus. »Gut. Streng dich an.«

Alarons Herz begann zu pochen. »Herr! Ist irgendetwas von all dem real?«

Meiros schnaubte. »Natürlich nicht. Es ist alles nur in deinem Kopf, aber das bedeutet nicht, dass du hier nicht sterben könntest.« Er fixierte Alaron mit einem durchdringenden Blick. »Du wirst nie mehr sein als mein Schatten, Junge.«

Vielen Dank für den rührenden Vertrauensbeweis, liebes Unterbewusstsein. »Trotzdem werde ich mein Bestes geben!«, erwiderte er.

»Gut für dich, mein Sohn«, sagte Meiros. Oder war es sein Vater?

Dann war Alaron wieder allein im Skiff und jagte mit rasender Geschwindigkeit genau auf die Sonne zu. Er hatte keine Kontrolle mehr über die *Sucher* und konnte nur tatenlos zusehen, wie sein Kittel in der zunehmenden Hitze zu schmoren begann. Rauch nahm ihm die Sicht, dann fing die *Sucher* Feuer. Alaron brüllte gegen die Flammen an, seine Haare verschmorten, dann seine Haut, doch er raste immer weiter wie ein lebendiger Komet, mitten hinein in Sols Kern, der in einem Sturm aus weißem Licht und Feuer explodierte.

Da wachte er auf.

Sie waren alle noch da: Ramita, Puravai, Corinea, sogar der treue Yash, der sich irgendwann hereingeschlichen haben musste.

Alaron blickte sich hektisch um, während Meiros und Vannaton allmählich vor seinem inneren Auge verblassten, danach auch Ramon und Cym. Als Letztes sah er seine Mutter, wohlauf und ohne Brandnarben ...

Ramita drückte seine Hand. »Du hast es überlebt«, flüsterte sie.

»Willkommen zurück, Bruder Langbein«, sagte Puravai lächelnd.

Corinea und Yash musterten ihn mit großen Augen, Corinea kühl und distanziert, Yash voll Ehrfurcht.

Alaron nahm einen tiefen Atemzug, dann fachte er die kleine Flamme in seinem Innern an. Seine gnostische Aura veränderte sich und bildete sich zu einem Abbild Sivramans um, der alle Aspekte der Gnosis in seinen vier Armen hielt. Sie leuchtete so hell, dass er kaum hinsehen konnte.

Ich hab's geschafft.

Ich bin ein Aszendent.

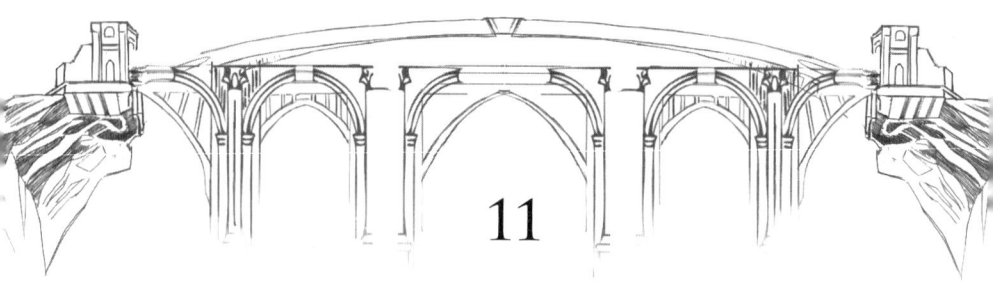

11

MANÖVER

DER KATLAKOZ, AUCH DIE JAVONISCHE HOCHEBENE
GENANNT ·

Der Katlakoz spielt seit jeher eine wichtige Rolle in der Entwicklung Javons. Die Wüste unterhalb der Hochebene dient den nomadischen Harkun im Sommer als Jagdgebiet. Winter und Frühling verbringen sie in Nordkesh in der Wildnis östlich von Hallikut, wo sie Ackerbau betreiben und Überfälle verüben, solange das Klima dort mild genug ist. Im Sommer ziehen sie sich an den Fuß der Hochebenen zurück und ernähren sich von ihren riesigen Pferde- und Viehherden.

SCHWESTER GULSEPPA, SOLLAN-GELEHRTE, JAVON 722

Gouverneur Tomas Betillon trat aus dem düsteren Saal auf den hell erleuchteten Balkon über dem Paradeplatz. Trompeten erschallten und verstummten wieder. Unten waren zwei Legionen aufmarschiert, angeführt von ihren beiden Kommandanten: Der Kirkegar-Großmeister Lann Wilfort rieb sich das vernarbte Gesicht, während Seir Roland Hale stumpfsinnig die endlosen Reihen Dorobonen-Soldaten anstarrte, die er nun gegen Forensa führen musste. Hale sah nicht glücklich aus. Er hätte lieber auf Verstärkung gewartet.

Und recht hat er, wenn nur welche kommen würde, dachte Betillon grimmig, *aber das kann er vergessen. Kaltus ist jetzt schon überlastet, und Lucia wird so kurz vor der Zerstörung der Brücke keine weiteren Männer entsenden. Wir sind auf uns allein gestellt.*

Er trat ans Geländer und salutierte. Die Dorobonen hatten ihren Soldaten Ländereien und Reichtum versprochen, wenn sie nach Javon kamen und hier ein neues Leben begannen. Doch das Haus Dorobon existierte nicht mehr, ihre Treue war vergebens gewesen und das Vertrauen in ihre Anführer zutiefst erschüttert. Einzig und allein die Tatsache, dass sie ihre Familien mitgebracht hatten, hielt sie bei der Stange. Natürlich würden sie kämpfen, um die Ihren zu verteidigen, trotzdem war ihnen deutlich anzusehen, dass sie lieber nach Rondelmar evakuiert werden wollten. Die Spannungen zwischen ihnen und Betillons Leuten nahmen von Tag zu Tag zu. Der Marsch gegen Forensa war genau das Richtige, um sie daran zu erinnern, wer der eigentliche Feind war.

Zu Roland Hale hatte er von all dem selbstverständlich kein Wort gesagt, sondern ihn mit Worthülsen wie Sieg, Ruhm und

Rache abgespeist. Dennoch bezweifelte er, dass Hale sich hatte täuschen lassen. *Wenn wir die Nesti-Rebellion niederwerfen können, werden auch die Einheimischen ihren Widerstand aufgeben. Irgendwann trifft die Verstärkung ein, und alles ist wieder gut. Allerdings erst, nachdem ich mich um Gyle gekümmert habe ...*

Er ratterte eine vorbereitete Rede über die ruhmreiche Vergangenheit des Hauses Dorobon herunter, über Tapferkeit und dergleichen, dann nahm er von Hale und Wilfort den kaiserlichen Abschiedsgruß entgegen. Die Soldaten jubelten pflichtschuldig und marschierten von einem aufpeitschenden Trommelwirbel begleitet los.

Wenn die beiden versagen, vernichte ich sie.

»Die Späher sagen, in Riban stehen über zehntausend rimonische Soldaten, in Forensa noch einmal so viele, nicht zu vergessen die zahllosen Jhafi«, kommentierte Craith Margham, während die beiden Legionen durch die Stadttore marschierten. Er schien erleichtert, dass sein Hauptrivale um die Vorherrschaft über die Reste der Dorobonen für eine Weile auf dem Schlachtfeld verschwand.

»Zwischen hier und Forensa liegen zweihundert Meilen Wüste«, überlegte Betillon laut. »Zwanzig Tage, falls sie ununterbrochen marschieren, was glatter Selbstmord wäre. Wenn sie dort sind, müssen sie möglicherweise in Unterzahl eine befestigte Stadt erstürmen. Wenn allerdings Gyles Truppen zu ihnen stoßen, sollten sie den Sieg erringen, vor allem in Anbetracht der vielen Magi auf unserer Seite.«

»Ja, und besser ausgebildet sind die unseren noch dazu«, bestätigte Margham begeistert, als würden Schlachten auf dem Papier gewonnen. »Dreißig gegen wie viele, zwei?« Er lachte spöttisch.

Betillon runzelte die Stirn. »Richtig. Aber eine davon ist Elena Anborn.«

294

Der Katlakoz in Javon, Antiopia
Zulqeda (Novelev) 929
Siebzehnter Monat der Mondflut

»Und das hier soll eines der großen Wunder Urtes sein?«, brummte Rutt Sordell verdrossen. Kurz zuvor hatte er sich beschwert, dass er kaum noch Farben sehen konnte. Es war der letzte Punkt einer langen Klagerede über seinen zunehmend schlechter werdenden körperlichen Zustand gewesen.

Gurvon hatte das Gejammer satt und wünschte nur, Rutt würde endlich die Klappe halten. Er hatte schon viele Wunder gesehen, aber der Anblick der Großen Hochebene beeindruckte ihn immer noch. Der Katlakoz, wie er in der Sprache der Jhafi hieß, erhob sich Hunderte Ellen senkrecht aus der Wüste wie eine gigantische Wand und erstreckte sich über einhundertsiebzig Meilen vom Tagraz-Gebirge in der Nähe Forensas bis zum Karebedi-Höhenzug, der die natürliche Grenze zwischen Javon und Nordkesh bildete. Der Anblick erinnerte Gurvon an die Ozeanklippen, nur dass sich am Fuß des Katlakoz kein Meer erstreckte, sondern endloser Sand – den außerdem die wilden Harkun-Stämme für sich beanspruchten.

Der Katlakoz war das Einzige, was die Harkun davon abhielt, auch das restliche Javon zu überfluten. Er war nur an vier Stellen passierbar, und alle vier wurden von massiv befestigten Forts gesichert. Drei davon hatte Staria Canestos mit ihren Leuten besetzt, den Sacro Arcoyris Estellan, so auch das Rote Fort – etwas nüchtern nach der Farbe des Sandsteins benannt, in den es gehauen war –, wo Gurvon sich im Moment aufhielt. Das vierte lag in der Nähe von Forensa und befand sich fest in der Hand der Nesti.

»Der Ordo Costruo behauptet, hier wäre vor Tausenden von Jahren die Ostküste Antiopias verlaufen«, fuhr Sordell fort. »Dann ist irgendetwas passiert, vielleicht ein Einschlag wie der,

295

der die Landbrücke zwischen Dhassa und Pontus zerstörte, und die Ebene hob sich aus dem Meer.«

Gurvon versuchte sich vorzustellen, wie es passiert war. *Wird der Effekt sich umkehren, wenn wir die Leviathanbrücke zerstören? Das wäre mal ein Anblick!* Vor seinem inneren Auge sah er die Harkun in den Fluten ersaufen. *Allerdings sind sie bis dahin längst wieder in Kesh, also wird es dazu nicht kommen. Schade eigentlich.* Die Harkun gehörten im Moment nicht zu seinen Lieblingsvölkern. Sie banden Starias Legion, die er dringend woanders brauchte. Aus diesem Grund war er hier.

Er wandte sich Staria zu, die neben ihm in die Ferne blickte. Ihre olivfarbene estellaynische Haut war durch die Sonne noch dunkler geworden, ihre harten Gesichtszüge erschienen ihm wie ein Spiegelbild der Wüste. In einem Bekira wäre sie kaum von einer Eingeborenen zu unterscheiden gewesen, doch sie trug ein Kettenhemd, darunter das obligatorische, von Schweißflecken übersäte Leder. Sie sah aus, als hätte sie die Nase gründlich voll.

»Wie lauten die letzten Nachrichten von Has Frikter?«, fragte er.

»Er kommt gut voran«, antwortete Staria mit ihrem kehligen Akzent. »Er steht über Gnosisstäbe in Kontakt mit Roland Hale, einem Offizier der Dorobonen, und rechnet damit, Forensa gegen Ende des Monats zu erreichen. Schneller zu marschieren, hat keinen Sinn. Nicht in dieser Hitze.« Mittlerweile hatten sie Novelev, aber der Sommer war noch nicht vorüber, nach wie vor verbrannte er den Boden und alle Felder, die nicht üppig bewässert wurden.

»Und Endus Rykjard?«

»Hat sein Lager in einer Hügelkette an der Straße nach Baroz aufgeschlagen, etwa vierzig Meilen südlich von Brochena. Er winkt die Versorgungskarawanen durch und nimmt sich unseren Anteil. Bisher keine Zwischenfälle.«

»Gut.« Gurvon widmete sich wieder dem Sandmeer unterhalb. Irgendwo östlich von hier, außer Sichtweite, lag eine große Oase, bei der die Harkun ein vierundzwanzigtausend Mann starkes Lager aufgeschlagen hatten. Diese Männer drehten im Moment alle Däumchen. Das Rote Fort war das kleinste von allen und mit nur sechshundert Soldaten bemannt, aber mehr brauchte es auch nicht. Ein Kind konnte es mit einer Steinschleuder verteidigen. *Sie werden doch nicht verrückt genug sein, einen Angriff zu wagen?*

Staria schnalzte leise mit der Zunge. »Brauchen wir diese Nomaden wirklich?«

»Mit einem Wort: ja. Wir stecken in der Klemme, und das von drei Seiten, wenn es uns nicht gelingt, weitere Figuren aufs Brett zu bringen. Betillon bettelt in Pallas um Verstärkung, und vielleicht bekommt er sie sogar. Diese Möglichkeit haben wir nicht, und das bedeutet, dass wir mit den Barbaren verhandeln müssen.«

»Werden die Harkun nicht wahllos jeden umbringen, der ihnen über den Weg läuft?«, warf Rutt ein. »Ich bin seit sechs Jahren in Javon, und das ist das Einzige, worin sich alle einig sind: Nur ein Wahnsinniger würde den Harkun Zugang zur Hochebene verschaffen.«

»Und dieser Wahnsinnige bin ich. Ist dieser verfluchte Mittelsmann schon in Sicht?«

»Du solltest besser nett zu ihm sein«, mahnte Staria, ohne Gurvon anzusehen.

»Du kennst mich. Ich bin die Liebenswürdigkeit in Person.« Gurvon sah mehrere Silhouetten am Horizont auftauchen und kniff die Augen zusammen. »Da ist er ja.«

Der Mann, den sie hier treffen wollten, hieß Ghujad iz'Kho. Er beherrschte fließend Keshi, Rimonisch sowie Rondelmarisch und behauptete, für vierzehn Harkun-Stämme zu sprechen. Entweder war er ein unverfrorener Lügner oder ein unschätzbar wertvoller Verbündeter. Die Zeit würde zeigen, welches von beidem.

»Gehen wir runter.«

Das Rote Fort bewachte einen schwierig zu erklimmenden Ziegenpfad, der hinauf zu den Hochebenen führte. Ein Erdmagus hätte ihn mit Leichtigkeit unpassierbar machen können, doch Gurvon wusste, warum niemand das je getan hatte: Wenn man den Kontakt zum Feind ganz abbrach, fand der andere Wege, einem in den Rücken zu fallen. Es hatte immer Handel zwischen den Harkun und den Jhafi gegeben, streng kontrolliert zwar, aber lukrativ. Cera Nesti hatte eine Zeit lang verzweifelt versucht, in Verhandlungen mit den Harkun zu treten, doch es war nichts daraus geworden. Gurvon selbst hatte dafür gesorgt, als er Cera noch in seiner Gewalt hatte.

Er und seine beiden Begleiter schwebten mit Luftgnosis nach unten und trafen lange vor den Harkun am vereinbarten Treffpunkt ein, genau wie er beabsichtigt hatte. Sie durch offenen Gebrauch ihrer Kräfte jetzt schon zu verschrecken, wäre kontraproduktiv.

Kurze Zeit später trafen die Nomaden auf ihren lächerlich schwankenden Kamelen ein. Ghujad iz'Kho wurde von sechs Leibwächtern begleitet. Falls die Muster auf ihren Kopftüchern irgendetwas zu bedeuten hatten, waren sie alle miteinander verwandt. Damit sie absteigen konnten, mussten die Kamele ihre Vorderbeine regelrecht einfalten. Dabei beugten sie sich so weit vornüber, dass Gurvon schon glaubte, die Reiter würden mit dem Gesicht voraus in den Sand fallen, doch am Ende ließen sie sich mit erstaunlicher Eleganz aus dem Sattel gleiten.

Ghujad iz'Kho begrüßte Gurvon wie einen lange verschollen geglaubten Sohn, umarmte ihn und klopfte ihm kräftig auf den Rücken. Genau hier würde mein Dolchstich treffen, aber wir sind Freunde, schien die Geste zu bedeuten.

Zu guter Letzt ließ Gurvon sich noch von ihm auf die Wangen küssen, dann machte er sich los, um Rutt und Staria vorzustellen.

Iz'Kho scharwenzelte um die drei Magi herum, während seine Leibwächter einen kleinen Pavillon aufstellten, Sitzkissen darunter verteilten und sogar eine Flasche Arrak aus ihren Satteltaschen zauberten.

»Nun, Gyle, mein Freund«, begann er, nachdem sie sich gesetzt hatten. »Erzählt mir, wie ich Euch zu Diensten sein kann!«

Gurvon ignorierte geflissentlich, dass iz'Kho seinen Namen jedes Mal wie »Gill« aussprach, und erwiderte höflich: »Ich bin hier, um mit dir über das Land deiner Vorfahren zu sprechen, das von den Jhafi gestohlen wurde.«

Es hatte keinen Sinn, lange um den heißen Brei herumzureden, und ob die Ansprüche, die die Harkun auf dieses Land erhoben, gerechtfertigt waren, interessierte ihn herzlich wenig. Was er brauchte, waren Krieger, die sich seinem Kommando unterstellten.

Iz'Kho grinste breit. »Auf eine solche Gelegenheit warten wir Harkun schon lange. Es ist unsere Bestimmung, wieder über dieses Land zu herrschen, so Ahm will.«

»Ja, jedes Volk sollte dort leben können, wo auch seine Vorfahren gelebt haben«, bestätigte Gurvon und schüttelte innerlich den Kopf über den Schwachsinn, den er da redete.

Ghujad iz'Kho nickte eifrig. »In unseren Geschichten heißt es, dass auch die Jhafi einer von vielen Harkun-Stämmen waren, die frei durch ganz Ja'afar zogen, ohne dass es je zu Streit gekommen wäre. Ein goldenes Zeitalter. Doch dann haben die Jhafi uns verraten und die Hochebenen an sich gerissen, während die anderen Stämme auf dem Weg zu ihren Winterquartieren in Kesh waren. Seither verweigern sie uns den Zutritt zu unserer angestammten Heimat. Es ist Ahms Wille, dass sie dafür bestraft werden.«

»Genau darüber möchte ich mit dir verhandeln«, erwiderte Gurvon. »Das rondelmarische Kaiserhaus fühlt mit deinem Volk.«

»Ist das so? Wie ich gehört habe, beansprucht Euer Kaiser ›Javon‹, wie Ihr es nennt, für sich selbst.«

»Es ist ein großes Land, Ghujad, mit Platz genug für uns alle«, antwortete Gurvon gemessen. »Die Ebenen nördlich von Forensa sind genauso groß wie die, auf die wir im Moment blicken, und weit fruchtbarer.«

»Diese Ebenen entsprechen nur einem Bruchteil der Fläche unserer ursprünglichen Heimat«, konterte iz'Kho. »Außerdem führt der einzige Zugang direkt an den Forts vorbei, die mit Euren Männern besetzt sind.«

»Dann kommen wir direkt zur Sache: Bei unserem letzten Treffen sagtest du, dass vierzehn eurer Stämme – beinahe dreißigtausend Krieger – bereit wären, sich dem Kriegszug anzuschließen.«

»So ist es. Wir brennen darauf, endlich zurückzuholen, was uns gehört.«

»Das glaube ich dir gerne, Ghujad. Wenn ich euren Kriegern Zugang zu den Hochebenen verschaffe, könnten sie gemeinsam mit meinen Leuten die Jhafi und ihre rimonischen Verbündeten vertreiben. Danach bekommt ihr das gesamte Land östlich von Forensa und Loctis. Doch mein Kaiser fürchtet, ihr könntet euch damit nicht zufriedengeben. Er fürchtet, einen schwachen Feind zu verjagen und sich einen neuen, starken zu erschaffen.«

Iz'Kho kratzte sich das stoppelige Kinn. »Keinen Feind, mein guter Gyle, sondern einen dankbaren Freund.«

»Solange du und ich noch dabei sind, aber was ist mit der Zukunft? Wir beide wissen, wie ehrgeizig und opportunistisch junge Männer sein können. Sie könnten allzu schnell vergessen, über welche Vernichtungskraft rondelmarische Magi verfügen. Also müsstest du dafür sorgen, dass dies nicht passiert, damit *wir* es nicht tun müssen.«

»Alle kennen die Macht der rondelmarischen Magi«, erwiderte iz'Kho achselzuckend.

Ich traue dem Burschen kein Stück weiter, als ich spucken kann, aber ich brauche seine Männer, und zwar jetzt.

Nachdem sie sich über ihre Allianz grundsätzlich einig waren, begann das Feilschen. Schließlich trat Gurvon außer den östlichen Ebenen auch noch Forensa ab. »Aber wir behalten Riban und Intemsa, außerdem alle Gebiete westlich des Berges Tigrat.«

Wir, was so viel bedeutet wie ich, sobald ich mit Betillon fertig bin ...

Ghujad iz'Kho versicherte, den Häuptlingen das Angebot genauso zu unterbreiten, dann brach er nach weiteren Beteuerungen unvergänglicher Freundschaft mit seinen Leibwächtern auf.

Die Sonne ging bereits unter, als die drei Magi im Schatten der Felswand darauf warteten, dass die Kamele im flimmernden Dunst verschwanden.

»Und, *Gill*?«, fragte Staria. »Bist du zufrieden?« Es klang, als wäre zumindest sie es nicht.

»Ich glaube, ja. Es wird sich folgendermaßen abspielen: Frikters Legion vereinigt sich vor Forensa mit den Dorobonen. Damit sind sie genug, um mit den Nesti fertigzuwerden oder sie wenigstens in Schach zu halten, bis wir ihnen die Harkun auf den Hals hetzen können. Die Dorobonen spielen entweder mit, oder sie bekommen es ebenfalls mit den Harkun zu tun. Aber so weit wird es nicht kommen. Roland Hale wird sich rechtzeitig auf unsere Seite schlagen, dann vernichten wir gemeinsam die Nesti. Danach sind Wilforts Kirkegar dran, falls sie Schwierigkeiten machen sollten.«

»Aber wie wollen wir die Harkun unter Kontrolle halten?«, fragte Rutt besorgt wie immer.

»Darum kümmern wir uns ein andermal«, erklärte Gurvon entschlossen. »Wahrscheinlich beruhigen sie sich in ein paar Jahren ganz von selbst. Es ist immer das Gleiche: Die Barbaren, die im Herbst ins Tal einfallen, sind die Bauern, die es im nächsten Frühling verteidigen.«

»Was ist mit meinen Leuten?«, warf Staria ein. »Die Jhafi verachten uns zwar, aber im Vergleich zu diesen Harkun sind sie geradezu Freigeister.«

Du und deine verfluchten Schwuchteln. Gurvon stellte sich vor, wie Starias Legion irgendwo in der Klemme saß und die Dinge plötzlich aus dem Ruder liefen …

»Mach dir keine Sorgen«, sagte er laut. »Wenn die Kämpfe vorüber sind, verlegen wir euch nach Westen. Dort seid ihr sicher und könnt genau so leben, wie ihr es euch wünscht.«

»Ich werde darauf zurückkommen.«

Mach nur, Staria. Wenn du noch kannst.

Sie beschworen ihre Luftgnosis und ließen sich von den Aufwinden unterstützt zurück zum Roten Fort weit oberhalb des Sandmeeres tragen.

»Nun, mein Freund?«, fragte Ghujad iz'Kho an den kleinsten seiner Leibwächter gewandt, als die Magi außer Hörweite waren. »Was hast du zu sagen?«

Harshal al-Assam schob seinen Keffi nach unten und blickte in die stumpfsinnigen Gesichter von iz'Khos Söhnen und Vettern, hinter denen der mächtige Katlakoz aufragte. Einen Moment lang glaubte er, eine Bewegung vor den Felsen zu sehen, drei kleine Punkte, die sich in den Himmel erhoben, wegen der flimmernden Hitze war er allerdings nicht sicher.

»Ich sage, nur ein Narr vertraut Gurvon Gyle, und jeder Amteh, der für den rondelmarischen Kaiser zu den Waffen greift, ist ein Verräter an seinem Volk und seinem Glauben.«

Die abwehrenden Worte brachten iz'Kho zum Schmunzeln.

»Dennoch ist sein Angebot großzügig, oder etwa nicht? Von Nomaden zu Eroberern, außerdem eine Gelegenheit, altes Unrecht zu sühnen.« Er lächelte grimmig. »Ihr lebt in Palästen aus Marmor, mein Freund, wir in Zelten. Und doch gehören wir zum selben Volk. Warum solltet ihr so viel haben und wir so wenig?«

»Jhafi und Harkun gehören zusammen«, räumte Harshal ein. »Doch der Katlakoz trennt uns seit Jahrhunderten. Wir sind sesshaft geworden, wie du ganz richtig sagst, betreiben Ackerbau und leben in Häusern. Wir essen anders als ihr und kleiden uns anders, doch unsere Sprachen sind sich immer noch sehr ähnlich, genauso wie unser Glaube. Wir können unsere Zwistigkeiten auch ohne Einmischung der verfluchten rondelmarischen Magi beilegen.«

»Aber die Rondelmarer bieten uns Land, das ihr uns verweigert. Wenn wir vorübergehend mit ihnen kooperieren, was soll's? In ein paar Jahren werden sie genug von Ja'afars Sonne haben und freiwillig verschwinden.«

Harshal überlegte unruhig, wie ernst er Ghujads Worte nehmen sollte, und wie viel davon nur großmäuliges Getue war, das ihm weitere Zugeständnisse abringen sollte.

»Bedenke das Gegenangebot der Nesti«, erwiderte er schließlich. »Der Regentschaftsrat bietet deinem Stamm umfassende Handelsvorrechte auf alle Güter an. Wir wissen, dass dein Volk immer wieder leiden muss. Wir wissen von dem Mangel an Metall, der dazu führt, dass ihr nach wie vor in Lederrüstungen kämpft und ein Schwert zehn Mal so viel wert ist wie ein Kamel. Stelle dir eine Zukunft vor, in der ihr bei den Nesti *alles* eintauschen könnt, was ihr braucht. Ihr wäret die unangefochtenen Herrscher über euer Land und alle anderen Stämme.«

»Mit anderen Worten: Wir sollen uns an den Rockzipfel der Nesti hängen.«

»Eine Partnerschaft mit ihnen eingehen«, berichtigte Harshal. »Ihr habt nicht einmal *Schulen*, Ghujad. Stell dir vor, eure Kinder hätten Bildung, die ihnen eine bessere Zukunft ermöglicht.«

»Ihr wollt uns also zivilisieren?«, höhnte iz'Kho.

Harshal holte tief Luft. »Gut, einigen wir uns auf dieses Wort: *zivilisieren*. Es gibt Gebiete in euren Jagdgründen, wo ihr Häuser bauen könntet, wenn ihr nur wüsstet, wie. Orte, an denen ihr Städte errichten könntet, wie wir es getan haben. Unser Interesse ist, eure Lebensweise der unseren anzunähern, und das sollte auch euer Interesse sein.«

»Ach ja?«, brummte iz'Kho. Er deutete auf den mächtigen Katlakoz. »Du weißt nicht, wie es ist, im Schatten dieser Wand zu leben, mein Freund. Ihr thront über uns wie die Götter unserer Vorväter, richtet über uns und haltet euch für was Besseres: ›Seht sie euch nur an, die barbarischen Harkun! Können nicht lesen und ziehen durch die Wüste wie wilde Rinderherden. Sie bauen keine Häuser und können nicht mal einen Acker bestellen, geschweige denn schreiben oder auch nur zählen. Diese Primitiven!‹«

Iz'Kho ließ sein Kamel anhalten, und Harshal wurde sich der Männer in seinem Rücken unangenehm bewusst.

»Das Problem mit euch *zivilisierten* Jhafi ist, dass ihr glaubt, wir wollten sein wie ihr«, fuhr er mit ausgestrecktem Zeigefinger fort. »Doch unser Traum sieht anders aus!«

Harshal spürte, wie die Männer hinter ihm die Hände auf ihre Säbel legten. Sein Mund wurde staubtrocken. »Wie sieht euer Traum aus, Ghujad?«

»Wir wollen über die Hochebenen reiten, frei und stolz wie unsere Väter, und eure Städte brennen sehen.« Er warf einen Blick über seine Schulter und schüttelte unmerklich den Kopf.

Harshal ließ leise den angehaltenen Atem entweichen.

Ghujad sah ihn mit undurchdringlicher Miene an. »Ich habe eine Nachricht für euren Rat.«

Harshal ließ die Schultern hängen. *Ich habe versagt.* »Was für eine Nachricht?«, fragte er.

Ghujads Blick wurde eiskalt. »Eine sehr primitive.«

FORENSA IN JAVON, ANTIOPIA
ZULQEDA (NOVELEV) 929
SIEBZEHNTER MONAT DER MONDFLUT

Cera starrte die grauenvolle Trophäe an. Galle stieg ihr in den Mund, schließlich drehte sie sich weg. »Sol et Lune, bringt das fort!«, rief sie und ließ sich mit zitternden Knien in ihren Sessel fallen.

»Ein Rondelmarer hat es vor das Tor geworfen und ist dann wieder fortgeflogen.« Comte Piero war aschfahl im Gesicht, genauso wie der Soldat, der ihr das grässliche Ding gebracht hatte.

»Er ist geflogen?«, wiederholte Cera benommen. Ihr Blick wanderte zurück zu dem blutdurchtränkten Leinensack. Ein abgetrennter Kopf, die Augen in dem erschlafften Gesicht weit aufgerissen und leer, aller Witz, Charme und Intelligenz für immer daraus verschwunden.

Oh Harshal, ich hätte Euch niemals gehen lassen sollen.

»Es war ein Magus«, bestätigte der Soldat. »Ein Skiff-Pilot.«

Cera rang um Fassung und riss den Blick von den traurigen Überresten ihres teuren Freundes los. Sie versuchte, etwas zu sagen, und brauchte mehrere Anläufe, bis es ihr gelang, den Soldaten mit einem knappen Dank zu entlassen. Nachdem Piero Inveglio die Tür geschlossen hatte, legte sie den Kopf in die Hände und weinte. *Mater Lune, ich habe ihn in den Tod geschickt …*

»Bringt das fort und bestattet es mit allen Würden. Ich kann den Anblick nicht ertragen.«

Inveglio verschloss den Sack, reichte ihn einem Diener und schickte ihn fort. Cera versuchte schluchzend, den entsetzlichen roten Fleck, der auf dem Tisch zurückgeblieben war, mit ihrem Ärmel wegzuwischen, was die Schweinerei nur noch schlimmer machte.

»Ich habe bereits nach den anderen Ratsmitgliedern schicken lassen«, sagte Piero grimmig.

»Wir hätten ihn nie gehen lassen dürfen, Ihr alle habt mich gewarnt! Sie sind *Wilde*, waren es schon immer. Das ist alles meine Schuld!«

»Wir haben Euch gewarnt, Cera, aber auch wir haben unsere Zustimmung gegeben«, rief Piero ihr ins Gedächtnis. »Es war nicht sein erster Besuch. Er kannte das Risiko.«

Seine Worte waren ein geringer Trost. Harshal al-Assam gehörte zu den Menschen, bei denen Cera es als Privileg erachtete, ihn einen Freund nennen zu dürfen. Er hatte einst ihre Schwester Solinde umworben und war wahrscheinlich der einzige Mann, nach dem Cera je so etwas wie Sehnsucht verspürt hatte. Dass er ihr genommen wurde – noch dazu auf so grausame Weise –, war wie eine Verstümmelung. Cera sehnte sich verzweifelt danach, irgendwie zurückzuschlagen.

Wenn Elena hier wäre, würde ich sie diesem Ghujad iz'Kho auf den Hals hetzen.

Daran, wer Harshal getötet hatte, bestand kein Zweifel, denn er hatte seinen Namen ins Gesicht des Toten geritzt. Und ein *Rondelmarer* hatte den Kopf überbracht, kaum dass das Blut trocken gewesen war.

»Sie arbeiten zusammen, die Harkun und die Rondelmarer«, stellte sie fest.

»So scheint es wohl, Princessa.« Inveglio sah um ein Jahrzehnt gealtert aus.

Einer nach dem anderen trafen die Ratsmitglieder ein. Cera zog die Kapuze ihres Bekira tief ins Gesicht, wie es sich nur recht und billig anfühlte an diesem Tag des Todes. Pita Rosco und Luigi Ginovisi wirkten bestürzt, aber nicht überrascht. Der junge Ritter Seir Ionus Mardium schien ängstlich, als fürchte er, jemand könnte ihm die Schuld geben. Justiano di Kestria, der eng mit Harshal befreundet gewesen war, war außer sich, ebenso Camlad a'Luki, ein Jhafi und Verwandter der al-Assams, der schon lange einen tiefen Groll gegen die Harkun hegte.

Der Schriftgelehrte Nehlan und Drui Tavis trafen als Letzte ein und zeigten sich sichtlich erschüttert. Als Erstes beteten sie für Harshals Seele, sowohl nach den Riten der Amteh als auch der Sollan. Das gemeinsame Gebet gab Cera etwas von ihrer Kraft zurück – die Ruhe, die sie für die bevorstehende Besprechung dringend brauchen würde.

Nachdem das Familienmantra gesprochen war, nahm Cera den Schleier ab. »Liebe, verehrte Freunde, ich kann meiner Trauer und Wut über das, was geschehen ist, kaum Ausdruck verleihen, und ich weiß, Euch geht es genauso«, begann sie mit brüchiger Stimme.

Die Anwesenden murmelten leise, manche traurig, andere durch zusammengebissene Zähne.

»Harshal ist in diesem Rat unersetzlich. Wir werden seine Weisheit und seinen Mut bitterlich vermissen. Dies ist ein schwerer Schlag, der schlimmste seit dem Wadi Fishil, und ich weiß kaum, wie wir ohne ihn zurechtkommen sollen.«

»Wir werden durchhalten, für ihn«, schwor Justiano di Kestria. »Wir werden ihn hundertfach rächen.«

Alle nickten, selbst der sonst so friedfertige Pita Rosco.

Cera spürte ihren Hass und mahnte sie zur Vorsicht. »Wir alle sind außer uns wegen dieser Provokation, aber wir sind nicht so dumm, wie sie glauben. Die Rondelmarer haben sich offensichtlich mit den Harkun verbündet. Wenn wir uns ihnen auf offenem Feld entgegenstellen, werden wir unterliegen. Also werden wir hier auf sie warten.«

Den Jüngeren schmeckten ihre Worte nicht, doch die Erfahreneren gaben ihre Zustimmung. »Sollen sie zu uns kommen«, sagte Luigi Ginovisi grimmig. »Rache zu Hause ist kein bisschen weniger süß.«

»Wie viele Harkun werden auf der Seite der Rondelmarer kämpfen?«, fragte Camlad a'Luki.

»Genug, um uns hinwegzufegen«, antwortete Piero. »Die Magi glauben wahrscheinlich, sie könnten sie unter Kontrolle halten.«

»Dann ist Elenas geheime Mission umso wichtiger«, merkte Pita Rosco an. »Unser Schicksal liegt in ihren Händen.«

SÜDJAVON, ANTIOPIA
ZULQEDA (NOVELEV) 929
SIEBZEHNTER MONAT DER MONDFLUT

Elena dirigierte ihr Pferd vorsichtig durch den tückischen Schotter, während Kazim mit Animismus das Schakalrudel verscheuchte, das sich auf ihre Spur gesetzt hatte. Sie hörte ihr Winseln und Heulen deutlich in wenigen Hundert Schritten Entfernung. Die Ansammlung zerklüfteter Hügel südlich von Intemsa, in der sie sich befanden, lag etwa dreißig Meilen vom Katlakoz entfernt. Es war eine denkbar abweisende Landschaft voller sonnengebleichter Felsen; außer den Geiern weit oben schien es keinerlei Vögel zu geben. Sie hatten Forensa vor drei Wochen unbemerkt durch das Osttor verlassen und waren erst nach Südwesten abgebogen, als sie außer Sichtweite waren. Um Intemsa und Staria Canestos' Patrouillen hatten sie einen weiten Bogen gemacht und sich in abgelegenen Dörfern mit dem Nötigsten versorgt, um hierher zu gelangen, hoffentlich weit genug von Starias Magi entfernt, um nicht entdeckt zu werden. Jemanden mithilfe der Gnosis zu erreichen, der nicht damit rechnete, war eine schwierige Aufgabe, noch dazu wenn die Kontaktaufnahme heimlich erfolgen sollte. So etwas erforderte größtes Geschick, in diesem Fall sogar ihrer beider: Kazims, weil er den Empfänger kannte, und Elenas, um den Ruf vor anderen Magi zu verbergen. Schließlich war es ihnen gelungen, den Kontakt ohne ungebetene Mithörer herzustellen – hoffte Elena zumindest.

Ob ihr Gesprächspartner sich an das Versprechen halten würde, allein zu kommen, war allerdings eine andere Frage. Elena kannte ihn nicht und musste sich auf Kazims Wort verlassen, dass er vertrauenswürdig war. Andererseits wurde ihr jugendlicher Geliebter allmählich erwachsen, und Elena lernte, seiner Einschätzung zu vertrauen.

Bei ihrem Treffpunkt handelte es sich um einen kleinen Tümpel inmitten der steinernen Einöde. Wildtiere kamen regelmäßig her, entsprechend schmutzig war das Wasser. Elena reinigte es mit ihrer Gnosis und füllte ihre Lederschläuche wieder auf, dann tränkte Kazim die Pferde. Es war eine heimische Rasse, von Natur aus robust, aber der Geruch der Schakale, der überall in der Luft hing, machte sie unruhig.

»Wenn alles gut läuft, könnten wir gezwungen sein, sie hier zurückzulassen«, sagte Elena.

»Warum verkaufen wir sie nicht in dem Dorf drei Meilen nördlich von hier?«, entgegnete Kazim mit sorgenvollem Blick.

»Es würde zu viel Aufmerksamkeit erregen, Liebster. Niemand verkauft hier Pferde. Aber ich kann ihnen eingeben, zumindest Richtung Forensa zu laufen. Mehr ist nicht drin.«

Kazim wirkte nicht erfreut, aber sie hatten nun mal keine andere Wahl. Schließlich setzten sie sich und sprachen über die Informationsbrocken, die sie unterwegs aufgeschnappt hatten: Die Rondelmarer waren auf dem Weg nach Forensa, und die

Aranios sahen tatenlos zu. Sie verschanzten sich in Riban und kümmerten sich nur um ihre eigenen Leute.

»Glaubst du, er wird sich bereit erklären, Geliebter? Wir verlangen viel von ihm.«

»Ich weiß es nicht. Wirklich nicht.«

»Wenn er nicht zustimmt, werde ich ihn… dazu zwingen müssen.«

Kazims Miene verfinsterte sich. »Ich weiß.«

»Es tut mir leid.«

»Wir haben Krieg«, seufzte Kazim, da spürte Elena eine weitere Präsenz und blickte auf.

»Er kommt.«

Ein dreieckiges Segel tauchte über den Felsen auf und kreiste in der Luft. Kazim stieg auf eine kleine Anhöhe und winkte es heran. Der Pilot landete geschickt direkt neben dem Wasserloch, kletterte aus dem Skiff und musterte Kazim und Elena misstrauisch. Alle drei ließen ihre Waffen in den Scheiden und hielten die Hände erhoben, die leeren Handflächen nach vorne gedreht.

»Sal'Ahm, Molmar! Der Friede des Propheten sei mit dir«, rief Kazim.

»Mit dir ebenso«, erwiderte der Hadischa ernst. Sein Gesicht war sichtlich angespannt, immer wieder verirrte sich seine Hand zum Griff seines Säbels. »Du hast deine Frau mitgebracht«, fügte er in feindseligem Ton hinzu. Elena war nicht nur Rondelmarerin und eine Magi, sondern auch der Grund, warum viele von Molmars Hadischa-Gefährten mittlerweile tot waren.

»Wir kommen in Frieden«, erklärte Elena. »Kazim spricht gut von Euch.«

»Und er von Euch«, entgegnete Molmar. »Jamil und die anderen nannte er Brüder, dann hat er sie getötet. Wegen Euch.« Dann verstummte er, ohne weitere Anschuldigungen vorzubringen. Für den Moment zumindest.

»Er hatte gerechte Gründe dafür.«

Molmars Blick sprang zwischen ihr und Kazim hin und her. »Was Gatoz Euch antun wollte, war ein Verbrechen. Ich wünschte nur, es hätte nicht so viele das Leben gekostet, die nicht daran beteiligt waren.«

Sie haben nur tatenlos zugesehen, dachte Elena kühl, hielt aber den Mund.

»Das wünschen wir alle, Bruder«, warf Kazim ein und trat näher heran. Die beiden Männer musterten einander, dann umarmten sie sich zögernd.

Elena wusste, dass sie sich Anfang des Jahres miteinander ausgesöhnt hatten, aber was sie nun von Molmar brauchten, war weit mehr als eine Aussöhnung. *Kore ... Ahm ... Egal wer: Bitte macht, dass er zustimmt.*

Molmar gehörte zu einer kleinen Gruppe Hadischa, die nach wie vor in Javon operierte. Um sie unbemerkt zu treffen, hatte er warten müssen, bis er auf Patrouille geschickt wurde, und ihnen versprochen, niemandem etwas zu verraten. Bis jetzt sah es aus, als hätte er sich daran gehalten.

»Wirst du dieses Wasser mit uns teilen, Bruder?«, fragte Kazim höflich. »Und dir anhören, was wir zu sagen haben?«

Molmar nickte schnaubend, den Blick immer noch misstrauisch auf Elena gerichtet, dann nahm er einen Schluck aus dem Lederschlauch, setzte sich aber nicht. Die Sonne neigte sich dem Horizont entgegen und malte kantige Schatten auf sein zerfurchtes Gesicht. Schließlich bedeutete er Kazim zu sprechen.

»Die Rondelmarer marschieren gegen Forensa«, begann Kazim. »Ich bin sicher, du weißt bereits davon: zwei Legionen, zehntausend Mann, mit einem vollständigen Kontingent Magi, Tomas Betillon und Gurvon Gyle treu ergeben – unsere Feinde haben sich verbündet.«

»Die Hadischa wissen davon«, bestätigte Molmar. »Die Rondelmarer haben dreißig Magi… die Nesti nur dich und deine Frau. Warum also seid ihr hier?«

»Weil wir die verbleibenden zwei Wochen nutzen wollen, um das Kräfteverhältnis auszugleichen.«

»Wenn ihr gekommen seid, um die Hadischa um Beistand zu bitten, lautet die Antwort: nein. Die Bruderschaft wird nie wieder mit dir verhandeln, Kazim. Das weißt du.«

»Tue ich. Aber das ist nicht der Grund.« Kazim atmete einmal tief durch, dann fragte er: »Erinnerst du dich noch an deine Mutter, Molmar?«

Die unerwartete Frage ließ den Skiff-Piloten für einen Moment erstarren, schließlich erwiderte er leise: »Meine frühesten Erinnerungen sind an ein Waisenhaus der Hadischa. Unsere Mütter durften uns nur sehen, bis wir das sechste Lebensjahr erreicht hatten und unsere Ausbildung begann. Meine war eine dhassanische Prostituierte, die die Gnosis erhielt, als sie von einem rondelmarischen Viertelblut schwanger wurde. Mein Vater war ebenfalls Dhassaner, ein Achtelblut, aber ich bin ihm nie begegnet. Er starb im Zweiten Kriegszug. Meine Mutter ist mittlerweile wahrscheinlich ebenfalls tot. Sie wäre jetzt sechzig, aber die Frauen in den Zuchtanstalten sterben jung.« Seine Stimme troff vor Abscheu.

»Bist du je dorthin zurückgekehrt?«

»An diesen verfluchten Ort?!« Molmar schüttelte den Kopf. »Wozu? Es gibt dort nichts für mich, und keines der Kinder, die ich gezeugt habe, hat überlebt. In den Augen meiner Vorgesetzten lohnt es nicht, meine Blutlinie zu erhalten.« Er musterte Kazim eindringlich. »Warum fragst du?«

»Weil wir eine ganz bestimmte Zuchtanstalt finden und die dort gefangenen Magi befreien wollen.«

Molmars Kiefer klappte nach unten. »Aber… Auf keinen Fall!« Er machte zwei Schritte rückwärts. »Kazim, diese Orte sind ein Gräuel, aber die ganze Kraft der Bruderschaft beruht auf ihnen. Wir *brauchen* sie, wenn wir Magi in unseren Reihen haben wollen!« Er schüttelte nachdrücklich den Kopf. »Ich verlasse euch jetzt wieder.«

Elena schätzte die Entfernungen ab und überlegte, was sie tun konnte, um ihn aufzuhalten, und wie schnell, als Kazim rief: »Warte bitte noch! Hör mich bis zum Ende an, Bruder. Javon braucht Magi, aber die verbliebenen Mitglieder des Ordo Costruo wurden in die Zuchthäuser verschleppt. Viele von ihnen würden an unserer Seite kämpfen, wenn ihr sie freilasst.«

»Nein.«

»Wir Hadischa haben den Ordo Costruo vernichtet«, sprach Kazim weiter. »Wir haben die einzigen Magi, die je auf der Seite Ahmedhassas standen, entweder verschleppt oder getötet. Du warst dabei: Wir haben ihnen den Dolch in den Rücken gestoßen und die Überlebenden in ein Vergewaltigungsgefängnis geworfen. Wie könnte Ahm so etwas gutheißen?«

»Ich maße mir nicht an, für Ahm zu sprechen«, fuhr Molmar auf. »Und du, der Jamil und Haroun getötet hat, solltest das genauso wenig! Die Gottessprecher billigen die Zuchtanstalten, und das genügt mir.« Er machte einen weiteren Schritt auf sein Skiff zu. »Ich werde so tun, als hätte dieses Gespräch nie stattgefunden. Tretet nicht wieder mit mir in Kontakt.«

»Jamils Mutter kam ohne Arme zur Welt!«, rief Kazim. »Er hat es mir erzählt. Und trotzdem haben sie sie gezwungen, Kinder zur Welt zu bringen – siebzehn, Molmar, *siebzehn*! Wer kann so etwas billigen?«

»Die Entscheidung liegt nicht bei mir!«

»Wie oft wurde sie wohl vergewaltigt, bis sie endlich schwanger wurde?«

»*Hör auf!*«

»Und wer sind die Väter dieser Kinder? Die mit hohem Blutrang, all die adligen Halbrondelmarer, die Rashid in seine Dienste genommen hat! Sie legen sich zu den unter Drogen gesetzten Gefangenen und bereiten so unseren Weg in die Zukunft!« Er fixierte Molmar und ging einen Schritt auf ihn zu. »Welcher Mann bringt so etwas fertig? Oder gefällt es ihnen vielleicht sogar?«

Tränen strömten über Molmars Wangen, aber er blieb stehen und rührte sich auch nicht, als Kazim ihm die Hände auf die Schultern legte. Er stand einfach nur mit gesenktem Kopf da, von heftigen Schluchzern geschüttelt.

»Mein Freund, diese Anstalten sind ein Verbrechen gegen Gott und gegen die Menschen«, flüsterte Kazim.

Elena wartete ab. Sie war immer noch nicht sicher, wie es ausgehen würde.

Molmar rieb sich heftig die Augen. »Du verlangst zu viel, Bruder. Ich weiß, diese Orte sind ein Hort des Bösen – ja, des *Bösen* –, aber meine Brüder heimtückisch verraten? Ich kann es nicht! Alle kommenden Generationen in Kesh und Dhassa würden mich bis ans Ende der Zeiten verfluchen! Allein die Bruderschaft gibt uns die Möglichkeit, uns gegen die Kriegszüge zu wehren. Ich kann uns nicht alle ins Verderben stürzen!«

»Aber es geht nur um eine einzige Zuchtanstalt: die, in der die Mitglieder des Ordo Costruo gefangen gehalten werden. Mit ihnen könnten wir ganz Javon für immer von den Rondelmarern befreien. Ja, es wäre ein Schlag für die Hadischa, aber sie würden ihn verkraften. Wenn die Rondelmarer Javon erst einmal unter Kontrolle haben, werden wir sie nie wieder los, ganz egal wie viele Frauen wir vergewaltigen.«

Molmar schluckte. »Ich verstehe, was du sagst, aber ich kann diese Entscheidung nicht treffen. Lass mich deine Argumente meinen Vorgesetzten vortragen, bitte! Wenn es sie überzeugt, lassen sie die Magi frei. Aber bitte mich nicht, die Bruderschaft zu verraten.«

»Es tut mir leid, Molmar, aber du hast es bereits selbst gesagt«, warf Elena ein. Sie war überrascht, dass sie tatsächlich Mitgefühl mit ihm hatte. »Deine Vorgesetzten würden sich nie darauf einlassen. Die Magi des Ordo Costruo sind die Einzigen, die Javon vielleicht helfen können. Ein Kriegszug alle zwölf Jahre ist schlimm genug. Aber die Rondelmarer, die sich jetzt hier aufhalten, werden bleiben.«

Der Hadischa war hin- und hergerissen, seine Verzweiflung tat selbst Elena weh.

»Du weißt, dass es stimmt«, sagte Kazim. »Bitte, hilf uns.«

Elena betete stumm. Das Letzte, was sie wollte, war, die Abmachung zu brechen und die nötigen Informationen aus ihm herauszupressen. *Bitte, Molmar! Sonst muss ich die alte Elena wieder hervorholen, und die möchte ich nie wieder sein.*

Als Molmar auf die Knie sank und endlich seine Zustimmung gab, wäre Elena um ein Haar selbst in Tränen ausgebrochen.

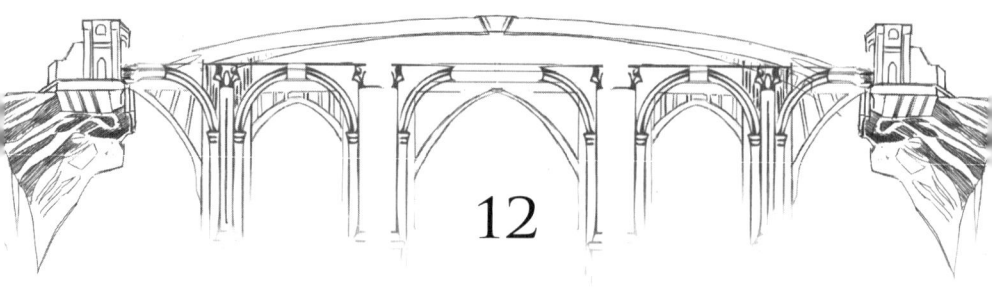

12

Die Flussdünen

Die Kohorte

Die militärische Grundeinheit der Legion ist die Kohorte, bestehend aus zwanzig Mann, die Seite an Seite kämpfen. Jeder kennt seine Aufgabe und trainiert täglich dafür, wodurch die Kohorte stärker als die Summe ihrer Einzelteile wird. Sie ist der kleinste Teil der Legion, auf ihrem Stolz und Kampfgeist ruht das Manipel. Das Rimonische Reich wurde mit Kohorten erschaffen, und Kohorten sind das Fundament des Rondelmarischen Reichs.

GENERAL GILLE DE BRES, LEGION BRICIA XVI, 874

ÖSTLICH VON VIDA, SÜDKESH, ANTIOPIA
ZULQEDA (NOVELEV) 929
SIEBZEHNTER MONAT DER MONDFLUT

Heiliger Kore, es sind zu viele! Seths Zuversicht schwand zusehends, während er beobachtete, wie der Feind die Ebenen unter ihnen überflutete. Bei Shaliyah war Salims Heer vom Sturm verborgen gewesen, außerdem hatten sie selbst dort noch beinahe zehnmal so viele Männer gehabt. Bei Ardijah hatten Ufer und Gelände den Großteil der feindlichen Soldaten verborgen, aber hier gab es nichts, was die Wahrheit irgendwie beschönigt hätte. Seth stand am höchsten Punkt der Verteidigungslinien, bemüht, die schiere Zahl des Feindes zu ignorieren und sich auf seine eigenen Leute zu konzentrieren, aber es war nicht leicht.

Die Verlorene Legion verfügte über elftausend kampffähige Männer, eintausend waren entweder krank oder verletzt und hielten sich bei den über tausend Khotrierinnen und Kindern im Versorgungstross auf. Sie mussten eine über eine Meile lange Front verteidigen. Zwei Furchenlängen hinter ihnen begann bereits der Fluss, was bedeutete, dass es keine Rückzugsposition gab, nichts, wohin sie fliehen konnten: Falls der Feind ihre Linie nur an einer Stelle durchbrach, war es vorbei.

Seth setzte seine Hoffnungen darauf, dass seine Legionäre besser ausgebildet und ausgerüstet waren als der Gegner. Für jede Elle der Front hatte er fünf Soldaten. Somit konnten die vordersten sich alle drei Minuten abwechseln und dann zwölf Minuten Pause machen – reichlich Erholungszeit also.

Wenn jeder von ihnen zehn Feinde tötet, vernichten wir sie! Seth seufzte schwer. *Schön wär's...*

Nach allgemeiner Auffassung – oder *rondelmarischer* Auffassung zumindest – konnte eine Legion einen zahlenmäßig

317

fünffach überlegenen Feind besiegen, solange der nicht über Magi verfügte.

Ja, die Magi… Seths Legion hatte insgesamt neunzehn, aber Lanna und Carmina waren Heilerinnen, und Severine Tiseme konnte wahrscheinlich gar nicht kämpfen. Blieben also noch sechzehn; nicht einmal einer alle zweihundert Schritte entlang der Front, und auch das nur, wenn Seth mitkämpfte, statt den Schlachthergang zu überwachen und ihre Verteidigung zu koordinieren, wie es eigentlich seine Aufgabe war.

Nein, es sind sogar nur fünfzehn, denn Baltus muss in der Luft bleiben…

Er fragte sich, wie viele Magi der Feind wohl hatte. *Fünfzig? Hundert? Jeder von uns muss also ungefähr fünf bis zehn feindliche Magi erledigen. Wenn nicht, machen sie uns fertig…*

Es war aussichtslos. Wie man es auch drehte und wendete, sie konnten nicht gewinnen.

»Schaut nicht so düster drein, Korion«, kommentierte Jelaska. Ihre Gesichtszüge waren vollkommen entspannt.

Sie ist Geisterbeschwörerin, überlegte Seth. *Vielleicht freut sie sich sogar auf den Tod…*

»Yar, Kopf hoch, General«, warf Kill fröhlich ein und schlug Seth auf die Schulter. »Das wird wunderbar. Minaus Stierkopf sieht uns! Empfangt seine Wut.«

»Er hat recht, Seth«, warf Ramon Sensini ein. »Ihr kämpft am besten, wenn Ihr wütend seid.« Sein Tonfall war zur Abwechslung einmal ernst. »Hört auf, Euch über richtig oder falsch den Kopf zu zerbrechen. Wir sind hier, und die Keshi wollen uns umbringen, weil wir auf dem Heimweg ihre Wüste durchquert haben. Euer Freund Salim hätte uns bis zu den Furten im Norden freies Geleit zusichern können, wenn er wirklich so nett wäre, wie er tut.«

Wir sind durch drei kleinere Königreiche gezogen, und das vor den Augen seines gesamten Heers. Ihm blieb gar keine andere Wahl. Dennoch wusste er Sensinis Worte zu schätzen. Es würde zur Schlacht kommen, und er wollte gewinnen. Seth kniff die Augen zusammen und beobachtete, wie das Keshi-Heer chaotisch in Stellung ging. »Man sollte doch meinen, sie könnten sich Uniformen leisten«, kommentierte er, als er die bunt zusammengewürfelte Kleidung sah. »Nicht einmal eine gerade Marschlinie bekommen sie hin.«

»Ihr sagt es«, stimmte Jelaska zu. »Der größte Teil von ihnen sind Wehrpflichtige. Wenn sie eingezogen werden, bekommen sie einen Keffi in den Farben des örtlichen Fürsten, das war's. Nicht mal eine Rüstung. Die Einzigen, die auch zu Friedenszeiten Soldaten sind, sind die Bogenschützen. Nun ja, die Reiterei auch, aber die gehört ausnahmslos zum Adel, also sind die auch keine richtigen Soldaten.«

»Woher wisst Ihr das alles?«, fragte Kill.

»Seth war nicht der Einzige, der sich mit Latif unterhalten hat, als er noch unser Gefangener war«, antwortete Jelaska amüsiert. »Die Reiterei der Keshi besteht aus jungen Adligen, die sehr weit unten in der Erbfolge stehen. Im Grunde genommen sind sie nichts anderes als berittene Bogenschützen und Schwertkämpfer. Wenn ihr einen Reiter mit einer Lanze seht – das sind die Diener.«

»Welch unerschöpflicher Wissensquell meine Jelaska doch ist«, kommentierte Baltus lachend, der gerade von einem Patrouillenflug zurückgekommen war. Mittlerweile wimmelte es am Himmel nur so von dreieckigen Keshi-Segeln, und er würde bestimmt so bald nicht wieder aufsteigen.

Zu fünft beobachteten sie, wie die Soldaten letzte Hand an ihre Befestigungen legten, indem sie ihre schweren Spieße mit der Spitze nach schräg außen gerichtet in den Boden rammten. Das sollte die Reiter abhalten. Auf einer Meile Länge hatten sie die Dünen in ein Bollwerk verwandelt, ausgehend von den hohen Dünen am Flussufer im Norden bis hinunter zu der aus Holzpfählen und Wagenteilen bestehenden Palisadenwand im Süden. Mit den verbliebenen Wagen hatten sie innerhalb der Verteidigungsanlagen einen Kreis gebildet, in dem sich die Verletzten, Frauen und Kinder verschanzten.

»Was werden sie als Nächstes tun?«, fragte Seth.

»Verhandeln«, antwortete Ramon. »Sie verlangen, dass wir uns ergeben, und wir lehnen ab.«

»Dann kommen die Pfeile«, ergänzte Jelaska. »Die Keshi überfluten den Himmel gerne damit. In Shaliyah ging das nicht wegen des Sturms, aber hier werden sie alles geben: zehn-, vielleicht auch zwanzigtausend Bogenschützen, die pro Minute mindestens sechs Pfeile abschießen. Sie werden sogar die Sonne verdunkeln.«

Seth versuchte sich vorzustellen, wie sie sich unter gnostischen Schilden verschanzten, während der Tod vom Himmel regnete. »Wir Magi können nicht alles abschirmen«, sagte er nervös. »Einige der Soldaten werden schutzlos sein.«

»Sie wissen, womit sie es zu tun bekommen«, beruhigte Sensini ihn. »Seit einer Woche bereiten wir sie darauf vor. Seht Ihr die Form der Wälle und Gräben? Sie sind sehr hoch und leicht nach innen gewölbt, sodass die Männer dahinter in Deckung gehen können. Wir müssten schon verfluchtes Pech haben, wenn auch nur einer getroffen wird.«

»Den Frauen haben wir eingeschärft, unter den Wagen in Deckung zu gehen, selbst wenn sie glauben, sie seien außer Reichweite«, fügte Jelaska hinzu. »Wir haben über zweihundert Wagen, das bedeutet zehn Frauen pro Wagen und ein paar Kinder, aber die meisten davon sind noch Babys, sie sollten also alle Platz haben. Es sind ihre Piloten, die mir am meisten Kopfzerbrechen machen.« Sie legte Baltus eine Hand auf die Schulter. »Wir haben *einen* und sie, Kore, wer weiß wie viele.«

»Es ist die Herrschaft über den Himmel, die über den Ausgang einer Schlacht entscheidet«, zitierte Seth seinen Vater.

Baltus runzelte die Stirn. »Ich habe heute nur fünf Keshi-Skiffs gesehen. Bei Ardijah waren es mehr.« Er spähte nach oben. »Und nicht einen einzigen Gestaltwandler. In Ardijah hatten sie Dutzende.«

»Vielleicht wurden sie irgendwohin abberufen, wo sie dringender gebraucht werden«, schlug Sensini vor.

»Sieht mir eher nach einer Falle aus«, sagte Jelaska verdrossen.

Seth verzog das Gesicht und führte das Gespräch zurück zu den unmittelbar anstehenden Problemen. »Gut, was kommt nach den Pfeilsalven?«

»Nachdem die Feiglinge eine Weile aus sicherer Entfernung geschossen haben, greifen die Lanzenträger an«, schnaubte Kill verächtlich. In seinen Augen kam für echte Männer nur der Nahkampf, Zehenspitze an Zehenspitze infrage. »Sie werden versuchen, uns mit ihren unausgebildeten Bauern zu überrennen, und wir hauen sie in Stücke, bis sie die Flucht ergreifen. Minaus Stierkopf und seine Jungfern werden Blut trinken!«

»Und davon werden sie eine Menge bekommen«, stimmte Sensini zu. »Sie werden versuchen, uns zu zermürben. Erst wenn sie das Gefühl haben, dass unsere Kräfte nachlassen, werden die berittenen Adligen auf der Suche nach Schlachtenruhm ihre zarten Hälse riskieren.«

Seth blickte sich um. »Nun denn: Geht zu Euren Stellungen und sprecht den Männern Mut zu. Bereitet Euch auf die Pfeilsalve vor. Möglich, dass sie gar nicht erst verhandeln, sondern sofort das Feuer eröffnen. Sensini, Ihr bleibt bei mir. Falls sie doch verhandeln wollen, möchte ich Euch bei mir haben.«

Alle salutierten, und Seth war überrascht, tatsächlich so etwas wie Respekt und echte Zuneigung zu verspüren. Freundschaft, wirkliches Füreinanderdasein, war selten in seinem Leben. Am Arkanum mochte er mit Malevorn Andevarion und Francis Dorobon befreundet gewesen sein, doch hatten sie stets klargemacht, dass sie das Sagen hatten. Als er zur Dreizehnten kam, hatten nur Renn Bondeau und Severine Tiseme ihn mit offenen Armen empfangen, doch nur wegen seines Familiennamens, nicht etwa aus Sympathie. Sein einziger echter Freund, Tyron Frand, war tot. Aber allmählich fühlte sich dieser aus aller Herren Länder bunt zusammengewürfelte und ungehobelte Haufen Magi beinahe an wie … ja, *Familie.* Sie stritten, meckerten, machten ihre Witze und hintergingen einander – und gehorchten ihm, obwohl er kaum das Gefühl hatte, ihren Gehorsam verdient zu haben, und das hob seine Stimmung jedes Mal gewaltig. Außerdem strahlten sie ein unerschütterliches Selbstbewusstsein aus, als käme eine Niederlage für sie schlichtweg nicht infrage.

»Wir werden den Keshi eine Lektion erteilen«, sagte Ramon leise, als sie allein waren. »Bist du bereit, der Legende der Korions ein weiteres Kapitel hinzuzufügen?«

Seth war nicht sicher, ob Sensini sich über ihn lustig machte, aber das spielte auch keine Rolle. »Nur zu gern, aber dazu werden wir ein Wunder brauchen.«

»Dann machen wir uns eben eines. Ich habe da so ein paar Ideen, die Zeit war nur zu knapp, sie umzusetzen …«

»Tatsächlich?«, fragte Seth hoffnungsvoll.

Ramon lachte. »Nein, ich habe gar nichts. Aber wer weiß? Kommt Zeit, kommt Rat.«

»Du bist eine kaltblütige silacische Ratte, Sensini.«

»Blaublütig. Schon vergessen?«

»Weil dein Vater der kaiserliche Schatzmeister ist? Im Vergleich zu ihm ist selbst deine Mutter von höherem Geblüt.«

»Gut gesprochen, General!«, prustete Ramon, dann deutete er in die Ferne. »Da. Sie bringen ihre Bogenschützen in Stellung. Sieht so aus, als würden sie sich die Verhandlungen vorneweg tatsächlich sparen. Ich gehe besser zu meinen Männern.«

Seth hielt ihn am Arm zurück. »Sensini… Ramon, ich… ähm…« *Ich habe mich in dir getäuscht, wie ich dich und Merser am Arkanum behandelt habe, war unverzeihlich. Es tut mir leid,* sagte er nicht. Alles, was er herausbrachte, war: »Viel Glück. Möge Kore dich beschützen.«

»Si. Und Pater Sol dich.« Ramon zwinkerte. »Und Minaus Stierkopf auch. Hel, je mehr von denen uns beistehen, desto besser!« Damit ging er zu seinen Männern und ließ Seth mit einem schiefen Grinsen im Gesicht allein zurück.

Kann es tatsächlich sein, dass meine besten Freunde ein Doppelgänger aus Kesh und ein silacischer Familioso sind? Seth blickte auf und merkte, wie die Männer seiner Kohorte ihn belustigt anschauten. Er klatschte in die Hände. »Runter mit den Köpfen, ihr Idioten! Da kommen sie!«

Nichts bewegte sich am azurblauen, wolkenlosen Himmel. Ramon überlegte, ob der eine Elle hohe, mit Wächtern und Erdgnosis verstärkte Wall aus Sand und Steinen wohl genügen würde, während die Keshi-Bogenschützen in zweihundert Schritten Entfernung in Stellung gingen. Die Verlorene Legion hatte ein paar estellaynische Bogenschützen. Jeder wusste, dass sie die besten waren, aber sie waren nicht an einem Fleck zusammengezogen wie die Keshi, sondern über die gesamte Front verteilt, um wie Heckenschützen nur gezielte Einzelschüsse abzugeben.

Mittlerweile hatten alle ihren Platz eingenommen. Ramons Position war zwischen den beiden Feldwebeln Vidran und Manius, deren Unerschütterlichkeit ihm neue Zuversicht verlieh. Pilus Lukaz' gesamte Kohorte stand bereit, beobachtete den Feind und wartete auf das Signal, in Deckung zu gehen. Die Luft war erfüllt vom Gestank des Schweißes und der Fürze von elftausend Männern, die in der sengenden Sonne vor Hitze und Angst kaum noch Luft bekamen. Es war die heißeste Zeit des Tages, und das war bestimmt kein Zufall. Die Keshi hatten mit voller Absicht genau die Stunde gewählt, in der ihre Feinde aus dem weit kühleren Yuros am stärksten unter dem Klima hier litten.

Vom Tross kam kein Laut mehr. Die Frauen und Kinder kauerten stumm unter den Wagen und wussten, dass sie mit keinerlei Gnade zu rechnen brauchten, falls die Männer, die sie beschützten, in der Schlacht starben. Severine war ebenfalls bei ihnen. Sie war immer noch zu schwach, um zu kämpfen, behauptete sie zumindest – oder zu verängstigt, wie Lanna Jurei höhnisch angemerkt hatte. Ramon schickte trotzdem ein Stoßgebet für sie zum Himmel, vor allem für die kleine Julietta.

Ramon lenkte sich damit ab zu überlegen, wo die feindlichen Magi wohl steckten. Auch er sah lediglich fünf Skiffs und keinen einzigen der fliegenden Dokken. Hatte Baltus also recht? Bereiteten die restlichen gerade irgendeinen Hinterhalt vor? *Was, wenn sie Wassermagi haben, die sich im Fluss verstecken?*

Ramons Blick wanderte zu den hinter ihnen vorbeijagenden Fluten. »Befehlt den Männern links, den Fluss im Auge zu behalten«, sagte er zu Lukaz.

»Glaubt Ihr, sie könnten von dort kommen, Boss?« Vidran grinste. »Wenn ja, ertrinken sie in unserer Scheiße.«

»Wir haben alle eine extragroße Wurst dort hinterlassen«, stimmte Manius mit ein. »Der Wasserpegel ist gleich um eine ganze Armlänge gestiegen.«

Ramon klopfte Manius lachend auf die Schulter, dann konzentrierte er sich wieder auf den Aufmarsch des Feindes. Seine Soldaten würden gleich die Köpfe einziehen, aber einer musste die feindlichen Truppen im Auge behalten für den Fall, dass sie im Schutz der Pfeile einen Sturmangriff versuchten. Das war Ramons Aufgabe.

»Haltet euch bereit!«, rief er. Keshi-Bogenschützen hatten einen bestimmten Rhythmus, wie sie in Stellung gingen, ihre Pfeile einlegten und die Bogen spannten. »Noch zwanzig Sekunden!«

Die etwas Nervöseren gingen jetzt schon in Deckung. Die anderen beugten lediglich leicht die Knie und warteten, bis es tatsächlich so weit war, um den Moment, in dem sich alles entlud, nicht zu verpassen. Durch die flimmernde Luft beobachteten sie, wie die feindlichen Offiziere bis ganz nach vorn kamen. Wie eine sich am Ufer brechende Welle beugten die in einer schier endlosen Reihe nebeneinanderstehenden Bogenschützen sich kurz nach vorn, richteten sich wieder auf, spannten die Sehnen und richteten die Pfeilspitzen gen Himmel.

Die donnernden Kommandos waren bis zu ihren Befestigungen zu hören »Bir! Ichi! Ush!«, und schließlich: »Sur!«

Tausende von Bogen schwirrten und entließen ihre Pfeile in die Luft.

Ramon schluckte die in seinem Hals aufsteigende Galle hinunter und wartete.

»Runter! Runter!«, brüllten die Kommandanten der Kohorten und gingen dann selbst in Deckung, während der Himmel über ihnen sich verfinsterte.

Ramon konnte nicht fassen, welch schiere Menge an Holz und Stahl auf ihn zuraste. Einen Moment lang wurde es dunkel, nicht einmal die Sonne war mehr zu sehen, dann gingen auch Ramon und die anderen in Deckung. Sie hielten ihre Schilde über den Kopf und pressten sich gegen die Wälle, als versuchten sie, mit dem Sand zu verschmelzen, während ihr Gebrüll sich mit dem lauter werdenden Pfeifen der heranjagenden Pfeile vermischte.

Dann war es so weit.

Die Pfeile schlugen alle gleichzeitig ein, mit einem lauten

Krachen bohrten sie sich in die Wälle. Einige gingen über ihre Stellung hinaus und blieben zitternd im Sand stecken wie ein Wald, der allmählich dichter wurde, während zäh die Sekunden vergingen.

»Diese Hundesöhne können wirklich schießen!«, schrie Vidran ihm ins Ohr. »Die erste Salve direkt aufs Ziel!« Selbst der unerschütterliche Hüne wirkte angespannt, während sich die Geschosse überall um sie herum in den Boden bohrten, am Stein abprallten oder zerbarsten.

Ramon rang sich ein Lächeln ab. »Aber der Schatten war angenehm, sí?«

Vidran lachte kurz, da glitt ein Pfeil an seinem Schild ab und verfehlte Ramons Kopf nur knapp. Beide zuckten zusammen, doch da kam schon die nächste Salve, bis nicht ein Moment mehr verging, in dem es nicht Stahl vom Himmel hagelte. Schließlich nahm Ramon all seinen Mut zusammen, verstärkte seine gnostischen Schilde und presste ein Auge gegen den Schlitz, den sie im Schutzwall gelassen hatten. Er sah, wie die erste Reihe der Keshi-Schützen die Sehnen schwirren ließ, während die zweite neue Pfeile einlegte, und das mit der Präzision eines Uhrwerks: Zielen und loslassen, bücken, einlegen und spannen, zielen und loslassen, alles im immer gleichen perfekten Rhythmus.

Unter das Zischen und Prasseln mischten sich auch andere Geräusche: ein Aufschrei, als einer der Pfeile doch ein Ziel traf; das Wimmern eines Soldaten, der am Rand der Panik war; das beruhigende Rufen eines Offiziers. Manche der Frauen unter den Wagen schrien nach ihren Männern, von denen sie durch diesen Todesvorhang getrennt waren. Ramon hörte ein entsetztes Aufheulen, einer der Soldaten brach aus der Deckung und rannte zu den Wagen. Der erste Pfeil traf ihn im Rücken, der zweite im Oberschenkel, dann stürzte er; nach einer Minute steckten vier weitere in seinem Körper. Nur zehn Schritte weiter, und er hätte es geschafft, aber die Luft war derart von Pfeilen erfüllt, dass selbst diese zehn Schritte unüberwindbar waren. Bald sah der tote Legionär aus wie ein Igel, und kurz darauf war er nicht mehr vom Boden ringsum zu unterscheiden.

Immer weiter hagelten die Salven, und hätte Ramon nicht direkt hingesehen, hätte er die Bewegung zwischen den feindlichen Linien niemals bemerkt. Aber er hatte etwas Derartiges erwartet: Weitere Männer kamen nach vorn und strömten durch die Reihen der Bogenschützen auf die rondelmarischen Befestigungen zu. Lanzenträger aus Lakh. Ohne jede Rüstung, lediglich mit ihren dünnen Baumwollkitteln und leuchtenden Turbanen bekleidet, stürmten sie drauflos, während hinter ihnen die Pfeile aufstiegen.

»Lanzenträger, zweihundert Schritte!«, rief Ramon und teilte den anderen Magi in Gedanken mit: *Linke Flanke, Lanzenträger kommen schnell näher!*

Hier auch!, meldete Gerdhart aus dem Zentrum, was Ramons Verdacht endgültig bestätigte: Salim ging auf der gesamten Länge zum Frontalangriff über, um ihren Widerstand möglichst schnell zu brechen.

Die Legionäre umklammerten ihre Spieße und brüllten einander ermutigende Worte zu.

»Wartet, bis sie uns erreicht haben!«, befahl Ramon seiner Kohorte. »Sie werden versuchen, direkt über uns hinwegzurennen, während wir in Deckung sind.« Er spähte durch den Sehschlitz. »Hundert Schritte … Siebzig … Fünfzig! Sie laufen – jetzt sind sie am Fuß der Dünen!«

Der Pfeilhagel hörte nicht auf, trotzdem rannten die Lanzenträger mit Schlachtrufen auf den Lippen die Böschung hinauf. Wahrscheinlich hatten die Offiziere ihnen gesagt, die Bogenschützen würden das Feuer einstellen, sobald sie den Wall erreichten, doch das taten sie nicht. Zu Dutzenden gingen die

Lakh zu Boden – niedergestreckt von den Pfeilen ihrer eigenen Leute.

»Jetzt!!!«, brüllte Ramon.

Die Soldaten seiner Kohorte sprangen wie ein Mann auf und stießen den Angreifern ihre Spieße entgegen. Ramon feuerte Magusbolzen ab, so viele und so schnell er konnte. Dutzende von Lakh brachen mit Stichwunden in Brust, Bauch und Beinen zusammen, während die Pfeile unvermindert weiter auf sie alle herunterprasselten, Rücken und Brustkörbe durchschlugen. Der Angriff geriet ins Wanken, doch die Keshi-Offiziere warfen die Lakh mit Peitschenhieben immer wieder Ramons Stellung entgegen.

Allmählich begann der Pfeilhagel, auch den Rondelmarern Tribut abzufordern: Nebeau, einer von Lukaz' Flankenmännern, lag alle viere von sich weggestreckt auf dem Boden; ein Holzschaft ragte aus seinem rechten Auge. Links von ihm hielt Ilwyn einen abgebrochenen Speer mit der Hand umklammert, der aus seiner linken Schulter ragte. Gannoval, der schwerfällige Hollenier, saß im Sand und betrachtete die Lanze, die durch seine Bauchdecke gedrungen war, dann kippte er träge blinzelnd zur Seite um.

Die Lakh sammelten sich am Fuß der Dünen und warfen sich dann erneut gegen die Befestigungen, trotz der Pfeile, die unvermindert heranschwirrten. Wurfspieße hämmerten gegen rondelmarische Schilde, dann waren die Angreifer über ihnen, versuchten, die Schilde zur Seite zu stoßen, um Lücken für die Lanzen ihrer Kameraden zu schaffen, während die Legionäre mit ihren Kurzschwertern nach den Angreifern stachen.

Ramon sah Lakh, die mit weit aufgerissenen Augen und Mündern versuchten, an ihn heranzukommen, während er Stoß um Stoß mit Gnosis abwehrte, mit Magusfeuer oder Kinese zurückschlug und die Angreifer auseinandertrieb, bis die Wucht ein wenig nachließ. Da merkte er plötzlich, dass keine

Pfeile mehr flogen, konnte aber nicht sagen, wie lange schon. Ein Lakh versuchte, an Vidran vorbeizukommen, der ihm mit einem Sensenschlag das linke Bein abtrennte, während der Rest des Körpers gegen die Palisade schlug und liegen blieb.

Lukaz durchbohrte den Hals eines lakhischen Lanzenträgers, der Trefeld einfach rückwärts über den Haufen gerannt hatte, und zog den gestürzten Legionär zurück ins Glied. Danach sagte er mit unerschütterlicher Ruhe zu Ramon: »Wir halten die Linie, Herr. Geht und helft den Nambern!«

Ramon eilte zur nächsten Kohorte, benannt nach der rondelmarischen Provinz Namborn, aus der sie stammten, und fand die Männer dort in heftige Nahkämpfe verwickelt. Gerade als er das Ende der Verteidigungslinie erreichte, brach eine ganze Gruppe Lakh durch, die er sofort mit Magusbolzen unter Feuer nahm, bis sie sich schreiend zur Flucht wandten.

Mit einem Mal war der Angriff vorüber. Die Lakh zogen sich zurück wie das Meer bei Ebbe.

Die estellaynischen Bogenschützen, die Seth entlang der Befestigungen aufgestellt hatte, kamen aus der Deckung und schossen auf die sich zurückziehenden Soldaten, da hörte Ramon den ersten Jubelschrei, gefolgt von einem ohrenbetäubenden Gebrüll aus Erleichterung und Trotz.

»Kümmert euch um die Verletzten und Gefallenen!«, brüllte Lukaz über den Lärm hinweg. »Danach geht ihr sofort wieder in Deckung!«

Gute Idee, dachte Ramon und rannte zurück an seinen Platz, da hörte er schon die Stimmen der Keshi-Offiziere: »*BIR! ICHI! USH! SUR!*«

Sultan Salim Kabarakhi I. von Kesh trat an den Rand des Teppichs, der am höchsten Punkt des Hügels ausgelegt worden war, damit er sich die Schuhe nicht schmutzig machte, und beobachtete die Schlacht in dreihundert Schritt Entfernung. Um ihn herum hielten seine Hadischa-Magi Wache für den Fall, dass die Rondelmarer einen Ausfall versuchten. In dem großen Pavillon hinter ihm spielten drei seiner Doppelgänger Würfel. Sein Gottessprecher wich ihm die ganze Zeit nicht von der Seite und verurteilte den Mangel an Glauben unter den Zwangsverpflichteten aus Lakh und Gatioch, die sie dem Feind – erfolglos – entgegengeworfen hatten.

Es fehlte ihnen nicht an Glauben, sondern an Rüstungen, Waffen und Ausbildung. »Lasst mich allein«, sagte er barsch und winkte den Hadischa-Hauptmann Pashil heran. Pashil war ein Halbblut, und Salim vertraute seinem Wort noch am ehesten. Was er jetzt brauchte, war jemand, der ihm unumwunden die Wahrheit sagte. »Wie ist Eure Einschätzung, Pashil?«

»Es lief genau wie erwartet«, antwortete der Hauptmann unumwunden. »Sie sind gut ausgebildet und hatten zwei Wochen Zeit, sich einzugraben.«

»Wie hoch sind unsere Verluste?«

»Es gibt noch keine Zählungen, aber ich schätze etwa fünftausend Tote und Verwundete.«

So viele? Großer Ahm! »Und aufseiten des Feindes?«

»Höchstens ein paar Hundert.«

Salim zuckte zusammen. »Was haben wir damit gewonnen?«

»Heute? Nichts. Außer vielleicht ein paar hungrige Mäuler weniger.« Pashil blickte finster hinüber zur Stellung der Rondelmarer. »Die größte Enttäuschung war die Südflanke, wo die Dünen bereits vor dem Flussufer aufhören, aber sie haben die Argundier dort stationiert, außerdem die Geisterbeschwörerin.«

»Jelaska Lyndrethuse«, sagte Salim mit einem Nicken. »Wie geht es unseren Soldaten?«

»Die Lakh und die Gatti sind entmutigt. Sie behaupten, Ihr würdet Unmögliches von ihnen verlangen und Eure Keshi zurückhalten.« Ihre Blicke begegneten sich kurz; sie wussten beide, dass dies stimmte.

Welcher Herrscher schützt nicht sein eigenes Volk? »Und meine Keshi?«

»Die Moral ist unvermindert gut. Die Schützen haben ausreichend Pfeile, die Lanzenreiter können es kaum erwarten, endlich einzugreifen, und die jungen Adligen lechzen nur so nach Ruhm.« Pashil zog eine Augenbraue hoch. »Nicht dass einer von ihnen morgen den Anfang machen möchte.«

Salim lächelte, aber nur halb. »Was wird morgen?«

»Das Gleiche wie heute, wieder und wieder. Wir werden den Feind zermürben. Irgendwann werden die ständige Anspannung, das ständige Kämpfen und die ständigen Pfeilsalven ihn ermüden. Wir haben Soldaten im Überfluss und außerdem genügend Peitschen, um sie anzutreiben.«

Sie schwiegen eine Weile und beobachteten den Sonnenuntergang, während sie an das Blutvergießen des nächsten Tages dachten.

»Können Eure Magi helfen?«, fragte Salim schließlich.

»Kaum, ohne Euch schutzlos zurückzulassen«, antwortete Pashil mit ungehaltenem Blick.

Ich weiß. Ich habe zugelassen, dass Alyssa Dulayn die Dokken tötete und den Großteil der restlichen Magi aus dem Lager abzog. »Wir beide kennen den Grund dafür, Pashil. Wenn es stimmt, was sie herausgefunden hat, dürfen wir uns diese Gelegenheit nicht entgehen lassen. Ich wünschte nur, ich hätte ihr mehr Soldaten mitgeben können.«

In jener blutigen Nacht hatte Salim über achtzig Dokken-Krieger, -Frauen und -Kinder abschlachten lassen und Alyssa siebenundzwanzig von Pashils besten Kriegermagi mitgegeben, damit sie sich auf die Suche nach der Skytale des Corineus machten. Diese siebenundzwanzig waren die Hadischa-Elite gewesen, nun musste Pashil mit den verbliebenen dreißig, größtenteils Jungen und Unerfahrenen, zurechtkommen. Salims Entscheidung hatte seine Armee entscheidend geschwächt. Die dadurch erforderliche Umstrukturierung hatte sie ganze zwei Wochen gekostet, die Seth Korion offensichtlich gut genutzt hatte. Mehrere Tausend Männer waren bereits tot, weil er, der Sultan, so entschieden hatte, und viele weitere Tausende würden folgen. *Solange wir nur genug sind, um den Sieg zu erringen …*

»Wir *werden* sie zermürben«, versicherte Pashil. »Sie können sich gar nicht dagegen wehren. Lasst ein paar Bogenschützen die ganze Nacht hindurch schießen, damit die Rondelmarer sich nicht ausruhen können. Je mehr und je länger sie auf der Hut sein müssen, desto schneller werden sie zerbrechen.«

»Eine gute Idee. So sei es.«

»Sie wollen uns zermürben«, sagte Jelaska, als Seth seine Magi am nächsten Tag zusammenrief, um die Lage zu besprechen. »Das ist ihre Strategie.«

Seth gähnte und fragte sich, wie viele von ihnen seit dem ersten Angriff auch nur ein Auge zugetan hatten; er zumindest nicht. Am Tag hatte es fünf größere Angriffswellen gegeben, und in der Nacht waren die Pfeile nie ganz versiegt, aber heute waren die Attacken nur halbherzig, ein schlecht bewaffneter Pöbel, der sich schnell wieder zurückzog. »Wir sind ja jetzt schon erschöpft.«

»Wir nicht, General.« Jelaska deutete auf ihre Argundier. »Meine Jungs sind quietschfidel.«

Argundier sehen doch immer so aus. »Sind feindliche Magi auf Eurer Seite aufgetaucht?«, fragte er. Jelaska schützte mit ihren Männern den anfälligsten Teil der Verteidigungslinie, weshalb er direkt in ihrem Rücken eine schlagkräftige Reserve aufgestellt hatte für den Fall, dass dem Feind ein Durchbruch gelang. Aber bis jetzt war nichts dergleichen passiert.

»Nur ein paar Skiffs, und das leider sehr weit weg«, murrte Jelaska.

»Warum halten sie sich zurück?«

»Aus dem gleichen Grund, warum sie nur Zwangsverpflichtete gegen uns entsenden. Die Magi und Adligen wollen Ruhm, nicht Gefahr. In einseitigen Schlachten läuft das oft so: Alle wollen, dass andere die Drecksarbeit übernehmen, und halten sich zurück.«

»Dann geht es morgen genauso weiter?«

»Wahrscheinlich. Ich werde dafür sorgen, dass meine Leute heute Nacht etwas Schlaf bekommen, General. Es müssen nicht alle elftausend gleichzeitig wach sein.« Auch sie gähnte jetzt. »Ich werde langsam zu alt für diesen Vulnessia.«

Seth zog eine Augenbraue nach oben, da übersetzte Jelaska: »Mist.«

»Vulnessia… Klingt wie der Name eine der Geliebten meines Vaters«, kommentierte Seth.

»Ha! Wie es scheint, lebt Ihr Euch allmählich ein, General Korion.«

»Ich glaube eher, ich verbringe zu viel Zeit mit Sensini.«

Jelaskas Blick verfinsterte sich. »Die kleine Ratte… Ich habe gehört, er betrügt Severine mit Lanna Jurei.«

Seth rümpfte angewidert die Nase. Dass Ramon Severine bekommen hatte, war unglaublich genug, und dann waren da noch die Gerüchte über die Kalifin Amiza in Ardijah. Und jetzt auch noch Lanna? Seth mochte sie. Lanna hatte einmal durchblicken lassen, dass sie durchaus gewillt sein könnte, falls er wollte, aber damals war nicht der richtige Moment gewesen. Das war es irgendwie nie. »Soll ich ihn zur Rede stellen?«

»Aber nein!«, schnaubte Jelaska. »Es gibt kein Gesetz, das so etwas hier draußen verbieten würde.«

»Wie stellt dieser silacische Hänfling das nur an?«

»Frauen mögen Männer, die wissen, was sie wollen – oder

zumindest den Anschein erwecken, als ob. Meesteren, wie wir sie in Argundy nennen, strahlen Selbstvertrauen und einen starken Willen aus. Das kann anziehend sein, unabhängig davon, wie die Verpackung aussieht.« Sie musterte ihn kurz. »Falls Ihr gerade überlegt: Ihr habt diese Qualität nicht, aber Ihr seid auf dem Weg der Besserung.«

»Dann gibt es also noch Hoffnung für mich?«

»Ja, General, gibt es.« Jelaska lachte aufmunternd, dann machte sie sich wieder daran, ihre Argundier anzubrüllen.

Ramon kroch in den Zwischenraum unter dem Wagen, wo Severine mit Julietta auf dem Arm in eine Decke gewickelt schlief. Sie schien Wächter aufgestellt zu haben, denn er hatte sich kaum hineingequetscht, da riss sie die Augen auf und starrte ihn erschrocken an, bis sie ihn erkannte. »Was willst du?«, murmelte sie.

»Meine Tochter sehen. Und die Mutter natürlich auch.«

»Verzieh dich. Ich bin müde«, erwiderte Sevi. »Wie sieht's aus?«

»Es passiert nicht viel. Die Keshi schießen immer noch ihre verfluchten Pfeile in unser Lager, um uns auf Trab zu halten. Es sind aber nur noch wenige. Solange man sich einen Schild über den Kopf hält, kann nichts passieren. Wir haben Wächter entlang der Front aufgestellt, damit wir gewarnt sind, falls sie einen Sturmangriff versuchen, und wechseln die vorderen Reihen regelmäßig aus. Im Moment schlafen die meisten.« Er hob Julietta auf seine Arme. »Buonsera, Kleine. Ich bin's, dein Papa.« Das Baby bewegte sich ein bisschen, ohne aufzuwachen. Sein kleines, rundes Gesicht ließ ihn weich werden wie Butter in der Sonne. »Sie kennt mich schon«, sagte er stolz.

»Aber am meisten liebt sie ihre Mutter«, entgegnete Sevi. »Weil meine Brüste voller Milch sind. Ich hätte als Kuh geboren werden sollen.«

»Wer sagt denn, dass du keine bist?« Er schaukelte Julietta auf seinen Armen und bewunderte ihre feinen Züge. »Wie fühlst du dich, Sevi? Bist du allmählich wieder bei Kräften?«

Sie schaute weg. »Ich bin so müde. Juliettas Milchkuh zu sein, ist nicht leicht. Sie saugt mir alle Energie aus.«

»Wir brauchen dich da draußen, und wenn du nur Wächter aufstellst und die Bewegungen des Feindes im Auge behältst.«

»Nein! Hör auf, mich darum zu bitten. Deine Tochter braucht mich!«

»Unsere Soldaten auch! Wir haben Ammen zuhauf, lass sie von jemand anderem stillen.«

Severine schaute ihn entsetzt an. »Nie im Leben lasse ich mein Baby von einer dreckigen Noori säugen! Wie kannst du so etwas nur vorschlagen?« Sie entriss ihm Julietta, die prompt aufwachte und zu schreien begann. »Sieh nur, was du angerichtet hast! Geh und lass uns allein!«

Einen Moment lang funkelten sie einander an, dann rollte Ramon sich fluchend unter dem Wagen hervor. »Du… versteckst dich hier nur und lässt uns alle im Stich. Wenn du wolltest, könntest du locker aufstehen, und das weißt du.«

Severine brach in Tränen aus, und Ramon spürte, wie die Khotrierinnen ihm von unter den anderen Wagen hervor finstere Blicke zuwarfen. Manche beschimpften ihn in ihrer Muttersprache. Ramon verstand die Worte zwar nicht, aber die Bedeutung war auch so klar: verschwinde! Ramon gehorchte und stolperte zur Latrine, um sich seine Wut und die Enttäuschung von der Seele zu pinkeln.

Da er in seinem eigenen Bett offensichtlich nicht willkommen war, wanderten seine Gedanken zu den Zelten der Heilerinnen, die sich gleich neben dem Fluss und damit so weit weg vom Feindfeuer wie möglich befanden. Lanna und Carmina wurden von zwei Dutzend Heilern und etwa vierzig Khotrierinnen unterstützt, die sich freiwillig gemeldet hatten. Ihr Anführer, ein grauhaariger Palacier namens Rosham, schätzte als Erstes die Verwundungen der Verletzten ein und entlastete so die beiden Magi-Heilerinnen, die sich nur um die schwersten Fälle kümmern mussten.

Ramon ging an den in blutverschmierte Laken gewickelten Männern vorbei. Einige schliefen, aber die meisten waren wach und hatten starke Schmerzen. Lanna saß über einen Legionär gebeugt, aus dessen Brustkorb zwei Pfeile ragten. Sein Atem ging pfeifend und abgehackt. Fahles Licht strömte aus ihren Händen in die Wunden, eine schimmernde Kugel aus Luftgnosis pulsierte in seinem offenen Mund und pumpte zusätzliche Luft in seine Lunge.

Er starb genau in dem Augenblick, als Ramon sich neben Lanna kniete, hörte einfach auf zu atmen, als wäre es die Mühe nicht mehr wert.

Lanna sank in sich zusammen. Ihr von Mitleid verzerrtes Gesicht wurde blass, ihr Blick resigniert. Schließlich hob sie den Kopf. »Was ist?«

»Ich mache nur gerade meine Runde«, antwortete Ramon und legte ihr tröstend eine Hand auf die Schulter.

»Fass mich nicht an«, fauchte Lanna und schlug seine Hand weg. »Tut mir leid«, fügte sie sogleich seufzend hinzu. »Carmina hat das Gerücht aufgeschnappt, wir würden miteinander ins Bett gehen, kannst du dir das vorstellen?!«

»Kann ich. Du weißt ja, wie gern in der Legion getratscht wird.«

»Ja, weiß ich. Hör zu, ich muss mich noch um vier Schwerverletzte kümmern, bevor ich mich hinlegen kann. Wenn du also nicht hier bist, um zu helfen, dann verschwinde.« Sie deutete auf das andere Ende des Zelts. »Seth assistiert Carmina und stellt sich wirklich gut an. Er hätte Heiler werden sollen.«

Ramon beschwor ein Licht in seiner Hand. »Was soll ich tun? Meine Affinität reicht zumindest, um Wunden zu reinigen.«

Lannas Gesichtszüge wurden etwas weicher, schließlich deutete sie auf eine Reihe reglos daliegender Verwundeter. »Sie brauchen frische Verbände, und falls du Infektionen feststellst, säubere sie. Ab mit dir.«

Fridryk Killener schritt die Reihe schwitzender, nervöser Männer an der Barrikade ab. Vier Tage gingen die Kämpfe jetzt, aber die ersten drei zählten seiner Meinung nach kaum. Der Pfeilhagel war lediglich ein Ärgernis, und die Angriffe der Lanzenträger waren stümperhaft gewesen. Minaus Stierkopf, der von seinem Thron aus Schädeln auf sie herunterschaute, dürfte kaum etwas gesehen haben, das seiner Aufmerksamkeit wert war. Der schlessische Kriegsgott bewunderte den Nahkampf, nicht dieses feige Herumschleichen und Schießen aus sicherer Entfernung.

Aber *das* hier sah schon vielversprechender aus.

Der Feind rückte wieder vor, diesmal aber nicht mit Bogen, sondern mit Weidenschilden und Säbeln. Die frischen Soldaten waren besser bewaffnet als die Zwangsverpflichteten und konnten zumindest in einer geraden Linie marschieren. Das beeindruckte Kill zwar nicht, ließ aber auf eine halbwegs anständige Ausbildung schließen. Zwanzig oder vielleicht auch dreißig Reihen tief standen sie da, bereit zum Angriff. Als die Trommeln einsetzten, nahm Kills Herz den Rhythmus sofort auf.

»Seht sie euch an!«, rief er seinen Männern zu. »Es sind genug für uns alle!« Er deutete nach oben. »Und für dich, Minaus!«

Seine Kohorte stand am Südende der Dünenkette gleich neben Jelaskas flachem Abschnitt. Ihre Argundier hatten einen tiefen Graben bis zum Flussufer ausgehoben, Wälle aufgeschüttet und einen Palisadenzaun errichtet. Natürlich war Jelaska bei ihnen. Kill sah sie neben Baltus Prentons Skiff stehen, dass jeden Moment abheben würde – eine kleine, unangenehme Überraschung für den Feind. Als die Trommeln mit einem letzten Wirbel verstummten, wanderte Kills Blick zurück zu seinen Männern.

»Minaus sieht euch, Stierköpfe!«, polterte er. »Er trinkt auf euren Mut!«

»*Minaus!*«, erwiderten die Legionäre. Sie waren allesamt Pallacier und hatten nach der Schlacht von Shaliyah, durch die Kill sie geführt hatte, den schlessischen Kriegsgott dankbar als ihren Schutzpatron angenommen.

»Kore sei mein Schild!«, fügte einer der Soldaten nervös hinzu.

»Kore ist ein Schwächling!«, polterte Kill. »Nur der Stierkopf gibt Kraft in der Schlacht! Minaus ist euer Arm und euer Schwert!« Er klopfte dem Kerl herzhaft auf die Schulter. »Freu dich! Die Prüfung beginnt, wir sind stark und der Feind ist schwach!«

Seine Rede wurde von einem erneuten, markerschütternden Trommelwirbel unterbrochen, der in einen Marschrhythmus überging, dann rückten die Keshi vor. Es waren so viele, dass die Erde unter ihren Schritten erzitterte. Die estellaynischen Bogenschützen eröffneten das Feuer, und mit jedem ihrer Pfeile ging einer der Keshi zu Boden, doch die Nachfolgenden stiegen einfach über die Gefallenen hinweg.

»Wozu sind wir hier?«, rief Kill.

»Um zu töten!«

»Wen töten wir?«

»Diese Minnas!« Seine Männer streckten die Unterleiber nach vorn und taten so, als wedelten sie vor den heranrückenden Feinden mit den Schwänzen. Als die Keshi so nahe herangekommen waren, dass Kill ihre Gesichter erkennen konnte, spürte er ihren Zorn: Sie hatten die Geste verstanden.

Als sie mit einem wilden Schrei losstürmten, machten die

338

Verteidiger ihre Wurfspeere bereit. Kill ließ sie ganz nahe herankommen, wartete, bis sie durch den tödlichen Sturm aus Pfeilen hindurch waren und den Fuß der Befestigungen erreicht hatten. Erst als sie in dicht gedrängten Reihen gegen die Palisade brandeten und dadurch langsamer wurden, rief er: »Werft!«

Wie eine Mauer senkten sich die Speere auf die bergan rennenden Keshi hinab. Ihre Weidenschilde boten kaum Schutz – die mit entsetzlicher Wucht geschleuderten Speere schlugen glatt durch und ließen die gesamte vordere Reihe zu Boden gehen, während Kill seinen riesigen Beidhänder schwang.

Die zweite Angriffsreihe sprang im Laufschritt über die gefallenen Kameraden hinweg und stürmte mit blitzenden Augen und wildem Kriegsgeschrei die Steigung hinauf. Oben angekommen standen sie einer Wand aus Schilden gegenüber.

Zwischen den Spalten hindurch stachen die Legionäre mit ihren Kurzschwertern in Gesichter und Brustkörbe. Die vorderste Reihe der Keshi war gefangen zwischen den Schilden vor ihnen und ihren Kameraden hinter sich. Sie hatten nicht einmal genug Platz, um zu Boden zu gehen und davonzukriechen, sobald sie getroffen waren, sondern wurden stehend in Stücke gehauen. Die hinter ihnen konnten sich kaum auf den Beinen halten, geschweige denn kämpfen, doch die Verteidigung begann allmählich unter ihrem Ansturm zu bröckeln.

»Wechsel!«, befahl Kill und trieb die anbrandenden Gegner mit einem Sperrfeuer aus Magusbolzen zurück, damit die zweite Reihe nachrücken konnte. Trotzdem geriet der gesamte Abschnitt allmählich ins Wanken. Es waren einfach zu viele.

Kill spürte es und reagierte sofort.

Er sprang auf die Barrikade und schwang seinen Beidhänder ohne jede Finesse. Er legte all seine Kraft in den schweren Stahl, spaltete Säbel und Kopf des erstbesten Keshi, riss die Klinge wieder heraus und versenkte sie im nächsten Angreifer. Wieder ging die Klinge direkt durch Schild und Harnisch seines Gegners, während Säbelklingen und Lanzenspitzen funkenschlagend gegen seine Gnosisschilde trommelten. Hier und da gingen die Schneiden durch und bissen in seine Schienbeine und Oberschenkel, aber nie tief, während Kill sich vorarbeitete wie ein Berserker und seine Soldaten mit einer neuerlichen Speersalve hinter ihm nachrückten. Sie überragten ihre Feinde um mindestens einen Kopf und waren schwerer bewaffnet. Die Klingen der Keshi barsten, blieben in den Schilden der Legionäre stecken oder glitten an den Harnischen ab und richteten nur wenig Schaden an, während die pallacischen Kurzschwerter mit tödlicher Präzision stets ihr Ziel fanden.

»Vorwärts! Vorwärts!«, brüllte Kill und führte seine Männer wie einen Rammbock den Hang hinunter, mitten hinein in die anbrandende Masse.

»Dritte Reihe!«, ertönte der Befehl seiner Offiziere, da kamen die Flankenmänner nach vorn. Sie waren die geschicktesten Schwertkämpfer jeder Kohorte und für chaotische Scharmützel wie dieses am besten geeignet. Sofort verwickelten sie die Keshi in ebenso einseitige wie kurze Nahkämpfe.

Kill sprang hinzu und streckte die fliehenden Gegner einen nach dem anderen nieder, als plötzlich blaues Feuer durch seine Schilde schlug und seinen linken Unterarm versengte. Kill stieß einen Wutschrei aus, da entdeckte er eine Gestalt in einer schwarzen Robe mitten in dem Gewühl. *Hadischa!*

Kill fuhr herum und arbeitete sich durch das Gemetzel zu dem feindlichen Magus vor. Der feuerte die nächste Flamme ab, doch diesmal waren Kills Schilde bereit.

Die übrigen Keshi wichen zurück und machten zwischen ihm und dem Hadischa Platz. Der bombardierte Kill mit immer noch mehr Magusfeuer.

Kill stemmte sich gegen die rotglühende Walze und machte Schritt um Schritt auf die schwarze Gestalt am Ende des Flammentunnels zu. Sein Beidhänder durchschlug die Schilde des Hadischa, fuhr durch den Brustkorb und blieb schließlich in der Wirbelsäule stecken. Der Keshi brach zusammen, doch Kill schlug und hackte immer weiter, denn bei einem Magus konnte man nie sicher sein…

Verfluchter Shizen!

Da packte ein besonders mutiger Legionär ihn am Arm. »Herr! Haltet ein, Herr! Sie ist tot.«

Sie?

Kills Gedanken wurden wieder klar. Die feindliche Magi lag in Stücke gehauen zu seinen Füßen, der abgetrennte Kopf bestimmt eine Armlänge weit weg. Die Hadischa mochte vielleicht zwanzig gewesen sein, hatte große, sanfte Augen und eine Haut glatt wie Seide. Kill spuckte die Galle aus, die ihm plötzlich in den Mund stieg, und blickte sich um.

»Ihr konntet es nicht wissen, Herr.«

»Blutjungfern«, knurrte Kill. »Auch in meinem Volk gibt es Kriegerinnen, die ihr Leben Minaus Stierkopf widmen. Nach dem Tod gehen sie in die Reihen seiner Sturmreiter ein. Ich habe ihm schon Dutzende geschickt!« Kill wusste, dass er prahlte, aber er konnte nicht anders – sein Harnisch rauchte immer noch, und seine Gnosis war bedrohlich erschöpft. Die Keshi zogen sich unterdessen zurück, doch ihre Reiterei preschte bereits heran, in der Hoffnung, Kills Männer außerhalb der Barrikaden zu stellen. Zeit zum Rückzug.

»Die Verwundeten zuerst! Nehmt eure Speere mit und räumt die Toten weg! Bessert die Bresche in der Barrikade aus!«

Kill pumpte die mächtige Lunge voller Luft und hob den Kopf. »Der Stierkopf spricht zu mir, Brüder!«, schrie er. »Wir haben ihn erfreut! Sein Kelch ist voller Keshi-Blut!«

Die Legionäre bejubelten seinen barbarischen Ausbruch und sich selbst. Kill war stolz auf sie, und selbst wenn er es nicht zeigte, hatte auch der Feind ihm einigen Respekt abgenötigt. Minaus würde die tapfere gefallene Heidin mit Sicherheit bei seinen Sturmreitern aufnehmen.

Wir haben dir viele Keshi geschickt, Stierkopf, und eine Blutjungfer für deine Leibwache.

Zu seiner Rechten gingen die Kämpfe unvermindert weiter. Wie die Pallacier waren auch die Argundier größer und stärker als ihre Gegner. Ihre langen Spieße aus schwerem Eschenholz mähten alles nieder, was in Reichweite kam. Jelaska musste nicht einmal eingreifen – ihre Männer hielten die Verteidigungslinie auch ohne Gnosis.

Da spürte Kill eine Entladung hoch oben am Himmel und blickte auf. Baltus Prentons Skiff stieß auf die Soldaten herab, die gegen Jelaskas Männer vorrückten. Hugg Gerant stand im Bug und schleuderte die Pfeile, die die Keshi während der letzten Tage auf ihre Stellungen abgefeuert hatten wie einen tödlichen Sprühregen, nach unten. Kill konnte es kaum fassen, als er die verheerende Wirkung sah: Auf einer kreisrunden Fläche von mindestens zehn Schritten Durchmesser gingen alle dicht zusammengedrängt stehenden Angreifer zu Boden, während die Männer gleich daneben entsetzt zur Seite sprangen.

Baltus wendete das kleine Windschiff, und Hugg bereitete die nächste Salve vor, da sah Kill zwei feindliche Skiffs heranjagen, und die Trommeln setzten wieder ein.

Kill riss sich von dem Anblick los und machte sich bereit. »Hier kommt die zweite Welle, Männer!«

Baltus kreuzte weg von der Schlacht und jagte auf den Fluss zu. Das gegenüberliegende Ufer war nur ein dunkler Strich im Dunst am westlichen Himmel. Die Mythen seiner Heimat waren voll von solchen geheimnisvollen Orten, sonnendurchflutet und warm und nur an bestimmten Tagen zugänglich. *Wahrscheinlich, weil Brevin so ein verregnetes Nebelloch ist.*

»Wenden!«, brüllte der sonst so kühle Hugg, dessen Blut durch die Schlacht in Wallung geraten war. »Ich bin bereit für die nächste Salve!«

Siebenmal waren sie über die Keshi hinweggeflogen und hatten noch ein letztes Bündel Pfeile übrig. Seit über einer Stunde tobten die Kämpfe unter ihnen. Die Argundier waren nicht einen Schritt zurückgewichen, und Killeners Abschnitt schien mittlerweile wieder stabil, auch wenn ein Teil der Palisade eingedrückt war und die Keshi beinahe durchgebrochen wären.

Baltus riss das Skiff gerade herum, da deutete Hugg plötzlich nach Süden und rief: »Achtung! Feind im Anflug!«

Das dreieckige Segel des kleinen Keshi-Schiffs blähte sich im Wind. Es war noch eine halbe Meile weit weg und allein. Normalerweise waren es immer zwei, also hielt Baltus Ausschau nach dem anderen, bis er es schließlich in östlicher Richtung lauernd entdeckte. Offensichtlich hatten die Keshi vor, sie bei ihrem nächsten Überflug in die Zange zu nehmen. Aber Jelaska verließ sich auf ihre Unterstützung …

Er überlegte einen Moment, dann riss er das Ruder herum, duckte sich unter dem Quermast hindurch, der von der linken auf die rechte Seite schwenkte, und hielt ein weiteres Mal direkt aufs Schlachtfeld zu.

Von hier oben sahen ihre Befestigungen so winzig aus. Salims Heerlager erschien riesig daneben, aber die Wüste war noch unendlich viel größer. Sie erstreckte sich von einem Ende des flimmernden Horizonts bis zum andern, als wollte sie ihm vor Augen führen, wie unbedeutend der Mensch war, nur Staub in der unendlichen Landschaft. Jedes Mal wenn Baltus sich mit seinem Skiff in die Luft erhob, verspürte er den überwältigenden Drang, einfach auf und davon zu fliegen. Aus der Vogelperspektive und von so weit weg sah alles perfekt aus, aber sobald er einen Fuß auf den Boden setzte, wurde er aufs Neue enttäuscht.

Jelaska, zum Beispiel. Von hier oben schimmerte ihr graues Haar wie ein Banner, ihre schlanke und imposante Gestalt ließ sie aussehen wie eine junge Schönheit. Erst aus der Nähe betrachtet kamen die Falten zum Vorschein – und ihre Bissigkeit. Sie war so sehr in ihre Gnosis und die Legion verliebt, dass in ihrem Leben kein Platz für mehr war als für unverbindliche körperliche Begegnungen. Durch die vielen Verluste, die sie erlitten hatte, waren ihre Gefühle so abgestumpft, dass sie für die Welt um sich herum nur Zynismus und beißenden Spott übrig hatte. Und ihre halb ernst gemeinten Witzeleien darüber, sie sei verflucht, ärgerten Baltus. *Ich bin nicht verflucht und werde das überleben wie alles andere auch.* Außerdem *roch* sie alt, und ihre Haut war schlaff. Sie war alles andere als perfekt.

Baltus war der perfekten Frau nie begegnet, die alles von Grund auf änderte. Die jungen waren zu naiv, die älteren zu verbraucht. Magi spielten nur mit ihm, und Nichtmagi waren entweder wie erstarrt vor Ehrfurcht oder unehrlich. Keine hatte ihn je wirklich berührt, und die Beziehungen waren jedes Mal so schnell wieder vorbei gewesen, dass er sich manchmal fragte, warum er es überhaupt noch probierte. Gleichzeitig war es wie eine Sucht: Baltus fühlte sich nur wohl in seiner Haut, wenn er eine Frau in seinem Bett hatte – sogar wenn es eine wie Jelaska war, die er nur oberflächlich begehrte.

»Baltus?!«, bellte Hugg. »Scharf nach rechts!«

Er hob entschuldigend die Hand und korrigierte den Kurs, ein Auge auf das Keshi-Skiff gerichtet, das ihnen geradewegs entgegenkam. Die dreieckigen Segel faszinierten ihn. Sie waren kleiner und machten das Skiff wendiger, außerdem waren sie schneller als ihre eigenen, was eigentlich nicht sein konnte. *Wir fliegen diese Dinger seit Jahrhunderten und sollten es verdammt noch mal besser beherrschen als sie.*

Baltus richtete den Kiel auf Jelaskas Stellung aus, wo die Keshi nun erneut vorrückten und versuchten, sie mit schierer Masse zu überrennen. Doch die Argundier waren wie ein Fleischwolf, der sich unerbittlich durch die Reihen der Ahmedhasser fraß. Allerdings geriet der südliche Abschnitt zusehends unter Druck, und es bräuchte nur eine kleine Lücke, damit alles vorbei wäre. Diesmal handelte es sich bei den Angreifern um echte, ausgebildete Soldaten, anders als die zwangsverpflichteten Bauern, die Salim ihnen bis jetzt entgegengeworfen hatte. Der Unterschied war deutlich zu spüren.

Das Keshi-Skiff vor ihnen schwenkte auf Baltus' neuen Kurs ein, während das zweite sich von oben in steilem Sinkflug auf sie stürzte. Beide hatten Bogenschützen an Bord, aus den Spitzen ihrer Pfeile loderte Gnosisfeuer. »Gib auf die Pfeile acht, Hugg«, rief er und fügte hinzu: »Die Schützen sind Magi!«

Hugg nickte knapp und konzentrierte sich weiter auf sein letztes Bündel Pfeile, das er in zwei Packen aufgeteilt hatte. *Kannst du uns über eines der beiden Skiffs bringen?*, erwiderte er stumm.

Konnte er. Baltus' Blick wanderte zurück zu dem Skiff direkt voraus. Sie flogen bedenklich niedrig, und der Schlachtlärm wurde immer lauter, da schleuderten die Keshi ihnen eine Speersalve entgegen, aber die Wurfgeschosse schafften die Höhe bei Weitem nicht. Hier und da sauste ein Pfeil an ihrem Heck vorbei, während das feindliche Skiff auf direktem Kollisionskurs blieb.

Als die Schützen an Bord ihre Bogen spannten, ließ Baltus noch etwas mehr Luftgnosis in den Kiel strömen, die er mit einem Schrei entlud, sodass ihr Schiff sich in einer steilen Aufwärtsspirale himmelwärts schraubte und sie im Steigflug den Mast des Gegners streiften.

Mit triumphierendem Gebrüll schleuderte Hugg das Bündel in seiner Hand nach unten, noch während zwei gegnerische Pfeile gegen seine Schilde prallten. Die Wucht hätte ihn beinahe über Bord geworfen, doch er blieb stehen.

Baltus blickte über die Schulter und sah das Keshi-Skiff mit zerfetzten Segeln bewegungslos in der Luft schweben. Die Besatzung, deren Schilde dem massiven Ansturm nicht standgehalten hatten, lag von Huggs Pfeilen durchbohrt auf die Deckplanken genagelt. Das führerlose Schiff neigte sich zur Seite und begann zu sinken, während die im Kiel gespeicherte Gnosis immer schneller entwich. Dann stürzte es wie ein Stein ab und begrub, begleitet von Huggs lauten Jubelrufen, eine ganze Gruppe feindlicher Soldaten unter sich.

Baltus lud ihren eigenen Kiel noch stärker auf, während das zweite Skiff näherkam. Während der vergangenen Monate hatte er eine vollkommen neue Taktik für den Luftkampf entwickelt – entwickeln müssen, denn er kämpfte allein und das gegen einen zahlenmäßig überlegenen Gegner, der auch noch schneller und wendiger war. Doch Baltus war ein Halbblut und den meisten Keshi-Piloten, die es lieber gar nicht erst auf ein Nahkampfduell ankommen ließen, weit überlegen. Was er nun tat, stand in keinem Feldhandbuch. So mancher Rondelmarer hätte es gar als groben Fehler bezeichnet, aber es funktionierte.

Höhe war das A und O, wenn man es mit einem unerwartet auftauchenden Feind zu tun bekam, also gab Baltus alles, um seinem Schiff noch mehr Auftrieb zu verleihen. Die Keshi stiegen ebenfalls wieder und schossen ihre Pfeile auf Baltus' Segel ab, aber er fegte sie mit Huggs Unterstützung beiseite, und die beiden Schiffe jagten aneinander vorbei. Die Keshi wendeten sofort und hefteten sich an ihre Fersen. Beide flogen vor dem Westwind Richtung Süden, weg von der Schlacht; sie hatten zwar mehr Höhe, aber die Keshi kamen schnell näher.

Achtung: Halse!, rief er Hugg zu und verließ sich darauf, dass der Andressaner rechtzeitig reagieren würde. Er tat es und warf sich genau in dem Moment, als Baltus den Quermast freigab und das Ruder herumriss, mit seinem ganzen Gewicht in das plötzliche Manöver. Ihr Skiff wendete so schnell, als hätte ein Riese es einfach in der Luft herumgedreht. Plötzlich ohne Wind erschlafften die Segel mit einem Schlag, dafür zeigte der Bug nun wieder direkt auf den Gegner.

Jetzt! Baltus rief den Wind in die Segel, während Gerant den Kiel mit Gnosis auflud. Ein Ruck ging durch das Skiff, die Segel blähten sich knatternd und der Mast stöhnte, dann nahmen sie wieder Fahrt auf und jagten direkt auf die vollkommen überraschten Keshi zu, die mit weit aufgerissenen Augen ein Ausweichmanöver versuchten.

Das vergesst mal schön … Baltus riss das Ruder nach rechts, sodass der mit Stahl ausgeschlagene und mit Sylvanismus verstärkte Bug genau auf das Keshi-Skiff ausgerichtet blieb. Die Metallpanzerung machte ihr Schiff schwerer und langsamer, dafür hatte sie andere Vorteile: Als sie das feindliche Schiff knapp oberhalb des Decks rammten, brach der Mast, und das Segel riss entzwei, dann kippte es zur Seite. Baltus hörte die Entsetzensschreie von mindestens zwei Besatzungsmitgliedern. Das bisschen Fahrt, das sie durch den Aufprall verloren hatten, machten sie mit Gnosis wieder wett und sahen das Keshi-Schiff hinter sich wie einen Stein vom Himmel fallen – direkt auf die brüllenden und wild mit den Armen fuchtelnden Soldaten auf dem Boden zu. An ihrem Bug hingen die Überreste des Keshi-Segels und der Takelage, und sie schlingerten gefährlich, aber ihr eigenes Schiff war heil geblieben.

Nehmt das, ihr Hunde! Baltus grinste wie ein Verrückter und genoss den Triumph. *Das hier ist es, wofür ich lebe!*

»Mach die Trümmer da vorne weg!«, rief er Hugg zu. »Und dann nichts wie nach Hause!«

Hugg befreite den Bug von dem Knoten aus Seilen und zerrissenem Stoff, doch zu Baltus' Überraschung wurde ihr Schiff dadurch kaum leichter. Etwas stimmte nicht.

»Da hängt noch was an der Unterseite!«, rief er nach vorn.

Hugg nickte knapp und beugte sich über den Rand.

Wie aus dem Nichts schoss ein Arm von der Unterseite hervor und rammte Gerant einen Dolch ins linke Auge, so tief, dass nur noch der Griff herausschaute. Einen Wimpernschlag später wurde der Andressaner über die Kante gezogen und stürzte ins Leere, während eine in Schwarz gehüllte Gestalt sich mit beängstigendem Geschick über die Bordwand schwang.

Erschüttert über den unerwarteten Verlust seines Kameraden gelang es Baltus gerade noch rechtzeitig, das blaue Magusfeuer abzuwehren, das der Hadischa ihm entgegenschleuderte. Er hatte ein beinahe sanftes Gesicht und graugesprenkeltes Haar, aber er bewegte sich wie ein erfahrener Kämpfer.

Das Schwein muss sich festgehalten haben, als wir ihr Skiff gerammt haben.

Baltus erwiderte das Feuer, aber auch der Hadischa wusste mit Schilden umzugehen. Dann setzte er Kurs auf ihre eigenen Stellungen. Falls sein Gegner ihm keinen Strich durch die Rechnung machte, wäre er in etwa einer Minute dort.

Aber er wird versuchen, das zu verhindern, und …

Baltus hatte den Gedanken noch nicht zu Ende geführt, da tat der Keshi genau das, was er befürchtet hatte, und stieß die immer noch von Huggs Blut triefende Klinge in das Segel. Unter dem Druck des Windes breitete sich der Riss im Nu bis ganz nach oben aus, und das Skiff verlor beträchtlich an Geschwindigkeit. Stöhnend zog Baltus sein Kurzschwert. *Das lässt sich reparieren … aber erst, wenn der Kerl tot ist.*

Er lud den Kiel ein letztes Mal auf, dann stürzte er sich beherzt auf seinen Feind. Die Klingen schlugen erstaunlich leise gegeneinander, da beide alle Mühe hatten, in dem schlingernden Schiff überhaupt das Gleichgewicht zu halten. Trotzdem hieben sie aufeinander ein, stießen ihre Klingen durch das zerfetzte Segel und um den Mast herum, während das Schiff weiter auf Kurs blieb, aber zusehends an Höhe verlor.

Könnte knapp werden. Baltus schlug nach dem Arm seines Gegners, doch der wehrte ab. Einen Moment lang waren Kurzschwert und Krummsäbel ineinander verhakt, da schleuderte Baltus einen Magusbolzen hinterher und führte sogleich den nächsten Schlag, doch der Keshi wehrte auch diese beiden Attacken ab und erwiderte das Feuer. Zu Baltus' grenzenloser Enttäuschung schien ihm sein Gegner ebenbürtig.

Ich hasse ausgeglichene Kämpfe.

Jelaska hob den Blick von dem Gemetzel unterhalb, wehrte unterbewusst einen Spieß ab, den ein besonders optimistischer Keshi nach ihr geschleudert hatte, und betrachtete das Skiff, das sich schlingernd auf ihre Stellung zubewegte. Zwei Männer kämpften darin miteinander auf Leben und Tod, während das Schiff immer mehr an Geschwindigkeit und vor allem Höhe verlor.

Er wird es nicht bis hierher schaffen.

Sie verfluchte ihre Erdgnosis, aber es war zwecklos, sich etwas zu wünschen, was nicht war. Wenn Baltus es nicht bis zu ihnen schaffte, dann mussten sie eben zu ihm kommen.

»Holt die zweite Reihe nach vorn und bildet einen Keil!«, rief sie Gylf, ihrem Tribun, zu. »Wir brechen durch!« Jelaska deutete auf die Stelle, an der Baltus' Skiff höchstwahrscheinlich aufschlagen würde.

Gylf zögerte nicht und fragte nicht einmal nach. Jelaska war eine Reinblut-Magi und kämpfte schon seit den verheerenden argundischen Grenzkriegen an der Seite der meisten dieser Männer, also beinahe deren ganzes Leben lang. Sie gehorchten ihr bedingungslos.

Gylf hob sein Schwert, eine Fanfare erschallte, dann preschten sie vor und nahmen Jelaska in ihre Mitte. Sie rief ihre tödliche Geisterbeschwörungsgnosis wach. Ihre Augen schimmerten violett, und ihre Haut wurde grau, während die Schatten um sie herum sich verdichteten, bis die Legionäre einen Tunnel für sie frei machten, um sie nach vorne durchzulassen.

Die Keshi in der zweiten Reihe gerieten ins Stolpern, als die zwischen argundischen Schilden und ihren eigenen anbrandenden Kameraden eingekeilten Toten vor ihnen vornüber kippten, weil die lebendige Verteidigungsmauer vor ihnen sich plötzlich teilte. Vom vermeintlichen Schlachtenglück beflügelt rannten sie über die Barrikaden hinweg und direkt auf Jelaska zu.

Das violette Leuchten wurde intensiver.

Blitze zuckten aus ihren Händen und saugten den getroffenen Soldaten binnen eines Wimpernschlags das Leben aus, sodass sie zu Asche zerfielen, noch bevor sie am Boden aufschlugen. Die Kohorte rückte unterdessen mit ihren langen, beidhändigen Lanzen unbarmherzig vor und brachte den Ansturm der Keshi augenblicklich zum Stehen. Dann machten die Männer einen Ausfall in Keilformation, stürmten durch das Loch in der Barrikade und trieben den fliehenden Feind wie Hasen vor sich her, während die übrigen Legionäre sich mit einem Schlachtruf anschlossen.

Das Skiff stürzte ab und fuhr wie ein Pflug mitten hinein in das Kampfgetümmel. Speere und Knochen barsten, dann kam es knirschend zum Stehen. Eine Gestalt erhob sich taumelnd und blutverschmiert aus dem Wrack.

Baltus stieß erneut zu, ließ seinem Gegner keine Verschnaufpause und drängte ihn zurück. Der Keshi war ein guter Kämpfer, zugegebenermaßen besser als er selbst, aber Baltus hatte einen entscheidenden Vorteil: Er kontrollierte das Ruder. Bei jedem Schlag bewegte er es mit Kinese, sodass das Skiff genau in die Richtung ruckte, die er wollte, und den Hadischa aus dem Gleichgewicht brachte, bis der schließlich mit der Ferse an einer Seilöse hängen blieb und auf den Rücken schlug. Baltus rammte ihm das Schwert in den linken Oberschenkel, so tief, dass die Spitze auf den Knochen traf.

Der Keshi schrie auf, der Säbel entglitt seinem Griff und fiel über Bord.

Hab ich dich!

Da packte er Baltus' Schwertarm. Ihre Blicke begegneten sich. Der Ausdruck schmerzverzerrter Konzentration in den Augen seines Gegners war entsetzlich. Der Kerl drückte so fest zu, dass er ihm beinahe das Handgelenk brach. Baltus zog mit aller Macht, bekam sein Schwert aber einfach nicht frei, während der Hadischa mit der anderen Hand einen Krummdolch aus den Falten seiner Robe zog und damit nach Baltus' Brust stach.

Baltus fing den Stoß mit der anderen Hand ab und stemmte sich mit aller Kraft gegen die Deckplanken, um seinen Arm wieder freizubekommen, da schlugen sie auf. Wie eine Walze fuhr das Skiff durch die dichtgedrängten Keshi und zermalmte sie. Durch den Aufprall wurde die Klinge noch tiefer ins Bein des Hadischa gestoßen, und er ließ einen Moment lang locker.

Baltus riss sein Schwert heraus, geriet kurz ins Taumeln, stieß dann die Klinge mit aller Kraft durch das Kettenhemd seines Gegners und vergrub sie in dessen Brust. Baltus spürte einen Schlag gegen den Bauch und keuchte kurz auf, da sah er, wie das Licht in den Augen seines Widersachers erlosch.

Heiliger Kore! Danke, danke, danke … Er dachte an Killener und all die Opfertiere, die er seinem Kriegsgott versprochen hatte. *Vielleicht sollte ich Kore einen Bullen schicken.*

Dann blickte er nach unten. Ein Dolch steckte in seinem Bauch, die Klinge leuchtete noch von Gnosisfeuer. Taubheit breitete sich in Baltus' Körper aus, seine Beine fühlten sich an, als gehörten sie einem anderen. Seine Augen wurden glasig, da sah er Jelaska mitten im Getümmel. Sie war nur zwanzig Schritte entfernt. Baltus öffnete den Mund, um ihr zu sagen, dass …

Baltus fiel vornüber, und die Keshi reagierten sofort. Wie Ameisen brandeten sie in das Skiff, ihre Säbel blitzten auf, dann fuhren sie zu Dutzenden auf Jelaskas Geliebten nieder. Sie übergoss die Angreifer mit Magusfeuer, der Baltus am nächsten Stehende starb an der Angst, mit dem sie seinen Geist bombardierte, während die anderen in Flammen aufgingen. Doch sie kamen von allen Seiten.

Jelaska schrie Baltus' Namen, während die Offiziere ihren erschöpften Soldaten brüllend den nächsten Angriff befahlen und sie einfach mitgerissen wurde, mitten hinein zwischen die Keshi.

Die Gegner wehrten sich mit Zähnen und Klauen, doch die argundischen Langspieße verrichteten zuverlässig ihr grausiges Werk. Feind um Feind ging unter den Stichen zu Boden und wurde niedergetrampelt, bis sie schließlich die Flucht ergriffen und die Legionäre allein auf dem Schlachtfeld zurückblieben.

Jelaska musste sich nicht erst einen Weg bahnen. Die Männer traten von allein respektvoll zurück. Der Ausdruck in ihren Augen sagte ihr alles, was sie wissen musste.

Baltus' Rumpf lag auf einem Haufen abgetrennter Gliedmaßen. Der Kopf war nicht mehr da – ein Keshi hatte ihn als Trophäe mitgenommen. Die Eingeweide unter der aufgeschlitzten Bauchdecke waren verkohlt. Unter ihm lag ein toter Hadischa auf den Planken.

Das Leben ist ein grausamer Witz, die Liebe ist eine Lüge, und Flüche existieren. Jelaska verfluchte alle Keshi. Jetzt *wusste* sie, dass schwarze Magie wirkte.

Ich bin verflucht, und Baltus hat den Preis dafür bezahlt.

Sultan Salim saß auf dem Thron in seinem Pavillon, dessen Vorderseite geöffnet war, damit er den Sonnenuntergang über dem rauchenden Schlachtfeld beobachten konnte.

Pashil war tot. Er war gefallen, als er den feindlichen Skiff-Piloten tötete, außerdem weitere acht Hadischa und Tausende ihrer besten Fußsoldaten. Der Blutzoll war entsetzlich hoch und der Gewinn gleich null. Die Rondelmarer hielten stand. *Noch ein Tag wie dieser, dann werden meine Männer zu zweifeln beginnen, falls sie es nicht ohnehin schon tun…*

Mit düsterem Blick schaute er in Richtung der Gottessprecher, die ihren Ruf als Weise der Tatsache zu verdanken hatten, dass sie sich aus allem heraushielten. Es gab niemanden, mit dem er jetzt sprechen wollte, der ihn hätte trösten können. Außer seinen Doppelgängern vielleicht, die alles mit dem Sultan teilten, auch das Leid und den Schmerz.

Allmächtiger Ahm, ist dies wirklich dein Wunsch? Erfreut dich unsere Hingabe auch dann, wenn wir für dich sterben? Willst du all das dir dargebrachte Leid überhaupt? Wie soll aus so entsetzlichen Verlusten etwas Gutes erwachsen?

So sehr er auch lauschte, er bekam keine Antwort auf sein Gebet.

Schließlich kam Dashimel, der Emir von Baraka, den Hügel hinauf und warf sich vor Salims Thron auf den Boden – mit einiger Mühe allerdings, denn er hatte in letzter Zeit etwas zugelegt. Dashimel war ein Poet mit einem sanften Gemüt, aber er war auch ein erfahrener Feldherr.

»Dash, mein Freund, sag mir, was wir tun sollen«, fragte Salim.

Dashimel blickte über seine Schulter in Richtung der Gottessprecher, die um Qanaroz, Pashils Stellvertreter, versammelt standen. In der vergangenen Stunde hatten sie laute Reden geschwungen, welch schreckliche Rache sie schon am morgigen Tag nehmen würden. »Die Schlacht ist noch nicht gewonnen, Herr«, begann er. »Aber der Feind ist geschwächt, und wir ...«

»Ist das dein Ernst? Ich bitte dich! Sag mir nicht das Gleiche wie *sie*, Dash. Dieser Streifen Wüste ist unbewohnt, nichts wächst hier! Erkläre mir, warum noch mehr unserer Leute ihr Leben dafür opfern sollen.«

Dashimel neigte das Haupt und senkte die Stimme. »Erhabener, es stimmt zwar, dass wir dieses Lager vernichten könnten, aber es würde uns einen entsetzlichen Preis kosten. Die Rondelmarer sind Meister des Formationskampfs, unsere Verluste würden noch um ein Vielfaches größer. Sie haben Rüstungen, Waffen – und Disziplin. Ihre Legionäre sind keine Zwangsverpflichteten, sondern hervorragend ausgebildete Berufssoldaten, und ihre Magi sind es gewohnt, in Formation mit ihnen zu kämpfen.«

Seine Stirn legte sich in tiefe Falten, dann sprach er weiter. »Unsere Stärke sind die Bogenschützen und dass wir so viele sind. Außerdem können wir uns mit Proviant versorgen. Sie können das nicht. Lasst die Zeit erledigen, wozu wir nicht in der Lage sind: Hungert sie aus. Wartet ab, bis die ersten Seuchen in ihrem Lager ausbrechen. Wenn sie hinter ihren Befestigungen hervorkriechen, dann lasst alle Pfeile Keshs auf sie regnen, aber schont Eure Männer, Sultan. Es gibt andere, wichtigere Schlachten zu schlagen.«

Endlich ein Rat, der vernünftig klingt. »Gut gesprochen, mein Freund! Sie haben Angst vor unseren Pfeilen und können keinen Ausfall wagen, also hungern wir sie aus, bis ihre Magi sich über den Fluss absetzen und die Legionäre kapitulieren. Wir werden anderswo gebraucht.«

Salim rechnete nach. »Ich werde dreißigtausend Mann hierlassen, um sie weiter festzuhalten, außerdem einen meiner Doppelgänger und General Darhus. Dann marschieren wir mit dem Großteil des Heers nach Norden und überschreiten den Fluss.«

Dashimel legte sich die Faust aufs Herz. »Wie ihr befehlt, oh Sultan.«

Salims Blick wanderte zum Lager der Rondelmarer zurück. Von Kochfeuern stieg Rauch auf, Banner flatterten trotzig im Wind. *Seth Korion und ich könnten all dies bei einem Becher Wein beilegen ... aber so ist diese Welt nicht.*

Stattdessen müssen Menschen ihr Leben lassen.

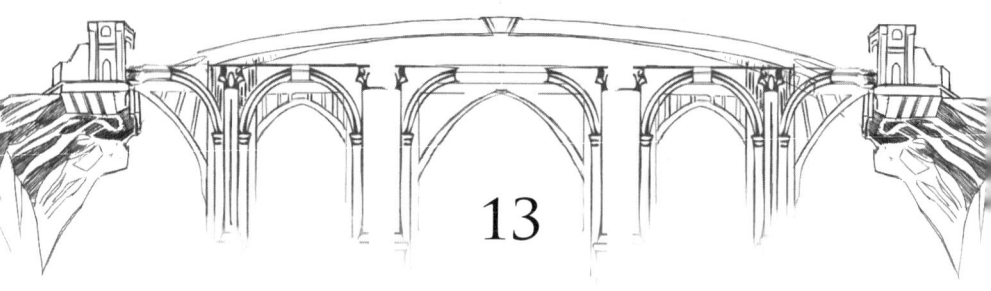

13

ÜBERREDUNGSKÜNSTE

LANTI A'KHOMI

Die schönste Frau, die je gelebt hat, war Lanti a'Khomi, eine Tochter des Königshauses von Mirobez. Es heißt, ihr Lächeln konnte das Herz eines Mannes zum Stillstand bringen, doch ihre Schönheit brachte ihr kein Glück. Als sie sich weigerte, den Mann zu heiraten, den ihr Vater, der Sultan von Mirobez, für sie ausgesucht hatte, ließ er sie ersticken und in Kristall konservieren, um ihre Schönheit auf ewig zu erhalten. Angeblich liegt sie noch heute in einem Schrein in den Katakomben unter dem Palast von Mirobez und sieht kein bisschen verändert aus.

ORDO COSTRUO, HEBUSAL 794

Alyssa Dulayn räkelte sich auf ihrem Diwan, ihr blondes Haar ergoss sich in verführerischen Wellen über ihre Schulter, während sie die Kühle des Weins in ihrer Kehle genoss. *Krieg ist so anstrengend*, dachte sie. *Gut, ihm für eine Weile zu entrinnen.* Sie hielt den leeren Kelch der jungen Hadischa-Dienerin hin, die sogleich schweigend nachschenkte. Leider hatte das Mädchen so wenig im Kopf, dass eine Unterhaltung mit ihr nicht lohnte. Ein weiterer langweiliger Abend mitten im Nirgendwo.

Seit drei Wochen war sie mit siebenundzwanzig Hadischa-Attentätern nach Osten unterwegs. Verteilt auf acht Windschiffe hatten sie Hunderte von Meilen zurückgelegt. Knapp die Hälfte des Trupps flog auf einer großen Dau, der Rest war auf die sieben kleinen Skiffs verteilt.

Ihre Begleiter waren als Gesellschaft nicht zu gebrauchen, aber die beiden Gefangenen wussten faszinierende Geschichten zu erzählen. Zaqri von Metia hatte die seine allerdings nicht freiwillig herausgerückt. Natürlich nicht, aber Alyssa konnte selbst die stursten Männer zum Reden bringen, ohne sie auch nur anzufassen. Alyssa war so geschickt in Mesmerismus und Illusion, dass ihr Gegenüber all seine Geheimnisse preisgab, ohne es überhaupt zu merken. Zaqri war wie ein Granatapfel: Jeder Kern offenbarte ihr eine neue, lohnende Erkenntnis.

Die Skytale des Corineus wurde entwendet und auf die Welt losgelassen. Die Inquisition weiß es und macht Jagd auf sie. Die Dokken wissen es und versuchen verzweifelt, sie zu finden, weil sie sich davon die Erlösung erhoffen!

Die beteiligten Personen faszinierten sie: Ramita Ankesharan, die Justina ihr zu Beginn der Mondflut vor der Nase weggeschnappt hatte. Alyssa erinnerte sich noch gut an das kleine, dickköpfige und naive Ding. Damals war sie keine Bedrohung gewesen, aber nun hatte sie die Gnosis. Und dann noch dieser Zaqri, ein Bild von einem Mann mit dem Herzen eines kleinen Jungen, der unsterblich in Justinas Tochter Cymbellea verliebt war – Stoff für eine Ballade, die selbst Berge zum Weinen bringen würde! Aber wer war dieser Alaron Merser, und viel wichtiger: Wo steckte er?

Ohne gesicherte Erkenntnisse war die Suche langwierig. Sie ließen sich Zeit und unterbrachen die Reise oft, um ihre Geistfühler auszustrecken und Einheimische zu verhören. Bisher hatte Alyssa nur wenig in Erfahrung gebracht, das ihr weiterhalf, aber sie konnte geduldig sein und war absolut sicher, dass die Skytale am Ende zu ihr kommen würde.

Alles beugt sich früher oder später meinem Willen.

Für die heutige Nacht hatten sie ein ländliches Anwesen in Südkesh ausfindig gemacht, das gemessen an den hier üblichen Standards einigermaßen komfortabel war. Alyssa nutzte den Abend, um mit dem Wein, der gerade zur Hand war, einen ganz bestimmten Schmerz zu betäuben.

Als sie von Justinas Tod erfuhr, hatte sie aufrichtige Trauer verspürt. *Wir hatten so vieles gemeinsam.* Sie waren beste Freundinnen gewesen, zwei heimliche Rebellinnen in den staubigen Hallen des Ordo Costruo mit seinen moralinsauren Gelehrten. Mit Wonne hatten sie Tabus gebrochen, nur um die kleinlichen Frömmler vor den Kopf zu stoßen. Sie hatten den Unterricht sabotiert, sich nachts zum Stehlen davongeschlichen, Alkohol ausprobiert und erkundet, was junge Männer wirklich wollten. Dabei war ihnen nie etwas zugestoßen – es traute sich ja niemand wirklich an sie heran. Schließlich waren sie Magi und damit wesentlich gefährlicher als alle Räuber und Schurken, die auf die Idee kommen konnten, ihnen aufzulauern. Sie hatten gemeinsam gelacht und geweint, das Bett und ihre Liebhaber geteilt und überhaupt alles, nur eines nicht: den

Ehrgeiz. Es war, als sehe Alyssa ihre geliebte Justina direkt vor sich – nach außen spröde und kalt, aber in ihrem Kern weich und verletzlich.

Ich vermisse dich, teure Freundin.

Dass sie im Bösen auseinandergegangen waren, machte sie traurig. Alyssa war mit Ramita als ihrer Gefangenen auf dem Weg nach Hallikut gewesen, als Justina plötzlich aufgetaucht war und ihr das Mädchen entrissen hatte. *Sie hätte mich töten können, aber sie hat es nicht fertiggebracht, und jetzt ist sie tot.* Alyssa wischte sich eine Träne von der Wange und kippte den nächsten Schluck Wein hinunter.

Zaqri von Metia hat sie getötet. Sobald Alyssa sicher war, dass sie ihm auch das letzte Geheimnis entlockt hatte, würde sie ihn bestrafen.

Die Erinnerung an Justina brachte ihre Gedanken ganz von selbst zu der anderen Gefangenen: Cymbellea di Regia, Justinas missratene Tochter. Alyssa hatte sie noch nicht als Verbündete gewinnen können, doch die Kleine wurde allmählich weich, da war sie sicher. Eine geduldige und geschickte Mesmeristin konnte *jeden* umdrehen. Es brauchte nur Zeit und einen Angriffspunkt, etwas, auf dem sie Vertrauen aufbauen konnte. Die meisten Magi hatten zu wenig Fantasie und prügelten so lange mit ihrer Gnosis auf den Geist ihrer Opfer ein, bis sie schließlich nachgaben. Alyssa überredete. Sie *verführte.*

Doch Cym war noch nicht bereit dafür.

Rashid könnte sie im Handumdrehen weichkochen, aber für meine etwas exotischeren Verführungskünste ist es noch zu früh. Ein Jammer...

Sie warf ihrer Dienerin einen lüsternen Blick zu, verwarf den Gedanken aber sofort wieder. Tegeda war unter ihrer Würde. Ihre Haut war stumpf, die Augenbrauen zu dicht, ihr fehlte jeder Glanz. Und nicht nur das, sie war auch viel zu muskulös, um irgendeine Weiblichkeit auszustrahlen. Tegeda gehörte zur jüngsten Generation weiblicher Hadischa, die in den Zuchtanstalten strengen körperlichen Kräftigungsübungen und geistigem Drill unterzogen wurden, um sie zu aggressiven Fanatikerinnen zu machen. *Wie abstoßend. Frauen müssen hübsch und weiblich sein.* Die Zuchtanstalten waren ein Gräuel, aber Rashid hatte recht: Sie brauchten sie.

Wenn ich Tegeda frage, was für sie das Schönste im Leben ist, wird sie sagen »Die Feinde des Glaubens töten« oder »Beten« oder etwas ähnlich Erbärmliches. Alyssa erschauerte. *Was hat man von so einem Leben?*

Sie leerte den Kelch ein weiteres Mal und wünschte, Rashid wäre da, um ihren Geist zu zerstreuen und ihren Körper zu entzücken, da holte ein Klopfen an der Tür ihre Gedanken zurück ins Hier und jetzt.

Die Dienerin Tegeda bat einen jungen Luftmagus namens Satravim herein, den Alyssa ausgeschickt hatte, um Neuigkeiten über das gesuchte Artefakt in Erfahrung zu bringen. Mit einem Fingerschnippen entließ sie Tegeda und setzte sich auf, während Satravim vor ihr auf die Knie fiel.

Er war zwar von niederem Blutrang, aber ein interessanter Charakter. Voller Zorn auf sein Schicksal und die entsetzlichen Narben, die sein Gesicht verunstalteten. All diese Wut kanalisierte er in seine Gnosis und seinen Glauben. Alyssa hatte ihm nur mit ein wenig Güte begegnen müssen, und schon hatte sich seine Verachtung für ihre helle Haut in Bewunderung verwandelt.

»Du darfst jetzt aufstehen, Satravim.« Alyssa streckte ihm die Hand hin und setzte ihr Ältere-Schwester-Gesicht auf. Sie goss ihm etwas Wasser ein, Satravim sprach seinen untertänigen Dank aus und verliebte sich noch ein Stückchen mehr. »Du warst in Ullakesh, nicht wahr? Nun, was hast du herausgefunden?«

Ein paar Momente später stürmte Alyssa von Stockwerk zu

Stockwerk und riss alle aus den Betten. Es war Zeit zum Aufbruch, sofort.

»Wir fliegen nach Teshwallabad!«, rief sie. »Ramita ist in Teshwallabad!«

»Steh auf, Made!«

Eine Stiefelspitze trat Zaqri in den Bauch und riss ihn aus seinem Albtraum von Feuer und leeren Gesichtern zurück in die noch schlimmere Realität – glaubte er zumindest. Seit die blonde Frau mit den Verhören begonnen hatte, konnte er sich auf nichts mehr verlassen. Die grässlichste Folter konnte sich als Illusion herausstellen; manchmal sah er Trugbilder von einer Flucht mit Cym oder wie er mit ihr das Bett teilte, aber das waren alles Lügen. Er führte Gespräche, die nie stattfanden, und konnte niemandem vertrauen. Nichts, aber auch gar nichts war, wie es schien.

Der Mann in der schwarzen Kutte, der über ihm aufragte, trat erneut zu, diesmal noch härter. »Steh auf!«

Der Schmerz fühlte sich echt an. *Genau wie all die anderen Täuschungen ...* In seinem Delirium hatte er Alyssa Dulayn alles verraten, das war zumindest sicher. Sie hatte ihn geschickt und mit solcher Leichtigkeit auseinandergenommen, dass es beschämend war. Jede seiner Schwächen hatte sie gegen ihn verwendet und jegliche Illusion von Standhaftigkeit einfach hinweggefegt.

Und jetzt würde er sterben, denn was sollte sie noch mit ihm? Doch Zaqri wollte noch nicht sterben. Nicht, bevor er Cym noch einmal wiedergesehen hatte. Er wusste, dass sie ebenfalls an Bord des Schiffes war, eingesperrt im Frachtraum, denn er konnte sie trotz der Kettenrune spüren; er hätte sie überall auf Urte gefunden. Sie so nahe und doch unerreichbar zu wissen, war mehr, als Zaqri ertragen konnte.

Höchstwahrscheinlich weckte Alyssa diese Hoffnung in ihm

nur, um sie dann genüsslich wieder auszulöschen, aber Zaqri konnte einfach nicht anders, als davon zu träumen, dass er und Cym irgendwie freikommen würden. Er würde der Hexe mit dem goldenen Haar die Kehle herausreißen. Er brauchte nur durchzuhalten, bis sich eine Gelegenheit bot.

»Hoch mit dir!«, bellte der Hadischa und zog ihn mit Kinese auf die Beine. »Wir fliegen weiter.«

Die Kette an Zaqris Fußgelenken rasselte, bis er sein Gleichgewicht gefunden hatte. Seine Hände waren nicht gefesselt, aber die Kette war so kurz, dass er gerade einmal einen Fuß vor den anderen setzen konnte. Der Hadischa schubste ihn zum Abort und sah zu, wie er pinkelte, dann brachte er ihn nach draußen. Es war noch früh am Abend, und sie brachen schon wieder auf, nur wenige Stunden nachdem sie hier angekommen waren – wo auch immer das sein mochte. Zaqri wusste es nicht, aber der Architektur nach befanden sie sich irgendwo in Südkesh oder dem östlichen Teil Khotris. Er stolperte die Stufen hinauf und wurde an der üblichen Stelle an die Reling gefesselt, während die Hadischa sich auf dem Deck verteilten. Das Schiff erhob sich und an den beiden Masten wurden die großen Dreieckssegel heruntergelassen. Die Dau war kleiner als die rondelmarischen Kriegsschiffe, die er gesehen hatte, aber immer noch um ein Vielfaches größer als die beiden Skiffs, die es flankierten. Gemeinsam schwenkten die drei Schiffe nach Südosten, der vom Piloten herbeigerufene Wind blähte die Segel, dann jagten sie im Mondschein davon.

Zaqri spürte die neue Energie der Hadischa um sich herum. Er konnte sich denken, woher sie kam, und seine Hoffnung schwand.

Sie haben Neuigkeiten über die Skytale in Erfahrung gebracht.

Alyssa starrte in das blutbesprenkelte, fremdartige Gesicht des Mönchs und fing seine letzten Gedanken auf, während sein Körper ein letztes Mal zuckte und der letzte Rest Leben aus ihm wich. *Zain. Schwache, erbärmliche Wichte...*

Wenn es eines gab, das sie noch mehr verachtete als Gelehrte, dann waren es Priester: Männer, die mit dem echten Leben nicht zurechtkamen und sich in eine Fantasiewelt zurückzogen. Die Liebe zu nicht existierenden Wesen predigten, um ihre Unfähigkeit zur Liebe zu den Menschen zu verbergen, und ihren Anhängern einbläuten, freimütig zu geben – an sie selbst. Kore-Priester, Amteh-Schriftgelehrte, Lakh-Pandits, Zain-Mönche und all die zahllosen kleinen Sekten, sie alle waren nichts anderes als Krücken für emotional Verkrüppelte. Ginge es nach ihr, würden sie vernichtet wie alle anderen Parasiten auch. Der heutige Nachmittag hatte eine seltene Gelegenheit dazu geboten.

Lesharri stand vollkommen aufgelöst hinter ihr. Sie mochte kein Blut, doch hier gab es ganze Eimer voll davon, so viel, dass es über die Stufen bis in den Fluss tropfte. Sie waren in der Nacht in das Kloster eingefallen. Siebzehn Mönche, zweiundvierzig Novizen und zwei Dutzend Bettler, die sich zu ihrem Unglück zur Armenspeisung dort aufgehalten hatten, waren ihnen in die Hände gefallen. Nur der Tote zu Alyssas Füßen hatte etwas gewusst, die anderen hatten sterben müssen, weil sie Alyssas Gesicht gesehen und ihre Fragen gehört hatten. Sie wollte nicht, dass das Wort Skytale von Mund zu Mund ging, nicht einmal hier in Lakh.

Bei ihrer Ankunft hatte Alyssa zunächst die Hadischa-Agenten am Hof des Moguls getroffen, aber die hatten kaum etwas von den Geschehnissen im Septnon mitbekommen. Nicht einmal, dass Ramita Ankesharan – in Begleitung eines rondelmarischen Magus! – hier gewesen war. Alles, was sie wussten, war, dass es einen Mordanschlag auf Tariq-Srinarayan Kishanji, seine heilige Majestät, den Mogul von Lakh, gegeben hatte, und dass Wesir Hanouk und sein Sohn tot waren.

Drei Monate ist das jetzt her. Diese unfähigen Schwachköpfe!

Ramita war längst wieder fort, hatte aber mehrere Nächte hier im Kloster verbracht, nachdem der Wesir ums Leben gekommen und der Verbindungstunnel auf mysteriöse Weise eingestürzt war. Danach war sie in ein Kloster in Lokistan weitergereist, und nun wusste Alyssa auch, in welches. *Ich komme, Ramita.*

Sie konnte sich denken, was Ramita nach Teshwallabad geführt hatte: Sie war Lakhin und eine Magi; der Mogul hätte sie als Ehefrau gut gebrauchen können, um die Gnosis in seiner Familie einzuführen. *Absolut inakzeptabel.*

Es gäbe bestimmt noch viel mehr herauszufinden, aber ich habe keine Zeit, um mir diesen verzogenen kleinen Balg von Mogul vorzuknöpfen. Ich muss Ramita finden, bevor sie weiterzieht. Seufzend dachte Alyssa an die nächste lange und beschwerliche Reise, diesmal nach Lokistan.

Muss ich auf der Suche nach diesem verdammten Artefakt noch ganz Ahmedhassa durchqueren?

Sie hob den Kopf und sah Satravim, der in der Hoffnung, sich irgendwie nützlich machen zu können, in ihrer Nähe ausharrte. Alyssa schenkte ihm ein Lächeln. »Werter Satravim, meiner Schwester Lesharri geht es nicht gut. Bitte begleite sie zurück zur Dau und kümmere dich um sie.«

Der junge Hadischa fiel fast in Ohnmacht vor Freude und führte Lesharri weg.

Dann suchte sie Megradh auf, den Hadischa-Hauptmann. Er war der hässlichste, grobschlächtigste Kerl, dem Alyssa je begegnet war, mit einem kantigen Schädel und Hängebacken wie ein Wildschwein, die der schüttere und ungepflegte Bart nur kläglich verbarg. Er verachtete sie offenkundig, konnte aber dennoch die Augen nicht von ihrem Körper lassen.

»Nehmt die Landkarten mit, verbrennt die Leichen und macht alles bereit zum Aufbruch«, befahl sie. »Wir haben einen weiten Weg vor uns.« Dann deutete sie auf zwei von Megradhs Kämpfern, die bewusstlos am Boden lagen. »Was ist mit ihnen passiert?«

Megradh verzog das Gesicht. »Diese Mönche und ihre Stöcke … mit solchen Waffen hatten wir noch nie zu tun.«

»Mit *Stöcken*?«, wiederholte Alyssa. *Manchmal glaube ich, Rashid hält etwas zu große Stücke auf diese Leute.* »Ich hätte gute Lust, sie einfach hierzulassen, aber vielleicht haben sie ja etwas aus ihrer Niederlage gelernt.«

»Was ist mit dem gefangenen Seelentrinker?«, fragte Megradh. »Er ist nur zusätzlicher Ballast, außerdem stinkt er. Verfluchter Tiermensch. Wozu brauchen wir ihn noch?«

Eine berechtigte Frage … Aber etwas an dem Dokken interessierte sie noch. Sie hatte in seinen Erinnerungen etwas gesehen, das mit der alten Legende von Nasette zu tun hatte. Wenn an dieser Geschichte tatsächlich etwas dran sein sollte, konnte es nicht schaden, es in Erfahrung zu bringen. Außerdem konnte sie Zaqri benutzen, um Cymbellea zur Räson zu bringen. Andererseits hatte er Justina auf dem Gewissen und den Tod verdient. *Mal sehen, was meine Stimmung mir eingibt …*

»Im Moment bleibt er noch am Leben.« Sie klatschte laut in die Hände. »Genug jetzt, wir gehen!«

Cymbellea blinzelte stöhnend gegen die Bewusstlosigkeit an. *Sie haben mir wieder Mohn ins Essen getan …*

»Ich weiß, dass du wach bist«, gurrte Alyssa Dulayn. »Wie geht es dir, Liebes?«

Cym versuchte, sich aufzusetzen, aber ihr Schädel schmerzte zu stark. Da berührte Alyssa sie an der Schläfe, und sie fand zumindest die Kraft, die Augen zu öffnen. Sie befand sich in einem Zimmer mit einer zertrümmerten Wand, hinter der die offene Wüste gähnte. Auf der freien Fläche vor dem Haus stand ein Windschiff mit dreieckigen Segeln auf seinem Landegestell.

Cym lag auf einer Holzpritsche, nur mit einem dünnen Baumwollkittel bekleidet. Von ihren persönlichen Sachen war nichts zu sehen. Die einzige weitere Person im Raum war eine dralle junge Frau mit dem zurückhaltenden Auftreten einer Nonne. Sie sah ein bisschen aus wie eine weichere Version von Alyssa, weshalb Cym nicht überrascht war, als ihre Häscherin fragte: »Du erinnerst dich an meine Halbschwester Lesharri?«

»Du bist hier unter Freunden, Liebes«, erklärte Lesharri fröhlich. Ihre Kleider waren schäbig und ihre Augen eigenartig leer.

Freunde würden mich weder gefangen halten noch unter Opium setzen… »Wo ist Zaqri?«, krächzte sie schließlich. Ihre Stimmbänder fühlten sich an wie ein Reibeisen.

»Nicht weit weg«, antwortete Alyssa. »Wir hatten eine weite Strecke vor uns, meine Liebe, und du hast ganz schön Ärger gemacht. Wir mussten dich ruhig stellen, nur zu deinem Besten, selbstverständlich.«

Cym tastete nach ihrer Gnosis, fand aber nur Leere. »Was…?«

»Das ist nur eine Kettenrune«, erwiderte Alyssa leichthin. »Sie sorgt dafür, dass du nichts Dummes anstellst.« Ihr Blick war voller Sorge, doch ihre Augen funkelten wie die eines Raubtiers. »Du bist so sehr wie meine arme Justina, Liebes. Dein Mund, die Augen… wunderschön.«

Fühlt sich an, als würde eine Löwin mir beschreiben, wie saftig ich rieche. Cym versuchte, ihre Abscheu zu verbergen, aber Alyssa durchschaute sie sofort und seufzte theatralisch.

»Lesharri, würdest du Cymbellea bitte helfen, sich aufzusetzen.«

Cym schlug Lesharris Hand weg und stemmte sich hoch. *Am liebsten würde ich dir die Augen auskratzen ...*

»Ts, ts, ts. Es ist so viel Zorn und Feindseligkeit in dir. So ist das mit Kindern, die von ihren Müttern verstoßen wurden. Man sieht es überall in den Straßen Hebusals, welchen Schaden eine zerrüttete Familie anrichtet. Du bist eine arme, verlorene Seele, Cymbellea.«

»Eine verlorene Seele«, bestätigte Lesharri.

»Eigentlich noch viel schlimmer als das«, fuhr Alyssa fort. »Eine *verdammte* Seele. Zaqri hat mir alles über euch beide erzählt.« Sie wandte sich an Lesharri. »Lass uns allein, Schwester. Ich fürchte, was jetzt kommt, könnte unschön werden. Und schicke Megradh herein.«

Die untersetzte Frau wirkte verletzt, gehorchte aber und ließ Cym alleine und verängstigt zurück.

Alyssa beugte sich ganz nah zu ihr und zischte leise: »Du hast mit diesem Seelentrinker-Tier gevögelt, du dreckige kleine Schlampe. *Er ist der Mörder deiner armen Mutter!* Justina war meine engste Freundin ... und du hast mit ihrem Schlächter geschlafen. Heiliger Kore, Kind! Kennst du denn gar keine Moral?«

»Ihr versteht das falsch, so war es nicht!« Ihr vom Opium benebeltes Gehirn begann sich zu drehen.

»Natürlich verstehe ich es nicht! Dein Verhalten ist ganz und gar *unbegreiflich*!«

»Was gibt Euch das Recht, über mich zu richten? Ihr vögelt den Emir, der meinen Großvater auf dem Gewissen hat!«

»Ignorantes Gör! Rashid Mubar repräsentiert die Ideale des Ordo Costruo weit mehr als Antonin Meiros es am Ende getan hat! Meiros hat sich aus einem Krieg herausgehalten, der erst durch ihn möglich geworden war, und das nicht nur einmal, sondern dreimal! Das hat seinen Orden zutiefst gespalten, und Rashid hat recht daran getan, Farbe zu bekennen. Er hatte als Einziger den Mut, dem alten Despoten die Stirn zu bieten, und ich bin stolz, als Rashids Geliebte an seinem Ruhm teilzuhaben!«

Dann schwiegen beide. Alyssa lehnte sich zurück und wartete, bis ein vierschrötiger bärtiger Keshi mit lüsternem Blick den Raum betrat. Er stank nach Schweiß. Beide starrten Cym so lange an, bis sie gar nicht mehr anders konnte, als entweder etwas zu sagen oder zu schreien.

»Zaqri ist nicht böse – er *hasst*, was er ist!«, platzte sie heraus. »Die Skytale kann sie heilen, sein ganzes Volk!«

Alyssa winkte ab. »Unsinn, Kind. Die ersten Dokken wurden, was sie sind, eben *weil* sie bereits böse waren. So steht es im Buch Kore. Ihre Nachkommen haben es von ihnen geerbt.« Ihr Blick wurde zu dem einer enttäuschten, aber geduldigen Mutter. »Du bist unter Wandervolk aufgewachsen, Liebes, du kennst den Unterschied zwischen Gut und Böse nicht.«

Du dreckiges Miststück …

»Erzähl mir von der Skytale, liebe Cymbellea. Und von Alaron Merser. Wo ist er? Wie ist er an das Artefakt gekommen, und wohin ist er damit verschwunden?«

»Fahrt nach Hel!«

»Oh, das werde ich, aber bis dahin werden noch viele, viele Jahre ins Land gehen«, erwiderte Alyssa gut gelaunt. »Doch du musst dich hier und jetzt mit mir auseinandersetzen, also mache ich es dir ganz einfach: Du sagst mir alles, was ich wissen will, oder ich lasse deinen Dokken-Liebhaber hinrichten. Du sollst den Seelentrinker nicht am Leben lassen, wie es schon im Buch Kore heißt. Wenn du aber kooperierst, werde ich mich euch beiden gegenüber gnädig zeigen.«

Wir hätten in der Wildnis bleiben sollen!, dachte Cym verbittert. *Ich habe es ihm gesagt, wieder und immer wieder …*

Aber sie war Rimonierin. Die Magi hatten das Reich ihrer Vorfahren vernichtet, ihr Land geraubt und sie an den Rand der Gesellschaft gedrängt. Ihr Vater und seine Karawane hatten sie beschützt, doch Cym wusste, dass Sicherheit eine Illusion war. Jeder musste das Beste aus seinem Schicksal machen und versuchen zu überleben. Man sammelte die Trümmer auf und machte weiter. Das war die Lektion, die das Schicksal ihres Volkes sie gelehrt hatte: Überleben.

Alaron ist nicht schutzlos, aber Zaqri ist es …

Cym ließ den Kopf hängen. »Gut. Ich werde Euch alles sagen, was ich weiß. Aber Ihr müsst mir versprechen – bei Eurer *Seele* schwören –, dass Ihr Zaqri und mich danach freilasst.«

»Mein liebes Kind, deine Mutter muss im Paradies bittere Tränen über dich vergießen.« Alyssa verstummte mit einem grausamen Lächeln. »Ach nein, warte: Justinas Seele ist ja nie ins Paradies eingegangen, weil dein Liebhaber sie *verschlungen* hat.«

Cym blickte ihr fest in die Augen. »Ich hasse Euch.«

Megradh stieß ein drohendes Knurren aus, aber Alyssa seufzte nur. »Kind, erzähl es mir endlich. Wie ist die Skytale in deine Hände gelangt?«

Alles brach aus ihr heraus, als müsste Cym sich übergeben und könnte einfach nicht mehr aufhören. Sie erzählte von Alaron und Ramon und dem heimlichen Gnosisunterricht, von General Langstrit und Hauptmann Muhren, die ihnen bei der Suche geholfen hatten. Als sie erzählte, wie sie ihren beiden besten Freunden die Skytale gestohlen und sie den Händen von Alarons toter Mutter entrissen hatte, versagte ihr kurz die Stimme. Sie ließ nichts aus, berichtete von ihrer Odyssee durch halb Yuros, der Suche nach ihrem Großvater, den Lamien, der Glasinsel, vor allem aber von der übergroßen Freude und dem unendlichen Schmerz, ihre Mutter gefunden und sogleich wieder verloren zu haben. Wie sie Huriya begegnet war und Zaqri, mit ihm gemeinsam in der Schlinge um die Rudelführerschaft gekämpft hatte und schließlich von dem grausamen Überfall der Inquisitoren. Sie erzählte von Lust, von Liebe oder vielleicht einer Mischung aus beidem und dann, als ihre Stimme nur noch ein Flüstern war und stumme Tränen über ihre Wangen flossen, von ihrem toten Kind. Cym hatte geglaubt, sie hätte keine Tränen mehr, doch sie hatte sich getäuscht.

Ich habe mein eigenes Kind umgebracht.

Danach begannen die Fragen: Wie konnte sie Zaqris Kind in sich tragen, ohne selbst zur Dokken zu werden, wie es Nasette passiert war? Cym wusste es nicht. Wo war Alaron jetzt? War Ramita Ankesharan immer noch bei ihm? Auch das wusste sie nicht. Alyssa versuchte die Lücken zu füllen und löcherte sie weiter, und jede Frage höhlte Cym noch ein Stückchen mehr aus, bis sie nichts mehr preiszugeben hatte und ihre Stimme nur noch ein zitterndes Krächzen war.

»Ich denke, jetzt wissen wir alles«, sagte Alyssa schließlich zu Megradh. »Hol den Dokken herein. Er soll vor ihren Augen sterben.«

Der Hadischa-Hauptmann warf Cym ein sadistisches Grinsen zu und schlenderte aus dem Raum.

Cym fuhr hoch. »Nein, das *dürft* Ihr nicht! Ihr habt es *geschworen*!« Sie wollte sich auf Alyssa stürzen, da machte die Welt um sie herum einen Salto. Cym schlug flach ausgestreckt mit dem Rücken auf den Holzboden und blieb röchelnd liegen.

Alyssa stand mit einem eisigen Lächeln auf und hielt Cym mit ihrer Gnosis mühelos fest. »Cymbellea, glaubst du wirklich, du könntest deine Freunde bestehlen, den Mörder deiner Mutter vögeln, sein Kind töten und mit all dem ungeschoren davonkommen?«

Die nüchterne Wahrheit in Alyssas Worten war noch niederschmetternder als die unsichtbare Kraft, die Cym unbarmherzig auf den Boden gepresst hielt.

Aber es gab Gründe *für alles, was ich getan habe...*

»Ich werde dir jetzt eine wichtige Lektion erteilen, Kind, merke sie dir gut: Wahre Macht beruht auf Einigkeit, auf *Verbündeten*. Sieh mich an, ich teile Rashid Mubars Bett, und der Hofstaat des Sultans frisst mir aus der Hand. Sie sind meine Freunde, aber wo sind *deine*? Sie sind nicht hier, denn du hast keine. Du bist vollkommen allein.«

Sie fixierte Cym unbarmherzig. »Es wird sich nicht so anfühlen, aber ich tue dir einen Gefallen und durchtrenne deine Bande zu den Tieren, mit denen du dich beschmutzt hast. Ich gebe dir die Chance zu einem Neuanfang in meinen Diensten. Lesharri ist sehr empfindlich. Manchmal überfordern ihre Pflichten sie. Wenn du schwörst, mir zu dienen, lasse ich dich am Leben. Weil deine Mutter meine teuerste Freundin war.«

Cym wollte um Gnade für Zaqri flehen, doch Alyssa hielt ihr mit einer Geste den Mund zu. »Nein, Mädchen. Ich mache dir dieses Angebot im Andenken an meine geliebte Justina. Ich sehe etwas von ihr in dir. Du bist wie sie damals, als wir beide noch jung waren. Wir haben gegen den Ordo Costruo und seine Scheinheiligkeit rebelliert, und etwas von diesem Geist steckt auch in dir. Du würdest dich so gut machen in unseren Reihen.«

»Wenn Ihr Zaqri tötet, wird es niemals so weit kommen!«, fauchte Cym. Es war der einzige Trumpf, den sie noch in der Hand hatte.

»Das Risiko gehe ich ein«, erwiderte Alyssa gelassen. »Ah, da ist er ja schon!«

Cyms Herz setzte einen Schlag lang aus, als der Hadischa Zaqri hereinschleppte und ihn mit seiner Gnosis an die Wand drückte wie ein wehrloses Kind. Mit weit aufgerissenen Augen beobachtete sie, wie Megradh seinen schimmernden Säbel zog. Zaqri schaute sie an, das Gesicht voller Angst um sie, und Cym konnte an nichts anderes mehr denken als daran, wie oft sie ihn angefleht hatte, diese unglückselige Suche aufzugeben...

Alyssa lockerte ihren Griff gerade so weit, dass Cym vor ihr um Gnade winseln konnte. »Ich tue alles, wenn Ihr ihn nur am Leben lasst!«

»Aber Kind, genau darum geht es doch«, erwiderte die rondelmarische Hexe mit kalten Augen. »Solange dein geliebter Dokken lebt, wirst du *immer* alles für ihn tun! Wozu sollte ich dich dann weiterleben lassen?«

»Nein! Ich werde nur noch Euch dienen und Euch allein. Macht mich wie Eure Schwester, wenn Ihr wollt…«

Alyssas Mund verzog sich zu einem Lächeln. »Was hätte ich dann von dir?«

»Aber…«

»Cym!« Es war Zaqris Stimme, die sich über ihr immer hysterischeres Flehen erhob. »Genug, Cym. Du kannst sie nicht umstimmen.«

Alyssa schürzte die Lippen und nickte. »Er hat recht. Dumm ist er nicht.« Sie gab Megradh wie beiläufig ein Zeichen.

Der Hadischa hob den Säbel, und Cym schrie. Zaqri hielt ihren Blick fest, als versuche er, sie durch seine Augen in sich hineinzusaugen. Cym machte einen letzten Versuch, sich auf Alyssa zu stürzen, und wurde erneut brutal zu Boden geschlagen, dann fuhr Megradhs schimmernde Klinge nieder, schnitt durch das kostbare Fleisch, durch Sehnen und Knochen. Cym heulte auf, während der Kopf ihres Geliebten wie in Zeitlupe vom Hals klappte und der Körper in einer Fontäne aus Blut vornüber fiel wie ein gefällter Baum.

Sie wollte ihrem Herz befehlen, augenblicklich stehen zu bleiben, aber das verfluchte Ding wollte einfach nicht aufhören zu schlagen.

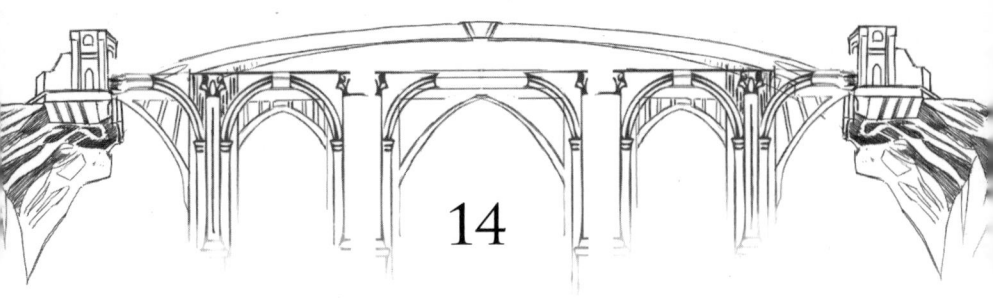

14

EINE NEUE ASZENDENZ

DIE BANDE ZWISCHEN SEELENTRINKERN

Denen, die Jagd auf die Seelentrinker machen, ist aufgefallen, dass sie durch ein unsichtbares Band miteinander verbunden zu sein scheinen, ähnlich einer Mystizismusverbindung, jedoch dauerhaft und allen sich in Reichweite befindenden Artgenossen offen stehend. Ob ihr Fluch dies mit sich bringt oder das Band von ihnen entwickelt wurde, ist unklar, doch erklärt es ein Stück weit, weshalb sie so schwer zu fassen sind.

GROSSMEISTER CENTURIUS, PALLAS 852

Malevorn zerstieß in seinem Mörser einen weiteren Bund scharf riechender Blätter für die nächste Ambrosia und blickte auf. Er und Hessaz arbeiteten allein, Tag und Nacht, und hielten sich mit Gnosis wach. Sie hatten eine Palastruine in der Nähe des Tals der Gräber bezogen, und Xymochs ehemaliges Rudel wurde allmählich unruhig. Sie wussten weder, was ihr neuer Anführer die ganze Zeit über tat, noch dass Huriya in Ketten in einem Kerker lag.

»Nur noch wenige Tage, dann haben wir genug«, erklärte er, während Hessaz ihn aus dem Augenwinkel musterte, ihre Miene undurchdringlich wie immer. Sie schien nur über zwei Gesichtsausdrücke zu verfügen: missmutigen Groll oder glühenden Hass.

»Heute ist ein weiterer Klan angekommen«, begann sie. »Wassermagi aus Mirobez. Sie wollen Euch und Huriya sprechen und aus erster Hand hören, was Ihr vorhabt.«

»Übernimm du das, Hessaz«, erwiderte er. »Ich habe keine Zeit. Sag ihnen, in drei Tagen werde ich ihr Leben für immer verändern.« Niemand sonst wusste bisher von der Skytale; Xymochs Rudel wusste lediglich, dass Malevorn sie heilen würde, wenn sie nur geduldig warteten.

Er hatte Hessaz erzählt, Huriya habe versucht, mit der Skytale zu fliehen. Er wusste zwar nicht, ob sie ihm glaubte, aber Hessaz hatte von sich aus angeboten, ihr die Kehle durchzuschneiden und seine neue Gefährtin zu werden. Das war einigermaßen überraschend, wenn er bedachte, wie sehr sie die Inquisition, die Kore und überhaupt alle Rondelmarer hasste. Gleichzeitig zeigte es ihm, wie bedingungslos sich Hessaz der Rettung ihres Volkes verschrieben hatte.

So sehr Malevorn sich Huriyas Tod auch wünschte, zuerst musste er einen Weg finden, den Bindungszauber aufzuheben. Bis dahin musste die kleine Keshi am Leben bleiben, und das bedeutete: an einem sicheren Ort weggesperrt.

»Sie einfach verrotten zu lassen, ist die weitaus grausamere Strafe«, hatte er auf das Angebot erwidert.

Hessaz hatte nicht erfreut gewirkt, das Thema aber auf sich beruhen lassen.

Arme Huriya, die Welt hat dich vergessen …

Huriya Makani kauerte in der Dunkelheit, machtlos und voller Angst. Einmal am Tag brachte man ihr Essen und Wasser sowie einen neuen Kackeimer. Anfangs war Malevorn noch selbst gekommen, dann hatte Hessaz die Aufgabe übernommen. Sie hielt Huriya offensichtlich für eine Verräterin und weigerte sich, auch nur mit ihr zu sprechen. Dabei konnte Huriya das nicht einmal mehr. Malevorn hatte ihre Zunge mit einem Zauber gebannt und ihre Gnosis mit einer Kettenrune belegt. Alle Hoffnung war zerstört.

Ihr ganzes Leben lang hatte Sabele ihr einen Thron versprochen, Reichtum, Macht und Ausschweifungen, die ihre kühnsten Träume übertrafen. Mindestens einmal im Jahr hatte die Wahrsagerin sie in Aruna Nagar aufgesucht oder ihr Visionen geschickt und ihr Bilder von Urtes Palästen gezeigt. Huriya hatte versprochen, niemandem davon zu erzählen, nicht ihrem törichten Bruder Kazim, ja nicht einmal ihrer geliebten Blutsschwester Ramita. Es war die reinste Folter gewesen, aber die Hoffnung hatte ihr über alle Enttäuschungen ihrer Kindheit und Jugend hinweggeholfen, weil sie wusste, dass sie für etwas Besseres bestimmt war.

Und jetzt sieh dich an. Malevorn muss nur noch einen Weg finden, unsere Herzen voneinander zu trennen, dann bist du tot. Oder Schlimmeres …

Sie sah die kommenden Jahrhunderte vor sich, klar wie eine Weissagung: allein in der Dunkelheit und in Ketten gelegt, von der Gnosis am Leben erhalten, ohne zu altern oder zu sterben, aber immer schwächer, irgendwann blind und taub, weil die fehlenden äußeren Reize ihre Sinne verkümmern ließen.

Ahm! Irgendjemand! Befreit mich!

Huriya tastete mit den Fingern über den Boden und bekam einen kleinen Steinsplitter zu fassen. Einen Moment lang überlegte sie, sich damit zu ersticken, bezweifelte aber, dass sie das fertigbringen würde. Schließlich bearbeitete sie mit dem Splitter die Wand hinter ihrem Rücken, bis er zu Staub zerbröselte.

»Schon gut, *accha bacca*«, gurrte Hessaz dem kleinen Wesen neben ihr zu. »Hab keine Angst, ich bin ja bei dir.« Sie bleckte die Zähne zu einem Lächeln – ein Ausdruck, der so gar nicht zu ihrem harten Gesicht passte.

Der kleine Junge an ihrer Hand hatte golden schimmernde Haut und seidiges schwarzes Haar. Wackelig setzte er einen Fuß vor den anderen und plapperte fröhlich vor sich hin. Das einzige Wesen, das Hessaz jemals aufrichtig geliebt hatte, war ihre Tochter Pernara gewesen, aber ein Inquisitor hatte sie vor beinahe einem Jahr getötet. Als Ersatz überschüttete sie nun den zehn Monate alten Nasatya Meiros mit ihrer Liebe.

Jeden Moment, den Malevorn sie von ihrer heiligen Pflicht entband, die erlösende Ambrosia zu brauen, verbrachte sie mit dem kleinen Jungen. Er hatte eine Kammer gleich neben Huriyas Verlies, die aber komfortabler war, und zweimal am Tag durfte Hessaz mit ihm nach draußen. Gerade hatte sie eine ganze Stunde mit ihm verbracht und war mit ihm an der Hand zwischen den Grabmälern umherspaziert. Sie hatten Geckos gesehen und die Zeltlager der anderen Seelentrinker am Rande des Tals beobachtet. Nun war es an der Zeit, umzudrehen und Huriya Essen zu bringen.

Sie ging zur Küche, nahm etwas warmes Brot und Süß-speisen für Nasatya mit, außerdem gekochte Linsen für Hu-riya, dann stieg sie hinab in die zum Kerker umfunktionierte Krypta. Nasatya weinte, weil er wieder unter die Erde musste, aber nicht lange. Ihr zuliebe. *Er ist ein braves Kind, genau wie meine Pernara es war...*

Vor dem Durchgang stand ein Wachposten. Er war die ein-zige Person außer Hessaz und Malevorn, die diesen Teil der Grabmäler betreten durfte: Toljin.

Toljin hatte sich so stark verändert, dass sie ihn kaum noch wiedererkannte. Er war immer ein Trottel gewesen, ungeho-belt und derb, die Sorte Mann, die Hessaz zutiefst verachtete, aber in letzter Zeit war er kalt, wachsam zwar, aber dabei eigen-artig... *stumpf*. Es hatte beinahe den Anschein, als hätte je-mand seine Persönlichkeit ausgelöscht und an ihre Stelle eine ausschließliche Fixierung auf die ihm gerade befohlene Auf-gabe gesetzt.

Als sie an Toljin vorbeiging, beäugte er sie neugierig, aber es kam weder einer seiner anzüglichen Kommentare noch ein eindeutiges Angebot, wie er ihr schon so viele gemacht hatte. Nicht einmal eine Begrüßungsfloskel, um die Langeweile zu vertreiben.

Was ist nur mit ihm passiert?, fragte Hessaz sich zum hun-dertsten Mal.

Wie immer blieb Toljin stumm, als hätte ihm jemand die Sprache geraubt. Dafür wurde er jedes Mal ganz aufgeregt, ja wütend, wenn Hessaz ihre Waffen nicht ablegte, also hatte sie sich angewöhnt, Bogen und Dolch gleich neben ihm auf den Boden zu legen.

»Einen schönen Tag gehabt?«, fragte sie, aber Toljin gab nicht einmal zu erkennen, ob er sie überhaupt gehört hatte. Wenn sie ihn mit ihrem inneren Auge betrachtete, sah sie eine Macht in seiner Aura, die früher nicht da gewesen war. Aber da war noch etwas, eine schattenhafte Gegenwart, die sich wie ein Ölfilm in ihm ausbreitete.

Er folgte ihr bis zu Nasatyas Kammer. Allein seine Gegenwart ließ Hessaz einen Schauer über den Rücken laufen; ihm die Tür vor der Nase zuzumachen, war eine Erleichterung.

Sie zog das kleine Holzspielzeug hervor, das sie von einem Kind in einem der Zeltlager bekommen hatte, und beruhigte Nasatya damit eine Weile, dann sang sie ihn in den Schlaf. Erst als sie ganz sicher war, dass er nicht gleich wieder aufwachen würde, verließ sie die Kammer und ließ sich von Toljin zu Huriyas Zelle führen.

»Drinnen darfst du deine Gnosis nicht anwenden«, hatte Malevorn ihr eingeschärft. »Toljin hat strikten Befehl, jeden aufzuhalten, der es versucht.«

Vielleicht glaubt er, ich könnte mich an Huriya rächen, weil sie uns verraten hat. Sie hatte ihm zwar geschworen, es nicht zu tun, aber er wollte wohl ganz sichergehen, und allmählich fragte Hessaz sich, ob es nicht noch andere Gründe dafür gab.

Huriya saß mit dem Rücken gegen die Wand gepresst, an die Malevorn sie gekettet hatte, und schaute Hessaz mit angsterfüllten Augen entgegen. Ein Gurgeln kam aus ihrer Kehle, zu mehr war sie nicht mehr in der Lage. Die einstige Seherin ihres Rudels sah erbärmlich aus. Körper und Kleider waren vollkommen verdreckt, Knie und Ellbogen wundgescheuert, eine Seite ihres Gesichts war geschwollen. Ihr Haar war ein einziger wirrer Knoten, aus jeder ihrer Poren stank die Furcht.

Das ist nicht richtig. Sie war einmal unsere Seherin.

Aber sie hat versucht, mit der Skytale zu den Rondelmarern überzulaufen ... behauptet Malevorn zumindest. Kann ich seinen Worten trauen? Sabeles Geist ist in diesem Körper und würde so etwas nie zulassen ...

Hessaz kauerte sich auf den Boden, tauchte die Kelle in den Linseneintopf und hielt sie Huriya hin.

Die nahm einen Mundvoll, dann schaute sie demonstrativ zu Toljin hinüber und ließ anschließend den Kopf auf die Brust sinken, sodass Hessaz' Blick auf das Stückchen Wand direkt hinter Huriya fiel.

Hessaz vergewisserte sich, dass Toljin das Schauspiel nicht beobachtet hatte, und sah genauer hin: Das Mauerwerk war zerkratzt, es sah aus wie eine Abfolge von Buchstaben. Die letzten Symbole waren kaum noch zu erkennen, aber es handelte sich eindeutig um Rondelmarisch. Hessaz konnte sie dennoch lesen, denn in ihrem Rudel wurde genauso viel Rondelmarisch wie Dhassanisch gesprochen.

S	K	T	L
F	L	S	G
A	F	R	E
T	T	M	I

Hessaz blinzelte ein paar Mal und hätte sich beinahe die Hand vor den Mund geschlagen, um nicht laut aufzuschreien. Huriya schaute sie flehend an. Schließlich versuchte sie, die Bedeutung der Buchstaben zu entschlüsseln.

Sk'thali Fehlschlag...?

Sie fütterte die Gefangene weiter, flößte ihr die Linsen ein und wartete, bis Huriya geschluckt hatte, während ihre Gedanken bereits rasten. Sollte das heißen, dass etwas an der Skytale nicht funktionierte? Aber *was*?

Und was bedeutet AFRE...?

Ihr Blick sprang kurz zurück zu Toljin.

Afreet...

Hessaz begann zu zittern. Die Verzweiflung in Huriyas Blick raubte ihr die Luft zum Atmen.

T   T   M   I.

Hessaz beugte sich ganz nahe heran und flüsterte: »Sk'thali funktioniert nicht?«

Huriya nickte. Tränen strömten ihr übers Gesicht.

»Afreet?«

Wieder ein Nicken.

Hessaz schluckte. »Töte mich?«

Huriya schluchzte lautlos und ließ den Kopf nach vorne fallen.

Hessaz hörte, wie Toljin schnaubend näher kam und sie beschnupperte wie ein Beutetier.

»Nicht reden, Hesaas«, nuschelte er eintönig. Seine Stimme klang ganz anders als früher, als spräche ein anderer aus ihm – oder gar *durch* ihn.

Allein die Vorstellung ließ Hessaz das Blut in den Adern gefrieren. Und wie er ihren Namen aussprach... *Hesaas.* So nannte Malevorn mit seinem rondelmarischen Akzent sie immer.

Afreet.

Hessaz musste all ihre Disziplin als erfahrene Jägerin und Kriegerin aufbringen, um nicht sofort aufzuspringen und davonzulaufen. Sie fütterte Huriya zu Ende, dann ging sie ganz langsam aus der Krypta. Toljin verfolgte jeden ihrer Schritte, bis sie endlich wieder draußen unter freiem Himmel war. Dort verkroch sie sich hinter einen Steinhaufen und übergab sich. Dann schloss sie die Augen und betete um ein Zeichen der Götter.

Von dem steinernen Podium aus konnte Malevorn die versammelten Rudel und Klans der Dokken sehen, die alle darauf warteten, dass er das große Wunder wirkte. Der Anblick erinnerte ihn an das Buch Kore und die Scharen, die sich um Corineus versammelt hatten, um ihn predigen zu hören.

Er nahm einen tiefen Atemzug und ließ seine Stimme über den Platz erschallen: »Möge die Zweite Aszendenz beginnen!«

Unter lautem Jubel tauchte er die Schöpfkelle in den Kessel und träufelte dem ersten Seelentrinker etwas Ambrosia in den Mund. Hessaz tat es ihm nach und schlug mit der anderen Hand irgendein Amteh-Segenszeichen. Er selbst wäre sich wie ein Hochstapler vorgekommen, hätte er etwas Derartiges versucht, und außerdem bezweifelte er, dass eine Geste der Kore gut ankommen würde, also sagte er schlicht: »Viel Glück.«

Nicht dass ihr welches haben werdet.

Sein Rezept war nur eine grobe Näherung, Baramitius' ursprünglichem Gebräu wahrscheinlich sehr ähnlich; Malevorn hatte weder die Zeit noch die Geduld, für jeden Empfänger eine eigene Mixtur herzustellen. Sechshundert Seelentrinker hatten sich im Tal der Gräber versammelt, und wenn stimmte, was geschrieben stand, würde ein Drittel von ihnen in ein paar Stunden mausetot sein, aber der Rest würde als Aszendenten wieder auferstehen: etwa zweihundert, und dann …

Ich komme, Constant Sacrecour!

Er spürte die Präsenz des Dämons, der von Toljin Besitz ergriffen hatte, im Äther. Malevorn hatte mit ihm gesprochen, ihm erzählt, was er vorhatte, und einen Vertrag ausgehandelt. Bahil-Abliz, so lautete sein wahrer Name, wollte seinen Machtbereich ins Diesseits ausdehnen, und Malevorns Aszendenzritual machte genau das möglich. Der Dämon hatte geschworen, ihm zu dienen, und Malevorn würde mit seinen Hexerkünsten dafür sorgen, dass er es auch tat.

Er glaubte allerdings, die Gegenwart des Dämons noch auf andere Weise zu spüren: Die Nächte waren kälter geworden, die ohnehin schon spärliche Vegetation noch spärlicher, und er träumte schlecht. Die Luft im Tal war drückend geworden, als schwebte bereits das Verhängnis über allem, und doch kamen die Dokken in Scharen hierher. Von kleinen, halb verwilderten Animagi-Rudeln mit kaum einem Dutzend Mitgliedern bis hin zu hundertköpfigen Klans, geboren und aufgewachsen in den Städten Ahmedhassas, alle lockte das Gerücht von einem Heilmittel ins Tal der Gräber. Xymochs Rudel hatte die Kunde nur widerwillig verbreitet und war eifersüchtig auf all die Rivalen, die »ihre« Belohnung ebenfalls erhalten sollten. Sie verstanden nicht, warum ihnen das Geschenk nicht schon vor den anderen zuteilgeworden war; nur Malevorn kannte den Grund: Er hatte nur diese einzige Gelegenheit.

Sie alle würden entweder seine Sklaven werden, die Jungen genauso wie die Alten, Männer und Frauen, selbst die uninitiierten Kinder – oder sterben.

Ablizer, so werde ich sie nennen; nach dem Dämon, den ich ihnen in die Seele pflanze.

Er warf einen kurzen Blick auf Hessaz und überlegte, was ihr wohl gerade durch den Kopf ging. Die hagere Lokistanerin hatte während der letzten Tage einen niedergeschlagenen Eindruck gemacht, war sogar noch schweigsamer als sonst und mit deutlich weniger Eifer bei der Sache gewesen. Auf seine Nachfrage hatte sie behauptet, sie sei von übergroßer Ehrfurcht ergriffen wegen der bevorstehenden Ereignisse, doch etwas an der Art, wie sie es sagte, ließ Malevorn zweifeln. Alle seine Instinkte sagten ihm, dass Hessaz Verdacht geschöpft hatte, aber sie war ihren Pflichten unverändert nachgekommen, ohne einen Hinweis auf Flucht- oder Umsturzgedanken. Er hatte ihr ohnehin keinerlei Gelegenheit gegeben, den heutigen Tag zu sabotieren.

Und morgen ist sie genau wie alle anderen ...

Es dauerte beinahe eine halbe Stunde, bis der letzte Dokken seine Dosis geschluckt hatte. Die Letzte war eine junge Mutter aus Mirobez, schlank und groß gewachsen wie alle dort. Ihre Haut war pechschwarz und das kurze, krause Haar dicht wie Fell. Auf den Armen hielt sie ihren dreijährigen Sohn. Noch während sie das Gift entgegennahm und es dem Kleinen verabreichte, sagte sie etwas in ihrer Muttersprache zu Malevorn.

»Sie bedankt sich und segnet Euch«, übersetzte Hessaz mit

einem angewiderten Unterton. »Sie sagt, Ihr seid ein wahrer Erlöser, der neue Prophet.«

»Genau das bin ich«, erwiderte Malevorn amüsiert. »Der nächste Corineus.«

Nur dass ich nicht sterben werde.

Die junge Mutter kehrte zu den anderen Mitgliedern ihrer Familie zurück, und Malevorn begutachtete seine Brut. Sie hatten sich auf dem zentralen Platz inmitten eines großen Steinrunds versammelt und legten sich nun einer nach dem anderen auf den Boden, um sich bereit zu machen, wie Malevorn sie angewiesen hatte. Bei denen, die ganz vorne in der Schlange gestanden hatten, zeigte das Gift bereits Wirkung. Damit blieben noch etwa vierzig Minuten, bis die ersten sterben würden. Zeit genug.

»Was jetzt?«, fragte Hessaz.

»Jetzt? Jetzt bekommst du deine Belohnung, verehrte Hessaz«, antwortete er höhnisch. Die ersterbenden Sonnenstrahlen ließen die Juwelen an der schweren Kette erstrahlen, die er seit Kurzem um den Hals trug, während er Hessaz einen Löffel mit Ambrosia hinhielt. Als sie ihm in die Augen schaute, sah er die Angst darin, aber sie öffnete gehorsam den Mund. »Jetzt geh zu deinen Leuten.«

Hessaz verneigte sich und zog sich mit unsicheren Schritten zu ihren Artgenossen zurück, als wirke der Trank bei ihr bereits.

Und damit wäre das Problem Hessaz gelöst.

Dann setzte sich Malevorn, um das Schauspiel zu genießen.

Hessaz wankte auf den Platz zu und versuchte, ihren Schrecken zu verbergen, als sie über die Linien und Symbole trat, die Malevorn mit Feuer- und Erdgnosis in die großen Steinplatten gebrannt hatte. Sie konnte sie zwar nicht entschlüsseln, wusste aber auch so, worum es sich handelte: Wächter.

Sie hatte nie ein Arkanum besucht und zu großen Gebieten der Gnosis keinen Zugang, aber sie war eine Jägerin mit praktischer Intelligenz und erkannte eine Falle, wenn sie eine sah. Während der letzten beiden Tage, in denen sie stumm neben Malevorn gearbeitet und all seine Aufträge ausgeführt hatte, ohne ihm ihre Hintergedanken zu offenbaren, hatte sie sich Stück für Stück zusammengereimt, was in Wahrheit hier vorging.

Er hat sich mit Huriya überworfen, so viel ist sicher. Toljin ist nicht mehr er selbst, das ist ebenfalls klar.

Dieser Platz wurde für einen mächtigen Zauber vorbereitet.

SK'THALI FEHLSCHLAG. AFREET.

Einige Details waren ihr nach wie vor schleierhaft. Hessaz verfügte nicht über das nötige Wissen, sie konnte die Verbindungen nicht herstellen und würde es auch nie können. Groß angelegte Pläne waren nichts für sie. Hessaz' Welt war klar in Schwarz und Weiß unterteilt, aber je näher dieser größte aller Tage in der Geschichte ihres Volkes kam, desto mehr beschlich sie das Gefühl, in eine Falle gegangen zu sein. Tiefe Furcht stieg in ihr auf, all ihre Instinkte, auf die sie ein Leben lang vertraut hatte, flehten sie an, von hier zu fliehen.

Doch das konnte sie nicht. Malevorn behielt sie ständig im Auge, und die Hoffnung der versammelten Seelentrinker war so groß, dass nichts und niemand sie noch umstimmen konnte: Dies war der Tag aller Tage, *ihr* Tag. Also war Hessaz nichts anderes übrig geblieben, als leise Segenswünsche zu sprechen, während sie das Gift unter ihrem Volk verteilte, und auszuharren.

Sabele wird wissen, was zu tun ist.

Während sie sorgsam darauf achtete, die Ambrosia nicht zu schlucken, überlegte Hessaz, dass sie irgendwie an Huriya herankommen und mit ihr sprechen musste – wenn sie die Gelegenheit dazu nicht bereits verpasst hatte. Sie erreichte den

Säulenstumpf, den sie am Vortag ausgesucht hatte, blickte sich noch einmal vorsichtig um, ob auch niemand sie beobachtete, dann ging sie dahinter in Deckung und spuckte das Zeug aus. Danach spülte sie ihren Mund mehrmals mit Wasser aus ihrem Lederschlauch aus und legte sich hin wie all die anderen um sie herum.

Malevorn saß keine hundert Schritte weit weg auf seinem steinernen Thron und beobachtete genau, was sich vor ihm abspielte.

Wenn die Nacht hereinbricht und er sich um die Ersten kümmert, die aufwachen, verschwinde ich …

Ihre Waffen lagen in ihrer kleinen Schlafkammer in der Palastruine bereit, ihr Rucksack war gepackt. Doch bis es so weit war, konnte sie nur still daliegen und zusehen, wie ihre von blinder Hoffnung erfüllten Brüder und Schwestern im festen Glauben daran starben, danach wieder neu geboren zu werden.

SK'THALI FEHLSCHLAG. AFREET.

TÖTE MICH.

Am östlichen Firmament hob sich der schwindende Mond wie eine Sichel vom dunkler werdenden Himmel ab, während der Horizont in der entgegengesetzten Richtung im scharlachroten Leuchten des Sonnenuntergangs erstrahlte. Ein kaltes Summen lag in der Luft. Malevorn spürte, wie das vielschichtige Bewusstsein des Dämons im Äther darauf lauerte, dass sich all die kleinen Einfallstore ins Diesseits öffneten.

Einige Dokken gerieten in Panik, als die Todeszuckungen einsetzten, und versuchten wegzukriechen, aber schließlich gaben sie einer nach dem anderen auf und blieben einfach liegen. Malevorn behielt ganz besonders Hessaz im Auge, aber wie viele andere bewegte sie sich kaum noch, seit sie sich hingelegt hatte, und gab sich der Ambrosia einfach hin. Die junge Mutter aus Mirobez war eine der Letzten, bei der die Ambrosia zu wirken begann. Ihr Sohn lag bereits steif wie eine Leiche in ihren Armen – die Ambrosia war für größere Körper gebraut als der des kleinen Jungen. Die Frau schrie ihn an und raufte sich verzweifelt die Haare. Ihre Stimme war die einzige auf dem mittlerweile vollkommen stillen Platz. Dann verfiel sie in stammelnde Gebete und verstummte schließlich ganz, rollte sich mit einer letzten Zuckung auf die Seite und rührte sich nicht mehr.

Es beginnt …

Malevorn stand auf, trat an den Rand des Podiums und hob die Hände. Geisterbeschwörungsgnosis strahlte aus seinen Fingern, als er den Bannkreis mit Energie auflud – eigentlich war es ein Rechteck, doch die Form spielte keine Rolle, solange sie nur symmetrisch war. Dann rief er in der Runensprache, wie es unter Magi üblich war, in den Äther, dass der Moment gekommen sei, um in die Seelen der sterbenden Dokken zu dringen – auch wenn der lauernde Dämon wahrscheinlich kaum eine Aufforderung brauchte. Das aus Malevorns Händen strömende tiefblaue Licht wurde immer intensiver, bis es kurz über den gesamten Platz blitzte – die Wächter waren aktiviert.

Theoretisch konnte jeder den Bannkreis durchbrechen und würde dabei lediglich einen schwachen Widerstand verspüren, aber allen, von denen Bahil-Abliz Besitz ergriffen hatte, war es vollkommen unmöglich. Die entsetzlichsten Schmerzen würden sie befallen, sobald sie es auch nur versuchten, und genau das war der Zweck der Wächter: Sie sollten den beschworenen Dämon von seinem Beschwörer fernhalten, damit Malevorn genug Zeit bekam, um ihn zu unterwerfen.

Wie viele werden wohl überleben? Er leckte sich gespannt über die Lippen und rechnete nach, wie viele er brauchen würde, um Pallas zu erobern. Nachdem sie Adamus gebrochen hatten, hatte er ihnen verraten, dass nur noch ein Dutzend Hüter am Leben war, die meisten von ihnen bereits altersschwach. *Hundert sollten genügen, aber je mehr desto besser …*

Einige Minuten, nachdem die junge Mutter das Bewusstsein verloren hatte, begannen die Ersten sich wieder zu rühren. Wie ein Virus breiteten sich die zuckenden Bewegungen über den gesamten Platz aus. Von Malevorns erhöhtem Standpunkt sahen sie aus wie Maden unter einem vermodernden Baumstamm: hässlich, plump und dumm. Er befühlte die juwelenbesetzte Kette, die er in einer der Grabkammern gefunden hatte, und versuchte, sich an das Gewicht um seinen Hals zu gewöhnen, denn ab jetzt würde er sie nie mehr ablegen.

Da stand der erste Dokken auf. Gnosisfeuer glomm in seinen Handflächen, dann rannte er mit dem Kopf voran gegen den unsichtbaren Bannkreis an, der einen Wimpernschlag lang grellrot aufleuchtete. Der Dokken grub seine glühenden Finger hinein und riss mit aller Macht daran.

Es ist so weit!

Eine Massenverwandlung wie diese stellte ein enormes Risiko dar, aber sie war die einzige Möglichkeit: Hätte auch nur einer der Dokken gesehen, was mit seinen Artgenossen passierte, hätten sie sich alle gegen Malevorn erhoben. Um das zu verhindern, blieb ihm nichts anderes übrig, als sich in Todesgefahr zu begeben.

Er beschwor den Namen des Dämons – *BAHIL-ABLIZ!* – und schleuderte ihn wie einen Speer in den Schädel des Dokken, der versuchte, den Bannkreis zu zerstören.

Das Wesen umklammerte seinen Kopf in dem verzweifelten Versuch, den Zauber abzuwehren, da setzte die Verwandlung ein: Die menschliche Hülle fiel von ihm ab, als der Ätherdämon die Kontrolle über seinen neuen Wirt übernahm. Hörner wuchsen aus der Stirn, aus dem Maul lange Zähne, glühender Hass strahlte aus seinen Augen. Nun begannen auch die anderen Dokken, sich zu bewegen.

Malevorn trieb den Speer noch tiefer in das Bewusstsein seines Opfers. *Unterwirf dich!*

Willen stand gegen Willen. Der Dämon versuchte, ihn zu blenden, zu betäuben, irgendwie zu überrennen, doch Malevorn musste lediglich vier Worte sprechen und seinen Gegner dazu bringen, sie zu glauben:

Ich. Bin. Dein. Herr.

Mithilfe des Namens und Malevorns Gnosis war es gar nicht mal so schwer. Der verwandelte Dokken gab seinen Widerstand auf, sank auf die Knie und presste in einer Unterwerfungsgeste die Stirn auf den Boden.

Malevorn schaute wie gebannt zu. *Das war der erste. Fehlen noch etwa sechshundert. Mit ein bisschen Glück zumindest …*

Es wurden nicht so viele. Fast die Hälfte starb, während Malevorn damit beschäftigt war, die anderen zu unterwerfen. Hessaz schien nicht unter den Überlebenden zu sein, die er mal einzeln, manchmal in Gruppen von vier oder fünf ruhigstellte, und dann an jeweils einen der Diamanten an seiner Halskette band. Jeder Stein verfärbte sich rot, sobald die Verbindung zu einem Ablizer verankert war. Und mit jedem, der neu hinzukam, wurde die gnostische Aura der Kette stärker, bis sie vor Energie gleißte.

Als Malevorns Kräfte nach einer Stunde zu schwinden begannen, schnitt er einem seiner neu erschaffenen Sklaven die Kehle durch und verschlang dessen Seele, um seine Gnosis zu erneuern. Er hütete sich, den Dämon in seinen Geist zu lassen, sah Bilder aus dem Leben des jungen Mannes an sich vorbeiziehen, dann spürte er die unbändige Kraft, über die er nun verfügte: die Kraft eines Aszendenten.

Mehr als nur wieder aufgefüllt und von einer Welle der Euphorie getragen, arbeitete er weiter, bis spät in der Nacht die letzten der überlebenden Dokken vor ihm niederknieten: zweihundertdreiundneunzig, alle von Bahil-Abliz besessen und damit Malevorns willenlose Sklaven.

Zweihundertdreiundneunzig! Bei Hel, ich sage, es sind drei-

hundert, genau wie damals bei Corineus … Ich werde den Sultan zertreten, danach die Sacrecours, und dann bin ich Herrscher über ganz Urtė. Für immer.

Er rief die Ablizer vor seinen Thron und ließ sich anbeten wie ein Gott.

Malevorn hatte Hessaz vollkommen aus den Augen verloren, so sehr war er mit seiner Aufgabe beschäftigt.

Für ihn bin ich nur eine weitere Leiche … Sie robbte lautlos an den Rand des Platzes, kam vorsichtig auf die Beine und hastete eine Gasse entlang, während ihre wiederauferstandenen Brüder und Schwestern auf dem Platz begannen, Malevorns Namen zu preisen. Sie konnte sich kaum auf den Beinen halten, so zitterte sie, und Tränen nahmen ihr die Sicht.

Großer Ahm, was hat er aus uns gemacht?

Aber für Trauer war jetzt keine Zeit, Hessaz musste nur weg, weg, weg von hier.

Sie rannte zu ihrer Kammer, nahm ihre Waffen und warf sich hastig den Rucksack über, alle Sinne bis zum Zerreißen gespannt, ob sich von irgendwo Schritte näherten, aber die Gnosisentladungen auf dem Platz übertönten jede Wahrnehmung, sodass sie nicht einmal einen Elefanten kommen gehört hätte.

Dann eilte sie weiter zur Krypta. Sie wusste nicht, wie viel Zeit ihr blieb – wahrscheinlich wenig. Malevorn hatte Huriyas Gefängnis gut ausgesucht: Es gab nur einen einzigen Zugang, und die Zelle lag so weit unter der Oberfläche, dass selbst ein mächtiger Erdmagus sich nicht zu ihr durchgraben konnte, ohne Malevorns Aufmerksamkeit zu erregen. Hessaz musste irgendwie hineinkommen – und wieder heraus –, bevor er etwas merkte.

Als Erstes töte ich Toljin, dann hole ich Nasatya … und dann Huriya. Toljin war das größte Problem, denn Hessaz war beinahe sicher, dass Malevorn irgendwie mit ihm in Verbindung stand. Doch sie war eine Gestaltwandlerin und Jägerin.

389

Gerade außer Sichtweite von der Stelle, wo Toljin Posten bezogen hatte, legte sie erst Waffen und Rucksack ab, dann ihre Kleider. Im Vertrauen darauf, dass die gnostischen Echos des Geschehens auf dem Platz ihr Tun verbergen würden, konzentrierte Hessaz sich auf ihre stärksten Affinitäten: Morphismus und Animismus. Wie die meisten ihrer Artgenossen kannte auch sie vier oder fünf Tiere besonders gut. Die Gestalt, für die Hessaz sich entschieden hatte, nahm sie nur selten an, weil es sie zu sehr verstörte, doch für die anstehende Aufgabe war sie am besten geeignet. Sie presste die Beine zusammen, legte die Arme an den Körper und kanalisierte Gnosis entlang ihrer Wirbelsäule. Fremdartige Körperwahrnehmungen durchströmten sie, dann sank sie zu Boden und wand sich in schmerzvoller Ekstase, während ihre Gliedmaßen sich verflüssigten und miteinander verschmolzen.

Wenige Momente später schlängelte sich eine Kobra, groß wie ein ausgewachsener Python, auf dem Dach der Krypta Richtung Eingang. Bald sah sie ihn: Leblos und steif wie eine Statue stand Toljin da, den Blick unscharf in die Ferne gerichtet.

Als Hessaz direkt über ihm war, bäumte sie sich auf und riss das Maul auf – da bemerkte Toljin sie. Seine Schilde flammten auf, doch Hessaz machte einen Satz, durchschlug die sich gerade bildende Barriere und grub die fingerlangen Giftzähne in seine Schulter. Mit einem Ruck hob sie Toljin von den Beinen und knallte ihn gegen die Wand. Als er versuchte, an seinen Säbel zu kommen, schlang sie sich um seinen Körper, hielt seine Arme mit aller Kraft fest und biss erneut zu.

Plötzlich ging Toljins Haut in Flammen auf und verbrannte Hessaz' Schuppenkleid. Der Schmerz war so ungeheuerlich, dass sie ihn, von entsetzlichen Krämpfen gepackt, von sich schleuderte und die Kontrolle über ihren Körper verlor. Beide lagen schmerzverkrümmt am Boden, dann spürte Hessaz, wie der Gestaltzauber seine Wirkung verlor. Ihr Schwanz schrumpfte bereits und begann, sich in der Mitte zu teilen.

Wenige Schritte von ihr entfernt versuchte Toljin aufzustehen. Die gebissene Schulter war vom Gift dunkel verfärbt, und er bekam kaum noch Luft. Von entsetzlichen Qualen gepeinigt starrten sie einander an und lieferten sich einen stummen Wettkampf darum, wer sich als Erster erholen würde. Hessaz schrie ihren Körper an, die Rückverwandlung endlich abzuschließen, befreite die Arme aus ihrem Rumpf, tastete nach Toljins am Boden liegendem Säbel und schlug zu.

Die Klinge zerbarst auf den steinernen Bodenplatten, der abgetrennte Kopf rollte zur Seite, und Hessaz blieb keuchend liegen. Den Griff des Säbels fest umklammert stammelte sie ein Gebet, während Nasatya in seiner Zelle zu weinen begann. Sie glaubte sogar, Huriya etwas gurgeln zu hören.

Die Geräusche gaben Hessaz etwas, woran sie sich festhalten konnte. Sie nahm all ihre Kraft zusammen und stand auf, schwankend wie ein neugeborenes Fohlen. Dann nahm sie den Schlüsselbund von Toljins Gürtel und stolperte zu Nasatyas Tür.

Als der Kleine sie sah, nackt, blutverschmiert und von wilder Panik ergriffen, stieß er einen lauten Schrei aus und vergrub das Gesicht in den Armen. Einen Moment lang wusste Hessaz nicht, was sie jetzt tun sollte. Aus irgendeinem Grund hatte sie geglaubt, er würde sich freuen, sie zu sehen, und bestimmt keinen Lärm machen.

»Sei still!«, raunte sie ihm zu, betete, dass er gehorchen würde, und trat zurück auf den Gang.

Da riss Toljins Kopf die Augen auf. »Hesaas, Hesaas«, stammelte er. »Was tust du da, Hesaas? Ich komme!«

Hessaz war noch nie in ihrem Leben ohnmächtig geworden, doch in diesem Moment geriet die Welt um sie herum ins Wanken. Sie klammerte sich an der Tür zu Huriyas Zelle fest und kämpfte ihre Übelkeit nieder. Als der Kopf endlich verstummt war, fing sie sich wieder, rammte den Schlüssel ins Schloss und riss die Tür auf.

Huriya hob den Kopf. Aus ihren Augen sprachen unendliche Hoffnung und Furcht zugleich, während Hessaz auf sie zustolperte und mit dem Säbelstumpf auf Huriyas Metallfesseln einschlug, doch es war zwecklos. Die Wächter, mit denen die Ketten versehen waren, waren viel zu stark für sie.

Ahm, bitte hilf uns!

Huriya schaute sie nur flehend an, und Hessaz verstand: Jeder Versuch, sie zu befreien, war hoffnungslos. Vor allem in der wenigen Zeit, die ihr blieb. Hessaz schluckte. Sie musste mit Nasatya fliehen, bevor auch sie in der Falle saß.

Ich habe dich verachtet, weil du Sabele von uns genommen und das Rudel nur für deine eigenen Zwecke benutzt hast. Wäre Sabele nicht in dir, würde ich dich einfach deinem Schicksal überlassen.

Sie legte die Spitze des Klingenstumpfs auf die Stelle genau über Huriyas Herz und schaute ihr in die Augen, die nun wieder klar und ruhig waren. »Das ist für Sabele«, flüsterte sie.

Dann stieß sie zu und küsste die sterbende Keshi auf den Mund.

»Zu ihr, sofort! Tötet jeden, der sich euch in den Weg stellt!«

Malevorn schob sich zwischen seinen Ablizern hindurch und bellte Befehle. Die Diamantenkette um seinen Hals leuchtete rot, doch er spürte, dass seine Kontrolle über die Wesen noch unvollkommen war. Vor wenigen Momenten hatte er die Verbindung zu Toljin verloren, aber erst, nachdem er das Gesicht des Dreckstücks gesehen hatte, das ihn auf dem Gewissen hatte.

Ich hätte die verdammte Noori-Hure einfach töten sollen.

Die Gefahr, in der er sich befand, stand ihm nur allzu deutlich vor Augen: Es war ihm noch nicht gelungen, den Zauber, der sein Leben mit Huriyas verband, zu brechen.

Wie, bei Hel, ist sie nur an mir vorbeigekommen? Malevorn umklammerte den Schwertgriff noch fester und sandte seine Dämonen aus, um das Einzige zu verhindern, was ihm jetzt noch gefährlich werden konnte. »Beeilt euch! Bringt mir...«

Etwas explodierte in seinem Brustkorb, und Malevorn geriet ins Taumeln. Es fühlte sich an, als würde sein Inneres von unsichtbaren Klauen entzweigerissen. Alle Kraft wich aus seinen Gliedern, seine Knie gaben nach, und die Ablizer drehten ihm neugierig die Gesichter zu. Sahen sie da etwa ein Zeichen von Schwäche?

»Schaff... mich... hier... raus«, keuchte er dem Nächststehenden zu. »Versteck mich... beschütze mich... Ich befehle es dir, Bahil-Abliz!«

Knapp dreihundert Ablizer neigten den Kopf, als lauschten sie aufmerksam – auf wessen Stimme, konnte Malevorn nicht sagen. Dann sank sein Kopf vornüber.

»Ich bin...«

Hessaz starrte ihre Hände an, falls es überhaupt noch ihre waren.

»Ich bin...«

Huriya hing schlaff in ihren Ketten wie eine Puppe, der jemand die Fäden durchgeschnitten hatte. Sie war so tot, wie man nur sein konnte, und doch lebte sie weiter.

In mir. In meinem Körper und meinem Geist...

Von jenseits der Tür hatte sie Geräusche gehört, die abrupt verstummt waren, als sie Huriyas Seele verschlang. Es hatte sich vollkommen anders angefühlt als all die Male zuvor: fester, greifbarer. Der Sturm von Erinnerungen, der über sie hereingebrochen war, hatte sich so echt angefühlt, dass sie jede Verbindung zur Realität, jede Identität oder gar Absicht verlor;

sie war in einem Meer aus Stimmen ertrunken und gerade erst wieder zu sich gekommen.

Ich war eine Jägerin und Bogenschützin, ein Rudelmitglied und für kurze Zeit auch Mutter… Ich war Hessaz.

»Ich bin…«

Ich bin Sabele.

Sie erhob sich und spähte vorsichtig auf den Gang. Bis auf Toljins Leiche war er vollkommen leer. Schnell, aber ohne Hektik, zog sie sich an, nahm ihre Waffen, ging zur Nachbarzelle und kauerte sich in die offen stehende Tür. »Nasatya«, sagte sie mit zärtlicher Stimme. »Komm her, mein Kleiner. Komm zu Mama.«

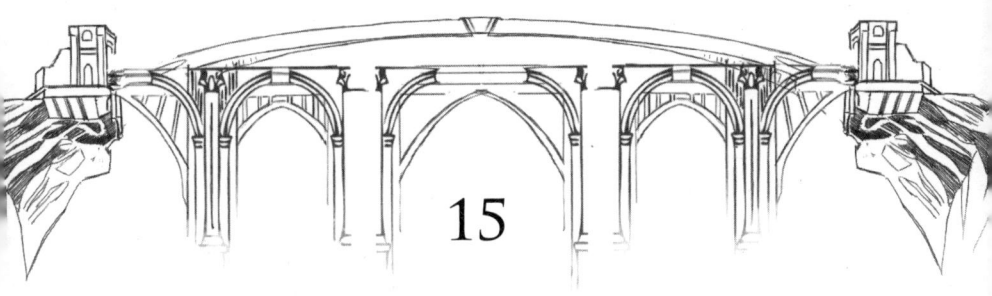

15

MOKSHA

RELIGION: OMALI

Die Seele durchwandelt in dem unendlichen Kreislauf, den wir Samsa nennen, vielerlei Leben. Sagte ich endlos? Dann habe ich mich versprochen, denn das Leben ist nicht endlos, aber nur wer vollkommene Harmonie erreicht, verlässt Samsa und geht ins Moksha ein, jenen Zustand der Glückseligkeit, der sonst den Göttern vorbehalten ist und von dem kein Sterblicher je wieder zurückkehrt.

SAMADHISUTRA (PFAD DER ERLEUCHTUNG),
HEILIGES BUCH DER OMALI

»Bist du sicher?«, fragte Alaron und blickte Yash fest in die Augen. Vor zwei Wochen waren Ramita, Puravai, Corinea und Yash noch um Alaron herum gesessen, doch diesmal war es Yash, der auf der Pritsche lag, während Alaron nervös zusah, wie sich der Novize darauf vorbereitete, die Ambrosia zu trinken.

»Ja, Al'Rhon, ich bin sicher«, antwortete Yash mit mühsam aufrechterhaltener Gelassenheit. Dann wackelte er mit dem Kopf, wie es bei den Lakh üblich war, und das genügte, um Alaron trotz aller Angst ein Lächeln abzuringen.

Er und Corinea hatten Yash gewissenhaft auf alles vorbereitet, hatten ihm ihre Erlebnisse genau geschildert und vor allem, wie sie überlebt hatten. Meister Puravai hatte sein vollstes Vertrauen in Yashs Fähigkeiten und Disziplin ausgesprochen, trotzdem war es *sein* Leben, das er riskierte. Niemand konnte ihn von dieser Reise zurückholen außer Yash selbst.

»Vergiss nicht«, sagte Corinea zum wiederholten Mal, »alles, was dir widerfährt, ist nur ein Traum. Jede Gefahr, der du begegnest, kommt aus dir selbst. Das Einzige, was du tun musst, um sie zu meistern, ist aufwachen.«

Yash blickte Puravai verschmitzt an. »Ihr kennt mich, Meister. Ich bin ein schlechter Mönch, aber ein guter Kämpfer, und ich schlafe nicht gern.« Er hob den kleinen Kelch in Puravais Richtung, als wollte er ihm zuprosten, dann leerte er ihn in einem Zug.

Alaron nahm Ramitas Hand und machte sich bereit, seinen Freund sterben und wiederauferstehen zu sehen. Ihre kräftigen kleinen Finger schlangen sich um die seinen, wie gebannt schauten sie in Yashs Gesicht, der kurz darauf die Augen schloss. Dann blickten sie einander an.

Die vergangenen zwei Wochen waren übervoll mit Arbeit gewesen. Alaron hatte mit Corinea für jeden der vierunddreißig Kandidaten eine eigene Rezeptur gebraut, Menge, Zutaten und Mischungsverhältnis waren exakt auf jeden Einzelnen zugeschnitten. Früher hatte Alaron sich nichts aus Tränken gemacht und wie alle anderen jungen Männer am Arkanum lieber Dinge in die Luft gejagt. Aber unter Corineas Anleitung hatte er gelernt, die Kunst des Brauens mit anderen Augen zu sehen. An jedem Tag des Okten bis hinein in den Novelev war eine Verwandlung angesetzt. Die Möglichkeit, dass einer der Novizen dabei sterben könnte, war kaum zu ertragen, aber sie hatten sich innerlich darauf vorbereitet. Yash zu verlieren, wäre dennoch ein verheerender Schlag.

Die Zusammenarbeit mit Corinea war nicht immer leicht gewesen. Sie war scharfzüngig, streitlustig und immer noch äußerst skeptisch, ob ein Zain wirklich das Zeug dazu hatte, mit Macht oder auch nur mit dem Leben außerhalb des Klosters zurechtzukommen. Außerdem lästerte sie immer wieder über die wachsenden Bande zwischen ihm und Ramita.

»Erstens passen Osten und Westen nicht zueinander, zweitens gibt es so etwas wie dauerhafte Liebe nicht. Ihr werdet doppelt scheitern«, hatte sie in ihrer einschüchternden Art verkündet und als Beweis dafür all ihre eigenen gescheiterten Beziehungen angeführt, bis es Alaron schließlich reichte und er herausplatzte: »Schon mal auf die Idee gekommen, dass es an *Euch* gelegen haben könnte?!«

Sein Ausbruch hatte das Verhältnis zwischen ihnen zwar nicht gerade entspannt, aber zumindest dafür gesorgt, dass sie danach eine Stunde lang den Mund hielt.

Dennoch war Corinea unverzichtbar; Alaron bezweifelte, dass sie es ohne sie überhaupt geschafft hätten. Er hatte sogar

Tränke für Cym und Ramon zubereitet, nur für den Fall. Aus einer Laune heraus hatte er eines Nachts, als die Skytale noch in ihrem Besitz war, die nötigen Zutaten und Mengen berechnet, und nun konnte er gar nicht anders, als sich ihre Gesichter vorzustellen, wenn er ihnen die Fläschchen überreichte. Auch wenn er insgeheim befürchtete, dass keiner von beiden mehr am Leben war.

Als Yash so langsam atmete, dass sich sein Brustkorb kaum mehr bewegte, flüsterte Ramita: »Al'Rhon, vergiss nicht, er muss diese Prüfung selbst bestehen. Wenn es misslingt, ist es nicht deine Schuld.«

»Es misslingt, wenn die Mixtur falsch ist«, widersprach er knapp.

»Wir waren so vorsichtig, wie wir nur konnten«, sagte Corinea besänftigend. »Ramita hat recht: Wir können es ihm nicht abnehmen.«

»Er hat einen starken Willen«, merkte Puravai an.

»Was werden wir tun, wenn er einer von *ihnen* wird … ein Seelentrinker?«, warf Corinea ein. Es war nicht das erste Mal, dass die Frage aufkam, aber sie hatten noch immer keine Antwort gefunden.

»Keinem, der töten muss, um die Gnosis zu erhalten, wird erlaubt, es zu tun«, antwortete Puravai. »Wir sind Zain und töten nur im äußersten Notfall.«

Corinea runzelte die Stirn, widersprach aber nicht. Die beiden stritten seit Wochen über die Unantastbarkeit des Lebens. Alaron selbst war hin- und hergerissen: Sie brauchten so viele Kämpfer, wie sie nur kriegen konnten, aber die Gefahr, dass einer zum verhassten Seelentrinker werden könnte, drohte alles zu vergiften, was sie erreichen wollten.

»Jeder der Kandidaten hat zugestimmt, das Kloster nie wieder zu verlassen, sollte er zum Seelentrinker werden. Diese Entscheidung ist unumstößlich«, fuhr Puravai entschlossen fort.

»Wie kommt es überhaupt dazu?«, überlegte Alaron laut.

»Ich weiß es nicht«, gestand Corinea. »Baramitius hat es nie herausgefunden. Ein Fehler in der Rezeptur? Eine Reaktion der Körpersäfte auf die Ambrosia vielleicht oder ein bestimmter Charakterzug der Betroffenen? Eine Theorie lautet, dass es mit Dämonen zu tun gehabt haben könnte, dass irgendein Ätherwesen die erste Aszendenz gestört hat, aber keiner der Seelentrinker, denen ich je begegnet bin, war besessen. Es ist und bleibt ein Rätsel.«

Ausgerechnet Puravai wusste dazu etwas beizutragen. »Ich habe einmal mit Antonin Meiros darüber gesprochen. Er sagte, die Betroffenen seien von verschiedenstem Charakter gewesen, manche tugendhaft, andere durch und durch unmoralisch, weshalb er jeden Zusammenhang mit der Persönlichkeit ausschloss. Auch er hatte nicht einen Seelentrinker gefunden, der besessen war, aber sie alle hatten eine geistige Verbindung zu irgendetwas. Antonin konnte diese Verbindung weder zurückverfolgen noch erklären, daher folgerte er, dass es sich bei dem sogenannten Seelentrinkerfluch um eine unbekannte körperliche Reaktion auf die Ambrosia handeln muss.«

»Johan Corin hat noch während unserer gemeinsamen Vision gemerkt, in was er sich verwandelte«, erwiderte Corinea nachdenklich. »Gemeinsam war die Vision allerdings nur deshalb, weil ich ihn unterbewusst teilhaben ließ. Er selbst hatte die Gnosis ja nicht erhalten, aber ich konnte sehen, zu was er werden würde ...« Sie seufzte. »Es ist alles so verworren.«

»Dann hat ein Teil Eures Wesens also das seine erkannt«, fasste Puravai zusammen.

Corineas Augen weiteten sich. »Ja, so muss es gewesen sein!« Sie blickte mit ungewohnter Offenheit in die Runde. »Ich bin nie darauf gekommen, aber es ist so logisch. Irgendwoher wusste ich es, aber woher?«

Auch darauf hatten sie keine Antwort, und es senkte sich

eine tiefe Stille über den Raum, während sie dasaßen und warteten.

Das Zusehen war schwer. Alaron fand es sogar schlimmer, als selbst zuckend dort auf der Pritsche zu liegen, und war unendlich froh, dass Ramita die Ambrosia nicht brauchte.

Als die Zuckungen immer schlimmer wurden, hielten sie alle den Atem an. Yash wurde von einem Hustenanfall gepackt und riss die Augen auf. Ramita stieß einen kleinen Schrei aus, Puravai beugte sich lediglich nach vorn. Die geballten Fäuste waren das einzige äußere Zeichen seiner Anspannung.

Yash setzte sich auf und schaute sich blinzelnd um. Er setzte ein paarmal erfolglos an, dann bekam er endlich mit schwacher Stimme heraus: »Und was passiert *jetzt*?«

Im ersten Moment wusste Alaron nichts mit der Frage anzufangen, dann fiel es ihm ein. *Er weiß nicht, wie die Gnosis sich anfühlt. Genau wie Corineus' Jünger damals…* Auf seinen fragenden Blick hin zwinkerte Corinea ihm kurz zu und nahm ihren Weinkelch.

»Sieh mich an, Yash«, befahl sie – und schüttete ihm den Wein ins Gesicht.

Yash riss reflexhaft die Arme hoch. Die Hälfte der Flüssigkeit besprenkelte seine Wangen und die Stirn, aber der Rest wurde wie von einem unsichtbaren Flossenschlag zur Seite gefegt, genauso wie Corinea und Puravai, die in hohem Bogen von ihren Stühlen gerissen wurden.

»Meister!«, rief Yash erschrocken, doch Puravai rieb sich nur kurz den Kopf und setzte sich mit einem strahlenden Lächeln wieder auf.

»Mach dir keine Sorgen, Junge, es geht mir gut«, sagte er stolz. »Und dir offensichtlich auch.«

Yash betrachtete erstaunt seine Hände. »Aber ja«, rief er. »Und wie!«

Das Heulen vor den vereisten Fensterläden ließ Ramita erschauern. Während des Nachmittags, als gerade der achte Novize die Ambrosia trank, war vom Tal her ein Sturm heraufgezogen. Die Verwandlung war gut gegangen wie bei allen bisher, und dafür war Ramita unendlich dankbar. Es lief besser, als sie zu hoffen gewagt hatten. Vielleicht hatten sie nur Glück, aber Ramita glaubte es nicht. Bestimmt lag es an der sorgfältigen Vorbereitung. Im Moment unterwies Meister Puravai die frischgebackenen Magi im Gebrauch ihrer Gnosis, während Alaron und Corinea die nächsten Tränke zubereiteten.

Der Sturm draußen war der schlimmste bisher. In Baranasi hatte Ramita Regengüsse erlebt, als wäre der Himmel selbst flüssig geworden, außerdem Sandstürme, die selbst den Fels abschliffen, aber das hier war noch eine Stufe härter. Alles war mit glitzerndem Schnee bedeckt, selbst der reißende Fluss unten im Tal war zugefroren. Von den Balkonen hingen mannshohe Eiszapfen, schimmernd und spitz wie Dolche. Die Luft in den Räumen des Klosters war trotz der Heizfeuer so kalt, dass der Atem sofort gefror.

Ramita hatte Schnee noch nie aus der Nähe gesehen, und jetzt wünschte sie sich, es möge auch das letzte Mal gewesen sein. Die Kälte war so beißend, dass sie ihre Gliedmaßen kaum noch spürte und bei jedem Schritt fürchtete, ihre Zehen könnten abbrechen. Sobald sie nur aus dem Zimmer trat, wurde es so kalt, als hätte die Luft sich in Eis verwandelt. Ihre Decken reichten bei Weitem nicht, und sich die ganze Zeit über mit der Gnosis zu wärmen, war unendlich anstrengend.

Aber Ramita war schon immer praktisch veranlagt gewesen. Sie kroch aus dem Bett, sah nach, ob Dasra in seiner Krippe auch nicht fror, dann ging sie auf der Suche nach Körperwärme in Alarons Zimmer.

Er lag vollständig bekleidet und zur Hälfte unter einem Stapel Decken begraben in seinem Bett und schlief wie ein Stein.

Das Holz im Kamin war nicht aufgeschichtet und das Feuer fast am Verlöschen, der Teller mit seinem Abendessen war halb voll, als wäre er während des Essen einfach vor Erschöpfung umgekippt.

Ramita legte Holzscheite in die Glut und blies, bis sie Feuer fingen, dann trat sie an Alarons Bett. Im Schlaf sah sein offenes Gesicht verwundbar aus. Mit einem liebevollen Lächeln breitete sie die Decken eine nach der anderen über ihn und legte noch ein paar dazu. Dann kroch sie selbst darunter, legte sich seinen linken Arm um die Schulter und bettete den Kopf auf seine Brust. Alaron stöhnte behaglich, und Ramita genoss seine Wärme. »Schlaf, meine Ziege«, flüsterte sie, dann schloss sie die Augen.

Als sie aufwachte, war Alaron bereits wach; Ramita hörte es an seinem nun wieder schnelleren Atem. Zögernd, aber auch glücklich, kuschelte sie sich an ihn. »Namsta«, flüsterte sie.

»Guten Morgen«, nuschelte er und schob sein Becken ein Stück weg von ihr.

Ramita konnte sich denken, weshalb. Mit Huriya hatte sie oft Witze über heranwachsende Jungs und ihre allzu leichte Erregbarkeit gemacht. Aber sie mochte Alarons Körper, athletisch und schlank und trotz der hellen Haut schön anzuschauen. Sie legte ihm eine Hand auf die Brust und wollte ihm gerade einen Kuss auf die Wange hauchen, da drehte er ihr das Gesicht zu und küsste sie auf den Mund. Er schmeckte würzig, wie Fleisch, stark, aber gut.

Als sie mit der *Sucher* unterwegs gewesen waren, hatten sie oft unter einer Decke geschlafen, aber damals hatten sie sich noch nicht geküsst. Jetzt aber war ihr Zusammensein von einer gewissen Verlegenheit geprägt. Ihre Übereinkunft, nicht weiter zu gehen, als sich zu küssen, hatte eine Spannung zwischen ihnen heraufbeschworen, eine beinahe greifbare Grenze errichtet, die keiner zu überschreiten wagte. Ramita kannte diese

Grenze gut, in der ein oder anderen Form hatte sie schon immer zwischen ihnen bestanden: Erst war Ramita schwanger gewesen, dann frischgebackene Mutter. Die Orte, an denen sie ihre Nächte verbrachten, waren entweder unbequem gewesen oder gefährlich oder beides, und schließlich war Ramita einem anderen versprochen worden. Nie war es nur um sie beide gegangen, zusammen und frei.

Ramita hatte es so satt. Satt, wie auf Zehenspitzen umeinander herumzuschleichen. Satt, allein in der Kälte aufzuwachen.

»Al'Rhon, wie ist das in Noros, wenn eine Witwe wieder heiraten will?«, fragte sie.

Die Frage überraschte ihn. Er blinzelte verwirrt und überlegte eine Weile. »Nun ja, eine Witwe kann heiraten wie alle anderen auch, denke ich. Es läuft genauso ab wie jede Hochzeit, dauert aber meistens nicht so lange wie beim ersten Mal. Das liegt wohl daran, dass Witwen normalerweise einen Verwandten ihres verstorbenen Gatten heiraten und die beiden Familien nicht in einer eigenen Zeremonie zusammengeführt werden müssen. Im Westen haben wir Übung in solchen Dingen.«

»In Lakh heiraten die meisten Witwen nie wieder«, erwiderte Ramita traurig. »Wenn sie Glück haben, können sie sich mit der Mitgift über Wasser halten, andernfalls werden sie Dienerinnen in der Familie ihres toten Mannes. Für die meisten interessiert sich nie wieder ein anderer Mann, weil alle nur Jungfrauen wollen, die ihnen noch möglichst viele Kinder schenken können. Wenn sie nicht bei der Familie des Mannes bleiben können oder es irgendein anderes Problem gibt, enden sie im Witwenhaus. Das dürfte so etwas Ähnliches sein wie eure Nonnenklöster. Kein schöner Ort, das kannst du mir glauben. Witwen sind in meiner Heimat nichts wert.«

»Du bist mir sehr viel wert«, flüsterte Alaron.

»Ich weiß.« Ramita rückte noch näher heran und liebkoste sein Gesicht, während sie heimlich den Knoten ihrer Hose löste und den Bund ein Stück nach unten schob, dann nahm sie seine Hand. »Könntest du etwas für mich tun?«

Alaron spürte ihre plötzlich veränderte Stimmung und hielt sich ganz still. »Klar…«

Sie küsste ihn, legte seine Hand auf ihren nackten Bauch und schob sie nach unten, bis seine Finger ihr Schamhaar berührten.

Alaron erstarrte und hielt den Atem an, als hätte er Angst, den Moment zu verscheuchen, dann ließ er seine Finger ganz langsam über ihre Vulva gleiten.

Ramita seufzte vor Glück und dirigierte ihn zu ihren Schamlippen. Als er merkte, wie feucht sie war, zögerte er kurz, dann ließ er einen Finger in sie gleiten.

»Mmm, genau da…«, flüsterte sie bebend. »Ganz kleine Bewegungen.«

Er beugte sich über sie, küsste sie auf den geöffneten Mund und machte weiter, sein steifes Glied zwischen sich und Ramitas Oberschenkel eingeklemmt, bis sie es nicht mehr aushielt und ihren Überwurf abstreifte, damit sie Alarons Lippen dort spüren konnte, wo sie sie haben wollte. Dasra war abgestillt, ihre Brüste hatten endlich wieder ihre alte Form. Sie nahm seinen Kopf zwischen beide Hände und genoss, wie er saugte, aber eigentlich wollte sie noch mehr.

Sie erschrak selbst über ihre zügellose Wollust, doch sie war so lange so einsam gewesen, wollte Alaron schon so lange und wusste, was sie entbehrte. Das Gefühl, einmal die Erfahrenere zu sein, zu wissen, was sie wollte und wie sie es bekommen konnte, war unglaublich – alle Dämme brachen: Berühren allein genügte nicht mehr, sie zog Alaron auf sich, spreizte die Beine und führte ihn in sich hinein.

Alaron lag auf der Seite, benommen vor Glück. Ramita kuschelte sich mit dem Rücken an ihn, es war kurz vor Sonnenaufgang, das Feuer im Kamin war fast heruntergebrannt, doch sein ganzer Körper glühte vor Wonne. Der Anblick gefiel ihm: Sie braun wie Mutter Erde, er weiß wie der Schnee draußen. Ihre Körper passten perfekt zusammen. All seine Bedenken wegen des Größenunterschieds waren unbegründet gewesen, alles hatte sich vollkommen natürlich und perfekt ineinandergefügt. Ramita war schon jetzt die Erfüllung aller Träume, die er je haben würde.

Ein gold'nes Band meine Liebste hat gewoben
um ihr Herz und meins.
Manchmal tut's weh, schneidet ein und schmerzt,
fühlt sich an wie Ketten.
Doch meist ist's wie ein Sonnenstrahl,
meiner Liebsten gold'nes Band.

Wieder und wieder sang er in Gedanken das alte rimonische Liebeslied. Cym hatte es ihm beigebracht – nur um ihn aufzuziehen, wie ihm inzwischen klar war, aber damals hatte er natürlich geglaubt, es ginge um sie und ihn. In ihrer Muttersprache reimte es sich sogar.

An Cym zu denken tat weh, jetzt, da sie bestimmt tot war. Aber die Gedanken verflogen auch schnell wieder, denn er musste nur die Frau in seinen Armen anschauen, um alles andere sofort zu vergessen.

Der Großteil der Decken lag in einem zerknüllten Haufen auf dem Boden – Alaron und Ramita hatten selbst ohne sie geschwitzt, die Luft im Raum war feucht und stickig. Er hatte versucht, es ganz langsam anzugehen, wie Ramita es sich gewünscht hatte. Manchmal war ihm das auch gelungen, und wenn nicht, erholte er sich jedes Mal schnell, und dann begann der Tanz von Neuem. Alaron liebte die Geräusche, die Ramita dabei machte, wie sie sich bewegte, wenn sie die Kontrolle verlor, und das Entzücken, ihr so nahe zu sein. Es war ganz anders, als er es sich vorgestellt hatte, viel besser, erdiger, sinnlicher, menschlicher. Aber vor allem war es: *Sie.*

»Bist du wach?«, flüsterte er.

»Das weißt du doch.«

»War es in Ordnung?«

»Was möchtest du, noch mehr Lob? Es war *alles.*«

Alles. Es war ungestüm gewesen und wild. Seinen Vorsatz, sanft zu sein und Ramita zu behandeln wie eine zarte Blume, hatte er bald fahren lassen, als das Verlangen ihn überkam – nicht zuletzt, weil Ramita immer mehr wollte, fester, schneller, bis sie sich schließlich ineinander verknotet übers Bett gewälzt hatten.

Alaron schämte sich sogar ein wenig, fürchtete, er wäre vielleicht zu grob und rücksichtslos gewesen in seiner Leidenschaft, doch Ramita gurrte nur: »Mmm, es war wunderbar.«

»Es hat nicht wehgetan?«

»Ha! Dein kleines Ding?«

»He!«

Sie kicherte. »Keine Sorge, Ziege, du bist perfekt, wie du bist.«

Immer wieder waren sie eingeschlafen, aber nie lange, denn ihr Blut war in Wallung, und ihre Gedanken rasten. Alaron schob ihr langes schwarzes Haar zur Seite und küsste Ramitas Hals. Sie fühlte sich so klein und kostbar an in seinen Armen, dass er sie bis ans Ende aller Zeiten festhalten wollte. Bei diesem Gedanken fiel ihm etwas anderes wieder ein. »Warum hast du dich nach den Witwen bei uns erkundigt?«

»Du weißt, warum«, erwiderte sie sanft. »Wir werden heiraten müssen, wenn wir weitermachen wollen wie gerade eben.« Sie schaute ihm in die Augen. »Ich nehme an, das möchtest du, meine Ziege, nicht wahr?«

Er küsste nochmals ihren Hals. »Ja.«

»Dann müssen wir heiraten.«

Und das taten sie, drei Tage später am nächsten Heiligen Tag. Meister Puravai leitete die schlichte Zain-Zeremonie. Das ganze Kloster sah zu, Mönche und Novizen, unter ihnen auch die achtzehn, die die Ambrosia genommen hatten. Corinea hielt Dasra auf dem Arm, und Alaron schwor, ihm ein guter Vater zu sein. Es war ihm keine Pflicht, sondern eine Ehre. Den gleichen Schwur leistete er für Nasatya, auch wenn sie immer noch nicht wussten, wo er überhaupt war.

Die Zain machten ihnen sogar Geschenke. Meister Puravai überreichte ihnen ein in Leder gebundenes Buch. Ramita war außer sich vor Freude. Als Alaron die ersten Seiten aufschlug, stellte er fest, dass es auf Lakhisch geschrieben war, die Abdrucke von Holzschnitten stellten Omali-Gottheiten dar. Also legte er es zur Seite, um es später zu lesen. Das Hochzeitsmahl war eher bescheiden, nur etwas Fleisch zum Hauptgang und danach Süßspeisen, außerdem einen Becher Wein für jeden.

Um die Hochzeit zu feiern, nahmen sie sich zwei Nächte und einen Tag lang Zeit nur für sich allein. Um die Mittagsstunde stemmten sie die vereisten Fensterläden auf und schauten eine Weile gemeinsam auf die weißen Berggipfel ringsum, aber die meiste Zeit lagen sie im Bett, dösten oder schliefen miteinander. Es waren die glückseligsten Stunden in Alarons Leben und, so dachte er, so nahe an Moksha, wie er jemals kommen würde: zu schön, um von Dauer zu sein, und dafür umso kostbarer.

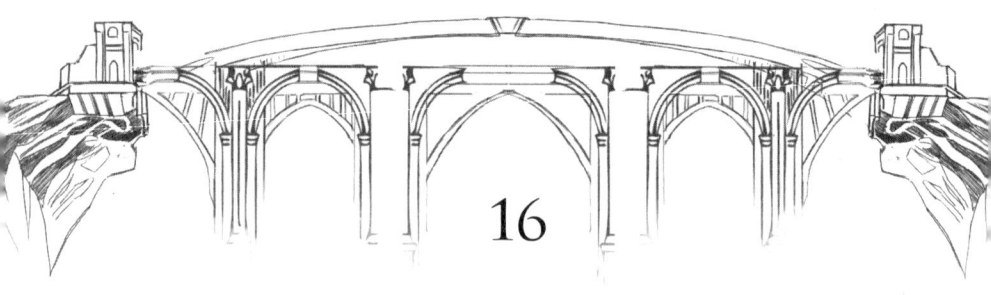

16

VERWERFUNGEN

DIE JHAFI

Die Jhafi waren ursprünglich ein Harkun-Stamm, der eines Tages aus dem ewigen Kreislauf der Wanderungen zwischen Nord- und Südwestkesh ausbrach, und sein eigenes Königreich gründete: Ja'afar. Sie gaben das Nomadenleben auf, um sesshaft zu werden, bauten Städte, betrieben Ackerbau und errichteten Befestigungsanlagen, um die Javonische Hochebene gegen ihre Verwandten zu verteidigen, damit die Harkun nicht alles zerstörten, was sie aufgebaut hatten. Doch erst als die Rimonier kamen, brachten sie es zu echtem Wohlstand.

SCHWESTER GULSEPPA, SOLLAN-GELEHRTE, JAVON 722

Vor der Ankunft der Rimonier waren die Jhafi ein großes Volk, und sie werden es wieder sein, wenn die Rimonier endlich ausgelöscht sind.

GOTTESSPRECHER URKUL, INTEMSA 807

Ein weiterer Harkun kam über den Rand der Hochebene, stieg bebend ab und kniete nieder, um den Boden zu küssen. Danach nahm er seinem Pferd die Augenbinde ab, schwang sich wieder in den Sattel und trabte mit stolzgeschwellter Brust zu seinen Kameraden – als wäre es für einen Mann wie ihn nichts Besonderes, nach all den Jahrhunderten, die der Stamm im Schatten des Katlakoz gedarbt hatte, endlich hier oben zu stehen. Sogleich tat es ihm der nächste Harkun nach.

»Dauert das noch lange?«, fragte Gurvon an Rutt gewandt, der den besseren Blick hatte.

»Ein Dutzend kommt noch«, antwortete Rutt. Sie hatten den größten Teil des zurückliegenden Tages hier oben auf einem der Türme des Roten Forts verbracht und den Truppenaufmarsch beobachtet. Der vorgebliche Grund für ihre Anwesenheit war, Ghujad iz'Khos Männer willkommen zu heißen, doch vor allem wollten sie die Gelegenheit nutzen, Stärke zu demonstrieren, damit die Harkun nicht auf dumme Gedanken kamen. Das Fort an sich zu reißen beispielsweise. Starias Magi waren gut sichtbar in Position gegangen und ließen immer wieder ihre Gnosis aufblitzen, um den Nomaden Angst zu machen. Bisher schien es zu funktionieren.

»Sie hassen uns«, merkte Staria an.

Das war Gurvon nicht neu. »Wie viele waren es heute?«

»Noch mal dreitausend«, erwiderte sie. »Damit ist das Kontingent voll, aber unten in den Ebenen sind noch weitere Horden.«

»Frauen, Kinder und alte Männer«, kommentierte Rutt abschätzig. Er mochte Staria genauso wenig wie sie ihn, doch jetzt, da Rutt nur noch als Skarabäus im Gaumen eines fremden Wirtskörpers existierte, war die beiderseitige Abneigung schlimmer denn je. »Sie bleiben, wo sie sind, und warten, bis die Krieger siegreich zurückkehren. So haben wir es ausgehandelt.«

»Das weiß ich«, erwiderte Staria bissig.

Um weitere Kabbeleien zu verhindern, deutete Gurvon auf das gigantische Zeltlager am Fuß des Forts. »Seht sie euch an: dreißigtausend berittene Krieger, die für uns um Forensa kämpfen und dann nach Loctis weiterziehen, während wir uns in Riban um Stefan di Aranio kümmern!«

»Falls sie Wort halten«, entgegnete Staria knapp.

»Deshalb bleibst du ja mit deinen beiden Legionen hier im Fort«, erklärte er geduldig. »Du bewachst das Einfallstor, damit diese Wilden uns nicht in den Rücken fallen. Schaffst du das?«

»Natürlich. Aber das bedeutet nicht, dass sie es nicht versuchen werden.«

Da hat sie wohl recht. »Hör zu, das hier ist keine in letzter Minute hastig ausgehandelte Notlösung. Ich umwerbe Ghujad iz'Kho jetzt schon seit über einem Jahr. Er *wird* Wort halten.«

»Freut mich, dass du endlich deine große Liebe gefunden hast«, gab Staria verächtlich zurück. »Aber wie lange müssen wir noch auf diesem trostlosen Felsen ausharren? Meine Leute verlieren allmählich den Verstand hier draußen. Seit Monaten haben sie nichts anderes zu tun, als da runterzuspringen … Dieser Abgrund übt eine geradezu magische Anziehung auf manche von ihnen aus. Drei sind bereits tot. Außerdem treffen die Versorgungskarawanen immer zu spät ein und liefern zu wenig.«

»Ich kümmere mich darum«, beschwichtigte Gurvon ohne jedes wirkliche Interesse. »Ihr werdet noch bis zum Ende der Mondflut hier sein, also schlage ich vor, du beschäftigst deine

Leute. Das ist immer noch die beste Medizin gegen Langeweile.«

»Ich weiß, wie ich meine Leute zu führen habe, Gurv, aber dieser Ort hier saugt einem die Seele aus! Wir sollten die Legionen austauschen.«

»Austauschen?«, wiederholte Rutt höhnisch. »Du meinst ihre Körpersäfte, oder? Das tun sie doch jetzt schon eifrig, dachte ich.«

»Warum suchst du dir nicht irgendwo einen Pferdeapfel zum Abendessen, Käferkopf?«, keifte Staria.

Gurvon seufzte. »Haltet den Mund, beide. Staria, ihr werdet verlegt, sobald es möglich ist.«

»Und wann soll das sein – wenn es dir passt? Glaubst du, wir löffeln hier die Suppe aus, nur weil sie dir nicht schmeckt? Halte dich gefälligst an die Abmachung!«

Oh doch, genau das werdet ihr. Mit Engelsstimme sagte er: »Staria, dein Wohlergehen liegt mir genauso am Herzen wie das von Has und Endus und allen anderen, das schwöre ich. Aber wir brauchen dich hier, damit du den wichtigsten von allen Kommunikationskanälen offen hältst, den wir außer der Krak di Condotiori haben. Du bist absolut unverzichtbar, und dafür wirst du entsprechend belohnt werden. Wenn alles vorbei ist, bekommt ihr wie versprochen Intemsa: eine ganze Stadt, mit der ihr machen könnt, was immer ihr wollt. Dein eigenes Königreich, genau genommen. Wer sonst kann dir so etwas bieten?«

Sie senkte den Blick, dann erwiderte sie leise: »Da hast du wohl recht.«

»Danke«, sagte Gurvon knapp. »Und bis dahin, halt die Ohren steif.« Dann salutierte er und ließ Staria allein.

Rutt trottete hinter ihm her. »Starias Haufen wird Probleme machen«, murmelte er. »Nach dem Krieg werden sie nur noch eine Last sein.«

»Mag sein, aber im Moment brauchen wir sie«, erwiderte Gurvon. »Jemand muss das Rote Fort halten, wenn wir nicht von diesen fanatischen Nomaden überrannt werden wollen. Hier ist der beste Platz für Staria und ihre Frocio, und wer weiß: Wenn wir Glück haben, springen sie ja vielleicht alle!«

Staria trommelte mit den Fingern auf die Brüstung und beobachtete, wie eines ihrer Skiffs seine Kreise über der Harkun-Horde zog. Jedes Mal wenn die Reiter unter dem Skiff panisch auseinanderstoben, lachte Leopollo, ihr Adoptivsohn. Staria war nicht nach Lachen zumute.

Leopollo streckte sich lustvoll. Die Wüstensonne – für jeden anderen eine Qual – hatte seiner Haut einen nur noch göttlicheren Bronzeschimmer verliehen. Er war Mitte zwanzig und so schön, dass an seinem Körper selbst eine zerbeulte Rüstung gut aussah. »Diese Nooris …«, kommentierte er grinsend. »Stellt euch nur vor, welches Chaos sie in Forensa anrichten werden.«

Ja, so ist er, mein Leopollo: immer unbeschwert und frei von jeglichem Gewissen.

»Stell dir vor, wie sie unser Fort in Schutt und Asche legen«, erwiderte Kordea düster, was schon eher Starias Stimmung entsprach. In letzter Zeit waren sie und ihre Adoptivtochter wesentlich öfter einer Meinung als früher.

»Sie sind Primitive«, entgegnete Leopollo gähnend. »Für *uns* keinerlei Bedrohung.« Er schaute in Gyles Richtung. »Verlässt er uns schon wieder? Ich dachte, die beiden bleiben über Nacht?« Er war fasziniert von Gurvon und konnte sich nicht vorstellen, dass es Gurvon nicht genauso erging.

»Mama hat ihm gesagt, dass du auf ihn stehst, deshalb haut er lieber ab«, erklärte Kordea lachend.

Beide grinsten und lieferten sich ein Scheinduell ob dieser Beleidigung, während Staria ebenso liebevoll wie besorgt zusah. Sie würden ihre Nachfolge übernehmen, wenn die Zeit gekommen war – und ihre Offiziere zustimmten, denn beide waren nicht ganz einfach. Leopollo kam ganz nach seinem Vater: charmant, arrogant und so eitel, dass er über ganz Estellayne verteilt Standbilder von sich selbst hatte errichten lassen. Und Kordeas Streitlust ging sogar Staria manchmal auf die Nerven. Sie waren nicht bereit, noch nicht. Aber ihnen würde noch Zeit bleiben, um zu reifen. Hoffte Staria zumindest.

»Hört zu«, sagte sie schließlich. »Gyle versucht uns hier kaltzustellen. Alle anderen werden überreich belohnt: Paavus bekommt die Krak, Rykjard kriegt Baroz und Frikter… wahrscheinlich Hytel. Und wir sitzen hier fest.«

»Dann holen wir uns Intemsa eben jetzt schon«, warf Kordea ein. »Wozu auf Gyles Erlaubnis warten?«

»Wir können das Fort nicht einfach verlassen«, widersprach Leopollo. »Nicht, solange es noch so heiß ist und die Harkun hier herumlungern. Wir müssen warten, bis sie weiterziehen, und das wird frühestens im Martris der Fall sein.«

Kordea wusste, dass er recht hatte, und verzog das Gesicht. »Was tun wir also?«

»Wenn wir nichts tun, bekommen wir auch nichts«, antwortete Staria. »Leo, hol Capolio und ein oder zwei Flaschen von dem Scarlo. Ich fürchte, es gibt viel zu besprechen.«

Kordea und Leopollo warfen einander fragende Blicke zu. Capolio war Starias Meisterspion und engster Berater.

»Was hast du im Sinn, geliebte Frau Mama?«, fragte Leopollo.

»Das wirst du bald erfahren.«

Seir Roland Hale brachte sein Pferd zum Stehen und musterte die näherkommenden Reiter: ein Argundier und ein Harkun, beide von je einem Leibwächter begleitet. Der Argundier war Has Frikter, Kommandant der Argundia XX, die nach der blutigen Invasion Estellaynes desertiert und zu einer Söldnerlegion geworden war. Frikter war ein raubeiniger, großgewachsener Kerl und ritt ein ebensolches argundisches Schlachtross.

Hale rümpfte die Nase bei dem Anblick. Er hatte die Argundier noch nie gemocht, und Frikter hatte sich schon nach dem ersten gemeinsamen Bier als ein genauso bejammernswerter Trottel herausgestellt, wie alle seine Landsmänner es waren.

Aber wenigstens sind sie im Gegensatz zu Staria Canestos' Frocio echte *Männer.*

Der Harkun war der erste Vertreter der wilden Nomadenstämme, den Hale überhaupt jemals zu Gesicht bekommen hatte. Er war stets von so vielen Lagen Stoff umhüllt, dass sein Gesicht nur zu erkennen war, wenn sie Auge in Auge miteinander sprachen. Die vielen Narben ließen Ghujad iz'Khos Visage noch verschlagener wirken, und Hale spürte, wie seine Abneigung gegen den Mann von Stunde zu Stunde wuchs. Ein Grund dafür war das Gerücht, dass iz'Kho einem Gesandten der Nesti den Kopf abgeschlagen hatte. Das war unverzeihlich. Wenn selbst die Immunität von Gesandten nichts mehr galt, würde bald alles im Chaos versinken.

»Seid gegrüßt, Seir Roland!«, polterte Frikter.

Sie tauschten die üblichen von viel Schulterklopfen begleiteten Floskeln aus, dann wandte Hale sich dem Harkun zu. Ihm blieb nichts anderes übrig, als sich von dem zwielichtigen

Noori auf beide Wangen küssen zu lassen. *Sobald es geht, muss ich mir das Gesicht waschen,* dachte Hale und fragte: »Wie viele Eurer Leute sind dem Ruf gefolgt, Fürst iz'Kho?« Ob das die richtige Anrede war, wusste er nicht, und es war ihm auch egal. Wahrscheinlich war der Titel sowieso zu viel der Ehre für den dreckigen Nomaden.

»Dreißigtausend, wie vereinbart«, antwortete iz'Kho in ungelenkem Rondelmarisch. »Wir haben noch um ein Vielfaches mehr, und sie alle dürstet es nach Jhafi-Blut.« Er schien es wörtlich zu meinen.

»Lasst mich Euch Forensa zeigen«, erklärte Hale und führte die beiden ein Stück den Hügel hinauf zu einem Aussichtspunkt. Wie so viele Städte in Javon hatte auch diese sich bis weit über ihre in der Hitze flimmernden Mauern ausgebreitet, unter denen sich nun die Ruinen der Stroh- und Lehmhütten erstreckten, die Hales Männer bereits niedergebrannt hatten. Über dem hellbraunen Sandstein, der golden in der Sonne glitzerte, wehten die violetten Banner der Nesti, daneben die roten der di Kestria aus Loctis.

»Was erwartet uns da?«, fragte Frikter.

»Wir schätzen, dass sich maximal zwanzigtausend rimonische Soldaten in Forensa aufhalten«, erwiderte Hale. »Im Formationskampf sind sie genauso gut wie wir, außerdem haben sie Jhafi-Bogenschützen, ganz ähnlich wie Euer Volk, Fürst iz'Kho.«

»So ähnlich wie ein Maultier einem Pferd ist«, entgegnete iz'Kho, während er schmatzend auf einem Bündel Betelnussblätter herumkaute. »Sie sind Schwächlinge, die ihren Stolz verloren haben und sich wie Bettler in Städten verkriechen.« Dann zog er die Nase hoch und spuckte aus. Ein grünbrauner Schleimfleck glitzerte auf dem Sand.

Widerlicher Bauerntölpel. Hale schaute weg und deutete auf Forensa. »Die meisten Gebäude in der Stadt sind mehrere

Stockwerke hoch, die Gassen dazwischen sind schmal, und es gibt viele Kanäle. Das wird ein unübersichtliches Gemetzel. Und dann wäre da noch die Krak al-Farada. Wir haben Belagerungstürme und Katapulte mitgebracht, um die Befestigungen zu knacken.«

»Für euch oder für alle?«, brummte Frikter.

Hale runzelte die Stirn. »Für uns natürlich. Ihr hättet selber daran denken müssen, bevor ihr losmarschiert seid. Aber wie dem auch sei: Wir Dorobonen durchbrechen die Mauern, dann überrennen wir sie gemeinsam.«

»Unsere Pferde werden wir in den Gassen nicht einsetzen können«, warf iz'Kho ein.

»Wir die unseren auch nicht. Es wird ein Nahkampf: Mann gegen Mann.« Hale war sicher, dass dem Harkun das ganz und gar nicht gefiel. »Wir kommen von Norden, Has von Westen, Eure Männer, Fürst iz'Kho, übernehmen die Mitte.«

Frikter deutete auf die hohen Felswände im Osten. »Was ist mit denen? Kommen wir da irgendwie rauf?«

»Nicht ohne entsprechende Vorbereitung«, erklärte Hale. »Der Fels ist steil und brüchig, im Grunde genommen unpassierbar.«

»Es gibt eine Straße, die zwischen den Wänden zum Fort Viola führt«, merkte iz'Kho an. »Mithilfe Eurer Magi könnten meine Männer das Fort stürmen und den Nesti in den Rücken fallen.«

Und danach uns … »Nein. Wir werden Forensa von hier aus einnehmen«, widersprach Hale steif. »Fürst iz'Kho, Eure Leute brauchen wir zunächst als Bogenschützen. Was Ihr tut, sobald wir in der Stadt sind, ist Eure Sache, aber der Palast gehört uns, und die Nesti sind *unsere* Gefangenen. Niemand krümmt ihnen ein Haar.«

»Natürlich, aber in der Hitze des Gefechts kann immer etwas Unvorhergesehenes passieren.«

Hale schaute Hilfe suchend zu Frikter hinüber, doch der ließ den Blick in die Ferne schweifen.

Weil er weiß, dass der wirkliche Kampf ein anderer sein wird. Eine ernüchternde, aber lebenswichtige Erkenntnis: Frikter mochte helle Haut haben und akzentfreies Rondelmarisch sprechen, trotzdem war er der eigentliche Feind. Die Tage der Nesti waren gezählt, iz'Kho und seine Horden mochten beunruhigend sein, aber eine Bedrohung waren sie nicht. Frikter und seine Söldner waren es, um die er sich Sorgen machen musste.

»Möge die kommende Schlacht ein leuchtendes Beispiel für Zusammenarbeit über Völkergrenzen hinweg sein«, sagte er schließlich. »Wenn alles überstanden ist, werden wir gemeinsam darauf trinken und dann wohlbehalten nach Hause zurückkehren.«

Frikter lachte fröhlich, aber iz'Kho murmelte: »Ihr seid beide sehr weit weg von zu Hause.«

Am nächsten Morgen wurden die Katapulte in Position gebracht, und die Belagerung begann.

Die Krak al-Farada war auf einem Felssporn im Rücken Forensas erbaut, etwa eine halbe Meile von den Stadtmauern entfernt. Von hier aus hatte Cera den besten Blick auf die Zerstörungen. Die Belagerung dauerte nun schon über eine Woche, manchmal waren Timori und ein paar ihrer Berater bei ihr, manchmal beobachtete sie nur mit Tarita, wie die rondelmarischen Katapulte alles zermalmten, was sie liebte.

Cera glaubte, jeden Einschlag bis hinauf in den Turm spüren zu können. Sie war sicher, dass er zusammen mit den Stadtmauern einstürzen würde.

Heute waren nur Tarita und die beiden Priester bei ihr. Trotz der Entfernung bekamen sie alles mit, als wären sie mittendrin: den Feuergeruch, vermischt mit dem Gestank brennenden Fleisches und dem Pesthauch der überlaufenden Abwasserkanäle. Der Rauch der brennenden Gebäude kratzte Cera im Hals – die Gnosis der feindlichen Magi sorgte dafür, dass die Katapultgeschosse beim Aufschlag entweder in Flammen aufgingen oder in eine Wolke giftigen Gases. Jede Explosion ließ die gesamte Stadt erzittern.

Wieder erschallten die Fanfaren und bliesen zu einem weiteren Sturmangriff auf die bröckelnden Mauern. Es war der vierte, und mit jedem Mal waren die Gegner näher daran, endgültig durchzubrechen.

»Sol et Lune, wie können wir sie nur aufhalten?«, flüsterte Cera.

Tarita drückte ihre Hand. Eine solche Geste gehörte sich nicht zwischen Königin und Dienerin, aber Cera war so verängstigt, dass sie Taritas Hand schlichtweg nicht loslassen konnte, und Tarita ging es nicht anders.

Hinter ihnen standen der Schriftgelehrte Nehlan und Drui Tavis. Die beiden ignorierten einander demonstrativ und beteten jeder zu seinem eigenen, einzig wahren Gott. Pita Rosco und Luigi Ginovisi waren während des gesamten Vormittags immer nur kurz hier gewesen, wenn ihre Aufgaben ihnen Zeit ließen, denn Krieg bedeutete weit mehr, als nur Soldaten auf Mauern zu verteilen: Es mussten Verpflegungszelte eingerichtet werden; die Bogenschützen mussten mit neuen Pfeilen versorgt werden; Läufer mussten die Kommandanten der einzelnen Abschnitte auf dem neuesten Stand halten; es waren Brände zu löschen, Schäden auszubessern und noch unglaublich viel mehr.

Cera war stolz auf ihre Bürger. Jeder übernahm eine Aufgabe, sei es, dass sie auf der Mauer Speere schleuderten und Pfeile verschossen, die Feuer bekämpften, die Soldaten mit Essen versorgten oder sich um Verwundete kümmerten. Was ihnen an Ausbildung und Erfahrung fehlte, machten sie durch

Mut und schiere Zahl wieder wett. Normalerweise hieß es, dass in einer Stadt nur einer von zehn Bürgern etwas zur Verteidigung beitragen konnte. Der Rest waren Frauen und Kinder, Gebrechliche oder Krüppel, oder sie waren aus anderen Gründen nicht zu gebrauchen: bestenfalls ein Klotz am Bein der anderen also. Aber im Angesicht der vollkommenen Vernichtung – und nichts anderes erwartete sie, falls die Stadt fallen sollte –, taten alle, was sie irgend konnten. Die Rondelmarer mochten lediglich die Stadt erobern wollen, aber die Harkun waren gekommen, um das Volk der Jhafi auszulöschen. Für Zaudern war kein Platz. Es hieß: Entweder kämpfen oder sterben.

Die Verluste waren entsetzlich. Die Verteidiger standen so dicht hinter den Mauern zusammengedrängt, dass jedes Katapultgeschoss und jeder Harkun-Pfeil einen von ihnen treffen *musste*. Doch auch die Angreifer zahlten einen hohen Blutzoll. Jeder Mann und jede Frau, die kräftig genug waren, einen Bogen zu spannen, erwiderten das Feuer, und so schlecht sie auch zielten, kaum ein Schuss ging fehl, so eng waren die Reihen der Belagerer.

Bisher war es ihnen zumindest gelungen, die Magi von der Stadt fernzuhalten, auch wenn das nur teilweise ihr eigenes Verdienst war. Cera wusste, sie hielten sich zurück, weil sie noch nicht gebraucht wurden. Der Schaden, den Katapulte und Pfeile anrichteten, genügte im Moment vollauf. Seit acht Tagen regnete der Tod vom Himmel, die Leichen lagen bis zu drei Schichten hoch in Massengräbern, und jeden Tag hoben die Forenser neue aus. Wenn nicht bald etwas passierte, würde die Stadt in spätestens zwei Tagen fallen.

Seir Ionus Mardium war tot, mitsamt seinen Männern von den explodierenden Katapultgeschossen in Stücke gerissen. Camlad a'Luki war einem Magusbolzen zum Opfer gefallen, der von einem wie aus dem Nichts aufgetauchten Skiff abgefeuert worden war. Der noch sehr junge Saarif Jelmud, ein

Angehöriger Camlads, ersetzte ihn, so gut es ging. Justiano di Kestria befehligte den westlichen Teil der Mauer gegen den Ansturm der Söldnerlegion und des Großteils der Harkun. Die Verteidiger im Norden, die sich gegen die Dorobonen und weitere Harkun behaupten mussten, unterstanden Piero Inveglios Kommando. Die Hoffnung, dass irgendwann Verstärkung aus Riban eintreffen würde, hatte Cera mittlerweile aufgegeben. Der letzte Gesandte hatte unmissverständlich klargestellt, dass Stefan di Aranio alle Kräfte zur Verteidigung seiner eigenen Stadt zusammenhalten würde, auch wenn sich in fünfzig Meilen Umkreis um Riban nicht eine einzige rondelmarische Legion befand.

Cera überlegte gerade, ob es an der Zeit war, den Rat einzuberufen, da hörte sie, wie Tarita laut nach Luft schnappte. Ein Schatten glitt über die Dächer, und Cera blickte auf: Da sah auch sie das Skiff mit dem rechteckigen Segel. Im ersten Moment glaubte sie, es sei Elena, und jubilierte innerlich, dann raste ein blauer Blitz auf sie zu.

Cera blieb gerade genug Zeit, einen entsetzten Schrei auszustoßen. Ein Lichtnetz flackerte um den Turm auf und zerblies den Magusbolzen in tausend kleine Fünkchen. Jemand musste den Turm mit Wächtern versehen haben. Sie packte Tarita und zog sie Richtung Treppe, wo die beiden Priester wie zu Salzsäulen erstarrt reglos dastanden.

Hinter ihnen brüllte jemand etwas auf Rondelmarisch. Cera fuhr herum und sah einen jungen Mann mit gezogenem Schwert aus dem Skiff springen. Er überwand die Wächter mühelos.

»Cera Nesti, nehme ich an?«, begrüßte er sie mit einem verwegenen Lächeln. Licht schoss aus seinen Händen und verriegelte die Tür zur Treppe, während der Skiff-Pilot mit einem siegessicheren Grinsen im Gesicht den Turm umkreiste. »Ihr kommt mit mir, werte Dame.«

»Nein!« Drui Tavis sprang zwischen sie und taumelte sofort wieder zurück – das Schwert des Magus hatte eine klaffende Wunde in seiner Brust hinterlassen. Der Stoß war so schnell gewesen, dass Cera ihn nicht einmal gesehen hatte. Tavis kippte nach hinten um und blieb liegen. »Meine Königin…«, krächzte er noch, dann verloschen seine Augen.

Tarita zog ein Messer aus den Falten ihres Gewands, während der Schriftgelehrte Nehlan laut um Hilfe brüllte und wie wild auf die Tür einschlug. Als er erkannte, dass es zwecklos war, drehte er sich um und stellte sich mit Tarita zwischen Cera und den näherkommenden Magus. »Ihr werdet mich ebenfalls töten müssen«, sagte er mit fester Stimme.

»Wenn du drauf bestehst«, erwiderte der Rondelmarer und streckte Nehlan mit einem Magusbolzen nieder.

Tarita hielt dem Angreifer zitternd ihr Messer entgegen.

Der Magus musterte sie amüsiert. »Verschwende nicht dein Leben, Kleine«, sagte er und hob die Hand, bereit, den nächsten Blitz abzufeuern.

»Nein, verschont sie! Ich komme freiwillig mit«, schrie Cera, als ein unsichtbarer Angriff die Schilde des Rondelmarers erzittern ließ. Cera sah einen mit dicken, muskelbepackten Armen über den Rand der Zinnen greifen, dann tauchte dahinter ein Kopf wie aus einem Albtraum auf: vage menschlich, aber mit einem Hahnenkamm auf dem Scheitel und über und über mit grünen Schuppen bedeckt. Der Lamia glitt über die Kante und zog knurrend sein riesiges Schwert.

Der Magus blinzelte die Kreatur erschrocken an und bombardierte sie mit blauem Feuer, doch die Schilde des Lamia hielten stand. Funkensprühend schlugen ihre Schwerter gegeneinander, während die beiden Frauen sich an den Rand der Ummauerung drückten, um bloß nicht getroffen zu werden.

Mit einem Mal nahm der Magus Anlauf und sprang in die Luft. Das Skiff stieß herab, fing ihn auf und drehte ab, während die Besatzung verblüfft beobachtete, wie weitere Lamien die Außenmauer des Turms erklommen.

»Meine Dame«, grüßte der Schlangenmensch Cera mit rollender Stimme und verbeugte sich, da brach ein Vorschlaghammer durch die Tür, und Ceras Leibwache stürmte auf die Turmkrone. Sie sahen die Lamien, dann die beiden toten Priester, und hoben ihre Schwerter.

»Halt!« Cera breitete schützend die Arme vor den Schlangenmenschen aus. »Sie haben Tavis und Nehlan nicht getötet! Sie sind Verbündete und haben mich gerettet.«

Als Cera sicher war, dass die Soldaten ihr glaubten, sank sie vor den beiden Leichen auf die Knie und versuchte, nicht in haltloses Schluchzen auszubrechen. Tarita gab ihr kurz Zeit zum Trauern, dann zog sie Cera auf die Beine und führte sie zur Treppe.

Cera konnte sich vor Angst und Übelkeit kaum auf den Beinen halten. Die Worte ihres Vaters fielen ihr wieder ein: »Wenn feindliche Soldaten in die Straßen einer Stadt einfallen, ist das wie Hel auf Urte.«

Er hatte beide Seiten erlebt, die des Siegers und die des Verlierers, und der Blick, mit dem er die Worte gesprochen hatte, war Cera bis ins Mark gegangen. Die Vorstellung, dass genau dies in Forensa geschehen würde, war unerträglich, und die Hoffnung auf Rettung wurde stündlich geringer.

Bis auf eine. Es war ihre letzte.

Oh Ella, wo bist du?

»Wo sind wir?«, fragte Elena scharf. Die Luft war eiskalt, die Sichtweite gleich null, ein böiger Wind peitschte Nebelfetzen um die umliegenden Gipfel, und die Felsspitzen kamen bedrohlich nahe.

Molmar hob beschwichtigend die Hand. »Still, wir sind gleich da.«

Elena warf Kazim einen nervösen Blick zu, dann übermittelte sie ihre Position an das große Windschiff irgendwo über ihnen in den Wolken. Auf den Seilen und Planken ihres Skiffs glitzerten Eiskristalle. Elena fror trotz ihrer Gnosis und fürchtete, jeden Moment gegen die Felsen zu krachen. Elena war mit den Nerven am Ende, doch Molmar behauptete standhaft, er kenne die Route wie seine Westentasche.

Ich hoffe nur, er hat recht. Für ihn und für uns.

Sie hatten Hunderte von Meilen zurückgelegt, was normalerweise kein Problem war, aber das Gebirge machte die Reise beschwerlich. Die Gipfel zwangen sie, höher zu fliegen, als es ratsam war. Molmar musste durch ein gefährliches Labyrinth aus Felsspitzen, Schluchten und Tälern navigieren, während die tückischen Böen immer wieder versuchten, das Skiff an den Wänden zu zerschmettern, und die Luft war so dünn, dass Elena ständig schwindlig war. Ohne Molmar hätten sie es niemals geschafft.

Kurz bevor sie das Gebirge erreichten, hatte sie mit ihren Geistfühlern den Beginn der Belagerung Forensas gesehen und dann die Verbindung verloren. Falls alles lief wie geplant, würden sie in drei Tagen wieder zurück sein – wenn sie ohne Pause durchflogen. Elena konnte nur beten, dass die Stadt so lange durchhielt.

Immer wieder schickte sie ihre Sinne voraus, erkundete das Gelände und die Winde, um die Böen abzuschätzen, doch jedes Mal wenn sie einen Kamm passierten, wurde das Skiff erneut herumgerissen. So auch diesmal. Molmar stemmte sich gegen die Ruderpinne, dann sanken sie mit abenteuerlicher Geschwindigkeit durch eine Wolkenbank hinab in ein schmales Tal mit kleinen Schneefeldern auf den Hängen.

Molmar hob den Daumen. »Wir sind da!«, rief er und konnte die Erleichterung in seiner Stimme nicht verbergen. »Die Zuchtanstalt liegt gleich im Nachbartal.«

Sie landeten, und während die beiden Männer das Skiff auf der windabgewandten Seite eines Felsens versteckten, sandte Elena eine weitere Botschaft an das andere Schiff, das kurz darauf in Sicht kam. Die gemischte Besatzung aus Menschen und Lamien holte hektisch die Segel ein und vertäute sie, während das Schiff langsam an Höhe verlor. Die peitschenden Winde machten die Landung schwierig und zwangen sie, das Schiff sofort am Boden zu verankern.

Elena eilte zu Kekropius. »Die Zuchtanstalt liegt im nächsten Tal. Uns bleibt noch eine Stunde Tageslicht, um sie zu finden«, rief sie dem Lamia-Älteren zu, kaum dass er von Bord gesprungen war. »Wir müssen uns beeilen.«

Sie ließen ein paar Männer zurück, um die Schiffe zu bewachen, dann folgten sie Molmar einen steilen Hang hinauf, Kekropius' Krieger direkt hinter ihnen. Das Windschiff der Lamien hatte über ein Dutzend Luftmagi an Bord und konnte weit mehr als die übliche Besatzung tragen, trotzdem waren sie alle erschöpft – und besorgt, weil sie sich so weit weg von ihrer endlich gefundenen Heimat befanden. Die Sorge war Kekropius deutlich anzusehen, als er sagte: »Elena, unsere Vorräte sind fast aufgebraucht, und meinen Gefährten setzt die Kälte zu.«

»Wir bleiben nicht lange«, versprach sie. »Wir müssen so schnell wie möglich nach Forensa zurück.«

Bitte Kore, lass uns rechtzeitig dort ankommen!

Auf der anderen Seite des Kamms lag die Zuchtanstalt. Sie war ein rechteckiger, ummauerter Komplex mit beinahe dreihundert Ellen Seitenlänge und zwei großen Innenhöfen. In dem kleineren der beiden befand sich ein dreistöckiges Blockhaus mit winzigen Fensterschlitzen und einem Landeplatz auf dem Dach. In der Mitte des anderen Innenhofs stand ein kleiner Dom-al'Ahm, darum herum erstreckten sich ein Exerzierplatz, mehrere kleine Baracken und Stallungen. Die vier Wachtürme waren bemannt, aber die Posten dort schienen nicht viel zu tun zu haben und wirkten achtlos.

»Danke, dass Ihr uns hergebracht habt, Molmar«, sagte Elena mit einem Lächeln.

»Ich hoffe nur, ich tue das Richtige, meine Dame«, erwiderte er mit einem leichten Beben in der Stimme.

»In Eurem Herzen wisst Ihr, dass es richtig war«, entgegnete Elena und betete, dass sie damit recht hatte.

»Mag sein.« Sein Blick wurde etwas weicher. »Seht: In diesem Blockhaus befinden sich die Gefangenen, bis zu sechzig Magi.« Er deutete auf die Gebäude auf der anderen Seite. »Diese hier sind für die Neugeborenen und Kinder. Dort bleiben sie, bis sie alt genug sind, um in ein Ausbildungslager verlegt zu werden. Für gewöhnlich sind es um die hundert, die ältesten sechs Jahre alt. Freiwillige Pflegemütter kümmern sich um sie.«

»Wie viele Hadischa?«, fragte Kazim.

»Das ändert sich von Zeit zu Zeit«, antwortete Molmar. »Normalerweise kommen die stärksten unserer Magi her, um die Gefangenen zu befruchten, aber es herrscht Krieg, und unsere Kämpfer von hohem Blutrang werden anderswo gebraucht. Möglich, dass sie die fruchtbaren Frauen mitgenommen haben und nur die Schwangeren hier sind, oder die Magi kommen zwischen den Schlachten kurz her. Sie sprechen nicht mit mir über so etwas. Ich weiß es nicht.«

Elena presste die Lippen aufeinander. Sie hasste es, sich ohne Planung einfach ins Unbekannte zu stürzen. »Uns bleibt nichts anderes übrig, als reinzugehen und das Beste zu hoffen«, sagte sie schließlich. »Seid Ihr sicher, dass die Mitglieder des Ordo Costruo hierhergebracht wurden?«

»Ich habe viele von ihnen selbst hergeflogen«, antwortete Molmar mit versteinerter Miene.

Es fällt ihm nicht leicht. Er glaubt an das Zuchtprogramm und wurde selbst in einer solchen Anstalt geboren. Aber das Leid, das hier über die Menschen gebracht wird, verabscheut er.

»Wo halten sich die stärksten Hadischa auf?«, erkundigte sie sich mit möglichst neutraler Stimme.

»Im obersten Stockwerk sind die Luxusquartiere. Dort sind die meisten von hohem Blutrang untergebracht.«

»Für Rashid und seine Freunde als Luxusbordell reserviert?«, fragte sie.

Molmar schaute erneut weg.

Schließlich wandte sie sich an Kekropius. »Ich denke, wir sollten an unserem ursprünglichen Plan festhalten. Was meint Ihr?«

»Ich stimme zu, aber nicht gern«, antwortete der Lamia-Ältere und musterte den Gebäudekomplex. »Meine Vorfahren wurden von den kaiserlichen Animagi in ganz ähnlichen Anstalten gezüchtet. Das Risiko, das wir eingehen, ist hoch«, fügte er mit einem bedeutungsvollen Blick in Molmars Richtung hinzu. »Wir werden uns erst zeigen, wenn Ihr das Zeichen gebt.«

»Es ist nur recht und billig, dem unheiligen Treiben hier ein Ende zu machen«, erklärte Elena. »Seid Ihr bereit, Eure Rolle zu spielen?«, fragte sie an Molmar gewandt.

Der Keshi-Magus nickte düster.

426

Der Wind pfiff durch die Takelage, jammernd wie eine rollige Katze, während sie in einem flachen Bogen über den Felskamm hinwegflogen. Das Tal vor ihnen lag noch unterhalb der Schneegrenze, trotzdem war es der trostloseste Ort, den Kazim je gesehen hatte.

Er musterte Elenas Aura, die er selbst mit einer Kettenrune belegt hatte. Es war nicht leicht gewesen, Elena hatte fürchterliche Schmerzen gelitten, und was noch wichtiger war: Die Rune kappte das gnostische Band zwischen ihnen, sodass der Platz in seiner Seele, den Elena normalerweise einnahm, nun leer war. Es fühlte sich an wie ein Vorgeschmack auf ihren Tod, und das Gefühl war grässlich.

Aber das war noch nicht alles: Kazim selbst war ebenfalls mit einer Kettenrune belegt. Molmar hatte es getan. Es war die einzige Möglichkeit, um hineinzukommen. Elena war Rondelmarerin – wenn die Hadischa sie tatsächlich für eine Gefangene halten sollten, ging es nicht ohne Rune, und die Verbindung zwischen ihren Auren mussten sie unter allen Umständen verbergen. Gleichzeitig machten die Runen sie verwundbar; umso mehr, da ihre Hände auf den Rücken gefesselt waren.

Ich bin stärker als Molmar und kann seine Kettenrune brechen. Aber was, wenn er uns hintergeht und sich Hilfe von den anderen Magi holt, sobald wir drin sind?

Darauf gab es nur eine Antwort: Kazim musste vertrauen.

Sie schwebten über die Begrenzungsmauern hinweg, hielten schlingernd auf das Blockhaus zu und landeten unsanft auf dem Dach. Nachdem das Skiff knirschend zum Stehen gekommen war, blickten sie einander einen Moment unsicher an, dann holte Molmar das Segel ein, während Kazim und Elena die gebrochenen Gefangenen spielten und reglos abwarteten.

Eine Tür flog auf, zwei Männer und eine Frau, in dicke

schwarze Roben gehüllt, die nur das Gesicht freiließen, traten ins Freie. Sie hatten helle Haut, aber ihre Physiognomie deutete darauf hin, dass auch Keshi-Blut in ihren Adern floss.

»Molmar!«, bellte der Anführer. »Ich wurde nicht unterrichtet, dass ein Gefangenentransport ansteht.«

»Dies sind besondere Gefangene, Sadikh«, entgegnete Molmar. »Der Emir wünschte absolute Geheimhaltung.«

»Trotzdem hätten wir vorgewarnt werden sollen«, murrte Sadikh. »Wer sind sie?«

Molmar lächelte finster. »Elena Anborn und Kazim Makani.«

Die Mienen der drei Hadischa veränderten sich von Misstrauen zu hämischem Triumph. »Sie wurden endlich gefangen? Ahm sei gepriesen!«, rief Sadikh mit erhobenen Armen. Die Kunde, dass Kazim mit Elena Gatoz und dessen Männer getötet hatte, war selbst bis in dieses entlegene Tal vorgedrungen.

Mit schnellen Schritten kam Sadikh näher, Gnosis züngelte aus seinen Händen. »Gut, gut, gut«, wiederholte er immer wieder, während ihm fast der Speichel aus dem Mund troff.

Sein Blick war derart von glühendem Hass erfüllt, dass Kazim schon fürchtete, sie hätten die Situation falsch eingeschätzt. *Was, wenn er uns einfach umbringt?*

Der Hadischa hob Elenas Kinn an und spuckte ihr ins Gesicht. »Die gehört mir«, knurrte er, dann wandte er sich Kazim zu. »Und was dich betrifft …« Er tastete nach seinem Gürtel.

»Nein, Yimat!« Die Frau neben ihm hielt seinen Arm fest. »Wir brauchen solche wie ihn«, sagte sie mit leiser, bösartiger Stimme. Offensichtlich wussten sie, dass Kazim ein Seelentrinker war.

Kazim hielt den Atem an, während Yimat unentschlossen mit seinem Dolch spielte.

»Wie du wünschst, Gulbahar«, sagte er schließlich mit unüberhörbarem Bedauern. Dann holte er aus und schlug Kazim mit dem Handrücken ins Gesicht. Der Schlag war mit Gnosis verstärkt, Kazims Kopf wurde zur Seite gerissen, und sein Mund füllte sich mit Blut.

»Ein Seelentrinker und eine Rondelmarerin?«, fauchte Sadikh. »Ahm allein weiß, welcher von beiden die größere Abscheulichkeit ist.«

Gulbahar packte Elena am Haar und riss ihr den Kopf in den Nacken. »Willkommen, Drecksstück. Wir haben lange darauf gewartet, dich in die Finger zu bekommen.«

»Seid nicht zu grob«, warf Molmar ein. »Sie ist schwanger.«

Elena zuckte zusammen und senkte den Blick, so überzeugend, dass Kazim innerlich jubilierte. *Vielleicht stimmt es ja?*

Nein. Es war eine Lüge, die sie sich ausgedacht hatten, damit Elena nicht sofort nach ihrer Ankunft vergewaltigt wurde.

Gulbahar spuckte Elena an. »Widerlich«, knurrte sie. »Schwanger von einem Seelentrinker, und das auch noch aus freien Stücken!« Sie riefen Soldaten herbei, um die Gefangenen nach drinnen zu schaffen, während Molmar Sadikh beiseite nahm.

Kazim schaute nervös zu. Falls Molmar vorhatte, sie zu verraten, würde er es genau jetzt tun, solange ihre Kräfte noch gebannt waren. Es war die ideale Gelegenheit. Doch er konnte Molmars Miene nicht deuten und merkte nur, wie er selbst immer angespannter wurde.

Die Soldaten führten sie hinunter ins oberste Stockwerk des Blockhauses. Die zwei Wachen dort staunten, als sie die neuen Gefangenen erblickten, und für einen Moment trat so etwas wie Leben in ihre sonst so versteinerten Gesichtszüge. Anscheinend waren er und Elena in der Tat eine lang ersehnte Beute.

Kazim hörte jemanden nach dem Schriftgelehrten Tahir rufen; der Name kam ihm vage bekannt vor, aber er kam nicht dazu, genauer darüber nachzudenken, denn Molmar flüsterte immer noch mit Sadikh, den Blick fest auf Kazim gerichtet. Sie schienen sich in Gedanken über etwas auszutauschen, von dem sie nichts mitbekommen sollten.

Der Griff um Kazims Arme wurde fester, dann spürte er ein Messer an der Kehle.

17

ZUCHTANSTALT

HADISCHA

Die Leviathanbrücke brachte noch eine weitere Veränderung mit sich, Euer Majestät: Viele der heidnischen Amteh haben sich den fanatischen und gewalttätigen Ablegern ihres Glaubens zugewandt. Die Hadischa sind die gefährlichste dieser Sekten und schrecken nicht einmal vor Gräueltaten an ihrem eigenen Volk zurück. Ich ersuche Euch dringend, weitere Truppen zu schicken, damit wir dieses Übel aus der Welt schaffen können.

GOUVERNEUR TOMAS BETILLON, HEBUSAL 918

Die Schakale Ahms sind beim eigenen Volk genauso gefürchtet wie bei den Rondelmarern.

ORDO COSTRUO, PONTUS 917

NORDKESH, ANTIOPIA
ZULHIJJA (DEKORE) 929
ACHTZEHNTER MONAT DER MONDFLUT

Elena stolperte, brutal eingeklemmt zwischen zwei Wachsoldaten, auf die Flügeltür am Ende des Korridors zu. Sie sah, wie Molmar Sadikh etwas ins Ohr flüsterte und die Soldaten ihre Säbel zogen. Als sie dann auch noch zu Boden gedrückt wurde, wehrte sie sich endlich und versuchte verzweifelt, Kazims Blick aufzufangen.

Wenn Molmar die Kettenrune nicht gleich aufhebt, werden wir es ohne ihn machen müssen...

Ein hochgewachsener Mann in einem wallenden Talar aus schwarzem Samt trat durch die Flügeltür. Auf der Stirn seines falkenartigen Gesichts prangte ein großes Smaragdamulett. »Was geht hier vor?«, schnauzte er. »Warum wurde ich nicht informiert, dass wir neue Gefangene bekommen?«

»Der Emir hat die oberste Geheimhaltungsstufe verhängt«, antwortete Molmar mit einer Verbeugung. »Dies ist Elena Anborn.«

Verflucht, Molmar, befrei uns endlich!

Der Hadischa packte Elena mit blitzenden Augen an den Haaren und zog ihren Kopf nach oben. »Ich bin der Schriftgelehrte Tahir«, erklärte er in gestelztem Rondelmarisch. »Ihr seid also die berüchtigte Elena Anborn...«

Elena erwiderte nichts und wich seinem Blick aus, da verpasste der Kerl ihr eine so harte Ohrfeige, dass ihr Tränen in die Augen stiegen. »Sprich, wenn man mit dir spricht, Hure!«

Molmar, ich habe dir vertraut. Bitte, tu es!

»Großer Tahir, bitte habt acht«, warf Molmar ein. »Sie trägt ein Kind im Bauch, dies ist eine einzigartige Gelegenheit.«

»Weshalb?«

»Es ist das Kind eines Seelentrinkers.«

432

Elena atmete auf. Molmar hielt sich also an die Vereinbarung. *Aber warum hat er Kaz immer noch nicht von der Rune befreit?* Dann zuckte sie zusammen, als Tahir sie noch mal brutal an den Haaren zog.

»Wessen Kettenrune ist das?«, fragte er mit bohrendem Blick. »Ich erkenne sie nicht.«

Kannst du auch nicht, sie ist von Kazim ...

Tahir ließ endlich von ihr ab und versuchte erneut erfolglos, die Rune zu brechen. »Sie ist entsetzlich stark. Von wem stammt sie?«, fragte er ungläubig.

»Von Rashid selbst«, log Molmar. Er verneigte sich ein zweites Mal und legte Kazim unauffällig eine Hand auf die Schulter.

Endlich ... Elena machte sich bereit.

Molmar wartete, bis Tahir sich wieder auf Elena konzentrierte, dann sah sie, wie Kazims Aura sanft erstrahlte. Die drei Hadischa-Magi blickten erschrocken auf, als sie das Leuchten bemerkten, aber die Kettenrune war bereits gebrochen.

Kazim sprang sofort auf, packte einen seiner Bewacher am Handgelenk und schleuderte ihn mit brutaler Kraft gegen den zweiten, sodass Schädel an Schädel gegeneinanderschlug. Tahir schleuderte er einen Gnosisimpuls entgegen.

Der Schriftgelehrte wurde rücklings durch die offen stehende Tür geworfen. Kazim stieß einen Schrei aus, seine Fesseln verdampften in einer Stichflamme, dann breitete er die Hände aus und riss die Soldaten, die Elena gepackt hielten, von den Beinen.

Sie spürte den Gegenzauber wie ein Messer in ihr Herz fahren, als Kazim die Kettenrune aufhob – dadurch verloren sie kostbare Zeit, aber es ging nicht anders. Gleichzeitig bedeutete es, dass Molmar einen Augenblick lang allein mit Sadikh, Yimat und Gulbahar fertigwerden musste.

Molmars Schilde flammten auf, da schlugen auch schon drei

Magusbolzen kurz hintereinander ein. Den ersten konnte er abwehren, der zweite ließ seinen Schutzschirm grell aufleuchten, und der dritte ging durch. Molmar fiel hintenüber, ein Geruch von verkohltem Fleisch erfüllte die Luft.

Noch bevor die Kettenrune ganz aufgehoben war, sprang Elena zur Seite, um einem Blitz auszuweichen, den Gulbahar auf sie abgeschossen hatte. Dann erwiderte sie das Feuer und hechtete nach vorne, um sich ihr Schwert wiederzuholen, das Molmar immer noch am Gürtel trug. Mit einer katzengleichen Rolle wich sie dem Flammenstrahl aus, den Sadikh ihr entgegenschleuderte, und stieß mit der Klinge nach seinem Bauch.

Einen physischen Angriff nur mit Schilden abzuwehren, war alles andere als einfach. Sadikh konnte zwar die Klinge aufhalten, nicht aber den Tritt, den Elena ihm ins rechte Fußgelenk verpasste. Sie hörte die Knochen splittern und stieß Yimat zur Seite, noch während ihr Gegner zusammenbrach, dann durchbohrte sie Gulbahars Brust mit dem Schwert.

Die Hadischa blinzelte die Klinge an, die aus den Falten ihrer Robe ragte, dann kippte sie rückwärts um und gab mit einem schmatzenden Geräusch das Schwert wieder frei.

Yimat schoss einen weiteren Blitz ab, der wirkungslos an Elenas Schilden verpuffte, und zog seinen Säbel.

Sadikh stemmte den Oberkörper hoch, blaue Flammen züngelten aus seinen Händen. Über die gesamte Länge des Korridors flogen weitere Türen auf. Molmar lag immer noch am Boden, und Kazim war hinter Tahir in dessen Gemächern verschwunden, aber Elena blieb keine Zeit, um sich zu fragen, ob sie ihre Gegner vielleicht unterschätzt hatten.

Kekropius sah seine Gefährten nicht, aber er spürte, wie sie in Position gingen. Die Hänge um den Komplex herum waren mit Geröll und Felsbrocken übersät, die zahllose Möglichkeiten zur Deckung boten – ein klares Anzeichen für die Nachlässigkeit der Wachen, die das Gelände längst hätten freiräumen müssen. Die Lamien waren erfahrene Jäger und kamen ungesehen bis auf sechzig Schritte an die Mauern heran, wo sie ungeduldig darauf warteten, dass Molmars Skiff endlich landete.

Alle in Kekropius' Trupp waren jung, selbst er, ein Mitglied des Ältestenrates, hatte gerade einmal die zwanzig überschritten. Bis auf zwei neunzehnjährige Weibchen, die zu alt waren, um noch Kinder zu gebären, waren ausschließlich deutlich jüngere Männchen dabei. So etwas wie Geduld kannten sie nicht. Die Animagi hatten die Lamien absichtlich so gezüchtet, dass sie früh starben, damit sie nicht zu einer Bedrohung für das Kaiserreich werden konnten.

Und doch sind wir nun eine, Kaiser Constant. Du wolltest Krieger, nun hast du sie!

Sie sind gelandet und wurden nach drinnen gebracht, hörte er Simous Gedanken. *Der Angriff kann beginnen.*

Die Lamien brachen aus der Deckung und schlängelten sich schneller, als ein Mensch laufen konnte, auf die Mauern zu.

Eine Wache musste etwas gesehen haben, denn es erschallten Alarmglocken und Warnschreie. Pfeile flogen durch die Luft, doch die Lamien waren im wahrsten Sinne des Wortes geborene Kämpfer und wichen ihnen mit Leichtigkeit aus. Als sie den Komplex erreichten, bombardierten sie die Bogenschützen mit Blitzen, brachten die Mauer mit ihrer Erdgnosis zum Einsturz und schleuderten die Wachposten mit Kinese durch die Luft. Kekropius preschte durch die Lücke und durchbohrte einen Hadischa mit seinem Speer. Pfeile prallten von seinen Schilden ab, da sahen die Verteidiger, dass ihre Feinde keine Magi waren, sondern Ungeheuer – jeder, der noch konnte, wandte sich zur Flucht.

Zum Blockhaus!, rief Kekropius seinen Gefährten zu, damit sie im Eifer des Gefechts nicht die eigentliche Aufgabe aus dem Blick verloren, und preschte los. Nur ein versprengter Soldat stellte sich ihm noch erfolglos entgegen, dann hatte er, gefolgt von seiner Schar, schon den Fuß des Gebäudes erreicht.

Kekropius bemerkte den blauen Blitz erst, als er gegen seine Schilde hämmerte und ihm alle Luft aus den Lungen presste. Er wurde mehrere Schritte zurückgeschleudert und blieb halb gelähmt liegen, bis Simou ihn von hinten packte und in Deckung zog. Stöhnend richtete Kekropius sich auf und sah den Schützen, der auf einem Balkon stand. Die entsetzten Schreie seiner Artgenossen dröhnten in seinem Kopf, da brüllte jemand mit der törichten Kühnheit der Jugend: *Angriff!*

Erst als seine Lamien sich mitten in die Feuerlinie warfen, merkte Kekropius, dass er selbst es gewesen war, der den Befehl gegeben hatte.

Kazim stürmte durch die offene Flügeltür in den prächtigsten Raum, den er je gesehen hatte. Alles hier strotzte nur so vor Luxus, von den kunstvollen Juwelenmosaiken auf den kleinen Tischchen an der Wand bis hin zu der großen Marmorstatue in der Mitte, die eine in ihre eigene Schönheit versunkene nackte Frau darstellte. *Bestimmt nicht die Arbeit eines Amteh,* dachte er gerade, als seine Verbindung zu Elena wieder zum Leben erwachte. Er spürte, wie neue Energie in seinen Körper strömte – und dass Elena in Schwierigkeiten steckte. Sie war hinter ihm auf dem Korridor und kämpfte allein gegen drei.

Ich muss das hier zu Ende bringen, und zwar schnell.

Tahir war mit gezogenem Säbel hinter der Statue in Deckung gegangen und übergoss Kazim mit Gnosisfeuer, das er nur mit knapper Not abwehren konnte.

Verflucht, der Kerl ist ein Reinblut! Kazim verstärkte seine Schilde und tat, als könnte er der Wucht des Angriffs kaum standhalten. *Komm und hol mich, Priester …*

Doch Tahir war kein Narr und rührte sich nicht von der Stelle. Stattdessen rief er in Gedanken nach Verstärkung.

Bei Ahm, gleich fallen alle hundert über uns her… Kazim
stürzte sich mit einem langen Satz auf Tahir und ließ seinen
Säbel auf den Hals des Hadischa niederfahren – doch der war
nicht mehr da.

Tahir hatte sich blitzschnell zur Seite gerollt und ließ die Statue mit einem Gnosisimpuls auf Kazim kippen.

Kazim fing sie auf und schleuderte sie mit der dreifachen
Kraft zurück.

Der Schriftgelehrte sprang entsetzt zur Seite, die Marmorstatue verfehlte ihn um Haaresbreite und durchschlug die dahinterliegende Wand. Ziegel stoben in alle Richtungen, die
Decke über dem Loch begann zu bröckeln, und Kazim setzte
sofort nach. Ihre Klingen schlugen einmal klirrend gegeneinander, dann katapultierte Tahir sich mit einem Salto außer
Reichweite.

Kazim folgte ihm mit einer blitzschnellen Bewegung und attackierte erneut. Diesmal konnte Tahir nicht ausweichen und
wehrte den Schlag mit seinem Säbel ab. Einen Moment lang
presste Klinge gegen Klinge, dann wich Tahir einen Schritt zurück und keuchte: »Kazim Makani, warum kämpfst du gegen
uns?«

Kazim ignorierte die Frage und bedrängte ihn mit einem
Hagel aus Schlägen. Sein Gegner kämpfte gut, sowohl mit dem
Säbel als auch mit der Gnosis, doch er konnte nicht gewinnen,
und das wusste er.

Tahir rief ein zweites Mal um Hilfe, und diesmal kam eine
Antwort.

Kazim hörte Elenas Warnschrei genau in dem Moment, als
jemand hinter ihm ins Zimmer geplatzt kam. Tahir sprang auf
und drängte ihn mit einem ungestümen Gegenangriff in Richtung des neuen Gegners.

Elena trieb Yimat zurück, fintierte nach oben und stieß ihm das Schwert in den Unterleib, um es in einer Fontäne aus Blut wieder herauszuziehen. Der Magus stürzte auf die Knie, und Elena sprang hinter eine Tür, die gerade aufgerissen wurde.

Ein junger Hadischa stürzte auf den Flur und sah Sadikh, der sich vor Schmerzen auf dem Boden wand – nicht nur wegen des gebrochenen Knöchels, sondern vor allem wegen des Dolches, der bis zum Griff versenkt zwischen seinen Schulterblättern steckte. Es war Molmars Dolch. Der Skiff-Pilot war zwar wieder auf den Beinen, aber er hatte üble Verbrennungen erlitten und bewegte sich viel zu langsam. Er sah den jungen Hadischa und bereitete sich auf den Tod vor.

Da kam Elena hinter der Tür hervor und führte einen mit Gnosis verstärkten Sensenschlag zu seiner Hüfte, um die Schilde zu durchschlagen – doch der Hadischa war kein Magus, sodass sich die Energie stattdessen in seinen Eingeweiden entlud. Einen Moment lang leuchtete er von innen auf wie eine Laterne, Brustkorb und Wirbelsäule zeichneten sich schwarzverkohlt ab, dann brach er zusammen, toter als tot.

Die Zeiten, da ein solcher Anblick Elena erschüttert hätte, waren längst vorbei. Sie stürmte durch die Tür, durch die der Hadischa gekommen war, und verbrannte das Erste, was sich bewegte, mit Gnosisfeuer. Es war eine Frau, die neben einem Bett kniete, an das ein fetter Weißer gekettet war. Die Flamme erwischte sie mitten im Gesicht und ließ nur noch einen verkohlten Schädel übrig. Auch sie hatte die Gnosis nicht gehabt, aber der Nackte auf dem Bett hatte sie: Es war Rene Cardien vom Ordo Costruo. Die Zeit reichte nicht, um ihn zu befreien, denn seine Kettenrune stammte mit Sicherheit von einem Reinblut. Sie zu brechen hätte viel zu lange gedauert.

»Nicht weglaufen!«, rief sie und kehrte zurück auf den Flur, wo Molmar von zwei Angreifern in eine Ecke getrieben wurde.

Elenas erster Magusbolzen verpuffte an den Schilden, aber

438

zumindest ließ er den getroffenen Hadischa herumfahren, so-dass Molmar es nur noch mit einem Gegner zu tun hatte. Über ihre Verbindung zu Kazim spürte sie, dass auch er unter Druck geraten war und immer mehr von ihren Energien in Anspruch nahm.

Sie feuerte drei Blitze so kurz hintereinander, als wäre es einer. Der dritte ging durch. Der Hadischa sank bewusstlos zu Boden.

»Hey!«, rief sie und ließ ihre Silhouette hinter einer Illusion verschwimmen.

Der Hadischa blinzelte die beiden Elenas einen Moment lang verwirrt an, dann durchschaute er den Trick und konzen-trierte sich auf ihre Aura, während Elena mit dem Schwert auf ihn zusprang. Ihr Gegner verankerte seine Füße mit Erdgnosis und führte im letzten Moment einen Konterschlag, während Molmar hinter ihm zu Boden sank.

Elena täuschte Überraschung vor und wich zurück, um ihn von Molmar wegzulocken. Es funktionierte. Der Hadischa stieß einen Triumphschrei aus und stürzte sich auf sie.

Bringen sie denen denn nicht mal die einfachsten Tricks bei? Elena duckte sich blitzschnell unter dem ungestümen Angriff weg und stieß dem Kerl ihr Schwert ins Knie. Das Bein knickte weg, und Elena setzte den nächsten Stich, diesmal in den Solar-plexus.

Der Hadischa klappte zusammen wie ein Schnappmesser und blieb reglos neben dem anderen toten Magus liegen.

Die Tür zwischen ihr und dem Zimmer, in dem Kazim ge-rade um sein Leben kämpfte, schwang auf, und Elena hörte das Rascheln von Seide.

Eine majestätische Frau in einem elfenbeinfarben schim-mernden Kleid trat auf den Korridor, die Hände schützend über ihren gewölbten Bauch gelegt. Ihre Haut war beinahe schwarz, das zu einer Turmfrisur aufgesteckte Haar hellblond.

Sie war am ganzen Körper mit Juwelen geschmückt, als wäre sie auf dem Weg zu einem Ball.

Der Anblick ließ Elena einen Moment lang erstarren, da wurde die Schwangere plötzlich zur Seite gestoßen. Ein mit einer Armbrust bewaffneter Hadischa stürmte durch die Tür und schoss ohne zu zögern auf Molmar. Die Entfernung betrug kaum mehr als zwei Schritte, doch die Frau im Seidengewand konnte dem Schützen im letzten Moment auf den Arm schlagen, sodass der Pfeil sich neben Molmar in die Wand bohrte.

Noch bevor der Schütze reagieren konnte, ging Elena wieder zum Angriff über. Sie schob die Frau mit einem Gnosisimpuls zur Seite und feuerte einen Magusbolzen auf den Hadischa ab.

Seine Schilde flackerten kurz, dann ließ er die Armbrust fallen und zog seinen Säbel – das alles so schnell, dass er Elenas Schwerthieb mit Leichtigkeit abwehrte und sie mit einem mächtigen Stoß gegen die Wand schleuderte. Die Klinge seiner Waffe knisterte nur so vor Energie, jede seiner Bewegungen war pure Kraft und Wildheit. Er ging zum Gegenangriff über.

Diesmal war es Elena, die verzweifelt Schlag um Schlag parierte und immer weiter zurückweichen musste, bis sie schließlich mit dem Rücken an der Wand stand. Sie konnte den Bewegungen des Säbels kaum folgen. *Rukka, der Kerl ist gut!*

Da hustete er plötzlich und blickte an seiner Brust hinab: Die Spitze eines Armbrustbolzens schaute auf Höhe des Herzens heraus. Er machte noch einen zuckenden Schritt, dann fiel er vornüber.

Hinter ihm stand die schwangere Frau. Sie war das schönste weibliche Wesen, das Elena je gesehen hatte, und das nicht erst, seit sie ihr das Leben gerettet hatte. Sie hatte die Armbrust noch im Anschlag, ihre Lippen umspielte ein zufriedenes Lächeln.

»Liebes«, sagte sie auf Rondelmarisch, »wenn Ihr gekom-

men seid, um uns zu befreien, möchte ich sofort Eure Blutsschwester werden.«

Kazim wirbelte herum und sah drei identisch aussehende
Frauen in seine Richtung kommen. Ihre Säbel bewegten sich
so schnell, dass die Klingen vor seinen Augen zu Fächern ver-
schwammen. Erst seine Gnosissicht zeigte ihm, welche der
drei die echte war – er packte sie mit einem kinetischen Griff
und schleuderte sie auf Tahir, der gerade mit einem Feuerzau-
ber beschäftigt war.

Die junge Frau stürzte mitten in die Flammen und stieß
einen entsetzlichen Schmerzensschrei aus. Tahir wurde totenbleich im Gesicht und löschte das Feuer sofort, aber die
Schreie waren bereits verstummt …

Genug. Kazim sammelte all seine Kraft und bündelte sie zu
einer Gnosisfaust von barbarischer Einfachheit und Kraft: der
Kraft eines Aszendenten.

Tahirs Schilde waren sehr viel schwächer als zuvor, denn er
war abgelenkt. »Tochter …«, stammelte er fassungslos.

Im nächsten Moment war er nur noch ein blutiger Klumpen
aus Fleisch und Knochensplittern, der an den unter der Wucht
des Aufpralls geborstenen Ziegeln klebte. Der Rückschlag der
Gnosisfaust war so heftig, dass er beinahe auch Kazim von den
Beinen gerissen hätte. Er sank zitternd auf die Knie und kroch
auf die verbrannte Hadischa zu, aber jede Hilfe kam zu spät:
Kleidung und Haare waren zu Asche verbrannt, die Haut war
schwarz wie Kohle und blätterte in großen Stücken ab. In den
Augenhöhlen schwamm nur noch das geronnene Eiweiß. In
seinem Kopf hörte Kazim ihren Geist immer noch schreien,
ein geräuschloses Wimmern, das einfach nicht aufhörte.

Ihrem Leid ein Ende zu machen, war eine Gnade. Er zog
gerade den Dolch aus ihrer Brust, als Elena hereinkam.

»Kaz?«

Er nickte ihr kurz zu und stand langsam auf. Kekropius und seine Leute glitten durch das Loch in der Wand, das die Statue geschlagen hatte.

»Kekro! Ich bin so froh, dass dir nichts passiert ist«, rief er erleichtert und fiel dem Lamia um den mächtigen Hals, dann wandte er sich an Elena. »Gut, wen müssen wir noch alles erledigen?«

Die schwangere Schönheit in dem elfenbeinfarbenen Gewand stellte sich als Odessa d'Ark vor, eine Reinblutmagi aus einer Familie des Ordo Costruo. Der Mann, den sie mit der Armbrust getötet hatte, war Narukhan Mubar, der jüngere Bruder von Emir Rashid Mubar al-Hallikut und außerdem der Vater ihres ungeborenen Kindes. Odessa weinte ihm nicht eine Träne nach.

»Sie haben um mich gefeilscht wie auf dem Viehmarkt, diese Barbaren!«, erzählte sie mit tiefer, melodiöser Stimme und musterte Elena und Kazim dabei aufmerksam. »Eure Auren sind so eigenartig«, fügte sie nach kurzem Überlegen hinzu, da sah sie Kekropius. »Was, bei Hel ...?«

»Später«, erwiderte Elena. »Im Moment ist noch zu viel zu tun, aber wir werden Euch alles erklären.«

Die restlichen Hadischa zu erledigen, brauchte nur eine knappe Stunde, und den größten Teil der Kämpfe übernahmen die Lamien. Der Tod ihrer Offiziere hatte die Überlebenden, die ohnehin von weit niederem Blutrang waren, derart demoralisiert, dass viele entweder die Flucht ergriffen oder sich gleich ergaben. Kazim brach die Kettenrune, mit der Rene Cardien von Narukhan persönlich belegt worden war, dann gingen sie zu viert von Zimmer zu Zimmer, um auch die restlichen Gefangenen zu befreien.

Nachdem sie die Wachen in die Verliese im Untergeschoss gesperrt hatten – die im Vergleich zu rondelmarischen be-

merkenswert sauber und komfortabel waren, wie Elena feststellte –, gingen sie zu den Gebäuden, in denen die Kinder untergebracht waren. Der Empfang dort hätte gegensätzlicher
nicht sein können: Die Kinder sahen in ihnen nicht die lang
ersehnte Rettung, sondern brutale Schlächter. Sie klammer-
ten sich zitternd an ihre Pflegemütter, als erwarteten sie, nun
ebenfalls getötet zu werden.

Schließlich versammelten sich Elena, Kazim, Kekropius,
Rene Cardien, Odessa d'Ark und die anderen befreiten Magi
zu einer Bestandsaufnahme in einem Saal. Elena hatte kurz
zuvor nach Molmar gesehen. Es ging ihm nicht gut, aber er
war bei Bewusstsein, und eine Heilerin des Ordo Costruo kümmerte sich um ihn. Lediglich zwei der Lamien waren im Kampf
gefallen – die Überraschung und das Entsetzen, das der bloße
Anblick der Schlangenmenschen selbst bei den rondelmarischen Magi auslöste, hatte jeden ihrer Kämpfe erleichtert.

»Wie viele seid Ihr?«, fragte Elena auf Rondelmarisch und
übersetzte in Gedanken für Kazim.

Rene Cardiens Würde, aber auch seine Großspurigkeit waren zurückgekehrt, nun da er wieder Kleider am Leib hatte.

»Wir haben dreiundfünfzig Mitglieder unseres Ordens befreit,
Dame Anborn, außerdem weitere vierzehn Magi«, verkünde-
ter er.

»Und auf welcher Seite steht Ihr?«

»Auf der unseres Ordens selbstverständlich«, antwortete
Cardien, als fände er die Frage absurd.

»Auch wenn einige von uns das Neutralitätsprinzip des Ordo
Costruo mittlerweile infrage stellen«, warf Odessa d'Ark finster ein.

»Pah, ausgerechnet Ihr, die mit Juwelen und Seide über-
häuft wurde!«, beschwerte sich eine grauhaarige Magi, deren
Bauch genauso gewölbt war wie Odessas.

»Narukhan hat mich so herausgeputzt, Clematia. Was hätte

ich denn dagegen tun können?«, fuhr Odessa sie an. »Wäre es Euch lieber gewesen, wenn er mich geschlagen hätte?«

»Wir *wurden* geschlagen«, warf eine Blonde mit einem blauen Auge ein, dann fügte sie mit stummen Lippenbewegungen hinzu: »Hure.«

»Genug«, ging Elena dazwischen. »Was ist mit den vierzehn, die nicht zu Eurem Orden gehören?«

»Sie sind Kriegszügler wie ich«, erklärte ein junger Mann mit blasser Haut und dünnem schwarzem Haar. »Mein Name ist Valdyr von Mollachia. Ich und mein Bruder wurden während des Zweiten Kriegszugs hierher verschleppt.«

»Wie alt wart Ihr damals?«, erkundigte sich Elena. Valdyr sah aus, als wäre er gerade einmal zwanzig wie ihr Neffe Alaron. Sie hatten ihn nackt an ein Bett gefesselt gefunden, unter dem sich eine vor Angst bebende Keshi versteckt hatte. Elena wusste nicht viel über Valdyrs Heimat, nur dass Mollachia im Grenzgebirge zwischen Midrea und Schlessen lag. Es war ein wildes Land mit seltsamen Gebräuchen und einer blutigen Vergangenheit.

»Ich war zehn. Ich war der Bannerträger meines Bruders. Eines Tages gerieten wir in einen Hinterhalt, seitdem bin ich hier.« Sein bohrender Blick sprang zwischen Elena und Kazim hin und her. »Und dafür werde ich diesen Noori-Abschaum bezahlen lassen.«

Viele im Saal, Männer wie Frauen, nickten grimmig.

Natürlich möchte er das, wer könnte ihm daraus einen Vorwurf machen? Leider bedeutet es auch, dass er für uns unbrauchbar ist.

»Wo ist Euer Bruder?«

Valdyr wurde noch bleicher. »Er ging mit den Gottessprechern.«

Der Schmerz in Valdyrs Stimme tat Elena beinahe körperlich weh. Der abtrünnige Bruder war offensichtlich sein großes

444

Vorbild gewesen. *Wenn man allein in einer Zelle eingesperrt sitzt und der einzige Kontakt zur Außenwelt ein fanatischer Priester ist, passiert so etwas allzu leicht...* Elena hatte es auf beiden Kontinenten erlebt. Sie warf Valdyr einen mitfühlenden Blick zu, dann wandte sie sich wieder an Rene. »Wie viele Kinder wurden gerettet?«

»Einhundertundacht, davon dreißig Säuglinge. Ich schätze, dass etwa fünfzehn der Mütter während der Schwangerschaft die Gnosis erhielten. Außerdem gibt es drei schwangere Keshi, die wohl ebenfalls die Gnosis erhalten werden.« Er rutschte unbehaglich auf seinem Stuhl herum. »Ihre Kinder sind von mir«, fügte er mit leerer Stimme hinzu.

Cardien ist ein Reinblut, also werden seine Kinder Halbblute. Die Mütter auch, teilte sie Kazim in Gedanken mit.

»Wir haben fünf Windskiffs erbeutet«, meldete sich nun auch Kazim zu Wort. »Aber selbst mit unseren beiden Schiffen zusammen reicht es nicht, um alle zu transportieren.«

Odessa fixierte Elena mit einem harten Blick. »Damit wäre klar, was zu tun ist: Wer aus Yuros stammt oder zu unserem Orden gehört, kommt mit. Alle anderen müssen sterben.« Der mühsam unterdrückte Hass in ihrer Stimme sprach Bände darüber, was sie und alle anderen im Raum von den Hadischa hatten erdulden müssen.

Elena erwiderte ihren Blick gelassen. »Ihr missversteht die Lage, Magister d'Ark. Wir ermorden keine Kinder.«

»Wenn Ihr wüsstet, was wir durchgemacht haben, Blutsschwester, würdet Ihr anders denken. Ich *sehne* mich danach, Rache an diesen Hunden zu nehmen.«

»Auf wessen Seite steht *Ihr* denn?«, warf Clematia ein. »Was haben Eure eigenartigen Auren zu bedeuten?«

»Und was sind das für Schlangenkreaturen?«, fügte der grauhaarige Magus-Ritter Seir Beglyn hinzu. »Wo, bei Hel, kommen sie her?«

Elena warf Kazim einen kurzen Blick zu. *Gut, dann wollen wir mal…* »Sie nennen sich Lamien. Die Animagi von Pallas haben sie gezüchtet.«

»Das ist gegen das Gesetz«, entrüstete sich der junge Valdyr.

»Das Gesetz hat die Sacrecours noch nie gekümmert«, höhnte Odessa.

»Nichtsdestotrotz sind sie eine Abscheulichkeit«, knurrte Seir Beglyn.

Kekropius fixierte den Ritter mit blitzenden Augen. »Wir haben nicht darum gebeten, erschaffen zu werden, und doch existieren wir. Wir leben, haben Kinder und Träume – und wir sind stark genug, um es mit jedem aufzunehmen, der uns Böses will.«

»Gesetze werden nicht ohne Grund erlassen«, konterte Beglyn, ohne den Lamia anzusehen.

»Zeigt Ihr Eure Dankbarkeit immer auf diese Weise?«, fragte Elena und wandte sich dann wieder an Cardien. »Können wir uns, unabhängig davon, was das Gesetz sagt, darauf einigen, dass Kekropius und seine Lamien denkende und fühlende Wesen sind wie wir und deshalb genauso ein Recht auf Leben haben wie wir? Soweit ich mich entsinne, war das zumindest die Haltung des Ordo Costruo in solchen Fragen.«

Die Ordo-Costruo-Magi nickten unsicher, nach einer Weile schlossen sich auch die Kriegszügler zögernd an.

»Was das Kaiserreich sät, wird die Welt ernten«, seufzte Cardien. »Was mir weit größere Sorgen bereitet, verehrte Elena, ist Euer… ähm… Kazim. Es ist nicht das erste Mal, dass ich einem von seiner Art begegne.«

»Was wollt Ihr damit sagen?«, hakte Odessa nach. »Ist er auch eine Züchtung?«

Diesmal dauerten die Erklärungen länger. Als das Wort Seelentrinker fiel, griffen einige nach ihren Amuletten, und überall um den Tisch flammten Wächter auf. Als Elena ihnen dann auch noch zeigte, wie ihre Aura mit Kazims verbunden war, wurde die Anspannung im Raum noch größer. Die Abscheu stand den meisten überdeutlich ins Gesicht geschrieben. Elena konnte förmlich sehen, wie die Dankbarkeit der Magi sich in Angst verwandelte, dass ihre Retter noch schlimmer sein könnten, als ihre Häscher es gewesen waren.

»Weder er noch ich sind eine Gefahr für Euch«, erklärte sie mit Nachdruck. »Seit wir zusammen sind, muss Kazim nicht mehr töten, um seine Gnosis zu regenerieren. Er speist sie aus mir.«

Die Kriegszügler waren offenkundig entsetzt, dass Elena sich mit einem Noori – und darüberhinaus einem Dokken – eingelassen hatte, aber damit hatte sie gerechnet, und es kümmerte sie nicht. Rene Cardien und Odessa d'Ark hingegen, die im Grunde ihres Herzens immer noch Forscher und Gelehrte waren, schienen fasziniert.

»Über die Verbindung zwischen Euch füllt er also seine Gnosis wieder auf, dennoch reicht sie für Euch beide …«, fasste Cardien kopfschüttelnd zusammen. »Das ist unglaublich!«

»Nein«, widersprach Elena. »Es ist nicht unglaublich, sondern *wahr*.«

»Aber was ist mit Euch?«, warf Odessa ein. »Euch wurde nicht dasselbe Schicksal zuteil wie Nasette, Ihr wurdet nicht selbst zur Dokken?«

»Nein. Allerdings haben wir darauf geachtet, dass ich nicht schwanger werde.«

Odessa blickte mit gerunzelter Stirn auf ihren eigenen Bauch. »Welch Glück für Euch.«

»Da Meister Makani nicht mehr töten muss, ist er ein ganz normaler Magus. Ist es das, was Ihr sagen wollt?«, fragte Seir Beglyn mit hartem Blick. »Dies ist eine wichtige Angelegenheit, Dame Anborn.«

»Ich weiß«, erwiderte sie. »Glaubt mir, auch ich musste während der letzten Jahre viele meiner Vorurteile über Bord werfen. So viele, dass ich mich selbst kaum wiedererkenne. Ich bin in Noros geboren und aufgewachsen, habe in der Revolte gekämpft, aber nun lebe ich seit Langem in Antiopia – mit einem Dokken. Kazims Weg hierher war ebenso lang und verworren wie meiner.«

»Aber wenigstens eine Seele *muss* er verschlungen haben, um die Gnosis zu erhalten«, warf Cardien ein. »Erzählt uns von Eurem langen Weg, Kazim Makani.«

Alle Köpfe drehten sich in Kazims Richtung.

Sie hatten bereits darüber gesprochen, was er an diesem Punkt sagen würde. Während ihrer Zeit bei den Grauen Füchsen hatte Elena sich darauf gedrillt, die Wahrheit unter allen Umständen zu verschleiern – vor allem eine so brisante. Kazim vertrat den entgegengesetzten Standpunkt. »Die Lüge fällt stets auf den Lügner zurück«, hatte er während des Streitgesprächs immer wieder gesagt. Es war ein Zitat aus dem Kalistham. Es dauerte eine Zeit, bis Elena überzeugt war, doch dann fielen ihr immer mehr Gelegenheiten ein, bei denen Geheimniskrämerei sich in der Tat als kontraproduktiv und manchmal sogar tödlich erwiesen hatte. Lügen neigten dazu, im schlimmstmöglichen Moment ans Tageslicht zu kommen und alles zu zerstören.

Die Nerven bis zum Zerreißen gespannt, wartete sie ab, während Kazim die Wahrheit erzählte.

»Mein Vater war ein Seelentrinker, aber davon wusste ich nichts«, begann er. »Ich bin in Lakh aufgewachsen und habe ihn nie die Gnosis gebrauchen sehen, obwohl ihn die entsetzlichen Brandwunden, die er sich in der Schlacht zugezogen hatte, sein Leben lang plagten. Ich glaube, er hatte seinen Kräften abgeschworen und diesen Schwur nie gebrochen. Von meinem Erbe erfuhr ich erst, als ich mich der Fehde anschloss und mich dazu verführen ließ, den Hadischa beizutreten.«

Allein die Erwähnung der Fehde sorgte für Unruhe unter den Zuhörern, und Elena bereitete sich innerlich auf die wesentlich heftigeren Reaktionen vor, die unweigerlich kommen würden.

»Die Hadischa brachten mir bei, alle Weißen zu hassen und meinen Vorgesetzten bedingungslos zu gehorchen, und genau das tat ich. Ich war sogar stolz auf die wichtige Aufgabe, die mir übertragen wurde.«

Kazim verstummte kurz, gefangen im Strudel seiner Erinnerungen.

»Ich erhielt den Befehl, Antonin Meiros zu töten.«

Erstickte Schreie wurden laut, vor allem die Mitglieder des Ordo Costruo waren entsetzt. Odessa sah bestürzt aus, Cardien fassungslos. Keiner von ihnen wusste, wie er reagieren sollte, alle blickten einander ratlos an. Schließlich stürzte sich eine der jüngeren Magi kreischend auf Kazim.

Elena versuchte, sie zurückzuhalten, aber die Magi war so außer sich, dass ihr nichts anderes übrig blieb, als sie mit einem Wurf flach auf den Rücken zu legen.

»Haltet ein!«, brüllte Elena so laut, dass es von den Wänden widerhallte. Aus dem Augenwinkel sah sie, wie überall im Raum Gnosisschilde aufflammten.

»Den Geist stets offen zu halten!«, rief sie in Cardiens Richtung. »War das nicht einer der Leitsätze des Ordens?«

Cardien musterte sie durch zusammengekniffene Augen, schließlich hob er die Hand, um seine Magi zur Ruhe zu mahnen. Sie taten es nicht gern, aber sie gehorchten. Die Blonde, die Elena immer noch auf den Boden gedrückt hielt, war nicht die Einzige, aus deren Blick ihr blanker Hass entgegenschlug.

»Danach wurde ich zur Krak di Condotiori verlegt«, fuhr Kazim fort. »Dort tötete ich einen aus Euren Reihen und half, die anderen gefangen zu nehmen. Heute tut mir das unendlich leid.«

»Es tut Euch *leid*?«, blaffte Clematia. »Ihr habt unseren Orden vernichtet, seinen Gründer getötet, und es tut Euch *leid*?«

»Von frühester Kindheit an wurde mir beigebracht, Euch als unsere Feinde zu sehen... als Afreet sogar«, erwiderte Kazim gemessen. »Ich hielt die Fehde für gut und gerecht.«

»Genau wie die Yurer ihre Kriegszüge«, warf Elena ein, als einige schon protestieren wollten, dann wandte sie sich wieder an die junge Magi in ihrem Griff. »Werdet Ihr jetzt Ruhe geben?«

»Leckt mich!«

»Lunetta!«, sagte Clematia tadelnd. »Wir sind Mitglieder des Ordo Costruo.«

»Ich nicht«, erklärte Valdyr und stand auf. »Wir wurden nicht gerettet, denn unsere Retter sind Monster.«

»Wir können Euch gerne wieder einsperren und hierlassen, Choda«, gab Kazim bissig zurück. »An Euer Bett gefesselt mit einem Mädchen auf Eurem Schoß, wenn Euch das lieber ist als zu kämpfen.«

»Dafür bringe ich dich um, Dunkelhäuter«, knurrte Valdyr. Sein blasses Gesicht verzog sich zu einer hasserfüllten Fratze, aber noch machte er keine Anstalten, Kazim anzugreifen.

Elena erkannte eine Angst in seinem Blick, die sie an vielen jungen Frauen gesehen hatte, aber noch nie an einem Mann... *Ob Mann oder Frau, er ist ein Vergewaltigungsopfer. Noch kaum erwachsen und schon unzählige Male sexuell erniedrigt, verhöhnt, geschlagen und vielleicht noch Schlimmeres. Sein Selbstvertrauen ist vernichtet.*

»Valdyr«, sagte sie mitfühlend, »wir wollen Euch nichts Böses.«

Der junge Magus schaute immer noch Kazim an, aber seine Aggression schmolz, als wäre ihm soeben wieder eingefallen, wie stark Kazims Gnosis war. Seine Kriegszüglerlehre verlangte, sich dennoch auf ihn zu stürzen, aber mit jedem Moment, der verstrich, wurde sein Entschluss schwächer.

Elena wartete noch eine Weile, und als Valdyr sich endlich setzte, ließ die Spannung im Raum merklich nach. Die befreiten Magi wussten schlicht nicht, wie sie auf all das reagieren sollten, was sie soeben erfahren hatten. Elena wandte sich stumm an Cardien. *Bedaure, Magister, dass wir keine Ritter in schimmernden Rüstungen sind, dennoch haben wir Euch gerettet. Bitte vergesst das nicht. Ab jetzt werde ich weitererzählen.*

Auf Cardiens angedeutetes Nicken hin sagte sie laut: »Ich bin Kazim in Javon begegnet, während meiner Zeit als Leibwächterin der Königinregentin Cera Nesti. Kazim sagte sich von der Fehde los und schloss sich Javons Freiheitskampf gegen die Dorobonen an. Gemeinsam töteten wir viele von ihnen.«

»Was kümmert uns Javon?«, fuhr Seir Beglyn auf, aber Cardien schnitt ihm das Wort ab.

»Eure Geschichte ist uns bekannt, Elena Anborn«, sagte er und warf Kazim einen erschütterten Blick zu. »Der Schaden, den Ihr unserem Orden zugefügt habt, macht mich weinen, junger Makani. Antonin Meiros war ein großer Mann.«

»Beschwert Euch bei Rashid Mubar«, entgegnete Kazim gelassen. »Er hat die Fäden gezogen, an denen ich damals getanzt habe.« Dann senkte er den Kopf. »Im Moment von Meiros' Tod erkannte ich seinen Charakter. Ich hatte ihn für die Verkörperung Shaitans gehalten, aber das war er nicht. Von diesem Tag an zweifelte ich an allem, was mir je beigebracht worden war. Und dann lernte ich Alhana kennen...« Er streckte den Arm aus und nahm Elenas Hand. »Das veränderte alles.«

Die anwesenden Magi wirkten immer noch fassungslos, aber wenigstens sahen sie ein, dass es auch eine andere Sicht auf die Dinge gab als ihre Version. Elena entließ Lunetta aus ihrem Griff, dann senkte sich Stille über den Raum, doch sie spürte deutlich, wie die anderen Magi stumm miteinander debattierten.

»Dame Elena«, fragte Cardien schließlich, »weshalb seid Ihr hier?«

Elena erklärte ihm, dass sie befürchteten, die Rondelmarer könnten Javon zu ihrem permanenten Stützpunkt in Antiopia machen wollen, und dass, noch während sie hier miteinander diskutierten, eine Schlacht um Forensa tobte, die das Ende für Javon bedeuten konnte. Wenn sie nicht ohnehin schon verloren war. »Ich fühle mich selbst als Javonierin«, sagte sie schließlich. »Ich bin hergekommen, um für mein Land zu kämpfen.«

»Wir sind der Ordo Costruo«, entgegnete Clematia abschätzig. »Wir ergreifen nie Partei in einem Krieg.«

Elena beachtete den Einwurf nicht und sprach weiter zu Cardien. »Magister, der javonische Regentschaftsrat hat mich autorisiert, Euch folgende Belohnung für Eure Dienste zuzusichern: Die Krak di Condotiori wird Euch als neuer Ordenssitz dauerhaft geschenkt, der Orden wird fortan unter dem Schutz der javonischen Krone stehen, und Ihr bekommt einen festen Sitz im Rat.«

Dass er ihr Angebot nicht rundweg ausschlug, nahm Elena als gutes Zeichen. Cardien fragte lediglich: »Als Belohnung wofür?«

»Beistand im Kampf gegen Tomas Betillon und die Dorobonen sowie Gurvon Gyles Söldner.«

»Wir sollen in Javon gegen Truppen des *Kaiserreichs* kämpfen?!«, rief Seir Beglyn erbost. »Ihr müsst den Verstand verloren haben, Frau! Seht Euch an, was die koreverfluchten Nooris uns angetan haben!«

»Seht *Ihr* Euch an, was die Kriegszügler den Dhassanern und Keshi angetan haben!«, gab Elena zurück. »Magister Cardien, Javon ist ein unabhängiges Königreich, es kämpft für eine gerechte Sache und bietet Eurem Orden in einer Zeit der Not

Zuflucht. Wer sonst würde Euch aufnehmen? Der Kaiser hasst Euren Orden, und die Keshi hassen Euch ebenfalls.«

»Und wenn wir uns weigern?«, fragte Beglyn herausfordernd. »Ich gehöre nicht dem Ordo Costruo an.«

»Wie wahr«, mischte Odessa sich ein. »Ihr seid ein Kriegszügler, der es für sein heiliges Recht hält, in Antiopia einzufallen und alles zu plündern. Eure Entscheidung kümmert mich nicht, Seir. Von mir aus könnt Ihr nach Hel fahren.«

»Genug!«, rief Elena dazwischen. »Es steht Euch frei zu gehen, wohin Ihr wollt. Wir stellen Euch sogar ein Skiff zur Verfügung. Menschen, die glauben, das Recht auf Freiheit gelte nur für Yurer, kann Javon nicht gebrauchen.«

»Das habe ich nicht gesagt«, brummte Beglyn, doch Valdyr schrie: »Ich werde niemals an der Seite eines verfluchten Noori kämpfen! Niemals!«

Rene Cardien erhob sich, und die Kraft seiner Autorität als Meiros' Nachfolger brachte die Runde endlich zum Schweigen. »Dame Elena, dies sind weitreichende Entscheidungen. Es geht nicht nur darum, was Ihr jetzt seid, sondern auch um Eure Vergangenheit. Ja, wir wissen von Euch und Gurvon Gyle. Kazims Taten kommen erschwerend hinzu. All das zusammen würde die Entscheidung selbst zu Friedenszeiten schwierig machen. Wir müssen uns in Ruhe und aller Offenheit darüber beraten. Wenn Ihr die Güte hättet, uns dies zu ermöglichen.«

Elena seufzte. »Selbstverständlich. Wir wollen Eure freiwillige Hilfe, Magister. Alles andere ist wertlos. Ich kann Euch allerdings nicht viel Zeit geben. Die entkommenen Hadischa werden ihren nächsten Stützpunkt bald erreichen. Wir sind hier nicht mehr lange sicher.«

Während die befreiten Magi allein miteinander sprachen, glitt Kekropius nach draußen, um sich zu versichern, dass genügend Wachposten aufgestellt waren und das Windschiff startklar gemacht wurde. Kazim kümmerte sich unterdessen um die Skiffs, und Elena sah nach Molmar.

Er lag auf einem Bett und starrte ins Leere. Sein Oberkörper war verbunden, und er hatte etwas gegen die Schmerzen bekommen. Als sie die Wunde inspizierte, beobachtete Molmar sie eine Weile durch halb geschlossene Lider, dann nahm er plötzlich ihre Hand.

»Ich habe getan, worum Ihr mich gebeten habt und alle meine Eide gebrochen«, sagte er leise. »Für Euch.«

»Ich weiß aus eigener Erfahrung, wie sich das anfühlt, glaubt mir«, erwiderte sie sanft. »Ich verlange nicht, dass Ihr stolz darauf seid, aber ich glaube, Ihr habt das Richtige getan. Auch wenn Richtig und Falsch in Zeiten wie diesen nicht immer leicht voneinander zu unterscheiden sind.«

»So ist es. Ich wurde vor fünfunddreißig Jahren, nach dem Ersten Kriegszug, geboren. An einem Ort wie diesem. Ich wuchs genauso auf wie die Kinder hier. Ich glaubte alles, was man mir sagte, wie böse die Magi sind, und doch wusste ich, dass ich selbst einer bin. Diese Zerrissenheit macht mir schon mein gesamtes Leben zu schaffen, und an Tagen wie diesen ist sie eine schwere Prüfung für meinen Glauben.«

Elena merkte, dass Molmar jemanden brauchte, der ihm zuhörte, also blieb sie stumm.

»Es ist schwer, sich für einen guten Menschen zu halten, wenn die Gottessprecher tagtäglich predigen, man sei die Verkörperung des Bösen«, fuhr er fort. »Jeden Tag frage ich mich, ob ein Mensch wirklich böse zur Welt kommen kann. Ich verbiete mir, es zu glauben. Weil ich glauben möchte, dass ich gut bin.«

»Ich denke, das Böse ist etwas, für das man sich entscheidet«, sagte Elena vorsichtig. »Und manchen fällt diese Entscheidung leichter als anderen.«

Molmar nickte matt. »Ich bin Menschen begegnet, denen

schon in jungen Jahren das Böse anzusehen war, das sie eines Tages verüben würden. Manche sind derart geneigt, anderen Schaden zuzufügen, dass man tatsächlich glauben könnte, das Böse wäre ihnen angeboren. Gatoz war so ein Mensch. Anderen Schmerzen zu bereiten, machte ihm schon Freude, als er noch nicht einmal laufen konnte.«

»Ob es an der Veranlagung liegt oder an der Erziehung, es ist und bleibt ein Dilemma. Niemand kennt die Antwort.«

»Das mag sein, aber ich weiß jetzt, wie die Antwort *nicht* lautet«, erwiderte Molmar. »Wir dürfen niemals ein ganzes Volk oder eine Religion als böse verdammen. Solche Verallgemeinerungen sind falsch. Wir müssen stets die einzelne Tat beurteilen, und zwar in dem Zusammenhang, in dem sie begangen wurde. Das ist der weitaus schwierigere Weg, denn er entbehrt die Einfachheit, die Herrscher und Priester so sehr schätzen.«

Er deutete in Richtung der Kinderhütten. »Ich verüble Rashid nicht, dass er mehr Magi haben will, die an seiner Seite gegen die Kriegszügler kämpfen. Von mir aus kann er dazu mit so vielen Frauen ins Bett gehen, wie er will. Aber Vergewaltigung und erzwungene Kindeszeugung – diese Grenze hätten wir niemals überschreiten dürfen.«

»Verzweifelte Situationen bringen verzweifelte Menschen hervor«, erwiderte Elena. »Wären die Rondelmarer gar nicht erst in Ahmedhassa eingefall ...«

»Rashid Mubar hat die Zuchtanstalten lange vor dem Ersten Kriegszug eingerichtet, Dame Alhana«, widersprach Molmar leise. »Um sich selbst an die Spitze des Ordo Costruo zu setzen.« Er zog eine Kupferbrosche aus dem Beutel neben seinem Bett. Sie stellte einen Schakalkopf dar. Molmar betrachtete sie traurig, dann warf er sie in eine Ecke. »Von hier aus gibt es keine Umkehr mehr, Alhana. Ich gehöre jetzt zu Euch.«

Eine Stunde später, es war bereits Nacht, kamen Rene Cardien und Odessa d'Ark zu Elena, die gerade vom Tor aus beobachtete, wie die überlebenden Wachsoldaten die Schwangeren und Kinder zum nächsten Dorf führten. Der lange Fackelzug schimmerte in der Dunkelheit wie eine Gebetskette. *Wir ermorden keine Kinder.*

»Und?«, fragte sie beiläufig, obwohl ihr das Herz bis zum Hals schlug.

Cardien blähte sich ein wenig auf, dann verkündete er: »Dame Elena, wir, die Mitglieder des Ordo Costruo, stimmen den Bedingungen der Regentin zu.«

»Wir kämpfen, um zu überleben«, ergänzte Odessa finster. »Wenn es sein muss, auch an der Seite von Euch und Eurem Dokken.«

Wir werden wohl doch nicht so bald Blutsschwestern, werte Odessa …

»Die ehemaligen Kriegszügler werden uns nicht begleiten«, fuhr Cardien fort. »Seir Beglyn, Valdyr und die anderen wollen sich den rondelmarischen Legionen anschließen, doch wir kommen mit Euch nach Javon.«

Elena schloss die Augen und sprach ein stummes Dankgebet – an welchen Gott auch immer.

Halte aus, Cera. Wir kommen, so schnell wir können.

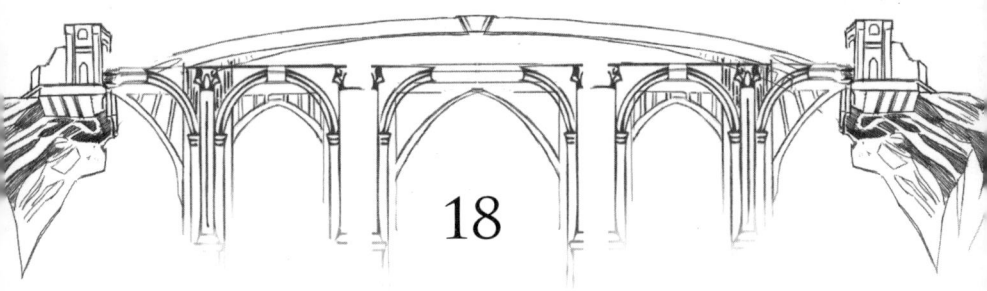

18

KROKODILE

URTES FLÜSSE

Wie die Ozeane sind auch die Flüsse Urtes den Gezeiten unterworfen, allerdings wirkt sich die Anziehungskraft des Mondes in kleineren Gewässern viel schwächer aus, sodass auch die Gezeiten weniger stark sind. Auf Flüssen und Seen erlernte der Mensch die Schifffahrt, und aus den Booten entwickelte er später die Windschiffe. Die Flüsse wurden zu wichtigen Handelswegen, sodass bis heute auf einem einzigen mehr Güter transportiert werden als von allen Windflotten Urtes zusammen.

ORDO COSTRUO, PONTUS 896

Ramon starrte mit müden Augen hinaus auf den Tigrates. Das halbe Heer nahm ein Bad in den Wellen, und seine Aufgabe war, nach Krokodilen Ausschau zu halten. Die riesigen Räuber hatten gemerkt, dass es seit einiger Zeit ständig Frischfleisch im Wasser gab, und lauerten auf Beute. Jeder, der eine Affinität zum Animismus hatte, musste sich am Wachdienst beteiligen, Tag und Nacht. Die Legion hatte drei Männer verloren, bevor sie auf die Gefahr aufmerksam wurden. Seitdem hatten sie Dutzende Krokodile getötet, was die meisten der Bestien nun auf Distanz hielt, aber es gab immer welche, die besonders großen Hunger hatten.

Krokodil schmeckte wie eine Mischung aus Fisch und Hühnchen, war Ramons Meinung nach allerdings weder so gut wie das eine noch das andere. Doch an Fleisch war schwer heranzukommen, deshalb beschwerte sich auch niemand.

Er gähnte und fragte sich, wie lange es noch bis zu seiner Ablösung sein mochte. Die letzten Tage hatte er kaum geschlafen und die meiste Zeit in Baltus' repariertem Skiff flussaufwärts nach einem Ausweg aus ihrer Falle gesucht, doch das Problem mit den nächtlichen Erkundungsflügen war, dass er kaum etwas sehen konnte. Ramon gähnte noch einmal und rieb sich die Augen.

»Buongiorno«, sagte Lanna mit erbärmlich schlechtem rimonischem Akzent und setzte sich zu ihm.

»Pst!« Ramon legte die Finger an die Schläfen, um ihr zu zeigen, dass er sich konzentrieren musste. »Die hinterhältigen Bastarde pirschen sich gern unter Wasser an.«

»Ach ja? Stammen Krokodile ursprünglich aus Silacia?«

Ramon warf lachend die Hände in die Luft. »Rukka mio! Wie soll ich mich da konzentrieren?«

Sie blickten einander an. Ramon hatte in letzter Zeit oft im Lazarettzelt ausgeholfen, im Gegenzug hatte er einen Schlafplatz in der Ecke bekommen, da Severine ihn eindeutig nicht in ihrer Nähe haben wollte. Es war eine eigenartige, beschämende Situation. Die anderen Magi trauten sich nicht einmal, darüber zu sprechen. Er und Lanna waren nicht direkt Freunde geworden, aber sie wusste Ramons Hilfsbereitschaft zu schätzen, und das Eis zwischen ihnen schien allmählich zu schmelzen.

»Wie war die letzte Nacht?«, fragte er. Der Strom an Verwundeten war fast versiegt, aber mit den Schwerverletzten und den unvermeidlichen Unfällen in einer Kampftruppe hatten Lanna und Carmina auch so genug zu tun.

»Langweilig. Sieben neue Fälle von schwerem Durchfall und etwa ein Dutzend Erkrankungen, von denen ich nicht einmal weiß, wie sie heißen. Gegen Mitternacht brachten sie einen der estellaynischen Bogenschützen, für den wir nichts mehr tun konnten. Ein Skorpionstich wahrscheinlich. Wir müssen den Legionären noch einmal einschärfen, jedes Mal nachzusehen, bevor sie ihre Stiefel anziehen.«

»Es nimmt wohl nie ein Ende, was?«

»Das ist nun mal das Los von uns Heilern: Immer im Dienst, wie selbstverständlich Wunder vollbringen, und dann die Schuld in die Schuhe geschoben bekommen, wenn einer der Patienten stirbt. Und das natürlich für die Hälfte des Soldes, den ein Schlachtmagus bekommt.«

»Nicht in dieser Legion.«

»Wirklich? Seit wann bist du für die Besoldung zuständig?«

»Ich meine es ernst: Ihr werdet das Gleiche bekommen oder mehr. Dafür sorge ich.«

»Hmm. Ich habe gehört, du hättest irgendwo eine Menge Geld beiseitegeschafft.«

Ramon rieb sich das Kinn. »Erzähl den Soldaten nichts davon. Auch sie bekommen ihren Sold, aber bis es so weit ist, würde ich gerne eine Meuterei vermeiden.«

»Keine Angst, bei mir ist dein Geheimnis sicher.« Sie musterte ihn mit gerunzelter Stirn. »Das ist der erste Kriegszug, auf dem ich mich von den Schlachtmagi tatsächlich wertgeschätzt fühle. Duprey hat meine Dienste immer für selbstverständlich gehalten, inklusive der üblichen schäbigen Annäherungsversuche.«

Ramon rümpfte die Nase. »Tut mir leid, das zu hören. Ich mochte ihn irgendwie.«

»Er war ein Arschloch. So wie die meisten.«

Lanna blickte traurig in die Ferne. Die Angriffe der Keshi hatten vor drei Wochen aufgehört, aber sie saßen immer noch in den Flussdünen fest. Die Vorräte gingen allmählich zur Neige, am anderen Ufer patrouillierten nach wie vor die Kirkegar. Salims Heer hatte mittlerweile seine eigenen Befestigungen und Palisaden errichtet, sodass ihr Lager nun hermetisch nach außen abgeriegelt war. Ein Entkommen schien unmöglich, trotzdem war die Moral gut. Vor allem, weil es ihnen gelungen war, alle Angriffe zurückzuschlagen.

»Wie geht's Jelaska?«, erkundigte sich Ramon vorsichtig.

»Nicht gut.«

Seit Baltus Prentons Tod befand Jelaska sich im freien Fall. Sie schlief schlecht und verlor die Kontrolle über ihre Gnosis, sodass sie im Schlaf Ätherwesen herbeirief und sie sich gezwungen sahen, ihr Beruhigungsmittel zu geben. Lannas Vorräte an den dafür notwendigen Kräutern waren beinahe aufgebraucht.

»Sie ist eine zähe alte Krähe«, erwiderte Ramon. »Ich bin sicher, sie glaubt genauso wenig an Flüche wie wir.«

»Vielleicht hast du recht, aber sie hat es endgültig satt, ständig jemanden zu verlieren und will nur noch zurück nach Hause, wie alle anderen auch. Außer mir. Mir gefällt es hier, und ich überlege zu bleiben. Ich würde mir ein Haus oben in den Dünen bauen und die Anlegestelle für meine luxuriöse Barke gleich hier.«

»Ich kann die Wasserqualität flussabwärts von hier nicht empfehlen. Unsere Leute haben den Tigrates für die nächsten paar Jahrzehnte vergiftet.« Er grinste. »Du baust also darauf, dass wir uns in dieser Gegend beliebt gemacht haben, oder?«

»Hmm. Die Keshi mögen uns so sehr, dass sie uns gar nicht mehr weglassen wollen«, erwiderte sie trocken.

Plötzlich wurde Lanna zwanzig Schritte weit durch die Luft geschleudert und landete klatschend im Fluss. Selbst Ramon wurde von der Wucht der Gnosisfaust getroffen und kam verwirrt wieder auf die Füße, während Lanna laut fluchend ans Ufer watete. Severine Tiseme kam auf ihn zugestampft, das kleine runde Gesicht rot vor Zorn.

»Ich habe genug davon, dich ständig mit dieser runzeligen Hure zu sehen!«, kreischte sie und rannte weiter zum Fluss, um Lanna zurück in die Fluten zu schleudern. Diesmal versuchte die Heilerin, den Angriff abzuwehren, aber Severine war stärker als sie, und Lanna klatschte erneut rücklings ins Wasser. »Lass die Finger von meinem Mann, du lüsterne Mumie!«, brüllte sie und ließ ihre Schilde aufflammen.

Die badenden Soldaten ringsum ließen das Schwimmen sein und schauten mit einer Mischung aus Amüsement und Sorge zu: Niemand wollte bei einem Magusduell zwischen die Fronten geraten.

Als Lanna wieder aus den Wellen auftauchte, klebte ihr dünner Kittel eng am Körper. Einige der Männer pfiffen erfreut, während sie sich mit hocherhobenem Kopf vor Severine aufbaute. »Ich werde mich nicht dazu herablassen, mich mit jemandem wie dir vor Publikum zu duellieren«, fauchte sie.

»Weil dir der offene Kampf nicht liegt und du dich lieber

von hinten heranschleichst«, höhnte Severine so laut, dass alle es hörten.

Lannas sonst so sanfter Blick glühte vor Zorn, dann hob sie drohend den Zeigefinger. »Mach dich mir nicht zur Feindin, Prinzessin.«

»Ich habe keine Angst vor dir. Deine Finger sehen aus wie die einer altersschwachen Kräuterhexe«, erwiderte Sevi gehässig.

Lanna wurde noch röter im Gesicht, aber sie war Heilerin, keine Kämpferin, und zog sich geschlagen zurück – allerdings erst, nachdem sie Ramon einen vernichtenden Blick zugeworfen hatte, der ihm sagte: Vielen Dank auch für deine Hilfe.

Ramon sah, wie Severine überlegte, Lanna ein weiteres Mal anzugreifen, und verhinderte es mit einem Gegenzauber.

Sevi fuhr wütend herum. »Und was dich betrifft, du speichelleckerische Ratte – ich weiß alles!«

»Wie bitte? Ich habe …«

»Lügner!« Damit ließ sie ihn vor den etwa eintausend hämisch glotzenden Legionären stehen und verschwand.

Eine Weile stand er ratlos da und überlegte, ob er versuchen sollte, mit den beiden Frauen wieder ins Reine zu kommen, oder weiter nach Krokodilen Ausschau halten sollte. Und dann war da noch dieser Kontakt, auf den er schon die ganze Zeit wartete. Schließlich setzte er sich, ignorierte die grinsenden Soldaten und schmollte. Der Tag war so oder so ruiniert.

Es dauerte noch eine ganze Stunde, bis Ramon endlich die heiß ersehnte gnostische Berührung in seinem Geist spürte, und er antwortete sofort. *Wird auch langsam Zeit*, erwiderte Ramon auf Rimonisch.

Denkst du, das war leicht? Auf dieser Uferseite wimmelt es nur so von Inquisitoren. Der Name seines Kontaktmannes war Silvio Anturo. Er war Magus-Agent und machte einen ungewöhnlich nervösen Eindruck für jemanden, der in den Diensten eines Familioso stand. Andererseits hatte man in dieser Funktion nur selten mit Inquisitoren zu tun. Außerdem gehörte er nicht zu Retiaris Klan, sondern zu den rivalisierenden Petrossi, die vorübergehend das Kriegsbeil nur begraben hatten und kooperierten. Anturo und er waren schon seit Tagen miteinander in Kontakt, weshalb Ramon umso überraschter war, dass er diesmal so lange gebraucht hatte, ihn zu finden.

Wir müssen uns treffen, meldete Anturo sich wieder zu Wort. *Isabella Petrossi, meine Patrona, wird allmählich ungeduldig. Du hast gesagt, der Trick mit den Schuldscheinen habe funktioniert, und dann bist du für ein Jahr spurlos verschwunden. Das hätte um ein Haar für einen Krieg zwischen den Retiari und den Petrossi gesorgt, und Isabella will jetzt endlich wissen, wo das verdammte Gold ist.*

Ich versichere dir, das Gold ist in Sicherheit.

Ramon konnte Anturos grenzenlose Erleichterung sogar über die Verbindung hinweg spüren. *Wo, in Eurem Lager?*

Ein Teil davon, log Ramon. *Aber im Moment stecken wir hier ein bisschen in der Klemme.*

Die Legion, nicht du. Dich kann ich ohne Probleme rausholen.

Wohl wahr, ich *könnte einfach von hier verschwinden, aber die zwanzig Wagen voller Gold nicht!* Allerdings hatte Ramon nicht vor zu verschwinden. Er wollte die Soldaten nicht im Stich lassen und auch die Magi nicht, die inzwischen tatsächlich so etwas wie Freunde für ihn geworden waren. Außerdem war seine Tochter hier. Und Sevi, wie auch immer die Zukunft mit ihr aussehen mochte.

Ich habe mehr als genug Leute, um zwanzig Wagen zu fahren, entgegnete Anturo. *Komm schon, Sensini, die Retiaris werden doch irgendeinen Plan haben, wie sie dich da rausholen wollen. Immerhin war es eure Idee, die Rondelmarer mithilfe ihrer eigenen Geldgier zu erleichtern!*

Nun war für Ramon der Moment gekommen, den Köder auszuwerfen. *Si, si, natürlich haben wir einen solchen Plan. Aber mal ehrlich, Anturo, wärst du zufrieden mit einem Anteil?*

Die Verbindung verstummte eine Weile. Ramon konnte förmlich sehen, wie sein Gegenüber in Gedanken die möglichen Szenarien durchging. Anturo wurde so nervös, dass er sogar flüsterte. *Ist das dein Ernst, Sensini? Du willst tatsächlich zwei Familiosos übers Ohr hauen?*

Wer hat denn das ganze Risiko auf sich genommen? Du und ich, Anturo. Wir hocken hier in der Wüste und fressen Fliegen, während Pater-Retiari und Mater-Petrossi zu Hause gemütlich ihren Wein schlürfen. Ist das gerecht?

Aber… Beide würden uns ihren gesamten Klan auf den Hals hetzen.

Glaubst du? Sobald auch nur irgendjemand erfährt, wie frech wir sie übers Ohr gehauen haben, werden wir uns gar nicht mehr retten können vor Leuten, die mit uns Geschäfte machen wollen! Wir könnten unsere eigene Organisation aufmachen, du und ich. Wir sind Magi, Anturo, und damit gefährlicher als jeder, den sie auf uns ansetzen können!

Es folgte eine weitere Pause. Anturo brauchte sie dringend, um das Gehörte zu verarbeiten. Seine Treue ging offensichtlich viel tiefer als Ramons, immerhin war Isabella Petrossi Anturos Tante. Sie hatte einen rondelmarischen Halbblut-Magus dafür bezahlt, dass er ihre Schwester schwängerte, und Anturo war das Ergebnis. Doch viele Agenten, die für Familiosos arbeiteten, wurden im Lauf der Jahre genauso eiskalt und rücksichtslos wie ihre Herren.

Selbst wenn ich zustimmen sollte, Pater-Retiari hat deine Mutter und deine Schwester…

Meine Mutter ist eine Tavernenhure, und der Vater meiner Halbschwester ist Pater-Retiari selbst, gab Ramon mit gespielter Unbekümmertheit zurück. *Warum sollte ihr Schicksal mich interessieren?*

Ich hätte dich nicht für so gefühlskalt gehalten, Sensini.

Sitz du mal in einer verfluchten Wüste hinter den feindlichen Linien fest, dann wirst du schon sehen, wie sehr sich dein Herz noch für die Leute erwärmen lässt, die dich überhaupt erst hingeschickt haben! Ich will hier endlich weg, und zwar mit einer angemessenen Belohnung. Für die Pezzi di Merda zu Hause ist es ja schon schlimm, wenn sie sich ihren Wein selber einschenken müssen, meine nichtsnutzige Mutter ist da nicht anders! Der letzte Halbsatz ließ Ramon innerlich zusammenzucken, aber das tat der Überzeugung, die er in seine Stimme legte, keinen Abbruch, als er hinzufügte: *Du musst dich jetzt noch nicht entscheiden, Silvio. Denk einfach noch eine Weile drüber nach.*

Silvio Anturo schwieg lange, und als er endlich antwortete, tat er es genauso, wie Ramon es sich erhofft hatte: zutiefst verunsichert, aber voller Gier. *Du bist ein verschlagener Culo, Sensini, aber deine Ideen gefallen mir.*

Wenn Anturo sofort auf das Angebot eingegangen wäre, dann höchstwahrscheinlich nur, um Ramon in eine Falle zu locken. So war es viel besser. *Dann sind wir uns also einig, Silvio?*

Das kann ich noch nicht sagen. Vielleicht. Er überlegte kurz. *Ach, und es gibt da eine Möglichkeit, wie du deine Legion eventuell aus dieser misslichen Lage befreien kannst.*

Es gab auch Menschen, die weniger von Ramons Ideenreichtum hielten. Als die Dunkelheit hereinbrach, machte er sich auf die Suche nach Severine und fand sie bei den anderen Frauen. Sie kochte gerade Abendessen und behielt dabei die schlafende Julietta im Auge. Sie sah elend aus. Im Staub auf ihrem Gesicht zeichneten sich noch die getrockneten Tränen ab, ihre sonst so prächtigen Locken hingen schlaff und stumpf herab, und sie roch, als hätte sie sich seit Wochen nicht mehr gewaschen. Mottenschwärme schwirrten um die Laternen herum, und Fliegen krabbelten über die ungekochten Zutaten, doch Severine war zu faul, sie mit ihrer Gnosis zu vertreiben.

Ramon war nicht willkommen, das war deutlich zu erkennen, als er sich neben sie kauerte, aber auch er war immer noch wütend wegen der Szene, die sie ihm am Fluss gemacht hatte. So sehr, dass es ihm egal war, wenn es das jetzt zwischen ihnen gewesen sein sollte.

»Was sollte das vorhin?«, fragte er scharf. »Lanna und ich haben *nichts* getan.«

»Ich bitte dich! Du schläfst in ihrem Zelt, die ganze verfluchte Legion weiß es schon! Was für eine Demütigung!«

»Ich helfe ihr mit den Verletzten, Sevi! Und ich muss auch irgendwo schlafen!« Ramon gestikulierte hilflos. »Ich gehe nicht mit ihr ins Bett, das schwöre ich, auch wenn ich nicht weiß, warum es dich überhaupt interessiert. Du willst mich nicht, hast du nie. Du wolltest ein Kind, und jetzt hast du eins.«

»Sie ist auch deine Tochter«, fauchte Severine. »Aber das ist dir natürlich egal.«

»Ist es mir nicht, verdammt. Ich sehe so oft nach ihr, wie ich kann!«

Sie schaute schnaubend weg. »Warum sie? Sie ist *dreißig* und vollkommen unattraktiv.« Sie funkelten einander eine Weile an, dann wurden Severines Gesichtszüge einen Hauch weicher. »Lass mich nicht stehen, Ramon. Ich bin eine *Tiseme*, niemand verlässt mich!«

»Dann verlass du mich doch«, bellte er zurück. »Mach schon, wenn dir dein verfluchter Stolz so wichtig ist!« Damit drehte er sich um und stapfte davon.

Das Verhandlungsgesuch kam überraschend, nachdem der Feind wochenlang keinerlei Kampfanstrengungen mehr unternommen hatte. Selbst die Pfeile hatten irgendwann aufgehört. Dann kam eines Nachmittags ein dürrer Keshi-Junge auf ihre Befestigungen zugelaufen und schwenkte eine weiße Fahne. Das bestickte Seidengewand und der schicke rote Turban deuteten darauf hin, dass er der Sohn einer hochgestellten Familie war. Das Siegel auf dem mit Duftwasser besprenkelten Pergament, das er überbrachte, stammte von Salim. Der Sultan bat um eine Unterredung.

Seth konnte kaum klar denken, nachdem er die Nachricht gelesen hatte.

Seid gegrüßt, General Seth Korion,
ich ersuche Euch hiermit für den morgigen Tag um eine
Unterredung auf neutralem Boden. Es ist mein Wunsch,
die Lage Eurer Truppen zu besprechen und eine Lösung
für diese unerfreuliche Pattsituation zu finden.
Salim von Kesh

»Die Nachricht ist nicht von ihm«, hatte Ramon kategorisch behauptet. Seit ein paar Tagen war er ungewöhnlich zurückhaltend und bedrückt; er schien wegen Lanna Jurei einen heftigen Streit mit Severine gehabt zu haben. Seth hatte mit dem Gedanken gespielt zu vermitteln, sich dann aber dagegen entschieden. Er war von allen dreien enttäuscht und wollte nicht zwischen die Fronten geraten.

Der Großteil des Keshi-Heers hatte das Lager verlassen und war auf dem Weg nach Norden. Die meisten Banner hatten sie mitgenommen, aber ein prächtiger Pavillon stand noch. Darüber wehte Salims Wappen. Schließlich waren sie übereingekommen, sich anzuhören, was der Sultan wollte – oder, was wahrscheinlicher war, einer seiner Doppelgänger.

Das Treffen fand in einem Pavillon statt, den die Keshi in der Mitte zwischen beiden Lagern aufstellten. Dann zogen sie sich zurück, damit Seths Leute ihn inspizieren konnten. Das Zelt war groß und luftig, die weißen Stoffbahnen waren mit Goldfäden durchwirkt. Zwei Diwane befanden sich darin, außerdem ein Tischchen mit Obstschalen, einer Karaffe und zwei Weinkelchen darauf. Der Priester Gerdhart hatte alles auf Gifte und andere Fallen untersucht und nichts gefunden.

Seth trat beklommen in den Pavillon. Er setzte sich zögernd und nahm eine Traube aus der Schale, dann stand er wieder auf und ging ruhelos auf und ab, bis ein Mann von etwa Ende zwanzig durch den Eingang auf der anderen Seite trat.

Seth hielt den Atem an. »Latif?«

Er musste sehr genau hinsehen, um sich zu vergewissern, dass es sich bei seinem Gegenüber tatsächlich um den Mann handelte, der in Ardijah zwei Monate lang sein Gefangener gewesen und so etwas wie sein Freund geworden war: jemand, mit dem er sich über Lyrik und Musik unterhalten konnte, der den gleichen Humor hatte und mit einem bezaubernd fremdländischen Gesicht gesegnet war.

»Seid Ihr sicher?«, erwiderte Latif und küsste ihn nach Art der Keshi kurz auf den Mund, einen Arm auf Seths Rücken gelegt. Sein Rondelmarisch war immer noch makellos. »Ich habe viele Doppelgänger«, fügte er mit einem spielerischen Zwinkern hinzu.

Seth trat einen Schritt zurück und saugte jedes Detail in sich auf. »Aber ja, ich bin sicher. Für Euer Volk ist es bestimmt verwirrend, dass sein Sultan in diesem Lager ausharrt und gleichzeitig mit einem anderen Teil des Heeres nach Norden marschiert.«

Latifs Augen blitzten schelmisch. »Neuigkeiten verbreiten sich sehr langsam in diesem Land, mein Freund. Eure Magi mögen sich über Hunderte Meilen hinweg unterhalten, aber hier dauert es Monate, bis eine Nachricht ihr Ziel erreicht, und vom ursprünglichen Inhalt ist dann kaum noch etwas übrig. Salim ist hier, Salim ist dort, das ist für mein Volk ganz normal. Alle Doppelgänger sprechen mit einer Stimme. Faktisch sind wir alle Salim.«

»Ich glaube, für Kaiser Constant wäre diese Art des Regierens nichts«, erwiderte Seth lachend. »Nun, *Salim*, wie komme ich zu dieser Ehre?«

»Staatsangelegenheiten, fürchte ich.« Latif breitete entschuldigend die Arme aus. »Ich bedaure, dass ich Euch aufgrund der Umstände nicht angemessen empfangen kann.« Es war eine klare Anspielung auf Latifs eigene Unterbringungssituation als Seths Gefangener.

»Wir saßen damals in Ardijah fest, werter Sultan. Kommt nach Bricia, dort werde ich Euch zeigen, wie ein rondelmarischer Adliger seine Gäste empfängt!«

»Wenn ich nur könnte.« Latif zuckte vielsagend die Achseln. »Wir alle müssen mit dem auskommen, was wir haben, nicht wahr? Seht, hier ist wenigstens ein guter Wein – aus Bricia! Eure Armee hat ihn in Shaliyah zurückgelassen. Es ist ein Vernierre, gekühlt in den Wellen des Tigrates. Eure Lieblingssorte, wenn ich mich nicht täusche.«

Sie füllten ihre Kelche und stießen an, dann setzten sie sich einander gegenüber und plauderten weiter, wenn auch mit der Einschränkung, erzwungenermaßen vieles ungesagt zu lassen. Salims Doppelgänger wirkte ausgeruht und voller Energie, Seth war das Gegenteil: Die ständige Anspannung und die Verantwortung für seine Männer zermürbten ihn.

Wenn ich allein hier wäre, würde ich mich einfach auf diesem Diwan ausstrecken und endlich einmal schlafen.

»Worum handelt es sich bei diesen Staatsangelegenheiten?«, fragte er schließlich und nippte an dem erfrischenden Wein, der seinen darbenden Sinnen eine willkommene Erholung bot.

»Nun, mein Freund, ich fürchte, ich muss Euch zur Kapitulation auffordern.«

»Nach der verheerenden Niederlage, die wir Euch bei Eurem letzten Angriff beigebracht haben?«

»Ihr sitzt unverändert in der Falle. Euer Proviant geht bald zur Neige, nicht wahr? Und auch wenn Eure Heiler von Tag zu Tag neue Wunder wirken, werdet Ihr den Ausbruch von Seuchen auf Dauer nicht verhindern können.«

Wie wahr, dachte Seth und schaute weg.

Latif sprach unterdessen mit aufrichtigem Bedauern in der Stimme weiter. »Schon sehr bald werdet Ihr gezwungen sein, mit zehntausend Soldaten, zweitausend Frauen und einem kompletten Versorgungstross einen verzweifelten Ausbruchsversuch zu unternehmen. Jenseits Eurer Befestigungen erwarten Euch meine Bogenschützen, die Euch zahlenmäßig um ein Dreifaches überlegen sind. Es wird ein Massaker, mein Freund.«

Ja, würde es, wenn das unsere Absicht wäre.

»Seth«, fuhr Latif fort, »ergebt Euch, dann werden wir Gnade walten lassen. Ihr und Eure Magi werdet Salims persönliche Gefangene. Selbstverständlich mit Kettenrunen belegt, aber Ihr werdet nicht den Hadischa übergeben und in ihren Zuchtanstalten enden. Die Soldaten werden entwaffnet und bis zum Ende der Mondflut gefangen gesetzt. Danach sind sie frei.«

»Und die Frauen?«

»Ihr müsst wissen, dass eine Frau, die sich mit einem Rondelmarer beschmutzt hat, nirgendwo mehr willkommen ist. Sie werden als Sklavinnen verkauft. Ein durchaus erträgliches Los für eine Frau.«

Großer Kore, glaubt er das etwa wirklich? »Das kommt überhaupt nicht infrage. Diese Frauen sind verheiratet und unterstehen dem Schutz ihrer Männer.«

»Tut nicht so, als wären diese Frauen in Yuros willkommen«, entgegnete Latif.

»Niemand wird sie dort versklaven.«

»Nein? Was ist eine Ehefrau anderes als eine unbezahlte Hausdienerin? Was ist eine Kriegersfrau anderes als eine Trophäe? Versucht nicht, mir weiszumachen, Eure Soldaten würden tatsächlich etwas für die Frauen empfinden, die sie sich genommen haben.«

»Ihr wärt überrascht«, erwiderte Seth. »Ich zumindest war es. Früher einmal dachte ich wie Ihr, dass es zwischen Ost und West keine Liebe geben kann, aber jetzt sehe ich die Dinge anders. Diese Frauen führten in Ardijah eine bejammernswerte Existenz: Sie waren Unterdrückte, Witwen, Sklavinnen, Verstoßene und Bettlerinnen. Ein Soldat aus der Fremde war besser als alles, worauf sie hoffen konnten. Das hat nichts mit Khotri zu tun, überall in Antiopia gibt es solche Schicksale, genauso wie in Yuros. Warum sollten sie in der Hoffnung auf ein besseres Leben ihr Glück nicht mit einem meiner Soldaten versuchen?«

Latif lehnte sich mit gerunzelter Stirn zurück und überlegte. »Euer Einwand ist berechtigt«, gestand er schließlich. »Nun gut, was, wenn ich auch für die Sicherheit der Frauen garantiere, die bei ihren sogenannten Ehemännern bleiben möchten?«

Ah, es war also nur eine Drohung, um mir Zugeständnisse abzuringen. Ich wünschte, wir könnten diese Spielchen bleiben lassen, Latif...

Seth richtete sich auf. »Ich bedaure, aber wir werden uns nicht ergeben. Wir sind von Shaliyah über Khotri bis hierher marschiert, um unsere eigenen Truppen zu erreichen, und werden uns von der momentanen Zwangslage nicht beirren lassen. Wir finden einen Weg.«

»Soweit ich weiß, sind es ebenjene Truppen, die Ihr Eure eigenen nennt, die euch am Überschreiten des Tigrates hindern.«

»Dann seid Ihr einer Fehlinformation aufgesessen.«

Sie verstummten und musterten einander abwartend.

Verflucht sei dieser Krieg, dachte Seth gerade, da sagte Latif betont unbefangen: »Wenn Ihr schon nicht zur Vernunft kommen wollt, dann gönnt Euch wenigstens diesen kurzen Moment der Entspannung. Ihr seht müde aus, mein Freund. Trinkt, esst! Dieses Obst ist frisch, es ist das beste, das man auf dieser Seite des Tigrates bekommen kann. Es könnte für lange Zeit die letzte Gelegenheit sein.«

»Mir ist der Appetit vergangen, aber wenn ich etwas davon für meine Leute mitnehmen dürfte?«

Latif nickte freundlich. »Selbstverständlich.« Er klatschte mit gezwungener Fröhlichkeit in die Hände. »Nun, wie geht es Euch so? Findet Ihr nach wie vor Zeit zum Lesen?«

»Nein, zumindest nicht für Gedichte und Bücher. Nachrichten, Bestands- und Verletztenlisten, Berichte von unseren Spähern, das schon, aber die Muse wird noch eine Weile warten müssen. Immerhin sind wir im Krieg.« Seth dachte an den Stapel auf seinem Schreibpult. *Wenn ich früh genug zurückkehre, kann ich heute noch einen Teil davon abarbeiten.* Er stand ruckartig auf. »Ich muss gehen.«

Latif schaute ihn verwirrt an. »Mein Freund? Unsere Unterhändler haben ein Treffen von mindestens vier Stunden vereinbart. Wozu diese Eile? Lasst uns ein wenig entspannen und die gemeinsame Zeit genießen. Ich könnte nach meiner Laute schicken.«

Das Angebot klang verlockend. *Ich könnte all das Chaos für eine Weile hinter mir lassen, vergessen, wo ich bin und wie tief ich in der Scheiße stecke...* Seth schüttelte den Kopf. »Nein. Ich habe zu tun. Es tut mir wirklich leid.«

Latif streckte die Hand aus, dann hielt er plötzlich inne und zog sie wieder zurück. »Ihr habt zweifellos recht.«

Warum ist diesmal alles anders? Liegt es daran, dass wir in

Ardijah über den Krieg weder sprechen wollten noch mussten?
Oder daran, dass nicht mehr ich es bin, der die Kontrolle über
die Situation hat? Bin ich wirklich so simpel gestrickt? Oder
liegt es ganz einfach an diesem koreverfluchten Krieg?

Ihr Abschied fiel kühl aus. Seth trat aus dem Zelt, ohne sich noch einmal umzudrehen.

»Und?«, begrüßte Sensini ihn sogleich, als Seth wieder im Lager war. »Wie geht es deinem Freund, dem Hochstapler?«

»Bestens. Er glaubt, wir sind vollkommen hilflos und dem Untergang geweiht, wenn wir nicht um Gnade betteln.«

Zum ersten Mal seit Tagen lächelte der Silacier. »Nun, was das betrifft…«

SÜDKESH, ANTIOPIA
MOHARRAM (JANUN) 930
NEUNZEHNTER MONAT DER MONDFLUT

Ramon flog tief über dem Wasser. Die leeren Fässer, die sie an den breiten Auslegern befestigt hatten, um das Skiff flusstauglich zu machen, machten seine Reaktionen ungewohnt träge. Rumpf und Segel waren mit Asche geschwärzt, außerdem hatten sie das Schiff in *Schwarzdrossel* umbenannt. Baltus hätte es nicht mehr wiedererkannt.

Ramon dachte die ganze Zeit an ihn, nicht nur, weil er gerade das Skiff des toten Brevers steuerte, sondern auch weil seine ehemalige Geliebte am Bug stand. Jelaska Lyndrethuse war aus ihrer Lethargie erwacht und wirkte grimmiger denn je. Ihr schmales Gesicht war vollkommen ausdruckslos, ihre Augen leer. Sie sei jetzt bereit für neue Taten, hatte sie gesagt.

Bereit zu töten, wohl eher. »Haltet Euch fest«, rief Ramon nach vorn. »Wir landen.«

Er entzog dem Kiel die Luftgnosis und ging noch weiter nach unten, bis die Ausleger das Wasser zum Schäumen brachten und das Skiff schließlich zum Stehen kam. Natürlich hatte er zuvor geübt, aber der Ernstfall war dann doch etwas anderes, und die Flussdünen waren weit weg.

Als sie sicher war, dass das Skiff weder kentern noch untergehen würde, sagte Jelaska: »Gute Arbeit, Magister Sensini. Was jetzt?«

»Jetzt treffen wir ein paar zwielichtige Gestalten.«

»Ganz wie zu Hause, was?«, merkte Jelaska an.

Eigentlich hatte er niemanden mitnehmen wollen, doch Seth hatte darauf bestanden, und so war Ramon gezwungen gewesen, der Argundierin von dem Gold zu erzählen, das er in dem Wagen versteckt hatte. Allzu viel hatte er allerdings nicht preisgegeben. Er war nicht einmal sicher, wie viel von der Geschichte sie glaubte.

Der Treffpunkt lag noch ein Stück flussabwärts, und auch wenn Ramon kein Seemann war, erreichten sie bald die Lichter der Stadt am Ufer. Yazqheed war ein kleiner Hafen zwischen Vida und Peroz, der auf keiner ihrer Karten verzeichnet war. Von den Händlern, die dort lebten, hatten sie auch nicht gewusst – genauso wenig wie der Sultan von Kesh, wie es schien. Ramon hatte davon vor einer Woche erfahren, und zwar dank Silvio Anturo.

Sowohl in Yuros als auch in Antiopia spielten die Flüsse – ganz im Gegensatz zum Ozean – eine wichtige Rolle für den Transport von Gütern und Menschen. Die Gezeiten waren weniger extrem, die Flüsse und Kanäle somit einigermaßen gefahrlos passierbar. Auf den yurischen Flüssen wurde in einer einzigen Woche mehr transportiert als von den Windschiffflotten in einem ganzen Jahr, und in Antiopia, wo es kaum Windschiffe gab, waren die Wasserwege noch um ein Vielfaches wichtiger.

Als Echors Armee in Südkesh eingefallen war, hatte er alle

größeren Häfen besetzt, doch die Händler hatten bereits damit gerechnet und waren in kleineren Städten untergetaucht, um das Ende des Kriegszugs abzuwarten. So hatten sie zwar zwei Jahre kein Einkommen, aber ihre Schiffe entgingen der Beschlagnahmung.

Und deshalb werden sie sicher nichts dagegen haben, sich ein bisschen was dazuzuverdienen ...

Er sandte seine Gedanken aus und suchte nach Silvio. Ihn in seinen Plan mit einzubeziehen, hatte das beiderseitige Vertrauen gefestigt, sodass sie nun tatsächlich Hand in Hand arbeiteten.

Das Skiff durch die Wellen zu steuern war nicht einfach, aber Ramon brachte sie sicher und wohlbehalten bis zu der kleinen Flotte, die in dem Hafen am Ostufer des Tigrates lag. Die meisten Boote hatten einfach im seichten Wasser festgemacht, denn die Anlegestellen reichten bei Weitem nicht für alle. Die größeren ankerten so dicht nebeneinander, dass man ohne Brücken oder Planken bequem von einem auf das andere gelangte. Ringsum tanzten Hunderte von Ruderbooten für die täglichen Erledigungen auf den Wellen, und trotz der Dunkelheit war Ramons Skiff längst nicht das Einzige, das noch unterwegs war. Die Städte mochten mittlerweile wieder dem Sultan gehören, aber der Hafen von Yazqheed befand sich fest in der Hand der Fischer und kleinen Händler.

Sensini? Es war Silvios Ätherstimme. *Halte auf die blaue Laterne am Nordende zu.*

Ich sehe sie. Ramon steuerte in Richtung des in den Wellen auf und ab schaukelnden Lichts, während Jelaska auf Gedanken lauschte, die nach ihrem kleinen Skiff tasteten. Ihre Augen glitzerten gefährlich, aber sie schien nicht sonderlich beunruhigt.

Sie erreichten das Schiff mit der Laterne, und Ramon legte den Kopf in den Nacken.

»Sensini?«, rief Silvio von oben herunter. Er hatte ein schmales, feingeschnittenes Gesicht, das von langen Locken umrahmt wurde. Seine Mutter, Isabella Petrossis Schwester, war eine berühmte Schönheit gewesen. »Wer ist das da an deiner Seite?«, fragte er barsch. »Du solltest allein kommen.«

»Buonnotte, Silvio, entspann dich! Das ist Jelaska Lyndrethuse.«

Einen Moment lang wirkte Anturo bestürzt, aber er fing sich schnell wieder. »Es ist mir eine Ehre, edle Dame.«

Jelaska lächelte so freundlich, wie ihr hartes Gesicht es zuließ. »Das Vergnügen ist ganz auf meiner Seite, Meister Anturo. Spätestens dann, wenn Ihr mich aus dieser verfluchten Nussschale befreit habt.«

»Bitte nennt mich Silvio. Kommt an Bord. Euer Skiff ist sicher hier, das verspreche ich. Der Kapitän erwartet uns bereits.«

Eine Strickleiter wurde zu ihnen heruntergeworfen. Jelaska kletterte als Erste hinauf, während Ramon die *Schwarzdrossel* festmachte und mit Wächtern versah, dann kletterte er hinterher, und alle schüttelten einander die Hände.

Silvio Anturo war genau der selbstbewusste und ungeduldige Mann, den Ramon sich vorgestellt hatte. Sie folgten ihm durch ein Labyrinth aus Masten und Seilen über mehrere Leitern bis zum erhöhten Vordeck, wo ein Dutzend Keshi in abgetragenen Kitteln sie erwartete. Ihre Haut war von der Sonne gebräunt, ihre Bärte und Haare zeigten graue Strähnen. Sie beäugten die yurischen Magi mit unverhohlener Sorge, doch der Geruch von Gold lag in der Luft, und Ramon wusste, dass sie ihn bereits witterten.

Silvio wandte sich in der Landessprache an die Gruppe. Ramon beherrschte Keshi mittlerweile gut genug, um den Inhalt zu verstehen: Die beiden Gäste wurden vorgestellt, und den Männern wurde eine einmalige Gelegenheit nach dieser langen

Zeit der Entbehrung in Aussicht gestellt. Ramon und Jelaska beschrieb er als »guklu Jadugari«, was sogleich für nervöse Reaktionen sorgte, dann übergab er das Wort an Ramon und übersetzte.

»Die Aufgabe ist ganz einfach«, begann er. »Unser Lager befindet sich vier Tage flussabwärts von hier. Unser Proviant geht zur Neige, aber wir haben viel Gold. Nehmt eure Schiffe, ladet meine Männer an Bord und bringt uns über den Tigrates, dann bekommt ihr das Gold.«

Die Kapitäne schienen sich ihrem Sultan nicht allzu sehr verpflichtet zu fühlen. Sie diskutierten nur kurz miteinander und hatten danach eine einzige Frage: »Wie viel?«

Ramon bot ihnen den Gegenwert ihrer Schiffe, zusätzlich eine Summe, die dem Dreifachen ihres normalen Monatsertrags entsprach, wie Silvio ihm versichert hatte. Er verhandelte hart, damit sie nicht zu gierig wurden, ließ sich aber schließlich auf den Ertrag von sechs Monaten heraufhandeln, was eine unfassbare Menge Geld für diese Menschen war, Ramons Reserven aber kaum ankratzte.

Nur Jelaska schien besorgt. *Hast du wirklich so viel?*, erkundigte sie sich stumm.

Gerade so.

Gerade? Sie warf ihm einen frostigen Blick zu.

»Was ist mit dem Sultan?«, fragte einer der Kapitäne. »Wenn er herausfindet, dass wir Euch bei der Flucht geholfen haben, sind wir tot.«

»Deshalb bezahle ich auch für eure Schiffe«, erwiderte Ramon. »Für den Fall, dass ihr euch eine Weile verstecken und sie zurücklassen müsst. Ich an eurer Stelle würde nach Süden gehen, wo er euch nicht mehr erreichen kann. Außerdem hat er im Moment größere Sorgen, als euch nachzustellen, das könnt ihr mir glauben.«

Nachdem alles besprochen und vor allem der Zahlungsmodus festgelegt war – ein Drittel im Voraus, der Rest bei erfolgreichem Abschluss –, war Ramon mit Fragen an der Reihe: Wie viele Schiffe würden sie brauchen, um fünfzehntausend Mann samt Wagen und Ausrüstung in einer einzigen Nacht zu evakuieren? Konnten sie ihnen neue Vorräte beschaffen, wenn sie das Westufer des Tigrates erreicht hatten?

Die Antwort lautete, sie sollten sich einen Moment gedulden und die Kapitäne allein miteinander beraten lassen.

»Sie machen's«, sagte Ramon zu Jelaska und Silvio, während die Männer sich untereinander besprachen. »Ich wette, sie halten sich seit mindestens einem Jahr mit kleinen Transporten und ein bisschen Schmuggel über Wasser. Salim ist ihnen ganz offensichtlich egal, und so, wie ihre Boote aussehen, haben sie dringend eine Überholung nötig. Sie werden zusagen.«

»Dann ist all das Gold in Eurem Lager?«, fragte Silvio.

»Nein«, log Ramon. »Ich habe den Großteil über unseren gesamten Weg verteilt in der Wüste versteckt. Vor und nach Shaliyah«, fügte er hinzu. »Mir blieb keine andere Wahl, sonst hätte mein Tribun etwas mitbekommen.«

Hat er auch, aber Storn steckt ja selber bis zum Hals mit drin!

»Ich verstehe immer noch nicht, warum du drauf bestehst, die ganze Legion zu evakuieren«, beschwerte sich Silvio.

Ramon sah Jelaskas Augen aufblitzen und erwiderte hastig: »Weil ich bereits die Zukunft im Blick habe, *Partner*. Nach dem Kriegszug brauchen wir Leute, auf die wir uns blind verlassen können. Wer wäre uns treuer ergeben, als jemand, der uns sein Leben verdankt? In jedem Heer gibt es Soldaten, die sich nach dem Krieg nicht mehr im normalen Leben zurechtfinden, und die werden zu uns kommen, verlass dich drauf.«

Silvio lächelte anerkennend. »Dein Blick geht schon verdammt weit, nicht wahr, Sensini?« Sein Blick wanderte weiter zu Jelaska. »Und die Dame Lyndrethuse ist Teil des Plans?«

»Absolut.«

Jelaska bewies ebenfalls Weitsicht und bedachte Silvio mit einem verschwörerischen Lächeln.

»Kleine Interessengruppen wie die unsere brauchen einen starken Beschützer«, erklärte Ramon. »Ich denke, eine Reinblut-Hexerin mit weithin berüchtigtem Ruf wie Jelaska ist genau die Richtige für unseren Zweck.«

»Ist sie unsere gleichberechtigte Partnerin?«

Jelaska winkte ab. »Aber nein, er ist der Boss. Wir haben unsere ganz persönliche Abmachung«, erklärte sie mit einem koketten Augenaufschlag in Ramons Richtung, der Silvio prompt die Stirn runzeln ließ.

Vielen Dank auch, teilte Ramon ihr stumm mit, doch Jelaska lächelte unbeirrt weiter.

Ramon sollte recht behalten: Die Kapitäne waren einverstanden, also steckten sie bei einem gemeinsamen Mahl für mehrere Stunden die Köpfe zusammen und planten: welche Schiffe, wann, wie viele Soldaten sowie Wagen pro Schiff und – am allerwichtigsten, zumindest für die Bootsführer –, der genaue Ablauf der Goldübergabe. Die kleine Flotte sollte randvoll mit Proviant beladen nach Süden segeln, den Proviant an der vereinbarten Stelle am Westufer entladen und dann die Legionäre an Bord nehmen. Zeitpunkt war der nächste Dunkelmond, also in zwei Wochen, wenn Mater Lune sie nicht an neugierige Augen verraten konnte.

»Wir müssen noch ein Signal vereinbaren für den Fall, dass sich in der fraglichen Nacht Inquisitoren oder Kirkegar am Westufer aufhalten«, erklärte Ramon schließlich. »Das ist deine Aufgabe, Silvio. Ich möchte den Schweinen nicht in die Arme laufen, während meine Jungs über eine Länge von einer Meile auf dem Fluss verteilt sind.«

»Ich kümmere mich darum. Ich habe gute Kontakte in Vida. Ein paar Brände und Anschläge in den letzten Tagen vor dem Dunkelmond sollten ihnen genug zu tun geben.«

Kurz darauf lösten sie die Runde auf, und Silvio begleitete sie zurück zu ihrem Skiff. Die *Schwarzdrossel* war noch da, die Wächter, mit denen Ramon sie gesichert hatte, unberührt. Schließlich schüttelten die beiden einander die Hände.

»Es ist schon etwas spät, um noch in euer Lager zurückzukehren, Amiki. Ich habe gleich außerhalb von Yazqheed einen sicheren Unterschlupf, wo du und die Dame Jelaska euch ein wenig ausruhen könnt.«

Ramon warf Jelaska einen fragenden Blick zu. Eigentlich sollten sie vor Sonnenaufgang wieder zurück sein, aber Silvio hatte recht: Sie würden es ohnehin nicht mehr schaffen, nicht bei dieser Dunkelheit und der großen Entfernung. Außerdem hatte Silvio keinen Grund, ihnen eine Falle zu stellen. Noch nicht. »Danke, wir nehmen das Angebot gerne an.«

Wirklich?, fragte Jelaska mit einem schelmischen Zwinkern.

Ramon ging nicht weiter darauf ein, und kurz darauf flogen sie hinter Anturos Skiff her in südöstlicher Richtung davon.

Bei dem Unterschlupf handelte es sich um ein verlassenes Bauernhaus, das Silvio in aller Stille mit einer kleinen Gruppe silacischer und dhassanischer Komplizen bezogen hatte; die Einheimischen ließen sie in Ruhe, behauptete er zumindest. Er gab Ramon und Jelaska aneinandergrenzende Zimmer im oberen Stockwerk, wo sich auch sein eigenes Quartier befand. Das angebotene Abendessen lehnten sie dankend ab und zogen sich in ihre spärlich möblierten Räume zurück.

Als Erstes versah Ramon Türen und Fensterläden mit Wächtern, dann auch noch Wände, Decke und den Boden, nur zur Sicherheit – auch wenn er bezweifelte, dass Anturo irgendetwas versuchen würde, solange er nicht einmal wusste, wo das Gold sich befand. Er löschte gerade die Laterne, als die Verbindungstür zu Jelaskas Zimmer aufging.

»Ich wollte mich nur vergewissern, dass bei dir alles in Ordnung ist«, sagte sie, eine Flasche Branntwein in der einen Hand und zwei Tonbecher in der anderen.

»Zu zweit sind wir sicherer«, bestätigte er.

Sie machten es sich bequem, prosteten sich stumm zu und tranken. Ramon füllte gerade die Becher wieder auf, da griff Jelaska in ihren Umhang und zog mit ironischer Feierlichkeit ein Stück Pergament hervor. Es war einer von Ramons gefälschten Schuldscheinen.

»Das hier ist Storns Handschrift, oder?«, begann sie. »Mit dem kaiserlichen Siegel und einer höchstwahrscheinlich gefälschten Unterschrift, die mir sehr nach Schatzmeister Calan Dubrayle aussieht, datiert auf den Juness 929. Das war letztes Jahr, als wir gerade auf dem Weg nach Shaliyah waren.« Sie warf ihm einen süß-säuerlichen Blick zu. »Erklär's mir.«

Ramon weihte sie in so gut wie alles ein, nur die Skytale und seine wahre Herkunft ließ er weg; es war schon schlimm genug, dass Seth Korion Bescheid wusste. Es war eine lange Geschichte, als er zum Ende kam, war die Flasche halb leer, und der Himmel im Osten wurde bereits hell.

»Wie du siehst, haben die alteingesessenen Adelshäuser lächerlich viel Geld investiert und stehen vor dem Ruin«, fügte er mit einem zufriedenen Grinsen hinzu. »Fürwahr eine Tragödie.«

»Und du tust das alles nur, um deine Mutter und deine Halbschwester zu befreien?« Jelaskas Stimme klang skeptisch.

»Si. Und weil ich es kann «, gestand er. »Ich bin sicher, auch du bist der Meinung, dass das mehr Spaß macht, als nur tagein, tagaus durch die Wüste zu marschieren.«

»Warum entführst du die beiden nicht einfach und fliehst mit ihnen?«

»Weil das meinem Familioso nicht genug schaden würde. Was ich tue, trifft eine Menge Leute, die es verdammt noch mal verdient haben. Vorausgesetzt, ich kriege es so hin, dass sie am Ende nicht das Gold doch noch in die Finger bekommen.«

»Vergraben wäre eine Möglichkeit.«

»Mein Plan war, tatsächlich abzuhauen, um irgendwo weit weg zu leben wie ein König. Aber das war vor Shaliyah. Dort habe ich angefangen, mich für unsere Soldaten verantwortlich zu fühlen, und danach... was soll ich sagen? *Sie* sind jetzt meine Familie, und ich möchte, dass sie bekommen, was ihnen zusteht. Ich möchte die selbst ernannten Götter in Pallas schwitzen sehen. Ich möchte diese Familioso-Schweine, die ihr eigenes Volk ausbeuten, am Boden zerstört sehen. Für all das kann ich jetzt sorgen.«

»Ich fasse es nicht, Ramon Sensini, ein Idealist! Wer hätte das gedacht?«

»Ach, ich stecke voller Überraschungen.«

Jelaska gähnte herzhaft. »Nun, junger Ramon, das ist eine Menge zu verdauen, so viel steht fest.« Sie stand auf und zauste ihm freundschaftlich das Haar. »Ich muss mich jetzt schlafen legen, und zwar in meinem Zimmer, damit unser beider Ruf nicht noch weiter leidet.« Sie hob drohend den Zeigefinger. »Ich spiele mit bei deinem Plan, aber wenn du unsere Leute verrätst, werde ich dich bis ins Grab und darüber hinaus verfolgen.«

Ramon nickte lammfromm, und Jelaska schnaubte abschätzig. »Ich durchschaue dich, Sensini, du kannst mich nicht täuschen.«

Und das bereitete ihm mehr Sorgen, als jede noch so wüste Drohung es je gekonnt hätte.

Die Evakuierung der Verlorenen Legion an das Westufer des Tigrates fand in einer ruhigen Nacht statt, in der die Sterne gerade genug Licht spendeten, damit die Männer und Frauen im Dunkeln nicht von den improvisierten Stegen in den Fluss fielen. Seth und Ramon hielten mit ihren Kohorten im Fackelschein auf den Befestigungen Wache, damit es nach außen aussah wie eine weitere ereignislose Nacht in den Flussdünen.

»Einmal mehr hilfst du uns aus der Klemme«, sagte Seth leise, während sie als Letzte an Bord gingen.

Ramon nahm den Aufmunterungsversuch mit einem knappen Nicken zur Kenntnis. Im Moment war es ihm vollkommen egal, ob sie entwischten oder heute Nacht noch starben.

»Ein Kinderspiel«, erwiderte er mürrisch. »Selbst du hättest es hingekriegt.« Aus dem Augenwinkel sah er, wie Seth die Fäuste ballte, aber er war viel zu deprimiert, um sich zu fragen, warum.

»Wir werden Severine und Julietta finden«, sagte Seth schließlich.

»Sie kann noch nicht weit sein«, murmelte Ramon. Er hatte sogar eine ziemlich genaue Vorstellung davon, wohin Severine geflohen war, und fürchtete, die kleine Julietta nie mehr wiederzusehen.

Er war vollkommen erschöpft mit Jelaska zurückgekehrt. Zu spät, das wusste er, trotzdem hatte er nicht erwartet, dass Severine sofort mit der nächsten Tirade über ihn herfallen würde. Schreiend und kreischend hatte sie ihn vor dem halben Heer erniedrigt und zur Schnecke gemacht. Am nächsten Morgen war die *Schwarzdrossel* verschwunden gewesen. Severine und

Julietta ebenfalls. Niemand hatte damit gerechnet, weshalb auch niemand das Skiff bewacht hatte. Keiner hatte gesehen, wie sie davonflogen, alles Hellsehen und alle Rufe in den Äther waren ergebnislos geblieben. Ramon war am Boden zerstört, er fühlte sich hohl und leer wie eine ausgesaugte Eierschale.

Aber seine Aufgabe hier war noch nicht erledigt. Er nahm Gedankenkontakt zu den anderen Magi an Bord der Schiffe auf, die auf sein Signal warteten. Er hatte eine letzte Überraschung für die Keshi vorbereitet, um dafür zu sorgen, dass es nicht doch noch zum Abschied Pfeile auf sie regnete – und als Warnung an Salim, sie nicht zu verfolgen.

»Legen wir los?«, fragte er, den Blick auf Seth gerichtet.

Seinem General schien ein eisiger Schauer über den Rücken zu laufen. Es hatte als Notfallplan angefangen, um die Keshi aufzuhalten, falls sie die Evakuierung bemerkten. Aber dann war mehr daraus geworden. »Es ist nicht nötig«, erwiderte er schließlich. »Wir sind so gut wie weg.«

»Wir sind im Krieg, Seth«, entgegnete Ramon. »Wenn wir ihnen noch einen ordentlichen Abschiedstritt verpassen, werden sie sich zweimal überlegen, ob sie sich an unsere Fersen heften.«

Sie schauten hinunter aufs Wasser, wo sich im Sternenlicht die Rücken der Krokodile matt abzeichneten. Es waren so viele, dass man den Tigrates bequem auf ihren Rücken hätte überqueren können. Mit glänzenden Augen und langsamen Schwanzbewegungen lauerten sie auf Beute, hier und da blitzten ihre grässlichen Zähne auf. Doch die Bestien waren nur ein Teil des Plans.

Ramon wartete ungeduldig. *Komm schon, Geringerer Sohn. Ich will es. Ich will, dass ich nicht der Einzige bin, der heute leiden muss.*

Seth spürte die freudige Anspannung seiner Magi. Alle warteten nur darauf, endlich zurückzuschlagen und Rache an dem

Feind zu nehmen, der sie wochenlang hier festgehalten hatte. Sie wollten zeigen, was sie draufhatten, und vielleicht wollte Seth das auch. Immerhin musste er selbst einen nicht geringen Beitrag leisten, wenn es gelingen sollte.

»Gut«, antwortete er schließlich. »Tun wir's.«

»Erhabener! Wacht auf, bitte!«

Latif öffnete schlaftrunken die Augen. Das unablässige Hämmern des Gongs holte sein Bewusstsein zurück in die Welt, die im Moment nur aus Lärm zu bestehen schien: Schreie und wildes Gebrüll, schallende Trompeten und das Geklapper von Speeren auf Schilden.

Werden wir angegriffen?

Die kühle Luft ließ ihn frösteln, während er verzweifelt versuchte, etwas zu erkennen. Draußen war es noch Nacht, die Laternen schimmerten wie die Augen von Schakalen in der Dunkelheit. »Was ist passiert?«

»Der Feind, sie fliehen!«

»Wie ist das möglich?«

»Schiffe, oh Sultan!«, sprudelte der Diener heraus, während er ihm seinen Unterkittel reichte.

»Windschiffe?«

»Nein, oh Sultan, gewöhnliche Boote!« Der Diener war außer sich. »Von unserem eigenen Volk! General Darhus führt den Angriff, die meisten von ihnen können wir noch erwischen!«

Darhus war ein Veteran aus den letzten beiden Kriegszügen, wie seine zahllosen Narben eindrucksvoll belegten. Nach zwei verheerenden Niederlagen war er verbittert der Trunksucht verfallen, bis der Triumph von Shaliyah ihm neue Kraft verliehen hatte. Salim hatte ihm das Kommando übertragen, als er nach Norden aufbrach.

Latif setzte sich auf. »Ich muss mit ihm sprechen, sofort. Ich kenne die Rondelmarer, es ist bestimmt eine Falle.« Er dachte schaudernd an den verschlagenen Magus, diesen Sensini. »Wir dürfen nicht kopflos angreifen. Wo ist der General jetzt?«

Er zog sich den Unterkittel über den Kopf, während ein Dutzend weiterer Diener herbeieilte, um ihn mit geübter Präzision anzukleiden, als müsste er in wenigen Minuten einen Botschafter oder König empfangen. Trotzdem fühlte es sich an wie eine Ewigkeit, während um sie herum das Lärmen der Soldaten immer lauter wurde. Sie brannten nur so darauf zu kämpfen, und ihre Wut war kurz vorm Überkochen. Als endlich alles bereit war, stürmte Latif von seinen Leibwächtern umgeben aus dem Pavillon mitten hinein in das gerade erwachende Lager.

»Der Sultan kommt, Salim ist hier!«, riefen sie, während immer noch mehr herankamen, die Gesichter voll pflichtbeflissenem Eifer.

Er winkte Barzin heran, einen Eunuchen und gerissenen Sklaven aus Mirobez, der in Latifs Diensten weit aufgestiegen war. »Sag mir, was passiert ist, und was General Darhus vorhat.«

»Die Wachen sahen Fackeln im Lager des Feindes, Erhabener, also schickten wir Späher aus, um nachzusehen. Wir fanden den Feind mitten im Aufbruch und sahen Boote auf dem Fluss – eine ganze Flotte, Sultan, die Ferang begannen bereits, an Bord zu gehen.«

»Wem gehören die Schiffe?«

»Den Fischern und kleinen Händlern, oh Sultan«, antwortete Barzin unsicher.

Wir hätten sie verbrennen sollen. »Wo ist General Darhus?«

»Er führt unsere Truppen, Erhabener.« Barzin deutete auf eine breite Front, die sich im Dunkel der Nacht auf die Befestigungen der Rondelmarer zuwälzte, da ertönte schon das Angriffssignal, und die Männer stürmten mit wildem Gebrüll los.

Ein Frontalangriff mitten in der Nacht? Töricht! Aber wenn die Rondelmarer bereits auf dem Weg zu den Schiffen waren, mussten sie die Befestigungen unbemannt zurückgelassen haben, oder etwa nicht? *Was könnten ihre Magi diesmal ausgeheckt haben?*

»Mein Pferd, Barzin!«, bellte er. »Ich muss mir selbst ein Bild machen.«

Bis der Schimmel gesattelt vor ihm stand, war der Angriff bereits in vollem Gang. Die Männer gestikulierten mit wildem Gebrüll, immer mehr machten sich auf den Weg und ignorierten die Befehle ihrer Offiziere, so wild waren sie darauf, die Befestigungen zu überrennen und das Lager der Feinde endlich zu plündern. Mit einer militärischen Operation hatte das nichts mehr zu tun. Das Heer hatte sich in einen Mob verwandelt, die Adligen genauso wie die Zwangsverpflichteten. Latif konnte kaum etwas erkennen, erst als er sich in den dick mit Juwelen besetzten Sattel schwang, bekam er einen etwas besseren Blick auf die vorwärtsbrandenden Massen. Die Zügel locker in der Hand, beruhigte er seinen Wallach und versuchte, irgendeine Ordnung in dem Chaos zu erkennen. Latif kam sich vor wie ein Blatt in einem Wasserstrudel, das hilflos auf einen dunklen Abgrund zuwirbelte. »Näher heran!«, schrie er.

Barzin trieb Latifs Leibwache vorwärts. Sie bildete einen Keil und schob sich durch das Gewirr auf die rondelmarischen Barrikaden zu. Es ging nur stoßweise voran, da die Soldatenmassen ihnen immer wieder den Weg versperrten. Der Wallach war ein Reitpferd, kein Schlachtross und wurde im Gedränge immer nervöser, sodass Latif es nicht wagte, auch nur zu traben, aus Angst, er könnte seine eigenen Leute niederreiten. »Macht eine Gasse frei! Ich muss zu General Darhus!«, brüllte er die Soldaten an.

Der Mob stürmte die Befestigungen hinauf und schwenkte triumphierend die Waffen; die Vordersten waren bereits hinübergeklettert und außer Sicht. Sie waren außer sich vor Freude, der Strom, der sich über den Dünenkamm ins Lager der Rondelmarer ergoss, hörte einfach nicht auf.

Doch plötzlich bebte die Erde, so heftig, dass der Wallach strauchelte und die Männer ringsum sich aneinander festhalten mussten. Viele stürzten trotzdem.

Ein zweiter Erdstoß folgte, noch stärker diesmal. Dann begannen die Schreie.

Eine Stunde später saß Latif auf seinem Thron und wartete auf den Bericht seiner Offiziere. Ein Gong ertönte, ein Diener trat in den Pavillon und kniete vor ihm nieder. »Erhabener, General Darhus wartet darauf, von Euch empfangen zu werden.«

»Schicke ihn herein. Und den Hadischa-Hauptmann. Wie war sein Name?«

»Selmir, Erhabener.« Barzin erhob sich und ging über den prächtig gemusterten Teppich zurück nach draußen. Nachdem er sich vergewissert hatte, dass die beiden entwaffnet worden waren, eskortierte er sie an der mit gezogenen Säbeln Spalier stehenden Leibwache vorbei zum Thron. Während die Offiziere sich vor ihrem Herrscher zu Boden warfen wie Sklaven, zog Barzin sich hinter ein Schreibpult zurück und wartete auf weitere Befehle. Beide waren blass und zitterten aus Angst vor den Folgen ihres Versagens. Denn versagt hatten sie zweifellos.

Latif wandte sich als Erstes an den General, einen Mann in den Fünfzigern mit ergrauendem Bart- und Kopfhaar. »Wie hoch sind unsere Verluste?«

»Über dreitausend Mann, oh Sultan«, antwortete Darhus, ohne den Kopf zu heben.

Dreitausend … Ahm, vergib uns!

»Die Evakuierung war weiter fortgeschritten, als wir dachten, oh Sultan«, fuhr er mit klagender Stimme fort. »Als wir das Lager stürmten, hatten bereits alle Schiffe abgelegt. Dann begann die Erde zu beben, überall öffneten sich Feuergruben, die Wälle gaben nach, und das Flusswasser strömte ins Lager... mit ihm Tausende von Krokodilen. Ihr habt es selbst gesehen, Herr...«

»Ja, Darhus, das habe ich.« Den Anblick würde er nie vergessen. Es war ein Vorgeschmack auf Shaitans Reich gewesen, so entsetzlich, dass jeder, der es gesehen hatte, nun wusste, dass die Magi nichts anderes waren als fleischgewordene Afreet. *Und ich habe Seth Korion für einen* Menschen *gehalten...*

»Hauptmann Selmir, erklärt mir, was dort geschehen ist.«

Der Hadischa war ein gut aussehender, ja beinahe schöner Mann. Er hob den Kopf und blickte Latif in die Augen. Er hatte sich sogar die Zeit genommen, den Bart zu rasieren und sein pechschwarzes Haar zu ölen; sein selbstsicheres Auftreten erweckte beinahe den Eindruck, er hätte hier das Sagen.

»Es war eine Falle«, begann er, »und dieser Narr ist mitten hineingetappt wie ein Kind.« Er warf Darhus einen verächtlichen Blick zu. »Als der Alarm ertönte, befahl der General blindlings den Angriff, und unsere Soldaten gehorchten. Das Beben wurde mit Erdgnosis herbeigeführt und war sehr stark: Wahrscheinlich wurden die Zauber schon seit Tagen vorbereitet. Die zum Fluss gewandte Seite des Lagers senkte sich durch die Erdstöße so stark ab, dass alles binnen weniger Augenblicke mit Wasser und Krokodilen überflutet wurde. Es waren mehrere Tausend, von den Magi zu blanker Mordlust aufgepeitscht.« Nun verlor selbst Selmir die Fassung und verfiel in zitterndes Schweigen. »Es war ein Massaker...«

Dann fing er sich wieder und straffte die Schultern. »In der Zwischenzeit begannen die Feuergruben eine nach der anderen zu explodieren, aber das war noch nicht alles: Im Lager befanden sich Geister von Toten, Wasserdämonen, Schlangen...« Er senkte den Blick. »Manche der Geschöpfe habe ich noch nie zuvor gesehen.«

Bemerkenswert. Rashids allseits gefürchtete Hadischa, vor denen die Herrscherhöfe in Kesh und Dhassa erzittern, unterliegen einer nicht einmal halb so großen Streitmacht von Rondelmarern.

»Ihr habt die Vorbereitungen nicht bemerkt?«, fragte Latif.

Selmir war schlau genug, sich nicht in die Falle locken zu lassen. Wenn er behauptete, sie seien auf der Hut gewesen, wie es ihre Pflicht war, warum waren sie dann so schändlich unterlegen? Falls sie ihre Pflicht aber vernachlässigt hatten, war auch das unverzeihlich … »Ihre Ausbildung ist der unseren unendlich weit überlegen«, murmelte er.

Die gleiche Ausrede wie immer. Ich frage mich, ab wann es aufhört, schlechte Ausbildung zu sein, und Verrat wird. »Euer Auftrag war es, Selmir, die Aktivitäten der Rondelmarer zu überwachen«, erwiderte er leise. »Nichts könne Euch entgehen, habt Ihr Euch gebrüstet. Wie, also, konnte Euch *das* entgehen?«

»Erhabener, sie sind besser als wir. Ihre Arkana, ihre Schlachterfahrung – wir haben so viel aufzuholen! Meine Leute trifft keine Schuld! Emir Rashid würde Euch das Gleiche sagen.«

Ja, verkrieche dich hinter Rashids Rücken wie immer.

Das Schlimmste war, dass Salim den arroganten Versager nicht einmal bestrafen konnte, wie er es für seine Kurzsichtigkeit und Unfähigkeit verdient hätte. Magi waren zu kostbar, und das wussten sie genau.

»Verlasst uns, Selmir«, zischte Latif durch zusammengebissene Zähne.

Der Hauptmann verneigte sich mit wiederhergestelltem Selbstbewusstsein, jetzt, da er sicher sein konnte, einer Bestrafung zu entgehen. »Danke, Sultan.«

»Ihr missversteht: Ihr werdet das Lager verlassen und Rashid von Hallikut persönlich einen vollen Bericht Eures Versagens erstatten.«

490

Selmir erbleichte. Magi mochten kostbar sein, aber Rashid, dem Oberhaupt der Hadischa, standen andere Möglichkeiten der Bestrafung zur Verfügung. »Erhabener, bitte …«

»Vielleicht werdet Ihr den Rest Eurer Tage an ein Bett gefesselt in einer der Zuchtanstalten verbringen, Selmir. Sagt mir: Wäre das Strafe oder Belohnung für Euch?«

Der Magus senkte das Haupt, stumm und zitternd, und Latif hob zum ersten Mal die Stimme. »Verschwindet aus meinem Lager!«

Nachdem der Hadischa-Hauptmann gegangen war, erhob sich Latif.

»Darhus, mein Freund, steht auf.« Er ließ eine Karaffe Wein bringen, goss zwei Becher ein und reichte dem General einen davon. »Trinkt. Sagt mir, wie lange kennen wir uns schon?«

Darhus nahm mit zitternden Knien einen Schluck, dann noch einen. Er schwitzte stark, und das nicht nur wegen der morgendlichen Hitze. »Erhabener, ich war dabei, als Euer Vater Euch das erste Mal seinem Volk zeigte.«

Wirklich schon so lange? Vermutlich. »Welches sind die Fehler, die Euch letzte Nacht unterlaufen sind, General?«

Darhus senkte den Blick. »Ich habe den Angriff nicht zurückgehalten, um die Lage zu überprüfen. Ich habe zugelassen, dass meine Soldaten wie eine wilde Horde blindlings in das Lager einfielen. Selbst als die Falle zuschnappte, hatten die in den hinteren Reihen nichts anderes im Sinn, als ihren Wunsch zu kämpfen, und sind weiter vorangeprescht.« Er hob den Kopf. »Es tut mir leid, oh Sultan. Ich werde Euch nicht noch einmal enttäuschen.«

Weil du keine Gelegenheit dazu bekommen wirst.

»Danke, General Darhus. Ihr wisst, was von Euch erwartet wird. Eure Nachfahren werden Euren Namen tausend Jahre lang preisen.« Die Worte waren eine Art Beschwörungsformel, die Darhus Kraft verleihen sollte für das Ritual, das ihm bevorstand. Seines Kommandos enthoben zu werden, bedeutete ewige Schande. Starb der General jedoch in Erfüllung seiner Pflicht, behielt er sein Gesicht und seine Familie ihr Ansehen.

Zur Mittagszeit war Darhus durch sein eigenes Schwert gestorben und der Hadischa-Hauptmann weit weg – wie auch die Boote der Rondelmarer. Das vollkommen verwüstete Lager war immer noch so gefährlich, dass niemand sich hineinwagte, um wenigstens die Legionsbanner zu entfernen, die spottend in der Brise flatterten.

Seth Korions Heer war erneut entkommen.

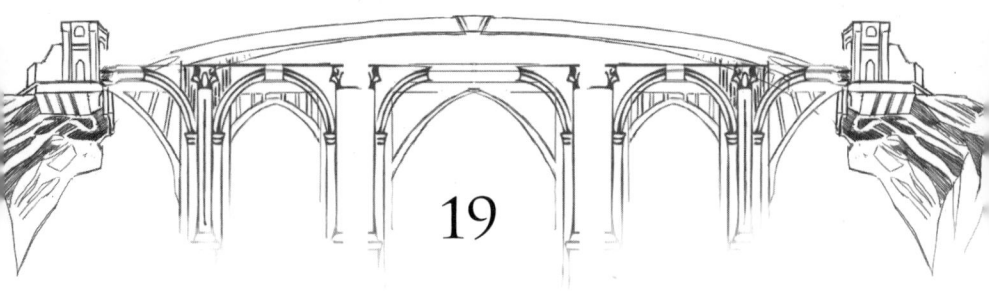

19

DIE SCHLACHT UM FORENSA

KRAK DI CONDOTIORI

Die Krak di Condotiori – also »Festung der Söldner« – ist nach den rimonischen Söldnern benannt, die sie nach der Öffnung der Leviathanbrücke an sich rissen, um von dort den Zugang ins südlich gelegene Zhassital zu kontrollieren. Als die Grenzkriege mit den Zhassi-Keshi beendet waren, baute der Ordo Costruo die Krak in dem Bestreben, zukünftige Auseinandersetzungen von vorneherein zu verhindern, zum mächtigsten Bollwerk in ganz Nordantiopia aus.
Die Geschichte der Krak ist nicht zuletzt ein Musterbeispiel dafür, dass man Söldnern nicht vertrauen kann.

ORDO COSTRUO, PONTUS 881

Seir Roland Hale ritt durch das zerschmetterte Tor von Forensa und ließ den Blick über die dahinterliegende Trümmerlandschaft wandern. Bis über eine Furchenlänge jenseits der Stadtmauer war jedes Gebäude von den Katapultgeschossen zu Staub zermahlen. Seine Legionäre arbeiteten sich durch die Trümmer in Richtung der Zitadelle vor, wo das Nesti-Banner kraftlos am aschgrauen Himmel hing. Die Luft war derart von Bodennebel und Rauch verhangen, dass er kaum einen Weg durch die Trümmer finden konnte.

Ein Warnschrei ertönte, dann ging eine Pfeilsalve auf seine Offiziere nieder. Nachdem die Geschosse wirkungslos an den Gnosisschilden seiner Männer abgeprallt waren, nahmen sie verärgert ein kleines Areal neben einem zerstörten Dom-al'Ahm unter Feuer, von dem der Angriff gekommen zu sein schien.

»Es gibt immer noch zu viele Widerstandsnester«, brummte ein Adjutant.

»Was du nicht sagst!«, bellte Hale, woraufhin der Adjutant sogleich beschämt verstummte.

»Südöstlich von hier wimmelt es nur so von ihnen«, ergänzte ein anderer. »Nachdem das Tor gefallen war, haben sie sich bis hinter den Hauptkanal der Stadt zurückgezogen. Die Harkun sind sofort nachgerückt, konnten den Kanal aber noch nicht überschreiten.« Der Mann verzog besorgt das Gesicht. »Sogar Frauen und Kinder kämpfen. Wie sehr diese Nooris einander hassen, ist unglaublich, Herr.«

»Das ist es fürwahr«, stimmte Hale zu. Dass Mitglieder des gleichen Volksstamms sich gegenseitig derart hassten, hatte er nicht für möglich gehalten. Gleichzeitig war es ihr Glück, denn

Betillon hatte die Gegenwehr der Nesti gewaltig unterschätzt; ohne die Harkun-Horden würden sie den Widerstand in der Stadt niemals brechen.

»Sie sind Wilde«, mischte sich ein weiterer Adjutant ein. »Selbst die Rimonier kämpfen wie die Berserker.«

Das liegt an dem verfluchten Klima hier. Die Hitze lässt sogar zivilisierte Menschen degenerieren. Der langsame Fortschritt der Belagerung und die steigenden Opferzahlen machten Hale wütend. Als das Tor gefallen war, hatte er geglaubt, alles wäre bald vorbei, doch sie waren auf immer stärkeren Widerstand gestoßen. Er wollte es zu Ende bringen. Dringend.

»Kämpft euch einen Weg über den Kanal frei, dann bricht der Widerstand zusammen«, erwiderte er schließlich. »Vorwärts!«

Ghujad iz'Kho konnte den Sieg zwischen all dem Rauch und Tod bereits riechen. Flink wie eine Eidechse kletterte er über eine geborstene Mauer in dem wie durch ein Wunder noch intakten Haus und rannte zu einem der Fenster, das auf den Kanal blickte. Dann streckte er vorsichtig den Kopf hindurch und spähte nach draußen; sofort zischte ein Pfeil an seinem Ohr vorbei und schlug klappernd gegen die Wand. »Unsere Jhafi-Verwandtschaft scheint das Schießen noch nicht verlernt zu haben, wie?«

»Aber wir sind besser«, entgegnete sein Neffe Cabruhil prahlerisch. Er war erst siebzehn und hielt sich für unbesiegbar.

Als er mit seinem Bogen ans Fenster treten wollte, packte Ghujad ihn an der Schulter. »Nein, Neffe. Man lässt sich nie zweimal an der gleichen Stelle blicken.«

Cabruhil wurde rot und schlich zum nächsten Fenster, um nach geeigneten Zielen zu suchen. »Wir sollten sie einfach überrennen«, murmelte er. »Es ist kaum jemand zu sehen.«

»Aber sie sind da«, widersprach Ghujad. »Die Söldner haben versucht, den Kanal über die Brücke ein Stück weiter unten zu überqueren. Dreißig kamen rüber, dann ist sie eingestürzt. Der Jhafi-Abschaum kam zu Hunderten aus seinen Rattenlöchern gekrochen und hat sie in Stücke gehauen.« Er lächelte – jeder tote Rondelmarer war für ihn eine willkommene Dreingabe.

Lekutto iz'Fal, das dritte Mitglied ihres Spähtrupps, kam heran. Er schielte, konnte aber hervorragend mit dem Säbel umgehen. »Womit haben wir es zu tun, Vetter?«

»Ratten«, antwortete Ghujad. »Ein ganzes Nest. Auf der anderen Seite des Kanals wimmelt es nur so davon.« Schon seit Generationen nannten die Harkun die Jhafi schlicht »das Rattenvolk«.

»Und du glaubst, wir sollten es trotzdem hier versuchen?«, hakte Lekutto nach.

»Diese Stelle ist so gut wie jede andere.«

Irgendwo hinter ihnen feuerte ein Katapult, kurz darauf pfiff das Geschoss über das Haus hinweg und schlug auf der anderen Seite in einem Feuerball ein. Alle drei zuckten zusammen, während die Verteidiger am anderen Ufer höhnisch lachten.

Die gute Laune wird euch schon bald vergehen, Abschaum.

»Wir blasen von hier zum Sturmangriff«, bekräftigte Ghujad noch einmal. »Siehst du das eingestürzte Haus dort drüben? Die Trümmer haben den Kanal teilweise zugeschüttet, eine ideale Brücke für uns. Lass Bretter holen und über den Spalt legen, die Bogenschützen sollen dir inzwischen von den Dächern aus Deckung geben.«

»Die Hälfte der Kämpfer da drüben sind Frauen«, höhnte Cabruhil.

»Umso besser, dann müssen wir sie nicht erst suchen, wenn wir ihre Männer getötet haben«, kicherte Lekutto. Die anderen beiden lachten herzlich. »Ich habe gehört, diese Nesti-Regentin wäre eine Tribaddi.«

»So heißt es.« Ghujad verzog angewidert den Mund. »Wenn wir sie finden, zeigst du ihr mit deinem Schwanz, was sich für eine Frau gehört. Aber zuerst müssen wir über den Kanal. Wir brechen durch und stürmen die Zitadelle, bevor die Rondelmarer sie uns wegschnappen.«

Seht her, meine Vorfahren! Wir zertreten die Ratten in ihren Löchern, und zwar für immer. »Das ist erst der Anfang, werte Vettern«, sagte er zu Lekutto und Cabruhil. »In einem Jahr gehört uns ganz Ja'afar.«

»Meine Dame, ich wünschte, Ihr würdet…«

Cera legte sich einen Finger auf die Lippen und brachte Justiano di Kestria mitten im Satz zum Verstummen. »Seir Justiano, ich *muss* es tun. Das Volk muss mich sehen können, es muss wissen, dass ich an seinem Kampf teilhabe.« Sie ignorierte Justianos besorgte Miene und bahnte sich mit ihrer Leibwache einen Weg durch die engen Gassen gleich hinter dem Kanal. Tarita, die sich strikt geweigert hatte, im Palast zu bleiben, begleitete sie.

In der Gasse wimmelte es nur so von bewaffneten Männern und Frauen, selbst Kinder waren dabei. Alle waren verschwitzt, ihre Haut war klebrig von Blut und Schweiß, aber sie gaben nicht auf. Schweigend reichten sie Bündel von Pfeilen oder Proviantpakete weiter. Als sie Cera entdeckten, erkannten die meisten sie nicht und mussten ein zweites Mal hinschauen, dann allerdings mit weit aufgerissenen Augen. Einige machten Anstalten, ihren Namen laut zu preisen, doch Cera bedeutete ihnen, still zu sein, damit der Lärm das Katapultfeuer nicht auf sie zog. Dann nahm sie die Menschen bei den Händen und küsste sie auf die Wangen. Cera konnte längst nicht mehr zählen, wie oft sie das während der letzten beiden Tage schon getan hatte. Es kam ihr vor wie Tausende Male.

Nachdem der Feind das Stadttor gestürmt hatte, war das

nackte Chaos ausgebrochen. Zwei schreckliche Stunden lang hatten sie befürchtet, den einfallenden Harkun und Rondelmarern nicht standhalten zu können, doch Justiano di Kestria hatte sie wie geplant mit einem Fußtrupp seiner schwer gepanzerten Ritter lange genug aufgehalten, damit am Kanal eine neue Verteidigungslinie aufgebaut werden konnte. Die verheerende Niederlage war zwar im letzten Moment abgewendet worden, aber die Opferzahlen waren viel zu hoch – sowohl unter den Jhafi als auch unter den Rimoniern.

Seither hielt Cera sich ständig unter den Verteidigern auf, sprach ihnen Mut zu und zeigte ihren Untertanen, wie sehr sie sie liebte: Dies hier war keine gewöhnliche Schlacht, in der Soldaten gegen Soldaten kämpften – die ganze Stadt kämpfte ums nackte Überleben. Durch ihre Anwesenheit Unterstützung zu zeigen war das Mindeste, was Cera tun konnte.

Timori hatte darauf bestanden, das Gleiche zu tun. »Vater hätte es mir erlaubt«, hatte er mit einem Leuchten in den Augen verkündet, das Cera die Tränen in die Augen trieb. Dann war er mit seiner Leibwache in den Südteil der Stadt aufgebrochen, in dem die argundischen Söldner wüteten. Aber die schlimmsten Kämpfe tobten hier, wo die Dorobonen und Abertausende von Harkun eingefallen waren. Überall auf der anderen Seite des Kanals hatten sie sich in den Trümmern verschanzt. Seit zwei Tagen und Nächten regnete es Pfeile vom Himmel, und mindestens ein Dutzend Male hatten sie versucht, auch die zweite Verteidigungslinie zu durchbrechen. Der Kanal war ein einziges Schlachthaus, doch bis jetzt konnten die Forenser ihre Feinde in Schach halten, auch wenn sie für jeden getöteten Nomadenkrieger drei aus ihren eigenen Reihen verloren. Der Kanal und ihre verzweifelte Entschlossenheit retteten sie – noch.

»Sobald wir aufhören, an uns zu glauben, ist es vorbei«, murmelte Cera, während sie mit einem gezwungenen Lächeln auf dem Gesicht durch die Reihen ging: Ein junger Mann lag verwundet am Boden, daneben schlief eine ebenso junge Frau mit einem Speer im Schoß, vielleicht seine Gattin. Ein einäugiger Greis mit Pfeil und Bogen. Köche. Waschweiber. Schmiede. Botenläufer und kleine Kinder. Cera segnete sie alle, küsste sie und ließ sich von ihnen bei den Händen halten. Manche küssten ihr sogar die Füße, eine Ehre, derer sie sich vollkommen unwürdig fühlte. Es war ihr beinahe schmerzhaft peinlich, und doch waren sie alle gestärkt, wenn sie sich wieder von den Knien erhoben.

»Sie kommen! Harkun!«, erschallte der nächste Warnschrei.

Ein Katapultgeschoss durchschlug das Dach des Hauses hinter ihr, dann sprangen alle auf und stürmten zum Kanal. Männer kamen aus Hauseingängen gerannt, wischten sich im Laufen den Schweiß vom Gesicht, traten Essensschüsseln um und eilten zur Verteidigungslinie.

Cera umklammerte Taritas Hand – oder war es umgekehrt? – und Justiano versuchte, durch das Gedränge zu ihr zu gelangen, da ging ein Rumpeln durch das getroffene Haus. Ein Dachbalken stürzte krachend herab und begrub ein halbes Dutzend Menschen unter sich, während vom anderen Ufer des Kanals das heulende Kriegsgeschrei der Harkun ertönte.

Als auch noch die Mauer direkt neben ihnen zu schwanken begann, packte Tarita Ceras Arm und zerrte sie in ein Nachbargebäude, von dem aus sie einen Blick auf den Kanal hatten. Das Haus bestand nur noch aus den Außenmauern, zwischen denen sich zwei Dutzend Menschen jeden Alters und Geschlechts zusammendrängten. Die meisten waren mit improvisierten Speeren bewaffnet, einige schossen Pfeile durch die eingeschlagenen Fenster. Durch diese Fenster sah Cera, wie die Harkun-Krieger mit langen Brettern unterm Arm aus der Deckung brachen und versuchten, den Kanal zu erreichen. Drei gingen sofort von Pfeilen getroffen zu Boden, aber es kamen immer mehr, und das Feuer wurde sofort erwidert. Einige der Verteidiger schrien auf, und der Mann direkt vor Tarita brach mit einem Pfeil im Hals zusammen.

»Vorsicht!«, schrie Tarita und zog Cera zurück zu dem Eingang, durch den sie gekommen waren, während eine Abteilung Harkun über die ausgelegten Bretter auf das Gebäude zustürmte.

Die Enge des Häuserkampfs versetzte die Harkun regelrecht in Raserei. Mit wilden Schreien stießen sie Spieße und Säbel durch die Fensteröffnungen, und so wütend die Jhafi sich auch verteidigten, sie waren keine ausgebildeten Soldaten, und das zeigte sich schnell. Cera beobachtete entsetzt, wie Verteidiger um Verteidiger niedergehauen wurde, dann waren sie durch.

Eine Frau, die Cera eben erst gesegnet hatte, stellte sich schützend vor ihren verwundeten Mann und wurde von einem Säbel aufgeschlitzt. Der Harkun stieg über die Leiche, den irren Blick auf Cera gerichtet, dann stürzte er sich auf sie.

Tarita sprang dazwischen und konnte den Säbelstich mit ihrem Dolch abwehren, doch der wütende Krieger schlug ihr mit der Linken so hart ins Gesicht, dass sie bewusstlos gegen die Wand geschleudert wurde.

Einen Augenblick lang war Cera wie gelähmt vor Angst, da blitzte ein Langschwert über ihrer Schulter auf und bohrte sich dem Angreifer in die Brust: Justiano di Kestria war wie aus dem Nichts hinter ihr aufgetaucht. Er stieß Cera unsanft zur Seite, zog die Klinge aus der Leiche und wehrte den nächsten Harkun ab.

»Meine Dame, Ihr *müsst* von hier verschwinden!«, brüllte er, während drei weitere seiner Ritter ins Gebäude stürmten. Einer davon packte Cera und schob sie hinter sich.

Cera stolperte, fiel unsanft auf die Knie und krabbelte zu der immer noch bewusstlosen Tarita. Zum Glück atmete sie noch. Cera fasste ihre Dienerin unter den Achseln und zog sie hinaus auf die Gasse, wo eine Abteilung ihrer eigenen Legionäre im Laufschritt anrückte.

Der Pilus sah sie und bellte: »Dummes Miststück, du versperrst uns den Weg, verschwinde!«

Cera umklammerte seine Hand. »Ihr müsst mir helfen, bitte! Meine Dienerin ist verletzt!«

Der Pilus beugte sich widerwillig über Tarita. »Die lebt nicht mehr«, sagte er nur und richtete sich naserümpfend wieder auf, als fürchte er, der Tod sei eine ansteckende Krankheit. Offensichtlich erkannte er weder Tarita noch seine Königinregentin.

»Sie ist nicht tot«, widersprach Cera herrisch. »Sie atmet noch, helft mir!«

Der Pilus schaute sie wütend an und bellte einen Befehl. Ein junger Legionär eilte herbei und nahm Tarita auf die Arme. »Bring sie zu den Heilern, Genas«, knurrte der Offizier, dann wandte er sich noch einmal an Cera. »Ihre Wirbelsäule ist gebrochen, Mädchen«, flüsterte er ihr ins Ohr. »Tot ist sie besser dran.«

Cera stockte der Atem. Sie stützte sich an der Mauer ab und schaute den Pilus fassungslos an, doch der war bereits in dem Gebäude verschwunden und trieb seine Männer an.

Genas warf ihr einen verärgerten Blick zu, dann rannte er mit Tarita auf den Armen zu dem benachbarten kleinen Platz, wo er sie hastig in die lange Reihe von Verwundeten und Toten legte, um sofort wieder kehrtzumachen und sich mit seinen Kameraden in den Kampf zu stürzen.

Auch er hatte sie offensichtlich nicht erkannt, also zog Cera die Brosche mit ihrem Familienwappen hervor und rannte zu dem Platz. Dort schrie sie so lange, bis ein Sollan-Priester auf sie aufmerksam wurde. Er war Mitglied eines Heilerordens und träufelte Wasser auf Taritas regungslose Lippen, bis sie endlich hustend schluckte. Cera schrie vor Erleichterung und begann sofort, auf ihre Dienerin einzureden, doch Tarita verlor sofort wieder das Bewusstsein. Ein paar Minuten später wurde sie auf einer Trage weggebracht. Cera fühlte sich unendlich verlassen und allein. Mit einem Mal war sie nur noch eine verstörte junge Frau in einer fallenden Stadt, genauso verängstigt wie alle anderen auch.

Also kehrte sie zurück an die Front.

Die Menschen müssen weiter an mich glauben ... selbst wenn ich es nicht mehr tue.

Der Angriff dauerte bis lange nach Einbruch der Dämmerung. Drei weitere Male gelang es den Harkun, den Kanal zu überschreiten und zwei, drei Häuserzüge tief vorzudringen, bevor die Massen an verzweifelten Jhafi sie endlich zurückdrängen konnten. Der letzte Gegenangriff war von den Lamien geführt worden, deren bloßer Anblick den Verteidigern genauso viel Angst gemacht hatte wie den anstürmenden Harkun, doch nach Einbruch der Dunkelheit hatten sie die Nomaden durch ihre zahlenmäßige Überlegenheit, Elle um Elle und Blutstropfen um Blutstropfen, auf die andere Seite des Kanals zurückdrängen können.

Cera tastete sich durch die stockfinstere Nacht zurück zur Zitadelle, wo sie mit schon fast hysterischer Erleichterung in Empfang genommen wurde, als man sie endlich erkannte. Anscheinend war das Gerücht umgegangen, Cera sei entweder tot oder gefangen genommen worden. Timori warf sich ihr am ganzen Körper zitternd in ihre Arme, blass vor Erschöpfung und vollkommen außer sich. Dann stießen weitere dazu – Pita Rosco, Comte Inveglio, ihre Dienerschaft, alle drängten sich um Cera und weinten Tränen des Glücks.

Pita Rosco erstickte sie beinahe mit seiner Umarmung. »Wo, bei Hel, seid Ihr nur gewesen, Mädchen?!«

»Ich habe versucht zu helfen«, keuchte Cera und machte

sich los. Auch sie war dankbar und erleichtert, aber niemand sollte den Eindruck bekommen, sie wäre nicht souveräne Herrin der Lage. »Haben wir standgehalten?«

Piero Inveglio verneigte sich vor ihr. »Ja, edle Dame. Der Feind hat an vier Stellen versucht, den Kanal zu überschreiten, an zweien ist es auch gelungen, aber schließlich konnten wir ihn wieder zurückschlagen.«

Der Hof – Mater Lune allein wusste, woher all diese Menschen kamen – jubelte. Cera spürte Stolz und Tränen in sich aufsteigen und fürchtete, jeden Moment schluchzend auf die Knie zu sinken. »Danke, danke euch allen«, brachte sie schließlich heraus, dann gab sie Befehl, Tarita ausfindig zu machen und zur Krak al-Farada zu bringen. Erst danach rief sie Pita Rosco, Piero Inveglio, Justiano di Kestria und Saarif Jelmud zu einer Besprechung in ihre Gemächer.

»Wie lange können wir uns noch verteidigen?«, fragte Cera in die Runde.

Inveglio seufzte schwer. »Gegen weitere Angriffe wie den heutigen? Bis morgen Abend vielleicht. Wir hätten heute um ein Haar alles verloren, meine Königin.«

»Piero sagt die Wahrheit«, fügte Justiano hinzu. »Als uns die Söldner mit ihren Magi im Südosten angriffen, wären wir beinahe unterlegen. Nur die Lamien haben uns gerettet.«

»Die rondelmarischen Schlachtmagi schätzen den Nahkampf nicht, und sie mögen keine Pfeile«, erklärte Saarif ernst. »Sie kämpfen lieber aus sicherer Entfernung, aber meine Bogenschützen haben dafür gesorgt, dass ihre Skiffs nirgendwo sicher waren, sodass die Gefahr von oben fürs Erste gebannt war. Die Breschen, die ihre Fußsoldaten unterdessen auf dem Boden schlugen, konnten wir nur mit schierer Masse wieder schließen. Der Einbruch der Dunkelheit hat uns gerade noch gerettet«, fasste er grimmig zusammen.

Sein Bericht sorgte für niedergeschlagenes Schweigen, bis

Pita Rosco wieder das Wort ergriff. »An der Nordflanke konnten die Dorobonen mit Luftunterstützung und ihren Feuermagi schnell durchbrechen, aber wir hatten Glück. Hinter dem ersten Kanal verläuft gleich ein zweiter, der um einiges breiter ist. Dorthin haben wir uns zurückgezogen und konnten diese Linie dank der vielen Bogenschützen halten. Ich glaube, einer der feindlichen Magi wurde verletzt.«

Cera hörte mit aschfahlem Gesicht zu. »Wird es morgen noch einmal gelingen?«

Keiner der Männer wusste es mit Sicherheit zu sagen.

»Mit etwas Glück, vielleicht«, antwortete Inveglio schließlich.

»Aber wir geben nicht auf«, fügte Saarif entschlossen hinzu.

»Dass die Harkun hier sind, hilft uns sogar«, warf Pita Rosco unvermittelt ein. »Es wäre mir zwar lieber, wenn es nicht so viele wären, aber ihre bloße Anwesenheit macht jedes Zögern auf unserer Seite unmöglich. Selbst das kleinste Kind weiß, dass dies ein Kampf um unser aller Überleben ist.«

»Ganz recht«, stimmte Inveglio zu. »Das Volk kennt die Rondelmarer: Sie kommen, um zu erobern, nicht um zu vernichten. Aber die Harkun wollen uns ausrotten. Ihre Anwesenheit eint uns.«

»Dann sollten wir Gurvon Gyle wohl unseren aufrichtigen Dank übermitteln«, kommentierte Cera trocken. »Aber können wir auch gewinnen?«

»Mit Ribans Hilfe, ja«, erwiderte Justiano leise, doch sie alle wussten, dass das Haus Aranio keine Unterstützung schicken würde.

Pita Rosco umfasste Ceras Hände. »Wir müssen auch an die Zeit nach der Schlacht denken, meine Dame. Seit über einer Woche evakuieren wir schon. Nicht nur den Regierungsapparat und die Staatsreliquien, auch die Schwangeren, Neugeborenen und dergleichen. Im Fort Viola in den Hochebenen können wir nur ein paar Hundert Menschen unterbringen, aber das ist immerhin etwas.« Er schaute sie flehend an. »Ihr müsst mit Timori dorthin gehen, meine Königin. Euch in Sicherheit zu wissen, würde uns allen Hoffnung geben.«

»Nein«, erwiderte Cera unumwunden. »Ich verstecke mich nicht, während mein Volk kämpft.«

Die Ratsmitglieder schauten einander besorgt an, aber zu Ceras Erleichterung beließen sie es dabei.

»Dann hilft nur noch beten«, murmelte Justiano di Kestria.

Frikter wischte sich gerade den Bierschaum vom Bart, als Gurvon unangekündigt ins Zelt kam. Er war die ganze Nacht durchgeflogen und hatte Forensa in den frühen Morgenstunden erreicht, mitten während der Vorbereitungen zum nächsten Angriff. Gurvon war müde; den Legionskommandanten beim Saufen anzutreffen machte seine Laune nicht besser.

Ich verliere nie die Fassung – nur, wenn die Situation es verlangt. »Was, bei Hel, tust du da?«, fuhr er Has an und schaute mit blitzenden Augen in die Runde von argundischen Magi mit ihren dicken Bärten und selbstzufriedenen Gesichtern. »Ihr seid betrunken, noch bevor der Kampf überhaupt anfängt!«

Frikter lachte nur. »Nein, Gurv, nicht betrunken.«

»Es braucht schon mehr als ein paar Krüge Bier, um uns umzuhauen«, erklärte einer der anwesenden Schlachtmagi.

»Ist gut für die Verdauung«, warf ein anderer ein und schlug sich gackernd auf den dicken Bauch.

»Haltet den Mund und verschwindet«, bellte Gurvon.

Es wurde mucksmäuschenstill im Zelt. Die Argundier schauten ihren Kommandanten fragend an.

Gurvon erkannte, dass er zu weit gegangen war, und hob die Hände. »Verzeiht, Leute. Das klang unfreundlicher, als es gemeint war. Ich möchte einfach wissen, warum diese Belagerung nun schon fast zwei Wochen lang dauert, und es wäre besser, wenn es nicht an Eurem Bierkonsum läge!«

Alle funkelten ihn wütend an, nicht im Geringsten besänftigt. »Der Grund ist, dass diese verdammten Nooris nicht kämpfen können«, knurrte einer.

»Sie leisten immer noch Widerstand«, widersprach Gurvon.

»Er meint die Harkun«, erklärte Frikter und hakte die Daumen in seinen Gürtel. »Ihr habt ihn gehört, Leute, raus mit euch. Ich muss ein Wörtchen allein mit unserem Zahlmeister reden.«

Nachdem die anderen mit säuerlichen Mienen abgezogen waren, warf Frikter ihm einen verärgerten Blick zu. »Also, Gurv, wir wissen ja, dass du der Boss bist, aber du kommst nicht einfach in mein Zelt und reißt die Klappe auf. Meine Leute mögen keine Norer, und wichtigtuerische Großmäuler mögen sie noch viel weniger.«

»Schon gut, schon gut, du hast ja recht!«

»In meinem verfluchten Zelt mache ich verflucht noch mal, was mir passt«, fügte Frikter rülpsend hinzu. »Und nur fürs Protokoll: Meine Jungs können ein ganzes Fass allein aussaufen und diese Nooris immer noch wie Fliegen zerquetschen.«

»Natürlich, natürlich.« Gurvon schnaubte ungeduldig. *Diese verdammten Argundier mit ihrem Imponiergehabe. Es ist immer das Gleiche …* »Im Ernst, Has, was geht hier vor? Warum sind die Nesti nicht längst vernichtet?«

Frikter verzog das Gesicht. »Die Aufgabe ist nicht so leicht, wie wir gedacht haben, Gurv. Diese Jhafi kämpfen wie in die Enge getriebene Nyxe, du weißt schon, die argundischen Wildkatzen. Du machst einmal: ›Buh!‹, und schon laufen sie davon, um dir hinter der nächsten Ecke wieder aufzulauern. Jhafi sind genauso. Die gesamte Bevölkerung kämpft gegen uns, beschießt uns mit Pfeilen, schleudert Speere oder Steine und was gerade so greifbar ist. Wir müssen kein feindliches Heer besiegen, sondern eine ganze *Stadt*.«

»Ein paar Schauer Magusfeuer lösen solche Probleme für gewöhnlich.«

»Haben wir längst versucht, Gurv, aber sie geben einfach nicht auf. Auf einen Toten von uns kommen mindestens fünf Eingeborene, und trotzdem kämpfen sie immer weiter.« Frikter schüttelte den Kopf. »Es liegt an den verfluchten Nomaden, die du mit ins Boot geholt hast. Die Jhafi hassen sie sogar noch mehr, als die Estellayner *uns* hassen, und ich traue diesem Harkun-Pack nicht. Du hoffentlich auch nicht, Gurv.«

»Tue ich nicht, Has, glaub mir, aber zwei Legionen waren einfach zu wenig.«

»Klar hätte das gereicht, wenn wir alle auf der gleichen Seite stehen würden. Stattdessen warte ich nur darauf, dass Hale mich fickt, sobald ich ihm den Rücken zudrehe, und ihm geht's genauso, während die Jhafi sich mit Zähnen und Klauen und was nicht noch allem gegen die Harkun wehren.«

Vielleicht hat er sogar recht … Ohne sich selbst ein Bild von den Kämpfen gemacht zu haben, konnte Gurvon es zwar nicht beurteilen, aber Frikters Worte klangen vernünftig. *Sollte ich mich tatsächlich derart verschätzt haben?* »Wie ich höre, seid ihr gestern beinahe durchgebrochen.«

»Und ob, aber selbst ein Reinblut kann einem Pfeilhagel, der den Himmel schwarz werden lässt, nicht lange standhalten. Und genauso war es. Meine Leute wollen diesen Mist genauso hinter sich haben wie du, Gurv. Lassen wir die Harkun das erledigen und den Blutzoll zahlen.«

Gurvon runzelte die Stirn. Dass Söldner es an Entschlossenheit mangeln ließen, sobald sie auf ernsthaften Widerstand stießen, war weithin bekannt. »Aber wir gewinnen, oder?«

»Klar.« Frikter griff sich eine Knoblauchwurst, brach ein Stück davon ab und kaute darauf herum. »Wenn das Glück uns nicht im Stich lässt, geben wir ihnen heute den Rest. Oder morgen. Besonders viel Reserven können sie nicht mehr haben, und irgendwann verlässt selbst die Fanatiker der Mut. Alles nur eine Frage der Zeit.«

»Schon gut, Has, ich glaube dir. Aber wir müssen es zu Ende bringen. Setz deine Angriffe mit unverminderter Wucht fort. Je länger das hier dauert, desto mehr Mut schöpfen die übrigen Javonier. Und wir müssen die Zitadelle als Erste erreichen: Die Nesti-Kinder sind *unsere* Geiseln, Hale darf sie nicht in die Finger bekommen.«

»Versucht hat er's ja schon«, merkte Frikter an. »Eins seiner Skiffs ist direkt zum Turm geflogen und hat nach ein paar Umkreisungen Hals über Kopf die Flucht ergriffen. Von Schlangenmenschen in die Flucht geschlagen«, fügte er kichernd hinzu. »Die blödeste Ausrede, die ich jemals gehört hab.«

Gurvon blinzelte. *Schlangenmenschen? Sind die Lamien etwa hier?* Er dachte mit Schaudern zurück an seine Gefangenschaft. Wenn Elena diese Hel-Brut tatsächlich hergebracht hatte, war es kein Wunder, dass die Belagerung so lange dauerte… *Vielleicht sollte ich ihn warnen.*

Gurvon stellte sich vor, wie er seinem wenig fantasiebegabten Gegenüber von wildgewordenen Gnosiszüchtungen erzählte. Er würde unweigerlich Frikters Respekt verlieren.

Unsinn, er wird noch früh genug selbst draufkommen.

Schließlich ging er mit Has zum Truppenappell und folgte ihm anschließend durch das zerstörte Stadttor in die Ruinen Forensas. Rauch und Verwesungsgestank lagen so dick in der Luft, dass die Soldaten sich Tücher über Mund und Nase banden. Zu ihrer Linken stiegen die Pfeilsalven der Harkun in den Himmel – Frikter schätzte, dass sie etwa sechstausend Tote und noch mehr Verwundete zu beklagen hatten, auf der Gegenseite waren etwa dreimal so viele gefallen. Seit Tagen wurden die gefledderten Leichen in Gruben jenseits der Stadtmauer verbrannt. Es waren Frauen darunter, Greise und Kinder. Der Anblick erinnerte Gurvon an die Noros-Revolte.

Krieg riecht überall gleich: nach Scheiße und brennendem Menschenfleisch.

Roland Hale hatte mittlerweile von seiner Anwesenheit erfahren und schickte eine Einladung zum Mittagessen, die Gurvon höflich ablehnte. Er hatte vor, um diese Zeit an Ceras Tafel in der Zitadelle zu speisen.

Er legte das letzte Stück bis an die Front zurück und beobachtete, wie Frikters Legionäre mit ihren Schilden eine Schildkröte bildeten. Die in alle Richtungen ragenden schweren Spieße ließen die Formation aussehen wie ein übergroßes Stachelschwein.

»Damit sollte es wohl gehen«, sagte er zu Frikter.

»Nicht auf dem zerklüfteten Untergrund, Gurv, das ist ja das Problem. Wegen der verfluchten Trümmer können meine Männer die Formation nicht halten, geschweige denn den Kanal überschreiten.«

»Du hörst dich schon an wie ein altes Weib, mein Freund.«

»Du wirst's gleich sehen«, raunte Frikter nur.

Die Trommeln setzten ein, und die Formation rückte vor. Die Sichtverhältnisse waren extrem schlecht, aber die Jhafi schienen gut aufzupassen, denn die Phalanx hatte sich kaum aus der Deckung der Gebäuderuinen gewagt, da setzte der Pfeilregen ein, der allerdings wenig ausrichtete, da die Legionäre in der Schildkröte von Kopf bis Fuß geschützt waren. Sie stimmten ihre argundischen Trinklieder an und rammten bei jedem Schritt das Ende ihrer Spieße in den Boden, begleitet vom Kriegsgeheul der Harkun in der Ferne – ein beeindruckendes Schauspiel. Der von der Formation aufsteigende Alkoholdunst überlagerte allmählich sogar den Gestank der Toten.

Kurz vor dem Kanal verlangsamte die Schildkröte das Tempo. Das Surren der Pfeile wurde immer lauter, Offiziere bellten Befehle, Leute schrien, dazwischen ertönte das Schnalzen der Katapulte und das Krachen einstürzender Mauern – die unverwechselbare, grässliche Hintergrundmusik des Kriegs. Gurvon lud seine Schilde voll auf und tastete sich in der Deckung der Schildkrötenformation näher heran, während die vorderste Reihe bereits hinaus in den Kanal watete, der – dank der sich darin türmenden Trümmer und Leichen – mittlerweile passierbar war.

Es sah ganz so aus, als würde die Überschreitung diesmal gelingen, doch dann stellte sich heraus, dass Frikter nicht übertrieben hatte.

Ein Befehl wurde geschrien, und plötzlich wimmelte es in den Ruinen auf der anderen Seite nur so von Jhafi: Aus Hauseingängen, Fenstern, von Dächern herab und hinter Schutthaufen hervor, von überall kamen Pfeile und Steine geflogen. Noch bevor Gurvon die Situation erfasst hatte, brach die Schildkröte unter der schieren Wucht des Ansturms auseinander. Schilde wurden zur Seite gerissen oder fielen zu Boden, dann ging eine Wolke aus Pfeilen auf die Legionäre nieder, tödlich wie die Axt des Stierkopfs selbst. Die Männer taumelten oder stürzten, einen Wimpernschlag später war die Hälfte bereits tot, die Harnische aus gehärtetem Leder an zahllosen Stellen von Pfeilen durchbohrt. Die andere Hälfte starb kurz darauf, noch während die Legionäre brüllend versuchten, weiter vorzudringen.

»Hab ich's nicht gesagt?«, knurrte Frikter, sprang aus der Deckung und verbrannte ein halbes Dutzend Bogenschützen mit Magusfeuer, bis sich seine Schilde unter dem nächsten Pfeilhagel von einem blassen Gelb zu Feuerrot verfärbten und er wieder in Deckung gehen musste.

Gurvon war aufrichtig beeindruckt von der Heftigkeit des Widerstands. Die Jhafi jubelten lauthals, während alle Angreifer, die noch konnten, sich ebenfalls in Sicherheit brachten.

510

*Es ist wie damals in Norostein. Die Pallacier hatten geglaubt,
eine simple Bürgerwehr hätte ihnen nichts entgegenzusetzen,
aber sie hatten sich getäuscht. Ich hätte daran denken sollen…*

»Und?«, blaffte Frikter. »Wie viele von meinen Leuten willst
du noch sterben sehen?«

Gurvon schlug Frikter auf die breite Schulter. »Keinen einzigen, Has. Hör zu, ich habe da eine Idee…«

Kurz darauf begann der zweite Angriff: Im Schutz von mit
Gnosis angetriebenen Wagen, die Gurvon nach vorn befohlen
hatte, rückten sie vor. Die Wagen fuhren ratternd über den
Schutt direkt in den Kanal, ohne dass die Pfeilsalven ihnen
irgendetwas anhaben konnten. Die zweite Welle verstopfte den
Kanal restlos und machte ihn als Barriere unbrauchbar. Die
Jhafi schleuderten Öllampen, um die Wagen in Brand zu stecken, doch die argundischen Magi – aufgepeitscht durch Gurvons Anwesenheit– löschten die Flammen sofort wieder oder
schleuderten sie dem hinter den Fensteröffnungen verschanzten Feind zurück. Sie konnten ihre Gegner nun deutlich sehen, immer mehr Geschosse schwirrten durch die Luft: Pfeile
in die eine Richtung, Wurfspieße in die andere. Es war ein Ab-
nutzungskampf, die alles entscheidende Frage lautete, wer den
anderen schneller töten konnte.

»Ein Letztes noch!«, rief Gurvon. Ein großer Felsbrocken
flog über sie hinweg und landete genau in der letzten unaufge-
füllten Stelle des Kanals. Gurvon stand auf und deutete auf das
gegenüberliegende Ufer. »Jetzt!«

Mit wildem Gebrüll stürzten die Söldner vorwärts, diesmal
über beinahe trockenes und ebenes Gelände.

Gurvon folgte ihnen, holte mit seinen Magusbolzen die Bogenschützen von den Dächern und dirigierte die Legionäre gegen die schwächsten Stellen in der Verteidigungslinie, während
Frikter zehn Schritte zu seiner Rechten das Gleiche tat.

Die Magi schwärmten aus und leisteten endlich rückhaltlose Unterstützung. Die Wucht des Sturmangriffs war einfach nicht aufzuhalten, sodass sie schnell die andere Seite erreichten. Der Kampf zwischen den Häusern war ein brutales Gemetzel Mann gegen Mann, doch die erfahrenen und schwer bewaffneten Argundier arbeiteten sich immer weiter vor, bis sie die erste Gasse jenseits des Häuserzugs direkt am Kanal erreichten. Sie war voller Jhafi. Gurvon war direkt hinter den Legionären, griff aber nicht ein, um nicht seine eigenen Leute über den Haufen zu schießen. Doch auch ohne seine Unterstützung rückten sie Elle um Elle vor.

Dann brach die Verteidigungslinie.

Gurvon hatte schon öfter erlebt, wie selbst die entschlossensten Verteidiger irgendwann aufgaben, wenn ein übermächtiger Feind unaufhaltsam vorrückte. Vor allem, wenn sie die Möglichkeit zum Rückzug hatten. Immer mehr Jhafi drehten ihnen den Rücken zu und suchten nach einer Fluchtmöglichkeit, die Panik in ihren Stimmen und Gesichtern nun überdeutlich. Gurvon konzentrierte sich auf die, die immer noch kämpften, und streckte sie mit gezielten Gnosisbolzen nieder, bis Rimonier und Jhafi gemeinsam um ihr Leben rannten.

Die Argundier brüllten triumphierend und machten sich an die Verfolgung. Jeder, der stürzte oder auch nur stolperte, wurde aufgespießt oder in Stücke gehauen. Zwei bullige Kerle zerrten eine kreischende Frau in eine Ecke und rissen ihr die Kleider vom Leib; der Jhafi, der ihr zu Hilfe eilte, hatte eine Lanze im Bauch, noch bevor er seinen Säbel heben konnte.

Der Sieg war zum Greifen nah.

Da trieb eine Böe die Nebelfetzen über der Stadt auseinander, und ein Warnschrei ertönte. Gurvon blickte auf und hielt wie vom Donner gerührt inne.

Großer Kore, was …?

Ein Windschiff schwebte über den Häusern, und zwar nicht irgendeines, sondern ein Kriegsschiff der Inquisition: ein Him-

melsriese mit Ballisten an Bug und Heck und erhöhten Platt-
formen für die Bogenschützen.

Gurvon schaute genauer hin und fluchte: Das Deck war
randvoll mit Kriegern, einige davon mit Schlangenunterkör-
pern; Gnosisenergie leuchtete aus ihren Händen. Doch das
war noch nicht alles: Drei Skiffs flankierten das Schiff. Noch
während er hinsah, stießen sie auf die entsetzten Argundier herab und bombardierten sie mit Blitzen. Dann setzte auch das
Kriegsschiff zum Sinkflug an und übergoss die vordersten Reihen mit Feuer. Gurvon konnte sich gerade noch mit einem
Wutschrei auf den Lippen hinter eine Mauer retten, während um ihn herum ganze Kohorten in der Enge der Gassen in
Flammen aufgingen.

In der Ferne hörte er die Hörner der Nesti, dann setzte der
Pfeilhagel wieder ein. Gurvon blickte auf und sah mehrere Männer und Frauen mit unfassbar hellen Auren von dem Schiff he-
runterschweben, nur eine blieb allein und mit gezogenem Kurzschwert am Bug stehen. Ihre graue Kutte flatterte im Wind.

Elena.

Gurvon zog eilig den Kopf ein und schlich sich durch die
Gassen davon.

Elena hatte schon öfter Kriegsschiffe in der Schlacht gesehen, vor allem während der Noros-Revolte, und schätzte sich
glücklich, die Begegnung überlebt zu haben. Sie hatte nicht
zu denen gehört, die als eines von zahllosen möglichen Zielen
ausgesondert und vernichtet worden waren. Heute befand sie
sich zum ersten Mal selbst an Bord. Sie hatte gewusst, dass der
fortschrittliche Kiel nicht nur Luftgnosis speicherte, sondern
den Schlachtmagi als universelles Energiereservoir zur Verfügung stand. Zum ersten Mal profitierte sie nun selbst davon.
Ihre Schwester war während des Ersten Kriegszugs in einem
Skiff über Hebusal geflogen und hatte mit der gespeicherten

Energie Gebäude um Gebäude dem Erdboden gleichgemacht. »Nur armselige Hütten«, wie Tesla ihr später erzählte, aber nichtsdestotrotz. In den Händen fähiger Magi war ein solches Schiff ein mächtiges Zerstörungswerkzeug.

Katapulte konnten ein Ziel, das sich so schnell bewegte, nicht treffen. Pfeile konnten die Schilde nicht durchschlagen, dafür war es zu weit oben, und niemand auf dem Boden konnte sich davor verstecken. Das Einzige, was einem solchen Schiff gefährlich werden konnte, waren gnosisgesteuerte Ballisten oder andere Kriegsschiffe, nichts und niemand sonst.

Elena ließ Feuer und Wurfgeschosse auf die Söldner herabregnen, vor allem auf die Magus-Ritter. Die Mitglieder des Ordo Costruo, die sich für ausreichend versiert im Nahkampf hielten, hatten sich auf das Schlachtfeld begeben, aber Elena war an Bord geblieben. Zur Abwechslung einmal am längeren Hebel zu sitzen, war ein gutes Gefühl.

Inzwischen hatte sie auch den Feind identifiziert: Has Frikters Argundier. Sie kämpften immer verzweifelter, und zwar nicht nur gegen das übermächtige Schiff, sondern auch gegen die Bogenschützen, denen das überraschende Auftauchen eines so mächtigen Verbündeten neuen Mut eingeflößt hatte. Die Schlacht hatte sich in einen Sturm aus Armbrustbolzen, Pfeilen und Wurfspießen verwandelt, in dessen Schutz sich die Verteidiger dem Feind erneut entgegenwarfen, und diesmal waren die Söldner entscheidend im Nachteil: Im Gegensatz zu den Jhafi trugen sie Rüstungen und schwere Waffen, die sie in der Enge zwischen den Häusern entscheidend behinderten. Immer weiter zogen sie sich zurück, bis hinter den von Holz und Schutt zugeschütteten Kanal, an dem offensichtlich die heftigsten Kämpfe stattgefunden hatten.

»Nach Norden!«, rief sie dem Piloten zu. Er gehörte zur ursprünglichen Besatzung und hatte sich freiwillig gemeldet. »Bring uns über die Harkun dort!«

Elena wechselte einen zufriedenen Blick mit Odessa d'Ark aus. *Also doch Blutsschwestern!* Odessa hatte sich in eine rasende Luft- und Feuerhexe verwandelt. Elena hätte nicht für möglich gehalten, dass eine Schwangere so furchterregend sein konnte. Schließlich schaute sie hinüber zu Kazim, der bisher nur ein paar Flammenstöße hatte beitragen dürfen und sichtlich ungeduldig wurde. Es war an der Zeit, dass auch sie sich ins Gewühl stürzten.

Komm, Liebster, schlagen wir los.

Gemeinsam sprangen sie von Bord und schwebten von einem Dutzend Ordo-Costruo-Magi begleitet Richtung Boden.

Has Frikter sah einen weiteren Schutthaufen zum Leben erwachen und brüllte wutentbrannt. Erde, Steine und Staub verdichteten sich zu einer zwei Ellen großen mehr oder weniger menschenähnlichen Gestalt. *Verfluchte Galmi!* Die Kunst, Unbelebtes lebendig zu machen, stammte aus Bricia, und das Wesen war zu weit weg, als dass er es hätte aufhalten können. Ohnmächtig sah er zu, wie das Ding auf sein drittes Manipel zuwankte. Sie waren gute Männer, aber wer nicht sofort zertrampelt wurde, wandte sich schreiend zur Flucht.

»Rückzug, Rückzug!«, schrie Has nach vorn. Zu Ogdi, seinem Neffen und Adjutanten sagte er: »Hol Hullyn her! Er ist Hexer und soll diesen verdammten Galmi unschädlich machen!«

»Hullyn ist tot«, erwiderte der sonst so gelassene Ogdi erschüttert. »Ein Keshi hat ihn unten am Kanal in zwei Stücke gehauen ...«

Merda! Has umklammerte den Griff seiner Axt und ließ den Blick über die Männer um sich herum schweifen. Es war seine eigene Kohorte, alle im gleichen Dorf wie er geboren, die meisten kannte er von Kindesbeinen an. Allein ihr Anblick gab ihm schon Kraft. *Wir haben zusammen schon Schlimmeres überstanden.*

Es gab Tage des Sieges und Tage der Flucht. Der heutige hatte sich binnen weniger Momente zu einem der letzteren gewandelt. »Bring unsere Leute hier raus, wir treffen uns am Sammelpunkt vor den Stadtmauern.«

Ogdi salutierte zitternd. Er konnte besser mit dem Schwert umgehen als mit seiner Gnosis, doch für diese Aufgabe brauchte er sein Amulett. Er umklammerte es, schloss die Augen und konzentrierte sich. »Ich kann Eafyd nicht finden«, stöhnte er, dann presste er sich plötzlich die Hände auf die Schläfen. »Mein Schädel!«

Frikter packte seinen Neffen an den Schultern, da spürte auch er die geistige Attacke, die wie ein Hagelsturm in seinem Gehirn wütete.

»Konzentriere dich auf deine Wächter!«, rief er, während der Rest seiner Kohorte die Szene mit wachsender Furcht beobachtete. Sie hatten ihren Kommandanten noch nie so verunsichert gesehen. Da spuckten die Häuser direkt vor ihnen weitere Jhafi aus.

»Formiert euch!«, bellte Frikter, doch das war gar nicht nötig; die Soldaten rammten bereits ihre Schilde in den Boden und hoben die Äxte, Taurhans Namen auf den Lippen – er war der argundische Kriegsgott und der *echte* Stierkopf.

Gute Männer!

Frikter hob die Hand, um die Stellung der Jhafi mit Feuer zu übergießen, da bäumte sich der Boden direkt vor seinen Männern auf und rollte wie eine Welle über ihnen hinweg. Wie Spielzeugsoldaten flogen sie durch die Luft, Harnische, Knochen und Schädel brachen. Frikter suchte brüllend nach einem Gegner, doch der Staub und das Gebrüll der Verletzten machten jedes Zielen unmöglich, sodass er schließlich blindlings in Richtung der Angreifer feuerte. Zwei nur als Silhouetten erkennbare Jhafi gingen in Flammen auf, dann wurde Frikter von zwei Seiten ins Kreuzfeuer genommen. Die Magusbolzen schlugen mit solcher Wucht gegen seine Schilde, dass er ins Taumeln geriet.

Das war's, wir verschwinden.

Doch die Jhafi hatten sie bereits erreicht. Ihnen jetzt noch den Rücken zuzudrehen wäre glatter Selbstmord gewesen. Has suchte verzweifelt nach einer Möglichkeit, seinen Leuten einen Fluchtweg zu öffnen. Er holte den vordersten der Jhafi von den Beinen, da wurden seine Schilde wieder von zwei Entladungen getroffen: die eine auf Kopfhöhe, die andere knapp über dem Boden und beide exakt gleichzeitig. Die obere verpuffte, aber in sein linkes Bein fuhr ein sengender Schmerz. Einen Wimpernschlag später lag er flach auf dem Bauch. Has schmeckte Staub auf der Zunge und stemmte sich hoch. Eine mit einem Speer heranstürmende Jhafi schleuderte er im letzten Moment mit einer Geste zur Seite.

»Mein Kopf! Meine Augen!«, kreischte Ogdi.

Has blendete den Schmerz in seinem verkohlten Bein aus, hob seine Axt und mähte mit einem mächtigen Axthieb drei Jhafi auf einmal nieder. Einige seiner Kameraden kämpften ebenfalls noch, aber es waren wenige – zu wenige. Da zogen sich die anstürmenden Jhafi plötzlich zurück, allerdings nur, um von Bogenschützen ersetzt zu werden, die nun nach vorn drängten. Has hörte seine Kameraden verzweifelte Gebete ausstoßen, Ogdi sank in sich zusammen und blieb in einer Blutlache liegen.

Wo zum Teufel steckt Gyle?

Keine Ahnung, Has, meldete sich eine weibliche Stimme in seinem Kopf. *Ich hatte gehofft, du wüsstest es.*

Elena, du Hexshizen, erwiderte er. Es war ein altes Kinderschimpfwort, das so viel wie »Hexenscheiße« bedeutete, und in diesem Moment meinte Has es auch so. Er blickte auf und konzentrierte Gnosisfeuer in seiner linken Hand, konnte Elena aber nirgendwo in dem Chaos entdecken. Die Jhafi hielten unterdessen inne, als warteten sie auf weitere Befehle.

Umso besser, gleich seid ihr tot ...

»Boss?«, fragte einer der überlebenden Söldner.

»*Bringt sie alle um!*«, brüllte Has und hob die Hand, da wurde er wieder getroffen. Wieder zweimal, wieder gleichzeitig. Der eine Magusbolzen schlug mitten in seine Brust und zerfetzte seine Wächter, während der zweite ihm die linke Hand vom Arm brannte. Brüllend vor Schmerz fiel er vornüber und sah nicht einmal mehr, wie der klägliche Rest seiner Kohorte von Pfeilen durchlöchert zu Boden ging.

Die dunkle Erde verschlang ihn.

Kazim bewegte sich zwischen den Bogenschützen hindurch, die ängstlich einen Weg für ihn frei machten. Er versuchte, ihnen Mut zuzusprechen, klopfte auf Schultern, lobte ihren Mut, doch die Männer und Frauen stürzten beinahe übereinander in dem Versuch, möglichst schnell von ihm wegzukommen. Er fragte sich, ob er jemals wieder das Gefühl haben würde dazuzugehören. In Aruna Nagar, wo das einzig Wichtige war, Kalikiti zu spielen, hatte er zu einer eingeschworenen Gruppe junger Männer gehört. Sie hatten mit ihren glorreichen Siegen geprahlt und gemeinsam über verheerende Niederlagen gelacht, von perfekten Schlägen geschwärmt und tollpatschig verlorene Bälle beweint.

Aber hier fühlte er sich vollkommen isoliert.

Und ich habe genug vom Krieg ...

Ich auch, Amori, erklärte Elena und beugte sich über den auf dem Boden liegenden Söldnerkommandanten. Er war Argundier und zweifellos ein weiterer alter Kamerad von ihr. Elena schien jeden, den sie töteten, persönlich zu kennen.

Der Kampf in diesem Teil der Stadt war vorüber. Die argundischen Magi waren entweder tot oder geflohen, und die überlebenden Söldner flohen vor den Jhafi, die alle Verwundeten abschlachteten und jeden, der verrückt genug war, sich zu ergeben.

Kazim spähte über Elenas Schulter. »Ist er tot?« Der Ruß und die Asche in ihrem Gesicht ließen sie älter aussehen.

»Nein. Ich habe ihn mit einer Kettenrune belegt, und Cardien schickt jemanden, der ihn abholt. Ich möchte den Kerl lebend haben.«

»Wer ist er?« Kazims Stimme klang angespannt und eifersüchtig.

»Has?« Elena zuckte die Achseln. »Niemand Besonderes. Wir haben ein paar Bier zusammen getrunken, das ist alles. Was ist los, Kaz?«

»Nichts!« Kazim stampfte davon, und Elena ließ ihn gehen.

Es fiel ihm schwer, seine Gefühle zu erklären, sogar vor sich selbst. Im Moment hatte er nur einen Gedanken: was für eine grenzenlose Enttäuschung der Krieg war. Sein ganzes Leben lang hatte er wie alle jungen Männer von ruhmreichen Schlachten geträumt. Es war der Krieg, in dem die wahrhaft Großen sich ewigen Heldenruhm verdienten, er war der absolute Höhepunkt, der größte Beweis der eigenen Männlichkeit, neben dem selbst Kazims geliebtes Kalikiti verblasste. Er und seine Freunde hatten sich nach dem Krieg *gesehnt*. Sie hatten sich hoch zu Ross übers Schlachtfeld streifen sehen, um die gefährlichsten Gegner im Kampf Mann gegen Mann zu besiegen, um ihr Können zu beweisen, ihren Wert, und ihre eigene Legende zu erschaffen...

Doch schon als Kazim den ersten dieser Feinde zur Strecke gebracht hatte, einen hilflosen alten Mann, hatte er nichts als Bitterkeit geschmeckt, und jetzt verachtete er das Töten. Stahl in lebendes Fleisch zu treiben, Sehnen und Muskeln zu durchtrennen, Adern zu zerfetzen, den leblosen Körper zu sehen und die leeren Augen, all das verfolgte ihn. Der Gestank von Blut, entleerten Blasen und Gedärmen – Kazim roch ihn überall, und das Einzige, was ihm dazu einfiel, war: welch entsetzliche Verschwendung.

Irgendwann erreichte er die Stadtmauer, die an einem halben Dutzend Stellen eingerissen war. Er kletterte auf die bröckelnden Überreste eines Wachturms und beobachtete mit trüben Augen den Rückzug der Argundier. Er war der einzige Magus weit und breit, weshalb die Jhafi auf den Mauern sich damit begnügten, den davonrollenden Wagen lediglich ein paar Pfeile und wüste Beschimpfungen hinterherzuschleudern.

Ich könnte die Verfolgung anführen und eine Bresche für sie schlagen, damit sie jeden Mann, jede Frau und jedes Kind im Lager der Söldner erschlagen. Genau das würde ein »Held« jetzt tun.

Allein der Gedanke machte ihn krank.

Eine Furchenlänge rechts von ihm wurden die Harkun von einer Wand aus Feuer und Pfeilen aus der Stadt getrieben. Kazim streckte seine Geistfühler aus und spürte den Hass zwischen Jhafi und Harkun, hörte, wie die Mitglieder des Ordo Costruo den Angriff koordinierten, damit Justiano di Kestrias gepanzerte Reiterei auf offenem Gelände über die Feinde herfallen konnte. Nichts davon hatte etwas mit ihm zu tun, also beschloss er, ebenfalls nichts zu tun und zu bleiben, wo er war.

Kazim wusste nicht, wie viel Zeit vergangen war, als er eine vertraute Berührung in seinen Gedanken spürte. Elena kam auf den Turm. Der kleine Junge in seinem Innern wollte sie ignorieren und weiter seinen finsteren Gedanken nachhängen, doch der Mann in Kazim blickte auf.

»Geliebter«, sagte sie, setzte sich hinter ihn und schlang die Arme um seine Brust.

Kazim ließ den Kopf gegen Elenas Schulter sinken und blendete alles andere aus. Ein tiefes Seufzen drang aus seiner Kehle. »Ich habe das Töten so satt.«

»Ich weiß. Mir geht es genauso, und ich mache das schon länger als du.«

»Aber etwas anderes können wir nicht ...«

Elena zuckte zusammen. »Aber nein, wir können alles Mögliche, du und ich! Alles, was wir wollen. Und genau das werden wir tun, wenn das hier vorbei ist.«

»Wirklich alles?«

Elena zögerte, als überlege sie, was Kazim meinte. »Alles«, wiederholte sie schließlich.

Er drehte den Kopf ein Stück und blickte ihr direkt in die Augen. Kazim war selbst überrascht, als er sich sagen hörte: »Ich will ein Kind mit dir.«

Cera beobachtete stolz, wie ihr kleiner Bruder auf den Balkon der Krak al-Farada trat, von wo aus die Nesti-Könige seit Jahrhunderten zu ihrem Volk sprachen. Er sah ein wenig verängstigt aus und krallte die Finger in den Stapel Pergament in seinen Händen. Die Krone war ihm trotz all der zusätzlichen Polster immer noch zu groß. Der gesamte Regentschaftsrat hatte sich als Ehrenwache für die erste Rede des zukünftigen Königs versammelt. Cera spürte Tränen in den Augen. Es war, als schauten ihre verstorbenen Eltern zu, ihr älterer Bruder und ihre Schwester Solinde, die alle Opfer dieses Krieges geworden waren. Geister inzwischen, aber nicht vergessen.

Zu ihrer Linken stand Elena, das sonnengegerbte Gesicht grimmig und verschlossen. Ihren Liebhaber, Kazim, konnte Cera nirgendwo entdecken. Hinter Elena drängten sich die legendären Brückenbauer-Magi des Ordo Costruo zusammen. Aus der Nähe wirkten sie überraschend normal, beinahe gewöhnlich, nur ihre Augen zeigten, was auch sie durchgemacht hatten. Jede der Frauen war schwanger – vergewaltigt von den Hadischa. Die wenigen Männer in der Gruppe wirkten gebrochen. Ihr sonst unerschütterlicher Stolz war ausradiert, als litten sie unter ihrem Versagen. Auch sie waren von den Hadischa missbraucht worden, anders vielleicht, aber nichtsdestotrotz zu einem würdelosen Werkzeug degradiert.

Dieser Krieg muss endlich aufhören. Er zerstört uns alle.

Als der junge Thronerbe auf einen Schemel kletterte, bejubelte die Menge auf dem Platz ihn mit lautem Sieges- und Willkommensgeschrei. Die Zuhörer waren so dicht zusammengedrängt wie die Halme in einer Garbe Heu, es war kaum Luft zum Atmen geschweige denn, um sich zu bewegen. Auf vielen Gesichtern schimmerten Tränen. Wer ohnmächtig wurde, wurde auf einem Band aus Tausenden von Händen an den Rand des Platzes getragen. Glocken erklangen, Lobgesänge auf Ahm, Pater Sol und Mater Lune erfüllten die stickige Luft, doch als Timori die Hand hob, erstarb jedes Geräusch.

»Mein Volk«, begann er mit jugendlich hoher Stimme auf Jhafisch, »wir haben gesiegt! Bürger von Forensa, Brüder und Schwestern aus Loctis, die ihr uns zu Hilfe kamt, mein *geliebtes* Volk …!«

Der Rest seiner Worte ging in einem allgemeinen Aufschrei der Erleichterung und des Triumphs unter. Dies war *ihr* Sieg, jeder hatte seinen Beitrag geleistet. Nicht nur die Soldaten, jeder einzelne Bürger hatte allen Mut, Ausdauer, Kraft, Geschick, Blut – und viele ihr Leben – gegeben, um Forensa zu verteidigen.

Mehrere Minuten vergingen, bis Timori endlich weitersprechen konnte. Die Massenekstase hatte auch ihn erfasst, und er konnte kaum noch an sich halten. »Wir sprechen unseren Dank aus! Lobpreis sei Ahm, dem Allmächtigen, der unser Leid sah und uns zu Hilfe kam! Ahm sah unsere Not und schickte Mitstreiter! Er sah die Zerstörung und schickte Baumeister!«

Er wechselte ins Rimonische und wiederholte die letzten Sätze, dann fügte er hinzu: »Wir sprechen Pater Sol und Mater Lune unseren Dank aus, deren Weisheit uns Verbündete finden ließ und Baumeister, die unsere verheerte Stadt wiedererrichten werden!«

Die vergleichsweise wenigen Zuhörer, die das traditionelle

Violett der Sollan trugen, waren kaum leiser als der Rest der Menge und schwenkten begeistert ihre Wimpel, während Timi weitersprach: »Im Dunkel des Chaos haben Pater Sol und Mater Lune uns den Weg zurück ins Licht der Freiheit gewiesen!«

Der Regentschaftsrat hatte lange an dieser Rede gefeilt. Die halbe Nacht hatten sie daran gearbeitet, um allen Gruppen, die an der Rettung der Stadt beteiligt gewesen waren, Dank auszusprechen und sie an das Haus Nesti zu binden. Jetzt wartete Cera angespannt, wie die Reaktionen ausfallen würden.

Die Mitglieder des Ordo Costruo in ihren hellblauen Roben waren kaum zu übersehen, doch das Volk bejubelte auch sie. So sehr die Jhafi die Magi auch fürchteten, alle wussten, dass das Auftauchen des Kriegsschiffs die entscheidende Wendung herbeigeführt hatte.

Timori sprach nun wieder auf Jhafisch zur Menge und rief: »Doch der größte Dank gebührt *uns allen*! Die Götter helfen dem, der sich selbst hilft, so steht es geschrieben, und genau das haben wir getan! Jeder von uns, ob er nun kämpfte, Pfeile schnitzte, Verwundete versorgte, Essen kochte oder Nachrichten überbrachte, hat Teil an diesem Sieg! Es ist euer Sieg!«

Als er die Worte auf Rimonisch wiederholt hatte und der ganze Platz jubelte, platzte Cera beinahe vor Stolz. Eine solche Rede zu halten, war eine gewaltige Aufgabe für einen Neunjährigen, doch das Volk musste seinen zukünftigen König sehen, der eines Tages den Regentschaftsrat ablösen würde. *Und damit auch mich.*

Timori ging mit wackligen Knien zurück an Ceras Seite, und sie beugte sich herab, küsste ihn auf die Wange und flüsterte ihm ins Ohr: »Gut gemacht, mein Kleiner.«

Timi kicherte aufgeregt, da ertönte der erste Ruf.

»Cera!«, skandierte eine Gruppe Jhafi-Frauen. »Cera! Cera!«, riefen sie voll Inbrunst und hielten sich an den Händen. »Ja'afar-mata! Ja'afar-mata!«

Mutter Javons? Nein! Das ist zu viel…

Doch die Frauen hörten nicht auf.

Seit dem Tag ihrer angeblichen Rückkehr von den Toten hatte es in der Luft gelegen und sich von Lybis bis hierher ausgebreitet: Die Bewunderung für sie grenzte an Anbetung, kindische Gerüchte schossen wie Pilze aus dem Boden. Cera habe die Harkun ganz alleine zurückgeworfen, beispielsweise indem sie sich ihnen einfach mit ausgebreiteten Armen entgegenstellte. Und alle wollten etwas von ihr, einen Segen, ein Stück Faden von ihrer Kleidung, sie an Füßen oder Händen berühren. Es war beschämend. Und beängstigend.

»Sie lieben dich«, sagte Timori mit leuchtenden Augen.

Und aus genau dem gleichen Grund könntest du mich eines Tages fürchten…

Cera schaute verunsichert hinüber zu Elena, die ihre *ganze* Geschichte kannte, und hob die Hand, um die singenden Frauen zum Schweigen zu bringen, aber es nutzte nichts. Das zügellose Gefeier war nicht mehr aufzuhalten.

Nicht einmal im Palast, wo der Hof der Nesti sich versammelt hatte, um den Sieg bei einem Gläschen Arrak zu genießen, entkam sie der unerwünschten Heldenverehrung. Alle schmeichelten ihr oder wollten ihr kleine Zuwendungen abringen: Comte Inveglio versuchte immer noch, in das Komitee aufgenommen zu werden, das über die Beschlagnahmungen entschied. Justiano di Kestria wollte auf Lebenszeit zum Oberkommandierenden des Heeres ernannt werden, obwohl er nicht einmal ein Nesti war. Sie beide wussten, dass dies nur möglich war, wenn sie heirateten. Justiano ließ in Andeutungen durchblicken, dass er durchaus gewillt wäre.

Natürlich ist er das, dachte Cera und verdrehte innerlich die Augen, als Elena unvermittelt auftauchte. »Mit Eurer Erlaubnis, Königinregentin, würde ich die Feierlichkeiten gerne verlassen. Hier braucht ihr meinen Schutz nicht.«

»Ich habe auch genug. Gehen wir.« Cera leckte sich nervös über die Lippen. Mit Elena allein zu sein, fühlte sich immer noch eigenartig an, doch ihre Leibwächterin willigte ein, und so machten sie sich gemeinsam auf den Weg zum Wohnflügel.

»Sind die Gefangenen sicher weggesperrt?«, erkundigte sich Cera.

»Die fünf argundischen Magi und die drei Dorobonen befinden sich im Kerker, unter einer Kettenrune, versteht sich, also droht von ihnen keine Gefahr. Die etwa viertausend Soldaten, die Justianos Ritter gefangen nehmen konnten, sind in ein Lager nördlich von hier gebracht worden. Die meisten sind Dorobonen, nur ungefähr achthundert Argundier – alle anderen sind entkommen.« Ein Schatten huschte über Elenas Gesicht. »Es ist kein einziger Harkun unter den Gefangenen.«

»Sie hätten es mit uns genauso gemacht«, erwiderte Cera kalt. Nachdem die Harkun dem armen Harshal den Kopf abgeschlagen hatten, war sie zu keinerlei Mitleid mehr mit ihnen fähig. *Ein guter Mensch würde wahrscheinlich anders empfinden.* Schweigend gingen sie weiter bis zu der Stelle, an der ihre Wege sich trennten.

»Wird Tarita je wieder gesund werden?«, fragte Cera. Ihr schlechtes Gewissen erdrückte sie beinahe, wenn sie an ihre schlaue, vor Lebensfreude nur so strotzende und treu ergebene Dienerin dachte. »Gibt es noch Hoffnung für sie?«

Elena warf ihr einen vernichtenden Blick zu. »Sie hätte nicht dort sein dürfen, und du auch nicht.«

»Ich wollte ihr ja verbieten mitzukommen, ich schwöre es, aber...«

»Sie hielt es für ihre Pflicht, an deiner Seite zu bleiben.«

»Und ich musste zu den Kämpfern, musste mich ihnen zeigen! Ich kann nicht kämpfen wie du und muss sie auf andere Weise meiner Unterstützung versichern!«

»An deiner eigenen Legende weiterstricken, meinst du wohl

eher.« Elenas Blick wurde kein bisschen weicher. »Cera, du wirst dir eine neue Leibwächterin suchen müssen, denn ich kann es nicht mehr. Ich kämpfe an deiner Seite, bis Gurvon geschlagen ist, aber keinen Tag länger. Ich habe das alles so satt.«

Cera nickte stumm; sie wusste, jeder Protest war sinnlos.

»Gute Nacht, Mutter Javons«, sagte Elena mit einer ironischen Verbeugung und ließ Cera allein.

Cera wischte sich mit dem Ärmel übers Gesicht. *Ich will nur mit jemandem reden, mit einem Freund, das ist alles. Aber ich habe keine Freunde mehr.*

Portia schrieb keine Briefe mehr, also hatte Cera ebenfalls aufgehört. Die jungen Hofdamen konnten kaum sprechen vor Ehrfurcht, wenn Cera nur im selben Raum war – und wenn, dann plapperten sie nur von Rittern und Adligen, für die sie schwärmten, oder über die Kleider, die sie beim nächsten Ball zu tragen gedachten. Und alle anderen wollten etwas von ihr, ein Zugeständnis, einen kleinen Gefallen, Hilfe bei einem Problem oder auch einfach nur, mit ihr zusammen gesehen zu werden.

Sie lief eine Weile scheinbar ziellos durch die Korridore, bis sie merkte, dass sie auf dem Weg zu der einzigen echten Freundin war, die sie noch hatte.

Das Lazarett für die Patienten mit guten Verbindungen befand sich in einem eher kleinen Flügel des Palastes. Die meisten der dort behandelten Ritter waren nicht bei Bewusstsein. Ihre Wunden waren gereinigt und verbunden, aber auch die dicken Verbände konnten die grässlichen Verletzungen und Verstümmelungen nicht verbergen, die die meisten davongetragen hatten. Cera war erleichtert, als sie das kleine, für Frauen reservierte Nebenzimmer betrat.

Tarita lag mit bandagierter Nase auf einem Bett, ihre Lippen waren geschwollen und beide Augen in allen Farben des

Regenbogens verfärbt. Clematia, eine matronenhafte Heilerin des Ordo Costruo, war bei ihr.

»Ist sie wach?«, fragte Cera.

Clematia warf Tarita einen mitfühlenden Blick zu. »Ja.«

Tarita drehte den Kopf weg, als sie Ceras Stimme hörte. Sie war entsetzlich blass und so dünn, dass ihre Knochen hervorstanden. Das Essen hatte man ihr als Brei durch einen Strohhalm eingeflößt, aber Tarita hatte einfach keinen Appetit. »Es tut mir leid«, flüsterte sie, »ich kann nicht ...«

»Sei nicht albern«, murmelte Cera. »Du wirst im Nu wieder auf den Beinen sein.« Die Worte des Pilus fielen ihr wieder ein: *Ihre Wirbelsäule ist gebrochen. Tot ist sie besser dran.* Cera setzte sich auf einen Stuhl und nahm Taritas Hand. »Ich bin bei dir ...«

Sie war nicht sicher, ob Tarita sie überhaupt hörte, denn ihre Dienerin weinte und weinte, bis sie irgendwann einschlief.

»Wird sie wieder laufen können?«, flüsterte Cera und kämpfte ihre eigenen Tränen nieder.

Clematia schüttelte den Kopf. »Ich fürchte nein. Die Nerven wurden durchtrennt und wachsen nicht mehr zusammen. Sie wird für den Rest ihres Lebens vom Hals abwärts gelähmt sein.«

»Bei den Göttern, wie entsetzlich!«

»Ich weiß. Wir haben alles in unserer Macht Stehende versucht, glaubt mir, aber selbst unsere Möglichkeiten sind begrenzt. Wenn sie selbst der Gnosis mächtig wäre, könnte sie die Nerven vielleicht reparieren. Es gibt Fälle, in denen es den Betroffenen gelang, aber sie ist nun mal keine Magi.«

Cera schluchzte leise. »Was können wir für sie tun?«

»Uns um ihr Wohl kümmern und abwarten. Manchmal wird es im Laufe der Jahre besser«, antwortete Clematia und streichelte Taritas Haar. »Ich weiß nicht, ob es Euch gesagt wurde, aber Elena Anborn hat angeboten, Tarita zu adoptieren und sie zu pflegen. Wie ich gehört habe, nennt sie sich bereits Tarita Alhani.«

Cera schluckte schwer. »Elena ist ihre große Heldin«, brachte sie schließlich heraus, dann drehte sie sich weg, während ihr die Tränen übers Gesicht strömten.

Draußen tobte die Siegesfeier unvermindert weiter.

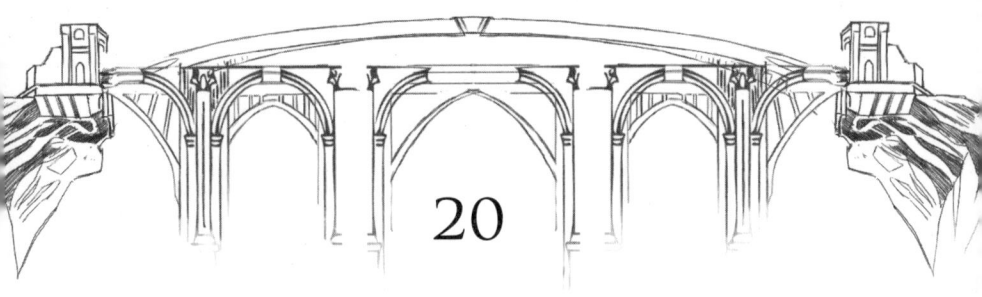

20

UNVOLLKOMMEN

DIE ANGEBLICHE KRAFT DES ZORNS

Im Süden Argundys fand einst ein berühmtes Duell statt, bei dem ein Halbblutmagus in gerechtem Zorn ein Reinblut tötete, das seiner Familie Unrecht getan hatte. Manche nehmen dies als Beleg dafür, dass Zorn in der Schlacht die Kampfkraft erhöhe. Andere halten dagegen, die Tötung sei kaltblütig gewesen und beweise somit, dass ein kühler Kopf im Kampf das Wichtigste sei. Wir fanden weder Beweise für die eine noch für die andere Theorie. Wie in so vielen Dingen gibt es auch hier keine universal gültige Regel; genau wie die Menschen sich voneinander unterscheiden, unterscheiden sich auch die Herangehensweisen, die für den Einzelnen richtig sind. Sogenannte Universalwahrheiten sind für gewöhnlich falsch.

ARKANUM DES ORDO COSTRUO, HEBUSAL 774

Ramita starrte den jungen Lokistaner an, der mit blauen Lippen und für seine Herkunft viel zu heller Haut reglos auf dem Bett lag. Seine Augen waren geschlossen, und das war gut so, denn Ramita hätte den leeren Blick darin nicht ertragen.

Es war der zweite Novize, der durch die Ambrosia gestorben war. Der erste war ein junger Lakh gewesen, die Nummer fünfzehn auf ihrer Kandidatenliste. Er war mit den Urängsten, die sein Unterbewusstsein heraufbeschwor, nicht zurechtgekommen. Er war in panische Zuckungen verfallen. Ein grässlicher Anblick. Dieses Mal war es vollkommen anders verlaufen, nämlich überraschend friedlich. Der Novize war einfach eingeschlafen und nicht mehr aufgewacht.

»Was ist passiert?«, fragte Alaron mit rauer Stimme.

»Das Senaphium hat sein Herz nicht wieder zum Schlagen gebracht«, antwortete Corinea geistesabwesend, als wäre sie in Gedanken weit weg. »Was bedeutet, dass die Rezeptur nicht stimmte. Vielleicht hat er dir eine falsche Antwort gegeben, als du ihn befragt hast, vielleicht hatte er aber auch eine angeborene Herzschwäche.«

»Oder wir haben die Mengen falsch abgemessen!«, fuhr Alaron sie so heftig an, dass Ramita ihm sogleich eine Hand auf den Arm legte, um ihn zurückzuhalten.

»Wir haben es so gut gemacht, wie wir konnten«, gab Corinea nur leicht irritiert zurück.

»Es ist eine verdammte Verschwendung von Leben!«

»Unsere Quote steht neunzehn zu zwei«, erwiderte Corinea kalt. »Weit besser als bei Baramitius.«

Alaron seufzte tief. »Stimmt, Ihr habt recht. Aber er war genauso gesund wie die anderen … und ein guter Mensch.«

»Wir wussten, dass so etwas passieren würde«, sagte Ramita mitfühlend und küsste ihn auf die Wange. »Morgen wird es besser laufen.«

»Ich hoffe es«, murmelte er mit gesenktem Kopf, während Corinea den toten Novizen zudeckte. »Wie geht das Training voran?«, fragte er schließlich laut.

»Ganz gut.« Seit einer Woche leitete Ramita die Novizen im Gebrauch der Gnosis an und brachte ihnen die Grundlagen der Verteidigung mit Schilden bei. »Aber es könnte besser sein«, ergänzte sie mit einem Blick zu Meister Puravai.

Puravai schmunzelte nur. »Sie sind Zain und sehr folgsam, aber einige tun sich schwer damit, mit der neuen Situation zurechtzukommen.«

Ramita schnaubte. »Das ist eine sehr höfliche Umschreibung für die Tatsache, dass die Worte einer Frau ihrer Meinung nach nichts gelten. Jedes Mal wenn ich etwas erkläre, schauen sie danach fragend ihren *Meister* an, um sich zu versichern, dass es auch stimmt.«

»Sie machen Fortschritte«, entgegnete Puravai leicht gekränkt. »Manche können sogar schon Magusfeuer herbeirufen.«

»Wie schlägt sich Yash?«, fragte Alaron gähnend. Er schlief wenig und verbrachte die meiste Zeit mit Corinea, um die restlichen Tränke zu brauen.

»Dinge zu verbrennen, fällt ihm sehr viel leichter, als einen Gnosisschild aufzuspannen«, antwortete Ramita mit einem Lachen. »Heute hat er Haddo das Bein gebrochen. Er ist sehr aggressiv.« In Wahrheit war Yash einer der wenigen, deren Fortschritte ihr tatsächlich Mut machten. »Die anderen, nun ja, sind bisher sehr zurückhaltend.« Und das war nicht gerade ermutigend, denn für das, was vor ihnen lag, brauchten sie schlagkräftige Krieger.

»Gateem hat Haddos Bein wieder eingerichtet. Er ist ein begabter Heiler«, warf Puravai ein, dann runzelte er nachdenklich die Stirn. »Die meisten zeigen Affinitäten, genau wie ihr bei eurem ersten Besuch. Ihre Veranlagung zieht sie zu bestimmten Aspekten der Gnosis hin und verwehrt ihnen den Zugang zu anderen. Nur wenige verfügen über die innere Ausgeglichenheit, die ihr beide euch erarbeitet habt. Vielleicht habe ich auch zu viel erwartet, aber wir stehen ja noch ganz am Anfang.«

»Wir müssen noch fünfzehn Tränke brauen«, erklärte Alaron erschöpft. »Danach können ich und Corinea mithelfen.« Er sah aus, als wäre er nicht nur ein bisschen übernächtigt, sondern tatsächlich am Ende seiner Kräfte.

Vielleicht sollte ich ihn heute einmal schlafen lassen, überlegte Ramita, doch eine andere innere Stimme entgegnete: *Nachdem wir uns geliebt haben, schläft er umso besser.*

Wie schon so oft folgte sie der zweiten.

»Jetzt!« Alaron ließ den Blick über die lange Reihe von Händen schweifen, aus denen blaues Magusfeuer züngelte. »Nährt die Flamme, lasst sie nicht verlöschen!«, fügte er hinzu, und Puravai übersetzte.

Dann ging er von einem Novizen zum nächsten und versuchte, sie an seinem Wissen teilhaben zu lassen. »Stellt euch die Flamme als Ofenfeuer vor, das ihr nachschüren müsst. Wenn sie trotzdem ausgeht, versucht es gleich noch einmal!«

Yash hatte das umgekehrte Problem und bemühte sich nach Kräften zu verhindern, dass die Flammen in alle Richtungen ausschlugen.

»Nicht zu viel, natürlich!«, rief Alaron. »Kontrolliert eure Kraft!«

Corinea assistierte ihm und redete auf Keshi oder Lakhisch auf die Novizen ein, je nachdem. Alaron hoffte nur, dass sie am selben Strang zog wie er und ihnen nicht das Gegenteil erzählte. Im benachbarten Innenhof half Ramita unterdessen den Neulingen, ihren Rückstand aufzuholen.

Insgesamt hatten sie nun dreißig Aszendenten – und zwei weitere Todesfälle. Einer der beiden war in Panik verfallen und dann an Herzstillstand gestorben, wie es schon einmal passiert war, doch der andere ... Alles hatte gut ausgesehen, aber als er wieder bei Bewusstsein war und versuchte, seine Gnosis wachzurufen, war seine Aura plötzlich dunkel geworden. Er hatte einen entsetzlichen Hunger verspürt, der wie Klauen in seinen Eingeweiden wütete. Das Gefühl war erst verschwunden, als Corinea ihn mit einer Kettenrune belegte. Wenigstens war er der Einzige, der mit dem Fluch der Seelentrinker geschlagen wurde. Corinea schien beinahe froh über den Zwischenfall, als wären ihr die Erkenntnisse, die ihnen das vielleicht einbrachte, wichtiger als der Betroffene selbst, der nun den Rest seines Lebens in einer Einzelzelle verbringen musste. Als Alaron sie darauf ansprach, schaute sie ihn nur verständnislos an und sagte: »Mönche mögen die Einsamkeit.«

Alaron hatte sich gerade noch beherrschen können, um ihr dafür keine Ohrfeige zu versetzen.

Von nun an verbrachten sie ihre Tage damit, die neuen Aszendenten in der Gnosis zu unterweisen, während sie abends versuchten, Malevorn, Huriya und Nasatya aufzuspüren. Alaron wusste nicht, wie lange sie brauchen würden, um sie zu finden. Angesichts der hohen Berge, die das Kloster umgaben, war es durchaus möglich, dass es ihnen überhaupt nicht gelingen würde und sie ihre Suche wohl oder übel irgendwo im Kriegsgebiet beginnen müssten. Doch bis dahin sollten die allzu friedfertigen jungen Männer um sie herum wenigstens gelernt haben, sich gegen andere Magi zu verteidigen.

Der Gedanke holte Alaron zurück in den Augenblick. »Und jetzt: Kinese!«, rief er.

Die Novizen schleuderten ihre Gnosisfäuste auf die Tonscheiben, die vor ihnen an Fäden baumelten. Ein paar der Scheiben bewegten sich tatsächlich, die meisten allerdings nicht.

»Noch mal!«

Anderen den Gebrauch ihrer Gnosis beizubringen, war nichts Neues für Alaron. In Norostein hatten er und Ramon Cym heimlich Unterricht gegeben, auch die Lamien hatte er in bestimmten Aspekten unterwiesen, als sie auf der Suche nach der Skytale gemeinsam durch halb Yuros geirrt waren. Der Unterricht hier war kaum anders. Alaron und Puravai waren sich einig gewesen, dass die Lektionen möglichst spannend sein sollten. Die Stunden am Arkanum, die am meisten Spaß gemacht hatten, waren immer die produktivsten gewesen, also versuchte Alaron, die Lektionen in Spiele zu verpacken: kleine Gegenstände mithilfe von Kinese jonglieren oder einander mit Schnee bombardieren beispielsweise. Den Schnee abzuwehren schulte gleichzeitig die Fähigkeit, Schilde aufzubauen. Oder die Novizen versuchten, Türen mit Wächtern zu verriegeln, die ihre Mitschüler dann knacken mussten.

»Übt, so viel ihr könnt, immer und überall«, sagte Alaron zum wiederholten Mal.

»Außer während des Gebets«, fügte Puravai hinzu, und alle lachten. Puravai hatte ihm gesagt, er sei ein geborener Lehrer. Es war das größte Lob, das Alaron je bekommen hatte.

Doch die Zeit wartete nicht auf sie. Dasra, mittlerweile ein Jahr alt, konnte laufen und war ein unfassbar neugieriges Kind. Das Mädchen, das sich um ihn kümmerte, wenn Ramita beschäftigt war, hatte durch Erfrierungen, als sie noch sehr klein war, alle Zehen verloren, aber sie war ein sanfter Mensch und fasziniert vom Kloster. Am wichtigsten war, dass Ramita ihr vertraute.

Um ganz spezifische Probleme zu lösen, erteilte Alaron viel Einzelunterricht, so auch Yash, der wenig überraschend als

Erstes seine Feuergnosis entwickelte. Bis er lernte, seine neue Fähigkeit zu kontrollieren, stellte er eine ernstzunehmende Bedrohung dar. Innenhöfe, Bogengänge und Wege waren übersät mit Brandflecken. Kedak begann schon bald, unfreiwillig abzuheben, und Gateem brachte sich ständig selbst Wunden bei, um sich in der Heilkunst zu üben. Eines Nachts wäre er beinahe an einer verblutet. Aprek hatte eine beängstigend starke Affinität zum Spiritismus und schlüpfte ständig aus seinem Körper, der dann bewusstlos in sich zusammensackte, und das sowohl bei Tisch als auch mitten im Gehen.

Und dann kam Felakan.

»Verzeiht, Meister Al'Rhon«, sagte er eines Abends, als Alaron gerade auf dem Weg zu dem Zimmer war, das er sich nun mit Ramita teilte.

Alaron schaute ihn verwirrt an. Felakan trug das Safrangelb der Mönche, er war kein Novize mehr und ließ sich nur selten dazu herab, mit Alaron zu sprechen. *Er hat die Ambrosia abgelehnt, weil er sich zu nahe an der Erleuchtung glaubte oder irgend so einen Quatsch.*

Felakan wirkte bedrückt, und Alaron befürchtete schon eine weitere Beschwerde. Einige der älteren Mönche waren der Ansicht, Puravai habe mit den Magi auch die Sünde in ihr geheiligtes Kloster gelassen. Manchmal passten sie Alaron ab und beschimpften ihn deswegen. Er verstand zwar kein Wort, aber die Botschaft war auch so klar, und er hatte bestimmt keine Lust auf eine weitere solche Tirade.

»Ich bin nicht Euer Meister, Felakan«, erwiderte er knapp. »Was gibt's?«

Felakan warf sich auf die Knie und senkte die Stirn mit derartiger Geschwindigkeit auf den Boden, dass Alaron schon fürchtete, er könnte die Steinfliesen einschlagen. »Meister, ich war so hochmütig, und das war falsch! Ich hielt mich für auserwählt und wähnte mich bereits im Zustand der Heiligen

Gleichmut, die vor dem Moksha kommt! Oh, wie ich mich geirrt habe!«

»Ihr solltet mit Meister Puravai sprechen, nicht mit mir«, entgegnete Alaron beklommen. »Bitte, steht auf…«

»Ich schäme mich zu sehr. Er hatte recht, das erkenne ich jetzt. Ich bin unwürdig.« Felakans Stimme wurde immer wehleidiger. »Meister Al'Rhon, ich möchte Euer Angebot annehmen. *Bitte!*«

Du möchtest in die Aszendenz erhoben werden wie die Novizen, weil du siehst, was sie gewonnen haben, und dich jetzt der Neid zerfrisst.

»Ich werde Meister Puravai bitten, mit Euch zu sprechen«, erwiderte Alaron, auch wenn er bezweifelte, dass Puravai seine Zustimmung geben würde. Felakan hatte voller Stolz abgelehnt, sein plötzlicher Sinneswandel roch zu sehr nach Neid und Missgunst. *Aber vielleicht täusche ich mich. Ich kenne ihn ja kaum.* »Ich werde ein gutes Wort für Euch einlegen«, fügte er schon etwas freundlicher hinzu.

Am nächsten Morgen bat Puravai Corinea, noch eine weitere Ambrosia zuzubereiten, und kurz darauf war Felakan tot. Dieser letzte Todesfall hinterließ tiefe Selbstzweifel in Alaron. *Ich war sicher, dass es nicht funktionieren würde, und habe die Verantwortung an Puravai abgeschoben. Ich hätte etwas sagen sollen.*

Vielleicht ging er auch zu hart mit sich selbst ins Gericht, aber Felakan verfolgte ihn noch nächtelang in seinen Albträumen.

Ein Zittern durchlief Alyssa Dulayns Körper, als die Dau zwischen den glitzernd weißen Gipfeln durch einen Wolkenfetzen glitt. Das Licht der untergehenden Sonne und des aufgehenden Mondes vermischten sich zu einem gespenstischen Zwielicht. Sich ausgerechnet im stets windigen Februx in diesem labyrinthartigen Gebirge zurechtfinden zu müssen, war eine Erfahrung, die sie nicht noch einmal erleben wollte. Immer wieder hatten sie sich verirrt, und die Schäfer, die sie entführten, damit sie ihnen den Weg wiesen, gerieten derart in Panik, sobald sie in der Luft waren, dass auch sie erst einmal jegliche Orientierung verloren. Am Ende hatten sie für eine Strecke, die normalerweise eine Woche dauerte, beinahe einen ganzen Monat gebraucht, und Alyssa wurde allmählich unruhig. Waren Ramita Ankesharan und Alaron Merser noch am selben Ort? Hatten sie die Skytale überhaupt noch? Rashids Heer hatte in der Nähe von Hallikut Kaltus Korions Legionen angegriffen und zahlte einen entsetzlich hohen Blutzoll. Sie brauchten das Artefakt dringend.

Dann endlich erblickte sie, wonach sie gesucht hatte: waagrechte Linien, kunstvoll geschwungene Rundbögen und das fahle Schimmern von Laternen inmitten der gezackten Felsformationen. *Das ist es. Mandira Khojana.*

Sie schaute zu Megradh hinüber, der vor Freude über das kommende Blutvergießen grinste wie ein Verrückter. Der Hadischa-Hauptmann machte ihr immer noch Sorgen. Der lüsterne Ochse hatte Tegeda dazu gezwungen, seine unersättliche Gier zu befriedigen, und jetzt hatte er das Gleiche mit Cymbellea di Regia vor. Natürlich hatte Alyssa es ihm verboten – Cymbelleas Blutlinie war viel zu kostbar, um sie an jemanden wie ihn zu verschwenden. Im Moment lag die junge Rimonierin gefesselt im Frachtraum, damit sie nicht wieder versuchte, über Bord zu springen. Nach der Hinrichtung des Dokken war sie vollkommen zusammengebrochen, körperlich wie geistig, und es machte nicht den Eindruck, dass sie sich jemals freiwillig Alyssas Gruppe anschließen würde. Eine Schande und auch ein Verlust.

Vielleicht kann ich sie wenigstens als Faustpfand verwenden, um diesem Alaron Merser die Skytale abzupressen ...

Sie konzentrierte sich auf ihr inneres Auge und sah, dass ein Flügel des Klosters mit Wächtern versehen war. Solche Vorkehrungen vor Magusaugen zu verbergen, war nicht allzu schwierig, kostete aber Zeit und Aufwand. Wer auch immer diese Wächter aufgestellt hatte, hielt es offensichtlich für nicht nötig, sie zu tarnen, wahrscheinlich, weil ohnehin keine Magi in diese Wildnis kamen. *Aber du täuschst dich, Ramita. Ich bin hier, und deine Beschützer sind ein jämmerlicher Haufen Zain.*

Die Vorsicht gebot jedoch, bis Anbruch der Nacht zu warten, aber der Wind wurde immer stärker, und die dicken Wolken am Himmel kündigten weiteren Schnee an.

Pfeif auf die Vorsicht!

»Such einen Platz zum Landen, der vom Kloster aus nicht einsehbar ist«, wies sie Megradh an. »Wir gehen zu Fuß rein.«

Ramita küsste Dasra auf die Stirn und legte ihn ins Bett. Ihre Augen strahlten nur so vor Liebe für den Kleinen. Er sah seinem Vater Antonin nicht besonders ähnlich, bis auf die grauen Augen und die Schädelform vielleicht. Am meisten erkannte sie ihr eigenes Gesicht in Dasras oft so ernstem Mienenspiel, doch wenn er lächelte, sah er aus wie ihr großzügiger, sanfter Bruder Jai.

»Ich liebe dich so sehr, kleiner Mann«, flüsterte sie. »Und deinen Bruder Nas auch. Eines Tages finden wir ihn, das verspreche ich…«

Von einem plötzlichen Schaudern gepackt, küsste sie ihn noch einmal, dann ging sie zögernd aus dem Zimmer. Die Tür versiegelte sie, selbst hier, weit weg vom Rest der Welt, von außen mit Wächtern, weil Alaron darauf bestand. »Es schadet nichts. Mach es dir einfach zur Gewohnheit«, sagte er ihr immer wieder, und natürlich wusste Ramita, dass er recht hatte.

Im Moment befand sich Alaron bei den Novizen und spielte ein weiteres Spiel, das ihnen dabei helfen sollte, die Gnosis in

Fleisch und Blut übergehen zu lassen. Dabei mussten sie viel schreien und lachen, so laut, dass die Mauern des altehrwürdigen Klosters beinahe erzitterten. Ramita fragte sich, was die älteren Mönche wohl davon hielten. *Geht es ihnen auf die Nerven, oder sind sie vielleicht sogar neidisch?*

Als Ramita an Corineas Gemach vorbeikam, sah sie, dass die Tür offen stand, und trat einer spontanen Laune folgend ein. Im Gegensatz zu ihrem eigenen, in dem Ramita alles mögliche angesammelt hatte, war das Zimmer fast vollkommen leer. »Shaitans Hure« saß auf einem Schemel und kämmte sich das silberne Haar. Dabei schaute sie in einen Spiegel, der jedoch nicht ihr eigenes Antlitz zeigte, sondern eine mondbeschienene Wüste. Corinea war dabei hellzusehen.

Vor ein paar Wochen waren Alaron und Ramita eine Bewusstseinsverbindung mit der alten Jadugara eingegangen, um die Reichweite ihrer Hellsicht zu vergrößern, doch Ramita hatte zu viel Angst, um es noch einmal zu tun. Die Gedankenverbindung hatte unangenehme Erinnerungen an Alyssa Dulayn wachgerufen, Justina Meiros' sogenannte beste Freundin. Während ihrer ersten Monate in Hebusal hatte Alyssa ihr auf diesem Weg Rondelmarisch beigebracht, jedoch hatte die Verräterin die Verbindung gleichzeitig benutzt, um Ramitas geheimste Gedanken auszuspionieren. Nach dieser Erfahrung war es schwer genug gewesen, sich Corinea zu öffnen, auch wenn Ramita nun wusste, wie sie ihre Gedanken abschirmen konnte. Trotzdem würde sie es nicht noch einmal tun.

Ramita schob ihr Unbehagen beiseite und betrachtete die Wüste in dem Spiegel. »Wo ist das?«

»Ich reise im Bewusstsein eines Geiers«, antwortete Corinea. »Der Spiegel zeigt, was er sieht, im Moment ist das die Sithardha-Wüste südwestlich von Ullakesh. Ich versuche, anhand deiner Erinnerungen Huriya Makani aufzuspüren.«

Das Bild im Spiegel wechselte. Nun zeigte es ein Abbild von

Huriya, wie sie ausgesehen hatte, als Ramita ihr das letzte Mal in der Kuppel des Mogulnpalasts in Teshwallabad begegnete. Dann veränderte sich das Bild erneut und zeigte den Inquisitor Malevorn Andevarion.

Corinea seufzte leise. »Hübsch ist er ja.«

»Für mich kann ein Mörder niemals hübsch sein. Habt Ihr sie gefunden?«

»Nur Hinweise, Orte, an denen sie sich aufgehalten haben. Ich habe mich vom Mogulnpalast in Teshwallabad immer weiter in die Umgebung vorgearbeitet. Sie sind nach Norden gegangen, so viel ist sicher. Leider ist die Spur mittlerweile kalt, und sie schirmen sich ab. Aber ich finde sie, du wirst sehen.«

»Konntet Ihr etwas über meinen Sohn herausfinden?«

Corinea schüttelte den Kopf. »Nichts.«

»Habt Ihr selbst Kinder?«, fragte Ramita dreist weiter.

Corinea überlegte kurz, dann antwortete sie: »Wahrscheinlich ist er tot.«

»Er?«

»Er hieß Hiram und ist vor über hundert Jahren auf der Suche nach irgendeiner Legende nach Osten aufgebrochen. Ich schätze, inzwischen ist er genauso tot wie sein Vater.« Damit war das Thema offensichtlich für sie erledigt, denn sie fragte mit einem etwas anzüglichen Blick: »Was macht das Eheleben denn so?«

Ramita beschloss, nicht weiter nachzubohren. »Es ist wunderbar.«

»Ja, ist es, eine Zeit lang zumindest. Ich war achtmal verheiratet und hatte viele Liebhaber, aber irgendwann habe ich sie alle verlassen. Romantik ist schön, aber sie hält nicht ewig.«

»Al'Rhon und ich haben schon viel durchgemacht«, erwiderte Ramita zuversichtlich. »Unsere Liebe ist für immer.«

Corinea seufzte theatralisch. »Ach, Mädchen, wie oft ich das schon gedacht habe. Nichts ist für immer, schon gleich gar nicht die Liebe. Wenn mich die Zeit eines gelehrt hat, dann das. Es braucht mehr als nur Küsse und Nächte voller Leidenschaft.«

»Das weiß ich.« *Ich, die mit Antonin Meiros verheiratet war und gezwungen wurde, seine Ermordung mit anzusehen. Ich, deren Geliebter ihn getötet hat.* »Ich habe schon viel erlebt und weiß, was mich erwartet. Und meine Eltern haben mir ein gutes Vorbild für das Eheleben gegeben. Sie haben mir gezeigt, dass Liebe nicht endloses Glück bedeutet. Es gibt Zeiten der Trauer und des Leides, es warten Prüfungen und Versuchungen. Die Ehe kann eine Pflicht sein und manchmal auch eine Last, das ist bekannt, aber meine Eltern haben mir außerdem Tag für Tag gezeigt, dass sich jedes Opfer lohnt, das man für die Liebe bringt.«

»Du bist wirklich das perfekte lakhische Eheweib«, kommentierte Corinea sarkastisch. »Hast du je im Leben einen eigenen Gedanken gefasst, oder spuckst du nur aus, was deine Eltern und Gurus dir in den Mund gelegt haben?«

Ihre Bitterkeit und Eifersucht kann ich nicht gebrauchen. »Gute Nacht, Lillea. Schlaft schön.«

Sie wandte sich gerade zum Gehen, da sah sie, wie Corinea die Fassung verlor und ihre innere Verzweiflung sich zum ersten Mal Bahn brach. Ihre Stimme klang traurig und verdrossen. »Auch ich habe einmal an die Liebe geglaubt«, rief sie Ramita hinterher. »Und dann hat der Mann, den ich mehr liebte als das Leben selbst, versucht, mich zu ermorden. Jede Liebe endet so.«

Ramita zog die Tür hinter sich zu. Sie wollte so etwas nicht hören. *Ich lasse mir mein Glück nicht von ihren Enttäuschungen verleiden …*

Ramita machte sich auf den Weg zu ihrem Zimmer. Sie fragte sich kurz, ob sie ihren verschwundenen Sohn je finden würden, widmete sich aber dann wieder der im Moment viel drängenderen Frage, wie lange Alaron wohl noch mit den Novizen beschäftigt sein würde. Sie hatte das Zimmer längst betreten, als sie merkte, dass sie nicht allein war.

Neben dem Fenster stand eine hochgewachsene Gestalt in einem dunklen Bekira, links und rechts flankiert von zwei weiteren mit gezogenen Messern und Masken über den Gesichtern. Ihre Kleidung und Körperhaltung erinnerten Ramita an jene Nacht in Hebusal vor über zwei Jahren, die ihr Leben endgültig aus der Bahn geworfen hatte. *Hadischa.*

Die Frau in der Mitte schlug ihre Kapuze zurück. Eine Stimme, die sie nie wieder zu hören gehofft hatte, drang an Ramitas Ohr. »Sei gegrüßt. Wie schön, dich wiederzusehen, Ramita.«

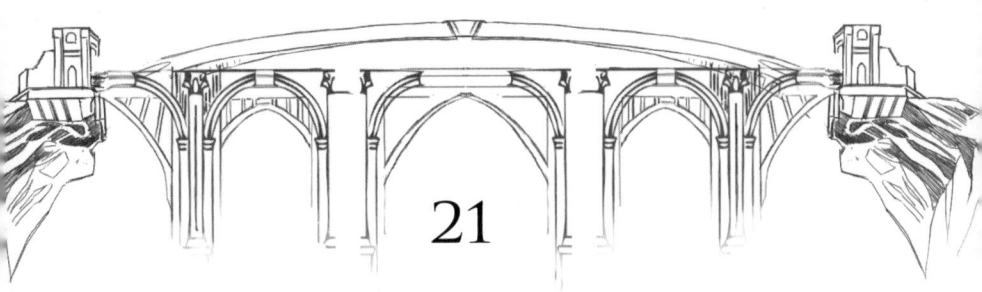

21

BLUTIGER SCHNEE

THEURGIE: MYSTIZISMUS

Lasst mich Euch die subtilste aller Studien empfehlen: die Kunst des Mystizismus. Sie ermöglicht die tiefste aller denkbaren Bewusstseinsverbindungen und somit den Austausch von Wissen, Gedanken, ja sogar Gnosis. Doch seid auf der Hut: Wer gibt, kann auch nehmen. Wie gut kennt Ihr den Menschen, dem Ihr den Schlüssel zu Eurem Bewusstsein anvertraut?

ORDO COSTRUO, PONTUS

MANDIRA KHOJANA IN LOKISTAN, ANTIOPIA
MOHARRAM (JANUN) 930
NEUNZEHNTER MONAT DER MONDFLUT

Alaron beobachtete grinsend, wie die Novizen sich um den Ball balgten: Das Wettkampfspiel »Ring« hatte es tatsächlich von den Straßen Norosteins bis nach Lokistan geschafft.

Der Innenhof, in den Alaron seine Schüler diesmal gerufen hatte, war teilweise durch die umlaufende und im Moment wegen des Eises nicht betretbare Galerie vor Regen und Schnee geschützt. An den vier Begrenzungsmauern waren hölzerne Sitzbänke angebracht. Normalerweise war der Hof ein Ort der Ruhe, gedacht für Meditation und Exerzitien. Nicht so an diesem Abend.

Alaron stellte erfreut fest, wie schnell die Novizen das Spiel gelernt hatten. Einige, wie Yash, widmeten sich ihm sogar mit allem Eifer. In Yuros spielte man es für gewöhnlich auf der Straße, jeder Körperteil außer Armen und Händen durfte den Ball berühren, doch die Magus-Schüler an den Arkana hatten es für ihre Zwecke ein wenig modifiziert. Die Regeln beider Varianten waren einfach: An jedem Ende des Spielfelds war ein Ring angebracht, so weit oben, dass die Spieler ihn nicht erreichen konnten. Eine Mannschaft bestand aus fünf Mitgliedern, die Aufgabe war, den eigenen Ring zu beschützen und den ledernen Ball möglichst oft in den Ring der anderen zu befördern. Gewöhnliche Sterbliche versuchten es meist mit dem Fuß, die Magi hingegen benutzten zusätzlich Schilde und Kinese. Beide Varianten waren schnell und erforderten gute Zusammenarbeit, doch das Wichtigste für die Magi war, den Umgang mit ihrer Gnosis zu entwickeln.

Dreißig Novizen ergaben exakt fünf Mannschaften, die Alaron in einem Turnier jeder gegen jeden antreten ließ, um die beste zu ermitteln. Es war eine hervorragende Abwechslung, die allen eine Menge Spaß machte, aber auch zusehends den Ehrgeiz der jungen Aszendenten anstachelte.

»Gut so«, sagte Alaron leise zu Puravai. »Ihren neuen Kampfgeist werden sie bald gut brauchen können.« Dann konzentrierte er sich wieder auf das Spiel. »Komm schon!«, rief er Aprek zu. »Ihr liegt zwei zu eins zurück, strengt euch an!«

Aprek wackelte entschlossen mit dem Kopf, doch dann rempelte Yash ihn mit der Schulter an und nahm ihm den Ball ab. Die Funken sprühten nur so, als ihre Schilde gegeneinanderkrachten. Aprek ließ sich einfach fallen.

Er braucht wohl noch eine Weile…, dachte Alaron gerade, da rannte Sindar, einer von Apreks Mannschaftskameraden, Yash einfach über den Haufen. Beide stürzten und sprangen mit geballten Fäusten wieder auf.

»He!«, brüllte Yash. »Du sollst den *Ball* spielen, nicht mich!«

»Hab ich auch!«, fauchte der sonst so ruhige Sindar zurück.

»Reg dich nicht so auf, Yash«, mischte sich der immer noch am Boden liegende Aprek ein. »Eben erst hast du mich umgerannt und kannst dich wohl kaum beschweren!«

»Ach ja, hab ich das?« Yash beugte sich herab und packte ihn am Kragen, da sprang auch Aprek wieder auf, und schon umkreisten die beiden einander wie in einem Kon-Kampf.

»Halt!« Alaron ging mit schnellen Schritten zur Mitte des Spielfelds und stellte sich zwischen die Kontrahenten, die sich lautstark über die Regelverletzung des anderen beklagten – so laut, dass sie alle das leise Knacken beinahe überhört hätten.

Plötzlich wurde es still im Innenhof. Das Geräusch war von oberhalb der Galerie gekommen. Alaron legte den Kopf in den Nacken und sah, dass die Eiszapfen vor den Fensterläden verschwunden waren. Alle. Als wären sie genau gleichzeitig abgefallen.

Gepriesen seist du, Ahm im Himmel. Ich lege mein Leben in deine Hände. Megradh betete stets nur kurz vor der Schlacht, die rituellen Worte kamen ganz von allein, obwohl er bestimmt nicht vorhatte, sein Leben irgendjemandem anzuvertrauen. Schon gleich gar nicht an diesem Abend.

Links und rechts von ihm huschten seine Hadischa über die spärlich beleuchteten Gänge. Die Dau und ihre Skiffs befanden sich gut versteckt in einem kleinen Taleinschnitt eine halbe

Meile vom Kloster entfernt. Der Pilot der Dau war an Bord geblieben, um den Kiel wieder aufzuladen, und Tegeda bewachte das Streunermädchen. *Mein derzeitiges Vergnügen und mein zukünftiges*, dachte er mit einem hässlichen Grinsen.

Am Rand des Tals hatten sie einen kaum als solchen erkennbaren Pfad gefunden, der durch Eis und Schnee hinauf zum Kloster führte. Es war bitterkalt hier oben, und schon nach kurzer Zeit begann der gesamte Trupp, sich zusätzlich mit Gnosis warm zu halten, während sie durch den kniehohen Schnee stapften. Das Kloster selbst sah aus, als wäre es aus dem bloßen Fels gehauen – eine gut geschützte Festung eigentlich, wäre es entsprechend befestigt und bewacht gewesen. Doch das Tor war nicht verriegelt, niemand hatte sie aufgehalten, als sie unbemerkt hindurchschlüpften. Danach hatte Alyssa ihn zu sich gewunken, während seine Männer ausschwärmten.

Ihr gebieterisches Gehabe ging Megradh zusehends auf die Nerven, doch er gehorchte. Alyssa deutete auf eine Reihe Fenster im oberen Stockwerk, die durch Wächter geschützt war, hier, wo nie ein Magus hinkam.

»Das müssten die Gästezimmer sein. Ich gehe mit einem halben Dutzend unserer Leute dort hinauf«, hatte sie gesagt. »Sucht ihr inzwischen die Mönche. In zehn Minuten tötet ihr sie.«

Megradh hatte nichts gegen den Plan einzuwenden. Zain waren als Schwächlinge bekannt, und diese beiden Flüchtigen stellten ebenfalls keine Gefahr dar. Was danach kam, beunruhigte ihn schon eher: Sogar dem Sultan gegenüber hatte Alyssa nur sehr zögerlich offenbart, dass es bei dieser Jagd um die Skytale des Corineus ging; Megradh hatte vor, sie sich selbst unter den Nagel zu reißen.

Sie zählten die Minuten und drangen immer tiefer in das Kloster vor. Dabei begegneten sie nicht einem einzigen Mönch, was vielleicht mit dem Geschrei und Gelächter zu tun hatte, das ihnen aus einem der Innenhöfe an die Ohren drang. Was auch immer die Wichte dort trieben, klang ganz und gar nicht priesterlich. *Merkwürdig,* dachte Megradh, *aber praktisch.* Mit Handzeichen dirigierte er seine Krieger eine Holztreppe hinauf in die Richtung, aus der der Lärm kam. Schließlich erreichten sie eine überdachte Galerie, deren vereiste Klappläden auf einen Innenhof blickten. Megradh spähte durch einen Spalt und sah die Mönche, die nur vier Ellen unter ihm lauthals miteinander stritten. Ein Rondelmarer, ebenfalls im Mönchsgewand, ragte in ihrer Mitte auf.

Ahh, Alyssa hat geglaubt, die beiden wären oben in den Zimmern. Wenigstens einen hätte ich schon mal. Und während Megradh seinen Schakalen stumme Instruktionen erteilte, überlegte er, wie er die Entdeckung zu seinem Vorteil nutzen konnte.

Verteilt euch um den Innenhof und sucht euch jeder ein Ziel, aber der Rondelmarer gehört mir, befahl er schließlich, dann ging er in Position. Megradh richtete seine Armbrust auf den Rücken des Rondelmarers, nicht zwischen die Schulterblätter, sondern etwas weiter unten, denn Alyssa wollte die beiden Flüchtigen unbedingt lebend.

Gepriesen seist du, Ahm im Himmel. Führe meinen Pfeil ins Ziel…

Cym lag flach auf dem Bauch, die Wange auf die kalten Bodenplanken gepresst. Ihre Hände waren auf dem Rücken zusammengebunden und an einen Stützbalken gefesselt. Im Schiff war es vollkommen still geworden, wie ihr vage bewusst wurde, aber sie war zu müde, um weiter darüber nachzudenken. Das Stiefelgetrampel an Deck hatte aufgehört, Cym hörte nur noch das Stöhnen des Windes draußen. Auch der Rumpf vibrierte nicht mehr.

Wir müssen gelandet sein… Haben sie Alarons Versteck also

doch noch gefunden? Cyms Kopf gebot ihrem Körper, etwas zu unternehmen, aber selbst wenn sie noch die Kraft dazu gehabt hätte – die Fesseln ließen es nicht zu. Die Luft war so kalt, dass ihr Atem kleine weiße Wölkchen bildete, aber die Gnosis, die durch den Schiffskiel pulsierte, strahlte genug Wärme ab, um sie vor dem Erfrierungstod zu bewahren. Aber es spielte auch keine Rolle; angeblich war es ein angenehmer Tod.

Aber nicht einmal der Tod war ihr vergönnt. Alyssa hatte versucht, sie mit allen möglichen Angeboten zu ködern, doch Cym war nun Gefangene der Hadischa, und für eine Frau, die die Gnosis hatte, bedeutete das am Ende nur eines: Zuchtanstalt.

Und wenn.

Als Zaqri gestorben war, war auch alles andere in ihr gestorben, nur nicht ihr Körper. Noch nicht.

Cym war so unendlich erschöpft. Alleine hier in der Dunkelheit zu liegen und mit einer Kettenrune belegt zu sein, war geradezu perfekt. Sie hatte es *verdient.* Alyssa hatte recht: Cym hatte rücksichtslos ihre eigenen Ziele verfolgt, und nun war sie hier.

Hätte ich die Skytale nicht gestohlen, wären Alaron, Jeris Muhren und ich noch zusammen. Mein Vater, alle in seiner Karawane und Muhren wären noch am Leben. Wir hätten meine Mutter gerettet und…

Weiter reichte ihre Fantasie nicht, die tatsächlichen Ereignisse hatten sie einfach ausgelöscht. Auch damit hatte Alyssa recht: Die Geschicke eines Einzelnen zählten nichts. Die wirklich gewaltigen Dinge wie der Kriegszug und die Fehde rollten über sie hinweg wie Lawinen und begruben ein so unwichtiges Leben wie das ihre einfach unter sich.

Das Geräusch von trampelnden Schritten über ihr ließ Cym zusammenschrecken. Jemand zog an der Luke, die Eiskruste fiel prasselnd herab, dann kam eine in dicke schwarze Stoffe gehüllte Gestalt in ihre Richtung. Es war eine etwas untersetzte Keshi mit buschigen Augenbrauen und großen, traurigen Augen. Sie hielt Cym eine Schale hin.

Cym betrachtete den dampfenden Inhalt. Ihr Magen begann sofort zu knurren, Speichel sammelte sich in ihrem Mund, und plötzlich hasste sie sich selbst: dafür, dass sie *leben* wollte.

Die zwei Wochen, die vergangen waren, seit Megradh Zaqri hingeschlachtet hatte wie ein Tier, waren wie ein endloser Albtraum gewesen. Cym konnte sich nicht erinnern, auch nur eine Minute geschlafen zu haben, obwohl das natürlich unmöglich war. Ständig hatte sie dieses Bild vor Augen gehabt, dieses grässliche kopflose *Ding*, das einmal ihr Geliebter gewesen war. Jetzt hatte sie das Gefühl, als wäre Zaqri das Wertvollste in ihrem ganzen Leben gewesen und aller Widerstand, den sie seiner Liebe entgegengesetzt hatte, unendlich dumm.

»Da, iss!«, sagte das Mädchen barsch auf Rondelmarisch.

»Ich habe keinen Hunger.«

»Doch. Du Hunger.« Die Keshi zog Cym am Kragen hoch und lehnte sie mit dem Rücken gegen den Stützbalken. »Iss.« Sie presste ihr einen Löffel voll des klumpigen Breis gegen die Lippen und drückte sie damit auseinander.

Cym wehrte sich nicht. Der Brei war vollkommen überwürzt und schmeckte bitter, außerdem nur noch lauwarm – dann verschlang er sie, nicht umgekehrt: Der Geschmack explodierte in ihrem Mund, brannte sich durch ihren Körper, und noch bevor Cym wusste, was sie tat, aß sie gierig, beinahe verzweifelt.

Die Hadischa schaute mit ihren traurigen Augen mitleidig zu. Als Cym fertig war, gab sie ihr einen Schluck Wasser aus ihrer Flasche.

»Wo sind wir?«, fragte Cym.

»Kloster«, antwortete das Mädchen nach einigem Zögern. »Ich … mein Name Tegeda.«

»Cym.« Sie blickte sich um, spürte den kleinen Energieschub, den der Brei ihr verlieh, und der sie für einen kurzen Moment aus ihrer Lethargie riss. Um nicht gleich wieder in den Abgrund zu stürzen, in dem sie die letzten zwei Wochen verbracht hatte, fragte sie: »Männer weg?«

»Ja, zu Kloster. Feind finden.« Ihre Augen verengten sich ein Stück. »Freund von dir.«

Alaron … Alyssa hat ihn also tatsächlich gefunden. Und Megradh wird ihm den Kopf abschneiden.

Ohne dass sie etwas dagegen tun konnte, löste sich ein Schluchzen aus ihrer Kehle.

Tegeda erschrak. »Megradh böser Mann«, sagte sie, als hätte sie Cyms Gedanken gelesen. Dann deutete sie nach oben. »Ahm gut. Ahm Licht. Aber nicht Megradh.«

Cym schauderte. Vor zwei Nächten hatte Megradh ihr das Essen gebracht und in gebrochenem Rondelmarisch erklärt, dass sie ihm gehörte, sobald sie Alaron gefunden hatten. »Danach brauchen wir dich nicht mehr, nur noch deine Kinder«, sagte er. Um zu verdeutlichen, was er vorhatte, hatte er ihr einen Finger in die Scheide gerammt und dann daran geschnüffelt wie ein Hund – und Cym hatte das gesamte Essen wieder ausgekotzt. Allein bei der Erinnerung schnürte sich ihr die Kehle zu.

»Er ist ein Tier«, krächzte Cym. *Pater Sol, Mater Lune, helft mir!*

»Er … Sachen tun … auch mit mir«, erwiderte Tegeda mit unendlichem Schmerz, als fühlte sie sich von ihren eigenen Leuten verraten. »Meine Brüder … Sie wissen, aber mich nicht beschützen … Sie wie Megradh: *Lachen.*«

»Schweine«, knurrte Cym.

Tegeda nickte heftig. Dann musterte sie Cym und zog ihren Krummdolch.

Cym betrachtete die Klinge voller Sehnsucht, während Tegeda mit der freien Hand ihr Kinn anhob. Einen Moment lang glaubte sie, die Hadischa würde ihr die Kehle durchschneiden, dann küsste Tegeda sie plötzlich auf beide Wangen und durchtrennte die Fesseln auf ihrem Rücken.

Cym betrachtete erst ihre Hände, dann Tegeda. Ihr Körper war vollkommen taub, ihre Gliedmaßen gehorchten ihr nicht.

»Seltsam, Cym nun frei«, flüsterte Tegeda mit einem verschwörerischen Leuchten in den Augen. »Draußen Schnee, viel Schnee.« Sie umfasste Cyms Gesicht. »Geh, finde guten Tod, nicht schlechten Tod. Such Licht.« Sie stand auf und ging rückwärts bis zur Leiter, ohne Cym aus den Augen zu lassen, dann wirbelte sie herum und verschwand nach oben.

Cym schaute ihr ungläubig hinterher, und als sie von unten gegen die Luke drückte, ging sie tatsächlich auf. Sie streckte vorsichtig den Kopf durch die rechteckige Öffnung, schaute sich um und erstarrte: Lesharri war an Deck und schaute hinaus auf die Berghänge. Reglos wie eine Puppe stand sie da, als erwachte sie nur zum Leben, wenn Alyssa ihr einen Befehl erteilte. Als Cym sicher war, dass Lesharri sich tatsächlich nicht vom Fleck bewegen würde, sprang sie über die Reling und ließ sich in den tiefen, weichen Schnee fallen.

Um sie herum ragten Bergspitzen auf, die Gipfel von Schneeflocken verhüllt, die wie Distelelfen in der hereinbrechenden Dunkelheit tanzten. Die Schiffe waren in einem schmalen Taleinschnitt gelandet. Vor einem Feuer saß Tegeda mit einem weiteren Hadischa. Beide kehrten ihr den Rücken zu und tranken aus ihren Bechern.

Cym stand mühsam auf und wankte los. Das Schneetreiben wurde so dicht, dass sie die Dau in ihrem Rücken schon bald nicht mehr sehen konnte. Als Cym noch ein paar weitere Schritte geschafft hatte, stand sie plötzlich vor einem steilen Felsabriss, lediglich der starke Aufwind, der ihr entgegenschlug, verhinderte den Sturz ins Leere. Cym schaute schwankend in die Tiefe vor sich.

Ein guter Tod.

Da flackerte zu ihrer Linken ein Licht auf, weit oben in der Dunkelheit.

Ein Kloster.

Genau wie Tegeda gesagt hatte. Jetzt sah sie auch die halb vom Schnee verwehten Stiefelabdrücke, die dorthin führten. Megradh, Alyssa und der ganze Rest der Mörderbande waren von Bord gegangen ... Es war noch nicht lange her. Sie waren auf dem Weg zu *Alaron.*

Cym blickte noch einmal in den Abgrund, dann drehte sie sich um und folgte den Spuren. Immer schneller trugen ihre Beine sie vorwärts, ihr Herz begann zu pochen, und schließlich rannte sie.

Sie hatte einen besseren Tod gefunden.

Alyssa Dulayn spürte, wie die Tabula-Figuren auf dem Brett nach und nach in Position gingen. Megradhs Hadischa hatten den Innenhof umzingelt und waren bereit. Der Hauptmann hatte ihr in Gedanken mitgeteilt, dass die meisten Mönche sich dort befanden, was die Sache noch einfacher machte.

Und hier ist meine Ramita.

Es war ein Jahr oder länger her, seit sie die kleine Lakhin zum letzten Mal gesehen hatte, und sie hatte nicht die geringste Ahnung, welche Affinitäten das Miststück mittlerweile entwickelt haben mochte. Ausgehend von dem, was Alyssa über Manifestation während der Schwangerschaft wusste, dürfte sie in etwa so stark wie ein Halbblut sein. Und den auf dem Boden verteilten Kleidungsstücken nach zu urteilen, teilte sie sich ein Zimmer mit Merser und auch das ungemachte Bett. *Meiros scheint sie auf den Geschmack für helle Haut gebracht zu haben.* Es sagte viel über eine Frau aus, welche Männer sie sich suchte. *Dieser Merser läuft in erbärmlichen Kleidern herum ... Also ist sie im Grunde genommen immer noch ein Bauerntölpel.*

Dennoch wirkte das Mädchen vor ihr erstaunlich gelassen, und das verwirrte Alyssa. Eigentlich hätte Ramita zu Tode erschrecken müssen. Sie sandte ihre Geistfühler aus und stellte fest, dass Ramitas Aura ungewöhnlich stark war. Vielleicht sogar stark genug, um die Siegel zu durchbrechen, mit denen Alyssa das Zimmer versehen hatte, um jede geistige Kommunikation mit der Außenwelt zu unterbinden.

»Komm nicht auf dumme Gedanken«, gurrte sie und ging langsam auf ihr Opfer zu. Satravim lauerte in Ramitas Rücken und wartete nur auf ein Signal, und dann waren da noch die beiden Hadischa, die Alyssa flankierten. Die dumme Gans hatte nicht den Hauch einer Chance. »Bleib schön friedlich, ja?«

Die Lakhin hob das Kinn, ohne etwas zu erwidern, aber ihre Aura veränderte sich auf eine Weise, wie Alyssa es noch nie gesehen hatte. *Viel zu viele Farben, viel zu viele Möglichkeiten…*

Alyssa blieb stehen. »Wo ist die Skytale des Corineus?«

»Die was?«

»Versuch nicht, mich anzulügen! Ich weiß, dass ihr sie habt, du und Merser. Sag mir, wo sie ist, bevor ich dich dazu zwinge.« Alyssa bereitete ihren Angriff vor. *Zuerst täusche ich ihre Sinne mit Illusion und Mesmerismus, und dann reiße ich ihren Geist mit Mystizismus in Stücke.*

»Wir haben sie nicht mehr«, antwortete Ramita ruhig.

Alyssa war kurz davor, Satravim den Angriff zu befehlen, da drehte Ramita sich plötzlich halb herum und hob die Hand. »Du da, bleib, wo du bist!«

Keiner im Raum rührte sich mehr, nur Alyssa ließ blaues Feuer aus ihrer Hand züngeln. »Satravim«, sagte sie laut, »geh in das andere Zimmer und hol ihr Baby her.«

Ramita riss die Augen auf. »Nein!«

»So läuft das nicht, Schätzchen«, höhnte Alyssa. »Jede Bindung zu einem anderen Menschen ist ein Schwachpunkt, weißt du das etwa noch nicht?« Sie wartete, bis Satravim das Zimmer verlassen hatte, dann wandte sie sich wieder an Ramita. »Hast du Zwillinge geboren, wie du gedacht hattest?«

Keine Reaktion.

»Glaub bloß nicht, du könntest mich anlügen, Kleine!«, zischte Alyssa. Diese vorgetäuschte Unerschütterlichkeit gefiel ihr ganz und gar nicht. »Ich frage dich jetzt zum letzten Mal: Hast du tatsächlich Zwillinge bekommen?«

»Ich habe nur diesen einen Sohn«, antwortete Ramita mit undurchdringlicher Miene. »Rührt ihn nicht an. Ich warne Euch.«

Alyssas Begleiter rückten noch ein Stück vor. *Wenn wir sie jetzt angreifen, könnte sie Alarm schlagen, bevor Megradh seine Aufgabe erledigt hat. Halten wir sie lieber noch ein paar Minuten ruhig …*

»Das Kloster ist von dreißig Hadischa besetzt, meine Liebe. Ich habe es nicht auf ein Blutvergießen abgesehen, also zwinge mich nicht dazu und sage die Wahrheit: Wo ist die Skytale?«

Bevor Ramita antworten konnte, ging die Tür erneut auf und Satravim streckte den Kopf herein. »Die Tür ist versiegelt, sie geht nicht auf«, flüsterte er.

»Weshalb? Ist irgendetwas Besonderes an den Wächtern?« *Kriegen diese Stümper denn gar nichts allein hin?*

»Nein, meine Dame, aber sie sind zu stark für mich.«

Zu stark? Sie fixierte Ramita. »Wer hat die Wächter aufgestellt?«

Wieder keine Antwort.

Alyssa runzelte die Stirn. Sie kannte die Kleine in- und auswendig, seit sie ihr in Hebusal über eine Gedankenverbindung Meiros' Sprache beigebracht hatte. Sie kannte ihren wunden Punkt. »Komm schon, Ramita, du weißt, dass diese Wächter mich nicht aufhalten können, und dann werden wir ja sehen, wie mutig du noch bist, wenn dein kleiner Sohn ein Messer an der Kehle hat.«

Sie bedeutete Satravim, wieder hinter Ramita in Position zu gehen, doch der rührte sich nicht.

»Dame Alyssa … ein *Kind*?«

Meine Güte! Seit wann kennen Hadischa irgendwelche Skrupel? »Satravim, die Skytale kann diesen ganzen Kontinent vor der Eroberung durch die Rondelmarer retten«, erklärte sie geduldig. »Aber dieses kleine Weibsstück, das sein eigenes Volk verraten hat, versteckt sie vor uns!«

Satravim verzog verunsichert das von den Brandnarben entstellte Gesicht.

Alyssa lächelte ihm aufmunternd zu und deutete auf das Bett. »Sie ist keine Unschuldige. Sie schläft mit einem Rondelmarer.«

Satravim erstarrte, dann nickte er gehorsam.

Er frisst mir immer noch aus der Hand …

Auch Ramita gab endlich nach und ließ sich widerstandslos auf den Flur führen, wo zwei weitere Hadischa vor je einer Tür in Position gegangen waren.

Und?, fragte Alyssa in Gedanken. *Ist jemand drinnen?*

Es befindet sich eine Frau in dem Raum. Ich habe sie singen gehört, antwortete einer der beiden. *Aber die Tür ist mit einem sehr starken Zauber versiegelt.*

Noch eine Magi? Alyssa wandte sich an Ramita. *Wer?*

Die Lakhin lächelte nur, als kümmerten sie die Messer und Säbel der Hadischa um sie herum nicht. »Klopft an, dann werdet Ihr es erfahren.«

Allmählich habe ich genug von deiner Frechheit, du dreckige Noori. Alyssa wollte Satravim schon Befehl geben, die Antwort aus Ramita herauszuprügeln, aber sie beherrschte sich noch einmal. Zuerst musste die geheimnisvolle Magi hinter der versiegelten Tür unschädlich gemacht werden, außerdem mussten sie herausfinden, wo dieser Alaron Merser steckte.

Alyssa stellte sich vor die Tür, legte eine Hand auf den Knauf und überprüfte die Wächter. Sie zuckte zusammen. *Kore im Himmel! Nur ein simpler Schutzzauber, aber diese unglaubliche Kraft...*

Sie drehte sich zu Ramita um. »Hast du den aufgestellt?«

Ramita lächelte nur.

Ist es tatsächlich möglich? Hat Meiros einen Weg gefunden, sie so stark wie ein Reinblut zu machen? Wenn ja, ist sie für Rashids Zuchtanstalten unbezahlbar...

»Wenn es deiner ist, dann heb ihn auf, sonst lasse ich dir von Satravim die Augen herausschneiden. In der Zuchtanstalt brauchst du sie ni...«

Eine Berührung in ihrem Geist ließ Alyssa mitten im Satz innehalten. Sie kam von Megradh. *Ich habe den Rondelmarer genau im Visier. Sollen wir zuschlagen?*

Alyssa schaute Ramita an und überlegte kurz, dann erwiderte sie: *Wir haben das Mädchen. Merser brauchen wir nicht. Tötet sie alle.*

Megradh schnaubte ein knappes *Verstanden*, dann unterbrach er die Verbindung und hob die Armbrust ein winziges Stück, sodass er genau auf das Herz des Rondelmarers zielte. Gleichzeitig gab er das Kommando stumm an seine Männer weiter. Einundzwanzig Armbrustpfeile warteten darauf, abgeschossen zu werden, während die Mönche im Innenhof immer noch mit Streiten beschäftigt waren. An einer der Wände lehnten ihre albernen Stäbe, ansonsten waren sie unbewaffnet.

Zwei Salven, dann ist nur noch Hackfleisch von ihnen übrig, teilte er seinen Männern mit. *Auf mein Zeichen.*

Megradh beschwor seine Gnosissicht, um sicherzugehen, dass Merser nicht durch Schilde geschützt war, und was er sah, ließ ihn stutzen: Nicht nur Merser hatte welche, sondern auch die Mönche, wenn auch nur schwache. Megradh blickte sich erstaunt um, da sah er, wie einer der Kerle am Rand des

Spielfelds den Ball mit Kinese durch die Luft schweben ließ, während die anderen stritten. Außerdem hörte er ein leises Murmeln, als kommunizierten einige von ihnen in Gedanken miteinander.

Sie sind Magi… ein paar zumindest, vielleicht sogar alle. Megradhs gute Stimmung trübte sich. Die Zain in Teshwallabad hatten bis auf die paar Novizen mit ihren Stöcken so gut wie keinen Widerstand geleistet, aber dieses Kloster hier schien anders. Er überlegte, noch einmal Kontakt zu Alyssa aufzunehmen, entschied sich dann aber dagegen. Sie würde es ihm nur als Schwäche auslegen. Ein Hauptmann musste zu jeder Zeit wissen, was zu tun war.

Ein paar der Mönche haben Schilde, warnte er den Rest seines Trupps. *Seid auf der Hut.*

Seine Schakale nahmen es ohne Überraschung zur Kenntnis. Offensichtlich hatten sie es bereits bemerkt, machten sich aber keine allzu großen Sorgen: Ein Armbrustbolzen durchschlug mühelos jeden Metallharnisch, selbst ein vorgewarnter Magus hätte auf die kurze Distanz Probleme, den Schuss abzuwehren, aber die Mönche dort unten ahnten nichts. Andererseits dauerte das Nachladen verflucht lange. Zu lange, wenn ein paar der Kerle auch nur halbwegs mit ihrer Gnosis umgehen konnten.

Wir ändern den Plan, teilte er den anderen mit. *Nur ein Schuss, dann gehen wir runter und erledigen sie im Nahkampf.*

Megradh ließ Ruhe in seinen Geist einkehren. Er krümmte den Zeigefinger leicht und atmete langsam aus, wartete, bis Merser vollkommen stillhielt, und…

»Alaron! Pass auf!«, brüllte eine junge Frau.

Alle im Hof wirbelten in Richtung der Stimme herum, und Megradh fluchte innerlich: *die verdammte Streunerin!*

»Schilde!«, ertönte der nächste Schrei, während Megradh erneut zielte, diesmal auf die entflohene Gefangene, dann rief er mit Gnosis und Stimme zugleich: *Schießt!* und drückte ab. Der Pfeil erwischte das Mädchen mitten in der Brust und nagelte sie an eine Säule.

Einen Wimpernschlag später vibrierte die Luft nur so von surrenden Pfeilen und Gnosisentladungen.

Cym! Alaron erkannte ihre Stimme sofort. Er beschwor seine Schilde und rief den Novizen zu, das Gleiche zu tun. Kore sei Dank hatte er ihre Reflexe bereits mit solchen Überraschungskommandos geschult, sodass die meisten rechtzeitig reagierten, dennoch war es größtenteils eine Frage des Glücks, wer die nächsten Augenblicke überleben würde und wer nicht.

Die Klappläden oberhalb der Galerie flogen auf, dann ging ein Pfeilhagel auf den Innenhof nieder. Die Novizen am Rand bekamen am meisten ab, einer ging mit zwei gefiederten Schäften im Rücken zu Boden, der gleich neben ihm wurde im Genick getroffen und war tot, noch bevor er in sich zusammensank. Ein paar der Bolzen wurden abgewehrt, aber zu viele trafen. Überall um sich herum sah Alaron mit Pfeilen gespickte Körper, Schmerzens- und Entsetzensschreie zerrissen die Luft.

Alaron rannte in die Richtung, aus der Cyms Stimme gekommen war, und als er sie zwischen den auseinanderstiebenden Mönchen entdeckte, setzte sein Herz einen Schlag lang aus: Sie stand an eine der Säulen gepresst, ihr Gesicht so weiß wie der Schnee ringsum. Ein gefiederter Schaft ragte aus ihrer Brust, aber sie lebte – gerade noch – und rang verzweifelt um Atem.

»Bewaffnet euch!«, brüllte Alaron und streckte den Arm nach seinem Kon aus.

Die Novizen griffen sich ihre Stäbe, da sprangen die zwanzig oder mehr Angreifer schon mit gezogenen Säbeln von der Galerie herunter.

»Hadischa!«, rief Sindar panisch.

Alaron wirbelte herum und sah den Novizen mit seinem Kon in der Hand reglos dastehen, all sein Training im Moment der Schlacht vergessen. Eine in Schwarz gehüllte Gestalt landete mit erhobenem Säbel direkt hinter ihm.

»Pass auf!«, schrie Alaron, aber es war zu spät.

Noch während Sindar sich umdrehte, fuhr der Säbel nieder, durchschlug seine schwachen Schilde und grub sich in seinen Rücken. Mit immer noch Hilfe suchendem Blick sank Sindar zu Boden.

Aprek stürzte sich heulend auf den Attentäter. Sein Gesicht war weiß vor Wut, Schaum stand vor seinem Mund, während er den verdutzten Hadischa mit einem Schlaghagel zurückdrängte, doch dann fiel ein anderer ihm in die Flanke.

Yash sprang hinzu und schleuderte den zweiten Angreifer mit einer Gnosisfaust gegen die Wand. Er sackte zu Boden und stand nicht mehr auf.

Alaron versuchte, zu Cym zu gelangen, doch einer der Attentäter versperrte ihm den Weg. Seine dunklen Augen leuchteten violett, und Alaron spürte, wie der Kerl versuchte, ihm die Sinne zu benebeln. *Mesmerismus ist also deine Stärke? Probier's mal hiermit!*

Alaron legte all seine Kraft in den Kon und sprang vor. Die Schilde des Hadischa zerstoben unter der Wucht. Alaron ließ den Stab herumwirbeln und schlug seinem Gegner das eisenbeschlagene Ende gegen die Schläfe. Der Schädel brach mit einem Krachen, dann rannte Alaron weiter.

Viele der Novizen lagen bereits auf dem Boden. Zu viele. Die anderen versuchten, die Verwundeten in ihre Mitte zu nehmen, während sie selbst ums nackte Überleben kämpften. Meister Puravai, der einzige Nichtmagus, kauerte in ihrer Mitte über einen der Verwundeten gebeugt.

Doch allmählich sah Alaron, wie sich der Kampfverlauf wandelte: In den ersten Momenten des Schocks und der Überraschung hatten die friedfertigen Zain lediglich versucht, sich zu verteidigen. Nur ein paar wie Yash und Kedak waren tatsächlich zum Gegenangriff übergegangen, doch das änderte sich nun. Je länger es ihnen gelang, dem Sturm aus Klingen, Magusbolzen und Feuer standzuhalten, desto mehr Vertrauen fassten sie in das, was sie gelernt hatten. Und sie merkten, dass ihre Stöcke genauso tödlich sein konnten wie ein Schwert.

Dann war er endlich bei Cym. Gateem stand neben ihr, eine Hand auf ihrer Brust, und ließ Heilgnosis in die Wunde strömen, als bekäme er von dem Gemetzel um sich herum nichts mit.

Bitte, bleib am Leben!, flehte Alaron sie an, doch Cym reagierte nicht. Gerade noch rechtzeitig spürte er einen Blitz heranrasen, verstärkte seine Schilde und übergoss den neuerlichen Angreifer mit Gnosisfeuer.

Die Schilde des Hadischa leuchteten dunkelrot auf, und Alaron setzte mit einem durch Kinese verstärkten geraden Kon-Stoß nach, der den Brustkorb seines Gegners glatt durchschlug.

Die Novizen sahen es und nahmen sich sofort ein Beispiel. Mit Kon und Gnosis drängten sie die Attentäter zurück, da wendete sich das Blatt erneut: Einer der Hadischa, wahrscheinlich ihr Hauptmann, brüllte ein Kommando. Die Hadischa zogen sich blitzartig zurück und hoben die Hände.

»Vorsicht!«, schrien Alaron und ein paar der Novizen, da krachte eine Wand aus Feuer und blauen Gnosisbolzen gegen ihre Schilde. Trotz der geballten Kraft verpuffte der Angriff so gut wie wirkungslos, und Alaron spürte, wie sich noch etwas in das neue Selbstvertrauen seiner Schützlinge mischte: Wut.

So, ihr Schweine, jetzt sind wir dran! Alaron hob den Arm und brüllte aus vollem Hals: »Angriff!«

Er nahm sich den Hauptmann vor, während die Novizen sich auf den am nächsten stehenden Gegner stürzten.

Ramita spürte eine starke Gnosisentladung und erschrak. Sie war aus der Richtung des Innenhofs gekommen. Satravim hielt ihr die Spitze seines Dolchs ans Auge, doch sie konnte den Blick einfach nicht von Alyssa Dulayn losreißen.

»Heb den Wächter auf, Ramita!«, fauchte sie, das betörend schöne Gesicht voller Anspannung. »Das ist meine letzte Warnung.«

Am anderen Ende des Korridors schwang eine Tür auf, Corinea trat heraus. »Was ist hier ...?«

Der Hadischa, der die Tür bewachte, zögerte keinen Augenblick. Noch bevor Corinea zu Ende gesprochen hatte, sprang er hinter sie und stieß ihr seinen Dolch in den Rücken.

Die Klinge zerbarst.

Die alte Jadugara rührte nicht einen Finger, sie schaute nicht einmal in seine Richtung, doch der Mann fiel schreiend um und blieb am ganzen Körper zitternd liegen.

Bei diesem Anblick musste Ramita unwillkürlich an die Ehrfurcht denken, die sie bei ihrer ersten Begegnung in Teshwallabad erfasst hatte, als Corinea in Gestalt der Schicksalsgöttin Makheera-ji plötzlich von einem Podest heruntergestiegen war. Ihr erster Eindruck hatte sie offensichtlich nicht getäuscht.

»Wer, bei Hel, seid Ihr?«, krächzte Alyssa.

Satravim holte erschreckt Luft und zog Ramita noch enger an sich. Die bedrohlich zitternde Dolchspitze war jetzt so nah, dass sie beinahe ihr gesamtes Gesichtsfeld verdeckte.

»Mein Name ist Lillea Sorades, falls dir das irgendetwas sagt«, antwortete Corinea süffisant. Sie bewegte die Finger, ihre Augen blitzten violett, dann brach der Hadischa, der vor Dasras Zimmer in Position gegangen war, schreiend zusammen. Die verbliebenen beiden zogen sich zitternd hinter Alyssa und Satravim zurück.

»*Lillea Sorades?* Das ist unmöglich!«, stammelte Alyssa.

Ihr Blick sprang hektisch zwischen Satravim und Corinea hin und her. »Keinen Schritt weiter!«, brüllte sie. »Oder die Kleine stirbt!«

Es war Zeit zu handeln.

Seit Satravim sie mit dem Dolch bedrohte, versuchte Ramita, ihre Gedanken zu sammeln und die Zauber vorzubereiten, die sie brauchte. Im Moment waren alle Augen auf Corinea gerichtet.

Mit der linken Hand drückte sie die Klinge ruckartig aus Satravims Griff. Satravim schrie auf – sein Handgelenk war gebrochen –, aber der eigentliche Angriff erfolgte an einer ganz anderen Stelle: Ramita rammte ihm den rechten Ellenbogen in die Magengrube. Da sie sich bereits innerhalb seiner Schilde befand, konnte er nichts tun, um die Wucht des Schlags zu mindern. Selbst wenn, hätte es ihm nichts genutzt, denn Ramita hatte einen unterarmlangen Knochendorn aus ihrem Ellbogen wachsen lassen, der sich nun wie ein Speer in Satravims Eingeweide bohrte.

Blut spritzte über Ramitas Rücken, und einen Moment lang war sie über sich selbst entsetzt – aber nur einen Moment. *Sie haben meinen Sohn bedroht!*

Der Hadischa würgte stumm. Seine Augen sahen aus, als wollten sie aus den Höhlen treten, während sein vernarbter Mund versuchte, einen Schrei zu bilden.

Ramita griff mit der Gnosis nach dem Dolch und rammte ihn Satravim ins Herz. Einen Wimpernschlag lang schaute er sie ungläubig an, dann fiel er um. Der Anblick fraß sich in Ramitas Bewusstsein wie ein Brandeisen. Sie hatte noch nie zuvor mit Absicht getötet.

Aber warum jetzt damit aufhören?

Ramita wirbelte herum. Alyssa Dulayn starrte sie an, als hätte sie sie noch nie zuvor gesehen. *Hat sie auch nicht …*

Doch Alyssa war ebenfalls bereit – nicht zum Angriff, sondern zur Flucht, und der Weg, den sie sich dafür ausgesucht hatte, führte durch Dasras Zimmer.

Das kann nicht sein! Ich lasse mich nicht belügen, redete Alyssa sich ein, doch ihre Gedanken kreisten immer noch um den furchterregenden Namen: *Lillea Sorades?* Corinea? *Ausgeschlossen, sie wollen mir nur Angst einjagen.*

Doch als Ramita sich in ihre Richtung drehte, mit Satravims Blut bespritzt und einem Ausdruck im Gesicht, den Alyssa noch nie bei einem Menschen gesehen hatte, bekam sie es tatsächlich mit der Angst zu tun.

Ein anderer Magus hatte ihr einmal gesagt, dass es im Angesicht von echter Gefahr nur zwei instinktive Reaktionen gab: Kampf oder Flucht. Alyssa hatte stets die klügere Möglichkeit gewählt und die Flucht ergriffen. Helden kämpften und starben, kluge Köpfe flohen und überlebten, um auch beim nächsten Mal wieder die Flucht zu ergreifen.

Alyssa hatte sich während der gesamten Zeit auf dem Korridor an Ramitas Wächtern versucht. Sie mochten stark sein, aber sie waren einfach, und das bedeutete, dass eine geschickte Magi wie Alyssa sie brechen konnte. Und das tat sie. Die Tür flog genau in dem Moment auf, als Ramitas Dolch von hinten gegen ihre Schilde schlug. Alyssa rannte ins Zimmer und hielt auf das Fenster zu, sah eine Bewegung aus dem Augenwinkel und feuerte sofort einen Magusbolzen ab. Das Opfer, eine junge Lokistanerin, war sofort tot. In dem Bett direkt neben ihr schrie ein Baby.

Ramitas Sohn, die perfekte Geisel! Alyssa streckte die Hand nach dem Kleinen aus, da wurde sie von hinten gepackt und durch die Luft geschleudert. Sie schlug einen Salto und sah Ramita im Türrahmen stehen, ihre Aura leuchtete hell wie die Sonne – dann flog Alyssa krachend durch die Fensterläden und stürzte in einer Explosion aus Holzsplittern und geborstenen Eiszapfen hinab in die Dunkelheit.

»Nein!« Ramitas Stimme war wie ein Donnern. Sie rannte zu Dasra, um sich zu versichern, dass ihm nichts passiert war, während Corinea sich auf dem Flur um die beiden verbliebenen Hadischa kümmerte. Ramita hörte noch zwei erstickte Aufschreie, dann kehrte Stille ein. Ihr Blick wanderte zu den zerschmetterten Fensterläden. Sie hatte Alyssa gar nicht hindurchschleudern wollen, im Gegenteil, sie wollte sie hier, direkt vor sich. Sie roch das Blut auf ihrem Rücken, spürte es warm und klebrig auf ihrer Haut, und sie wollte *mehr*; Ramita wollte die rondelmarische Kutti *leiden* sehen, die ihren Sohn bedroht hatte.

Bebend vor Wut trat sie ans Fenster.

Die Göttin Parvasi, Sivramans Frau und die große Mutter, war Ramitas Schutzpatronin, doch Parvasi-ji hatte noch eine andere, wilde Seite: Darikha, die Kriegerin, die auf einem Tiger reitet. Es war Darikha-ji, an die Ramita dachte, als sie durch das Fenster nach unten blickte und Alyssas Aura wie einen Kometenschweif in der Dunkelheit verschwinden sah.

Sie ist ein Reinblut, der Sturz wird sie nicht töten.

Ramita sprang.

Die Novizen schwärmten aus. Nur etwa ein Dutzend war noch auf den Beinen, aber keiner zögerte auch nur einen Moment. Mit neuem Vertrauen in ihre Fähigkeiten stürzten sie sich in den Kampf. Yash war in voller Fahrt, Flammen ergossen sich aus seinen Händen wie ein Wasserfall.

Aber sie waren nun in der Unterzahl. Alaron musste sich zweier Gegner gleichzeitig erwehren. Der Stärke ihrer Gnosis nach zu urteilen, waren sie Halbblute. Seine Kräfte mochten den ihren haushoch überlegen sein, aber es allein mit zwei Gegnern aufzunehmen, war ein enormes Risiko, selbst für einen Aszendenten.

Da spürte Alaron, wie seine Instinkte sich regten. Zweimal

hatte er bisher geglaubt, einen Kampf nicht zu überleben. In diesen Momenten hatte er einen Zustand erreicht, den die Magi Trance nannten. Die Instinkte übernahmen die vollständige Kontrolle über Körper und Geist und ermöglichten, verschiedenste Aspekte der Gnosis gleichzeitig zu gebrauchen. Alaron hatte es oft versucht, diesen Zustand im Training aber nie erreicht – erst jetzt, mitten im Gefecht, gelang es ihm wieder.

Mit Divination sah er die Bewegungen seiner Gegner voraus und versteckte seine eigenen hinter Illusionen, während er mit Kinese seine Schilde verstärkte. Gnosisenergie knisterte an beiden Enden seines Kon, dann preschte er vor und wehrte mit einer einzigen Bewegung beide Säbel ab. Dem einen Hadischa versetzte er einen Sprungtritt und schlug dem anderen seinen Stock gegen den Schädel.

Der Getroffene taumelte benommen auf Yash zu, der seinen eigenen Gegner mit einer Gnosisfaust von sich stieß und dem Neuankömmling mit einem Magusbolzen in die Brust den Rest gab.

Unterdessen hatte der andere Hadischa sich wieder erholt und attackierte Alaron erneut mit seinem Säbel.

Alaron konterte mit einem Schlagwirbel, da schnellte plötzlich die linke Hand seines Gegners mit einem Dolch darin vor. Alaron wehrte den Stich mit seinem Kon ab, duckte sich unter dem nächsten Säbelhieb hindurch und blendete seinen Angreifer mit Dunkelheit.

Der Hadischa schlug in wilder Panik um sich und versuchte, der Finsternis zu entkommen, die ihn plötzlich umgab – jedoch in die falsche Richtung. Er lief direkt in Alarons Kon hinein und schlug mit entsetzlicher Wucht rücklings zu Boden. Eine Blutlache breitete sich unter seinem Hinterkopf aus, doch Alaron widmete sich bereits dem nächsten Gegner. Er war der Hauptmann des Trupps und ein furchterregender

Bulle von einem Mann, der sich offensichtlich bestens aufs Töten verstand. Seine Angriffe waren genauso entschlossen wie geschickt, Säbel und Krummdolch bewegten sich wie in einem Tanz und trommelten unablässig auf Alarons Schilde ein. Um ein Haar verlor er die Finger der oberen Hand, als ein Säbelhieb bedrohlich weit am Schaft seines Kon entlangglitt. Im nächsten Moment trat der Hauptmann mit dem Fuß gegen Alarons Unterleib und stieß gleichzeitig mit dem Dolch nach seinem Gesicht, doch beide Angriffe prallten ab. Alarons Schilde waren einfach zu stark. Er konterte mit einer Gnosisfaust, übergoss den Hauptmann noch während er durch die Luft flog mit Feuer und setzte ihm mit langen Schritten nach.

Überall um ihn herum starben die Attentäter. Wie Löwenjunge, die zum ersten Mal auf Jagd gehen, entdeckten die Novizen ungeahnte Kräfte in sich und setzten sie nun voll ein. Einige folgten immer noch den Grundsätzen der Zain, hielten sich zurück und machten ihre Gegner lediglich kampfunfähig. Aber sie machten auch Fehler. Auch wenn ihre Gegner wesentlich schwächer waren, lediglich Halb- oder Viertelblute, so waren sie doch von Kindesbeinen an darauf vorbereitet worden, nicht nur zu kämpfen, sondern auch zu überleben. Einer der Novizen versuchte, seinen verwundeten Gegner gefangen zu nehmen, statt ihn zu töten, da sprang der Hadischa auf, stieß ihm ein Messer in die Brust und ergriff die Flucht. Feuerstöße aus drei Richtungen ließen ihn mitten im Laufen in Flammen aufgehen. Alles Erbarmen war vergessen.

Der Kampf mochte sich nun zu ihren Gunsten wenden, aber Alaron wusste, die Zeit drängte: Ramita war auf ihrem Zimmer und hatte sich noch immer nicht gemeldet. Cym lag reglos am Boden, und viele Novizen waren verwundet, manche so schwer, dass sie schnell versorgt werden mussten.

Der Hauptmann bemerkte Alarons besorgten Blick und

deutete auf Cym. »Deine Frau?«, knurrte er mit einem finsteren Grinsen. »Ich sie ficken! Ich sie erschießen!«

Es war eine Provokation, die ihn aus der Fassung bringen sollte, und es funktionierte: Alaron sah rot. Ohne jede Finesse stürzte er los und schwang seinen Kon beidhändig wie ein Langschwert, als wollte er den Hauptmann zu Tode prügeln. *Ich bring dich um, ich bring dich um, ich bring dich um!*

Der Hadischa wehrte Hieb um Hieb ab. Seine Gnosis mochte unterlegen sein, doch er verschwendete sie nicht wie Alaron. Mit dem nächsten Block schlug er den Kon in der Mitte durch und konterte sofort mit einem geraden Säbelstoß.

Der Säbel ging durch. Alaron schaute blinzelnd auf das glänzende Stück Stahl, das aus seiner Schulter ragte, und geriet ins Taumeln. Seine Schilde flackerten und lösten sich in Nichts auf.

Ein guter Kämpfer verliert niemals die Fassung, schoss es ihm in den Kopf. Ein Grundsatz, den sie am Arkanum gelernt hatten ...

Hinter dem Rücken des Hadischa-Hauptmanns erhob sich jemand und bohrte ihm einen Dolch in den Rücken. Alaron sah Funken aus seinen Schilden spritzen, dann Blut. Das Grinsen des Kerls verschwand, sein Mund klappte auf, dann brach er zusammen und riss dabei den Säbel aus Alarons Schulter heraus, der klappernd neben dem Hauptmann zu Boden fiel. Zwischen seinen Schulterblättern klaffte eine tiefe Stichwunde.

Gateem stand hinter ihm, und sein Blick sprang zwischen der Leiche und dem blutverschmierten Dolch in seiner Hand hin und her, dann schleuderte er die Waffe von sich.

Alaron nickte ihm dankbar zu, dann setzten die Schmerzen ein. Hastig erneuerte er seine Schilde, um nicht noch einmal getroffen zu werden, doch der Kampf war vorüber: Die wenigen Hadischa, die noch lebten, ließen ihre Waffen fallen und hoben die Hände. Einen Moment lang sah es so aus, als würden die Novizen sie alle niedermetzeln, dann kamen sie zur Besinnung und ließen die Waffen sinken.

Alaron schaute zu Cym hinüber. *Oh nein ... Er* wankte zu ihr und kniete sich neben sie. »Cym?«, rief er. *Cym!*

Sie öffnete die Augen ein kleines Stück und bewegte die Lippen, aber es kam kein Laut heraus. *Al?*

Cym, du kommst wieder in Ordnung! Wir werden dich retten, ganz bestimmt.

Ihre Gedankenstimme klang resigniert und entsetzlich schwach. *Nein, Al. Dieses Mal nicht.*

»Gateem, schnell!«, brüllte Alaron verzweifelt, doch Gateem schaute ihn nur traurig an.

»Ich habe bereits alles getan, was ich konnte, Al'Rhon-Saheb«, sagte er leise.

»Nein, hast du nicht! Wir müssen ...« Er legte Cym die Hände auf den Brustkorb und ließ all seine Heilgnosis in die Wunde strömen, wie Corinea es ihn gelehrt hatte. *Die Blutung stoppen, die Adern wieder zusammenfügen, die Wunde verschließen und reinigen,* sagte er sich in Gedanken vor, während er unablässig auf Cym einredete. *Hör zu, Cym. Du wirst es schaffen. Du musst nur auf meine Stimme hören und bei Bewusstsein bleiben. Rede mit mir, dann bleibst du wach. Solange du wach bist, kannst du gar nicht sterben! Bleib bei mir ...*

Ich will nicht bleiben, Al.

Red keinen Unsinn!

Er wartet ... Zaqri wartet auf mich ... Zaqri ... Cyms Augen schlossen sich, dann rollte ihr Kopf zur Seite.

Alaron starrte sie ungläubig an. Etwas in ihm zerbrach. *Cym?* Er wandte sich wieder an Gateem. »Du bist unser bester Heiler, *tu* etwas!«

»Ich kann nicht«, erwiderte Gateem mit hilfloser Stimme. »Es gibt nichts, was ich nicht schon versucht hätte.«

»Dann hol Lily!« Alaron legte den Kopf in den Nacken und brüllte mit Stimme und in Gedanken: *Corinea!*

Kurz darauf betrat sie mit dem kleinen Dasra auf dem Arm den Innenhof. Sie war wütend und sagte kein Wort. Erst als sie Alarons erschütterten Blick sah, wurden ihre Gesichtszüge etwas weicher, dann beugte sie sich über Cym, doch selbst er wusste mittlerweile, dass nicht einmal Corinea noch etwas für sie tun konnte. Gerade als Alaron dachte, das Schlimmstmögliche wäre bereits passiert, fiel ihm auf, dass Ramita immer noch nicht wieder aufgetaucht war...

Ramita stürzte in den Abgrund, der Luftzug brüllte in ihren Ohren, die vereisten Felsen und Flüsse unterhalb kamen mit rasender Geschwindigkeit näher, da wurde ihr bewusst, dass sie nie zu fliegen gelernt hatte.

Von ihrer Veranlagung her war sie eine Erdmagi gewesen, bis Meister Puravais Unterricht ihr auch den Zugang zu anderen Studien ermöglicht hatte, doch Fliegen gehörte zweifellos zu den anspruchsvolleren Aspekten der Luftgnosis.

Weit unter sich sah Ramita Alyssas Aura blau aufleuchten, als der Sturz der Ordo-Costruo-Verräterin plötzlich gebremst wurde. Sie fiel nicht mehr, sondern schwebte und hielt auf einen schmalen Taleinschnitt zu.

Wutentbrannt schrie Ramita auf. Sie versuchte, die Luft um sich herum zu fassen zu bekommen, um ihren Sturz zu kontrollieren, doch nichts passierte.

»Vergiss das Fliegen«, murmelte sie. »Ich mache es auf meine Art.«

Sie konzentrierte ihre Kinese und stieß sich mit einem Gnosisimpuls von der vorbeirasenden Felswand ab. Der Impuls war so stark, dass das Gestein barst und als Lawine zu Tal ging. Ramita spürte die Erschütterung bis in die Knochen, doch es funktionierte: Wie von einem Katapult abgeschossen jagte sie auf den Taleinschnitt zu und landete eine Furchenlänge hinter Alyssa im Schnee.

Auch die auf dem Tiger reitende Darikha-ji, Göttin des Himmels, hatte eine noch dunklere Seite: Dar-Kana, die Verkörperung des weiblichen Zorns. Ihr gab Ramita sich nun voll und ganz hin.

Ihre Aura veränderte sich und wurde Fleisch, neue Gliedmaßen wuchsen aus ihrem Körper, während sie brüllend wie ein Tier nach allem in ihrer Umgebung griff, was als Waffe zu gebrauchen war. Die Verwandlung war entsetzlich schmerzhaft und auf perverse Art erfüllend. Der Gedanke, dass die rondelmarische Kutti ihr entwischen könnte, machte sie nur noch rasender. Hellrotes Feuer loderte aus ihrer linken Hand, blaues aus der rechten, in den anderen beiden hielt sie Felsbrocken und Eisspieße.

Die Luftgnosis kam nun ganz von allein. Ramita setzte mit einem mächtigen Satz über eine Felsspalte hinweg und schrie: »Ich komme, Alyssa! Ich komme und hole dich!«

Das Gebrüll, das hinter ihr durchs Tal hallte, fuhr Alyssa bis ins Mark. Es war ein Wutschrei, so glühend vor Zorn, dass sie die Hitze in ihrer Seele spürte. Die Sprache war Lakhisch, aber sie brauchte keine Übersetzung.

Ich komme und hole dich.

Alyssa konzentrierte ihre Luftgnosis und versuchte verzweifelt zu entkommen. *Diese Ramita Ankesharan ist keine Magi, sie ist* besessen*! Corinea muss das getan haben. Shaitans Hure hat den Menschen in ihr ausgelöscht und sie in ein Geschöpf Hels verwandelt.*

Alyssa war sicher, dass es so gewesen sein musste, aber sie hatte nicht vor, ihre Theorie zu überprüfen. Ihre Kleider waren beim Sturz zerrissen, die Luft gefror auf ihrer nackten Haut zu Eiskristallen, doch sie rannte weiter. Alyssas Luftgnosis war er-

schöpft, ihr grenzenloser Ehrgeiz, Rashid die Skytale zu über-
bringen, verloschen.

*Aber wir kommen zurück, vorbereitet und in zehnfacher
Stärke. Dann werden wir ja sehen …*

Mit schnellen Schritten rannte sie über den Schnee auf die
Windschiffe zu und schrie um Hilfe. Sie hatte zwei ihrer Leute
zurückgelassen, um die Skiffs abflugbereit zu machen, und Lesharri war ebenfalls hier. Namen drängten sich in ihr Bewusstsein: *Tegeda, die gute, treue Tegeda … Und der Pilot, Neridho
hieß er, oder nicht?*

Aber die beiden waren nirgendwo zu sehen.

»Lesharri! Schwester!«, schrie Alyssa in wilder Panik und
entdeckte sie endlich. Sie döste in einem Stuhl an Deck der
Dau, den Kopf an die Kajütentür gelehnt. »Schwester, wach
auf! Wir müssen fliehen!«

Aus dem Tal kam ein entsetzliches Wutheulen wie von
schlessischen Blutjungfern, aber Lesharri rührte sich nicht.
Alyssa fühlte sich wie in einem Albtraum gefangen, auf dessen
Ausgang sie keinen Einfluss mehr hatte.

»Lesharri?« Sie rüttelte ihre Schwester an der Schulter und
sprang wimmernd zurück, als der leblose Körper vom Stuhl
kippte und reglos auf dem Deck liegen blieb. Ein langer Schnitt
klaffte in Lesharris Hals, der Wundrand war zu rotem Eis ge-
froren. Alyssa taumelte rückwärts, da tauchte auch Tegeda auf.

»Ihr habt Megradh über mich herfallen lassen«, sagte sie
tonlos und zeigte ihr den blutverschmierten Dolch. »Seit ich
die Gnosis erhielt, habe ich meine Unschuld bewahrt. Kein
Mann durfte mich anrühren, aber Ihr … Ihr habt ihn mit mir
machen lassen, was immer er wollte.«

Tegedas Blick richtete sich auf etwas in Alyssas Rücken.
Eine riesenhafte Kreatur jagte den Hang herunter auf die Dau
zu. »Die Große Göttin kommt, Jadugara. Sie wird Euch in Stücke reißen, und selbst das wird noch nicht Strafe genug sein.«

Alyssa blinzelte fassungslos. *Wie kann sie sich gegen mich wenden? Alle lieben mich!*

Sie hörte einen triumphierenden Schrei, viel zu nahe, und drehte sich um. Das Wesen, das da durch den Schnee gestampft kam, war nicht mehr Ramita, sondern ein Geschöpf aus der lakhischen Götterwelt: drei Ellen groß, mit vier Armen und am ganzen Körper schwarz.

Alyssa mobilisierte ihre letzten Reserven und hechtete zur Seite, als das Ramita-Ding einen Eisspeer auf sie schleuderte, der ihre Schilde durchschlug wie ein Spinnennetz und einen tiefen Schnitt in ihrer Hüfte hinterließ. Sie landete gleich neben einem der kleinen Skiffs und sprang sofort wieder auf. Nur das grenzenlose Entsetzen verlieh ihr die Kraft, zu dem rettenden Skiff zu rennen, doch es ging vor ihren Augen in einem Feuerball auf.

Alyssa sprang zurück, im selben Augenblick hämmerte ein Armbrustbolzen von hinten gegen ihre Schilde. Diesmal war es nicht Ramita gewesen, sondern Tegeda, die bereits nachlud.

Ich kann das nicht glauben, Tegeda hat mir nie auch nur ein Widerwort gegeben …

Mit einem letzten Satz war Ramita bei ihr. Alyssa katapultierte sich in die Luft, doch eine klauenbewehrte Hand grub sich in ihren Rücken, Muskeln und Sehnen rissen, und sie wurde zu Boden geschleudert. Ein viel zu großer Fuß trat ihr in den Rücken.

Alyssa hörte ein Knacken, dann senkte sich schwarze Leere über sie.

Die Göttin brüllte triumphierend und zerfetzte ihrem Opfer den Rücken. Rasiermesserscharfe Krallen fuhren durch Fleisch und Sehnen, Speichel troff aus ihrem Mund, dann packte sie die blonde Hexe am Schopf und zog, bis sich die Kopfhaut vom Schädel löste.

Dann merkte sie, dass die Hexe bewusstlos war. Enttäuscht hielt die Göttin inne und blickte sich um. Ihre Raserei ließ ein wenig nach, Bilder von dem Blutbad im Kloster drängten sich in den Vordergrund ihres Bewusstseins. Sie hörte einen stummen Verzweiflungsschrei. Er kam von ihrem Mann ... Ramitas Mann. Seine Trauer ging ihr durch und durch, der glühende Hass verflog, dann kehrte ihr altes Wesen vollends zurück.

Dasra braucht mich. Alaron braucht mich.

Mit der Kraft der Göttin schwand auch Ramitas Gestalt, und sie schrumpfte wieder auf ihre normale Größe zurück. Die Kleider hingen ihr in Fetzen vom Leib, der eisige Wind schmerzte auf ihrer Haut. Angewidert warf sie den blutigen Skalp weg und schlang sich keuchend die Arme um den Oberkörper.

»Edle Dame?«, sagte eine ängstliche Stimme hinter ihr.

Ramita drehte sich um und erschrak: Eine Hadischa stand mit einer geladenen Armbrust in der Hand keine zehn Schritte weit weg. Doch noch bevor sie ihre Gnosis beschwören konnte, sank die junge Frau auf die Knie und brabbelte: »Ich bin nicht Eure Feindin, edle Dar-Kana! Mein Name ist Tegeda, ich war eine Omali, bevor die Amteh mich entführt haben. Bitte lasst mich Euch dienen.«

ANHANG

DIE GESCHICHTE URTES

Jahr Y500 v. S.: v. S. steht für »vor dem Sieg«, Y für »yurische Zeitrechnung«. Das Jahr 500 v. S. ist der ungefähre Beginn der rondelmarischen Eroberung Yuros'.

Jahr Y1: Beginn der Herrschaft Kaiser Victorianus', Einführung des neuen Kalenders.

Jahr Y380: Tod und Himmelfahrt des dissidenten Predigers Corineus. Seine überlebenden Anhänger erhalten die Gnosis. Dreihundert von ihnen beginnen mit Sertain als Anführer, Yuros zu erobern. Weitere hundert entsagen dem Krieg und gehen unter Antonin Meiros' Führung nach Osten, weitere hundert »vom Mond Berührte« tauchen unter.

Jahr Y382: Sertain wird in Pallas zum ersten Kaiser gekrönt und begründet die Sacrecour-Dynastie, die bis zum heutigen Tag in Pallas herrscht. In der Folgezeit bringt Rondelmar fast den gesamten yurischen Kontinent unter seine Kontrolle.

Jahr Y697: Von Pontus aus entdecken Windschiffe den Kontinent Antiopia. Handelsbeziehungen entwickeln sich, Meiros und dessen friedlicher Magusorden arbeiten Pläne aus, um die beiden Kontinente durch eine Brücke zu verbinden.

Jahr Y808: Das Jahr der ersten Mondflut. Die Leviathanbrücke ist fertiggestellt und zum ersten Mal passierbar.

Jahr Y820 und danach: Während der zweiten Mondflut kommen massenhaft Rimonier nach Ja'afar (Javon), sie kaufen Land und werden dort sesshaft. Als ihr politischer Einfluss wächst, droht ein Bürgerkrieg, der jedoch durch die Javonische Schlichtung abgewendet werden kann, die 836 in Kraft tritt. Die Monarchie von Javon wird demokratisch, der Throninhaber muss von Rechts wegen gemischten ethnischen Hintergrunds sein.

Jahr Y834: Die Keshi marschieren in Nordlakh ein. Sie begründen die Amteh-Religion in Lakh und setzen eine Keshi-treue Mogulndynastie ein.

Jahr Y880/881: Die siebte Mondflut und das ertragreichste Handelsjahr in

Hebusal, in dem sich jedoch herausstellt, dass der Kaiserpalast von Pallas hoffnungslos überschuldet ist. Die Finanzkrise in Yuros kann nur durch Intervention des Bankierhauses Jusst & Holsen abgewendet werden, das für die Schulden der Kaiserkrone bürgt.

Jahr Y892/893: Die achte Mondflut wird überschattet von Gräueltaten, sowohl seitens fanatischer Amteh als auch Ritter der Kirkegar. Der Handel kommt zum Erliegen.

Jahr Y902: Das »Jahr der blutigen Messer«. Kaiser Hiltius wird ermordet, und sein Schwiegersohn Constant besteigt den Thron. Nach Berichten über einen angeblich geplanten Umsturz werden die Unterstützer von Hiltius' älterer Tochter verhaftet und hingerichtet.

Jahr Y904/905: Die neunte Mondflut und Zeitpunkt des ersten Kriegszugs. Kaiser Constant entsendet seine Legionen nach Hebusal. Der Ordo Costruo gestattet Constants Truppen, die Brücke zu überschreiten, die Armeen von Dhassa und Kesh werden geschlagen. Die Rondelmarer errichten in Javon die Dorobonen-Dynastie und plündern Sagostabad. In Hebusal errichten sie eine Garnison und lassen eine Besatzungsmacht zurück, um eine Rückeroberung Hebusals zu verhindern.

Jahr Y909/910: Die Norische Revolte. Der norische König Phyllios III. weigert sich, Steuern und andere Tribute an Pallas zu entrichten, und provoziert damit eine militärische Reaktion des Kaiserhauses. Obwohl Nachbarreiche ihre Unterstützung zugesichert hatten, ist Noros bald isoliert. Im Jahr 910 kapitulieren die letzten Armeen unter General Robler.

Jahr Y916/917: Der zweite Kriegszug. Die kaiserlichen Legionen in Hebusal werden verstärkt. Dhassa und Kesh werden erneut in der Schlacht geschlagen, die darauffolgenden Plünderungen erstrecken sich östlich bis Istabad. Wieder ziehen sich die kaiserlichen Truppen ins Hebbtal zurück, als die Brücke sich schließt.

Jahr Y921: Ein Aufstand in Javon zwingt die dorobonischen Monarchen ins Exil. Die Nesti übernehmen den Thron, Olfuss Nesti wird König von Javon.

Jahr Y926: Die Achte Große Zusammenkunft der Amteh ruft eine Blutfehde gegen die rondelmarischen Eroberer aus.

Jahr Y927: Die nächste Mondflut im Jahr 928 steht kurz bevor. Kaiser Constant ruft zum dritten Kriegszug auf, auf beiden Kontinenten laufen die Vorbereitungen auf die kommende Konfrontation auf Hochtouren.

Anmerkung: Der antiopische Kalender ist dem yurischen um 454 Jahre voraus. Das Jahr Y927 entspricht in Antiopia dem Jahr A1381.

Zeitrechnung auf Urte

Auf Urte wird ein Mondkalender benutzt. Urtes Mond ist extrem groß und hat entsprechenden Einfluss auf die Kulturen beider Kontinente, weshalb Yuros und Antiopia beinahe denselben Kalender verwenden (manche glauben sogar, dass die beiden Kontinente einmal miteinander verbunden waren). Lediglich die Namen der Monate weichen voneinander ab. Jedes Jahr besteht aus zwölf Mondzyklen, jeder davon dauert dreißig Tage, wodurch das Mondjahr eine Gesamtdauer von dreihundertsechzig Tagen hat. Der Sonnenkalender ist ein paar Stunden länger, weshalb der Ordo Costruo dem Kaiser von Yuros und den Herrschern von Kesh empfiehlt, alle paar Jahre einen Extratag einzufügen.

Die Namen der Monate:

Monat	Jahreszeit	In Yuros	In Antiopia
1. Monat	Frühling	Janun	Moharram
2. Monat	Frühling	Februx	Safar
3. Monat	Frühling	Martris	Awwal
4. Monat	Sommer	Aprafor	Thani
5. Monat	Sommer	Maicin	Jumada
6. Monat	Sommer	Juness	Akhira
7. Monat	Herbst	Julsept	Rajab
8. Monat	Herbst	Augeite	Shaban
9. Monat	Herbst	Septnon	Rami
10. Monat	Winter	Okten	Shawwal
11. Monat	Winter	Novelev	Zulqeda
12. Monat	Winter	Dekore	Zulhijja

Der Mondzyklus wird in fünf Phasen unterteilt, jede davon ist sechs Tage lang. Die Namen der Mondphasen sind: Neumond, wachsender Mond, Vollmond, schwindender Mond und Dunkelmond. Der letzte (in manchen Gegenden auch der erste) Tag der Woche gilt als heiliger Festtag, an dem keine gewerbliche Arbeit verrichtet wird. Dieser Tag ist der Ausübung der Religion und der Erholung vorbehalten.

DIE NAMEN DER WOCHENTAGE:

Wochentag	In Yuros	In Kesh	In Lakh
1. Tag	Minasdag	Shambe	Somvaar
2. Tag	Tydag	Doshambe	Mangalvaar
3. Tag	Wotendag	Seshambe	Budhvaar
4. Tag	Torsdag	Chaharshambe	Viirvaar
5. Tag	Freyadag	Panjshambe	Shukravaar
6. Tag	Sabadag	Jome	Shanivaar

Die Zeit wird mithilfe von Sanduhren gemessen und durch Läuten einer Glocke im höchsten Turm einer jeden Stadt und eines jeden Dorfes angezeigt. Die Zahl von Tages- und Nachtstunden variiert übers Jahr. Bei Sonnenaufgang wird die Glocke zum ersten Mal geschlagen, von da dann zu jeder weiteren Stunde bis zum Sonnenuntergang. Bei Anbruch der Dunkelheit wird auf eine tiefer tönende Glocke gewechselt. Abhängig von Jahreszeit und Breitengrad kann ein Tag sechzehn helle Stunden und acht dunkle umfassen oder acht helle Stunden und sechzehn dunkle. Insgesamt sind es jedoch stets vierundzwanzig. Da die Qualität der Sanduhren (und das Pflichtbewusstsein derer, die die Glocke läuten) stark variiert, kann auch die Dauer einer Stunde innerhalb desselben Tages entsprechend variieren. Die verschiedenen Tageszeiten werden wie folgt bezeichnet:

Der Sonnenaufgang entspricht der ersten Stunde, auch erste Tagglocke genannt.

Die Mittagsstunde wird meist als sechste Tagglocke bezeichnet (egal wie viele helle Stunden der jeweilige Tag tatsächlich hat).

Der Sonnenuntergang wird erste Nachtglocke genannt. Bei Tagundnachtgleiche fällt er mit der zwölften Tagglocke zusammen.

Mitternacht wird auch als die sechste Nachtglocke bezeichnet.

DIE HAUPTRELIGIONEN IN YUROS
UND ANTIOPIA

Sollan (Yuros): Der Sollan-Glaube war die vorherrschende Religion im Rimonischen Reich. Er entwickelte sich aus den Sonnen- und Mondkulten der Yothic, die vor der Bildung des Reiches von Nordosten nach Rimoni kamen. Sol (die Sonne) ist die männliche Gottheit und Stammvater der Menschheit. Seine eigenwillige Gattin Dara, auch Lune genannt, steht für den Mond. Die Priester des Sollan-Glaubens werden Drui genannt. Ihre Hauptaufgaben sind die Geschichtsschreibung, als moralische Instanz zu fungieren und die jahreszeitlichen Rituale zu leiten. Im Jahr 411 wurde der Sollan-Glaube vom Kaiserreich verboten und Kore als oberste Gottheit eingesetzt. In Sydia, Schlessen, Rimoni und Pontus sowie von Rimoniern in Javon wird der Sollan-Glaube jedoch nach wie vor praktiziert.

Kore (Yuros): Mit der Eroberung Rimonis durch die rondelmarischen Magi wurde die Kirche Kores etabliert. Ihre Lehre besagt, dass Corineus, der Anführer der Gruppe, die das Ambrosia entdeckte und die Gnosis erhielt, der Sohn Kores sei. Diese Kirche stellt Religion und vor allem Menschen mit Magusblut über alles andere. Sie vertritt die Lehre, Kore habe durch den Tod seines Sohnes den Menschen die Gnosis gegeben. Kore ist die Hauptreligion in Yuros, außer in den Gebieten, in denen das rondelmarische Kaisergeschlecht nicht herrscht (Teile Sydias, Schlessens, Rimonis sowie Pontus').

Die Kirche Kores wird von Männern dominiert und verspricht ihren Anhängern ewiges Leben im Himmel. Ein Magus kommt nach dem Tod sofort in den Himmel, gewöhnliche Menschen können sich das Leben dort verdienen. Die Sündigen brennen in Hel, einem unterirdischen Flammenmeer, in dem ein Geist namens Jasid herrscht, dessen Name jedoch nie genannt wird, da es heißt, das bringe Unglück.

Amteh (Antiopia): Der Amteh-Glaube entstand in den Wüstengebieten Nordantiopias und geht auf den Propheten Aluq-Ahmed von Hebb zurück, der etwa im Jahr A100 auftrat (Y350 v. S.). Seine Lehren sind im heiligen Buch Kalistham zusammengefasst. Der Amteh-Glaube verdrängte die Vorgängerreligionen, die Götter verehrten, die aller Wahrscheinlichkeit nach wiederum auf den Omali-Glauben zurückgingen. Die Religion ist ebenfalls von Männern dominiert und verlangt zeitaufwendige, in der Öffentlichkeit zu zelebrierende Rituale. Ihr Gott heißt Ahm, ist männlichen Geschlechts und herrscht im Paradies, wohin alle Gläubigen nach dem Tod kommen. Die Sündigen werden in eine Eiswüste verbannt, in der 'Shaitan (»der ewige Feind«) herrscht.

Zentrum des modernen (Y900 und danach) Amteh-Glaubens ist die Stadt Sagostabad in Kesh. Er ist die vorherrschende Religion in ganz Nordantiopia und seit der Invasion der Keshi und Einsetzung der Moguln im Jahr Y834 auch in Teilen von Lakh. Es gibt mehrere Splittergruppen, unter ihnen die Ja'arathi, eine eher liberale Sekte. Die Ja'arathi trennen religiöse strikt von weltlicher Rechtsprechung, Frauen müssen keinen Bekira tragen, und Witwen dürfen wieder heiraten. Den Ja'arathi hängen hauptsächlich Wohlhabende und Intellektuelle an. Ihre Gelehrten nehmen für sich in Anspruch, die genauere Auslegung der ursprünglichen Lehren Aluq-Ahmeds zu vertreten.

Es gibt eine Reihe fanatischer Amteh-Sekten, unter ihnen die berüchtigten Hadischa, die von den Sultanen von Dhassa und Kesh verboten wurden, sich aber in Mirobez und Gatioch immer noch halten und in Nordlakh viele Anhänger haben.

Omali (Antiopia): Die Religion entstand zu vorgeschichtlicher Zeit in Lakh. Ihre Anhänger glauben an ein höchstes Wesen (Aum), das sowohl männlichen als auch weiblichen Geschlechts ist und sich auf verschiedenste Art manifestieren kann, hauptsächlich jedoch als Gott oder Göttin (die sogenannten Omar). Die Omali schreiben den jeweiligen Omar bestimmte Fähigkeiten zu. Es gibt mindestens fünfzehn Hauptgottheiten und Hunderte kleinerer.

Die Omali glauben, Leben und Tod seien ein endloser Kreislauf. Dieser Kreislauf wird Samsa genannt. Jede Seele wird immer wiedergeboren, bis sie sich so weit vervollkommnet hat, dass sie ins sogenannte Moksha eintritt, wo sie eins wird mit Aum. Es gibt drei Hauptgottheiten, die zusammen Murti genannt werden. Sie sind männlichen Geschlechts und stehen für Schöpfung, Erhaltung und Zerstörung.

Obwohl das nördliche Lakh vor einhundert Jahren (etwa Y834) von den Amteh-gläubigen Moguln erobert wurde, ist der Omali-Glaube die Hauptreligion in Lakh.

Zainismus (Antiopia): Der Zainismus soll auf den Omali-Glauben und die Lehren eines Mannes namens Zai von Baranasi zurückgehen, der bei den Omali als eine Inkarnation Vishnarayans, des Erhalters, gilt. Er predigte spirituelle, intellektuelle und physische Vervollkommnung, die erreicht werden soll, indem der Mensch sich allen weltlichen Einflüssen enthebt. Samsa und Moksha spielen zwar auch in den Lehren Zais eine zentrale Rolle, doch wird alles Weltliche strikt zurückgewiesen. Der Zainismus ist eher eine Randreligion, aber aufgrund seiner liberalen Grundhaltung gegenüber den Geschlechtern, der Sexualität und den Künsten, begleitet von der Beschäftigung mit den Kampfkünsten, hat er eine feste Anhängerschaft, vor allem unter der intellektuellen Elite.

DIE GNOSTISCHEN KÜNSTE

Grundlagen: Nach der Lehre der Magi verlässt die Seele den Körper, wenn ein Mensch stirbt. Dieser körperlose Geist verweilt für eine gewisse Dauer in der Welt, er kann sich frei bewegen und auch kommunizieren. Die Skytale des Corineus versetzt die Magi in die Lage, sich zu Lebzeiten dieser Fähigkeiten zu bedienen, und verleiht ihnen auf diese Weise »magische« Kräfte.

Magusblut: Der Blutrang eines Magus wird von dem Anteil Magierblut bestimmt, das in seinen Adern fließt. Dieser Anteil entspricht dem Mittelwert des Blutranges der Eltern. Kinder von Vollblutmagi und Nichtmagi zum Beispiel sind Halbblute. Die Gnosis ist bei ihnen nur noch halb so stark wie bei einem Vollblut.

Die Kinder von Aszendenten sind weniger stark als ihre Eltern, da die Einnahme von Ambrosia größere Macht verleiht, als genetisch vererbt werden kann.

Aszendenten: Aszendenten werden jene genannt, die Ambrosia trinken und überleben. Sie sind die stärksten unter den Magi. Die Einnahme von Ambrosia ist jedoch riskant, denn nicht jeder erträgt die mentale und physische Belastung. Die Wahrscheinlichkeit, zu sterben oder den Verstand zu verlieren, ist relativ hoch.

Seelentrinker: Magi, die von den »Zurückgewiesenen« abstammen, können sich nur Zugang zur Gnosis verschaffen, indem sie die Seelen anderer in sich aufsaugen. Sie sind eine Geheimsekte, die unter Kore als durch und durch böse gilt.

Aspekte der Gnosis:

Die Gnosis umfasst drei Aspekte: Magie, Runen und Studien.

Magie bezeichnet die magischen Grundfähigkeiten: einen Energieblitz (auch Gnosisblitz genannt) auf einen Feind abfeuern, Gegenstände mithilfe der Gnosis bewegen (Kinese), Gedankenkommunikation und Selbstschutz mithilfe der Gnosis (Abwehr).

Runen sind Symbole aus dem alten yothischen Alphabet. Die Runen selbst verfügen über keinerlei magische Kraft, können jedoch benutzt werden, um gnostische Rituale abzukürzen. Es gibt Runen für allgemeine Zwecke (wie die Kettenrune, die zur Abwehr dient) und solche, die für Kräfte stehen, die nur durch die Studien zugänglich gemacht werden können.

Die Studien sind die komplexeste Anwendung der Gnosis. Selbst die begabtesten Magi können normalerweise nur zwei Drittel nutzen, da jeder Magus bestimmte angeborene Affinitäten hat. Es gibt vier Studien, und jede dieser Studien umfasst vier Teilgebiete, was insgesamt sechzehn Teilgebiete ergibt. Welche Kombination von Teilgebieten ein Magus für sich nutzen kann, hängt zum großen Teil von seinen Affinitäten und seiner Persönlichkeit ab.

Klassenaffinität:

Die Gnosis umfasst vier Klassen, zu der jeder Magus eine unterschiedlich starke Affinität hat. Ist sie zu einer Klasse besonders ausgeprägt, ist die Affinität zur entgegengesetzten Klasse umso schwächer. Thaumaturgie beispielsweise ist das Gegenteil der Theurgie, Hermetik das Gegenteil der Zauberei.

Elementaffinität:

Jeder Magus verfügt über eine Affinität zu einem Element, welches darüber bestimmt, wie er agiert. Im Zusammenwirken mit der Klassenaffinität bestimmt die Elementaffinität, was ein Magus besonders gut kann, was er gerade noch kann, und die gnostischen Fertigkeiten, die ihm überhaupt nicht zugänglich sind.

Eine absolute Affinität bedeutet, dass ein Magus auf einem bestimmten

Teilgebiet außerordentlich begabt ist. Sowohl Klassen- als auch Elementaffinität müssen besonders stark ausgeprägt sein. Eine absolute Affinität entsprechend zu nutzen verlangt vollkommene Hingabe. Meist ist der jeweilige Magus in den anderen Teilgebieten entsprechend schwächer.

DIE KLASSEN DER GNOSIS:

Thaumaturgie: Manipulation der Hauptelementarkräfte Erde, Wasser, Feuer und Luft. Erde und Luft sind Gegensätze, genauso wie Wasser und Feuer. Die Thaumaturgie ist die einfachste gnostische Disziplin.

Hermetik: Anwendung der Gnosis auf lebende Organismen. Sie wird unterteilt in Heilen, Morphen (Formveränderung), Animismus (Besitz von einem Geschöpf ergreifen und es kontrollieren) und Sylvanismus (Manipulation von pflanzlichen Organismen).

Theurgie: Anwendung der Gnosis auf den menschlichen Geist. Theurgie wird unterteilt in Mesmerismus (Einflussnahme auf andere Geister), Illusionismus (Sinnestäuschung), Mystizismus (geistige Vereinigung) und Spiritismus (den eigenen Geist projizieren).

Zauberei: Umgang mit den Geistern der Toten. Wird unterteilt in Hellsicht (mit den »Augen« eines Toten sehen, auch und vor allem an entfernten Orten), Divination (auf das Wissen der Geister zurückgreifen, um die Zukunft vorherzusagen), Hexerei (Kontrolle über Geister) und Geisterbeschwörung (Vereinigung mit kürzlich Verstorbenen).

Magi und Gesellschaft: Magi rangieren ganz oben in der yurischen Gesellschaft. Aufgrund ihrer Fähigkeiten sind sie oft hoch angesehen und wohlhabend und verfügen über großen gesellschaftlichen Einfluss. Von ihnen wird erwartet, im eigenen Leben als leuchtendes Beispiel voranzugehen und die Lehren Kores vorbildlich und mustergültig umzusetzen.

Die Fruchtbarkeit ist bei beiden Geschlechtern sehr schwach ausgeprägt. Für eine Frau gilt es als schändlich, ein uneheliches Kind oder ein Kind mit einem Mann von geringerem Blutrang zu haben. Bei Männern wird dies eher toleriert. Dennoch ist die Zahl unehelicher oder gemischtblütiger Kinder aufgrund der eingeschränkten Fruchtbarkeit unter den Magi eher gering.

586

Gnosis und das Gesetz: Die Nutzung der Gnosis wird von der Kirche und den Arkana peinlich genau überwacht, vor allem die Anwendung von Theurgie und Zauberei. Dennoch können alle gnostischen Künste missbraucht werden.

DIE STUDIEN:

THAUMATURGIE

Feuer: Eine Offensivkunst, welche die Fähigkeit verleiht, Flammen zu kontrollieren. Kommt hauptsächlich beim Militär und in der Metallverarbeitung zum Einsatz.

Luft: Eine sehr vielseitige Kunst, die das Fliegen ermöglicht und auch die Manipulation des Wetters. Breite Anwendungsgebiete beim Militär und im Handel.

Wasser: Fähigkeit, Wasser zu formen, zu reinigen, zu atmen und als Waffe zu verwenden. Ein entsprechend geschickter Magus kann einen Gegner mitten in einer Wüste ertränken.

Erde: Die Fähigkeit, Stein zu formen, ist in der Baukunst von großem Wert. Erdgnosis wird außerdem häufig im Bergbau, auf der Jagd (zum Spurenlesen) und im Schmiedehandwerk angewendet. Selbst Erdbeben können mit Erdgnosis kontrolliert werden.

HERMETIK

Mit *Heilkunst* (dem Element Wasser zugeordnet) kann Gewebe in seinen unbeschädigten Zustand zurückversetzt werden. Wird auch gegen Krankheiten und Erreger eingesetzt. Sehr geringes Prestige.

Morphismus (dem Element Feuer zugeordnet)
Durch Manipulation der menschlichen Gestalt können Muskeln gestärkt oder geschwächt oder die äußere Erscheinung verändert werden. Wird oft benutzt, um sich für körperliche Aufgaben mit der nötigen Kraft und Ausdauer zu wappnen. Die gefürchtetste Anwendung – die Gestalt eines anderen anzunehmen und sich als dieser auszugeben – ist verboten und kann nur über kurze Zeiträume aufrechterhalten werden.

Animismus (dem Element Luft zugeordnet)
Kann benutzt werden, um die Sinne zu verstärken, andere Wesen und Geschöpfe zu kontrollieren oder Tiergestalt anzunehmen.

Sylvanismus (dem Element Erde zugeordnet)
Kann benutzt werden, um Holz oder Pflanzenmaterial zu verstärken oder zu schwächen. Wird oft beim Bau von Gebäuden sowie zur Herstellung von Werkzeugen und Transportmitteln eingesetzt, außerdem zur Herstellung von Tränken und Salben, die gnostische Wirkung haben.

THEURGIE

Mesmerismus (dem Element Feuer zugeordnet)
Geistige Verbindung oder Einflussnahme, um mit anderen zu kommunizieren, ihnen zu helfen, sie zu beherrschen oder zu täuschen. Kann verwendet werden, um die Entschluss- oder Willenskraft anderer zu stärken, aber auch um sie zu manipulieren oder fehlzuleiten.

Illusionismus (dem Element Luft zugeordnet)
Die Fähigkeit, anderen falsche Bilder, Gerüche, Geschmäcker oder Geräusche vorzutäuschen. Kann auch eingesetzt werden, um sich vor derartigen Angriffen zu schützen oder auch nur zur Unterhaltung.

Mystizismus (dem Element Wasser zugeordnet)
Geistige Vereinigung, die extrem schnelles Lernen oder Gedächtniswiederherstellung ermöglicht. Geisteskrankheit und Angstzustände können geheilt werden. Magi vereinen sich auf diese Weise, um ihre gnostischen Kräfte zu verstärken.

Spiritismus (dem Element Erde zugeordnet)
Die Fähigkeit, den eigenen Körper zu verlassen. Der eigene Geist kann beträchtliche Strecken außerhalb des Körpers zurücklegen und sich – wenn auch in Grenzen – der Gnosis bedienen. Wird zur Kommunikation, zum Kundschaften und Ähnlichem eingesetzt.

ZAUBEREI

Hellsicht (dem Element Wasser zugeordnet)
Die Fähigkeit, an andere Orte zu blicken. Wie weit diese entfernt sein können, hängt von dem Geschick und der Begabung des Magus ab. Kann durch besonders dichte Schichten von Erde oder Wasser oder andere Widrigkeiten beeinträchtigt werden.

Divination (dem Element Luft zugeordnet)
Befragung der Toten. Die Geister der Toten antworten oft in Bildern oder Symbolen, anhand derer der Magus die wahrscheinliche Zukunft voraussagt. Unzuverlässige Methode, deren Ergebnisse oft durch eigene Interpretationen und Wissenslücken zusätzlich verfälscht werden.

Hexerei (dem Element Feuer zugeordnet)
Die Fähigkeit, einen Geist heraufzubeschwören und ihn zu kontrollieren, entweder in seiner normalen immateriellen Form oder in einem Körper, in dem er sich manifestiert. Gefährlich, da Geister oft feindselig sind. Gilt als theologisch fragwürdige Methode. Wird oft angewendet, um über den beschworenen Geist Zugang zu anderen Teilgebieten der Gnosis zu erhalten.

Geisterbeschwörung (dem Element Erde zugeordnet)
Die Fähigkeit, jemanden zu töten, indem man den Geist zwingt, den Körper zu verlassen. Kann auch angewendet werden, um mit kürzlich Verstorbenen zu kommunizieren oder Tote wiederzubeleben. Legale Anwendungen sind, den Geist eines durch ein Verbrechen zu Tode Gekommenen nach den Umständen seiner Tötung zu befragen oder einem Geist dabei zu helfen, Urte zu verlassen (Exorzismus). Andere Anwendungen gelten als ethisch und/oder theologisch fragwürdig, und tatsächliche Wiederbelebung ist strengstens verboten.

ÜBERSICHT DER AFFINITÄTEN

Klasse	Element: Erde	Element: Feuer	Element: Luft	Element: Wasser
Thaumaturgie (Manipulation unbelebter Materie)	Erdgnosis	Feuergnosis	Luftgnosis	Wassergnosis
Hermetik (Manipulation belebter Materie)	Sylvanismus	Morphismus	Animismus	Heilkunst
Zauberei (Manipulation von Geistwesen)	Geisterbeschwörung	Hexerei	Divination	Hellsicht
Theurgie (Manipulation von Menschen und Geistwesen)	Spiritismus	Mesmerismus	Illusionismus	Mystizismus

Jeder Magus hat eine Hauptaffinität zu einer bestimmten Klasse oder einem Element, die meisten sowohl zu einem Teilgebiet als auch zu einem Element. Auch schwächere Nebenaffinitäten treten häufig auf.

Jede Affinität schließt ihr Gegenteil aus:

Feuer	Erde
Luft	Wasser

Feuer und Wasser sind Gegensätze. Luft und Erde sind Gegensätze.

Thaumaturgie	Theurgie
Hermetik	Zauberei

Thaumaturgie und Zauberei sind Gegensätze; Hermetik und Theurgie sind Gegensätze.

Ein Magus mit Affinität zu Feuer und Zauberei ist somit in der Hexerei am stärksten und am verwundbarsten durch Wassergnosis.

GLOSSAR

RIMONISCH

Alpha Umo: Erster Mann; gemeint ist der Anführer einer Gruppe
Amiki/Amika: Freund/Freundin
Amori/Amora: Geliebter/Geliebte
Arrici: Leb wohl
Buongiorno: guten Morgen
Buonnotte: gute Nacht
Buonsera: guten Abend
Castrato: kastrierter Mann; im Rimonischen Reich war es üblich, Sängerknaben und männliche Diener zu kastrieren
Condotiori: Söldner
Culo: Schlitzohr
Cunni: die Scheide einer Frau (obszön)
Dio: Gott
Dona: unverheiratete Frau, gleichbedeutend mit der Anrede »Fräulein«
Drui: sollanischer Priester
Familioso: Oberhaupt eines verbrecherischen Familienklans, auch als Überbegriff für den gesamten Klan verwendet
Frocio: homosexueller Mann
Grazi: danke
Pater: Vater
Paterfamilias: männliches Familienoberhaupt
Rukka mio: obszöner Ausruf, Fluch
Rukker: obszöne Beschimpfung
Safia: lesbische Frau
Si: ja
Silencio: Stille, Schweigen

KESHI/DHASSANISCH/JHAFISCH

Arrak: Reisschnaps, in Lakh als Rak bekannt
Bekira: weiter, schwarzer Überrock der Amteh-Frauen
Dom-al'Ahm: Tempel der Amteh
Eijeed: dreitägiges Fest nach dem heiligen Monat Rami
Fawah: Todesurteil, das über jemanden verhängt werden kann, der Ahm
  gelästert hat
Gottessänger: Ruft die Gläubigen zum Gebet
Gottessprecher: Amteh-Priester und Gelehrter
Ifrit: böser Luftgeist aus der Keshi-Mythologie
Suk: Markt
Tribaddi: lesbische Frau
Wadi: ausgetrocknetes Flussbett

LAKHISCH

Achaa: ja, in Ordnung, gut
Babu: »Großer Mann«, lokaler Anführer
Bashish: je nach Kontext Trinkgeld, Geschenk oder Bestechung
Bapa: Vater
Bhai: Bruder
Chai: Tee, meist stark mit Kardamom, Zimt, Minze oder Ähnlichem gewürzt
Chapati: ein Fladenbrot
Chela: Schüler eines Sadhu (Heiliger der Omali)
Chod: obszöner Fluch
Choda: obszöne Beschimpfung
Dalit: ein »Unberührbarer«, Angehöriger der untersten Gesellschaftsschicht
  in Lakh
Didi: Schwester
Dodi Manghal: Mahlzeit, die vor einer Hochzeit noch vor dem Sonnenauf-
  gang eingenommen wird
Dom-al'Ahm: lakhisches (ursprünglich gatiochisches) Wort für einen Amteh-
  Tempel
Dupatta: von Frauen getragenes Tuch, meist zusammen mit einem Salwar
  oder einer Tunika, das dazu dient, das Gesicht vor der Sonne zu schützen
  oder es vor den Augen Fremder zu verbergen
Fenni: billiger Weizenschnaps

Ferang: Fremder

Ganja: Marihuana

Garud: Vogelgottheit, Reittier des Gottes Vishnarayan

Ghat: breite Treppen am Ufer des heiligen Flusses Imuna, die in Lakh zum Beten und Waschen dienen

Gopi: Küchenmagd

Guru: Lehrer, Weiser

Havan Kund: Teil des Hochzeitrituals, bei dem Braut und Bräutigam zuerst getrennt voneinander und dann gemeinsam ein Feuer umkreisen und dabei rituelle Formeln sprechen

Hawli: Steinhaus mit ummauerten Innenhof, typisch für wohlhabende Lakh

Jadugara: Hexe oder Hexer

Jhuggi: Armenviertel

Kutti: Scheide der Frau (obszön)

Kutiyaa: Miststück

Lingam: Penis des Mannes

Mandap: das Allerheiligste eines Schreins (oder auch ein temporär gesegneter Ort in einem anderen Gebäude), in dem der Hochzeitsschwur gesprochen wird

Mandir: Omali-Schrein

Mata: Mutter

Mata-Choda: Mann oder Junge, der Sex mit seiner Mutter hat; obszöne Beschimpfung

Pandit oder Purohit: Omali-Priester

Pooja: Gebet

Pratta: religiöser Bann; die Blut-Pratta verbietet einer menstruierenden Frau, sich in männlicher Gesellschaft aufzuhalten

Rak: Reisschnaps, in Kesh und Dhassa Arrak genannt

Rangoli: farbenprächtiges Bodengemälde oder Muster

Sadhu: omalischer Wanderheiliger

Salwar: einteilige Tunika, meist mit Sackhose und Dupatta getragen

Siv-lingam: Ikone, die den Penis des Gottes Sivraman und die Scheide seiner Gemahlin darstellt

Tilak: Gebetsmahl, das auf die Stirn gemalt wird

Walla: Mensch, Geselle, Zeitgenosse, normalerweise in Zusammenhang mit einer Aufgabe oder einem Beruf. Ein Chai-Walla ist ein Diener, der Tee serviert

Yoni: Scheide der Frau

Handelnde Personen

Urte im Septnon 929

Kontinent Yuros

Kaiserlicher Hof in Pallas
Kaiser Constant Sacrecour: Kaiser von Rondelmar und ganz Yuros
Mater-Imperia Lucia Fasterius: Constants Mutter, lebende Heilige
Calan Dubrayle: Kaiserlicher Schatzmeister
Erzprälat Dominius Wurther: Oberhaupt der Kirche Kores
Ervyn Naxius: Magus und ehemaliges Mitglied des Ordo Costruo

Achtzehnte Faust der Heiligen Inquisition Kores
Elath Dranid: Zweiter Offizier (verstorben)
Raine Caladryn: Akolyth (verstorben)
Dominic Rysen: Akolyth (verstorben)

Zweiunddreißigste Faust der Heiligen Inquisition Kores
Fronck Quintius: Kommandant
Artus Leblanc: Akolyth (verstorben)
Geoffram: Akolyth (verstorben)
Nayland: Akolyth (verstorben)
Magrenius: Akolyth (verstorben)
Adamus Crozier: Bischof der Kore

Dreiundzwanzigste Faust der Heiligen Inquisition Kores
Ullyn Siburnius: Inquisitor und Faustkommandant
Delta: Seelentrinker und Gefangener der Inquisition

Norostein in Noros
Vannaton Merser: Händler
Tesla Anborn-Merser: Magierin und Vannaton Mersers Frau (verstorben)
Jeris Muhren: ehemaliger Hauptmann der Stadtwache (verstorben)

Silacia
Isabella Petrossi: Klanoberhaupt und Kriminelle
Silvio Anturo: Agent des Petrossi-Klans

Gurvon Gyles Graue Füchse
Gurvon Gyle: Anführer einer Söldnertruppe und Spion
Rutt Sordell: Geisterbeschwörer, im Moment im Körper von Guy Lassaigne
Mayten Drexel: Magus-Attentäterin
Veritia: Magierin
Sylas: Magus
Luc Brossian: Magus

Ordo Costruo (Magus-Orden in Hebusal)
Antonin Meiros: Erzmagus und Gründer des Ordens (verstorben)
Justina Meiros: Antonins Tochter (verstorben)

Kriegszügler
Nördlicher Heeresflügel
General Kaltus Korion: Oberbefehlshaber der rondelmarischen Truppen

Die Verlorene Legion, Überlebende des südlichen Heeresflügels
Seth Korion: General der Verlorenen Legion
Ramon Sensini: Schlachtmagus der Pallacios XIII
Severine Tiseme: Seherin der Pallacios XIII
Julietta: Tochter von Ramon und Severine
Baltus Prenton: Windmeister der Pallacios XIII
Lanna Jurei: Heilerin der Pallacios XIII
Hugg Gerant: Schlachtmagus der Pallacios XIII
Evan Hale: Schlachtmagus der Pallacios XIII
Fridryk Killener: Schlachtmagus der Pallacios XIII
Jelaska Lyndrethuse: argundische Schlachtmagierin
Carmina Phyl: argundische Heilerin
Gerdhart: argundischer Priester und Magus

Lysart: norischer Schlachtmagus
Sordan: norischer Schlachtmagus
Mylde: norischer Schlachtmagus
Runsald: brevischer Schlachtmagus
Hulbert: hollenischer Schlachtmagus
Nacallas: brevischer Schlachtmagus
Barendyne: bricischer Schlachtmagus
Storn: Tribun des zehnten Manipels der Pallacios XIII
Coll: Späher des zehnten Manipels der Pallacios XIII
Gylf: Kommandant des argundischen Kontingents
Verstorbene Schlachtmagi der Pallacios XIII: Legat Jonti Duprey, Secundus
    Rufus Marle, Coulder, Fenn, Lewen, Tyron Frand

Lukaz' Kohorte; Pallacios XIII (Ramons Leibwache)
Lukaz: Pilus (Kommandant)
Baden: Bannerträger
Erste Reihe: Manius, Dolman, Ferdi, Trefeld, Hedman, Gannoval
Zweite Reihe: Vidran, Bowe, Ilwyn, Holdyne, Gal Herde, Jan Herde
Flankenmänner: Kel Harmon, Briggan, Kent, Ollyd, Nebeau, Tolomon

Rondelmarische Garnison
Seir Bann Herbreux: Garnisonskommandant von Vida
Hestan Milius: Erzlegat der Kaiserlichen Schatzkammer

IN JAVON

Forensa
Cera Nesti: Königinregentin von Javon
Timori Nesti: Kronprinz und Thronerbe Javons
Harshal al-Assam: Bruder des Emirs von Forensa
Camlad a'Luki: Jhafi und Verwandter von Harshal
Saarif Jelmud: Jhafi, Verwandter von Camlad und Harshal
Pita Rosco: Königlicher Zahlmeister
Luigi Ginovisi: Königlicher Einnahmenverwalter
Comte Piero Inveglio: rimonischer Adliger
Seir Ionus Mardium: rimonischer Ritter und Kommandant
Luca Conte: Nesti-Adliger (verstorben)
Nehlan: Jhafi-Schriftgelehrter am Hof der Nesti

Tavis: Sollan-Drui
Luqeef: Jhafi-Gottessprecher
Borsa: Kindermädchen der Nesti
Seir Delfin: Nesti-Ritter
Genas: Nesti-Fußsoldat
Paolo Castellini: Nesti-Kommandant (vermisst)
Elena Anborn: Magierin, ehemaliges Mitglied der Grauen Füchse und ehemalige Leibwächterin Ceras
Kazim Makani: Seelentrinker und Attentäter

Brochena
Tomas Betillon: Kaiserlicher Statthalter von Hebusal und Javon
Lann Wilfort: Großmeister der Kirkegar
Blan Remikson: Sehermagus der Kirkegar
Mikals: Betillons Adjutant
Pendris: Betillons Adjutant und Mikals' Sohn
Francesco Perdonello: Kanzler und oberster Beamter
Tarita: Ceras Dienerin
Mustaq al'Madhi: jhafischer Händler und Verbrecherkönig (verstorben)

Haus Dorobon
Francis Dorobon: König von Javon (verstorben)
Craith Margham: Magus-Ritter
Roland Hale: Magus-Ritter
Guy Lassaigne: Magus (von Rutt Sordell besessen)

Javonier und Harkun
Alfredo Gorgio: Rimonier und Graf von Hytel
Portia Tolidi: ehemalige Königin Javons
Seir Lorenzo di Kestria: rimonischer Ritter (verstorben)
Seir Justiano di Kestria: rimonischer Ritter, Lorenzos jüngerer Bruder
Graf Massimo di Kestria: Graf von Loctis, Lorenzos und Justianos älterer
    Bruder
Graf Stefan di Aranio von Riban
Emir Ilan Tamadhi von Riban (verstorben)
Marid Tamadhi: Emir Ilan Tamadhis Sohn und Erbe
Mekmud bin al'Azhir: Emir von Lybis
Ghujad iz'Kho: Harkun-Häuptling

Cabruhil: Ghujads Neffe
Lekutto iz'Fal: Späher der Harkun

Gyles Söldner
Endus Rykjard: Söldnerkommandant
Adi Paavus: Söldnerkommandant
Has Frikter: argundischer Söldnerkommandant
Ogdi: Has Frikters Neffe
Hullyn: argundischer Schlachtmagus
Eafyd: argundischer Schlachtmagus
Staria Canestos: Söldnerkommandantin der Sacro Arcoyris Estellan
Leopollo Canestos: Starias Neffe und Adoptivsohn
Kordea Canestos: Starias Adoptivtochter
Capolio: Meisterspion der Sacro Arcoyris Estellan
Marklyn: Pilotenmagus von Rykjards Legion
Jesset: Pilotenmagus von Rykjards Legion

Lamien
Kekropius: Mitglied des Ältestenrats
Kessa: Kekropius' Frau und Mitglied des Ältestenrats (verstorben)
Simou: Mitglied des Ältestenrats

IN KESH

Sagostabad
Salim Kabarakhi I: Sultan von Kesh
Latif: ein Doppelgänger des Sultans
Rashid Mubar: Emir von Hallikut und abtrünniges Mitglied des Ordo Costruo
Alyssa Dulayn: abtrünniges Mitglied des Ordo Costruo und Rashids Geliebte
Narukhan Mubar: Magus und Rashids jüngerer Bruder
Lesharri Dulayn: Alyssas jüngere Schwester und Dienerin
Pashil: Hadischa-Hauptmann
Qanaroz: Hadischa, Pashils Stellvertreter
Dashimel: Emir von Baraka und General
Darhus: General
Barzin: Eunuch aus Mirobez, Sklave und Adjutant am Hof des Sultans
Selmir: Hadischa-Hauptmann

Hadischa
Molmar: Skiff-Pilot
Jamil: Magus (verstorben)
Gatoz: Hadischa-Hauptmann (verstorben)
Megradh: Hadischa-Hauptmann
Tegeda: weibliche Hadischa
Satravim: Skiff-Pilot
Tahir: Zuchtanstalt-Aufseher und Schriftgelehrter
Sadikh: Zuchtanstalt-Aufseher und Magus
Yimat: Zuchtanstalt-Aufseher und Magus
Gulbahar: Zuchtanstalt-Aufseherin und Magierin

Gefangene der Hadischa
Rene Cardien: Magus des Ordo Costruo
Odessa d'Ark: Magierin des Ordo Costruo
Clematia: Magierin des Ordo Costruo
Lunetta: Magierin des Ordo Costruo
Perdionus: Heiler des Ordo Costruo
Valdyr: Bannerträger aus Mollachia
Seir Beglyn: pallacischer Magus-Ritter

Huriyas Seelentrinker
Huriya Makani: Seelentrinkerin und Kazims Schwester
Malevorn Andevarion: ehemaliger Akolyth der Inquisition, jetzt Seelentrinker
Hessaz: Seelentrinkerin
Tkwir: Seelentrinker
Toljin: Seelentrinker
Sabele: Seelentrinkerin und Seherin (verstorben; ihre Seele wurde von
    Huriya verschlungen)

Verstoßene
Zaqri: Seelentrinker und entmachteter Rudelführer
Cymbellea di Regia: Magierin und Tochter von Mercellus di Regia und Jus-
    tina Meiros

Seelentrinker im Heer des Sultans
Prandello: Seelentrinker und Klanführer
Maddeoni: Verelonerin und Prandellos Frau

Seelentrinker in Gatioch
Xymoch: Seelentrinker und Rudelführer

In Kesh

Bunima: Vertriebene

In Khotriawal

Ardijah
Amiza al'Ardijah: Kalifa von Ardijah
Renn Bondeau: Rondelmarer und ehemaliger Schlachtmagus, jetzt Kalif von
  Ardijah

In Lokistan

Mandira-Khojana-Kloster
Puravai: Zain-Meister
Yash: Zain-Novize
Gateem: Zain-Novize
Aprek: Zain-Novize
Kedak: Zain-Novize
Haddo: Zain-Novize
Sindar: Zain-Novize
Fenan: Zain-Novize
Bhati: Zain-Novize
Joa: Zain-Novize
Vekati: Zain-Novize
Meero: Zain-Novize
Urfin: Zain-Novize
Felakan: Zain-Mönch
Alaron Merser: Magus, Sohn von Vann und Tesla Merser
Ramita Ankesharan: Lakhin und Witwe von Antonin Meiros
Dasra und Nasatya: Zwillingssöhne von Ramita und Antonin

In Lakh (Indrania)

Baranasi
Vikash Nooradin: Händler (verstorben)
Ram Sankar: Händler
Sunita Sankar: Rams Frau

Südlakh
Ispal Ankesharan: Händler und Ramitas Vater
Tanuva Ankesharan: Ispals Frau und Ramitas Mutter
Jai: Ispals Sohn
Keita: Jais Frau

Wichtige historische Figuren

Johan Corin (Corineus): Messias der Kore
Selene Corin (Corinea): eigentlich Lillea Selene Sorades, Johans Mörderin
und angebliche Schwester, Verkörperung des weiblich Bösen
Olfuss Nesti: ermordeter König von Javon
Jarius Langstrit: norischer General
Echor Borodium: Herzog von Argundy (verstorben)
Belonius Vult: verstorbener Gouverneur von Norostein
Nasette Ledoc: einzige Magierin, die je zur Seelentrinkerin wurde
Heward Ledoc: Nasettes Vater und Mörder
Attiya Zai: Heiliger der Omali und Gründer des Zain-Ordens
Adric Meiros: verstorbener Sohn von Antonin Meiros

Die Gesegneten Dreihundert
Sertain: erster Kaiser Rondelmars
Baramitius: Aszendent, Erfinder der Ambrosia und der Skytale
Berial: bricische Aszendentin, Vorfahrin von Alaron Merser und Elena An-
born

602

DANKSAGUNG

Eine Menge Leute haben dazu beigetragen, dass Sie dieses Buch jetzt in Händen halten, und ich bin ihnen allen sehr dankbar. Ohne sie wäre es nicht dazu gekommen, wirklich. Als Allererstes einen Dank an die wunderbare Jo Fletcher für all ihr Können, ihre Erfahrung und Weisheit. Diese Bücher sind das Ergebnis ihres Vertrauens in die Ideen und Visionen eines gelegentlich fehlgeleiteten Autors. Ich kann meine Dankbarkeit ihr gegenüber gar nicht genug zum Ausdruck bringen!

Einen Dank auch an das restliche Team von Jo Fletcher Books, vor allem an Nicola Budd und Andrew Turner. An das US-Team, vor allem Eric Price und Olivia Taussig sowie an die wunderbaren Presseagenten von Wunderkind unter der Führung von Elena Stokes. Ein großes Dankeschön (und eine Entschuldigung wegen des Mischmaschs der Ansprachen und Akzenten in meiner Geschichte) an Ryan Neuschafer sowie das Team, das für die Audio-Bücher zuständig ist. Und noch einmal Dankeschön an Emily Faccini für die tollen Karten.

Dann wäre da noch das reguläre Brücke-der-Gezeiten-Team: die Testleser Paul Linton, Kerry Greig und Heather Adams. Ich wiederhole mich, aber als eine Art Sondereinheit der Weltgesundheitsorganisation sorgen sie dafür, dass die Bücher spannend und gefahrlos lesbar sind. Stichproben nehmen, Testlesen und Verbessern sind nur ein Teil der Aufgaben, die sie so hervorragend erfüllen. Meinen tausendfachen Dank!

Damit eine Geschichte es von der Festplatte bis in den

Buchladen schafft, muss jemand dafür sorgen, dass Verlage auf sie aufmerksam werden. Es ist mein Glück, dass die bereits erwähnte Heather Adams – mit ihrem Mann Mike Bryan Leiterin der HMA Literary Agency – dies für mich übernimmt. Ein Riesendank an euch, dass ihr mir und meinen Träumen die richtigen Türen geöffnet habt, und für die perfekte Gastfreundschaft bei unserem letzten Besuch im Vereinigten Königreich.

Wie immer geht der größte Dank an meine wunderbare Frau Kerry, die zu jeder Tageszeit Unterhaltungen über fiktive Personen und deren Taten ertragen muss. Ihre Bereitschaft zum Testlesen, Korrigieren und Verbessern war unschätzbar wichtig für die Serie, genauso wie ihre Fantasie und die von ihr beigesteuerten Ideen. Ich habe buchstäblich den halben Globus umrundet, um mit ihr zusammen zu sein, und nie auch nur einen einzigen Moment bereut.

Schließlich einen Jubelruf auf meine Kinder Brendan und Melissa, meine Eltern Cliff und Biddy sowie alle meine Freunde, vor allem Mark, Felix und Stefania, Raj und Hina, Andrew und Brenda, meine Rakhi-Schwestern Tanuva und Vidhi sowie an Keith und Kathryn.

Und ein Hallo an Jason Isaacs und die Doctors von Wittertainment natürlich.

»So sollte Fantasy sein!«

George R.R. Martin

608 Seiten. ISBN 978-3-7645-3183-6

Fitz ist ein Bastard, der Sohn eines Prinzen und eines Bauern-
mädchens. Doch schon in jungen Jahren nimmt ihn der König in
seine Dienste. Noch ahnt Fitz nicht, was er für seine Treue aufgeben
muss – seine Ehre, seine Liebe, sogar sein Leben! Denn die Intrigen
bei Hofe sind mannigfaltig, und Fitz kann seine Augen nicht vor
dem drohenden Unheil verschließen, das dem Reich droht. Doch da
befiehlt ihm der König, genau das zu tun. Fitz muss sich entscheiden: Wird er gehorchen oder seinem eigenen Gewissen folgen?

Dieses Buch ist bereits unter dem Titel »Der Adept des
Assassinen« im Bastei-Lübbe Verlag erschienen und
unter dem Titel »Der Weitseher« im Heyne Verlag

Lesen Sie mehr unter: **www.penhaligon.de**

Der Auftakt einer
überwältigenden Trilogie

544 Seiten. ISBN 978-3-7645-3188-1

Daleina gehört zu den wenigen Frauen, die über die Gabe
verfügen, die Elementargeister zu kontrollieren, die das
Königreich Renthia terrorisieren. Diese Frauen werden
Königin – oder sterben bei dem Versuch, zerfetzt von den
Klauen und Zähnen der Elementare. Daleina ist bei weitem
nicht die mächtigste der potentiellen Erbinnen der Königin.
Doch dann wird ausgerechnet jener Mann ihr Mentor, der die
amtierende Königin liebt – und von ihr verraten wurde ...

Lesen Sie mehr unter: **www.penhaligon.de**